《审美、审丑与审智：百年散文理论探微与经典重读》

广东人民出版社　2014

孙绍振文集

当代散文理论基础：审美、审丑、审智

海峡出版发行集团 | 海峡文艺出版社

图书在版编目(CIP)数据

当代散文理论基础:审美、审丑、审智/孙绍振著.—福州:海峡文艺出版社,2025.6
(孙绍振文集)
ISBN 978-7-5550-3003-4

Ⅰ.I207.67

中国国家版本馆 CIP 数据核字第 2025HK7935 号

当代散文理论基础:审美、审丑、审智

孙绍振　著
出 版 人　林　滨
丛书统筹　林可莘
责任编辑　刘含章
出版发行　海峡文艺出版社
经　　销　福建新华发行(集团)有限责任公司
社　　址　福州市东水路 76 号 14 层
发 行 部　0591—87536797
印　　刷　上海盛通时代印刷有限公司
厂　　址　上海市金山工业区广业路 568 号
开　　本　787 毫米×1092 毫米　1/16
字　　数　475 千字
印　　张　23.75　　**插页**　1
版　　次　2025 年 6 月第 1 版
印　　次　2025 年 6 月第 1 次印刷
书　　号　ISBN 978-7-5550-3003-4
定　　价　120.00 元

出版说明

孙绍振先生是我国著名的文艺理论家、文学评论家、语文教育理论家、作家，是“闽派批评”的旗帜性人物。

他学贯中西、思通古今，全面梳理中国传统文艺理论中的重要命题，对当代西方文论进行了系统的分析和批判。他的文学研究贯穿着“实践真理论”的世界观和辩证方法论。他以一个“文学教练”的矫健身手，在“文学创作论”和“文学文本解读学”的坚实理论基础上，进行海量的经典文本分析，洞察小说、诗歌、散文等文类的艺术奥秘。由此，他建构了富有原创性的中国特色文学理论话语体系，在理论和实践结合方面发出中国声音。

他以先锋姿态投入“朦胧诗”大论战，业已留下重要的历史文献；以创新思维和精准表达，体现文学批评的力量与高度。

在语文教育改革中，他以犀利的思想拨乱反正，为语文教育的学科建设做出独特的贡献。其成就不仅深刻影响祖国大陆语文教育学界，还辐射至宝岛台湾，有力助推两岸学术、文化与教育交流。

作为一个作家，他钟情于诗歌、散文创作，产出丰硕的成果。其演讲体散文，卓尔成家。

为了全面展示孙绍振先生的研究成果和学术成就，我社组织出版“孙绍振文集”（20册），汇编其迄今为止的全部代表性学术著述和文学作品，涵盖文学理论建构、文艺评论、演讲、语文教育、文学创作等诸方面内容。希望这套文集能全面展示孙绍振先生的理论成就、评论成果和文学创作的整体风貌，呈现中国学派崛起的绰约风姿及其在世界学术话语体系中日渐突出的自主地位。

海峡文艺出版社

二〇二五年六月

目　录

第四辑

附录

第一辑

当代散文理论建构的观念和方法①

一、不可逃避的理论清场

我们的目标是探索“散文理论创新”。不知诸位是否意识到其间隐含着一个十分严峻的颠覆性的问题，这是无论如何不能回避的，那就是到哪里去寻找创新的理论基础。首先想到的是中国古典文论，不行，文以气为主，文以载道，这些基本原理和范畴，内涵不确定，不系统。从外延来说，我国文论经典《文心雕龙》《古文辞类纂》把文章分成几十类，分类的标准不统一，太烦琐，不符合现代科学“真简美”的规范，不便操作。因此，在五四时期，把诗话、词话、小说评点，连王国维那种词话的形式，并不是偶然地放弃了。现代中国文论，从范畴到论证模式和西方文论的模式接轨。九十多年过去了，成绩斐然，小说、诗歌理论都有了不一而足的范畴和系统，然而散文理论仍然没有头绪，不要讲系统学科范畴，就是起码的逻辑起点，都没有确立起来。20世纪五六十年代的“匕首投枪、形散而神不散”，八九十年代的“讲真话”，都比较原始，最有影响的是“真情实感”论尚未具备成为学科形态的范畴的可能。

没有多少积累，又要创新，唯一的选择就是把最大希望寄托在西方最前卫的理论上，但是这是有点盲目，或者说有点傻气的。老实说，真正要建构现代散文的系统理论，不但不能指望西方当代文论，相反，最好死了这条心，实际上，当代西方文论，恰恰是最大的障碍。

建构现代散文理论，最起码的，就是要承认，它是文学，这是一种特殊的文学形式

① 原载《当代作家评论》2010年第2期，编入此集时有所修改和增补。

（我不说文类）；是作者的心灵和语言的探险。而西方前卫理论不要说没有散文文体这样的概念，连文学都不承认的。当然，我们可以绕过去，但是主流学术的规则就是要和西方学术话语接轨。我们的尴尬就在于，要接轨，就等于说文学性散文理论建构不啻梦想，而不接轨又不能进入前沿学术平台，因而在开始正面论述之前，不得不简略地阐明一下，不是我们不想接轨，而是人家拒我们于千里之外。

西方最前卫的理论，有一个吓人的说法，叫作“作者已死”。这是罗兰·巴特说的，他有一篇著名的文章，就叫作《作者之死》。[①]他的宗旨是，反抗逻各斯中心主义，反抗一元化的中心和本质，反对文本中心和作者中心。反对了这中心，应该是没有中心，却代之以读者中心。一切作者都已经死了，然而，宣称“作者已死”的作者，却没有死。西方后现代文论最大的本事，就是剥夺对方的大前提，你要和我讨论文学吗？对不起，根本就没有文学这回事。你要和我讨论作家的创造吗？作者已经死了。他说的作者，是一切作者，但是不包括他自己。如果包括他自己，就得承认他这个作者也死了，这就玩儿不转了。这是个悖论。对待这种理论，唯一的办法就是用西方辩论术的“自我关涉”法，把他包括进去。如果他这个作者没有死，就不能笼统地说，作者已死，只能说有些作者已死。这样这个大前提就不周延了，不周延的大前提是不能推理的。从这里可以看出，他实际上，并没有把自己当成作者，而是当作读者。一千个读者就有一千个哈姆雷特。如姚斯所说，只要言之成理，均可平等对话。鲁迅曾经嘲笑过，一本《红楼梦》，“经学家看见《易》，道学家看见淫，才子看见缠绵，革命家看见排满，流言家看见宫闱秘事”[②]。但是在后现代看来，都有同等的合理性。不是作者主宰一切，作者的时代过去了，读者主宰一切，读者的时代来到了。[③]如果他的这个说法，真的经得起阅读和写作的历史实践的检验，那么，作家有无才能就无所谓了，不管是不是青草包还是枯草包，只要牛吃得下去，就是好包。如果真是这样，不但我们这个会议的必要性值得怀疑，而且主办这个会议的《当代作家评论》，是不是也要随这样的宣判而停刊？这挺值得忧虑。

值得庆幸的是，虽然我们怀着弱势民族的文化自卑感，但是我们并不像巴特那样悲观，一切真正的艺术品，都不是巴特所想象的那样，为固有的能指所指的游戏陈规所囿，艺术的生命就是创新，就是对现成的话语的胜利突围。巴特的理论不管多么权威，也不能成为检验真理的标准，相反，要经受历史和现实的严格检验和严峻的批判。只要稍稍回忆一下阅读经典文本那种惊心动魄的审美体验，就不能不得出结论，不是经典文本的作者，而是

---

① 赵毅衡：《符号学文学论文集》，百花文艺出版社 2004 年版，第 505—522 页。

② 鲁迅：《绛花洞主小引》，《鲁迅全集》（第八卷），人民文学出版社 2005 年版，第 179 页。

③ 赵毅衡：《作者之死》，《符号学文学论文集》，百花文艺出版社 2004 年版，第 506 页。说得更为直截了当的是“作者死亡，写作开始”。

宣称作者已死的作者先死。经典文本的作者，就是肉体消亡了，却活在人们心里，就是因为他发现、表现了固有话语所没有表达的东西。罗贯中死了，那个容不得身边盟友比自己具有更高的智慧的周瑜，因为是前所未有的，因而直到今天仍然活在武大郎开店的谚语里。曹雪芹死了，可是林黛玉那种因为爱得深而疑得痛的心仍然是今日多情女郎泪水的注解。范仲淹死了，那先天下之忧而忧，后天下之乐而乐，仍然活在我们的民族精神里。艺术的生命，就是精神对固有的成规突围，从这个意义上说，只要艺术经典还在流传，还在受到爱好，就证明其精神突围在世世代代都能获得新生命。

追求散文理论的创新，大前提就是把散文当作文学，而西方当代文论，就其主流来说，是否定文学的，他们认定文学是虚幻的、稳定的文学本质，文学与非文学的界限，是不存在的，充其量只有文学性存在于非文学中。以乔纳森·卡勒为例，关于文学是否具有某些共同的“根本的、突出的特点”，他的回答是这样的：

> 文学作品的形式和篇幅各有不同，而且大多数作品似乎与通常被认为不属于文学作品的东西有更多相同之处，而与那些被公认为是文学作品的相同之点反倒不多。①

他说文学和非文学作品的共同性文学作品之间更多，更多是一个量的概念，可是他并没有作量的比较。这个论断与我们文学阅读时惊心动魄的审美体验相去甚远。他论证的粗疏倒叫人感到惊讶：

> 以夏洛蒂·勃朗特的《简·爱》为例，它更像是一篇自传，与十四行诗，很少有相似之处；而罗伯特·彭斯的一首诗“我的爱就像一朵鲜红鲜红的玫瑰”则更像一首民谣，与莎士比亚的《哈姆雷特》也很少有相同之处。②

对于这样的核心结论，作为学术，本来是要求反复论证的，但是居然是宣判式的一笔带过。勃朗特的《简·爱》明明是世所公认的经典小说，虽然带有某种自传性，正如《复活》带有托尔斯泰的自传性，《丑小鸭》带有安徒生的精神自传性，但并不妨碍其小说和童话的文学性质。至于小说与十四行诗，不可否认有所不同，但是属于外部形式的差异，而在诉诸感性，以情感的审美价值见长，则是统一的。彭斯的抒情诗就算是具有“民谣”风格，在抒情上不是和诗同类吗？从诗经到汉乐府，从明清山歌到陕北民歌，和李白、杜甫、拜伦、雪莱的诗歌，在抒情这一点上“相同之点”是显而易见的。莎士比亚的《哈姆雷特》虽然其外部形式是戏剧，但是它是诗剧，其人物对白和独白，是无韵素诗（blank verse），不押韵，都有诗的五步轻重交替的节律，在诗歌中属于戏剧性独白一类；最主要的是，抒情的属于审美价值，与议论文章的理性的逻辑阐释和论证，有着根本的区别。从中

① 乔纳森·卡勒著，李平译：《当代学术入门：文学理论》，辽宁教育出版社1998年版，第21页。

② 乔纳森·卡勒著，李平译：《当代学术入门：文学理论》，辽宁教育出版社1998年版，第21页。

国的《文赋》的“诗缘情”，到康德的审美价值论，到俄国革命民主主义者的“形象思维”论，对文学作品的“相同之点”，有许多权威的论述，作为学术著作，居然对此仅仅以“理论家们一起努力探讨解决这个问题，但成效甚微”敷衍过去，连问题史都没有作起码的系统的梳理。这样武断的学风，我们如何和他接轨呢？西方大师这样的文风，并不是个别的，而是普遍性的：

雅克·德里达展示了隐喻在哲学话语中不可动摇的中心地位。克洛德·列维－斯特劳斯描述了古代神话和图腾活动中从具体到整体的思维逻辑，这种逻辑类似文学题材中的对立游戏（雌与雄，地与天，栗色与金色，太阳与月亮等）。似乎任何文学手段、任何文学结构，都可以出现在其他语言之中。[①]

这种论证方法，显然是粗疏的。修辞手段，思维模式，不过是一种普遍潜在的规则。普遍规则的表现和功能在特殊形式中是要发生分化的，隐喻在哲学中，近似于寓言在先秦诸子中是为了说明抽象道理，而在诗歌中，如果满足于展示道理，像玄言诗那样，则有损于形象，导致审美感染力的削弱。至于文学题材中的对立游戏（雌与雄，地与天，栗色与金色，太阳与月亮等）与哲学中抽象的对立统一，在思维模式上有某种近似，正等于大米可以做成酒也可以做饭，难道因此就把酒和饭卖一个价钱吗？难道因为在《资本论》中，有“资本的每一个毛孔中都渗透着血和肮脏的东西”这样的暗喻，揭示劳动和资本的对立，《资本论》就和狄更斯的小说没有区别了吗？如此这般的理论权威性的获得，并不是因为在学术上有多么雄辩，而是因为他们反本质、去中心、废边界、去体系、解类别的话语太有霸权的震慑力，太令人自卑了。

他们不乏来自马克思、黑格尔的学术渊源，福柯本科论文就是研究黑格尔的，而且熟读《资本论》。可以设想他们的思路可能是：与其追随马克思、黑格尔博大精深的被他们称之为总体论的体系，去做修修补补的工作，不如以总体论为颠覆的对象。他们反总体、反本质、反体系的这片新天，以无类别为特征。表面上看，对我们建构散文理论而言，无疑是一道无解的方程式，但是师其言，不如师其意，最聪明的办法，就是像他们一样把师承的权威当作解构的靶子。他们的理论生命，来自对于所师承学理的反叛。用他们审视老师的方法审视他们，拿他们颠覆老师体系的方法，用到他们头上，是不是也可能有所作为呢？我们这个世界是不完美的，我们的所有理论，都是不完美的。哪个老师的体系没有漏洞呢？同样的，哪个学生的反体系，没有历历在目的漏洞呢？如果我们逆着他们的反总体、反体系、反类别，在总体、体系、中心、类别的方向上探索，是不是也可能和他们一样另

① 乔纳森·卡勒：《文学理论》，《问题与观点：20 世纪文学理论综论》，百花文艺出版社 2000 年版，第 40—41 页。

辟新天地呢?

进行任何大规模基础建设都有清理地基的任务，现代散文理论之所以落伍，原因之一，就是连起码的理论清场都没有。

人家的理论是从哪里来的呢？是他们的阅读和写作的历史和现状的实践经验的高度概括。问题在于，他们的理论是大于经验的，我们理论是贫困的，但是，阅读写作的历史经验却并不亚于他们。对于建构理论来说，剩下来的唯一的出路，就是到散文，尤其是古代和现代散文的历史中去寻找。这种寻找，比之小说要困难得多，因为理论有普遍性，从而对特殊对象具有一种向导作用。小说、诗歌，有向导，有时还是多元流派的向导，自然也可能有些消极的遮蔽性，而散文，则是无向导。这当然增加了难度。难在要从经验上升为观念、范畴和体系，但是，这也可能逼出理论最宝贵的原创性来。要有散文理论的原创性，就要对西方前卫文论死了这条心，对自己则横下一条心，直接从古代和现代散文历史中进行第一手的抽象。

既然要作第一手的、原创性的抽象，就不要因为德里达反对“形而上学”的普遍性而心虚手软，因为抽象的优长在于普遍性，其局限则在牺牲特殊性，但是对此并不用悲观。按形式逻辑的抽象，外延越广，内涵越窄，越是哲学的抽象，内涵越是稀薄，这就是德里达对“形而上学”敬而远之的原因，但是真正哲学的抽象，并不是外延的最大公约数，而是因为蕴含着矛盾运动而深刻化了，因而外延愈广，内涵却愈深刻。越是形而上学，越是如马克思所说的从抽象上升为具体。此外，在马克思那里，高度概括与具体分析是互补的。概括暂时牺牲了特殊性，具体分析则起到还原特殊性的作用。基于此，我们放心大胆地不但作哲学的概括，而且作价值的概括，作审美的概括，作文学的概括，作形式的（相对于内容的形式，而不是羞羞答答的“文类”）甚至作突破康德的审美的概括，作“审智”的概括。有了概括，才有抽象。有了抽象的符号（例如对动物、事物、人物有了超越具体感性的抽象的数量观念，甚至有了“鬼”“神”的超越经验的概念），猿才变成了人，这是人之所以为人的基础。就是德里达也不能超越。当他说出反形而上学的话语时，就意味着把古今中外不同的观念，毫无例外地概括起来，这本身就是在抽象，在牺牲特殊性，概括越是广泛，牺牲的特殊性就越多，就越是形而上学。

但是，逃过了西方文论观念的阻遏，却难逃西方文论方法的壁垒。

西方文论研究的前提是定义。没有定义，一切都无从开始。如果不能对散文做出一个定义，那就注定了这个课题自我取消。

乔纳森·卡勒的《文学理论》就是从“理论是什么”“文学是什么”开始的，伊格尔顿的《二十世纪西方文学理论》也从文学定义开始。从方法论来看，伊格尔顿更有代表性。

他否定文学的原因，一是不同流派的定义纷纭，二是不同时代的文学观念大相径庭。我们如今的文学观念，是英国浪漫派时期规定下来的，在这以前文学的内涵是“社会中被赋予价值的全部作品：诗以及哲学、历史、随笔和书信”[①]。正是因为文学的观念是历史地变动不居的，因而不可能有永恒不变的文学，统一的本质化的文学是不存在的。这里就产生一个方法论问题。历史地变动不居，并不是文学特有的现象，而是一切事物包括大自然（宇宙、地球、动物、植物）和人文界（思想观念）普遍的现象。变动不居的猴子变成了人，并不妨碍给人下定义。从古希腊的（无毛的两足动物）到马克思的（能够制造工具有目的地劳动的动物）再到卡西尔的（使用象征符号的动物），定义不断提升、丰富，甚至还有其他五花八门的定义（如，人是感情的动物，人是理性的动物，人是会笑的动物）。定义如此这般地变动不居，并没有成为否定人存在的理由。

对这样的学术困难，马克思早在《资本论》的《初版的序》中就给出一种解决途径：“已经发育的身体，比身体的细胞是更容易研究的。”[②]科学的抽象要求对象性态稳定。在事物从低级到高级不稳定的过程中，马克思提出从高级形态回顾低级形态的方法。在对待学术史的问题上，马克思更加自觉地强调着从成熟的或者“典型”的形态出发：

> 人体解剖对于猴体解剖是一把钥匙。反过来说，低等动物身上表露的高等动物的征兆，只有在高等动物本身已被认识之后才能理解。因此，资产阶级经济为古代经济等等提供了钥匙。[③]

在《资本论》的《初版的序》中，他这样说：

> 直到现在，它（按：资本主义）的主要典型是英国。就是为了这个理由，所以我在理论的阐述上，总是用英国作为主要的例解。但若德国方面的读者对于英国工农劳动者的状况，伪善地耸一耸肩，或乐观地，用德国情形远不是如此恶劣来安慰自己，我就必须大声告诉他说：“这正是阁下的事情！”[④]

伊格尔顿是西方马克思主义的代表，但是他罗列从俄国形式主义的文学定义到英国文学的内涵的变幻，就否定统一的文学存在的时候，似乎忘记了马克思的这个重要方法。低级形态的种种不成熟征兆，只有到了高级形态才能得到充分的说明。反过来说，在高级形态形成定义之时，要防止陷入低级形态的纠缠之中。也就是说，在为人下定义的时候，避免用猴子不是这样来搅局。等到人的定义清晰了，猴子的属性自然不难说明。

---

① 伊格尔顿著，伍晓明译：《二十世纪西方文学理论》，北京大学出版社 2007 年版，第 16 页。

② 马克思：《资本论 · 初版的序》（第一卷），人民出版社 1956 年版，第 10 页。

③ 中共中央马克思恩格斯列宁斯大林著作编译局：《政治经济学批判导言》，《马克思恩格斯选集》（第二卷），人民出版社 1995 年版，第 23 页。

④ 马克思：《资本论 · 初版的序》（第一卷），人民出版社 1956 年版，第 10 页。

这个原则无疑可以成为一种学术原则。研究文学可以放心大胆地从现当代文学的成熟状态出发。为什么要从比较成熟的状况出发？因为，在这种状态下，文学的性质比较“纯粹”。这一点马克思也有过考虑：

> 物理学考察自然的过程，就是要在它表现得最为精密准确并且最少受到扰乱影响的地方进行考察；或是在可能的时候，在种种条件保证过程纯粹进行的地方进行实验。①

自然科学的方法不同于人文社会科学研究的方法，就在于一方面是让对象处于“纯粹”“最少受到扰乱”的状态，另一方面，则对之以人为的手段进行控制。如马克思所说的“用显微镜”或者“化学反应剂”，目的就是把物质的内在规律揭示出来，但是人文科学社会科学和自然科学不同，它不可能把社会生活加以“纯粹”化处理。马克思说：

> 在经济形态的分析上，既不能用显微镜，也不能用化学反应剂，那必须用抽象力来代替二者。②

一些号称西方马克思主义的大师，在基本学术方法论上和马克思背道而驰，不是从历史发展过程的复杂纠缠中把纯粹状态提取出来，而是把当代文学成熟状态推回到历史发展的复杂状态中去。他们反总体、反系统的愿望决定了他们拒绝把文学观念的变化，看成是历史进化、从低级到高级的过程，而当作不同历史时代、不同文化传统的任意性选择。其实，只要放眼世界，文学从一般文化的混沌状态中分化出来，可以说是普遍的、规律性的、总体性的趋势。

伊格尔顿所不屑的纯文学就是在发展成熟过程中，被世界广泛接受的。欧洲自浪漫主义以来的情况自不用说，就是中国从古代的文史哲不分家到五四新文化运动确立审美价值的文学准则也是历史进化的规律性表现。这种规律的普遍性威力，连阿拉伯世界的文学观念的发展也不能例外。据叙利亚初中三年级《语文教科书》所载，在早期，（阿拉伯）语言中“文学”的意思是邀请某人去赴宴会，稍后，意思是高贵的品德，如道德、礼貌、礼尚往来。后来又有了“教育”的和以诗歌等来影响他人的意思。接下来，是“广博的文化”的含义，包括科学知识、艺术、哲学、数学、天文、化学、医学、信息、诗歌。直到现代，才特指对读者、听者的情感、情结等产生影响的各类体裁的诗歌、散文、演讲、格言、寓言、小说故事、戏剧等。③

阿拉伯语中，最初“文学”一词几乎包含了文化全部的含义，英语的 literature 本义是

---

① 马克思：《资本论・初版的序》（第一卷），人民出版社 1956 年版，第 10 页。

② 马克思：《资本论・初版的序》（第一卷），人民出版社 1956 年版，第 10 页。

③ 洪宗礼等主编：《母语教材研究》（第七卷），江苏教育出版社 2007 年版，第 657 页。

印刷品，和汉语的“文”泛指一切文字是一致的，如果从历史选择的任意性来看，也许只能看到不同民族文学理论的纷纭，但是从马克思的高级形态回顾低级形态的视角，却不难看出从泛道德、泛文化理念凝聚为“特指对读者、听者的情感、情结等产生影响的各类体裁的诗歌、散文、演讲、格言、寓言、小说故事、戏剧等”的历史进化。阿拉伯语、英语和汉语不约而同地选择了纯文学的方向，绝不是偶然的。审美价值从实用理性中独立出来，正是文学成熟的标志。独立文学的产生，提供了纯粹的、不受纷纭繁杂文化现象干扰的典型形态，为科学的抽象提供了极大的方便。

二、学术定义：出发点还是逻辑和历史的过程

建构的目标，是散文这个类别的系统理论，而不是观点的无序罗列。高级形态的文学纯粹状态，方便于直接进行高度的抽象，但是并不能保证必然具有体系性，拒绝总体论，学术抽象就不能不是零碎的，就很难在逻辑上和历史过程中，揭示散文的内在发展逻辑。这就要求为散文理论寻找一个起点，不是任意的起点，而是具有发展潜能的逻辑起点。为什么叫逻辑起点？这是因为作为总体论，其体系的展开，应有内在的，像《资本论》那样有机的、逻辑的。诚如列宁所指出的：

> 马克思在《资本论》中，首先分析资产阶级社会（商品社会）里最简单、最普通、最基本、最常见、最平凡、碰到过亿万次的关系——商品交换。这一分析从这个最简单的现象中（在资产阶级社会的这个“细胞”中）揭示出现代社会的一切矛盾（或一切矛盾的胚芽）。往后的叙述向我们表明这些矛盾和这个社会的发展，在这个社会的各个部分的总和中的，从这个社会的开始到终结的发展（既是生长，又是运动）。[①]

这就是说，在最普通、最平常的细胞形态形成的起始范畴，也是其逻辑推进的开端，它的发展不完全是靠外部力量推动的，动力在细胞形态本身包含着的矛盾，按照黑格尔辩证法的模式走向自身的反面，否定之否定，向新的层次，也就是马克思所说的“螺旋式上升”。这样逻辑的起点和终点，也就成了历史的起点和终点。这在马克思的总体论中叫作逻辑和历史的统一。

中国现代散文理论积累了八九十年，虽然贫乏，但是我们不可能完全在空地上寻找逻辑起点，只能在分析批判中，结合创作发展摸索前进。这就是说，我们可以不像西方文论大师那样，从定义开始，而是从分析细胞形态的内在矛盾开始，在其逻辑和历史的发展过

① 列宁：《哲学笔记》，人民出版社1956年版，第409页。

程中给出定义。这是因为，定义不是起点，也不是静态的终点，而是走向终点的全部过程。从严格意义上说，任何一门学科，从来就不存在着什么一劳永逸的定义，不管是自然科学，还是人文科学，定义莫不是随着学科历史的发展而发展的。西方文论从定义出发的方法，与他们历史相对主义哲学基础之间的矛盾，是显而易见的。

三、审美抒情：中国现代散文的历史选择

对于中国散文理论来说，有一个特殊现象是不可忽略的，那就是在五四时期，在现代散文诞生的历史关头，西方文学从历史、学术等等中分化出来已经两百多年，作为独立的艺术形式，小说和诗歌的审美规范已经相当成熟，可以说具备了稳定性的纯粹性，不但在实践上，而且在理论上，都可供我们师法；而散文，西方人却似乎舍不得和浪漫派以前的传统观念脱离，并不以追求审美价值的独立目标；奇怪的是，这种情况直到如今也没有根本的变化。在英语世界的百科全书中，至今尚不存在“散文”的词条。只有和 prose 有关的文体，如：alliterative prose（押头韵的散文）、prose poem（散文诗）、nonfictional prose（非小说类/非虚构写实散文）、heroic prose（史诗散文）、polyphonic prose（自由韵律散文）。和我们所理解的散文比较接近的并不是 prose 而是 essay 和 belles letlres，这包括通常所说的随笔（小品）和周作人所说的“美文”。按西方的理解，随笔是重在分析、思索、解释、评论性的，具有一定感性；较之论文，篇幅短得多，不太正式，不拘形式，也不太系统；它往往从一个有限的，经常是个人的角度来讨论一个观点。很显然，它以议论为主，一方面与抒情是错位的，另一方面又与理性是错位的，可以说侧重于智性。理论性强的不叫作 essay，而叫 treatise，或者 dissertation。属于文学性散文的文体，并不笼统叫作 prose，而是属于 belles lettres（来自法语：美文）。“美文”，作为文学，具体些说，指轻松的、有趣的、意深语妙的随笔，也用于指文学研究，同时也包括了诗歌、戏剧、小说①。

① 在《大英百科全书》（*Encyclopaedia Britannica* 2007）的 Ultimate Reference Suite 中没有单列 PROSE 条目，只有关于 PROSE 的分列说明，例如：alliterative prose 押头韵的散文，prose poem 散文诗，nonfictional prose 非小说类/非虚构写实散文，heroic prose 史诗散文，polyphonic prose 自由韵律散文。而另一种百科全书 Wikepedia 中的美文（belles lettres）则说，这是来自法语的词语，意思是“beautiful” or “fine” writing。它包括了所有的文学性质的作品：小说、诗歌、戏剧或者是随笔，其性质取决于语文的运用上的审美和原创，而不是其信息和道德的内涵。在另一本百科全书（*The Nuttall Encyclopedia*），则认为这是用来描述不管形式和内容，只属于艺术领域的文学，不但包括诗歌、小说、戏剧，甚至还包括文学批评。而《大英百科全书》第 11 版（*Encyclopaedia Britannica Eleventh Edition*）更加强调的是诗歌、传奇等艺术的想象的文学形式而不包括那种比较呆板的亦步亦趋的文学批评，但包括了演说、书信，讽刺的、幽默的文章随笔集子。essays，在《牛津词典》第 2 版（*The Oxford English Dictionary 2nd Edition*）中，指的是比较小型的文学作品。

正是因为这样，台湾郑明娳教授认为："在中国散文虽然不居于文学的地位而生长，但在西方，散文却没有自己的地位。"郑教授引董崇选《西洋散文的面貌》第二章说："在西洋文学里，最初的三大文类是戏剧、史诗与抒情诗。可是后来文学作品的形式与内容渐渐增多，该三大古老的文类便不通涵盖众多不同的作品。为了顾及实际，现代三大文类便改戏剧、诗歌与小说。但是戏剧、诗歌与小说也不能概括所有文学作品。比方说，有些文学成分很高的传记、自传、性格志、回忆录、日记、书信、对话录、格言录与随笔（essay）等，既不是戏剧，也不是诗歌，也不是小说。而既然这些文类的作品，通常都是用（最广义或较广义的）散文写成的，所以就有很多人把这些文类的作品合起来，笼统地称为 prose（散文）。有些文学史或者文学导论的书，便是把文学分成诗歌、戏剧、小说与散文四大部分来讨论。"[①] 董先生这种说法很精辟，但并不完全，西方最初的文学并不是只有戏剧、史诗和抒情诗这样的韵文，而且还有非韵文的对话体散文，如柏拉图的经典之作《苏格拉底之死》《理想国》，此外还有演讲，当时书面的传播还不发达，广场上的演讲在公众生活中很重要。亚里士多德的《修辞学》，就是论述演说术的。全书共分三卷，第一卷开篇阐述修辞学的定义、演说的分类、说服方式和题材；第二卷着重分析听众的情感和性格以及论证方法；第三卷讨论文体风格与构思布局，涉及演说的立意取材、辞格运用、语言风格、谋篇布局、语气手势和情态等。在理论上提出了耸动听众的资源有三个方面：诉诸人格的说服手段（ethos）；诉诸情感的说服手段（pathos）；诉诸道理的说服手段（logos）。我们流行的做法充其量不过就是其中之一，那就是诉诸道理的说服手段（logos）。在古希腊有苏格拉底《在雅典五百公民法庭上的答辩》那样的经典，在古罗马产生了西塞罗那样不但有演说而且有理论的大师。甚至在鲍姆嘉通的《美学》中还说道："美学同演说学和诗学是一回事。"[②] 但是，这一切并未明确归纳到散文文体中去，作为文体，似乎至今并没有得到西方学界的普遍认同。这就造成了散文作为文体边界，也就是外延是不确定的。

因而英国文学权威王佐良在《英国散文的流变》[③] 中就不但把培根的《随笔》《圣经》、吉朋的《罗马兴衰史》，而且把达尔文的《物种起源》、小说（《鲁滨孙漂流记》《简·爱》等）、浪漫派关于法国革命的论战文章、萧伯纳剧本中人物的辩论、丘吉尔的回忆录等，都归入散文。正是因为这样，郑明娳认为"散文缺乏独立自主的地位，西方也缺乏继往开来的大家，因此也不会产生文学运动和潮流"[④]。

---

① 郑明娳：《现代散文类型论》，台湾大安出版社 1987 年版，第 3 页。

② 鲍姆伽通：《美学》，刘小枫选编：《德语美学文选》（上卷），华东师范大学出版社 2006 年版，第 2 页。

③ 王佐良：《英国散文的流变》，商务印书馆 1994 年版。

④ 郑明娳：《现代散文类型论》，台湾大安出版社 1987 年版，第 3 页。

在中国也有类似的现象。我国从先秦到晚清并不存在纯文学性散文文体。只有“文”的观念，诗言志，文载道，文是与诗相对的。文又可分为古文和骈文。骈文具有一定的文学性，而古文则比较复杂。姚鼐的《古文辞类纂》中的“古文”的内涵，一是拒绝骈文，二是相对于辞赋类。有论辩类、序跋类、奏议类、书说类、赠序类、诏令类、传状类、碑志类、杂记类、箴铭类。虽然罗列了这么多，可并不很全面，至少还遗漏了史传类（如《三国志》中附在《诸葛亮传》中的《隆中对》），但是也可看出包含了文学性和非文学性两个方面。

先秦诸子大量是对话体的，如《论语》和《孟子》，这属于传统文论中所谓“记言”性质。

被刘勰称为“诏、策、奏、章”之“源”的《尚书》，本最具实用性，很接近于当代政府文告，但是不少具“记言”属性。恰恰是这些“记言”的权威公文，强烈地表现出起草者、演讲者的情结和个性。《盘庚》篇记载商朝的第二十位君王，为了避免水患、抑制奢侈的恶习，规划从山东曲阜（奄）迁往河南安阳（殷），遭到了安土重迁的部属的反对。盘庚告喻臣民说：“迟任有言曰：‘人惟求旧，器非求旧，惟新。’”这是对部属的拉拢，用了当时谚语，翻译成今天的话就是：东西是新的好，朋友是老的好。接着说自己继承先王的传统，不敢“动用非罚”，这就是威胁。不敢动用，就是随时都可用。至于，你们听话，我也“不掩尔善”，不会对你们的好处不在意。“听予一人之作猷”。听我的决策，我负全部责任，邦国治得好，是你们的，治得不好，我一个人受罚（邦之臧，惟汝众；邦之不臧，惟予一人有佚罚）。话说得如此好听，表面上全是软话，但是这是硬话软说，让听者尽可能舒服。可到了最后，突然来了一个转折——你们大家听着，从今以后，“各恭尔事，齐乃位，度乃口。罚及尔身，弗可悔”。你们要安分守己，把嘴巴管住，否则，受到惩罚，可不要后悔。这样硬话软说，软话硬说，软硬兼施，把拉拢、劝导、利诱和威胁结合得如此水乳交融，其表达之含而不露，其用语之绵里藏针，其神态之活灵活现。这样的文章，虽然在韩愈时代读起来“佶屈聱牙”，但是只要充分还原出当时的语境，不难看出这篇演讲词，用的全是当时的口语。怀柔结合霸道，干净利落，实在是出色的情理交融的散文。这样的政府公文中透露出来的个性化的情志，就是用古希腊、罗马的散文（演讲）观念来衡量，都具有抒情审美的性质。

传统散文除了“记言”方面，其外还有“记事”的一面。如以《左传》为代表的史传散文。固然章学诚的“六经皆史”的学说，把神圣化了的经典还原为历史有重大价值，但是袁枚的“六经皆文”（“六经者亦圣人之文章耳”[①]）似乎更警策。而钱锺书则无异于提出了

---

① 袁枚：《答惠定宇书》，《小仓山房诗文集》（第三册），上海古籍出版社1988年版，第1529页。

“六经皆诗”的命题：“与其曰：古诗即史，毋宁曰：古史即诗。”[①]这就是说，从文体功能来说是历史的纪实，然而，从作者情志的表现来说，却无不具有审美价值。钱锺书以《左传》为例，还指出“史蕴诗心、文心”，特别指出记事性质的历史散文其实隐含着作者的想象和情志，与小说、戏剧相近之处不可忽略：

> 史家追叙真人实事，每须遥体人情，悬想事势，设身局中，潜心腔内，忖之度之，以揣以摩，庶几入情合理。盖与小说、院本之臆造人物、虚构境地，不尽同而可相通。[②]

中国古代史家虽然标榜“左史记言，右史记事”的“实录”精神，但是事实上，记言，并非亲历，且大多并无文献根据，其为“代言”“拟言”[③]者比比皆是。就是在这种“代言”“拟言”中，情志渗入史笔中，造成历史性与文学性互渗，实用理性与审美情感交融是必然的。

中国传统的文，并不仅仅有对话、演说、史传，此外还有智性的，甚至是理性的。如《文心雕龙》提出的“说”“论”和“表”等，皆为亚文体，各有其不同规范。“说”，虽然智性很强，但是往往以“巧喻”为基础，可以片面一些，其动人不仅在于智性，而且也在情感性 / 审美性 / 文学性，不过具有小品性质，而“论”则是比较严格的理性文章，为非文学性质，所论皆经国之大业，以全面（正面、反面）为上，具有“大品”性质，而“表”虽为政治应用文，奉呈皇帝的文书，却可以抒情。凡此各种，为中国散文所特有，皆具特殊规律，忽略了其间不容发的区别，就很难深入有效地解读。

大量先秦文章的审美性质还处在胚芽形态，这就是说，它并不纯粹，文学的审美超越性和文告的实用理性交融在一起。有时其实用理性还占着优势。所谓文史哲不分家是早期文化的特殊性决定了散文从一开始就具有审美与实用交织的“杂种”性质。其中审美价值与实用理性是如此错综，连袁枚、钱锺书这样的大家都未能彻底洞察。袁枚所言“六经皆文”和钱锺书所言“六经皆诗”都有强调审美性质，抹杀实用理性的嫌疑，只有从当代审美与实用分家的高度，以高度的理论自觉，才能分析出这种低级形态中审美的非纯粹性，但是把握低级形态并不是学术最终的目的，以之阐明高级形态才是最高的目标。充分理解了低级形态的“杂种”基因，才能洞察中国散文史中二者犬牙交错的复杂性，也才能理解在数千年的中国散文史上，纯粹审美抒情散文为什么屈指可数。

中国散文从娘胎里带来的“文体不纯”传统，在五四新文学运动发轫期，曾经面临着

---

① 钱锺书：《谈艺录》，中华书局 1984 年版，第 38 页。

② 钱锺书：《管锥编》，中华书局 1979 年版，第 166 页。

③ 钱锺书：《管锥编》，中华书局 1979 年版，第 166 页。

某种可能的历史转机。早期《新青年》的随感录，与西方的随笔（essay）有某种接近，但是西方的随笔以智性思绪为主，尚未从文化价值中分化、独立出来。这引起了周作人的犹豫，结果是他在1921年的《美文》（belles letters）中选择了晚明小品的“性灵”，确立了“叙事与抒情”的纯文学方向。在当时反桐城派的载封建之道，张扬个性，有历史的功绩，但是也造成了把散文局限于审美抒情的弊端。以致直到今日，连鲁迅的杂文算不算散文，还有争议，更有不少论者对“散文同时可能是——杂文、小品文、报告文学、特写、随笔、书评、文论、时事评论、回忆录、演讲词、日记、游记、随感式文学评论等”感到愤怒，表示要把散文理论“推倒重来”。某教授甚至天真地提出要“净化散文”文体。这完全是受了周作人1921年在《美文》中提出的“叙事与抒情”的狭隘散文观念的遮蔽，以为散文只能审美抒情。其实，真正科学的态度，不是把主观的意志强加于历史，而是遵循历史的丰富、复杂过程，从中找出总体和个案的深邃奥秘来。对中国和西方散文历史不下苦功夫全面系统地学习、钻研，就要对散文进行大手术式的动作，实在不能不令人想到是堂吉诃德式的鲁莽。

要揭示出其中的奥秘，在方法上，最忌以静态的眼光作僵化的定义，或连形式逻辑都不符合的划分，如将之分为并列的“叙事”“抒情”“议论”“说明”四体。作者认为散文并非僵化的、静止的文体，其体制的形成是一个不断发展的历史流程，推动这个流程发展的乃是其内在矛盾，前一个流程蕴含的矛盾和不足，导致后一个流程的产生，弥补了前一个流程的缺陷，又产生了新的矛盾和不足，从而导致新的流程。如此等等。在此哲学基础上，本书对现代文学性散文概括为“审美”“审丑”“审智”三大范畴，这既是逻辑的划分，又是历史的发展，在某种意义上达到了逻辑和历史的统一。

1921年，周作人在《美文》中为我国现代散文规定艺术方向时，面临的局面是这样的：西方的散文文体并未从非审美的实用理性文体中独立出来，从来以西方马首是瞻的他，却奇迹似的为散文选择了独立的审美方向。这不但在中国文学史上，而且在世界文学史上，都带有某种特异性。

后来被我们称为散文的文体，在他那个时候，“国语文学里，还不曾见有这类的文章”。[①] 他却以初生牛犊不怕虎的气魄，三言两语，就为这个世界上的最年轻的文学体裁确立了一个规矩（或者规范），这就是“叙事与抒情”。这种审美价值的规定，几乎和陈独秀文学革命论不容讨论一样带着五四新文化运动特有的锐气，不可避免地为日后留下偏颇甚至混乱。就是在当时，他始终也没有说清楚这种“叙事与抒情”的散文，和理性的议论文

① 周作人：《美文》，《晨报副刊》1921年6月8日。又见俞元桂主编：《中国现代散文理论》，广西人民出版社1984年版，第3页。

体之间有何区别。他一会儿称之为美文，一会儿又称之为论文，甚至干脆说“读好的论文如读散文诗”[①]。区别何在，他可能也并不在意。不管它叫作“论文”也好，“美文”也好，只要“真实简明”就好。我在《世纪视野中的当代散文》中曾经说过：“‘美文’是周作人发明的一个词语……虽然他的主张号称来自西方，但是西方文论并不足以支持他做出‘主情’的决策。推动他做出如此坚定的论断，根本原因是中国传统和他的艺术趣味，也就是他对晚明公安派性灵小品的执着。‘叙事与抒情’和‘真实简明’都不是西方 essay 和 belles littres 的特点，而是他所热爱的公安派风格。1928 年，他在《燕知草》的跋中明确宣言晚明的‘公安派’是‘现在中国新散文的源流’。[②]其实，在他心目中，那就是现代散文的楷模。”[③]

但是，不管这个规定带着多么强烈的草创学科的幼稚，却不能不说，它在中国散文史上，甚至世界散文史上，划时代地把散文归结为单纯的审美价值载体，为中国现代散文揭开了历史的新篇，大大解放了散文的创造力。鲁迅甚至认为，新文学第一个十年，散文取得的成绩是超过了小说和诗歌的。这说明周作人的观念得到了历史实践的肯定。

中国五四散文观念，与西方散文的区别如此之大，并不一定是他个人的突发奇想，可能与中国语言与西方语言的不同有相当的关联。西方语言，主要是日耳曼语族、拉丁语族，斯拉夫语族最大的特点就是以语词形态的变幻来保证动词在时态和语态上，名词在性、数、格上严密的一致。这严密的首尾一贯性考究，特别有利于数理逻辑式的推理，故欧美学术长于演绎逻辑的推理，而诗歌亦长于直接抒情，“跨行”常常至十数行，句间逻辑联系井然。汉语语词的独立性，一句意足，“立象以尽意”，意象并列，于意象间（字里行间）留下空白，意味浮动。故汉语诗歌多情景交融，句间逻辑联系时时省略，意在言外，不着一字，尽得风流。缺点在于思想容量小，且无长篇叙事和史诗。西欧诗歌的直接抒情，句间逻辑联系一如散文，思想容量大，智性深度大，但容易流于抽象。到了 20 世纪初，美国诗人意识到他们的诗歌中的直接抒情，易于流为思想的喷射，自称师承汉语诗歌，淡化动词时态语态和名词性数格的统一性，甚至省略动词介词，多用汉语式的语词并列，这就是风云一时的“意象派”。这种突围，固然使审美感知强化，但思想容量则不能不有所减少。这在诗歌中，可以行得通，因为诗歌短小，少则几行，多则十几行，足以表现诗人即兴的心灵智慧，但是他们的散文，本来在法国，也是道德格言的理性公共话语成分很重，是蒙田，提出了 esssai，也就是“试笔”的意思。他试的是个人之笔，主要是个人化的智性和自由联

---

① 周作人：《美文》，《晨报副刊》1921 年 6 月 8 日。

② 俞元桂主编：《中国现代散文理论》，广西人民出版社 1984 年版，第 433 页。

③ 孙绍振：《世纪视野中的当代散文》，《当代作家评论》2009 年第 1 期。

想，审美感性，可有可无，属于附带的成分。这样的体裁，如果以抒情与叙事为主，无疑失去其精神质量。而中国汉字文化决定了中国是一个诗化的国家，即使梁启超那样智性文章，也是“笔锋常带感情”。至于明人小品，以抒发个人性灵为主。受这种文风熏陶很深的周作人，选择了这样的模式，固然有个人的偏嗜，但是对于汉语来说，则在偶然性中有某种文化的必然性。

虽然中国现代散文史，在最初十年里基本肯定了周作人散文理念，但是后来历史却证明，周作人这个理念给现代散文带来了巨大的局限，最大的局限就是散文的小品化倾向。

作为理论，周作人的“叙事与抒情”，虽然并非散文的特点，却感性地接触到散文“最简单、最普通、最基本、最常见、最平凡、碰到过亿万次的”“细胞形态”和“纯粹状态”。然而，这个观念带着感性的粗浅性，还不能直接成为逻辑起点，因为叙事与抒情二者是并列的，其间的关系是游离的，其中并不包含矛盾，也就缺乏发展的内在动力。在叙事过程中，情感居于何等地位，是不是存在着某种抒情之外的叙事？周作人没有来得及考虑。其实，从历史实践来看，抒情和叙事是矛盾的统一。汉语“事情”的构词就揭示了在汉人的原始思维中，事中有情，二者是不可分割的。抒情常常是渗透在叙事，包括静态的描述式叙事之中，情事交融。情为叙事的主体，无疑处于主导地位，以情为纲，情为事脉，主体情感的意脉决定了叙事的倾向。情的抒发，不取决于事的过程，相反，事的过程，由情的特征来定性，以情的曲折为事的过程的纲领，以情的深化为事的详略定量、定型，以情为准则定空白、定节律、定结构、定文采。从另一个方面来说，纯粹的抒情，除了在散文诗那样特殊的亚文体中，很难取得长足的发展。

正是对事和情二者互相制约关系在理论上的模糊，导致了以后在某种政治气候作用下，散文文体的两度危机。一度是，把叙事孤立地强调，以至于20世纪40年代，以报告文学、通讯取代散文，到了50年代初期，魏巍的朝鲜通讯《谁是最可爱的人》成了最好的散文，而纠正这个偏向，把散文从实用文体解放出来的杨朔，又把抒情强调到极端，把每篇散文都当作诗来写的主张风靡一时，散文又一次作茧自缚。

这一切都在说明，散文历史性的大发展和文体的衰弱，内在的原因在于散文文体的情和事两个要素之间的矛盾平衡和失衡。外部政治环境仅仅起推动作用而已。

这还仅仅是这个矛盾的第一个层次。

四、抒情的“情”：内在矛盾和转化

矛盾的第二个层次是，散文中“情”的内部存在着更深邃的矛盾。从外延来说，有亲情、爱情、友情、人情等，从性质来说，有爱与恨、欢情与悲情等，从状态来说，有显情与隐情等，从程度来说，有激情和温情等等，不一而足。在显情与隐情，激情和温情之间有着无限多样的梯级，如热情、同情与寡情、无情，种种微妙的差异的交织，构成了散文千差万别的风格，但作为文学形式审美规范的范畴来说，进入理论形态的，主要是激情。这可能与西方浪漫主义诗论有“激情”（passion）范畴有关。

“三一八”惨案以后，鲁迅、周作人都写了纪念文章。二人在政治立场容或有不尽相同之处，但是在情感上，则同样是激情：悲愤，却不约而同地对激情加以克制，避免直接抒发。鲁迅在《记念刘和珍君》一开头就反复抒写，压抑悲痛、悲愤、悲凉和悲哀交织，甚至不惜用类似无情的字眼来形容：一是无话可说，沉默；二是，期待着“忘却的救主”；三是，沉重地感到自己是“苟活”“偷生”。在此基础上才激发出了格言式警语：“沉默呵，沉默呵！不在沉默中爆发，就在沉默中灭亡。”“真的猛士，敢于直面惨淡的人生，敢于正视淋漓的鲜血。”在这样掷地作金石声的话语之后，还是和开头呼应：“呜呼，我说不出话，但以此记念刘和珍君！”激情的郁积和收敛，在话语的紧缩中张扬，形成张力，使情感特别厚重。同样哀悼自己学生的周作人，更加回避任何激情的张扬，有的只是情感的压抑和凝重。一直提醒自己要“冷静”，要理性，他感到的是“可惜”“惋惜”，看见死者入殓的面容，也只是“很安闲而庄严地沉睡着”“不禁觉得十分可哀”，封棺的时候，在女同学出声哭泣之中，“陡然觉得空气非常沉重，使大家呼吸有点困难”。当时的周作人，还没有堕落为汉奸。他的全部功力就在于压抑这种悲愤的激情。两个散文大师，似乎在抑制激情方面有一种默契，是偶然的吗？应该不是。这是五四散文的一种共同风格，显示出一种潜在的规范，那就是对激情、对强烈的感情（无疑是真情实感）的某种超越。这种作风，和当时的诗歌恰恰成为对照。在五四早期新诗中，对于强烈感情，不但不是抑制的，而且是形成了普世的理论的。郭沫若不但以火山爆发的感情著称，而且在和自己朋友的通信中，反复夸耀自己强烈感情的“自然流露”。这来自英国浪漫主义诗人华兹华斯的主张，是得到诗坛的响应的。他的原文是："一切的好诗都是强烈的感情的自然流露。"[①]在诗歌中，强烈感情的自然流露有许多经典之作，如郭沫若的《凤凰涅槃》、闻一多的《发现》（"我来了，我喊一声，迸着血泪，这不是我的中华，不对，不对！"）。可是，在散文经典之作中，大抵是把强烈的激情变为抑制的深情，甚至是柔和的温情，显性的变为隐性的。散文理论不但没有鼓吹强烈感情的自然流泻，相反，当年最为权威的理论，鲁迅翻译的是厨川白村这样的理论：

> 如果是冬天，便坐在暖炉旁边的安乐椅上，倘在夏天，则披浴衣，啜苦茗，随随便便，和好友任心闲话，将这些话照样地移在纸上的东西，就是 essay，兴之所至，也说些不至于头痛的道理吧。也有冷嘲，也有警句罢，既有 humor（滑稽），也有 pathos（感愤），所谈的题目，也有市井的琐事，书籍的批评，相识者的消息，以及自己的过去，想到什么就纵谈什么，比托于即兴之笔者，是这一类的文章。[②]

这就是周作人那篇为中国现代散文理论奠基的《美文》的理论源头，连一些字句都是雷同的。如厨川白村所说这种文体"是将诗歌中的抒情诗，行以散文的东西"。周作人说："读好的论文，如读散文诗。"厨川白村说："（散文）既不像戏曲小说那样，要操心于结构的和作品中人物的性格描写之类，也无须像做诗歌似劳精费神于艺术的技巧。"[③]周作人则说"有许多思想，既不能做为小说，又不适合做诗，便可以用论文式去表它""它实在是诗歌散文中间的桥梁"。当时甚为风行的"絮语散文"（familiar essay）所说的就是这种闲适的姿态和风姿。

当然，散文中感情强烈的不是没有，五卅惨案以后，有茅盾等人的作品，但是没有成为经典，这可能是因为诗歌体裁，在想象的境界中，比较形而上，人格比较理想化，而散文比较贴近现实人生，比较形而下。同样的题材，同样的作家，写在诗里，自我是想象的、自由的，不受世俗规范约束的，如郭沫若和闻一多那样，不惮以宇宙、地球、整个国家作背景狂热地呼喊，而在散文里，就只能是走路、吃饭，忙于生存的凡人了。所谓"絮语"（familiar），就是熟悉的意思，和熟悉的人谈家常，作宇宙式的呼喊，不但作态，而且吓人了。也许正是因为这样，现代经典散文，大都是把激情化为温情，把显性的热情收敛为隐

---

① 华兹华斯著，曹葆华译：《〈抒情歌谣集〉序言及附录》，《古典文艺理论译丛》，人民文学出版社 1961 年版，第 4 页。原文是："For all good poetry is the spontaneous overflow of powerful feelings: and though this be true, Poems to which any value can be attached were never produced on any variety of subjects but by a man who, being possessed of more than usual organic sensibility, had also thought long and deeply."——Preface to Lyrical Ballads（1880）五四时期引进这个观念的浪漫诗人，片面地强调了强烈的感情（powerful feelings），忽略了深思熟虑（organic sensibility, had also thought long and deeply）。

② 鲁迅：《鲁迅译文全集》，福建教育出版社 2008 年版，第 305—306 页。

③ 鲁迅：《鲁迅译文全集》，福建教育出版社 2008 年版，第 305—306 页。

性的复杂、曲折意境。故《背影》中的亲子之爱由于错位隔膜，比之冰心单纯的近于诗歌的母爱更经得起历史考验。朱自清后期散文高度的含蓄凝练，比之早期的华丽排比，在叶圣陶那里有更高的艺术评价。当然强烈放任感情的文风，并不因此而销声匿迹，有时还成为散文的主流。刘白羽政治激情和鼓动性见长的散文，曾经代表了20世纪60年代的水准，但那是政治气候失常的结果；一旦气候回归正常，除了个别篇章如《长江三日》《日出》，还有秦牧少数的散文，其余多数作品就都不堪卒读了。政治上时过境迁并不是全部理由，古代许许多多经典散文，其政治价值在当代早已经被超越，但仍然不影响其不朽的感染力。关键在于对激情是否有节制的自觉。滥情之所以长期以来是中国现代散文史的一大顽症，原因就在于激情与想象不可分割。想象就是超越现实，分寸一旦失去，差之毫厘，就不能不谬之千里，从而使真实的激情就转化为虚假的滥情。

造成这种现象的原因，还有理论上的盲目。这多少有点宿命。由于中国现代散文的体裁，和西方的随笔并不完全对应。加之，在西方文学史上，散文并没有像在中国文学史这样显赫的地位，散文理论的匮乏，流派更迭的阙如，是世界性现象。因而，散文不像小说和诗歌有那么多西方流派可以师承。在小说、诗歌流派走马灯似的更迭之时，散文，似乎一直是偃旗息鼓，几十年间没有任何流派的自觉。[①]因而，就是对于滥情这样的顽症，也缺乏理论上起码的警惕。虽然在五四时期，sentimentlis被译成感伤主义，到了20世纪六七十年代被译成滥情主义，可是以滥情为特点的小女子散文和小男人散文仍然一度招摇过市。其实，周作人的《美文》早已提出了："衰弱的感伤口气，不大有生命。"[②]直到20世纪90年代，多数论者对于滥情和激情的统一、矛盾和转化，对于情与感的矛盾和转化，都是缺乏理论审视的。

正是因为这样，散文至今还是由一个贫困的"理论"统治着。这就是林非的"真情实感"[③]论。不可否认，产生于20世纪80年代中期的这个观念，有其时代的合理性，那就是对于"文革"时期，乃至五六十年代的极"左"政治高压下"假大空"的反拨和惩罚。这和巴金的"说真话"一起，有历史的正面价值，但是楼肇明早就指出，这是道德的起码要求，并不属于散文理论。楼氏的批判是很尖锐的，但从90年代以来，并没有妨碍真情实感论继续广泛流行，从百科全书到中学语文课本似乎仍然是马首是瞻。这只能说明，批判尚待深入。不从散文理论建构的高度来作学术审视，就不能揭开它所遮蔽的散文理论逻辑起点。

---

① 详细论述，请参阅孙绍振：《世纪视野中的当代散文》，《当代作家评论》2009年第1期。

② 周作人：《美文》，《晨报副刊》1921年6月8日。

③ "真情实感"，这是林非的理论纲领，在多篇文章中屡屡论及，代表作为《散文研究的特点》，《散文世界》1985年第2期；《散文创作的昨日和明日》，《文学评论》1987年第3期。

真情实感之所以不能成为散文理论的逻辑起点，就是因为它是一个贫乏的概念。内涵中的两个要素，一个是真情，一个是实感，从心理学上来说，是不可能共栖的。从某种意义上说，“真情”与“实感”是不共戴天的。人的感知是人与外界唯一的通道，是人生存的唯一确证，但是这个确证却往往是不确的，不稳定的，变动不居的，它常常是随着生理、病理、经验、文化、目的、兴趣，更主要是感情变化等而发生“变异”。正是因为这样，科学家不敢相信自己的感官，不能相信自己的眼睛、耳朵、鼻子和身体，而相信冷冰冰的仪表和刻度；在生活中，人们也不能单纯地跟着感觉走。审美是情感的表现，艺术价值，粗浅地说，主要就情感为核心的价值，或者用学术话语说审美价值，但是情感有一个缺点，就是它是一种黑暗的感觉，往往是可以意会而不能言传的，只能通过掣动感知，使之发生变异，间接地传达感情。“海内存知己，天涯若比邻”“结庐在人境，而无车马喧”“记得绿罗裙，处处怜芳草”，都是物理的感知变异为情感的表现。在闻一多的笔下，美国的太阳是“凄凉”的；在艾青的笔下，太阳可以发出辉煌的“轰响”。人工制作的精密仪表，目的就是排除“真情”，把感知标准化才可能叫作“实感”，而变异了的感知，就不能叫作实感，从根本上来说，它应该是一种“虚感”。散文中情感和感知的关系，应该是虚实相生的关系。朱自清日日经过的荷塘，本来是不起眼的，小煤屑路，很幽僻，几棵不知名的小树，白天很少人走，夜晚有些怕人。然而在享受着“独处的妙处”，受用着“什么都可以想什么都可以不想”的“自由”时，它变得充满宁静的诗意，要用一连十四个比喻来形容。而实际上，那个地方，并不完全是宁静的。文中说道：“这时最热闹的要算树上的蝉声水里的蛙声了，但是热闹他们的，我什么也没有。”夜晚有点怕人，树上的蝉声和水里的蛙声，难道不是实实在在的感觉吗？但是要成为散文艺术，就要把这些实感，坚决地虚掉。在《背影》中，作者隐藏了许多实感，如果那些实实在在的感觉没有虚掉，《背影》可能就会变成另外一个样子。《背影》一开头，交代事情的缘由：“那年冬天祖母死了，父亲的差事也交卸了。正是祸不单行的日子。我从北京到徐州，打算跟父亲奔丧回家。”作者把许多实感虚掉了。父亲为什么把差事交卸了？《朱自清年谱》有这样的记载：

> 父亲时任徐州榷运局长，在徐州纳了几房妾。此事被当年从宝应带回的淮阴籍潘姓姨太得知，她赶至徐州大闹一场，终至上司怪罪下来，撤了父亲的差。为打发徐州的姨太太，父亲花了许多钱，以至亏空五百元。让家里变卖首饰，才算补上窟窿。祖母不堪承受此变故而辞世。朱自清从北京到徐州与父亲会合，然后一道回扬州。父亲借钱办了丧事。经此变故朱家彻底破落。①

这是 1917 年的事，作为大学生，儿子对父亲不检点导致的后果，想来有不少难以言喻

① 姜建、吴为公编：《朱自清年谱》，安徽教育出版社 1996 年版，第 13 页。

的“实感”，而朱自清把它虚化成为：“回家变卖典质，父亲还了亏空；又借钱办了丧事。”显然是把实感虚化为无感。父亲从此赋闲，朱家经济拮据，朱自清提前大学毕业，仍然不能缓解经济问题，因此父子间长期不和，有许多令人揪心的冲突。文章中所写许多“实感”，实际上是1925年（八年以后）的，父亲的一封“大去之期不远矣”的信件引发了朱自清的“忏悔”。忏悔什么？当然包含八年来某些难以告白实感，在新的情感诱导下，甚至把父亲想象成“少年外出谋生，独立支持，做了许多大事”。其实，所谓“大事”，充其量不过是在军阀统治下的宝应县当了科长级税务局长（厘捐局长）和在徐州当“榷运局长”而已。

文学形象并不是真实情感的线性抒发，也不仅仅是主体与客体物象在想象中的对立统一，而是主体情感特征与客体事件特征在形式规范的想象性制约下的三维结构。真情实感论在理论上最大的局限，就是把真和实绝对化，不受任何对立面制约，而实际创作过程中，真情是很难直接抒发的，只能通过想象的假定在文学形式的规范作用下发生变异。正像物象会发生变异一样，情感在想象中也会发生变异。二者的变异，本来是无限多元的，但是作为散文，又受到形式的制约和诱导，甚至迫使其就范。在三维结构作用下，真假互动，虚实相克相生，真情和虚感相辅相成。不难想象的是，朱自清如果是写小说，可以把父子之间的隔膜作层层加码地展开，让父子情感错位，导致意外后果；如果是写歌颂父爱的诗歌，可以把情感的隔膜单纯化、理想化，像冰心那样把亲子之爱作绝对和谐的处理，但是散文的形式规范，迫使他把这一段情感世俗化，又把爱的隔膜放在日后隐性的忏悔之中，这就让隔膜限定在抒情之中，落实在为父爱的赞美之中。

五、从抒情的审美到幽默的（亚）审“丑”：逻辑和历史都走向反面

三维结构有一种变异、优化功能，为作家心灵提供了无限可能，但是，在朱自清式的抒情散文中，情感和感知的变异和升华，明显有某种限度，这主要就是美化、诗化。反过来说，就是对于人情的丑或者恶的回避。父亲爬月台的姿态是不美的，但是其心里只有儿子，完全忘却自己的情感是美的。对父亲的爱不领情，甚至顶撞是丑的，但是忏悔使之变成抒情之美。父亲的丑事，是恶的，是无法美化的，只能是掩饰的。从散文文体来说，这是不是宿命的呢？难道散文就不能接触丑恶吗？在不得已表现丑事之时，是不是一定要表示厌恶呢？似乎并不是这样的。在散文中表现丑事恶事，并不一定带着批判性的审视。鲁迅在《朝花夕拾》里，写一个庸医：

有一夜，一家城外人家的闺女生急病，来请他了，因为他其时已经阔得不耐烦，便非一百元不去。我们只得都依他。待去时，却只是草草地一看，说道“不要紧的”，开一张方，拿了一百元就走。那病家似乎很有钱，第二天又来请了。他一到门，只见主人笑面承迎，道，“昨晚服了先生的药，好得多了，所以再请你来复诊一回。”仍旧引到房里，老妈子便将病人的手拉出帐外来。他一按，冷冰冰的，也没有脉，于是点点头道，“唔，这病我明白了。”从从容容走到桌前，取了药方纸，提笔写道：“凭票付英洋壹百元正。”下面是署名，画押。

“先生，这病看来很不轻了，用药怕还得重一点罢。”主人在背后说。

“可以。”他说。于是另开了一张方：

“凭票付英洋贰百元正。”下面仍是署名，画押。

这样，主人就收了药方，很客气地送他出来了。[①]

庸医是很可恨的，对于病家来说，本来是很悲愤的。对于庸医本人来说，本该是很狼狈的，如果按林非的真情实感论，不表现这种悲愤和狼狈是不真实的。然而，这样的真实，作者苦心孤诣地回避了，正面表现的是，受害者对庸医礼貌、客气，而庸医则大度从容，潇洒地赔付了双倍的诊金。这不是脱离了真情实感了吗？但是，读者感受到的趣味比之抒情有过之而无不及。不过，这里的趣味，和诗化的审美趣味属于不同范畴，抒情诗化，属于情趣，而这里的趣味，叫作谐趣，读者默会这种趣味，莞尔而笑，这就是幽默。幽默比之抒情有更高的假定性，情感与现实拉开了更大的距离，因而有了更加超越理性和实用功利的自由，在读者心照不宣的参与中，在一刹那隽永的顿悟中，会心而笑。笑是心理最短的距离，读者就这样与作者在作者留下的逻辑空白中（对恶的嘲弄）默默会合，现实的丑和恶因而转化为艺术的美。比起抒情来说，更是不着一字，尽得风趣。

实践证明，无限度地美化，不加节制地诗化，走向极端，伴随着真情实感的想象和夸饰，变成了滥情，也就是虚情假意。小女子散文，小男人散文，商业化的旅游散文，抒情超过真诚的界限，沦落成为文而造情，就很难避免滥情、矫情。审美散文的基础就这样从根基上动摇。

实践证明，美化并不是文学唯一的方向，向相反方向开拓，建构某种程度的“丑”化，给作家的心灵打开了新天地。在诗歌领域，早在19世纪末，法国波德莱尔以丑为美的诗歌《恶之花》就成了经典。波氏在《论泰奥菲尔·戈蒂耶》中说：“丑恶通过艺术的表现化而

---

① 鲁迅：《鲁迅全集》（第二卷），人民文学出版社2005年版，第294页。

为美……这是艺术的奇妙特权之一。”[1]而在中国现代散文中，早就有了鲁迅，一方面把给自己期末考试打五十九分的藤野先生美化；另一方面把保姆长妈妈的不称职“丑”化之后，又把她为自己买了《山海经》而美化。绝对的所谓“美化”因虚假而丑，表面的“丑”，却因真诚而美。

当抒情的审美走向反面，产生滥情的腐败之时，幽默的审“丑”就应运而生了。

幽默的功能就是把表面的“丑”转化为心领神会的美。以鲁迅的《阿长与〈山海经〉》为例：长妈妈讲的明明是极其迷信的故事，从鲁迅的真情实感来说，无疑是荒谬的，但是鲁迅却偏偏不屑揭露。读者也绝对不会误会鲁迅在宣传迷信，只是享受其中的荒谬。荒谬就是不合常理，与习以为常的逻辑相去甚远，乃莞尔而笑。在西方笑的研究中，叔本华的“不一致”（incogruity）是基本范畴。“笑的产生每次都是由于突然发现这客体和概念两者不相吻合”[2]。不一致，产生怪异之感，情不自禁而笑。对于这种笑，康德在《判断力批判》中说过一段相当经典性的论述：

> 在一切引起活泼的感动人的大笑里，必然有某种荒谬背理的东西存在着。（对于这些东西自身，悟性是不会有任何愉快的。）笑是一种从紧张的期待突然转化为虚无的感情[3]。正是这对于悟性绝不愉快的转化，却间接地在一瞬间极欢跃地引起欢快之感。[4]

康德的这一著名定义，其核心是由于期待落空（虚无）而突然产生意外的惊奇。期待的落空是由于荒谬，也就是由于背离惯常的理性（或智性）逻辑，但是这个说法，并没有说清幽默的笑。很明显的，这还不是幽默，充其量只是滑稽，缺乏幽默所蕴含的深长意味。日本人把幽默翻译成“有情滑稽”，有情才能提升为幽默，无情只能是滑稽。在鲁迅笔下，长妈妈的迷信宣讲并不是出于恶意，而是一片好心的关切，因而属于幽默，但是这种有情，与抒情又有区别。抒情与理性的全面性也“不一致”，从内容上来说，主要是感情极端，不讲理性分析，不讲一分为二，爱之欲其生，恶之欲其死，月是故乡明，情人眼里出西施等，其不符合预期之处，但并不构成怪异，并没有荒谬感。

从逻辑形式来说，它只是单纯的一元逻辑；而幽默则是二元的“错位”逻辑。

康德的不足，可以从柏格森的论述中得到某种程度的补充。柏格森从个性心灵被歪曲这个角度得出结论说：笑产生于“镶在活的东西上机械的东西”[5]。也就是从活生生的人的言

---

① 波德莱尔著，郭宏安译：《论泰奥菲尔·戈蒂耶》，《波德莱尔美学论文选》，人民文学出版社2008年版，第78页。

② 上海青年幽默俱乐部编：《中外名家论喜剧、幽默与笑》，上海社会科学院出版社1992年版，第53页。

③ 这一句，在另外一些译文中被译成“笑产生于紧张期待的落空而造成的情感爆发”。

④ 康德著，宗白华译：《判断力批判》，商务印书馆1964年版，第180页。

⑤ 柏格森著，徐继曾译：《笑——论滑稽的意义》，中国戏剧出版社1980年版，第30页。

语动作中，看到造作的东西、刻板的东西[1]，表现出某种僵硬，“和内在生命不相调和”。这就有潜在的滑稽的因素，在柏格森看来，这并不一定与期待失落有关，有时，恰恰相反。如果一个演说者的思想丰富，变幻多端，毫无重复，而他的动作“却周期性地重复着，而且毫无变化”，如果注意到这个动作，“等待这个动作，而它果然在我预期的时刻出现，那我就要不由自主地笑起来”[2]。柏格森强调，不是期待的落空而是期待的落实引发了笑。两位大师在结论上互相矛盾，但在方法上却如出一辙。他们不约而同地把笑（包括幽默的笑）当成一条思路、一元逻辑运作的结果。

在鲁迅笔下，长妈妈讲的故事中有一连串的一元逻辑的落空。老和尚光是从书生脸上的“气色”，就断定他为“美女蛇”所迷，有“杀身之祸”。给他一个小盒子，夜间就有蜈蚣飞出去，把美女蛇治死了。两个因果逻辑显然都不科学，读者的常识预期是失落的。如果光是这样的话，就只能是一元逻辑，只是滑稽，但是在故事最后鲁迅这样写：

结末的教训是：所以倘有陌生的声音叫你的名字，你万不可答应他。

这完全是另外一条逻辑。同样是荒谬的，然而，这两条逻辑，不是不相干的，而是在一个关节上，交错的，那就是背后有陌生的声音叫。第一条逻辑，背后有人叫是荒谬的美女蛇；第二条逻辑，同样是荒谬的，但其中却有长妈妈对作者真诚的关切。在第一条迷信逻辑导致预期失落之时，第二条人情逻辑却突然落实了。这两条逻辑，并不是平行的，而是“错位”的。幽默不同于抒情就在于它不是一元的极化逻辑，而是二元的“错位”逻辑。

康德注意到了一元逻辑的中断失落，而柏格森则注意到一元逻辑预期的突然落实：二者观念相反，然而，其思维逻辑的一元化息息相通。这种单一逻辑束缚了西方现当代幽默学的发展。幽默的笑，不仅仅是由于单一逻辑的“不一致”造成期待的落空。落空只是按一条思路或逻辑的惯性，道理暂时讲不通了，可是就在这条思路落空之时，另一条思路或逻辑又冒了出来，非常意外地巧合了，道理又讲通了，或者说又落实了，笑就提高了层次，就很幽默了。康德、叔本华和柏格森都注意到了内容的“不一致”的方面，忽略了错位逻辑模式上的巧合（一致）。[3]

幽默与抒情不同还在于，错位逻辑造成不一致，不和谐，怪异性，喜剧性，而抒情的最高境界却是情融于景，神与物游，意与境谐，和谐统一，着重超越现实的人情诗化，艺术化，甚至是理想化。文如其人，这样的说法是粗浅的，其实，在艺术作品中的人，是生活中人的艺术升华。余光中说：“一般认为风格即人格，我不尽信此说。我认为作家在作品

---

① 柏格森著，徐继曾译：《笑——论滑稽的意义》，中国戏剧出版社1980年版，第27页。

② 柏格森著，徐继曾译：《笑——论滑稽的意义》，中国戏剧出版社1980年版，第19页。

③ 这样的规律以结构主义能指与所指的变换来解释，也是可以的，但我以为总不如以逻辑的话语贴切。

中表现的风格（亦即我所谓的‘艺术人格’）往往是他真正人格的夸大、修饰、升华，甚至是补偿。”他认为艺术人格“应是实际人格的理想化”[①]。余此说，甚有见地，但须补充。理想的艺术人格，在不同文学形式中，是要发生分化的。在诗中是一个样子，在散文中，是另外一个样子。鲁迅的形象，在他的旧体诗中，是“我以我血荐轩辕”“横眉冷对千夫指，俯首甘为孺子牛”，而在这篇幽默散文里，却是对明显的迷信好像一直并没有觉察，连怀疑一下的智商都没有，反而为之忧心忡忡，直到中年仍然有所失落似的。这在汉语中叫作“自嘲”，在西方幽默学中，叫作自我调侃，越是把自我写得不堪，读者越是心照不宣地看到其中的虚拟，从自我贬低中体悟到作者的坦荡和纯真。正是因为这样，在美国自我调侃被推崇为于幽默之上乘。在这一点上，韦勒克和沃伦在《文学理论》中说得更彻底：

> 与其说文学作品体现作家的实际生活，不如说它体现作家的“梦”；或者说，艺术作品可以算是隐藏着作家真实面目的“面具”，或者“反自我”。[②]

如果说抒情属于审美的话，那么幽默则接近于审“丑”，或者严格地说，是“亚审丑”。为什么叫作“亚审丑”呢？从美学来说，审美是情感价值，严格的审丑应该是情感的空白或者冷漠，然而，幽默却是一种高尚的情感。[③]

幽默在五四散文中，取得的成就是相当可观的。汉语中原来没有幽默这个词语，经过反复争执，终于接受了林语堂把 humor 翻译成幽默。汉语缺乏现成的幽默范畴，也许就是理论上滞后的原因之一。到了 20 世纪 30 年代，周作人给他所编的《新文学大系·散文一集》作序，还只把五四散文的历史资源，归结为明人性灵小品，也就是抒情审美散文，说明幽默在他的心目中，还是盲点。幸而郁达夫在他所编的《新文学大系·散文二集》[④]序言中，指出还有一个源头就是英国的幽默，对周作人片面性的抒情论做出极其重要的补充，堪称郁达夫在散文理论建构史上的一大历史功绩。幽默散文，在中国现代散文史上，多灾多难，郁达夫的权威还不足以使幽默成为共识。幽默大师鲁迅就反对林语堂提倡幽默，担心在那社会矛盾尖锐的时期把“刽子手的凶残化为大家的一笑”。后代论者多为鲁迅这个片面观念辩护，说国难当头，阶级斗争尖锐，不得不如此。其实，经不起推敲，鲁迅自己就是在国难时期成为幽默大师的。生存困境并不绝对窒息幽默，不管多么凶险的社会环境，都不曾与幽默绝缘。西方不是有绞刑架下的幽默吗？找不到凶手的黑色幽默甚至成为一种

---

① 余光中：《余光中文集·青青边愁》（第三卷），时代文艺出版社 1997 年版，第 149 页。

② 勒内·韦勒克、奥斯丁·沃伦著，刘象愚等译：《文学理论》，江苏教育出版社 2005 年版，第 79—80 页。

③ 关于亚审丑，请参阅孙绍振：《文学创作论》，海峡文艺出版社 2004 年版，第 407 页。

④ 郁达夫：《中国新文学大系·散文二集·导言》，上海良友图书印刷公司 1935 年版，第 10—12 页。

流派。就在元、明之际，文化气候应该算是比较窒息的，《西游记》对于猪八戒、《水浒传》对于李逵不是充满幽默调侃吗？鲁迅的这个主张，在理论上至今没有得到充分批判。可能是论者拘于从社会政治形势等外部环境寻找原因，忽略了幽默内在层次结构的根源。

鲁迅对幽默理念和功能的理解与林语堂有所不同。林语堂把幽默理解为缓解人生和对抗压力，沟通人际隔膜，是趣味的共享，而鲁迅则习惯于把它当作社会文明批判的武器。因而，鲁迅的幽默带有进攻性，以锐利的思想揭示、强化矛盾，故多讽刺，而林语堂的幽默带着对社会人性的宽容，旨在缓解矛盾，故多调侃。实际上，二者在幽默的结构中属于不同层次。富于进攻的幽默，属于讽刺，甚至冷嘲。

这里，滑稽、幽默和讽刺之间，有个结构关系的问题。

在隶属于不和谐、不一致的笑中，最低层次的当属滑稽。日本人把幽默翻译成“有情滑稽”很有道理。幽默是一种感情的共享，滑稽不但缺乏情感，而且缺乏智性的深邃。在滑稽中，共享的情感的提升，则滑稽上升为幽默；共享的情感递减，一种可能的结果是滑稽感递增；第二种可能是，共享的情感减弱时，智性乃至理性的成分和进攻性递增，结果是幽默感递减，上升为讽刺。幽默与讽刺的最大不同就在于化对抗为共享，哪怕是进攻也是双方会心而笑，讽刺的笑，不是会心的共享，而是单方面独享精神优越，所以波德莱尔说：“笑是意识到自己优越的产物。”正是因为这样，梅瑞狄斯说：“讽刺家是一个道德的代理人，往往是一个社会清道夫，在发泄胸中的不平之气。”[①]梅瑞狄斯的话可以成为钱锺书之作的最恰当注解，尤其是当我们看到他说“讽刺的笑是一种冷箭或者当头棒”的时候。

可以这样说，滑稽、幽默、讽刺的表层逻辑都有某种荒谬的歪理，而在深层空白中，因其智性（歪中有理）、情感、进攻性、共享性的互相消长而分化。智性的成分与滑稽成反比，与讽刺的程度成正比。在滑稽的歪理中，情感的递增可使幽默的成分递增；反之，情感成分的递减可使幽默消减为滑稽。在滑稽和幽默的关系中，情感的共享与幽默感成正比，但是情感的共享与讽刺的进攻性成反比。进攻性越强，锋芒越露，越是刻薄，情感共享越是淡薄，幽默感越弱，但是讽刺性越强。讽刺是有刺的，是锐化锋芒的，而幽默却是钝化锋芒的。钱锺书散文在讽刺的带刺甚至“带毒”上，可能超过鲁迅。他在《谈教训》中说：“自己要充好人，总先把世界上的人说得都是坏蛋；自己要充道学，先正颜厉色，说旁人如何不道学或假道学。”经过层层引申，他转到文学创作和文学批评上来：有一种人的理财学不过是借债不还，所以有一种人的道学，只是教训旁人，并非自己有什么道德……真正的善人，有施无受，只许他教训人，从不肯受人教训，这就是所谓“自我牺牲精神”。由此，他进一步推出了这样的结论：“假道学比真道学更为难能可贵。自己有了道德而来教训

① 伍蠡甫主编：《西方文论选》（下），上海译文出版社 1979 年版，第 84—85 页。

他人，那有什么稀奇；没有道德而也能以道德教训人，这才见得本领。有学问能教书，不见得有学问；没有学问而偏能教书，好比无本钱的生意，那就是艺术了。真道学家来提倡道德，只像店家替存货登广告，不免自我标榜；绝无道德的人来讲道学，方见得大公无我，乐道人善，愈证明道德的伟大。”[①]

这样连串的反语，最能体现讽刺的特点，是以雄辩之姿态作诡辩之文章，把不全面的大前提来作为推理的根据。越推理越显得荒谬，越是荒谬越是显得刻毒，正是因为刻毒，笑就没有温情，有的只是冷峻。这可以列入冷嘲，而不是热讽。这是一种智者的讽刺，妙就妙在于荒谬中见深刻，在歪理中见真理。这种歪中有正，歪打正着，不但使人发笑，而且使人深思。而一旦进入深思，就决定了讽刺不可能有多少温馨了。从广义来说，讽刺属于幽默结构，但是具有部分质变的性质。

为什么鲁迅战士式的讽刺，不耐烦于林语堂的绅士式幽默？这唯有从幽默的内在的结构层次才能找到切实的解释。

六、从审美、（亚）审丑到审智：逻辑和历史的统一

在中国现代散文，特别是20世纪90年代以来的散文中，有一个明显的趋势就是智性的递增，与之相应的是情感的消退，大量的所谓“学者散文”风起云涌。本来，通向文学之路，似乎只有抒情诗化和幽默两条道路。这是从20世纪30年代周作人和郁达夫在新文学大系散文集的两个序言中，就明确了的，但是在理论和在实践中，却隐藏着矛盾：智性需要冷峻，而情感则是以热烈为特点。学者的智慧强于感性的自由。学者面对宏大的历史和人文景观，其主体的情思和客体的人文故事，常常处于游离状态，不能水乳交融地结合，“两张皮”的现象，屡见不鲜。在潘旭澜的《太平杂说》中，感情的成分，几乎可以忽略不计。邵燕祥以针砭时事为务，坚持社会思想文化的批判，但是分析常常不由自主地牺牲抒情和幽默。从思维规律来说，抒情逻辑是极端化的，带上情绪就意味着片面，与理性的全面性相冲突，思辨的深度就受到限制。正是因为抒情逻辑的局限，20世纪50年代以来的抒情散文，没有多少是以思想的深邃见长的。

所幸出现了两个大散文家，为解决这个问题做出了历史的贡献。一个就是余秋雨，他的不同凡响之处，就在于为历史文化批判智性找到了一种诗化激情的触媒，使得二者达到相当程度的交融，开拓了激情与智性结合的天地，创造了余秋雨式散文独特的话语体系。

---

① 钱锺书：《围城·人兽鬼》，《谈教训》，贵州人民出版社2001年版，第407、408页。

这个成就不能像一些轻浮的评论家那样漠视；贯通智性和抒情的才气并不是必然出现的，而是抒情的片面性走向极端的必然。余秋雨的另一重大贡献，是把中国现代散文从小品化的叙事抒情，引向宏大的历史文化人格的批判和建构，为拘于抒情审美的中国现代散文谱写了从审美到审智的第一序曲。这个历史任务还落到了英年早逝的王小波身上。王小波所面临的难度是，幽默的错位逻辑，与理性的思辨逻辑和全面分析，更是凿枘难通。理性逻辑的起码规范是概念的一元化（同一律），内涵和外延均不得转移（下定义就是为了防止转移），但是幽默错位的逻辑特点就是概念的偷换。同样是从窗子进来，如果钱锺书不把小偷偷东西的“偷”和少男少女偷情的“偷”在概念的内涵上加以偷换，就无法歪打正着，左右逢源，也就不能妙趣横生，但是他的幽默也因此付出了代价：从思想的全面性上来衡量，他对于知识分子虚荣、作伪的批判并不是十分深刻的。

当代幽默散文比之抒情散文，命运之多舛，可能是空前绝后的。整个现代散文不过是九十年的历史，幽默散文居然在 20 世纪 40 年代的解放区，在理论上，丧失了合法性，从 20 世纪 50 年代到 70 年代末，又成了绝对的空白。政治形势的压力显然不能作为充分理由，因为在小说里，多多少少还有赵树理、周立波的幽默，在电影中，还有不算太少的喜剧片。唯一可能的解释，就是与幽默大师鲁迅留下的遗产有关。鲁迅对林语堂提倡幽默的批判，被奉为金科玉律，神圣不可侵犯，幽默便心照不宣地成了禁区。四十年的压抑，变成了深厚的孕育，20 世纪 80 年代幽默散文复苏不久，就出现了王小波这样的奇才。

王小波以他的才智缓解了幽默与理性思维的矛盾。他把思辨和幽默、正理和歪理、审美和审丑，结合得水乳交融。在中国当代抒情散文过分轻松，幽默散文又缺乏思想深度的时候，他树起了智性与幽默结合的旗帜。他的幽默之所以能够比较深刻，是因为他不像钱锺书那样激烈，那样提倡“偏见”（钱锺书的《写在人生边上》有一篇就是以“偏见”为题的）。他总是以比较平和的心态、避免情绪化，不惜以“佯庸”的姿态来批判他所痛心疾首的传统，平静地分析，从容地在层次上深化。他用一个傻大姐只会缝扣子就自豪地传授于人的故事，比附迷恋国粹的盲目和自大；以诸葛亮在云南砍椰子树的传说，比附中国传统观念中的消极平均主义。在比附中，他以歪理歪推的逻辑见长：以歪导正，从歪打开始，以正着终结；在正常的逻辑期待失落，逻辑遭到扭曲以后，在错位逻辑中，出奇制胜的理性逻辑又落实了；在逻辑导致荒谬的极点上出现了深邃的洞察。他驾轻就熟地把幽默的戏谑和理性的冷峻和谐地结合起来。他的幽默风格之所以深邃，还由于他分析着一切迷误，既不居高临下，也不剑拔弩张，深刻而不尖刻。不管是简单的还是深奥的道理，他都不借助高昂的声调，总是相当低调，娓娓而谈。他喜欢在“佯谬”的推理中表现出一种“佯庸”。明明是个王蒙所说的“明白人”，却以某种糊涂的样子出现，说着警策的格言。他的幽默中渗透着清醒。当他从荒谬的世道中推出严峻的真理时，有意无意地表现得平和中正，这种平和中正和荒谬的严酷性之间形成了反差，调和了的错位逻辑和理性逻辑之间的矛盾，营造了一种深邃而又从容不迫的风格。

但是，从幽默散文发展的历史来说，王小波的出现有某种补课性质。幽默在现代散文史上，早就取得了巨大的成就，出现了鲁迅、林语堂、钱锺书、梁实秋、王了一那样的大家。光有王小波，中国现代散文并没有改变落伍于诗歌、小说的境地。在诗歌中，早在20世纪30年代就有了“放逐抒情”以表现哲思的现代派，在世界前卫文学思潮中，也出现了令人恐惧的黑色幽默。所有这一切都以超越情感为特征，然而以林非的“真情实感”来阐释一切散文，仍然得到广泛的认同，这不能不说是当代散文理论界的咄咄怪事。

20世纪90年代，由于现代散文历史的重温，又由于台湾幽默散文大举冲击，幽默散文可谓形成大潮，虽然它在逻辑上超越了抒情的极端化和片面性，但是其错位逻辑既不遵循以同一律为核心的形式逻辑，更不符合以对立统一的辩证法的全面性，这就造成了其错位逻辑亦难以正面展示智性的深邃。超越幽默的智性散文遂风起云涌，追求智性的深邃乃为一时之盛。

在智性追求方面，台湾散文家如林燿德、林彧等有现代主义追求精神的作家，取得不可小觑的成就。如管管的《男子之舟》就不但在观念上，而且在表现形式上都发人深省：

> 自从那年的夏天的头颅被炸掉之后，那男子就天天去栽树。
>
> 在路上栽树。
>
> 在船上栽树。
>
> 在盐中栽树。
>
> 在火中栽树。
>
> 在风里栽树。
>
> 在星里栽树。
>
> 某天他就把自己栽成一株树，且一直栽了下去，据说竟把他栽成一座森林。
>
> 自从那年夏天的头颅被冰冻之后，那男子就天天去画船。
>
> 在床上画船。
>
> 在书里画船。
>
> 在帽里画船。
>
> 在碗中画船。
>
> 在脸上画船。
>
> 某天他就把自己画成一条雕着图案的船，且顺着一条河船了下去，据说到了印度洋。

那男子某天早晨宣布说："有一个人命他去找一条那样的路。"

终于那男子找到了那一条路。在某个晚上，某年之后，一条栽一排排大树的路。

因为那条栽着一排排大树的路，是通往那条斜斜的天河。

斜斜的天河。

哦天河！①

这里，明显是荒谬的，但是蕴含着深邃的哲理。其关键在于，此人要找到一条天河，可一是没有头脑（被炸掉，被冰冻了），二是却坚持不懈，以至于自我愚弄，还以为真的找到天河。这里用的是超现实的写法，却隐含着人走向自己愿望反面的辩证寓意，讽喻的不是什么笨人，而是人类自身往往为自己的幻想、空想所迷，耗费毕生的精力，却执迷不悟，以为进入了理想境界。这样的荒诞其表，而睿智其内，有着深邃的寓言式的哲理，显然受了西方后现代的文化哲学，人类生存困惑的观念的影响，在形式上受到了西方荒诞派的影响。既是散文，又是哲学，同时又具备了诗的形式。这样的追求，是大陆学者、散文家所不具备的。

大陆学者、散文的作者，文学修养、艺术追求的自觉，显得良莠不齐。不在少数的作者对于理性与感性之间矛盾视而不见，往往流于历史文化信息堆砌，在短短不到十年的时间，居然产生了不亚于"滥情"之害的"滥智"。这一现象，被青年评论家谢有顺贬之为"知识崇拜"。一些学者，尤其是研究古典诗词的学者，都不由自主地从智性撤退，向抒情依附，其中才力不逮者往往又陷入滥情。真正坚持智性的，以周国平为代表，但是周氏智性有余而感性不足，未能达到"审智"的高度。

其与单纯的智性有异，"审智"之所以属于美学范畴，就是它不完全是抽象的。它的出发点是感性的，与审美不同之处是：它不但不诉诸感情，而且是有意超越感情，直接从感知通向智性，对智性作感性的深化。对抽象的智性，具有某种"审视"或"审思"的过程，对话语的内涵表现出某种颠覆和更新。"审"是一个过程，智性由于"审"，有了过程，而微妙更新了，"视"的感觉也强化了，抽象向具象作某种程度的转化，也就有了可能。关键的是，把智性观念和话语形成、产生、变异、转化、倒错乃至颠覆的过程，在读者的想象中展示出来。缺乏这样的才力，有智而不审，就失去了从抽象到具象，从智性到感性、到审智升华的机遇。

审智功能，本来是散文所特有的，散文本身就是智性和感性，实用和审美的两栖文体。

勇敢的散文作家免不了要到文体的边疆作艺术的探险。这是一个充满风险的领域，缺

---

① 转引自郑明娳：《现代散文构成论》，台湾大安出版社1989年版，第170—171页。

乏必要修养的作家，很难避免牺牲在抽象的说教之中。中国现代散文，发展到 20 世纪 80 年代末显然需要一个巨大的突破。这个突破需要的，不是一般的抒情能手的多情种子，也不是幽默大家的涉笔成趣所能胜任的。不能或缺的是超越情趣和谐趣，感而成智，化智为趣，驾驭着稍纵即逝、纷至沓来的智慧，进行话语内涵的复活和更新。就在这个历史的关头，1990 年，《北方文学》连载当时才在理论上崭露头角的青年学者南帆的随笔，作者并没有把它当作散文，因而，几乎是偶然地从真情实感论中，轻松地解脱出来。这样的散文中，没有任何抒情叙事的痕迹，没有人物，没有故事，没有过程，没有情感的起伏，连起码的自然景观都没有，有的只是日常最平常、最普通、最习见、最熟知的现象：躯体、面容、姓名、证件、镜子、玩具、电话、睡眠、广告、谣言等。这些题目，不要说现代散文，就是五四散文，也前所未有。这些散文后来收入在《文明七巧板》[①] 中。

在这本三十二开的小册子"后记"中，南帆以他素有的宁静致远风格，透露着他的追求：他并不是不去关心人，关心人的故事，人的情结，人的命运，但他认为，这都只是人的表层，令他醉心的是"人的深度"。这个深度不在故事情境里，而在日常生活现象背后，在人的面容，在躯体、在化妆、在电话、在玩具、在证件、在姓名背后。他只对"凝视"这些司空见惯的东西，进行"寓意分析"，进行"思想突围"，就不难发现"隐藏着无形却强有力的文化编码"，这才是"人的深度"。以他的《面容》为例：通常的印象，面容不外就是长相，是自然现象，但是他却揭示了面容的社会文化编码。同样属于人，面容和躯体不同，面容是可以裸露的，而躯体却是要隐藏的。躯体是生物性的，面容则具社会性。身体得到的评价，如健康、丰满、瘦弱等，而从面容可以看出聪明、憨厚、可亲、奸诈、愚蠢等。如果他的寓意分析到此为止，人的深度可能有了，但文学的感性却消失了。好在，他沿着感性提出问题，向感性的潜隐深处潜入，结果是智性与感性的交织。他说，人际交往，首先是核对面容，这个部分衔接失灵，社会交往就可能"瘫痪"，只有情人、夫妻、亲子，才可能"借助肉体亲密无间的接触"来确认。[②] 这里的感性，不仅仅是在修辞的暗喻（"瘫痪"），而且智性的发现，因为人际关系不同，"肉体的亲密无间的接触"有了迥异的意味。

在中国现代散文中，对感性进行知性与智性的双重深化，是南帆的一大发明。其生动之处，不仅仅在文化意味上，而且在语义内涵的更新。面容作为个体的文化符号，在社会交往中，以面容来招徕他人，享受尊荣，因而就产生了"面子"的观念。由此衍生出，"给面子""打耳光"等潜在意味的复活，显在的意味同时被更新。词语不但获得了新异的感

---

① 南帆：《文明七巧板》，上海文艺出版社 1994 年版。

② 南帆：《面容》，《文明七巧板》，上海文艺出版社 1994 年版，第 9—16 页。

觉，而且有了智性的深度。他说：“面容固然是个人的标志，手也一样也是个人的标志。难道手书、手稿、手诏不同样是不可更改的个人凭证？”手书、手稿、手诏，这样干巴巴的词语，一下子就获得了新颖而深邃的内涵。这种南帆式的话语和感性转化，不是单层次的、一次性完成的，而是多次反复，在纵深层次上使深邃的抽象和现成的话语构成内涵和外延的张力；从个别话语内涵的深度重构出发，使广泛的现成话语获得新的感性，审智的抽象和审美的感性乃作螺旋式递增。正如通常所说的：感觉到了的不一定能理解，而理解了的却能更好地感觉。深度的审智使原本日常话语在新增内涵中，得到新的体验，本来熟悉到丧失感觉的词语突然发出陌生的光彩。这似乎有点像俄国形式主义者所说的陌生化，但是陌生化作为一个美学范畴是片面的，南帆的词语内涵更新，并不是单纯的陌生化，同时又是以熟悉化为底蕴的。从面容到面子，从给面子到打耳光，都是陌生中的熟悉，也是熟悉中的陌生。

南帆在这样话语冲击的过程中，意识到自己对激情的拒绝：

我仅仅体验到分析所依赖的警觉、穿透和机智，我无法察觉忘情地投入和激动，这些分析对象有什么可以让我激动的呢？这使作品止步于冷峻的指指点点，分析无法抵达抒情，思无法抵达诗。[①]

这个以“分析所依赖的警觉、穿透和机智”，超越情感的“冷峻”，对于散文可以说是一种新的美学原则，本该是一件横空出世的壮举，可是却波澜不惊。1991 年南帆写出这样的文字，过了差不多十年才开始在学术上得到阐释[②]，被孙绍振概括为超越审美和亚审丑的“审智”。20 世纪 90 年代初，他的突破相对于甚嚣尘上的滥情散文，显得寂寞。好在他以他所特有的沉着，不动声色地把目光扩展到宏大的历史场景中去，2008 年以《辛亥年的枪声》获得鲁迅文学奖。这个新的美学原则经过十八年才获得主流文坛的认可，其缓慢程度超过了朦胧诗。中国现代散文艺术积累最为丰厚的抒情和幽默，成了作家进入最为方便的入门，又成为理论最顽固的遮蔽。为真情实感所蔽的理论家，在感性和智性的重新建构，从审智到审美的转化过程中，十八年视而不见，感而不觉，但是在创作实践中，南帆已经有了追随者，萧春雷就是一个。他所追求的，也是一种文化去蔽，而且最初也集中在人的躯体上。他的一本新书原来命名是《触摸生命——我们躯体的人文细节》，后来改为《我们住在皮肤里》。明显有南帆式的智慧，如：“皮肤是身体的外壳，把我们囚禁在其中，仿佛一个贴身的监狱。”又如：“手臂不思考，不懊悔，它只是把大脑的意志变成弯曲、伸展、挥舞的一连串动作，手臂是思想的终点。希特勒在监狱中写《我的奋斗》时，没有人把他当一回事，

① 南帆：《文明七巧板》，上海文艺出版社 1994 年版，第 286 页。
② 这指的是孙绍振：《当代智性散文的局限和南帆的突破》，《当代作家评论》2000 年第 3 期。

再邪恶的思想也毒不死一只蚊子，但是当它攫取国家政权时，全人类都感到了疼痛。”难能可贵的是，当他稍微用心一点，就能通过文化风俗的洞察，达到南帆式深邃。如在《乳房崇拜》的最后悠然自得地引申出这样的结论来：

正如女权主义者所说，乳房也许从来没有属于过女人自身，它属于婴儿，属于男人，属于政治，属于商业。可是，我们现在发现：乳房的疾病属于女性自己，乳房的手术属于女性自己，乳房的缺失属于女性自己。没有乳房的女人，她的整个生命也消失了，那巨大的空虚属于自己。女人把乳房献给了世界；而乳房，只能以一种残损的方式复归女性。这不是女性主义者所希望的复归。我们说过，乳房是一种文化现象，必须通过某种文化，乳房才能被定义。如果我们将乳房的种种修辞扫荡干净，剩下的，只会是赤裸裸的生理病变。这不是我们想要的自由乳房。非洲土著女性袒胸，古代中国女性束胸，美国妇女隆胸，每种文化创造着自己的乳房。将我们古代的乳房崇拜层层剥开，也许要深深失望，因为最后没有内核，只有黑洞，癌细胞。很可能，乳房没有本质，我们看见的，都是风俗。[①]

这样概括的广度，这样深邃的思考力度，这样奇特的文化历史深度，是许多号称学者散文很难达到的。

在一个新的美学现象面前，光凭自发的感性是不够的，除了理论上的自觉，还需要宏观的视野。如果把当前在大陆和台湾、香港兴起的所谓现代派、后现代智性散文纳入视野，则其从以审美情感始，以超越审美情感，于审智终，殊途同归的脉络更为明显。

从宏观上看，从审美的叙事抒情散文，到亚审丑的幽默散文，再到超越审美、审丑的审智散文，既是逻辑的展开，又是历史的发展；逻辑的起点和终点，也是历史的起点和终点。这是就马克思在《资本论》中显示的逻辑和历史的统一，这就是马克思的总体论。虽然，其中也充满了曲折和凶险，但是这并不妨碍我们从总体论的高度上揭示历史的规律性。中国现代散文史，它就在历史和逻辑的矛盾统一之中。从西方文论中去演绎，是隔靴搔痒，缘木求鱼。从这个意义上说，要给中国现代散文下一个定义，一个历史和逻辑相结合的定义，应该是不太困难的。

中国现代散文，作为一种文学形式，相对于诗歌和小说，在五四发轫期，与西方的随笔有某种接近，但是西方的随笔以智性思绪为主，尚未从文化中分化、独立出来，中国现代散文却在晚明性灵小品的影响下，确立了叙事抒情的纯文学方向。叙事与抒情二者在对立统一中平衡，但是二者并不是半斤八两，发展总是不平衡的，极端发展叙事，造成为通讯的实用价值所淹没的危机；极端强化抒情，又带来狭隘诗化的危机。就其平衡常态而言，

① 萧春雷：《我们住在皮肤里》，百花文艺出版社 2002 年版，第 150—151 页。

抒情长期保持着不可或缺的元素，但不同于诗歌重“激情”之经典，追求内敛的温情、隐情之作留下更多的经典。然而，放任抒情导致滥情，美化的极端走向反面，审“丑”的幽默与之相辅相成。抒情逻辑的极端化产生情趣，幽默逻辑的二重错位构成谐趣。在谐趣层次上，滑稽为低层次之怪异，留在逻辑空白中共享的情感递增，幽默感递增，有缓解人生之对抗之功。若不取缓解姿态，则递减其共享情感成分，智性递增则对抗性强化，则为讽刺。故幽默、滑稽和讽刺之与共享情感有递增递减之比例关系。然而不管抒情逻辑还是幽默逻辑，二者均有碍于理性逻辑的展开，限制了散文的智性深度，学者散文，乃应运而生。虽然在追求智性的过程中，“滥智”的倾向泥沙俱下，然而，超越抒情和幽默，从感觉直达智性，以话语内涵的更新和颠覆构成智趣，是为审智散文。在中国现代散文史上，这既是逻辑的终点，又是历史的终点。

但对于学术研究来说，这并不是终点，而是新的起点。这个起点相较于西方学术定义为先，脱离历史进化而进退两难的困境来说，可能是一种解脱。从散文理论建构的意义上说，我们可以理直气壮地把他们当作对手，与他们的反文学、去中心、无文体边界的观念背道而驰，堂而皇之地把散文理论建构在宏大总体论上，公然宣称文体是有边界的。

中国文论要结束对西方文论洗耳恭听的历史，而应代之以对话。对话双方要有话可对，一味疲惫地追踪是没有出息的。对话只有在相反中相成才可能有生命。在散文领域与西方文论狭路相逢，这是历史进化的机遇，中国散文理论家除了和西方文论在智商上一较高下，可以说是别无选择。

七、和诗歌比较：形而上和形而下

许多研究散文特殊规律的论著，虽然所持观点各异，但是在方法上却有一个共同点，那就是把散文当作孤立的、封闭的静态体系，孤立地就散文论散文，而不是在散文、诗歌、小说与戏剧的联系和转化中洞察散文的奥秘。事实上，散文处于文学的系统之中，和其他文学形式一样，在表现人的心灵世界时，只能表现其局部侧面。这是由于人类心灵太丰富、太复杂，语言这种声音象征符号对其变幻运动的内涵和外延太不够用了，因而才产生不同的文学形式，每一种形式（不是原生的、自发的形式，而是艺术的规范形式）只能表现其一个方面的特征。正因如此，只有把散文放在与其临近的诗歌、小说和戏剧的区别和联系中，观察其矛盾和转化，才有可能洞悉其深层的奥秘。

就文学形式表现人的心灵而言，大致可以从两个角度观察。第一个乃是形而上和形而下的角度，第二个乃是动态的和静态的角度。

首先从形而上和形而下的分化来看。

世俗生活和精神的终极焦虑作为人的两极，决定了文学形式规范功能的分化，诗与散文在内涵上（内容）分化了。一般来说，诗倾向于形而上，而散文倾向于形而下。在诗歌中李白是反抗权贵的，以不能向权贵摧眉折腰为荣的，而在散文中，尤其是那些“自荐表”中，李白向权贵发出祈求哀怜是一点也不害臊的。在《与韩荆州书》中，以夸耀的口吻说自己从十五岁起就“遍干诸侯”“历抵卿相”[①]。阅读李白的全部作品，不难发现有两个李白：一个在诗里，颇为纯洁且清高；一个在散文里，非常世俗。

在舒婷的散文和诗歌中也可以见到同样的分化。在诗歌中是形而上的，好像在精神的象牙塔里，为人与人之间的难以沟通而感到哀伤、失落，为美好的人情和爱情而欢欣，好像不食人间烟火似的。而在散文中，她又为作为妻子、母亲为婆婆妈妈的家务事而操劳，发出“做女人真难，但又乐在其中”的感叹。余光中的乡愁在散文和诗中，也是不尽相同的。在诗中，是超越现实的、虚拟的，展示了单纯的精神境界，只需几个意象（邮票、船票、坟墓、海峡）就足以凝聚起大半生的乡愁。这种象征的、空灵的、纯粹情感的境界，不是他一个人的，而是许多从大陆去台湾的人们心情的概括。而在散文《听听那冷雨》中，恰恰相反，乡愁就贴近了他具体的、特殊的、唯一的经历。他写从金门街到厦门街的长巷短巷、基隆港湾雨湿的天线、台北的日式瓦顶、在多山的科罗拉多对大陆的向往，都反复用一种李清照《声声慢》式断断续续的叠词节奏，表现出他隐隐约约“亡宋的哀痛”的政治失落感，还有他青春时代和爱人共穿雨衣的浪漫。这完全是一个现实中的余光中。正是由于内涵的差异，诗和散文在形式上，即形象的构成上也就不能不发生相应的差异。如果说诗由于形而上，故其形象乃是概括的、普遍的，意象是没有时间、地点，甚至是没有性别的，那么散文则由于形而下，形象是特殊的，也就是有具体的时间、地点、条件的。

为了说明这一点，我们不妨对比一下惠特曼的诗《啊，船长！我的船长！》和他写的散文，这是很有趣的。在诗中，林肯的被刺，被转化为一艘轮船的到达和一个船长的死亡。根本没有年龄、时间、地点、行凶等场景。把场景和人物集中起来，使寓意丰富而且深化。船长是海洋民族文化传统中引导者的象征（不像我们大陆文化的“马”：马首是瞻、老马识途、老骥伏枥等），而且经历了海上航行的风险所引起的联想，都超越了与大自然的搏斗，成为社会搏斗的象征。有这样一个集中的焦点，乃是诗的形式所决定的。诗需要船长这样一个核心意象，其他意象都是从属的，从核心意象派生出来的，第一系列是：码头、海港、海岸、人群、千万只眼睛、欢呼、钟声、旗帜、军号、甲板、抛锚；第二系列是：（船长作

---

① 李白：《李太白全集》（第三册），卷二十六，中华书局1957年版，第18页。

为一个人）倒下、鲜血、心、嘴唇苍白、躯体冷却、感觉不到手臂、死亡。两个意象群，相互之间不是游离的，而是有机联系的，自在一种互补和互动的关系之中，这样就达到了艺术形式所要求的丰富而单纯。正是在这种有机结构中，意象的派生和情感、思想的延伸达到了高度的同步。意象群落丰富而有机的统一构成了诗的感染力，但是从散文的审美规范来看，则显然存在不足。明明是写林肯的，但整首诗歌中，都没有提到林肯这个特殊的总统，而是以船长来象征一位领航者。惠特曼把这一事件写成散文，光有这样一种普遍性的概括是不够的，故在写林肯总统遇刺的散文中，就写了诸多具体的细节：

> 总统和他夫人准时来到剧院，他们出现在二楼的一个大包厢里，那是由两个包厢改建而成的，上面悬挂着星条旗。这时的舞台的布景是一个十分豪华的大客厅……三位演员朝侧幕走去，舞台上这时空无一人，一切都停顿下来，剧场里出现了一阵短暂的静默，正是在这一时刻，亚伯拉罕·林肯遭到了暗杀。这一事件对人类社会的震动是史无前例的，然而它竟然发生在这样一个最为司空见惯的短暂静默中。就在静场和调换布景的那一片刻，传来了一声沉闷的射击声，大约只有百分之一的观众注意到它——紧接着的又是一阵寂静——其间夹杂着一种模糊的恐怖感觉——接着在总统包厢的布幔和星条旗之间现出了一个男子，他用双手撑着跳上包厢栏杆，在上面停顿了一下之后便纵向跳到舞台上（这之间距离大约是十五英尺），由于脚被那面美国国旗绊了一下，因此落地时他摔倒了，但他立刻站起来（他的脚踝扭伤了，但当时他并未觉察）——这正是行刺者布斯，他穿着一件极普通的黑色上装，未戴帽子的脑袋显得很大，头发乱蓬蓬地披散着，眼睛里闪烁着疯狂的、野兽般的光芒，他异常地沿着舞台的脚灯走着——他将自己那张雕塑般俊美的脸转向观众，并用凶狠的目光向全场扫视，他以坚定而充满仇恨的语气说道："我除掉了那个暴君。"接着他便向舞台的后侧幕走去，并消失在那里……①

如果没有这么多写实性的细节，就不叫散文了。而在诗歌中如果有了这么多的具体细节，那也就不能叫作诗歌了。

从这个意义上说，诗比之散文具有更自由的想象性、虚拟性，很具体的，如徐志摩在散文《我所知道的康桥》中写到康河是很写实的：

> 这河身的两岸都是四季常青最葱翠的草坪。从校友居的楼上望去，对岸草场上，不论早晚，永远有十数匹黄牛与白马，胫蹄没在恣蔓的草丛中，从容地在咬嚼，星星的黄花在风中动荡，应和着它们尾鬃的扫拂。桥的两端有斜倚的垂柳与榆荫护住，水

---

① 惠特曼著，张禹九译：《林肯总统之死》，《惠特曼散文选》，湖南人民出版社 1986 年版，第 90—92 页。

是彻底的清澄，深不足四尺，均匀的长着长条的水草。[1]

而在诗歌《再别康桥》中同样写到康桥的河，河边的柳，河中的水则是这样的：

那河畔的金柳，
是夕阳中的新娘；
波光里的艳影，
在我的心头荡漾。
……
那榆荫下的一潭，
不是清泉，是天上虹；
揉碎在浮藻间，
沉淀着彩虹似的梦。

在散文里，河柳不可能是“新娘”，榆荫下的清泉，就是清泉，不可能是日虹彩，也不可能沉淀着“梦”。散文以写实性为基础，一般说没有诗那样想象、变异的自由度。对于诗与散文在想象上的重大区别，中国17世纪的吴乔说，散文是把米做成饭，诗则是把米酿成酒，法国诗人马拉美也说过，诗是舞蹈，散文是散步。二者可谓异曲同工。

八、与小说比较：动态的错位和相对静态的统一

形象的情志特征，在诗中是很单纯的，那就是诗人自己的情志特征。在抒情散文中，一般来说也是比较单纯的，也就是作家自己的情志脉络，而是在比较复杂的散文中，主要是在写人的散文中，情况就有所不同。散文家自然要表现自己的情志，但是人物又有自己的情志。这样，在形象中，情志的脉络就不是单层次的，而是双重的。如果二者是统一的，那仍然是诗性的抒情，但是有时二者并不统一，而是错位的（既不对立，亦不统一）。例如，丰子恺历尽艰辛逃难稍有安定之时，把孩子抱在膝盖上，问他最喜欢什么。如果孩子答“最喜欢安定的生活”，和丰子恺一致，那就很有诗性抒情的意味，但是孩子的回答是：“最喜欢逃难。”这是很生动的形象，其所以生动，不但由于孩子的感情有特征，很天真，把颠沛流离当作好玩，而且还在于丰子恺对孩子这种特殊情感的意外。这样，形象中就蕴含着两个层次的情感错位。双重感情的错位就使诗意降低了，散文和诗拉开了距离，这就构成了叙事性。写人的散文，其诗性与人物情志脉络的统一性成正比，与人物情志脉络的

① 徐志摩：《巴黎的鳞爪》，《徐志摩全集》（第三卷），中央编译出版社2013年版，第243页。

错位成反比。作者与人物的情志越是拉开错位的距离，越是富有叙事性，甚至有可能走向小说。在小说中（还有在戏剧中），人物在矛盾冲突之后的大团圆是缺乏个性的，但是在散文中，人物在结局中达到和谐统一却是富于散文的抒情意味的。散文和小说的错位之所以如此不同，是由于小说构成情节的法门乃是把人物放在动态事变中，也就是把人物打出常规，揭示其潜在的、深层的奥秘，造成关系亲密的人之间的情感错位，而散文则基本上是把人物放在静态的环境中，显示人物统一的心态，即使人物与人物之间有所错位，也是在和谐统一的制高点上俯视的。琦君的散文《髻》在这一点上可以说很是典型。这篇抒情散文带着很强的叙事性，情节以母亲的发髻为核心展开。女儿爱母亲，晚上手指头绕着她的头发玩，但是母亲土里土气的生发油很难闻。这是第一重错位。后来父亲娶的妾，成了母亲的敌人，在母亲与这位姨娘的冷战中，女儿感到母亲对姨娘无言的恨，但又觉得姨娘的发髻，花样百出，仪态万方，很是羡慕。这是第二重错位。母亲给父亲做了手绢，让女儿递送，父亲弃之不顾。女儿对母亲隐瞒，但又给母亲发现了。这是第三重错位。姨娘送母亲耳环，女儿很想拿来玩，母亲不允，束之高阁。这是第四重错位。让一个不太懂事的女孩子夹在两个女人的爱恨情仇之间，造成多重错位，这有很强的叙事性，如果任其发展下去，层层加码，错位的衍生，会将错位的幅度扩大，散文则有可能变成小说，但是琦君却没有继续拉开错位的幅度，造成情节的曲折，而是描述在父亲过世以后，母亲没有报复姨娘，姨娘也不再刻意梳妆，全靠宽容的生活，二人患难与共，仇恨消解。在母亲过世以后，女儿把姨娘带到台湾，视她为相依为命的亲人。多重错位到此化为相互亲和的温馨：她也老了。当年如云的青丝，如今也渐渐落去，只剩了一小把，且已夹有丝丝白发。想起在杭州时，她和母亲背对着背梳头，彼此不交一语的仇视日子，转眼都成过去。人世间，什么是爱，什么是恨呢？母亲已去世多年，垂垂老去的姨娘，亦终归走向同一个渺茫不可知的方向，她现在的光阴，比谁都寂寞啊。女儿怔怔地望着她。想起她美丽的横爱司髻，女儿说："让我来替你梳个新的式样吧。"①

如果是小说，这样结局，可能是类似大团圆的败笔，但是这却恰恰是散文的精彩。错位的消解使得叙事性递减，情志脉络在终点上的统一却使抒情性得以升华。郑明娳女士在上海青浦一次语文教学的研讨会上分析此文曰：写出母爱、母德的高贵。现在看来，如果不是这样的结尾，则这篇以夹在相互仇恨的两女人之间的女孩子为视角叙写双方情感错位为核心的散文，在连续性中衍生、扩大，必然成其为小说。

要对散文特殊规律有准确的把握，就不能孤立地、静态地研究散文，而应该把它放在与小说、诗歌的整体关系中，作动态的、系统的审视，在洞察其差异、矛盾的同时，揭示

① 琦君：《琦君散文精品集》，重庆出版社2004年版，第12页。

其联系和转化，这是一个很有学术价值的课题。早在五四时期，胡适就把这个课题提了出来，不过论述得比较粗糙，但是留下了很值得重视的学术资源。他在《论短篇小说》中，把庄子、列子、韩非子等古籍中的一些寓言，如《愚公移山》归入短篇小说。①可是后人仍然把《愚公移山》当作散文，个中缘由要从文本中去寻求。

智叟认为愚公不可能移山，理由是："以残年余力，曾不能毁山之一毛，其如土石何？"愚公的答辩是："虽我之死，有子存焉。子又生孙，孙又生子；子又有子，子又有孙；子子孙孙无穷匮也，而山不加增。"二人的争论没有连续的衍生，就是"献疑的妻子"也没有与愚公发生情感上的错位。最后插进来一个"操蛇之神"，说之于"帝"，乃命"夸娥氏二子"将山移去。二人的争讼不了了之。山是被移走了，但并不能归功于愚公，而是超自然的力量。这个"夸娥氏"却有讲究：夸者，大也；娥者，古代汉语同"蛾"，乃蚂蚁之谓。②这样一来，对立和错位失去了在连续中衍生扩大的可能。愚公移山显然在实践上是空想，但是其可贵乃在大蚂蚁移山坚韧不拔的精神。《愚公移山》乃是对大蚂蚁移山精神的一首颂歌。表面上虽为叙事，主旨却不在展示人物的精神错位，实质乃是抒情，故文体仍属于散文。由此，也可对朱自清《背影》进行动态理解。《背影》写的是亲子之爱的错位。朱自清如果写歌颂父爱的诗歌，可以把情感的互动单纯化、理想化，像冰心那样做绝对和谐的处理，但是朱自清没有这样做，而是把爱的隔膜放在日后的忏悔之中，这就让隔膜化解为和谐，爱的错位乃成为独特的抒情。如果把父子之间的隔膜做层层加码的展开，让父子情志错位，越出常规，导致层层意外的后果，那就构成了情节，人物的个性就随着情感反复错位的衍生而鲜明起来，那就是小说了。

使人物打出常规，让其进入动态之中，让其与人物之间的心理错位，在连续性中，层层加码，这种处理越是错综，就越接近小说。

纯粹从量上看，在小说形象中包含的不同感情层次越丰富越好。在质相近的情况下，超过三个层次的，一般来说要比不足三个层次的更具备小说的特点，更能发挥小说的优势。如果不足三个层次，例如只有两个层次，而且最后走向统一，那就是散文了。

因而，小说与散文的不同之处还在于感情层次不是线性的静态延伸，而是多层次与动态的错位交织。

2009 年 11 月 6 日

① 参阅胡适：《中国新文学大系 · 建设理论集》，上海良友图书印刷公司 1935 年版，第 274—275 页。

② 参阅李子伟：《"夸蛾氏"——"蚂蚁神"》，《天水师范学院学报》2003 年第 3 期。

散文：从审美、审丑（亚审丑）到审智
——兼论其逻辑与历史的统一①

作者按：当前散文理论主流是“真情实感”论，从理论来说，这样的范畴：第一，是不完全的，只是局部涉及诗化的审美性质，因而是贫乏的；第二，从学术范畴的建构来说，这是僵化的，因为不具备范畴的内在矛盾，因而缺乏内在的发展动态；第三，这是封闭的，因为范畴本身缺乏内在的转化、衍生功能，不可能从“审美”的“美”中衍生出与之相对应的幽默散文的“审丑”范畴；第四，更不能从“审美”的抒情衍生出反抒情的“审智”范畴。以上四者，还只是逻辑上的不足，更为关键的是，这个范畴，只是形式逻辑的共时性，而一切文学形式，都是历史的、开放的、不断发展的，学科建构应该是逻辑和历史的统一，历史的发展过程和逻辑的演绎过程应该是统一的，逻辑的起点就是历史的起点，逻辑的终点就是历史的终点。对于现当代散文而言，审美、审丑和审智，不但是逻辑的、横向的平面划分，而且是历史的、纵向的必然和发展，在系统的分化和演进中，可以达到历史的和逻辑的统一。最后，研究审丑、审智散文的特性，不能从西方文论演绎中得出，因为西方不仅无散文范畴，而且其前卫文论根本就否认文学的存在。因而，以归纳法进行原创的概括，辅之以演绎法，无所畏惧地独立建构，是摆在中国散文理论面前别无选择的课题。

一

中国当代散文，有着一种悖论性质的奇观。一方面，严肃文学的主体，如小说、诗歌，

① 原载《当代作家评论》2008 年第 1 期，入选陈思和主编：《中国当代文论选》，上海教育出版社 2010 年版。

乃至话剧，遭受大众文化空前挤压，阵地相继陷落，走向边缘；另一方面，散文创作却有勃兴之势，作者队伍空前扩大，成为小说家、诗人、理论家乃至文化官员的“客厅”，风格样式异彩纷呈，突破了抒情和诗化审美的成规。与这种态势极不相称的是散文理论的贫困，其学术积累，不但不如诗歌、小说、戏剧，而且连后起的、井喷的电影，甚至更为后发的电视理论、传媒理论都比不上。当然，毕竟散文创作实践的推动力是巨大的，散文理论，尤其是散文批评、散文理论史的研究开始了众声喧哗的繁盛期，但是由于在基本理念上缺乏共识，范式的建构似乎尚未提上日程，对散文成就的评价陷入了全面混乱。每年不同出版社照例推出年度“最佳散文选”，选目往往南辕北辙，互相重合者凤毛麟角。即使成就卓著的散文作家，在不同地区的年度总结性论文中，所列品位也相当悬殊。现象的杂陈、评价的任意成为“中国当代散文史”的顽症。更令人气短的是，一些散文家地位显赫，不是由于作品的质量，而是缘于其在行政机构、散文学术团体和重要报刊中的权力。全国的散文评奖（除了少数以外），品评之失衡，机制之腐败，更是积重难返。现代散文史论的学术研究，鲜有从当代散文发展制高点上提出问题，常常分不清五四时期作家低水平的感想和真知灼见，眉毛胡子一把抓，满足于在历史资料的迷宫里打转，造成准学术垃圾与日俱增。在另一个极端上，则是一些照搬西方文化哲学术语的大块文章的喧嚣。从创作到理论的混乱，导致散文在中国文坛上的处境十分尴尬。一度把散文视为“文类之母”的学者，也发出它沦为“次要文类”的哀叹，甚至称之为“不成为文体的流浪儿”。台湾散文学者郑明娳更是哀叹散文成了“残留文类”。从表面看来，散文理论似乎相当热闹。从 20 世纪 80 年代末以来，散文界像走马灯似的提出种种观念，“大散文”“纯散文”（“净化散文”）“复调散文”“文化散文”“生命散文”“新散文”，还有以作者身份划分的“学者散文”“小女子散文”之类，但是众多的主张，大都成为过眼烟云、纸人纸马。除了“大散文”，由于贾平凹和南帆等身体力行，以杰出的作品，产生一些号召力以外，其他的“理论”，作家似乎不予理睬，众多理论变成理论家各自的独白。对于这种现象，楼肇明用“繁华遮蔽下的贫困”[①]来概括，是很有道理的。究竟贫困在什么地方？原始要终，是准则的混乱；而准则的混乱，是由于理论的混乱；而理论的混乱，则在根本上是由于思想方法的混乱，甚至是幼稚。

二

这些年学术界非常强调“学术规范”，诚然，为反对游言无根，这是十分必要的，但什

① 楼肇明等：《繁华遮蔽下的贫困——九十年代散文之路》，山西教育出版社 1999 年版。

么是学术规范的精神呢？最粗浅的理解就是无一字无来历，引文追求原生出处。如果这也算是规范的话，就太低级了。引述文献，是为了发挥独创见解，但是借助权威文献装饰的套话、“陈言”，甚至是“蠢言”的学术假货，却在学术规范的幌子下泛滥成灾。风行一时的理论，以“真情实感”论为代表，带着感觉、经验的原生性，严格说来，缺乏理论所必须具备的抽象力度和严密丰富的内涵。另外，概念不成系列，缺乏内在联系，大抵是孤立的、零碎的，毫无衍生的观念依托，以一时的感兴或者宣言为满足。理论要成为理论，应该具备自洽的概念范畴体系，衍生概念处于自洽的逻辑起点和终点之中。文化散文成立的前提是对非文化散文进行界定，其内涵是什么？纯散文，如果是艺术散文，那么“艺术”的内涵是什么？大散文，大在哪里？新散文和旧散文有什么不同？系列概念的内涵本该相互补充、相互支持才有理论的生命；互相干扰、交叉、游离的概念，与理论无缘。

当然，流行的散文观点，多多少少还依托某些现成的常识性的经验。例如，抒情散文、叙事散文，还有说理散文，诸如此类。但细究起来，这些常识性观念，与其说是支持，不如说是对学术逻辑的消解。抒情、叙事、说理，在逻辑上属于划分，其起码要求是：第一，标准要一贯；第二，划分不得剩余和越出，亦不得交叉。抒情、叙事、说理，三者表面上并列，但这是从贫乏的抽象意义上来说的，在实际作品中，抒情、叙事、说理三者经常是交错的。这是因为一切叙事，都离不开作者的感受和作者的情绪。就是在《春秋》那样以记事为准则的史书中，叙事表面上是物象、景象，但事实上是由作者的心象决定的。

《春秋左氏传》：“鲁僖公十六年春正月，戊申朔，陨石于宋五。”注曰：

> 陨，落也。闻其陨，视之石，数之五。各随其闻见先后而记。

“各随其闻见先后而记”，说明叙事顺序并非依客观的顺序，而是依感知的程序，接下去“是月六鹢退飞”。《春秋左氏传》注疏曰：

> 视之则六，察之则鹢，徐而察之则退飞。是亦随见之先后而书之。[①]

“随见之先后而书之”，就是说，即使是史家简洁的叙事，即使是最讲究客观的中国史家笔法，也是主观感知程序在起主导作用。这样天才的洞察，由于长期的机械反映论的遮蔽，在解读散文时却被根本忽略了。至于借叙事说理，早在先秦寓言中就取得了很高成就。在抒情中说理，情理交融，在强调文以载道的古典散文中，在西方主智的随笔中都是常识。理论可以批判常识，但不能违反常识。所有这一切都在说明，流行的散文理论，连最基本的常识、最根本的反思都是不足的。许多颇有影响的散文理论，虽号称“理论”，却连起码

① 《四库全书·经部·春秋类·〈春秋左传〉注疏》。刘知几在《史通·内篇·叙事第二十二》也说到了这一点：“《春秋经》曰：‘陨石于宋五。’夫闻之陨，视之石，数之五。”不过他只是为了说明史家为文之简洁：“加以一字太详，减其一字太略，求诸折中，简要合理，此为省字也。”

的经验都不能全面涵盖。在这方面，散文理论界影响最大的“真情实感”论，可以说是代表。连《中国大百科全书》的“散文”条，都采用了这个说法。当然，这种理论的历史价值不可忽略，把它定位为散文理论从机械反映论走向审美价值论的一座桥梁是不为过的。

这种理论在一个时期内可以代表中国散文理论界的思维水准，因而，其思维方法，就很值得严格审视。其著名论述是：“散文创作是一种表达内心体验和抒发内心情感的文学样式”“它主要是内心深处迸发出来的真情实感打动读者”。不难看出，它事实上把散文的特殊性定性在“真情实感”，也就是抒情性上。当然，林非也看到了抒情性的狭隘：“狭义散文以抒情性为侧重，融合形象的叙事与精辟的议论。”[①]作者很有分寸感地用了一个“侧重”，带出了“议论”。不过议论当然是为抒情服务的。这种“真情实感”论，在很长的一个时期内，拥有相当的权威，至今仍然得到学界并不敏感的人士的广泛认同，但是这样的理论是极其粗陋的。首先，楼肇明早就指出了：“真情实感”，并不是散文的特点，而是一切文学共同的性质。[②]其次，强调“真情实感”并非永恒现象，而是一种历史现象，最初出现在五四时期，是对“瞒和骗”的文学传统的反拨；后来，在新时期，是对“假大空”政治图解的颠覆。把这种理念从具体的历史语境中抽象出来，作为散文永恒的性质，实质上是以抒情为半径给散文画地为牢。再次，中西方散文史上，不以抒情见长的散文杰作比比皆是。不管是蒙田、培根，还是罗兰·巴特的《埃菲尔铁塔》，甚至贾谊的《过秦论》、韩愈的《师说》、王安石的《游褒禅山记》，都不仅仅是以情动人的，其中的理性、智性，恰恰是文章的纲领和生命。

这样的散文理论之所以独步一时，最根本的原因首先在于，话语霸权遮蔽了思维方法上的僵化，把一种历史条件下的散文观念，当作永恒不变的规律。在追求某种超越历史的，放之四海而皆准的宏观理论时，对于否定超越历史的、统一的、普遍的文学性的西方文论，并未进行过任何批判，这就使得理论处于后防空虚的危机之中。其次，权威学人从未对超越历史的理论作系统的历史检验，对于理论遮蔽历史的危险，毫无觉察。理论，本来应该是对于研究对象的现状和历史的抽象，由于直接抽象有极大的难度，理论才不得不借助前人的思想资源，在批判历史资源的基础上突破。离开这一切，仅仅凭借有限的感兴，任何理论都不能不是先天不足的。这并不是说，在西方相对主义盛行的今天，就应该放弃对于文学的、散文的普遍规律的追求。事实上，吾人对西方文论是应该具体分析的，西方前卫理论以绝对的相对主义为特点：一切都是相对的，世界上没有绝对的东西，但是相对主义

① 林非：《关于当前散文研究的理论建设问题》，《散文论》，华中师范大学出版社1992年版，第5页。

② 参阅楼肇明等：《繁华遮蔽下的贫困——九十年代散文之路》，山西教育出版社1999年版，第5页。

却是绝对的。本来，相对主义作为一种思想方法，和一切思想方法一样，应该有绝对的一面，也应该有相对的一面。绝对的相对主义，一旦使之“自我关涉”，也就是用来检验相对主义自身，就不能不陷入尴尬的境地：从理论上来说，它应该是包含在相对之中的，但它又隐含着绝对。这是一切批判性理论不可避免的悖论。正是因为这样，散文研究应该找到一种与绝对的相对主义对话的方法，这就是逻辑的方法。逻辑的方法和历史的方法是相对而又互补的。逻辑方法，正是把历史的偶然性和繁复性（包括历时的和共时的特殊性）加以纯粹化，这正是社会科学研究所要求的纯粹的抽象。正像在《资本论》中，马克思并没有研究资本主义历史发展的种种事变，没有论述资本主义的海盗、贩卖黑人奴隶、侵略、腐败、暴力等，而是提出了一个高度抽象的逻辑范畴：商品。简单的商品生产，正是资本主义的逻辑起点，也是资本主义的历史起点。这个范畴不是静止的，而是有着内部矛盾的、运动的。其中的具体劳动和抽象劳动、使用价值和交换价值、等价交换、劳动力、不等价、剩余价值、生产过剩、经济危机等系列范畴，都是在商品范畴的内部矛盾中转化和衍生的。这一切不但是逻辑的演化，而且是历史的转化，自由资本主义走向反面。故商品既是逻辑的起点，又是历史的起点；既是历史的终点，又是逻辑的终点。这说明，逻辑和历史的方法不是绝对矛盾的；相反，可以达到逻辑和历史的统一。

问题在于，流行的“真情实感”论，其基本概念既没有逻辑的系统性，又没有历史的衍生性。它是一种没有衍生功能的范畴，因为它是一种抽象混沌，内涵贫乏，没有内部矛盾和转化的理论。而实际上，情和感，并不是统一的，而是在矛盾中转化消长的。情的特点是“动”，所谓动情、动心、激动、情动于衷等，但是情是一种“黑暗的感知”，情之动，是看不见、摸不着的，它要借助感知，才能传达，所以叫作“感动”。

感动有一个特点，就是它是在情感冲击下发生“变异”的。[①]“情人眼里出西施”“月是故乡明”，贾宝玉第一眼看到林黛玉，说：“这个妹妹见过的。”王维在散文中感到深巷寒犬，“吠声如豹”。余秋雨在《三峡》中说，觉得白帝城本来有两种风貌、两个主题，一是对大自然的朝觐，一是对山河主宰权的争逐。那日日夜夜奔流的江涛，就是这两个主题日夜不停地争辩。这种在真情冲击下变异了的感觉，明显不是“实感”，而是“虚感”。通过这种“虚感”传达出来的感情是真情还是假情呢？对这样的矛盾实际视而不见，还能成为理论吗？看不到内在矛盾，也就看不到运动发展、变化，从而对情与感的历史消长视而不见。在散文历史的最初阶段，实用理性占着绝对的优势，情在散文中是从属于理性的。在号称六经之首的《尚书》中，周诰殷盘，全是政治布告、首长讲话，充满教训，甚至是恐吓，恰恰隐含着情感的审美性。先秦诸子的散文，大都是讲大道理的，像《论语》中《子

① 参阅孙绍振：《论变异》，花城出版社 1987 年版，第 71—78 页。

路、曾皙、冉有、公西华侍坐》那样以抒情性为纲的篇章可谓凤毛麟角。至少到了魏晋以后，散文中的抒情才从实用理性中独立出来。真要从理论上，把个性化的情感当作散文的生命，而不是载道的工具，还要等上一千多年。晚明小品中提出独抒性灵，直到五四散文，在周作人的倡导下，继承了这个传统，揭开了历史性新页。鲁迅甚至认为，新文学第一个十年，散文取得了比小说和诗歌更高的成就。

散文的抒情主潮，其深层的矛盾，其实不仅在于感，而且在于理。主情的极端就是用变异的感觉来抑制理性，走向极端，令情感泛滥，变成滥情、矫情、煽情。故到了20世纪初叶和中叶，西方产生了抑制抒情的潮流，在诗歌中，干脆就提出“放逐抒情”。“sentimentalism”一词，五四时期一直翻译为感伤主义，近来就变成了滥情主义。在我国，在先锋诗人和小说家中，跳过情感，直接从感觉向审智方面深化，追求冷峻的智性成为主流，而散文却停留在真情实感的抒情中。就在这个时候，余秋雨出现了，他把诗的激情和文化的智性水乳交融地结合在一起，迈向了散文的新阶段——从主情到主智的历史过渡。一批年轻的甚至并不年轻的散文作家成了他的追随者。可是就在这个时候，余秋雨却引发了空前的争论。除开某些人事因素以外，问题在于余秋雨的散文是从审美情感到审智散文之间的一座“断桥”[①]。从“真情实感”论，就是审美情感论者来看，他的文章有过多的智性；从先锋的、审智的眼光来看，又有太多的感情渲染，被视为滥情。

“真情实感”论，如果真要成为一种严密的学科理论基础，起码要把情与感之间的虚和实、情与理之间的消和长，作逻辑的，同时又是历史的展开，但“真情实感”论的代表人物缺乏这种学科建构的自觉，故“真情实感”论难以成为学科逻辑的起点。如果“真情实感”论的缺失仅仅限于此，那还只是缺乏上升为学科理论的前景，可惜的是，它最大的缺失在于虽号称“散文理论”，却并未接触散文本身的特殊矛盾。就算马马虎虎以“真情实感”为逻辑起点，那么摆在面前的首要任务是，揭示散文的真情实感与诗歌、小说的不同。按照逻辑与历史统一的学术规范，这种不同，不应该是脱离了情与感、情与理、虚与实、真与假的现存范畴，而是从这些范畴内在矛盾中转化、衍生出来的。同样的“真情实感”，在诗歌里和散文里有什么重大的区别？其实，这并不神秘，只要抓住情与感，彻底分析就会显出端倪。真情实感，事实上就是内情与外感的结合，不管是内情还是外感，都是有特点的，而一般化的、普遍性、老一套的情感，是缺乏审美价值的。情感成为文学形象胚胎结构，只是艺术形象的一种可能性，要真正成为艺术形象，内情和外感的特点还有待于规范形式。在诗歌中，内情具有特殊性，不成问题，但其外感是不是同样也要特殊呢？无数诗歌经典文本显示，在诗歌中外物感受却可以是普遍的，没有具体时间、地点条件的规定

① 参阅孙绍振：《审智散文的审美突破》，《当代作家评论》2000年第3期。

的。贺知章笔下的柳树，舒婷笔下的橡树，艾青笔下的乞丐，雪莱笔下的西风，普希金笔下的大海，里尔克笔下的豹，都是概括的，并不交代是早晨的还是晚上的，是城市的还是农村的。这是一种普遍的类的概括。外感越是概括，诗歌想象的空间越是广阔，情感越是自由。如果盲目追求具体特殊，追问艾青笔下的乞丐，究竟是男是女，究竟是老是少？普希金笔下的大海，是黑海还是波罗的海？雪莱笔下的西风是早晨的还是黄昏的？越是具体特殊，越是缺乏诗意；越是缺乏诗意，也就越是向散文转化。这也就是说，散文的艺术奥秘在于，同样是特殊的情感，它的外感越是特殊越好。① 从这里，我们可以看到杨朔“把每篇散文都当作诗来写”，之所以造成模式化、概念化，当时的历史条件只是外部原因，混淆了诗歌和散文形式的审美规范矛盾，才是其内在原因。这种区别，本来应该是常识性的，但是竟弄得连高考试卷上都混淆，说明问题已相当严重了。

学科研究的对象不是矛盾的普遍性，而是矛盾的特殊性。传统散文理论之所以陷入困境，原因在于：第一，机械反映论；第二，主体表现论；第三，狭隘功利论；第四，内容决定形式论大行其道。新一辈的散文理论家及其论著，如喻大翔的《用生命拥抱文化》和陈剑晖的《中国现当代散文的诗学建构》以西方当代的文化哲学和生命哲学为基础，为中国当代散文理论带来了新的突破和前景，可以说是在更高的学术视野上，居高临下地对“真情实感”论进行了犀利的批判。陈剑晖引用了楼肇明的论述：“真情实感，是一切文学创作的基础，不独为散文所专美。即使真情实感，也有艺术与非艺术之别，流氓斗殴，泼妇骂街，不能说没有真情。学术的难点无疑在散文形式的特殊性上。”陈剑晖看得很清楚，“真情实感”论不过是一种印象，而不是严密的学理，孤立地研究散文是不得要领的，作为一种艺术形式的特殊性只有在和小说、诗歌的系统矛盾、联系和转化中才能看得清楚。陈剑晖的理论价值，在其独到的见解方面，更在文学形式的比较方面。他的想法是建构中国式的散文理论，但这在草创期不可能完善。这主要表现在他所用的逻辑方法上。他所用的主要是演绎法，而他所依据的理论，主要是西方的生命哲学。虽然这是一种精深的学理，有可能把当代散文理论研究带到新的制高点，但是这种学理毕竟只是文化哲学。就其本身来说，正如反映论一样，并不包含散文的特殊规律。而用演绎的方法，把生命哲学直接推演到散文中去，提出散文的特殊性乃“生命的本真”，显然还是不能到达散文的特殊矛盾。这不是生命哲学的局限，而是演绎法的局限。生命本真作为大前提，必须是周延的：

大前提：一切文化都是生命本真的表现。

小前提：散文是一种文化现象。

结论：散文是生命本真的表现。

---

① 参阅孙绍振：《文学创作论》，海峡文艺出版社 2004 年版，第 236—242 页。

这个推理完全符合小逻辑的三段论的规范，但这里却隐含着形式逻辑的内在悖论。演绎的目的是从已知的大前提引申出未知结论（散文是生命的表现）。早在 18 世纪，休谟（1711—1776）就提出，演绎法不可能增加新知识。虽然从表面上看三段论从已知演绎出未知，但是这个本来未知的结论早就隐藏在已知的大前提中了。当我们说，一切文化都是生命的表现的时候，是不是已经把散文包含在内了呢？如果不包含在内，那么就不能说一切的文化现象都是生命的表现。不能说"一切"，推理只能是这样：

大前提：一切文化（除了散文以外）都是生命本真的表现。

小前提：散文是文化现象。

结论：无法推出。

大前提不周延，就不能推出结论，因而在大前提和小前提之中，有一个共同的中间项，这个中间项，如果不是周延的、毫无例外的，在逻辑上叫作"中项不周延"，是不能进行三段论的演绎推理的。只有大前提是周延的，也就是毫无例外的，演绎才能进行。

这就产生了一个悖论：为了证明散文是生命本真的文化现象，必须先把散文是生命本真包括在文化现象之中。这在逻辑上，就犯了同语反复的错误。正是因为这样，早在 18 世纪就有了共识，演绎法的最大局限，就是结论早已包含在大前提中了。因而，演绎法只能从已知到已知，并不能从已知到未知，所以说，演绎法是不能产生新知识的。这是人类思维的局限，正如人类的语言符号有局限性一样，人类思维从形式逻辑到辩证法乃至系统论，都是有局限的。在这一点上不清醒，就可能导致迷信。不管用西方的还是中国的权威的、普遍的哲学文化理论作为大前提，都不可能把文学性、散文性、诗性演绎出来，普遍的大前提里没有小前提的特殊性。演绎法的特点恰恰是不能无中生有。以为演绎法是完美的思维方法，这就是迷信。当然，人类并未束手无策，因此有了和演绎法相对、互补的归纳法。归纳法不是从推论开始，而是从具体的、特殊的感性上升为普遍的抽象。当古希腊式的以权威的、经典的观念为大前提，进行演绎遇到危机后，文艺复兴时代的大师，以培根为代表，致力于观察和实验，像蜜蜂一样收集经验事实，这就产生了以经验的归纳为主的时代潮流，为近代科学的发展开拓了新的历史阶段。当然，归纳法的基础是经验，是知识的来源，也是对知识的限制，归纳法的局限是作为理论，根本的要求是普遍的，但不管是个人的，还是时代的，经验毕竟是有限的，经验的狭隘性和理论的普适性，是一对永恒的矛盾。作为和演绎法的互补形式，归纳法有显而易见的优越性，那就是它不是从概念定义出发，而是从事实出发，不但有相对可靠性，而且可以在实证的基础上，提供超越于普遍理念的特殊知识。人们不能从水果（普遍）演绎出苹果（特殊）的味道，却可能从苹果（特殊）归纳出水果（普遍）的性质来。正是因为这样，要真正建构可靠的、严密的散文理论，不能单纯依赖演绎法，有必要从经验的归纳去寻求其特殊奥秘。在这方面，其实陈剑晖已经有所进展了，例如他提出散文和诗歌相比，是比较日常的，而诗歌则比较形而上，可惜的是，这种吉光片羽的论述没有得到充分的论证和阐释。如果陈剑晖在方法上更加自觉，用归纳法，也就是文本解读，直接从文本进行第一手的归纳，他应该可以发挥得更为深邃。

三

归纳法的难点在于经验的有限性、狭隘性，因而要求最大限度地掌握经验材料。可是生有涯，经验无涯，以有涯求无涯，是生命本身的悲剧。如果不是一味追求理论的全面性，而是从片面的经验开始，像邓小平所说的那样，摸着石头过河，像胡适所主张的那样，在有限的经验中，进行“大胆的假设”，又像波普尔所提倡的那样，不断地“试错”，以“反例”“证伪”，排除经验狭隘性的局限，进行“小心地求证”，可能比之演绎法，从普遍的概念推出特殊的结论，成功的概率要高得多。归纳法还有一种特殊的形态，那就是个案分析，也就是所谓从一粒沙子中看世界，从一滴水中看大海。不一定要把全世界所有的水，都收集到自己的实验室里；只要取事物的一种纯粹状态，一种最成熟的细胞形态，就可能抽象出普遍的属性。在散文研究中，把归纳和比较结合起来，应该是一个讨巧的办法，主要是把既是诗人又是散文家的作品拿来加以比较，因为这里有现成的可比性。

两种文学形式之间微妙而重大的区别，从文本归纳出来并不太困难，但是要从东西方任何宏观的理论中演绎出来却是不可能的。因为西方不存在我们这样的散文文体，再加上理论只能揭示文学形式的普遍性，而散文研究的任务却是探究散文作为一种形式的特殊性。实际上，在阅读过程中，普遍理念的召唤结构，随时随地都在吸纳、澄明、同化着特殊审美体验，但这种吸纳、澄明和同化，是充满矛盾的。理论的空疏和审美体验的饱和性，是时时刻刻冲突着的。理论所难以吸纳、澄明、同化的，必然招致窒息、扭曲、扼杀。故理想的理论不应该是封闭的，而应该是开放的；概念和范畴不应该是僵化的，而应该是在内涵上可作弹性阐释的，可以衍生出从属的系列范畴来。光是理论的开放还不够，还需要读者审美主体的自觉。理论的权威性，再加上一般读者的审美主体自卑，理论歪曲、麻痹审美阅读经验，比比皆是，导致教条主义横行，甚至在一个漫长历史时期中，具有法律、道德和学术体制的霸权。这种荒谬，把《诗经》中的爱情诗解读为“后妃之德”，在李后主的词贴上“爱国主义”标签，把中国文学史当成“现实主义和反现实主义的斗争史”，把曹丕与曹植的矛盾当成儒家与法家思想的斗争，把陶渊明和王维都当成地主阶级的没落和腐朽的典型，把宋江当作投降主义路线的代表，把《红楼梦》当作阶级斗争史，把《阿Q正传》说成属于“死去了的”“时代”。如此种种，皆是封闭的理论与自卑的阅读心态使理论走向了自身反面的明证。这不但不能帮助读者阐明作品的深邃内涵，相反，强制读者放弃审美阅读的丰富体验。这样就产生了一种情况，就是理论与审美经验为敌，理论窒息审美体验。

特殊审美感性的丰富和普遍理念的狭隘，二者之间的矛盾是绝对的。特殊性所包含的属性，大于普遍性，普遍性所包含的属性，只是特殊性的一部分。这就注定了理论与文本的审美阅读永远处于搏斗之中。某些流行一时的权威理论，其森严结构先入为主，造成理念对审美经验的扼杀。如果理论有充分的开放性，而阅读者又有高度自觉的审美主体性，则特殊审美经验和普遍理念可能猝然遇合，特殊的审美体验因为有了普遍理论而得以升华。理论的狭隘在这个时候必然遭到挑战，发生突破，就在长期（有时是几代人，上千年的）搏斗之中，才智的灵光、衍生的观念，甚至颠覆性的语素，挟着神思的灵感，纷至沓来。这种感受的风云氤氲，在初始阶段可能充满灵气，丰富多彩，但无序而紊乱，并不注定会成型。因为没有现成的话语，隐隐约约，飘飘忽忽，带着初感的灵性，但又带着虚幻的模糊性，在意识与无意识的边缘沉浮，处于随时都可能被遗忘的情境中。这时，最关键的就是把朦胧的感受进行语词转化，这个语词转化，就是归纳。一旦归纳成话语，云蒸霞蔚的体验，就因凝聚而从潜在的变成稳定的，闪烁的灵感完成词语投胎，感知变成了观念。如果没有及时被语词同化，瞬息即逝的感受，就会像流星一样永远熄灭，永远被自己遗忘。要抵抗这种遗忘，这种精神的水土流失，不但要有审美阅读经验、体验的优势，而且必须有原创的归纳能力。

形成独立的审美判断的前提条件，从心理上来说，就是审美心理的优势，也就是胡风所说的“主观战斗精神”。从逻辑方面来看，则是语词化能力，也就是创新性的归纳能力。这种能力，包括两方面：一是冲破现成的、权威的、流行或潜在的陈规，抓住电光石火般地冒出来的话语；二是把朦胧的意念、无序的感受、飘浮的印象，提炼为准确的范畴。归纳凝聚的过程，和演绎法不一样，演绎法是依傍一个抽象的前提进行攀升，而归纳法则是直接抽象，直接在客观对象和主观感受的搏斗之中，使内情和外感在语词中猝然遇合。从第一手直接抽象归纳出来的观念，往往带有原创性。

这样就回到我们前面所提出的问题上来：学术研究光凭演绎法比较难突破，更难以有原创性。从学术规范来说，演绎法最容易做到无一字无来历，学术资源中规中矩。可在很大程度上，是从已知到已知。而从思想的新锐、学术的突破来说，归纳法虽有经验狭隘性的不足，却能够比较实事求是，显出原创性，至少是亚原创性的。虽然在哲学史上，唯理论和经验论的争议非常复杂，非本章的题旨所在，但是至少目前学界对于原生的归纳的价值有所忽略，这可能是不争的事实。事实上，不管是拘守于僵化的“真情实感”，还是从西方生命哲学、文化哲学中去演绎，都超不出普遍大前提已知的属性，所以还不如回到散文浩如烟海的文本中来，一旦发现现成理论与文本的矛盾，就死抓住不放，在海量的文本分析中，进行直接归纳，上升为新的观念，在持之以恒中使之系列化。

“真情实感”论的所指，也就是周作人在五四时期所说的“美文”。顾名思义，美文就应该是美化的、诗化的，既美化环境，又美化主体精神。这种普遍得到认同的理论，遇到并不追求美化和诗化的文章，就可能摇摇欲坠了。例如，对于三峡风光，我们已经见到过许多美化、诗化的经典诗文了，但楼肇明从三峡的自然景观中看到了什么呢？

> 不成规划的球形、椭圆形、圆锥形、圆柱形，你挤我压，交叠黏合，隆起上升，沉落倾斜，那经过生命和死亡的大轮回、大劫难的一堆堆岩石的云团、岩石的羊群和牛群，被排闼而来的长江水挤开，在两边站立……岩石被送上旋风的绞刑架，从地质年代的墓坑里被挖到阳光下，让苍天去冷漠地阅读……[①]

我们能把这样的散文列入美文之列吗？真情实感的美文，是放之四海而皆准的统一规律吗？在这里，三峡不是壮丽的河山，而是很丑陋的。难道把三峡写得丑陋，就不能构成艺术形象吗？波德莱尔就这样说过：“丑恶经过艺术的表现化而为美，带有韵律和节奏的痛苦使精神充满一种平静的快乐，这是艺术的奇妙特权之一。”[②] 罗丹在讨论现实之丑与艺术之美的关系时说：“在自然中被认为丑的事物，较之被认为美的事物，呈露着更多的特性。一个病态的紧张面容，一个醉人的局促情态，或是破相，或是蒙垢的脸上，比着正常而健全的形象更容易显露它内在的真。”[③] 罗丹在这里说的是丑比美的形象更容易显露它内在的“真”。这种“内在的”的“真”是什么样的“真”呢？从楼肇明的文章中可以看出，其关键词乃是“冷漠”——整个苍天对这一切无动于衷，他自己也无动于衷。有谁能够否认这样的感情不是“真”的呢？而“真情实感”论，所认可真情是什么样的呢？

古今中外，多少优秀的散文，都充分地流露和倾泻着自己的情感，有的像炽热耀眼的阳光，有的像奔腾呼啸的大海，有的像壮怀激烈的咏叹，有的像悲伤欲绝的悲歌，有的又像欢天喜地的赞颂。当然也有与此很不相同的情形，那就是异常含蓄地蕴藉地表达自己的感情，从表面看来似乎并不强劲猛烈，但在欲说还休的抑扬顿挫之中，可以让读者感受到

---

① 楼肇明：《三峡石》，《第十三位使徒》，中国对外翻译出版公司 1995 年版，第 213 页。

② 波德莱尔著，郭宏安译：《论泰奥菲尔 · 戈蒂耶》，《波德莱尔美学论文选》，人民文学出版社 2008 年版，第 78 页。

③ 罗丹述，葛赛尔著，傅雷译：《罗丹艺术论》，天津社会科学院出版社 2006 年版，第 40 页。

这股情感潜流的曲折回旋，因而产生更多的回味，值得更充分的咀嚼。[1]

“真情实感”论者笔下所描述的感情，实质上，就是两种：一是强烈的、浪漫的激情，二是婉约柔和的温情。抒发这两种感情的，无疑都属于诗化、美化的散文之列，但是我们却在散文中碰到楼肇明式的冷漠，他既没有热情，也没有温情，仿佛他就以无情为务。在诗歌中遇到了象征派的以丑为美，在雕塑中看到了罗丹的老妓女皮肤松垮的裸体。难道没有艺术的合法性吗？这时候，如果我们迷信演绎法，只能曲意成全地说，这也是一种真情实感（“佯情”“隐情”？），但这显然是强词夺理，因为这里没有诗化和美化。这样的思路，显然会进入死胡同。这条路走不通，就只能走相反的道路，就是从有限的经验材料，从有限的文本进行直接归纳。这明明不是美文，不是美化，不是诗化，那么是不是可以大胆地假设：这是“丑化”。李斯托威尔在《近代美学史述评》中这样说道：“广义的美的对立面，或者反面，不是丑，而是审美上的冷漠，那种太单调、太平常、太陈腐或者太令人厌恶的东西。”[2]是不是可以把这种散文列为和审美散文相对的，在情感价值上相反的散文？是不是可以把它叫作“审丑”的散文？这种“审丑”，不但是逻辑的划分，而且是历史的发展。抒情、美化、诗化，长期成为潮流，成了普及的套路，达到可以批量生产的程度，抒情就滥了，为文而造情，变成矫情，乃至虚情假意了。抒情变成俗套，也就引起了厌倦，走向反面，干脆不动感情。不动感情也可以写成别具一格的散文。台湾散文家林彧的散文《成人童话》，创造出了一个荒谬而无情的境界：把爱情变成一种交易，变成银行的账户，变成单据，变成程序性的金钱来往。真理也不是什么精神追求的高尚境界，而是商店里的生意经，真理怎么能换季呢？跟衣服一样，这个真理不流行了，要换一个新的真理，那还能称为真理吗？[3]这就是一种冷漠。幸福不再是一种情感的共享和体验，而变成了非常商业化的，完全没有了情感的价值，有的只是一种交换的实用价值，这是对浪漫爱情的一种反讽、否定、不抒情、反抒情。没有感情就不能说是美文，而是美文的反面。

我们直接把这种散文归纳为“审丑”散文。

审丑，不一定是对象丑，而是情感非常冷，接近零度。冷漠是最根本意义上的丑。爱情、友情、亲情、热情、滥情的反面不是仇恨，是冷漠，因为仇恨还不失为感情，而且是强烈的感情，哪怕是丑（外在）的，在美学领域，“丑”和生活中的“丑”不同。无情才是“丑”，外物的“丑”所激发出来的，如果是强烈的、浪漫的感觉，那还算是审美。审美和对象的关系并不太大，不管对象是美是丑，只要有强烈、丰富、独特的感情，就仍然是审

① 林非：《关于当前散文研究的理论建设问题》，《散文论》，华中师范大学出版社 1992 年版，第 5 页。

② 李斯托威尔著，蒋孔阳译：《近代美学史述评》，上海译文出版社 1980 年版，第 242 页。

③ 转引自郑明娳：《现代散文现象论》，台湾大安出版社 1992 年版，第 63—64 页。

美的。因为英语的“aesthetics”，美学，讲的本来就是和理性相对的情感和感觉学。表现强烈的感情、婉约的感情，叫作审美，那么表现冷漠、无情呢？应该叫作审丑。从总体上说，作为一个流派或一种思潮，严格意义上的审丑散文在我国散文领域还没有成熟起来，没有一个完整的作家群体。有的则是不成熟的探索，如得到某些评论家赞赏的刘春的散文：

> 农村的厕所其实就是公用的化粪池，人类猪牛粪便都混在一块儿，不结块，反而显得挺稀的，这归功于蛆虫。粪便经过发酵、稀释，浇到园子里，即使不怎么长了的菜株也晃着脑袋蹿一蹿。沼气发出致命的气味，只有最强壮的苍蝇才可以待得住，它们图的是随时享受“美味”。踏板彻底地朽掉了。黑漆的，如炭烤。野地里的茅房偶尔会有死婴浸泡在屎中，他们无分男女，五官精细，体积小得出奇，比妈妈从城里给我买的第一只布娃娃还要小，骨殖如一副筷子，脸上和四肢挂着挣扎过的痕迹。我低头看他们，感到童年的无力和头晕。有一只死婴都瘦成了皮包骨，可是他依然保留着人的样貌，我记得他正好挂在树枝上，就好像一脚踏在生命的子午线上，那树显然是人们有意为之的，位置那么恰好。[①]

这里描绘的景象，显然很丑陋，很肮脏，很悲惨。在诗化美化的“真情实感”论的散文家笔下，这种可能引起生理嫌恶的现象，肯定是要回避的，但作家却津津有味地详加展示，目的就是要刺激读者产生恶心的情绪。作者的笔墨给人一种炫耀之感，炫耀什么呢？在丑恶面前无动于衷，丑之极致，不觉其丑，转化为无情之丑，转化为艺术的“丑”。

这就是审丑散文家所追求的。

当然，这种审丑散文还是比较幼稚的，不成熟的，因为审丑作为艺术流派，第一，是无情；第二，在丑的深层，还有理念。林彧的“爱情可以零存整付”，其中有深邃的讽喻。刘春突破审美的、真情实感的勇气引起了一些评论家的欢呼（如祝勇）。刘春的不成熟、肤浅、精神性欠缺，也引起了另一些散文专家的愤慨，被斥之为“恶劣的个性”[②]。

审丑，是艺术发展的普遍思潮。中国散文的审丑，相对于小说、诗歌、戏剧而言，相对于绘画、雕塑而言，是有点落后了。最早的象征派诗歌代表性诗人如李金发的审丑创作几乎和郭沫若同步开始。连浪漫主义的闻一多，都不乏审丑的作品，除了著名的《死水》以外还有《夜歌》[③]等。奇怪的是，在诗歌、小说突飞猛进地更新流派的时候，散文却一直沿着抒情审美的轨道滑行了近八十年。审丑的散文，到目前为止，还不能说已成气候，但是毕竟也有大量与审丑接近的散文，那就是幽默散文。它不追求诗意、美化，它把表现对

① 转引自陈剑晖：《新散文往哪里革命？》，《文艺争鸣》2006年第5期。

② 陈剑晖：《新散文往哪里革命？》，《文艺争鸣》2006年第5期。

③ 原文首节如下：“癞虾蟆抽了一个寒噤，黄土堆里攒出个妇人。妇人身旁找不出阴影，月色却是如此的分明。”

象写得很煞风景，甚至令人恶心，有某种不怕丑的倾向；你说它审丑吧，它又并不冷漠，它有感情，不过不是诗意的感情，而是一种调侃的感情，所以不能笼统叫“审丑”，只是接近于审丑，叫它“亚审丑”，可能比较合适。

鲁迅的《阿长与〈山海经〉》写一个保姆晚上睡觉，她本该照顾孩子，却反而占领全床，摆上一个“大”字。鲁迅的母亲给了她暗示以后更加糟糕，不但摆上“大”字，而且还把手放在孩子的脖子上。她还会讲非常恐怖、荒唐、迷信的故事，说像她这样的妇女要被掳去，敌人来进攻的时候，长毛就让她们脱下裤子，站在城墙上，外面的大炮就炸了。这是非常荒谬的，按理说，鲁迅批评一下她迷信、胡说，是可以的，但那就太正经了。鲁迅并不正面揭露，而是采取一种佯谬的姿态，故作蠢言、将错就错、将谬就谬，说她有“伟大的神力”，虚拟出一种显而易见的荒谬感，幽默感就从这里产生了。幽默恰恰是在这些不美的、有点丑怪的事情中，显而易见的荒谬和十分庄重的词语之间产生一种叔本华所说的不和谐、不统一（incongruity），用我的话来说，就是“逻辑错位”[①]。长妈妈愈是显出丑相，鲁迅愈是平心静气，愈是显示出宽广的胸襟，悲天悯人的精神境界。

幽默致力于“丑”化，加上引号的“丑”，是表面的丑。长妈妈并不怀自私的、卑劣的目的，不是有意恐吓小孩子，自己是非常虔诚地相信这一切的。她很愚昧，但心地善良。鲁迅的内心状态并不是冷漠的，也不是无动于衷的，而是表面上沉静，但内心感情丰富的：一方面“哀其不幸”，另一方面“怒其不争”，甚至在她为自己带来日思夜想的《山海经》时，还赞美她。从结构层次上分析，表层是愚昧的、丑的，深层的情感是深厚的、美的，这就是幽默在美学上的“以丑为美”。这就是我们所说的“亚审丑”。

张洁在一篇散文中这样写：在一条清洁的街道，看到一个孩子，随便吐甘蔗皮。她就告诉孩子，不可以这样的。孩子看了好久，吐了一口甘蔗皮来回答。张洁后来发现所有的大人都买了一根甘蔗，两尺来长的，一边咬一边走，以至城市的街道都是软软的。再看，这个城市没有果皮箱，环保部门也没有尽到责任。这种正面批评，不是幽默的，而是抒情的。用幽默风格来写怎么写呢？她说，看多了这种情况，她自己也去买一根一尺来长的甘蔗，一边走，一边吐。这就明明是虚拟的自我调侃了。

这很接近于梁实秋的散文：“烈日下，行道上，口燥舌干，忽见路边有卖甘蔗者，急忙买得两根……才咬了一口即入佳境，随走随嚼，旁若无人，蔗渣随嚼随吐，人生贵适意，兼可为‘你丢我捡’者制造工作机会，潇洒自如，不亦快哉！”[②]明明是破坏环境卫生，却

① 孙绍振：《论幽默逻辑的二重错位律》，《文学评论》1996年第5期；《论幽默逻辑》，《文艺理论研究》1998年第5期。

② 梁实秋：《雅舍小品》，香港雅文出版社1984年版，第53页。

心安理得，还要说出两条堂堂正正的理由：一是人生贵适意，上升到世界观的高度；二是为清洁工人创造就业机会。这完全是逻辑颠倒，正话反说，因而好笑。表面上是贬低自己，实质上是批评一种普遍存在的恶习。不以居高临下的姿态批评世人，却把这些毛病写成是自己的，这是荒谬的，又显而易见是艺术假定。读者不会真的以为这是梁实秋缺乏公德心，在会心一笑时，与梁实秋的心灵猝然遇合了。李敖善于以玩世的姿态写愤世之情：

得天下之蠢材而骂之，不亦快哉！仇家不分生死，不辨大小，不论首从，从国民党的老蒋到民进党的小政客、小瘪三，都聚而歼之，不亦快哉！

在浴盆里泡热水，不用手指而用脚趾开水龙头，不亦快哉！

逗小狗玩，它咬你一口，你按住它，也咬它一口，不亦快哉！

看淫书入迷，看债主入土，看丑八怪入选，看通缉犯入境，不亦快哉！①

李敖故意把自己写得很不堪（看淫书）、很顽劣（以快速和慢速放影碟）、很无聊（和小狗咬来咬去）、很散漫（用脚趾开水龙头），但就是在这种无聊和顽皮中，显示了他在政治上和学术上的原则性和坚定性，并为自己极其藐视世俗的姿态而自豪。他的幽默好就好在亦庄亦谐，以极谐反衬极庄。

贾平凹在散文《说话》里说，自己说不好普通话，这没什么了不起，普通话嘛就是普通人说的话，毛主席都说不好普通话，那我也不说了。好像有点阿 Q，这种心态，在中国是常见的。他又说，说不好普通话，就不去见领导、见女人，留下好印象一样；好像见领导就是为了去讨好领导，给领导留下好印象一样；和女人在一起，有什么不纯的动机。这些本来都是隐私，但作者公然袒露。这明显是虚构，不是写实，显而易见是借自己来讽喻世人、世风。他说普通话说不好，但他会用家乡话骂人，骂得非常棒，很开心。表面看来，这是有点丑，有点恶劣，但从深层来说，他非常天真，非常淳朴。对幽默而言，丑化是表层的，深层隐藏着感情的美化，自己很坦然，无所谓，不拘小节，表现宽广的心胸，并不是用虚荣心来掩盖自己的本性；同时，所写的缺点并不是个人的，往往是人类普遍的弱点。

散文的以丑为美就美在这里。②

---

① 雷锐等编著：《李敖幽默散文赏析》，漓江出版社 1993 年版，第 78 页。

② 当然，这种以丑为美散文，之所以遭到忽略，原因乃是对我国古典散文史此类散文的深远的传统的粗枝大叶。只要稍有中国散文史常识的人都会想起金圣叹的《不亦快哉》之十八：“久欲为比丘，苦不得公然吃肉。若许为比丘，又得公然吃肉，则夏月以热汤快刀，净割头发。不亦快哉！”其实，这种以丑为美的幽默散文，还不限于明清散文。最早可能追溯到东方朔的滑稽突梯，更经典的要算韩愈的《送穷文》，写他具船与车，饭一盂，啜一觞，欲与穷鬼送行，而穷鬼却不肯去。称其与韩愈为知己：“天下知子，谁过于予。虽遭斥逐，不忍于疏，谓予不信，请质诗书。”韩愈“垂头丧气，上手称谢，烧车与船，延之上座”。

四

中国现当代散文艺术积累最为丰厚的是抒情和幽默，作家进入散文艺术天地最为方便的入门非抒情和幽默莫属，但不管抒情的审美还是幽默的“亚审丑”，在逻辑上都存在着无可否认的局限。钱锺书把某些文学评论家讽刺为后宫的太监，多有机会，而无能力，是很片面、偏激的。王小波对中国传统的消极平均意识的批评，以诸葛亮砍椰子树作类比，从严格理性的角度来看，也还失之粗浅。从逻辑上来说，类比推理是不能论证任何命题的。这就促使一些把思想、文化深度看得特别重要的散文作家，在抒情和幽默的逻辑之外寻求反抒情、反幽默的天地。

从美学上说，把情感和感觉的研究归结为“审美”，是不够严谨的。比较深刻的文学作品，不光有情感和感觉，而且有自己独特的理念。不论是屈原还是陶渊明，不论是古希腊悲剧还是安徒生童话，都渗透着作家生命的甚至是政治的理念。大作家都是思想家，创作应该把与情感联系在一起的理念结合起来。智慧理性的追求，在20世纪50年代以后的西方现代派文学中形成潮流，加缪甚至宣称，他的小说就是他哲学的图解。对这种倾向，我在《从西方文论的独白到中西文论的对话》中，把它叫作“审智”[①]。

把情感归结于审美价值，来源于康德，但是20世纪80年代以来，人们片面理解了康德，把审美仅仅归结于情感，过分强调情感价值的美独立于实用理性的善和真，而忽略了康德同时也强调三者的互相渗透，特别是美向理性的善提升这一点，是康德审美价值观念的一个重要支点。康德的“美”和理念，实际上是一种“美的理想”，存在于心灵中，比之现实中的具体事物，它具有一种“范型”的意味，“圆满”的意蕴，催促祈向的主体向着最高目标不断逼近，又令祈向的主体“时时处于不进则退的自我警策之中”[②]。美的超越性使之超越感官，完成美向善的理念提升。康德虽然把美与善当作不同的价值观念，但他强调在更高的层次上，美与善可以达到统一，甚至最后归结到“美是道德的象征”[③]。

从这个意义上讲，康德的审美价值论兼具“审善”和“审智”的双重取向。自然会产生一种“零缺陷的，最具审美效果的极致状态下的事物”，是一种“祈向‘至善’之美”的“最高范本”。而这种范本，在康德看来，“只是一个观念”“观念本来就意味着一个理性概

① 首先提出审智观念的是笔者，参阅《从西方文论的独白到中西文论的对话》，《文学评论》2001年第1期。

② 陈峰蓉：《祈向“至善”之美》，《东南学术》2006年第3期。

③ 参阅黄克剑：《心蕴——一种对西方哲学的读解》，中国青年出版社1999年版，第111—112页。

念，而理想本来就意味着符合观念的个体的表象”[①]。

从这个意义上讲，康德的审美价值论在表面上是强调感性的审美，但其深层兼具“审善”和“审智”的双重取向。他和黑格尔的“美是理念的感性显现”殊途同归，但这一点，被我们长期忽略了。大量的智性文章往往以审美的“真情实感”论去演绎，其结果是窒息了审智流派，令散文理论长期处于跛足的落伍状态。其实只要不拘于演绎，用经验材料归纳，不难看出既不抒情又不幽默的散文大量存在，除了直接抽象为审智散文以外，别无出路。20世纪八九十年代，在中国，学者散文成了气候，产生了一种以智取胜的倾向。这是历史的必然，也是逻辑的自然。抒情太滥，幽默太油，走向极端，走向反面，必然要逼出反审美、反抒情、反幽默的审智散文来。余秋雨之所以重要，就是因为他成了这个历史关头的过渡桥梁，他在抒情散文中水乳交融地渗入了文化人格的思考，达到了情智交融的境界，但他并没有完成从审美向审智美学的过渡，他只是突破了审美抒情，并没有到达完全审智的彼岸。具有鲜明智性倾向的周国平散文可以作为审智散文代表之一。周国平在《自我二重奏·有与无》中这样写道：

庄周梦蝶，醒来自问：“不知周之梦为蝴蝶与，蝴蝶之梦为周与？”这一问成为千古迷惑。问题在于，你如何知道你现在不是在做梦？……这是个哲学命题，现实世界是不是虚幻的？就像我在这里教了几十年的书，是不是另外一个人做了几十年的梦？“我的存在不是一个自明的事实，而是需要加以证明的，于是有笛卡儿的命题：‘我思故我在’。”……但我听见佛教教导说：“诸法无我，一切众生都只是随缘而起的幻相。”……从佛教的角度来讲，周国平也是一种虚幻，当他在为他的存在苦苦思索的时候，电话铃响了，电话里叫着他的名字，他不假思索地应道：“是我。”[②]

从抽象的意义上来讲，“我”的存在与否是个大问题，但从感性世界来说，“我”的一声回答就把这个问题解决了。周国平这篇关于自我二重奏、自我苦恼的作品，从哲学上来说，是很深刻的智者散文，但读周国平的散文，有时不像散文，也不像审智的散文，这里有两个原因。首先，审智散文虽然排斥抒情，但并不排斥感性，感性太薄弱，就显得很抽象，与艺术无缘。在这里，感觉是感性的关键。现代派诗歌也排斥感情，但紧紧抓住了感觉，从感觉直接通往理念，而周国平几乎完全忽略了感觉，因而从理性到理性，是纯粹的哲学思考，而不是完全审智的散文。其次，智性形成观念直截了当，径情直遂，缺乏审视心灵变幻的层次，不足以把读者带到观念和话语形成和衍生的过程中去。只有在审视过程中，智性就由于“审”而延长了，“视”的感觉也强化了，向审美作某种程度的接近，也就

① 陈峰蓉：《祈向“至善”之美》，《东南学术》2006年第3期。

② 周国平：《守望的距离》，湖南人民出版社2010年版。

有了可能。“审智”的关键在于，把智性观念、话语形成、产生、变异、转化、倒错乃至颠覆的过程，在读者面前展示出来。[①]一般作家没有意识到这一点，也缺乏这样的才力，因而造成了有智而不审的现象。这就失去了从抽象到具象，从智性到感性，从审智到审美渗透的机遇。李庆西引宋代周密《齐东野语》曰：

一道人于山间结庵修炼。一日，坐秘室入静。道人叮嘱童子：“我去后十日即归返，千万别动我屋子。”数日后，忽有叩门者，童子告知师父出门未还。其人诈称：“我知道，你师父已死数日，早被阎王请去，不会回来了。尸身不日即腐臭，你当及早处理。”童子愚憨，不辨其诈，见师父果真毫无气息，便将其投入炉火中焚化。旋即，道人游魂归来，已无肉身寄附。其魂环绕道庵呼号：“我在何处？”喊声凄厉，月余不绝，村邻为之不安。一老僧游经此地，闻空中泣喊，大声诘道：“你说寻‘我’，你却是谁？”一问之下，其声乃绝。[②]

这是个悖论，既然“我”没有了，那么谁来问“我”在哪里？周国平的文章，除了最后电话来了，他不由自主地答“是我”以外，其余都是抽象的演绎，哲学家式的阐释。智性散文不同于纯粹的智性抽象，它必须有感性，就是讲思想活动，也要有感觉、感受的过程，要有智性被审视的过程。它往往要从纷纭的感觉世界作原生性的命名，衍生出多层次的纷纭内涵，作感觉的颠覆；在逻辑上作无理而有理的转化，激活读者被习惯所钝化了的感受和思绪；在几近遗忘了的感觉的深层，揭示出人类文化历史的精神流程。

中国当代最早集中体现审智散文特征的，是南帆的《文明七巧板》（上海文艺出版社1994年版）。它既不幽默也不抒情，既不审美也不审丑，他所追求的是智性和感知的深化，还有话语内涵的颠覆。在他最好的散文中，他层层演化派生出的观念，超越了现成理性话语的无形钳制，对智性话语的内涵加以重构，使其带上审美感性逻辑。在此基础上，他创造了一种“南帆式”的话语。在审智向审美的转化中，使本来熟悉到丧失感觉的词语发出陌生的光彩。在《姓名》中他指出姓名是私人的记号，在表面上是对主人“服从与驯顺”的，但是实质上却是被姓名所统治，“成为个人存在的基本证明”“取缔改名亦即从庞大的世界上取缔一个人的存在，尽管这个人真实的躯体可能并未灭亡”。比之姓名，人的“躯体是飘荡的、浮游的”。姓名是人类符号体系“纵横交叉的网结”是人的“声誉、地位、威望、权势、身份的轴心”。姓名所承载的信息远远大于主人的真实躯体。如果光是说到这里，还可能只是抽象的文化价值的思想突围，南帆的思辨之所以成为文学的散文乃是在于他的抽象阐释总是使人所共知陈旧话语发出崭新的感性光彩：他从古代通俗小说中的“大

① 参阅孙绍振：《文学性讲演录》，广西师范大学出版社2006年版，第379页。
② 李庆西：《我在何处》，《禅外禅》，人民文学出版社2005年版，第126—127页。

英雄坐不更名，行不改姓”，揭示出了“英雄的光环更多地围绕于主人的姓名四处传播，主人的真实躯体反而成了姓名之后的补充说明”[1]。在《面容》中，他深刻地揭示了人的面容，本来是自然生成的，但是在社会生活中却更多地带上了文化性质。“人们在社会交往中只能以面容招徕他人，享受新营，承载耻辱”[2]，由此他娓娓而谈，将人们耳熟能详的“给面子”“赏脸”“打耳光”“不要脸”“体面”等词语赋予了令人耳目一新的感性和理性双重的深化。他描述“枪”这一普通的器械，让许多被用得像磨光了的铜币一样的词语焕发出新异的感觉：“拉动枪栓的咔嗒声如同一个漂亮的句号”“一支枪的扳机在食指轻轻勾动之中击发，一个取缔生命的简洁形式宣告完成”“躯体与机器（指枪）的较量分出了胜负，这是工业时代的真理”“枪就是如今的神话”。他还非常严肃地将枪和男性的生殖器相类比：“两者都隐藏着强烈的侵略性、攻击性；射击的快感与射精的快感十分类似”“男性的性器官制造了生命……枪的唯一目的是毁灭生命……是对于男性器官的嘲弄”。[3]他的关键词语基本上是普通的书面语，如“句号”“取缔”“真理”“神话”“快感”“嘲弄”等，他并没有像余光中那样广博地采用从古代书面雅言到日常口语，乃至现代诗歌和复杂修辞话语，但这些普普通通的词语不但获得了新异的感觉，而且有新异的智性深度。

这还只是他的话语成为一种智性话语结构的表面层次，在感性和智性的重新建构中，他完成了从审智到审美的接近，完成了从审智到审美感知转化的任务。

学者散文、智性散文、审智散文、审智 / 审美散文，这是一个多层次转化的过程，在中国当代学者散文中，这样的转化才刚刚开始。就是在世界散文史上，一系列的理论问题（如由罗兰·巴特提出的“文体突围”）也还有待研究。人的精神主体实在太丰富、太复杂了，任何文学形式，都无法穷尽。任何一种文学形式都是中介。文学之所以有不同形式或者中介，就是因为它们在不同的层面表现人，综合起来，才庶几接近人的本真。语言作为一种符号，就决定了它很难全面表现人的自我，正是因为这样，才让拉康伤透了脑筋。人的自我是多层次、多侧面的，文学形式又是多样化的，二者相互作用，就使人分化为多种艺术形态，每一种形态都是人的一个层次、一个侧面，同时又是一种假定、一种虚拟。散文的多种流派加起来，也只能表现其于万一。如果这一点没有错，那么“真情实感”式的散文，充其量不过是散文森林中之一叶，把这一叶当成森林，其遮蔽何其深也。

---

① 南帆：《姓名》，《文明七巧板》，上海文艺出版社 1994 年版，第 26 页。

② 南帆：《面容》，《文明七巧板》，上海文艺出版社 1994 年版，第 9—13 页。

③ 参阅南帆：《枪》，《叩访感觉》，东方出版中心 2004 年版，第 291 页。

“真情实感”论在理论上的十大漏洞

中国现代散文近百年的历史，创作成就相当可观。早在新文学第一个十年，鲁迅就认为其成绩越过小说诗歌，20 世纪三四十年代，更是蔚为大观，从抒情审美到幽默审“丑”，均留下了风格各异的经典之作。越过六七十年代的艺术上的停滞甚至近乎空白，80 年代从恢复到发展，90 年代遂蓄大放异彩之势。幽默审“丑”散文的复兴，文化历史审智散文的横空出世，一举改变大陆散文落伍于台港散文的窘境。中国散文在审智上的美学突破，举世无双，其雄视古今中外之气概，其历数英才之胸襟，其视野开阔中的精致，其深度智性与感性诗情的结合，改变了五四散文拘于叙事与抒情小品化的主流[①]，其审美与审智交融的艺术境界，实乃世界散文史上之奇观。弥足珍贵之处在于，它没有追踪欧美的随笔形式，也没有任何外来的流派可以追踪，在 20 世纪以来，欧美随笔体散文面临衰退，也没有随之走向没落，相反，掀起了散文大品化的高潮，这完全是本土独立的伟大创造。

与小说诗歌相比，中国现代散文的发展，最具民族原创性。[②]但是，与创作丰硕成就相反，现代散文理论却惊人贫乏，甚至可以说是相当可怜。检点起来，20 世纪 50 年代末杨朔把每一篇散文当作诗来写[③]，60年代的所谓“形散而神不散”[④]，尚属经验层次，不具备理论形态，难免无序粗疏，因而也就逐渐淡出了理论视野。从 80 年代以来，在散文界，最具

① 对长期以来把鲁迅和周作人的智性散文排除在外的历史缘由的详细论述，请参阅孙绍振：《世纪视野中的当代散文》，《当代作家评论》2009 年第 1 期；《建构现代散文理论的观念和方法问题》，《当代作家评论》2010 年第 1 期。

② 对长期以来把鲁迅和周作人的智性散文排除在外的历史缘由的详细论述，请参阅孙绍振：《世纪视野中的当代散文》，《当代作家评论》2009 年第 1 期；《建构现代散文理论的观念和方法问题》，《当代作家评论》2010 年第 1 期。

③ 原文是“我在写每篇散文时，总是拿着当诗一样写”，《〈东风第一枝〉小跋》，见《杨朔散文选》，人民出版社 1978 年版，第 220 页。

④ 肖云儒的文章，载《人民日报》1961 年 5 月 12 日。

权威性的说法，就是林非的“真情实感”论。[①] 在现代散文理论中，是唯一不停留于经验层次，而是以学术论文的形式出现的。其影响之所以巨大，缘于20世纪80年代反思大潮中对于散文界“假大空”的拨乱反正，和巴金的“讲真话”一起，成为散文思想大解放的标志。从图解政治概念的噩梦醒来，清算极“左”的教条，散文绝处逢生之时，应运而生。历史的针对性，是其理论生命的根源，在中国现代散文史上功不可没。从美学上看，和机械唯物论那种“美是生活”的教条相比，在思维方向上反其道而行之，超越了客体反映论而诉诸主体表现论，带有某种古典浪漫主义的色彩，这不能不说是可喜的进展，但是散文界对之过分钟爱，忽略了它在理论上的先天不足，因而也就忘却了后天的调整。过分钟爱还由于，它不像小说诗歌理论那样，对西方理论亦步亦趋，相反，它没有任何追踪的疲惫，和文化历史散文一样，带着鲜明的本土性质。然而历史的发展却造成了尴尬：无条件的共识变成了长期停滞的温床，因而，相对于小说诗歌，其理论的粗疏异常触目。在中国现代散文已经发展到超越叙事抒情的审美，审“丑”、审智的新潮流已经势不可挡的时候，它仍然拘于原始的经验层次，甚至就审美的经验而言，也未能完成理论范畴的升华，难怪其既不足以阐释经典，更不足以引领创作，久而久之，就变成了故步自封的顽固陈规。在散文进入审智高潮的时刻，所谓“文体净化”论，就是由于受制于狭隘审美抒情观念的麻木，但是“文体净化”之说，只是一种表态，并未产生太大的影响。而其理论前提“真情实感”论则不同，成了横在中国当代理论建构面前的最大障碍。

一

“真情实感论”作为理论来看，是从最宽泛的意义上而言的，从建构学科理论的角度来说，它还带着很强的感性经验色彩，其内涵还不足以上升为系统理论的核心范畴。作为核心理论范畴，与一般感性经验相比，起码有以下两个区别：第一，它应该有全面、历史的涵盖性，从这一点来说，“真情实感”连先秦诸子、魏晋山水、唐宋八大家中审智的因素都没有概括到位。第二，它的内涵应该有可衍生性。例如，小说的人物衍生出性格，性格衍生出典型，典型衍生出共性个性；情节从原始的亚里士多德的“解”“结”和“对转”（退化为“开端、发展、高潮、结局”）进化为因果性和打出常轨等。诗歌中有抒情、言志、意象、意脉、意境、神韵，西方诗歌的浪漫主义有激情、想象、变形，新批评有反讽、悖论、

① “真情”“实感”论，是林非的散文理论核心，分别见于他的许多文章，其中最有代表性的是《散文研究的特点》，《散文世界》1985年第2期；《散文创作的昨日和明日》，《文学评论》1987年第3期。

肌理、张力等等不一而足。核心范畴的衍生系列，构成有机的逻辑系统才能成为学科理论。而“真情实感”论的核心就是“真”和“实”。恰恰就是这个真和实，泄露了“情”和“感”致命性的矛盾。

从学理上来看，“真情实感”，属于心理学范畴，但是心理学恰恰是从感觉（或者更准确一些说“知觉”）“真实”的否定开始的。早在一百年前，心理学的先驱，构造主义者铁钦纳就在《心理学教科书》中提出了空间、时间、质量，在物理学和心理学之间的巨大差异：

图 1（略）两条竖线在物理上是等长的，以厘米为单位来测量是相等的，但是你看起来它们是不相等的。你们在乡村候车室度过的时间与你们看有趣的戏剧时度过的时间在物理上是相等的，用秒为单位测量起来是相等的，但对于你来说，一种时间过得很慢，另一种时间过得很快，它们是不相等的……热是分子跳跃，光是以太的波动①，声是空气波动，物理世界的这些经验形式，被认为是不依赖于经验的人的，它们既不温暖也不寒冷，既不暗也不亮，既不静也不闹。只有在这些经验被认为是依赖于某个人的时间，才有冷热、黑白、灰色、乐声、嘶嘶声和砰声。②

这里指出三点很重要：第一，物理性质和人的感觉是不一样的，热、光和声，本身是没有热和冷、明和暗、静和闹的，这些感知是人的主体的，对于物理性质来说，并不绝对是真的。第二，就算时间是客观的，是真的，对于不同心理状态的人来说，感知却是主观的、因心而异的，并不是客观的、绝对真实的。第三，对同一现象的不同感觉，很难说一种是真而实，一种是虚而假的。人的感觉由于生理、病理、经验、情感、记忆、文化、环境等原因而变动不居，正因为此，科学家不敢相信自己的眼睛、耳朵、鼻子、舌头和躯体，宁愿相信没有生命的仪表和刻度。如果说，这些科学家的数据，是非人的、不足为训的，那就没有现代科学可言；如果只有科学家的数据是真实的，那就没有文学可言，哪还谈得上散文呢？

这就是“真情实感”论的第一个漏洞。这个漏洞的实质是，从心理学提升出来的范畴却违背了心理学的起码规律。

二

“真情实感”论没有考虑到的问题，还不止于此。其真实的标准，是人的日常的感知，

① 按：光是以太的波动的假说，后来被证伪，为粒子说和波动说所代替。

② 杜·舒尔茨著，沈德灿等译：《现代心理学史》，人民教育出版社 1981 年版，第 97—98 页。

但是日常的感知就是真而实的吗？朱光潜早就在《我们对于一棵古松的三种态度——实用的、科学的、美感的》中这样说过：

> 假如你是木材商，我是一位植物学家，另外一位朋友是画家，三人同时来看这棵古松。我们三人可以说同时都“知觉”到这一棵树，可是三人所“知觉”到的却是三种不同的东西，你脱离不了你木材商的心习，你所知觉到的只是一棵做某事用值几多钱的木料。我也脱离不了我的植物学家的心习，我所知觉到的只是一棵叶为针状、果为球状、四季常青的显花植物。我的朋友—— 一位画家——什么事物都不管，只管审美，他所知觉到的只是一棵苍翠劲拔的古树。我们三人的反应也不一致。你心里盘算它是宜于架屋或者制器，思量怎么去买它，砍它，运它。我把它归到某类某科里去，注意它和其他松树的异点，思量何以活得这样老。我们的朋友却不这样东想西想，他只在聚精会神地观赏它的苍翠的颜色，它的盘屈如龙蛇的线纹以及它的昂然高举，不爱屈挠的气概。[①]

“真情实感”论，隐含着一个决定一切的价值准则，那就是真和假，非真即假，但是面对朱光潜的这三种知觉（实际是康德的真善美的三种价值），按唯一的真假之分，这个裁判员是很难当的。是木材商错了吗？可对材质的鉴定，也是一门科学，是有客观标准的。是植物学家的知觉不真吗？好像更不敢这样说。那就只能说画家的知觉不真了。如果这样，取消了想象就等于说取消了文学艺术，也就取消了散文，那是有悖于“真情实感”的理论目标的。

这种困境暴露了其美学思想上的局限。在这种散文理论中，只有一种价值准则，那就是美即是真，假即是丑。虽然“真情实感”论，属于主体表现论，不同于美是生活的机械唯物论的客体反映论，然而在强调真假的一元化方面，则是异曲同工的。和客观真实唯一的标准一样，主体感知也是非真即假，非美即丑。然而，在这三种态度中，画家的，肯定是最符合艺术准则的，恰恰超越了科学的真和实用的善。

这就是“真情”“实感”论的第二个漏洞。这个漏洞造成了悖论，以情感为唯一价值的理论，却与情感价值，亦即审美的艺术价值，在根本上背道而驰。

三

“真情实感”论更大的漏洞还在于漠视了“真情”和“实感”是矛盾的，不相容的。一

① 朱光潜：《朱光潜美学文集》（第二卷），上海文艺出版社1982年版，第448—449页。

旦有了“真情”，感觉就不“实”了。情人眼里出西施，月是故乡明，爱屋及乌，敝帚自珍，癞痢头的儿子自家的好，良言一句三冬暖、恶语伤人六月寒，看人家一个疤、看自己一朵花。《诗经》中有“谁谓荼苦，其甘如荠”“一日不见，如三秋兮”，唐诗中有“回眸一笑百媚生，六宫粉黛无颜色”等等。真动了感情，感知就不是实的，而是虚的。这是因为人的感知，有一种“变异”的特性，在生理、病理、兴趣、经验、情感、文化观念等主观心态的掣动下，会发生五花八门的变化。尤其是在情感的冲击下，感知发生的变异，格外深邃。

感知并不仅仅是被动地接受外界信息，同时也输出内心的储存。《文心雕龙·物色》云“山沓水匝，树杂云合。目既往还，心亦吐纳。春日迟迟，秋风飒飒。情往似赠，兴来如答”，说的就是感知不仅是客体属性的接受，而且有主体情致的输出。我在《论变异》中曾经分析过这种现象的心理机制，从“纳”转化为“吐”，“赠”转化为“答”，其生理基础是把内向和外向的感知接通的“联络神经元”。

> 情感有一个特性，它与感觉紧密相连，这种联系是可逆的。这种可逆性并不是在同一条神经纤维中运行的。就单一的神经纤维来说，它的轴状突的突触只能单向传递，即由一个突触的前膜向另一个突触的后膜传递，不能逆转，但是人的神经元有三种，一种是感觉神经元，其功能就是把感受器传入中枢神经，又叫内向神经元。另外一种叫外向神经元，亦即运动神经元，其功能是把冲动从中枢神经系统传导于效应器，即肌肉或腺体。最后一种是联络神经元，其功用是把内向和外向两种神经元加以联络。因而，向内传达的感觉和向外传达的情结有了联络的通道。[①]

关键在于这个通道中，由外而内的感知是即时的，而自内而外的情致，是多年积累的，其量和质都要大大超越向内的感觉，客体的属性事实上是为主体的属性所淹没，这就是皮亚杰所说的主体图式（scheme）的同化（assimilation）。值得注意的是，刘勰所说的“吐”和“答”不是主体理性，而“情”和“兴”，都属于主体的情感范畴，也就是情感使得感知有了质变。在《论变异》中以“变异”名之：

> 主体心灵如果限于科学的理性的活动，大脑“吐”出的信息，只能赋予知觉以认知的意义。一块银币，变成了可以导电的金属，也可以变成商品交换的等价手段，但符号本身是没有变化的。例如，看到仪表上红色信号灯就意识到可能发生的危险，但信号并没有变化。如果主体心灵不限于理性活动，而是有情感参与的形象的感受，这时大脑“吐”出的作用就不完全是导致知觉向认识的深化，或者说，并不是认知结构对知觉的同化和诱导。这时“吐”出来的如果是一股强烈的情结的激流，当它反过来

① 孙绍振：《论变异》，花城出版社 1987 年版，第 82 页。

经过神经通路，到达末梢的感觉器时，这时，感觉就在情感冲击下发生变异，在不同情感作用下，本来同样的感觉就发生了不同的变异。同是一片阳光，在科学的知觉下，光波动是统一的，粒子是可以一元化地定性的，其光通量是定量的，可是，在艺术的知觉中则是多元的、不可定量，甚至不存在统一性的。在像闻一多那样的异国游子的知觉中，异国的阳光是凄凉的，在追求自由的青年郭沫若的心目中，可以把自己的身体照得通明。用早期艾青的忧郁的心灵来感受，也许阳光寒冷得要发抖，而在青年田间的孩子气的天真的知觉中，那革命的阳光可以给灵魂洗礼。事实上美学本来应该是一门关于在情感作用下的感觉知觉变异的科学。①

在“真情实感”论中，隐含着的感觉的“真”和“实”，是稳定的，一元化的，而在情感冲击下变异了的感知则是变幻多端的。这种变幻多端的感知，与其把它叫作“实感”，不如叫它“虚感”。在散文创作来说，这是不能含糊的，因为艺术的生动性恰恰不是来自变化多端的虚感。当然，“虚感”并不是凭空产生的，而是内部的情感冲击的结果，那么更准确的概括至少也应该是“虚实相生”。（清）黄生（1622—？）在《一木堂诗麈》卷一中提出“以无为有，以虚为实，以假为真”②，建构了有无、虚实、宾主等对立统一的形式范畴，明确地提出了真实和假定对立统一和转化的条件，没有虚就没有实，没有实也就没有虚。

真情与其说是实感，不如说是在与“虚感”的冲突中建构起来的。真情的原生状态是若隐若现，若浮若沉，电光石火，瞬息即逝，似虚而实，似真而幻。外部的实感，由于深情的冲击，变成想象的虚感，要抓住它，语词上给以命名，“想象的虚感”才能变成“语言的实感”。20世纪80年代中期女作家唐敏的笔下的“虹”，曾经有过较大影响。作家描述她在山岭上走近彩虹的经验。她的感觉是“很细很淡”“像一道无力而忧伤的眉毛”，接着是“彩虹溅落在地面上，激起蒸汽般颤动的气流，亿万缕升浮的细弦交织着向上，形成并不存在的虹的平面”。如果不能说没有“实感”的成分的话，那么其中虚感的成分则是明显的，不然，何以解释“像一道无力而忧伤的眉毛”和“并不存在的虹的平面”。退一万步说，至少是“虚实相生”。在这里，与其说是实感，还不如说虚感更艺术，请看作家在这忧伤的眉毛下如何“虚”法：

猜不出应该有怎样的一只眼睛来与之相配。想象不了真有那样的眼睛。怎么能让它和短命的虹一起消失？没有眼睛的眉毛啊，寂寞的虹。

越是追随“实感”（形态、色彩等），就越是被动。越是把艳丽的虹当作虹，想象就越不自由；越是超越了虹的“实感”，不把虹仅仅当作虹，让它变成眉毛和眼睛的关系，转化

① 孙绍振：《论变异》，花城出版社1987年版，第83—84页、86页。

② 黄生：《一木堂诗麈》（卷一），福建师范大学图书馆藏手抄本。

到人的寂寞和忧伤的心情中去，也就是越有“虚”的想象，而不是“实”的描摹，才越是生动。并不是情愈真，感就相应愈实，相反，情愈真，则感愈虚。要表真情，必先虚化感知，才能进入想象境界。“真情实感”论，似乎并没有面对任何创作实践作起码的检验。尽管林非也非常真切地感到，当时的散文“追求自我封闭的单一化模式化”，呼吁“打破旧的规范”①，但是他并不知道，他自己的“真情实感”论，就是抒情诗化单一化、模式化的美学基础，就是某种意义上的“旧规范”。明显的事实是，越是面对杰出的文本，真情实感论就越是显得混乱。

这里精彩的显然不是实感，而是作家想象中的虚感。林非的“理论”之所以缺乏生命，完全是因为拘泥于贫乏的“真”和“实”。殊不知，文学作品中的情和感，都离不开幻觉，都以莱辛所说的“逼真的幻觉”为基础，都是在虚实相生中，经形式同化，进入的艺术境界。刘亮程本来是写诗的，后来闯入散文界，一鸣惊人。他对散文的贡献，并不是什么实感，而是借着这样虚虚实实的感和情，表现了他不可重复的生命体验。他把他的散文集叫作《一个人的村庄》，所提示的是，哪怕是孤独一人，哪怕是和没有语言的植物和动物相对，在这个世界上，也能独享生命的欢乐，也更有比群居更丰富、更美好、更自由、更深邃的生命质量。刘亮程的散文，不可重复，而且不可模仿，和余秋雨相比，具有难以追随的特点。余秋雨笔下的历史文化典籍，文化人莫不可以追随阅读，而刘亮程的生活经历和生命体验环境，对文化人来说，是不可重复的。

这是“真情实感”论的第三个漏洞。这个漏洞的实质是把真和实草率地并列起来，忽略了其中显而易见的矛盾和转化。

当然，漏洞远远不止于此。

四

文学创作恰恰是生活现实的超越，是带着假定性、想象性的。主体情感对于客体有了某种优势，才能进入超越现实的、假定的、想象的境界。而自发的心理却不能达到这样的境界，在一般人那里，情感不但没有优势，相反处于劣势。这是因为实用价值是对人的生存最为迫切的，而情感恰恰是不实用的。关于这一点，柏格森这样说过：

> 人必须生活，而生活要求我们根据我们的需要来把握外物。生活就是行动，生活就是仅仅接受事物对人有用的印象，以便采取行动，其他一切印象就必然变得暗淡，

① 林非：《散文创作的昨日和明日》，《文学评论》1987年第3期。

或者模糊不清……我的感官意识显示给我的只不过是实用的、简化了的现实。感官和意识为我提供的关于事物和我自己的印象中，对人无用的差异被抹杀了，对人有用的类同之处被强调了。①

如果满足于接受实用的理性价值，正如朱光潜指出的，只能有木材商的感知，那就没有艺术感觉可言。只有情感才有对抗理性的能量，达到超越实用的审美想象境界。郦道元《水经注》中“三峡”一段，无疑是散文经典。在他的注文中就引用袁山松的记载说：

常闻峡中水疾，书记口传悉以临惧相戒，曾无称山水之美也。及余来践此境，既至欣然，始信耳闻之不如亲见矣。其叠崿秀峰，奇构异形，固难以辞叙，林木萧森，离离蔚蔚，乃在霞气之表。仰瞩俯映，弥习弥佳，流连信宿，不觉忘返。目所履历，未尝有也。既自欣得此奇观，山水有灵，亦惊知己于千古矣。②

这位袁山松明确指出，多少年来的口传和书面记载，“曾无称山水之美也”，从来没有提及这里的山水的审美价值，相反倒是“悉以临惧相戒”，全都是以可怕相告诫。这是有根据的，瞿塘峡口是三峡最险处，滟滪堆有巨大错乱礁石，航行十分凶险。杜甫夔州歌云：“白帝高为三峡镇，瞿塘险过百牢关。”古民谣曰：“滟滪大如马，瞿塘不可下。滟滪大如猴，瞿塘不可游。滟滪大如龟，瞿塘不可回。滟滪大如象，瞿塘不可上。”虽然西陵峡比较起来可能要平缓一点，但从袁山松的描绘中可以看出，仍然十分险峻。这就提出了一个尖锐的问题，难道那些把山水之美看得很可怕的人们，他们的感知和情感不是真而实的吗？为什么面对同样的山川，袁山松却能“仰瞩俯映，弥习弥佳，流连信宿，不觉忘返”，没有恐惧的感觉，没有生命受到威胁的感觉？这是因为，恐惧的感觉，生命受到威胁的感觉，属于实用理性，这就是说，情感的优势超越了山水隐含着的险恶。审美感知强化到一定的程度，就进入了假定的境界，就超越了实用理性。袁山松这样自述：“既自欣得此奇观，山水有灵，亦惊知己于千古矣。”山水从无生命的自然，被假定，被想象为“有灵”，不但有灵，而且成为他的“知己”，这就是审美情感的非实用性，亦即超功利性。这样的假定性就把“实感”变成了“虚感”。不从“实感”上升到“虚感”，审美精神就不得不受到现实的束缚，就不能得到充分的自由。在这一点上，不清醒，缺乏魄力，审美价值就可能被实用理性同化。林非在自己颇有点名气的散文《知音》中，就暴露出这样的弱点。本来文中所写俞伯牙、钟子期高山流水的典故，是一种非常高雅的审美情感境界，知音在这尘世上是唯一的，因而当钟子期逝世以后，俞伯牙就不顾琴仍然完好无损将它毁了。知音的弥足珍贵就在于，不可重复的、唯一的，才是最美的。一旦失去，虽然琴依然完好，实用价值并

---

① 柏格森著，徐继曾译：《笑——论滑稽的意义》，中国戏剧出版社1980年版，第92页。

② 见通行本郦道元：《水经注 · 西陵峡 · 荆门虎牙》。

没有改变，但从情感价值来说已经等于零。审美情感的特点，就是逻辑极端，不极端感情就褪色了，但是林非却觉得这太可惜了，他提出俞伯牙不应该毁琴，而是应该继续弹奏：

智慧的灵魂和丰盈的情感是多么值得怀念和尊重。像这样美丽动人的乐曲，难道就不会熏陶出第二个、第三个乃至更多的知音？而如果不再去弹奏这迷人的弦索，哪里还能引出心心相印的知音呢？知音总是越多越好啊！

林非强调的是：第一，知音不应该是唯一的；第二，耗费了多年的心力，弄到手指都开裂了，鲜血直往外冒，浑身消瘦，憔悴得像奄奄一息的病人，才练到这个境界，毁琴不弹，不是太可惜了吗？林非和俞伯牙在逻辑上的根本不同在于，把情感放在什么位置上。俞伯牙的逻辑是情感第一，知音珍贵，不可复得，知音一旦逝去，情感价值也就永远消失。情感价值决定实用价值，没有情感价值，多高的实用价值，也只能等于零。情感价值的特点就是感情用事，不讲理性分析，是极端化的，不为实用价值留下任何空间。林非秉持的是另一种逻辑：俞伯牙没有必要感情用事，一来，琴技所费心力巨大，不能轻易废弃；二来，知音无限，只有继续弹奏，新知音才有可能出现，而且还可能更多。两种逻辑，一种是激情，不讲冷静分析；另一种是理性逻辑，其特点是具体分析，非常冷静。知音当然可贵，但是死了一个，过分动感情没有必要，从此罢弹则是浪费乐器，也失去了再遇的机遇。只要继续弹奏下去，不但不怕没有来者，而且可能来得更多，坏事变成好事。这样的逻辑，固然很周密，但是知音还有什么可贵呢？知音死了，朋友不还是照样活吗？说不定还出现更多的朋友呢。这样的逻辑，如果引申到妻子死亡，是很可怕的。这还有什么感情呢！这是彻头彻尾的实用理性价值，从情感的极端的逻辑倒退到实用理性，审美价值被消解了。林非的理论就这样毁了他的散文艺术。

这是"真情""实感"论的第四个漏洞。这个漏洞的实质，是以实用价值遮蔽了审美价值。

然而，漏洞还没有完。

五

光有审美情感超越实用理性，还不能保证成为美文，因为审美情感所面临的，不但是客体混沌无序的信息，而且还有自身的混沌无序。这样，主体必须从混沌中，选定某一情感特征，以强大的价值优势，使之构成意脉，向有序方向调整，并以意脉重新选择、同化、塑造客体的秩序，使客体信息成为自身灵魂的某一角度的肖像。这是一种双向优选的过程，只能是在假定的境界中进行的。在这个境界中，一些真的“实感”被排除了，被虚化了，变成了“无感”的空白。最经典的例子莫过于《荷塘月色》。明明清华园一角，本来是既有宁静的一面，又有喧闹的一面，但是作者选择了宁静，就把喧闹的信息虚化，坦然宣称：“这时最热闹的要算树上的蝉声和水里的蛙声，但热闹是他们的我什么也没有。”树上的蝉声和水里蛙声，肯定是“实感”，为什么要排除呢？与“真情”不符，就注定变成“无感”的空白。要不然朱自清的感知就不会受用到“独处的妙处”，也就是某种宁静的、自由想象的美。排除了不符合“真情”的“实感”，意脉都能虚化中有序美化，就是一连用十四个比喻去形容，也不显得过分夸张。更不可忽略的还在于，作者在开头所说的“这几天，心里颇不宁静”，把真正令他不宁静的原因虚化了。许多论者以为，这是因为4月12日国共分裂造成惨案而引起，实际上，这经不起推敲。这篇文章，写于7月，如果真是因为惨案，就不应该是这几天心里不宁静，就应该是这几个月心里不宁静了。真正的原因，是朱自清和他父亲的矛盾。八年前，亦即1917年，朱自清初进北大之时，父亲在徐州任上纳了两个妾，引起留在扬州家中的妾的愤怒，到徐州大闹，上司怪罪下来，父亲因此失业，为赔偿徐州两房妾的损失，亏空五百银圆。不得不让家中变卖首饰，祖母在郁闷中去世。自此父亲赋闲，家庭经济拮据。即使朱自清提前大学毕业，到杭州教书，每月薪金之半（约四十大洋）寄回扬州，仍然不能满足父亲的愿望。回到扬州教书，父亲又让校长将薪金全数送到自己手中。朱自清不得已转辗温州、上海等地，直到1925年，经过俞平伯介绍入清华大学任国文教授，但与父亲的感情上的矛盾并未消除。先生寄回的家用，父亲并不回信。写作的这一年，亦即1927年，因为政治时局不稳，学校方面接受学生要求，于6月5日提前放暑假。《荷塘月色》作于7月10日，处于要不要回扬州探亲的矛盾之中。所谓不宁静，指与父亲的关系，见面相处，为人子者的压力不可回避。就在这篇文章写完之后，也就是8月，先生回了扬州。[①] 和父亲的矛盾属于隐私性质，是必须虚化的到空白之中去的。情感的混沌无序状态，正是在这种假定的虚化过程中，转化为有序的意脉。这就是说，是“真情”的意脉化决定了“实感”的提纯。这说明美化不能不与虚化交融，光有真和实，还不能进入艺术的境界，它命中注定要与假与虚相反而相成。余光中在《听听那冷雨》中，写了“残山剩水”，但是非常小心地回避正面表现“亡国之痛”（国民党的意识形态）的政治内涵，只强调文化怀乡。他从冷雨中听出来的，没有政治，只有古典诗词断断续续的、凄美的情韵。汪曾祺，不写日寇轰炸之残暴，而写跑警报的可笑，并不是回避政治，而是在情趣之外，营造另外一种趣味，那就是谐趣，以此为一元化的意脉。凡此等等，都足以说明，在艺术中，真不是绝对的，它与假是共生的。“真情实感”论的误区就在于把真绝对化

① 参阅姜建、吴为公编：《朱自清年谱》，安徽教育出版社1996年版，第72页。

到僵化的程度了。

从理论上说，这还只是问题的一方面。从另一方面看，“实感”也不完全是被动的，它也有解放潜在“真情”的功能。朱自清为什么要到清华园一角去享受“独处的妙处”呢？因为“不宁静”。感到责任的压力，要到一个宁静的地方去，让某种宁静的“实感”来改变“不宁静”的心情，也就是通常所说的散散心。宁静的“实感”，让他“超出了平常的自己”“什么都可以想什么都可以不想”“便觉是个自由的人”，宁静到连近在身边的蝉声和蛙声都充耳不闻，可是又想到南朝宫体诗《采莲曲》中男女嬉游的场面，还感叹：“这是一个热闹的季节，风流的季节，可惜我们无福消受了。”余光中曾经责备朱自清，说晚上出游不带太太。实际上，带着太太，许多实感就不一样了，就没有这种想象“风流季节”的自由了。在他的《桨声灯影里的秦淮河》中，本想听一听歌女曼妙的歌唱的，可因为俞平伯在场，而不得不违心地拒绝点唱，然而又很后悔。这说明不是一人“独处”，就没有那份“自由”。而到文章的结尾，不知不觉回到家时妻子孩子在身边，也就恢复了“平常的自己”。换了一个环境所产生的“实感”，对于潜在的“超出平常的自己”的情感，起到一种唤醒、激活、催化、衍生、深化的作用。游记、回忆之所以必要，往往都是为了换一种实感。不论是柳宗元《小石潭记》，王安石《游褒禅山记》，还是鲁迅《阿长与〈山海经〉》，郁达夫《故都的秋》等，都得力于借助难得一见，难得一忆的实感，为潜在的情感提供显化、深化、有序化的渠道。

这就是“真情实感”论的第五个漏洞。这个漏洞的实质是把“真”和“实”当作现成的、不变的，完全无视二者在矛盾中转化、纯化，也就是生成的、创造的过程。

然而漏洞还不止于此。

六

没有“实感”不行，哪怕有了“真情”，连鲁迅也写不出红军浴血奋战的小说，没有“实感”的“真情”，能算得上“真情”吗？然而，没有“实感”，光凭“真情”，也能写出传世名文，最著名的就是范仲淹写的《岳阳楼记》了。他接受朋友腾子京的约请，并没有离开河南邓州去湖南岳阳，光凭一幅巴陵盛景图，就想象出岳阳楼前洞庭湖的壮丽的“大观”。碰巧的是，身在岳阳，与洞庭湖朝夕相处的腾子京也写了岳阳楼。照理说，腾氏的“实感”应该是很丰富的，但是比起范仲淹来，他的笔力是相当贫弱。“环占五湖，均视八百里；据湖面势，惟巴陵最胜。频岸风物，日有万态，虽渔樵云鸟，栖隐出没同一光影中，惟岳阳楼最绝。”可谓用笔甚拙。至于他的词《临江仙》比之《岳阳楼记》，就更简陋了：“水连天，天连水”“分外澄清”，剩下就是孟浩然的“气蒸云梦泽，波撼岳阳城”和钱起的著名诗句“曲终人不见，江上数峰青”的袭用。热爱诗文的滕子京，缺乏的不是“实感”。能不能写出东西来，不在于眼睛看到了多少，更重要的是，心里有多少。光是心里有了，还不够，胸中之竹不等于手中之竹，还要看你有多少足够的词语。词语符号与情、感并不相等，词语并不直接指称物象，但能唤醒经验中的心象，二者处在矛盾之中。在一般人那里，可以意会而不可言传，只有在特殊才华的作家那里，才有把矛盾解决于万一的可能。歌德在《说不尽的莎士比亚》中说道：

> 一个人能达到的最高境地，是意识到自己的情绪思想，是认识他自己，这可以启导他，使他对别人的心灵也有深刻的认识……我们说莎士比亚是最伟大的诗人之一，同时我们也承认，不容易找到一个跟他一样感受着世界的人，不容易找到一个说出他内心的感觉，并且比他更高度地引导读者意识到世界的人。①

歌德在这里强调的：第一，作家除了五官感受以外还有一种“内在感官”，这种内在感官能把眼耳鼻舌身所不能直接感知的情绪、感情、智慧充分表现出来；第二，有了情感智慧还不够，还要有“说出他内心的感觉”的能力。这就是话语能力。歌德的这种说法，相当警策，但似乎还不够完善，应该还有第三个要求，那就是把内心感受用自己的话语说得别出心裁，与众不同。这就涉及语词性能的多元性，首先，至少有科学语文、日常语言、文学语文之分。三者之间，功能是不可混淆的，科学语言的内涵是严密的，内涵是一元化的，而文学语言则是语义多元化的。其次，文学语义，在不同语境中的变异。其变异的复杂和丰富远远超过感觉的变异。衡量作家的才能不能像西方某些论者那样，以词汇量为准，能在同一词语中变异，出奇制胜，才是艺术生命的源泉。最有才华的作家，就像语言魔术师，不管是科学语言还是普通的日常语言，使其带上文学语言的生命活力。鲁迅在《论他妈的》中指出这种粗野的国骂，可以成为亲子之间最亲密的交流，“聪明”作为褒义词，到了朱自清的《背影》中（“我那时真是太聪明了”），却带上明显的贬义。“伟大的神力”，在鲁迅的《阿长与〈山海经〉》，第一度使用，是讽刺性的反语，第二次使用却成了歌颂性的抒情。哪怕最普通的词语到了才华横溢的作家手里，也能大放异彩。鲁迅写四叔的守旧和无情：“见面之后是寒暄，寒暄之后说胖了，胖之后，便大骂其新党，幸亏骂的是康有为。”钱锺书写方鸿渐回乡，对思想的封闭和麻木，“回来所碰见的还是四年前的那些人，那些人还是做四年前的事，说四年前的话。甚至认识的人里边一个也没有死掉”。所有的词语，都是常用词，但是含义却大大升值，超越了字面，产生了语境的临时语义，除了客观的思想

① 杨周翰编选：《莎士比亚评论汇编》（上），中国社会科学出版社 1979 年版，第 297—298 页。

气候以外，还透露出主体的个性：鲁迅的婉约多讽，青年钱锺书的激愤尖刻，跃然纸上。

“真情实感”论把语言艺术看得太简单了。比真情实感更重要的是，为感情找到独特的语言。从情感智慧到独特的语言之间横着一条漫长的路，其间充满艰难险阻，有时，哪怕是对一片景观的描述，也不是个人的才华所能胜任的。

郦道元对三峡的描写肯定是不朽的经典了，其实并不是他个人的妙手自得。当时南北分治，郦道元不可能到三峡去。对于三峡的描述，前人有许多历史积累。郦道元不过是一个识宝者，把珍贵的语言智慧集中起来使之在情感逻辑上有序化。先是袁山松在《宜都记》中的描写：“两岸高山重障，非日中夜半，不见日月”“猿鸣至清，山谷传响，泠泠不绝”，到了盛弘之《荆州记》中，“猿鸣至清，山谷传响，泠泠不绝”变成了“常有高猿长啸，属引清远”。

渔者歌曰：“巴东三峡巫峡长，猿鸣三声泪沾裳。”[①] 显然，袁山松猿鸣的“至清”和“泠泠不绝”，加上了《宜都记》的民歌，情调就发生了变化，“泪沾裳”规定了悲凉的情调。这是《世说新语·黜免篇》刘孝标的注中所引的。[②] 而在李昉的《太平广记》所引，在“高猿长啸”前面还有：“至于夏水襄陵，沿溯阻绝。或王命急宣，有时朝发白帝，暮到江陵，其间千二百里，虽乘奔御风，不以疾也。”这里充满了惊险豪迈的情调。接着下去：“春冬之时，则素湍绿潭，回清倒影，绝巘多生怪怕，悬泉瀑布，飞漱其间，清荣峻茂，良多趣味。”这里的情趣和豪迈显然有所不同，“回清倒影”和“悬泉瀑布”，动静相宜，与绝壁之怪怕反衬，统一于“清荣峻茂”。“清荣”，是透明清冽，而“峻茂”则有棱角，有风骨，这种“雅趣”是凝神的欣赏，是物我两忘的快慰。接着下去，情调有了变化：“每至晴初霜旦，林寒涧肃，常有高猿长啸，属引凄异，空谷传响，哀转久绝。故渔者歌曰：‘巴东三峡巫峡长，猿鸣三声泪沾裳。’”[③] 又转化为悲凉的境界。后来郦道元之所以几乎照搬了这样的描述，原因不但在于惟妙惟肖的自然景观，而且在于其中渗透着从豪迈到欣慰的雅趣再到悲凉三重变奏境界。表面上是语言的积累，实际上是对拘于被动描述自然景观的突围。从理论上来说这需要不世的才华，显然，并不完全凭“实感”。腾子京尽管比范仲淹有更丰富的“实感”，但是没有话语的变异能力，就只能袭用他人的权威话语，而范仲淹却把经典的权威话语用一句话“前人之述备矣”就当作陈词滥调，轻轻放在一边。对前人的话语，他一言以蔽之，“以物喜，以物忧”，也就是以环境的顺逆和个人遭际决定自己的情感，而他反其道而行之，就是要“不以物喜，不以己悲”“先天下之忧而忧，后天下之乐而乐”。

---

① 《四部丛刊》卷下之下，第 29 页。

② 《四部丛刊》卷下之下，第 29 页。

③ 《四部丛刊三编》本卷第 53 页，7 下至 8 上。

用西方当代文论的话来说，既是话语的颠覆又是思想的突围，而这种突围，需要情感和话语的更新能力，没有这种能力充其量也只是权威话语的重复而已。袭用他人的、流行的话语，即使有几分自己的“真”和“实”，也只能是与权威重合的，而文章的真正价值，却在对权威冲击和突破。

这就是“真情实感”论的第六个漏洞。这个漏洞的实质，是完全无视真情实感和语言之间的矛盾。脱离权威话语的颠覆和突围，就谈不上创造。

这还不是最后的漏洞。

七

“真情实感”论把立论的基础放在抒情、诗化的散文，实际上把此类散文当作唯一的规格，把诗化情趣当成唯一的出路，完全无视幽默（亚）审丑的散文有另外一种趣味，那就是谐趣。在幽默散文中，虚拟性、假定性比之审美散文要突出得多。在诗化散文中，通行的原则是自我美化，幽默散文则相反，不是尽力美化自我和环境，而是尽力“丑化”自我和环境。梁实秋、林语堂、李敖、柏杨、贾平凹、王小波、舒婷的幽默散文，都以自我调侃见长。所谓自我调侃，就是虚拟化地自我贬低。一味把自己写得很倒霉，很狼狈；明明“实感”是自己很聪明，可是却在虚拟中表现自己在智力上，很无能，很愚昧，装傻，装痴，装庸，装土；甚至在品德上，装得很不诚实，很自私，很恶劣，很丑；在逻辑上，装得很悖理，很荒谬。这种“不一致”，就是与“实感”“不一致”。鲁迅的“佯谬”，梁实秋的“佯愚”，王小波的“佯庸”，所有这一切，读者与作者心照不宣，是装出来的，与读者的“实感”反差越大，就越怪异、越荒谬，越有谐趣，越富有幽默感。“丑化”是虚感，不是真的。在超越真和实这一点上，读者与作者达成默契，心领神会，才能构成一种以丑为美，化丑为美的效果。这一切都以超越实感为前提。试想，柏杨描写自己苦于朋友借书不还，乃宣布要组建“死不借大联盟”。闯入借书不还的朋友的卧室，“人赃俱获”，偷走朋友的贵重打火机，“以示薄惩”，并且扬言，如不洗心革面，则日后金表都可能不翼而飞。这绝对不是作者的实感的表述，而是把实感隐藏起来，以虚感去营造逻辑的不一致，感知的荒谬，突出表层感知与深层感知强烈“错位”。智力正常的读者，不但和作者心照不宣，而且在领悟这种自我贬低到不怕丑的艺术时感到大为过瘾。幽默逻辑在这里，是表层逻辑和深层逻辑反衬的复合逻辑，用“真情实感”论的单层次的逻辑来解读只能是不得其门。

这就是“真情实感”论者所遇到的第七个漏洞，其实质乃是在理论上完全无视于审美、审丑在散文中的区别和联系。

当然，这个漏洞之下，还隐藏着另外一个漏洞。

八

这个漏洞，就是在其认知结构中，根本看不到既不审美也不审丑，亦即既不是抒情的审美散文，也不是幽默的（亚）“审丑”的散文，更不是实用理性的议论文，而是在中国现代散文中，越来越占据前沿的“审智”散文。这并不是强行标新立异，其实也并不神秘。从某种意义上，与现代派诗歌和小说在艺术历史发展上是一致的。中国现代诗歌发展到20世纪30年代，就有了现代派。此前的浪漫派和象征派尽管在审美和审丑上似乎背道而驰，但是在抒情上却是如出一辙的。抒情发展到极端，必然是滥情，就走向反面，产生了不抒情的现代派，以逃避抒情为务，追求形而上的哲理，但又不沦为抽象的概念，它们虽然废除抒情，但是，并没有废除感知。用20世纪60年代台湾现代派的话语来说，就是关上情感的窗子，感知的窗子仍然敞开，追求从感知越过感情，直接到达智性。在诗歌领域，流派的自觉是很鲜明的，但在中国现代散文却从来没有流派的自觉。这并不妨碍散文从抒情发展到极端，从审美到（亚）审丑，再到审智，这是中国现代散文的逻辑的必然，又是历史的必然。在现代散文史上，20世纪90年代学者散文为智性的张扬提供了温床。当然，泥沙俱下，鱼龙混杂，不少作者把抒情和感知，也就是感性一起废弃了，一味以思想取胜，就是像林贤治那样的作家似乎也未能免俗。思想遮蔽了艺术，就产生了“滥智”的潮流。只有既超越了抒情，又保持了强大的感知的，才为中国散文带来了新的发展空间。南帆的散文，就在这个历史的关头，横空出世，成为中国当代审智散文的先行者，在抒情情趣和幽默的谐趣以外展现出另外一种趣味，那就是“智趣”。（在我国古典文论中曾经有过“理趣”的说法，但是严格的理性是不讲趣味的。）

以他的《枪》为例，既没有故事，也没有人物，有的只是即兴的议论，表面上具有分析的形式，但是又很主观，道理并不客观，更不全面，旨趣全在对于现成的观念的颠覆和更新。他先把枪和传统的“英雄”观念，放在矛盾对立之中“分析”。英雄本来是仪表堂堂，孔武有力，一夫当关，万夫莫开，擒龙驱虎，所向无敌，但是遇到了枪却是“一声枪响，打碎了这样的英雄形象，远距离的射杀与简单的射击操作一下子解除了躯体勇力的意义”。接着又把枪和男性生殖器作比较，“两者都隐藏着强烈的侵略性、进攻性：射击的快感与射精的快感十分类似”。对于抒情来说，有点亵渎，对于幽默来说，不够荒谬。这样的写法很智慧，说它是理性，既不全面，也谈不上深刻，但是不能不隐隐感到，它很机智，又很有趣。把它叫作智趣，是很贴切的。不过如果仅仅停留于此，这样的智趣，不能不说比较肤浅。南帆的特点，智趣在层层深入的“矛盾分析”中深化。说了射击与射精之共同之后，紧接着就揭示二者之间的矛盾：“男性的性器官制造了生命，一个精子射中了一个卵子。这就是一个崭新的生命的起源。”而“枪的唯一目的是毁灭生命。枪是一种危险的机器，这种机器时常纵容了仇恨的流淌。枪可以使一个人骤然之间毫无理由地猝死。除了枪声，这样的死亡得不到更多的解释”。在分析的时候，南帆无论对于什么的血腥，都是宁静致远，不动感情。可以用一个流行的“酷”字来概括。“酷”就是冷峻而深邃，是 20 世纪下半叶世界文学共同潮流的标志。对于这样的散文，用真情实感来衡量，只能是缘木求鱼。

这是“真情实感”论所留下的第八个漏洞。这个漏洞的实质是，对自己的理论在阅读经验时，缺乏起码的检验的自觉。一味跟着自己狭隘的感觉走，这就注定论述停留在审美抒情的混沌观感上滑行。

以上所述，还不是“真情实感”论最大的漏洞。

九

“真情实感”论，最大的漏洞是，作为文体理论，恰恰是背离了文体的。“真情实感”论显然有一种潜在的预设，那就是只要把真情实感直接表述出来，就是上乘的散文了。其实作为理论形态，这并不像是散文理论，更像诗歌理论。英国浪漫主义诗歌有一种很有影响的理论，就是“一切的好诗都是强烈的感情的自然流泻”。这是华兹华斯在他的《抒情歌谣集》的序言中讲的。原文是“For all good poetry is the spontaneous overflow of powerful feelings”[①]。这种理论，出自英语诗歌是很自然的，他们的诗歌是以直接抒情为主要手段的，强调激情（passion）和想象（imagination），而我国古典诗歌，主要是近体诗歌，追求把情感隐藏在环境和人的交融，也就是意象群落和意境中。这与西方诗歌主流是直接抒情相比，可以说是两个传统。早期郭沫若把西方的直接抒情移植到新诗中来，已经带来许多弊端，放在散文中更是凿枘难通。说到散文的抒情，最容易混淆的就是诗歌。把散文当作诗来写，像杨朔那样的作茧自缚，已经为历史所证伪。散文与诗，是两种血型，互相混淆，对于双方都是致命的。即使是表现“真情实感”的散文，与诗拉开距离，也是它的生命所在。

这是因为，人不是一个客体，而是一个有灵魂的主体，心灵不是一个单层次的平面，

① William Wordsworth. Preface to Lyrical Ballads（1800）. *Famous Prefaces*.The Harvard Classics. 1909–14.

而是一个意识和潜意识的立体。不是一个真情实感的静态的统一体，而是知、情、意相互扰动不断变异的复合体，它的变异是太复杂、太灵动、太不透明、太矛盾、太丰富、太微妙、太难以捉摸了。没有一种文学形式能够全面地把人的一切情感，全面地、彻底地表现出来。一种特殊文体不管取得多大的成就，仅仅是因为它能够表现人的一个侧面。人的“真情”“实感”（还有智性和理性）在文体中的分化，不仅仅是形式的，而且是内容的。同样一个鲁迅，在小说中，对小人物的麻木愚昧，是严峻的，哀其不幸，怒其不争。而在《朝花夕拾》这样的回忆童年的文章，对小人物则温和得多，经常是含着微笑的调侃而已，甚至不惜对其善良有所赞美。在《从百草园到三味书屋》中，对自己的老师，本以为是学问很大的“宿儒”，事实上答不出学生的问题，却有点恼怒了。在教学上“除了让学生无休止地念书以外，没有什么教学法，可恨，而是写他虽有界尺本可以打学生，但是，从未用过”。对这样的老师鲁迅并没有一味写他的迂腐，同时也写他自己念起书来，却很入迷，而所念的文章，却并不是很高明的。这就在调侃中显示出他的可爱。在不乏直接抒情的诗性文体中，鲁迅的自我形象也不尽相同。在古典诗歌中，鲁迅的姿态是英雄主义的“横眉冷对千夫指，俯首甘为孺子牛”。而在散文诗中，他的自我解剖，则充满了悲观的、怀疑的甚至虚无的、绝望的色彩。

散文的特殊生命就在于它与诗歌、小说的区别性，同时也在于其间的联系性；在于它的稳定性，也在于它的变幻性。只要对照一下同一个作家的诗歌和散文，就不难明白，散文和诗歌的最大区别，乃在于诗歌是概括的，带着形而上的色彩，不乏超凡脱俗境界。华兹华斯曾经说过，诗是最接近哲学的。而散文，则是具体的，不回避形而下的、世俗的趣味的。诗歌中的李白，不能为权贵摧眉折腰的，而在散文中，则是以“遍干诸侯”来夸耀的。

在理论上，客体有“第二自然”不同于“第一自然”之说。拿到散文中来，主体有“第二人格”不同于“第一人格”是顺理成章的。在诗中的人格是超凡脱俗地意境化了的，而在散文中的人格则是不能不食人间烟火的。在中国古典文论中，有文以载道、诗以言志的说法，是有一定道理的。在范仲淹的经典名篇《岳阳楼记》中，忧愁必先天下，欢乐则后天下。这实际上是说，个人的忧愁是永远不合法的，但是在他的诗歌，那忧愁却是被渲染得很美的，只要举“酒入愁肠，化作相思泪”就够了。

内容决定形式的说法是片面的，文学形式的规范不但可以预期内容，而且可以强迫内容（“真情”“实感”）就范，甚至按照形式规范的审美逻辑创造内容。

从根本上说，文学形象是三维结构。[①]散文中的情感，实际上是生活特点、情感特点和散文形式规范特点三者的有机结合。单纯从一个纬度来研究，只能是瞎子摸象。从严格意义上来说，没有落实在形式规范上的情感，只能是浮动的情感，不合形式规范的感知，是要排除的感知。实感之于艺术的感知，其区别正如酒之于米，种子之于花，散文家的任务，不是把米当成酒，把种子当成花，而是按照酿酒的规律，把米变异为酒，按照种花的规律，把种子变异为花。

这就是“真情实感”论的第九个漏洞。这个漏洞的理论根源是：内容与形式关系的单向决定论。

所有这些漏洞，还只是散文学科以内的，但是学科以内的问题，是由学科以外的原因造成的。

十

“真情实感”作为“理论”尚未粗具学科范畴严密性和衍生性，苛刻一点说，连草创形态都很勉强，却享有很高的权威，从百科全书到中学、大学的课本，莫不以之为准，只能说明这并不是林非的个人现象，而是国人思维的历史局限。在这背后隐藏着一个思维模式，那就是线性思维，一因一果，而且是一因直达一果，既不费神梳理有关散文古今中外的知识谱系，又不对古今中外的文本作原创性的分析（包括起码的学术分类），就勇往直前地一条直线走到底。这种情感表现的贫困性，反映生活本质论是一致的，其美学根源的就是美与真。不过真情实感论是主体的真。可比之客体的真可以说是更加虚无缥缈，但是散文作为一种文学文体是太复杂了，影响它的元素，稍作系统分析，就有九个。以一当九，造成失之千里的后果，其原因大大超出了差之毫厘。

如果要说漏洞，这是第十个漏洞。在所有漏洞中，这是致命的漏洞。林非这样触目的疏漏，不是偶然的，除了他的线性思维以外，还有一个重要原因，乃是他作为中国现代散文理论家，却对中国古典散文错综亚文体和西方以随笔为主的“散文”缺乏足够知识的准备。

2009 年 12 月 25 日

① 参阅孙绍振：《文学创作论》，海峡文艺出版社 2004 年版，第一章“形象论”、第四章“形式论”。孙绍振：《文学性演讲录》，广西师范大学出版社 2006 年版，第一单元“形象结构和审美价值错位”。

世纪视野中的当代散文①

作者按：中国现代散文，近百年的积累，显示出散文文体建构从草创、发育、危机到辉煌的历程。五四时期，在散文作为一种文体提出来之前，在中国，在英语国家的百科全书中，并不存在这样一种特殊的文体。周作人在《美文》中明确提出，这种文体中国还没有。他把这个世界上最年轻的文体定性为与晚明性灵小品相近的“叙事与抒情”，带有某种程度的“试试”的性质。郁达夫后来也指出其为中国独有，不能用西方的essay来解释，并为之增加了幽默和智性，这样就奠定了中国现代散文的理论基点。由于周作人“叙事与抒情”的巨大影响，中国现代散文对智性动摇不定，故将鲁迅的社会文明批评文章另立名目曰“杂文”。忽视智性，就造成了散文思想容量不大，长期小品化的偏向。“叙事和抒情”其实是一对矛盾，在历史条件作用下，过度强调叙事，导致散文一度通讯化，造成散文文体的严重危机。过度强调抒情，就产生了杨朔的把每篇散文都当作诗来写的主张，这当然有助于散文审美自觉的唤醒，但又作茧自缚，造成了散文的第二度文体危机。至少在理论上，忽略了审丑的幽默。新时期批评杨朔模式，散文艰难地恢复了五四散文传统，但是实践证明，当时所凭借的“真情实感”论，偏离了真假互动，虚实相生的艺术想象。20世纪90年代以来，以南帆和余秋雨为代表的学者散文，在审美、审丑和审智上有了全面的突破性的发展，弥补了散文重情轻智的缺失，创造了中国独创的审智散文。与小说诗歌追随西方流派不同，散文更多是自发地，甚至在封闭中发展，因而比较缓慢而且代价巨大，但是不依附西方流派，在历史文化反思的大视野中，逐渐形成了中国式的气度恢宏的大散文，散文小品化的偏颇得以历史性地突破，成为世界文学史上云蒸霞蔚的独特景观。而受西方现代派诗歌影响，追随西方文论的大陆和台港的“现代派散文”，旨在颠覆传统，却遭遇前卫诗歌已经回归传统文化语言的趋势。现代派散文家欲从模仿达到颠覆或者创造的境界，

① 原载《当代作家评论》2009年第1期，《新华文摘》2009年第9期转载。

其才能正面临着与中国传统文化语言结合的严峻的历史课题。马克思说，人体解剖是猿体解剖的钥匙，这就是说，只有从当代高级形态俯视，才能发现低级形态的深层结构。应该补充的是，猿体解剖也是人体解剖的钥匙。只有剖析出历史胚胎（低级形态）的遗传密码，当代发展的必然性才能得到说明。正因为此，本文一方面从当代散文的历史高度，批判五四散文理论建构，另一方面，从五四散文的经典理论文献中揭示当代散文发展的内在的、必然的逻辑，而不是历史事件的连续。这样，也许能够从历史发展的过程中，看到逻辑的演绎的过程。

一、抒情性散文文体的历史选择

在现代散文作为一种文体被提出来之前，中国文学史上，并不存在一种叫作散文的文体。按姚鼐《古文辞类纂》，它是相对于辞赋类的，形式很丰富：论辩类、序跋类、奏议类、书说类、赠序类、诏令类、传状类、碑志类、杂记类、箴铭类，包含了文学性和非文学性两个方面。在英语国家的百科全书中，也没有单独的散文条目，只有和 prose 有关的文体，例如：alliterative prose（押头韵的散文）、prose poem（散文诗）、nonfictional prose（非小说类 / 非虚构写实散文）、heroic prose（史诗散文）、polyphonic prose（自由韵律散文）。和我们所理解的散文比较接近的并不是 prose，而是 essay 和 belles letlres[①]［随笔（小品）和美文］。按西方的理解，随笔是一种随想、思索、分析、解释、评论性质的具有一定文学性的作品；较之论文，篇幅短得多，不太正式，也不太系统；它往往从一个有限的，经常是个人的角度来讨论一个观点。很显然，它是以议论为主，一方面与抒情是错位的，另一方面又与理性是错位的，可以说属于智性。理论性强的不叫作 essay，而叫 treatise，或者 dissertation。在英语里，单独使用的 prose，与其说是一个独立的文体，不如说是一个系列文体总称（还包括小说、传记），有时作为表述方法（而不是文体），有平淡无奇的意思。在俄语里，与 prose 相对应，发音相近的是“проза”，则包括除了韵文以外的一切文体。故斯克洛夫斯基的《散文理论》中大量论及小说（如《战争与和平》）。而在德语里，散文气息（prosaische）即枯燥的意思。属于文学性散文的文体，并不笼统叫作 prose，而是 belles lettres（美文）。作为文学，具体些说，指轻松的、有趣的、意深语妙的随笔，也用于指文学研究，同时也包括了诗歌、戏剧、小说。

周作人要提倡一种文学性散文，面临着这样一个局面，那就是在中国和西方都没有现

---

① 参见本书第 11 页，注释①。

成的文体。这一点和小说、诗歌是很不相同的。

周作人在《美文》中，把这一点说得很清楚，后来被我们称为散文，在他那个时候的“国语文学里，还不曾见有这类的文章”[①]。为这个世界上的最年轻的，甚至可以还没有成型的文学体裁确立一个规矩（或者规范），气魄是很大的，也是很冒险的，留下偏颇甚至混乱，也许不可避免。

从字面上看，周作人立论的根据在西方。他说，外国有一种所谓“论文”，大致可以分成两类，第一类是“批评的”“学术性的”。对于这一类，他没有再加以细分，其实是把 essay 和 treatise，或者 dissertation 都包含在内了。而另一类则是“美文”，这是周作人发明的一个汉语词语，肯定就是 belles lettres 的翻译，这是一个法语词，belles 就是英语里的“beautiful”和“fine”的意思。他给这类文章规定了“叙事与抒情”的特征，相当于今天审美性的散文。正因为当时新文学中，还没有这种文体，所以他主张应该去“试试”。这个“试试”，可能是从胡适的《尝试集》得到的启示。焉不知新诗的尝试，不论中国还是西方，都是有稳定的诗体的可稽的，而散文却是中西都没有。“叙事与抒情”的规定，说明周氏倾向于 belles letlres（美文），但是它又把它归入“论文”一类，说“他的条件，同一切文学作品一样，只是真实简明便好”[②]。这说明，他有点动摇，觉得应该把主智的essay囊括进来。可是他的题目又是“美文”，显然在理论上一直摇摆在主智的 essay 和主情的 belles letlres 之间。只是在具体行文中，他又明显倾向于主情的 belles letlres。

虽然他的主张号称来自西方，但是西方的文论并不足以支持他做出主情的决策。推动他做出如此坚定论断的，可能有两个原因：一个是他的艺术趣味，具体表现在他对晚明公安派性灵小品的执着。“叙事与抒情”和“真实简明”都不是西方 essay 和 belles letlres 的特点，而是他所热爱的公安派的风格。1928 年，他在《燕知草》的跋中明确宣言晚明的“公安派”是“现在中国新散文的源流”[③]。其实，在他心目中，那就是现代散文的楷模。周作人选择了“独抒性灵”的公安派，在明末当年，公安派所针对者为明中叶以降，前后“七子”拟古为准则的“文必秦汉，诗必盛唐”。提倡文章“不拘格套”，其文以自然率真为尚，

① 周作人：《美文》，《晨报副刊》1921 年 6 月 8 日。又见俞元桂主编：《中国现代散文理论》，广西人民出版社 1984 年版，第 3 页。

② 周作人：《美文》，《晨报副刊》1921 年 6 月 8 日。又见俞元桂主编：《中国现代散文理论》，广西人民出版社 1984 年版，第 3 页。

③ 俞元桂主编：《中国现代散文理论》，广西人民出版社 1984 年版，第 433 页。在《在中国新文学的源流》中，周作人说得更为明确：“今次的文学运动，其根本方向和明末的文学运动完全相同”“明末的文学，是现在这次文学运动的来源”；“两次的主张和趋势，几乎都很相同。更奇怪的是，有许多作品也都很相似。胡适之、冰心和徐志摩的作品，很像公安派……和竟陵派相似的是俞平伯和废名两人”。见《周作人全集》（第五册），台湾蓝灯文化事业股份有限公司 1982 年版，第 313 页。

自然也有其历史的重大贡献，但缺乏智性的制约，就是袁氏兄弟也难免滥情倾向。这一点袁中道曾有所觉察："泉水流而粪壤之水亦流。"其后继者竟陵派主观上力矫"公安"俚俗、肤浅，倡导"幽深孤峭"，其结果是艰涩隐晦。清初学者对晚明小品的反思可以钱谦益为代表，他认为袁宏道文章"机锋侧出，矫枉过正，于是狂瞽交扇，鄙俚公行，雅故灭裂，风华扫地"。他批评竟陵派诗文"如木客之清吟，如幽独九之冥语，如梦而入鼠穴，如幻而至鬼国""鬼气幽，兵气杀，著见于文章，而国运从之"。忽略深厚的智性和文化传承的结果，使其思想境界越来越窘迫，竟陵派的末流，甚至有为性灵的独特而独特，滥情变成了矫情，因而有被斥之为"文妖"者。此派被论者称"明人小品"，不但是指其规模，而且指其境界，中国自秦汉以来的传统散文则显然是"大品"。从事物发展的内因来说，公安派、竟陵派散文，被桐城派取代是必然的。周作人对"文必秦汉"显然缺乏历史分析，把"文必秦汉"的教条和"秦汉散文"的伟大传统不加区分，把没有出息的前七子，和先秦诸子混为一谈。五四当年，先驱们对晚清占统治地位的桐城派散文极其厌恶，骂他们是"桐城谬种"，藐视他们文章选集为"选学妖孽"。桐城派是强调文以载道的，主张义理、考证、辞章三者的结合，"义理"就是正统理学，"考证"就是文义、字句的有古代文献的准确根据，"辞章"就是讲求文字功夫。这样的散文，虽然并不排斥抒情叙事，但是是以智性的议论为主的，他们以追随先秦两汉和唐宋八大家为务。这对于强调"人的文学"为宗旨的周作人来说，理所当然地遭到厌弃。首先，文以载道，正统理学，是五四新文学运动的革命对象，与个性解放可谓迎头相撞。其次，这个流派规定的文章体制和规范也与追求文体解放的潮流相悖。既然统治了有清一代的桐城派遭到厌恶，周作人就从被遗忘了几百年的明末公安派找到了经典源头，说散文应该像明末的公安派"独抒性灵"。以"抒情叙事"为主就是这样来的，以个人化的情感解放为鹄的，文章须有个"我"在，直至语丝派兴起的时候，还是散文家的共识；于是"义理"的智性为主的文章格局，和旧体诗词一样被当作形式的镣铐无情地加以摒弃。

另一个促使他做出这样的论断的具体原因就是对《新青年》的"随感录"文体的不满足（虽然他自己也是这个栏目的重要作者），从 1918 年 4 月栏目成立之时起，到周作人为文之时，已经三年，这种文体以笔锋犀利，议论风生为特点。不要说其他五四先驱的，就是鲁迅收到《热风》里的二十七篇随感录，也完全符合西方的随笔（essay）的标准。如果真的师承西方的散文观念，完全可以把这一类分析、思索、解释、评论，又有感性的文章，列入散文正宗，但是他在对五四初期的杂感进行反思时，却称之为"满口柴胡，殊少敦厚温和之气"[①]。他提出了一个与essay不同的文体的"美文"belles letlres。把"叙事与抒情"作

① 周作人：《雨天的书 · 自序二》，《雨天的书》，岳麓书社 1987 年版，第 3 页。

为根本的准则，只能说明他为中国散文做出了严格意义上审美价值的选择。

他当然不可能不知道，不管是中国，还是西方，广义的散文都包含两个方面，一个是抒情的、审美的、诗化的，特点是从感觉知觉到情感的抒发；一个就是主智的，越过感情，从感觉直接到个人化的智慧深化。从理性上说，周作人感到了二者的矛盾，又有些偏向于情，说“好的论文”，也就是好的 essay，就是“散文诗”，可是又不敢废了智，因而不免又吞吞吐吐地说：“中国古文里的序、记与说等，也可以说是美文的一类。”① 其实，“记”和“叙”固然是感性的美文文体，而“说”，包括先秦纵横家的游说和后世文人讨论政治和道德性质问题的书答（如韩愈的《师说》《上宰相书》），是智性文体，笼统归入美文是勉强的。历史发展总是带着某种“片面的深刻”的。周作人凭着有限的西方文学阅读经验，又从明人性灵小品中，抽了二者之间最大公约数，首先把散文作为一个独立的文学文体，和理性的“论文”分开；其次，在文学中，又和诗歌、小说分立起来；再次，在智性与情感的矛盾中，选择了抒情。后来王统照提出“纯散文”②（pure prose）的口号，也是沿着这条思路。接着胡梦华提倡“絮语散文”（familiar essay），强调的是“不同凡响的美的文学”“抒情诗人的缠绵的情感”“人格动静的描画”“人格色彩的渲染”“个人的主观”“非正式的”③。这里的关键词是“美的文学”“抒情诗人的缠绵的情感”。其次是“非正式的”，相对于正式的而言。在英语里正式的“formal”，就比较理性了，非正式的 informal，就是不拘形式的，思路比较自由、感情比较亲切的。1928 年，周作人为俞平伯的散文集《杂拌儿》作跋，就用“絮语散文”的观念来阐释“论文”，认为其特点是“不专说理叙事，而以抒情分子为主”。他在编选《中国新文学大系 · 散文一集》时还明确宣布：“议论文照例不选。”④的确，他所选的几乎全是抒情性质的散文。

其实，周作人的错误犯得很低级，起码在逻辑上是不周延的。就抒情叙事来说，把公安派作为源头，起码与历史不符。因而在五四以后的学界并不是没有争议的。钟敬文、朱

① 周作人：《美文》，《晨报副刊》1921 年 6 月 8 日。

② 王统照：《纯散文》，《晨报副刊 · 文学旬刊》第 3 号，1923 年 6 月 21 日。

③ 胡梦华搬用了厨川白村论 essay 的说法。厨氏的观念见《鲁迅译文集》（第二卷），福建教育出版社，第 305—306 页。

④ 周作人：《中国新文学大系 · 散文一集 · 导言》，上海良友图书印刷公司 1935年版，第8、13页。

光潜、钱基博都以相当深厚的学理，对公安竟陵持批判态度，尖锐地指出其不足为训。[①]但是，这并没有阻碍周作人的主张成为五四散文创作实践的共识。这里有两点不可忽略：第一，这不是周作人一个人的选择，而是一种历史的选择。重大历史关头，抒情审美价值取向，独具民族和时代特色。中国现代主情的、审美散文和欧美多少主智倾向的“essay”就这样走上了不尽相同的道路。第二，这仅仅是理论上的选择，与实践有相通的一面，又有错位的一面。但长期以来，没有引起注意，理论性的反思只能在实践经验饱和之后，和现代新诗中，理论往往走在实践前面不同，散文的实践总是走在理论前面。抒情审美的取向，符合草创时期的散文发展要求，大大解放了散文的生产力，在短短十年期间，五四散文居然被鲁迅认定取得的成就超过了小说和诗歌。

先驱们的选择是：建构一种地地道道的中国式的散文文体。

1935年郁达夫在《中国新文学大系·散文二集》的“导言”中，对人们把中国的现代散文和法国蒙田的“Essais”、英国培根的“Essay”相联系，不以为然。他说：“其实，这一种翻译名义的苦心，都是白费心思，中国所有的东西，又何必和西洋一样？西洋所独有的物质文化，又哪里能完全翻译到中国来？所以我们的散文，只能约略的说，是Prose的译名，和Essay有点相像，系除小说、戏剧之外的一种文体，至于要想以一语来道破内容，或以一个名字来说尽特点，却是万万办不到的事情。”[②]想来郁达夫并不是不知道，在英国文学体裁中，并没有具体的“Prose”这样一种文体，他不过是借此为中国现代散文的历史选择辩护。到此为止，就不是五四时期的理论预设，而是近二十年的历史经验的理论总结。这样的选择和总结，只能是理论上的自圆其说，在实践上，却留下了三个不大不小的漏洞：第一，就是鲁迅的杂感式散文，充满了议论，好像在审美抒情美文里无处存生。究竟算不算散文呢？如果按西方的essay准则，是天经地义的essay，但作为抒情叙事的散文，却难以

---

① 钟敬文在《试谈小品文》中这样说：“在战国时，已颇有美丽的小品文出来。汉魏六朝间，有几篇书翰，是很当得起上顶的小品之称。”他举出的例子是陶渊明的《桃花源记》《五柳先生传》《以子俨等书》和柳宗元的《山水记》。(《中国现代散文理论》，第32—33页）朱光潜在《论小品文及其他》中说：“我并不敢菲薄晚明的小品文，但是，平心而论，我实在不觉得它有什么特别胜过别朝的小品文的地方，我觉得《檀弓》《韩诗外传》《史记》的列传，《世说新语》以及汉魏丛书里面许多作品也各别有风趣，我尤其不相信袁中郎的杂文比得上柳子厚，书信比得上苏东坡。”(《我与文学》，第104页）钱基博在《明代文学》第一章第一节中指出徐渭、袁宏道等“以清真药雕琢，而不免纤窕，则江湖才子之恶调也”，又指出竟陵派钟惺、谭元春则“以幽冷裁肤缛，而仍归涩僻，又山林充隐之赝格也！一则漫无持择，一又过于尖新，虽蹊径不同，而要之好行小慧，以使空疏不学则一！此变而不得其正者也。”（第52页）陈子展在《公安竟陵与小品文》中说：“我们论到中国新文学的源流，倘非别有会心，就不必故意杜撰故实，歪曲历史，说是现代的新文学运动是继承公安、竟陵的文学运动而来。”(《小品文与漫画》，第134页）

② 郁达夫：《中国新文学大系·散文二集·导言》，上海良友图书印刷公司1935年版，第3页。

自圆其说，以致长期众说纷纭，莫衷一是。[1]为了成全散文抒情的叙事特性观念，不得已而求其次，硬把鲁迅式的杂感从散文中分离出来。命名为“杂文”，作为一种文体，迅速得到广泛的认可，但是留下一个悖论：鲁迅式的杂文算不算文学，算不算散文呢？如果算，则另立这样的文体，实属多余，如果不属文学；为何又写进现代文学史？第二，就是在五四散文中（如鲁迅的《朝花夕拾》），也并不是只有抒情和叙事，还有幽默，而幽默是无法归入抒情之中的。这一点要等到十多年后，由郁达夫《中国新文学大系·散文二集》的“导言”来弥补。这种片面的理论建构，造成的后遗症，直到20世纪80年代林非的“真情实感论”，仍然阴魂未散。第三，这一命名的第三个漏洞，那就是掩盖了历史和传承的踨脚。周作人只认定明人性灵小品为现代散文的源头，排斥了唐宋八大家和先秦诸子，事实上就是排挤了智性在散文的合法地位。这个漏洞，在并不很久以后，就引起了反思。钟敬文在《试谈小品文》中，就提出了散文“有两个主要的元素，便是情绪与智慧”情绪是“湛醇的情绪”，而智慧则是“超越的智慧”[2]。也许当时的钟敬文的权威性不够，似乎并没有被引起重视。1933年，郁达夫接着提出，“散文是偏重在智的方面的”[3]。同样也没有得到重视。这么宝贵的理性感悟，居然石沉大海，充分说明中国散文意识的不清醒。等到七八十年后又有人加以反思。余光中说：“认定散文的正宗是晚明小品，却忘却了中国散文的至境还有韩潮澎湃，苏海茫茫，忘了更早，还有庄子的超逸、孟子的担当、司马迁的跌宕恣肆。”[4]在余光中看来，周作人所确定的现代散文规范，其实就是抒情“小品”，而大海似的中国古典散文则是智性的“大品”。这主要是从思想容量的宏大和精神品位的高贵讲的，其实，就是西方的随笔，不管是蒙田的还是培根的都不仅仅是小品，而且有相当多的“大品”。罗梭的《瓦尔登湖》，不仅是篇幅上，而且在情思和哲理的恢宏，是小家子气的小品所望尘莫及的。所有这一切，导致了智性（审智）话语失去了合法性，其消极后果就是五四散文的小品化。除极个别作品（如鲁迅的《魏晋风度及文章与药及酒的关系》）外，思想容量博大，气势恢宏的散文绝无仅有，这当然造成散文舒舒服服的“内伤”。最明显的就是，鲁迅杂文在现当

① 鲁迅在《徐懋庸作〈打杂集〉序》中说：“杂文中的一体随笔，因为有人说它近于英国的eassy，有些人也就顿首再拜。”这仅仅限于“杂文中的一体”和“有些人”，在另一些人心目中并不是这样。至于其中非随笔体，则更是如此。朱自清1947年在《答文艺知识》中说：“有人以为这一意义的散文只指小品文而言，杂文是独立的在文艺之外的。”见俞元桂主编：《中国现代散文理论》，广西人民出版社1984年版，第157页。1956年，唐弢写了《论鲁迅杂文的艺术特征》，北大中文系主任杨晦在学生大会上，斥之为“荒唐”。直到2008年在南京讨论范培松的《中国散文史》时，南京大学吴俊教授仍然认为杂文不能列入文学范畴。

② 钟敬文：《试谈小品文》，杨哲编：《钟敬文生平、思想及著作》，河北教育出版社1991年版，第463页。

③ 郁达夫：《文学上的智的价值》，《现代学生》1933年第2卷第9期。

④ 余光中：《十二文集——自序》，《余光中散文选集》（一），时代文艺出版社1997年版，第5页。

代文学史上长达五十多年，危峰孤悬，追随者队伍零落，至今只剩下邵燕祥、周国平等。散文的这种偏废，除了社会政治原因以外，其文体的原因，要等八十多年，才从文体观念上，开始作历史的和逻辑的清算。

回过头来看，中国现代散文的这种背离智性，单纯强调审美抒情的取向，显然是一个片面的选择，注定了中国现当代散文在文体自觉上的极度不清醒。一方面，迷信抒情，一度甚至把散文当作诗，走向极端，产生滥情、矫情；另一方面又一度轻浮地放弃抒情，把散文弄成通讯。在这样盲目的情况下，流派的不自觉就是必然的了。和诗歌、小说追随世界文学流派的更迭形成对照，散文落伍于诗歌小说的审智潮流长达数十年，甚至在新时期还徘徊十年以上才做出调整，追赶上了从审美到审智的历史潮流。

二、散文文体意识的失落

三十年前，举国认同的散文旗帜，就是杨朔、刘白羽和秦牧。他们的作品所凝聚的成就，带着那个时代主流意识形态的强烈色彩，充满已经被历史所否决的政治观念（如人民公社、“大跃进”）的图解。今天的读者看来，难免有不堪卒读的篇章，这主要是历史的局限，不能完全归咎于个人。值得分析的倒是，杨朔在散文艺术上提出了富有时代意义的观念，那就是他在《东风第一枝》的跋中所总结出来的：把散文都当作诗来写。[①]这个说法一出，迅速风行天下，成为20世纪50年代末到60年代中期散文的艺术纲领。在那颂歌和战歌的刚性情调一统天下的局面中，杨朔散文多少追求某种个人的软性情调，口语、俗语和文雅的书面语言结合，情致随着语气的曲折，作微妙的变化，对于当时的散文应该说是一个很大的进步，但是他的语言并没有得到充分的重视，倒是他反复运用从具体事物、人物升华为普遍的政治、道德象征的构思，成为一时的模式。在今天看来，这实在是散文的枷锁，比之周作人的叙事抒情论更加狭隘；可是，在当时可是一种令人兴奋的艺术解放。

这是因为，在杨朔散文模式出现之前，中国散文面临着生死存亡的危机。

20世纪50年代初期，新中国文学可以说有点朝气蓬勃的气象。小说界有丁玲的《太阳照在桑干河上》、周立波的《暴风骤雨》、赵树理的《登记》等，诗歌界有崭露头角的闻捷的《天山牧歌》，公刘的组诗《在北方》已经脍炙人口。散文领域，却是颇为寂寞。钱锺书、王了一（王力）搁笔，张爱玲远去香港，巴金等老作家正尝试着适应新的政治意识形态，新人却并未产生。到了1954年，中国作家协会总结五年成就，出版了《短篇小说选》

① 原文是“我在写每篇散文时，总是拿着当诗一样写”，《〈东风第一枝〉小跋》，见《杨朔散文选》，人民出版社1978年版，第220页。

《诗选》，甚至《独幕剧选》，可就选不出一本散文选，只勉强出了一本《散文特写选》。这就暴露了散文对于“特写”的依附，特写，其实就是通讯。从性质上来说，是新闻文体，属于实用理性，并不是一种审美的艺术形式。当时被认为最优秀的散文，魏巍的《谁是最可爱的人》，就是一系列“朝鲜通讯”之一。巴金的《我们会见了彭德怀司令员》，其实也属于朝鲜通讯范畴。诗人冯至的《东欧杂记》虽然受制于当时的政治意识形态的框架，但是其浓烈的抒情意味却保持了散文的文体感，然而并未受到应有的重视。这说明，直到20世纪50年代中期，散文作为一种文体，其危机是如何严峻。

这种危机并非偶然出现，而是其来有自的。早在20世纪40年代在中国文坛上，就存在着两种散文潮流，一个在国统区，以梁实秋、林语堂、钱锺书、王了一、张爱玲为代表，以个人话语作自我表现，其最高成就，已经突破了审美诗化，以学者风范深邃内审，议论纵横，渗透着幽默的审“丑”，散文的文体自觉空前高涨，散文的谐趣和情趣一样，得到普遍的重视。涉笔成趣的议论与抒情和小说的叙事相比，自成别开生面的艺术格局。而在解放区，特别是1942年以后，由于自我表现受到批判，诗歌已经以“时代精神的号角”为务，散文岂能成为自我表现的避风港？丁玲、周立波、吴伯箫、刘白羽等的散文向表现新人新事的新闻性质的通讯方面转移。流风所及，散文遂为新闻性的通讯的附庸。新闻、通讯，得到行政方面的高度重视，以近乎发动群众运动的方式，形成空前的热潮。胡乔木甚至为文曰《人人要学会写新闻》。[①] 这当然是战争环境，强化实用宣传功利所致，但是在胜利进军的热潮中，狭隘政治功利对于散文的伤害却被忽略。甚至到了只能出版《散文特写选》的时候，也还没有引发反思。直到1956年百花时期，才稍稍有所改观，一些老作家乃有迥异于时代精神的带着个人色彩的散文。但是，毕竟是自发的，散文作为一种文体的特殊性，要达到自觉，尚需积以时日。真正的文体自觉，可能要等到50年代末，1959年以降，60年代初，“散文笔谈”之类广泛见诸报端。秦牧提出“一个中心”说和“一线串珠”

---

① 胡文载1946年9月1日《解放日报》。1941年至1946年《解放日报》报道有关新闻、通讯的组织工作如下：1943年8月8日第四版《贯彻全党办报与培养工农通讯员》，1944年1月10日第二版《延属地委召集延安县市通讯员举行通讯工作座谈会》，1944年1月18日第二版《延市、志丹检查通讯工作，发动大家大量为党报写稿》，1944年2月11日第二版《加强通讯员教育与实际工作结合》，1944年2月20日第二版《延长整顿通讯工作，今后每人每月写稿两篇》，1944年3月18日第四版《提倡工农同志与知识分子的结合》，1944年3月18日第四版《“长城”部一年来的通讯工作》，1944年3月3日第二版《每区设党报通讯组》，1946年1月6日第二版《三旅八团二连通讯小组组织“通讯联手”互助写稿》，1942年7月25日《论通讯员的写作和修养》，1942年8月25日《展开通讯员工作》，1942年10月28日《新闻通讯》第1期，1942年11月17日《给党报的记者和通讯员》，1943年9月15日《谈谈靖边组织通讯工作的几点经验》。

论。[1]《人民日报》在1961年1月开辟“笔谈散文”专栏，肖云儒的“形散而神不散”论[2]，应运而生，其实，就是秦牧的“一个中心”说和“一线串珠”论的发展。这一说法后来风靡神州大地，意味着散文文体自觉意识的萌动，但是这一点远远落后于五四散文理论的先天不足的“理论”，还不足以引发文体真正的自觉，理论的自觉，还要等待创作实绩的积累，主要是杨朔、刘白羽和秦牧有更多的作品，有更大的影响。

三、诗化散文模式和“说真话”背后的危机

杨朔最大的功勋，乃是以他超越当时水平的语言魅力，推动了散文文体意识的复苏。把散文当作诗来写，不言而喻的就是不再依附新闻、通讯，不再以狭隘社会功利为务，散文的诗化，实际上隐含着某种审美独立的意味。在《荔枝蜜》《雪浪花》中，在主流意识形态的夹缝中，杨朔式的诗意流露出人情宽松的美，而不是斗争的、剑拔弩张的美。正是因为提供了这样一点并不十分宽广的空间，杨朔的散文才不是偶然地风靡一时，席卷华夏文坛。

当然，杨朔有其幼稚的一面。散文中固然可以有诗，但是散文和诗，在文体上，不管从西方文论还是中国古典文论都认为有不可混淆的特性。从这一点上来说，杨朔是矛盾的：刚刚勇敢地把散文从通讯中解放出来，又匆匆忙忙把散文纳入了诗的牢笼。文体意识的麻木，推动了杨朔散文风靡一时，模仿者络绎不绝，造成一种印象，似乎散文的想象天地仅在杨朔模式之中，这在当时居然没有任何异议。谁也没有反思一下，把散文当诗来写，在实际上，并不是全部诗意，而是诗中的颂歌、战歌和牧歌，比之五四时期周作人并不绝对排斥智性的抒情“美文”，比之郁达夫的“幽默”的天地不知狭隘了多少。

等到“文革”过去，思想获得空前解放，凌驾于散文上空沉重的政治乌云得以驱散。然而，颇为吊诡的是，邵华的《我爱韶山红杜鹃》影响巨大，甚至选入了中学语文课本，仍然未脱从事—情—政治象征的杨朔模式，虽然杨朔已经在“文革”中受迫害而死。在当时影响较大的回忆“文革”的散文中，几乎毫无例外的是激情的倾泻，观念直白，散文的形式感荡然无存。就是影响较大的陶斯亮怀念陶铸的《一封没有寄出的信》，也未能免俗。

这时影响最大的是巴金的《随想录》，把政治控诉转化为真诚的自我反思和解剖，提出了自我忏悔的命题，显示了老作家心灵的纯洁和人格的崇高，获得一片赞扬。比他的散文

① 这是秦牧在《海阔天空的散文领域》和《思想和感情的火花》中提出来的，后来收入《秦牧散文创作》，暨南大学出版社1990年版。

② 肖云儒的文章，载《人民日报》1961年5月12日。

影响更大的是他提出的散文观念“说真话”[1]，却并没有带来散文文体意识的觉醒。从理论上来说，比之把散文当作诗来写，“说真话”更加不属于散文，不但不属于散文，而且很难说属于文学。比之钱玄同在五四当年为胡适的《尝试集》作序，痛斥“毫无真情实感”的“文妖”，提出“做文章是直写自己脑筋里的思想”，并没有什么发展。虽然，其积极意义不可抹杀，但是其中隐含着三个误区：第一，在政治高压下，敢不敢说真话，是道德和人格的准则，并不完全是文学创作的准则。第二，在文学中“说真话”，不仅仅需要道德勇气，真话，并不是现成的，只要有勇气就脱口而出，真话是被假话、套话窒息着的，遮蔽着的，说真话就意味着从假话、套话的霸权中突围，这是需要高度才情和睿智的。在思想解冻的初期，真实的情志，往往存在于潜意识的深层，可意会而不可言传，需要话语颠覆的才能。第三，就是把潜在的、深邃的真话顺利地讲了出来，还有一个散文文体的特殊性问题。真话不等于诗和小说，真话也不等于散文。同样的真话，在不同的文体中，会发生不同的变异。一味用诗的话语去写散文，正等于用散文的话语写诗。巴金的“说真话”一时被奉为金科玉律，正说明了散文文体意识仍然麻木。在说真话的神圣道德大旗下，巴金可能也有点自误，虽然他的《随想录》中，《怀念萧珊》《小狗包弟》经受了时间的考验，但是，长达几十万字的多卷散文中，精品如此有限，绝大多数作品写得都太随意，从构思到语言，都比较粗糙。从这个意义上说，当年的溢美之词，正是散文文体意识沉睡的证据。

与风起云涌的朦胧诗和意识流小说引发文坛“地震”的艺术革新相比，散文显得呆板而且僵化。当小说和诗歌的青年作者纷纷“崛起”，给老一辈作家以巨大冲击之时，散文领域里却如哈姆雷特所说“丹麦王国平安无事”。将近三年以后，在这近乎一潭死水的领域中，最初激起波澜的，并不是一批青年，而是资深的老作家。孙犁短小的散文，出现在《光明日报》，引人注目的是，并不以诗性的抒情为务，他发挥了他小说家老到的功力，他的叙述在平实中见深沉，从容淡定。就是怀念遭受迫害而牺牲的战友，也不夸张其高尚，不渲染其苦难，不追求廉价的、幼稚的、感情升华的效果，不以诗意的营造来美化自我，相反，不时表露出对自我的不满甚至调侃，这当然引起了许多赞叹，然而真正要引起文体的反思，还需要更多更重的分量。1981 年，杨绛以一种非常朴素的形式发表了《干校六记》。一般散文作家，都是先把文章在报刊上分别发表，引起关注，然后收集成册。而杨绛却一下子把六篇文章，以一个薄得不能再薄一共才六十七页的小册子，在三联书店出版。这种不事张扬的做法和她不事张扬的文风不谋而合，然而，却在内行人之间，触发了对散文文体的反思。杨绛的文风显得比孙犁更加从容，更加坚定地反杨朔之道而行之，不把散

① 巴金:《探索集——〈随想录〉第二集》，人民文学出版社 1981 年版，第 87—89 页。另外类似的说法还有“写真话”，见该书第 98—100 页。

文当成诗来写，就是把散文当作散文来写，就是在非诗的领域里追求散文的情趣和谐趣，哪怕写“文革”的灾难，甚至生离死别，屡遭横逆，她也节约着形容和渲染，以平静的叙述为读者留下想象的空间。比之孙犁，当然，有时也有所强调，甚至有些夸张，但那往往不是抒情，不是美化，有时，恰恰是在强调某种“丑化”，这一点在《小趋记情》中表现很是突出。我在《文学性讲演录》中这样说：

杨绛在《干校六记》里讲过：她女儿住在老乡家，小娃子拉了一大泡屎在炕席上，她急得用手纸去擦，大娘跑来责备她糟蹋了手纸，也糟蹋了屎，大娘呜噜噜一声喊，就跑来一只狗，上炕一阵子舔吃，把炕席连同娃娃的屁股都舔得干干净净。她说，下了乡才知道为什么猪是不洁的动物，因为猪和狗是同嗜，不过，猪不如狗，只顾贪嘴，会把蹲着（拉屎）的人撞倒，狗则坐在一旁耐心等待，到了时候，才摇着尾巴过去享受。一方面是很脏的事，另一方面是老大娘很淳朴的感情。她比较节约，比较坦然，并不觉得这是寒碜的事。狗和猪相比，狗比较文雅地等，猪等不及就把人拱倒了，表面上都是很丑的，不存在“礼让”和“同嗜”这样文雅的问题，吃人的大便，也不存在“享受”的问题，这是语言和情感的错位。这是幽默，是“软幽默”，是调侃，不是讽刺，没有进攻性。这里表现了人与人间的一种沟通，她对大娘并没有厌弃，对狗也没有表现出愤怒。[①]

这显然是幽默的谐趣，这是五四散文的另一个传统，长期被忽略，其特点可以说是“以丑为美”，从这一意义上说杨绛把五四散文的两个传统，审美的抒情和审丑的幽默，一下呈现在读者面前，并不是过誉。一大批文坛宿将在散文界的贡献，远远超过了青年散文作者，这在当时很是奇特。以至于有人提出：诗是青年的艺术，小说是中年的艺术，而散文是老年的艺术。这当然只是现象，实质是五四散文传统对极度狭隘模式的冲击，但是冲击仍然是自发的，杨绛并没有引发散文文体反思的雄心。

杨绛没有舒婷幸运，一来，她在创作上反杨朔模式，肯定瞧不起杨朔，作为学者的她，也许觉得作品更雄辩，懒得作理论宣言；二来，散文界不像诗歌界那样为官方所重视，没有近水楼台的行政压力，也就没有强烈的反抗；三来，散文没有严密理论，是世界性的现象，因而也就没有对峙，也没有任何“地震”，更没有全国性的“围剿”。等到汪曾祺的散文有了影响，已经是 20 世纪 80 年代中后期了，他在《蒲桥集》的自序中说：

过度抒情，不知节制，容易流于伤感主义。我觉得伤感主义是散文（也是一切文学）的大敌。挺大的人，说些小姑娘似的话，何必呢。我是希望把散文写得平淡一点，

① 孙绍振：《文学性讲演录》，广西师范大学出版社 2006 年版，第 369 页。

自然一点，“家常”一点的……[1]

他针对的也许不是杨朔，但是的确是五四散文风格的对类似杨朔的文风的批判。散文理论界，缺乏历史感，未能意识到杨绛和汪曾祺回归五四散文传统的价值，没有接过话头，眼睁睁看着诗歌和小说中，理论战线大叫大喊，战云密布，遍山旗帜，而散文理论界，偃旗息鼓，一片沉寂。恢复活力的散文，对理论的兴趣，甚至不如美术界，就是杨绛出版《干校六记》的差不多同时，美术界的前卫举办了“星星画展”，在一些美术报刊上，还喊出了“自我表现”的口号。散文评论家无动于衷，白白让创作默默地在理论的前面走了好几年。

四、“真情实感”还是虚实相生

对杨朔模式开始反思，加以批判，始于20世纪80年代中后期，只是限于杨朔而已，缺乏历史的回顾和前瞻。对杨朔模式背后流布于散文领域中的滥情，熟视无睹。对于同时在诗歌和小说中，轰轰烈烈地进行着的对滥情的声讨毫无感应：当时，就是舒婷都成了“后新潮”的批评对象，宣布其pass者有之，声称其滥情者有之。就在这样的背景下，散文领域里出现了林非的“真情实感论”[2]。这个“理论”，雄踞散文文坛至今，被写进了中国大百科全书的散文条，成为中国当代散文的霸权话语，直到21世纪初还当作颠扑不破的真理，被反复引用，甚至还编入了种种教材。其中包括三个关键词，一个是“真”，从巴金的“说真话”中来，一个是“情”，从杨朔的诗化抒情中来。林非自己加进去的，唯有一个“实”字，恰恰是这个“实”字，漏洞最大。楼肇明早就尖锐指出：真情实感并不是散文的特点，甚至不是文学的特点，泼妇骂街也有真情实感，但并不就是散文。[3]林非的理论带着狭隘直观的特点，首先，真情和实感，并不是现成地存在于作家心中，只要有勇气就能轻易地表述出来的，情感是一种黑暗的感觉，常常可以意会不可言传，不是有了意念就一定有相应的话语，而是有多少现成的话语才能表达多少意念，如当代西方话语理论所指出的，不是人说话，而是话说人，就是有意识地让缥缈的意绪投胎为话语，也是需要原创的才华的；其次，从心理学上来说，真情与实感是矛盾的。感觉知觉是最不稳定的，最不“科学”的，一旦受到情感冲击，就会发生“变异”[4]；越是真情，感觉越是变异，也就是说，越是不

---

① 汪曾祺：《蒲桥集》，作家出版社2000年版，第5页。

② 林非：《关于当前散文研究的理论建设问题》，《散文论》，华中师范大学出版社1992年版，第5页。

③ 楼肇明等：《繁华遮蔽下的贫困——九十年代散文之路》，山西教育出版社1999年版，第5页。

④ 参阅孙绍振：《论变异》，花城出版社1987年版，第71—98页。又见《美学——在情感冲击下知觉变异的科学》，《审美价值结构与情感逻辑》，华中师范大学出版社2000年版，第163页。

"实"；再次，即使真情得以顺利表达，充其量也是不脱抒情的、诗化的、审美的散文的窠臼，其实就是古典浪漫主义诗论所说的"强烈感情的自然流泻"①，既远远落伍于当代散文实践，又与世界文学潮流和世界文学智性潮流隔绝；最后，周作人说过，五四散文的资源，就是明人性灵小品的，而郁达夫则认为还有一个源头就是英国的幽默②，这个说法，十分宝贵。对周作人片面性的抒情叙事论做出极其重要的补充，这是郁达夫在五四散文理论建构史上的一大历史功绩。忽略了这一点，单纯的抒情诗化准则，就失去了系统价值，如我们上面所引杨绛对于狗吃大便和猪吃大便的描述，就不是诗意的。狗的"礼让""享受"，并不是原生的"实感"，而是幽默化、想象化了的感受。对于这样的散文化了的，语义错位化了的感受，是不能死心眼地用哲学的"真"和"实"来判断的。散文中的真情实感和虚幻的梦有时是水乳交融的。何其芳早期的抒情散文集的名字就叫作《画梦录》，沈从文宣言他要写的是"心和梦的历史"③，朱自清也提出散文"满是梦"④。20世纪90年代以《一个人的村庄》而一举成名的刘亮程，在谈创作经验时，说得更干脆：

梦是一种学习。很早的时候，我一定通过梦熟悉了生活。或者，梦给我做出了一种生活。后来，真正的生活开始了。我出生、成长。梦渐渐隐退到背后。早年的梦多被忘记。

还是有人记住一种叫梦的生活。他们成了作家。

作家是在暗夜里独自长成的一种人，接受夜和梦的教育。梦是一所学校。夜夜必修的功课是做梦。

我早期的诗和散文，一直在努力地写出梦境。作文如做梦。在犹如做梦的写作状态中，文字的意味向虚幻、恍惚和不可捉摸的真实飘移，我时而入梦，时而醒来说梦。梦和黑夜的氛围缠绕不散。我沉迷于这样的幻想。写作亦如暗夜中打捞，沉入遗忘的事物被唤醒。

梦是我的启蒙老师。我早年的写作一定向梦学习了许多，我却浑然不知。⑤

不论从心理学，还是从文艺学，抑或从语义学来说，"真情实感"论，是非常粗疏的，不要说是指导散文创作，就是对经典散文现象都很难做出起码的阐释。范仲淹写《岳阳楼记》，根本就没有到过当地，哪来的"实感"？何况，从袁中道的《游岳阳楼记》中可知：

---

① 这是英国浪漫主义诗人华兹华斯在《抒情歌谣集》的序言中提出的，五四时期为郭沫若引进。

② 郁达夫：《中国新文学大系 · 散文二集 · 导言》，上海良友图书印刷公司1935年版，第10—12页。

③ 沈从文：《习作选集代序》，《沈从文选集》（第五卷），四川人民出版社1983年版，第228页。

④ 朱自清：《朱自清散文选集 · 山野掇拾》，百花文艺出版社1987年版，第71页。

⑤ 刘亮程：《向梦学习》，《扬子江评论》2011年第1期。

岳阳楼前的洞庭湖，并不永远像范仲淹所写的那样衔远山，吞长江，阴风怒号，浊浪排空，日星隐曜，山岳潜形，沙鸥翔集，锦鳞游泳，长烟一空，皓月千里，浮光跃金，静影沉璧等等，那仅仅是范仲淹的想象，亲到其地的袁中道的“实感”是：“洞庭为沅湘等九水之委。当其涸时，如匹练耳，及春夏间，九水发而后有湖。”《岳阳楼记》中的洞庭湖并不是“实感”，而是“虚感”。大凡散文于写作之时，都是回忆或者预想，其间必有排除和优选，按文体准则，在想象中进行重组、添加，就是作家的情致，也要在散文感知结构中发生变异。袁中道的感觉并不是先天下之忧而忧，后天下之乐而乐的豪言，而是“四望惨淡，投箸而起，愀然以悲，泫然不能自已”。真情的原生状态并不是真真实实的意思，它大致可以分为表层的、意识到了的和深层的意识不到的，也就是潜意识中的。意识到了的往往并不是很浅表的，意识不到的，才是比较精致、比较深刻的，往往可意会不可言传，有时若隐若现，载浮载沉，有时电光石火，瞬息即逝。表面上它们是虚幻的，但是对于外部实感却是富于冲击力的，故潜在的情感，往往使实感变成想象的虚感，要抓住它，语词上给以命名，“想象的虚感”才能变成“语言的实感”。

没有虚就没有实，没有实也就没有虚，但是在这里，与其说是实感，还不如说虚感更艺术，越有“虚”的想象，而不是“实”的描摹，才越是生动。并不是情愈真，感就相应愈实，相反，情愈真，则感愈虚。情人眼里出西施、月是故乡明、敝帚自珍、爱屋及乌、瘌痢头的儿子自家的好、海内存知己，天涯若比邻、良言一句三冬暖，恶语伤人六月寒，真情都以虚感相表里。要表真情，必先虚化感知，进入想象境界。真情实感论，似乎经不起任何创作和阅读实践起码的检验。尽管林非也非常真切地感到，当时的散文“追求自我封闭的单一化模式化”，呼吁“打破旧的规范”①，但是，他并不知道，他自己的“真情实感”论，就是抒情诗化单一化、模式化的理论基础，就是某种意义上的“旧规范”。明显的事实是，越是面对杰出的文本，真情实感论就越是显得混乱。请看 20 世纪 90 年代崭露头角的刘亮程的《对一朵花微笑》：

> 我一回头，身后的草全开了。一大片。好像谁说了一个笑话，把滩草惹笑了。
>
> 我正躺在土坡上想事情。是否我想的事情——一个人脑中的奇怪想法让草觉得好笑，在微风中笑得前仰后合。有的哈哈大笑，有的半掩芳唇，有的忍俊不禁。靠近我身边的两朵，一朵面朝我，张开薄薄的粉红花瓣，似有吟吟笑声入耳；另一朵则扭头掩面，仍不能遮住笑颜。我禁不住先是微笑，继而哈哈大笑。
>
> 这是我第一次在荒野中，一个人笑起来。

把草原上一片花的盛开，说成是听了一个笑话惹得滩草笑成一片，草和花都是没有生

---

① 林非：《散文创作的昨日和明日》，《文学评论》1987 年第 3 期。

命的，怎么可能笑成一片。这里精彩的显然不是实感，而是刘亮程虚拟的想象。如果光是实感，一种事物、人物只能有一种实感，那就没有刘亮程的情感可言。作家主体的情感要进入客体，必须通过想象超越实感，而这种想象还要经过散文形式的规范和同化，一切实感，都会形式的不同而有不同的虚感。刘亮程的可贵在于他不但与理性的感知，而且与小说、诗歌的感知拉开距离。一切实感都是不可重复的，而文学形式规范却是极其有限，不断重复的，在重复的形式规范下，作家的虚感如果也是重复的，那就没有艺术可言。作家要有艺术的创造，就要想象出不可重复的、一次性的、不可重复的虚感，才有创造性，才有艺术的生命。刘亮程把草原上花的盛开想象成因为一句笑话而逗得花笑得风姿各异。文学规范形式规范是千百年审美经验的长期积淀，它凝聚着形式的规范功能，有特殊的（不同于小说、诗歌）选择、同化、变异，按照形式规范的逻辑衍生、创造虚感的功能。作家遵循着它可以直接跃居历史达到的水平，也可能束缚着他，窒息他的想象力，以沿袭前人的想象为满足。在这里，作家与形式规范的关系，既是一种遵循，也是搏斗。

面对规范，作家面临着三种可能，一是违背，导致落到历史水平线以下去，二是限于遵循，让规范成为一种透明的罗网，三是突破丰富其规范的内涵和功能。刘亮程的成功，就在于既遵循，又是突破。

综观 20 世纪 80 年代，抒情散文显然向两个方面流动，一个是因袭抒情，走向极端，导致滥情的潮流，小女子散文，小男人散文，夸耀、放纵；一个是任感情泛滥，唯独没有思想。这种“泛滥性抒情”，显然落到了历史水平线以下去了，当然很快引起诟病，遂得了“放一个屁都可以写一千字”的恶谥。从某种意义上说，这正是当年周作人过分强调抒情审美忽略智性留下的后遗症的恶性发作。

相反的倾向则是“潜隐性抒情”。当诗歌中，早已提出“放逐抒情”，小说中也有“冰山风格”，散文的抒情不能不受到牵制，隐性抒情的就成为有出息的作家不约而同的倾向。当然，这也可能是众多小说家参与的结果，最具体的表现，就是叙述性抒情，把抒情隐藏在叙事之中。

贾平凹的《祭父》，无疑是抒情散文，却不放任真情实感。诚如谢有顺所说，其动人之处在于“以隐忍的笔写生命中的至痛”①，为什么不让强烈的感情自然流露呢？作家警惕着滥情，追求的艺术境界是“隐忍”。隐忍之痛就是把原生的、实感的“痛”虚化为淡定的叙述。

人们逐渐意识到，诗化毕竟是散文一个基石，抒情散文大凡有智性的思绪作底蕴者，均能在虚虚实实的感知中，笔走龙蛇，异彩纷呈：粗犷、纤巧，阳刚、阴柔，相得益彰。

① 谢有顺：《以实事照见人生的底色——读贾平凹的〈祭父〉》，《名作欣赏》2008 年第 12 期。

贾平凹、汪曾祺、周涛、周晓枫都根据各自的散文理念进行艺术的突围。

周涛总是挑选着、变异着、深化着自己原生的情和感。他写西北地区大自然的荒凉和严酷。但凡“文学旅行家们比较赏识的东西”，那些“大家都能认识和理解的”美，就无条件地避开，但是他却坚持了英雄主义格调，以崇高悲壮和深沉喟叹进行恢宏的抒情，呈现了20世纪50年代集体英雄主义审美格调向80年代个人化的转换[①]，无水的山沟，曾经被血染红，什么都没有了，被烈日晒旧的褐红之处，骨头渣儿也不剩，连个死人骨头，连墓碑、古迹都没有。面对失去记忆的，干燥而又麻木，焦渴而又冷漠。可贵的是，这里有西北剽悍的汉子的气质。[②]在追求抒情散文的阳刚之气方面，时有过度之嫌，大气的梁晓声却更自然，可惜梁晓声于散文文体感似乎并不在意，故成就受限。同样是面对雄伟壮丽的大山，汪曾祺的抒情走向另外一个极端：他把以华美的辞藻来佯装豪迈叫作“洒狗血”。就是到了泰山，他也没有随大流去赞叹，相反，他却放低了姿态，表示“与泰山不能认同”，他老老实实地说，自己与一切伟大的东西格格不入，他只是一个平常人，“安于竹篱茅舍，小桥流水”，在雄伟风物面前揭示自己的平凡，并为之感到美，感到滋润。

汪氏给散文带来了新的风格，这只是风格的独异，而刘亮程之所以异军突起造成了轰动，原因在于，他不但带来了新的风貌，而且对散文的形式规范带来了新的突破。他本来是写诗的，默默无闻，但是后来闯入散文界，一鸣惊人。他在给笔者的信中这样说：

> 我写散文前写了十年诗歌，从20世纪80年代初，写到90年代初。大概1992年吧，很冲动地开始写一首万行长诗，写了一半扔了，后来这首长诗中的一些片段被改写成一篇篇的小散文。那首长诗也是企图写一个村庄世界，后来用散文的形式完成了……
>
> 《一个人的村庄》中的许多东西，我早年用诗歌的方式思考过，却以散文的形式完成，阴错阳差吧。

他的诗和散文在某种程度上有着相当的一致性，为什么散文却取得了开风气之先的意义呢？因为，至少在外部形式上，采用的是一种具体的抒情方式，而且，写的是日常的、平静的、不变的边陲的农村，一个人的孤独生命，虽然在这背后，也有普遍的人生思考，但是由于不具一望而知的诗歌性的内涵概括性，在20世纪90年代诗歌日常化，非奇特化的风潮中，并不显得特别突出。当他把这种诗化的内涵更加具体地带上日常的、平静的，带有具体的时间地点条件的特殊性时，他不但符合了散文的形而下的规范，而且渗透了某种人性的普遍性，带着在静止的不动的生活常态中显示哲理的意味，诗性、散文性，哲理

① 参阅《名作欣赏》2008年第12期，蔡江珍评论周涛的文章。

② 当然周涛的散文，也有控制不住情感，导致泛滥的情况，谢有顺在《历史和记忆》中批评过他的《老父还乡》为了提升“还乡”的意义，导致对真实情怀的“破坏”。见谢有顺：《散文的常道》，广东人民出版社2014年版，第77页。

性在他这里，就浑然一体了。这就为散文的审美规范带来了新的风貌。在余秋雨的激情加文化思考风靡一时的情况下，他的成就就显得分外引人瞩目。

他的许多散文，表面上，并不明显像对着一朵花微笑那样，表现激情导致虚拟的想象，相反倒给人以某种回归实感的印象，但是由于内涵的哲理性，他的特殊具体的日常生活，已经带上了哲理，也就是内涵的质变。

拿 20 世纪 80 年代的抒情，和杨朔式抒情的政治象征和道德的说教相比，可以毫不夸张地说，五四散文的“个人”“人格”追求和散文的文体意识得到相当程度的继承。

五、抒情性幽默和冷幽默

周作人和郁达夫分别提出五四散文两大艺术主流，就是抒情和幽默，一如散文的两个翅膀。也许今天的读者会产生疑问，为什么从 20 世纪 40 年代的解放区，到五六十年代的新中国，抒情的诗化一统天下，而幽默却被遗忘了整整四十年？其实，这并非咄咄怪事。早在 20 世纪 40 年代，幽默就和杂文一起被当作并不适合“表现新的群众的时代”，这是周扬在 1949 年秋天，在第一次全国文代会上报告的题目，以区别于旧的表现个人的时代。幽默散文大师林语堂、梁实秋，被扣上了资产阶级反动文人的帽子，批得声名狼藉，身在大陆的钱锺书、王了一（王力）则长期封笔缄默，幽默在全中国患上了失语症候。鲁迅被神化，他对林语堂提倡幽默的批判（“把刽子手的凶残化为大家的一笑”）被奉为永恒的真理，而对鲁迅本人作品中的幽默却视而不见，感而不觉。套用一句马克思论述音乐与听者感官的关系的话来说：对于非幽默的感官，幽默不是对象。这还不够，似乎还可补充：对非幽默的时代，幽默不被感觉。虽然领袖待人接物、谈吐中充满谐趣，妙语连珠，然而，仅限个人专利，在其他任何人看来，幽默的反讽和语义“错位”，歪理歪推，难免引起政治性误读的危机；敬鬼神而远之，是提高政治安全系数的一大法门。当然在小说中，倒是有赵树理式的、周立波式的“幽默”，那是按当时政策批判落伍者的。虽然未免强颜欢笑，毕竟没有像在散文中不约而同地废除。把鲁迅《野草·这样的战士》中的“匕首”和“投枪”被解读为政治鼓动功能又转嫁给散文，这样一来，幽默缓解情绪对抗的功能，就根本不可能有任何生存的空间了。

幸而，到了 20 世纪 90 年代初期，政治形势大为改观。在毛泽东著作的注解中，梁实秋头上的政治帽子已经删去，林语堂也解除了资产阶级反动文人的恶谥。在商业大潮中，社会公关迫切需求，对于幽默普遍有饥渴之感。钱锺书的幽默散文因为电视剧《围城》的成功，引起了读者极大的惊异。王力虽然已经过世，但他的《龙虫并雕斋琐语》再版，严肃学者内心的谐趣，不能不使读者惊叹。再加上两岸关系的解冻，台港幽默散文如潮水般涌入，余光中、柏杨、李敖、颜元叔、王鼎钧、梁锡华、思果、吴望尧、林今开、夏元瑜等的幽默散文，可以用长驱直入来形容，台湾作家幽默散文被广泛重复印行（包括盗版）。广西一家出版社甚至出版了台湾幽默散文赏析的系列丛书。可以毫不夸张地说，20 世纪 90 年代初期，在中国大陆掀起了一股全国性的幽默热潮。中央电视台春节联欢晚会上的幽默小品，陈佩斯、赵本山、宋丹丹幽默诙谐的有声语言和身体语言风靡神州大地，甚至在中央电视台的社教节目中，也连续播出了阐释谈吐的《幽默漫谈》。幽默从生活的各个侧面和层次骚动，在理论上的反映就是幽默逻辑的“审丑”（亚审丑）和“错位”理论在全国学术刊物上引起关注。

在这样的社会文化气候中，中国当代幽默散文在中断四十年后的勃兴就是顺理成章的了。

安然在作家出版社的“幽默丛书”的“代总序”中这样说：“克服滥情的办法有两种，一是冷峻的智性，但是这比较艰难，要把冷峻的智慧变成和诗情比美的艺术是需要长期的积累和外来艺术的师承的；二是幽默，本来现代散文，就有着深厚的幽默传统。”这就从社会需求和文体积累都为幽默散文的复兴准备好了条件。安然还这样总结：“取得成就的幽默散文作者，和小说家、诗人相比，有一点很特别，他们很少单纯以散文为专业，往往在进入散文境界之前或者同时，都在其他方面积累了相当深厚的艺术修养。”① 这个现象意味什么，也许一下子还来不及做理论上的总结，但是安然对于幽默散文态势的概括却有深度：

> 从 90 年代以来，中国当代幽默散文已经达到了艺术上丰收的高潮，王小波的深邃而佯庸，贾平凹大智若愚的豁达，刘亮程似乎冷寂的平静，鲍尔吉·原野的急智和悲悯，舒婷善良的挖苦，于坚的深刻的反讽，自我调侃中的愤激，孙绍振的悖谬术，歪理歪推中有深刻的文化思考，在荒谬中见深刻，可谓异彩纷呈，风姿各异。②

打破抒情散文一统天下的局面的，的确并不是那些专门从事散文写作的人士，而是一些从诗歌和小说和理论领域来的“入侵者”。除了贾平凹、汪曾祺、王蒙、舒婷、韩东、王小波、张洁乃至剧作家魏明伦、沙叶新，甚至画家黄永玉都纷纷排闼而来，幽默散文的成就可称蔚为大观。于诸家中，孙绍振的幽默感在演讲中发挥最为自由：

> 在《水浒传》中英雄是仇恨美女的，《西游记》有所不同，它所有的英雄，在女性

---

① 安然：《幽默散文的背景与现状》（代总序），孙绍振：《美女危险论》，作家出版社 2003 年版，第 2 页。

② 安然：《幽默散文的背景与现状》（代总序），孙绍振：《美女危险论》，作家出版社 2003 年版，第 2 页。

面前都是中性的，英雄无性，这是中国古典传奇小说的一大特点，和西方的骑士小说中英雄以崇拜女性为荣恰恰相反。唐僧看到女孩子，不要说心动了，眼皮都不会跳一下的。在座的男生可能是望尘莫及吧，因为他们是和尚啊，我们却不想当和尚。孙悟空对女人也没有感觉。沙僧更是这样，我说过，他的特点是，不但对女人没有感觉，就是对男人也没有感觉。（大笑声）不过唐僧是以美为善，美女一定是善良的，孙悟空相反，他的英雄性，就在于从漂亮的外表中，看出妖、看出假，看出恶来。可以说，他的美学原则是以美为假，以美为恶。你越是漂亮，我越是无情。和他相反的是猪八戒，他对美女有感觉，一看见美女，整个心就激动起来。他的美学原则，是以美为真。不管她是人是妖，只要是漂亮的，就是真正的花姑娘，像电影中的日本鬼子口中念念有词的：花姑娘的，大大的好。（大笑声）他是中国古代传奇小说中，唯一的一个唯美主义者。（大笑声）三个人，三种美学原则，在同一个对象（美女）身上，艺术冲突就发生了。[①]

演讲本来不论在古希腊、罗马，还是在中国，从《尚书》到五四先驱，都是散文的传统文体。在西方现当代颇多杰出经典，只是到了当代中国却受到了散文家的忽略。[②]孙绍振有志于这种传统的恢复。即使学术问题，他也能够亦庄亦谐，妙语连珠。他提出“演讲体散文”，并出版了《孙绍振演讲体散文》[③]。

舒婷以惯于抒情的诗笔写幽默散文，明显是迎着难度挑战，抒情的美化和幽默“丑化”属于不同的美学范畴，二者的矛盾在舒婷那里达到了得心应手的交融。舒婷的诗是以心灵的纯洁化著称的，而幽默散文以自我贬低见长。她的幽默，从自我方面来说，交织着自嘲和他嘲，反讽和调侃，任性和耍赖，尖刻的挑剔和尽情的夸张等。对被她调侃的朋友、亲人来说，则显示了对她的宽容和姑息，无奈和欣赏，不认真的佯嗔和自作聪明的傻气。她不像一般幽默散文以单纯的“丑化”来表现自己的谐趣，而是在“丑化”中美化着亲情和友情。她的朋友，一个不乏幽默感的作家（据说是张洁）对她的幽默说了一句相当中肯的话：“舒婷，你把我挖苦得好不快活！”她用幽默语言创造了一个自由的、任性的、不管多么调皮都会受到朋友和亲人赞赏而原谅的真诚的情感氛围。在任性地“丑化”甚至是漫画化的笔墨中，她幽默的“丑化”与诗意的美化互为表里，也许可以把它命名为“抒情性幽默”。

在20世纪八九十年代之交，抒情幽默，作为一种追求，并不只限于舒婷，至少周晓枫

① 孙绍振：《演说经典之美》，福建教育出版社2009年版，第9页。

② 关于演讲在散文中的地位，请参阅本书的附录。

③ 孙绍振：《孙绍振演讲体散文》，海峡书局2015年版。

可以与舒婷异曲同工。

贾平凹的幽默自然有与舒婷相通的方面，那就是他的自我调侃，但是他比较舒婷更加“不怕丑”。他在《说话》中，尽情地暴露自己说不好普通话而自卑，夸张自己的狼狈，坦言自己努力学普通话的目的，是出于虚荣（担心自己说话与新安的金牙不配，又怕不能讨好女朋友）。实在学不好，又阿 Q 式的自我安慰（“毛主席都讲不好普通话”），还不过瘾，又坦然暴露自己学普通话的动机不纯（“学不好普通话，就不去见领导，不去见女人”）。最生动的是，说自己虽然说不好普通话，但可用家乡话骂人，骂得很顺畅，露出一副自得的、傻乎乎的神态。所有这一切，都是和舒婷一样的自我调侃，表面上是“丑化”自我，深层则表现自己的坦荡和率真，这里有极度夸张的自我贬低，为的是营造成显而易见的荒谬。荒谬，就是假定，就是虚感，读者就在假定的虚感中和作家不言而喻的逻辑的反面猝然遇合，会心而笑，绝不会拘泥于“真情实感”论，去怀疑贾平凹的人品。当然，贾平凹与舒婷毕竟有所不同。那主要是他即使在最为轻松的时候，也不能忘怀生活的严峻。在《说话》的最后，贾平凹这样说：

不会说普通话，我失去了许多好事，也避了诸多是非。世上有流言和留言——流言凭嘴，留言靠笔。——我不会去流言，而滚滚流言对我而来时，我只能沉默。

贾平凹的个性毕竟和舒婷不同，就是在调侃中，也不忘戒备，对“滚滚流言”设置心理防线。当读者正和他会心而笑之时，他敢于突然收敛起笑容。从这里可以感到，贾平凹的幽默比之舒婷不但深厚而且丰富。在他的小说《废都》里，细心的读者可以看到一些接近黄色的幽默，而在他的某些散文中，又有一些接近黑色的幽默。如，《世说新语》中写，周处暴害乡民为邻里所痛，与山上虎与水中蛟并为“三害”，有人建议周处除虎杀蛟。周处入水三日三夜，蛟乃得杀。乡里皆谓周处已死，热烈庆祝。周处出水，得知自己为乡里所痛恨，乃洗心革面。而贾平凹《听来的故事》却把这则故事改编为：

英雄苦战七天七夜，提着龙头回来了。村人设下酒宴款待他，英雄喝下那壶酒，又问还有什么祸害只管说罢，英雄就是为民除害的！村人说：“是还有一个祸害，如果消灭了就天下太平了。”英雄问：“是谁？”村人说：“是你。”英雄疑惑不解：“怎么是我？”村人说：“因为你是英雄啊！”英雄低头想了想，站起来要离开这个村庄，但刚一迈步，却一头栽在地上，气绝身亡。他喝下的酒里早放了毒药。

英雄即使为俗人冒险除害，俗人仍然要置他于死地，这种恶毒的幽默，只有身心受过重创的人，思想深邃的人，才可能有，是舒婷这样单纯的抒情女诗人所不可能想象的。从贾平凹看舒婷，就觉得舒婷生活得太舒服了，心灵太透明了，才这样耽溺于婆婆妈妈的调笑。从舒婷看贾平凹，就觉得他心里有太多的痛苦，太多的黑暗。贾平凹的笑，有时，是不是有点“冷酷”?

同样是小说家，汪曾祺的幽默又和贾平凹不同，他的幽默带有某种超然的姿态。也许在他看来，就是贾平凹、舒婷这样的幽默，还失之于急迫，汪先生追求从容不迫，雍容大度，如不食人间烟火。在《跑警报》中，写的是血肉横飞的战争环境，却超越了痛苦，全力检索诸多趣事，津津乐道，超然得有点令人担心他的“不在乎”是否达到了没良心的程度，但是这恰恰是其用笔之险，最后，露出在谐趣横生的“不在乎”中，对于日本侵略者的凶残，透露出在儒道合一的深厚哲学底蕴中升华出来的坚忍不拔。

六、情智交融的幽默

1933年，幽默散文发生论争，郁达夫写了《文学上的智性价值》。提出散文幽默需“以先诉于智，而后动及情绪者，方为上乘”。郁达夫长期强调散文的评论均以个人、个性为准则，在这里，他提出个人、个性需有一种约束，那就是“智的价值”。他甚至断言：“散文是偏重在智的方面的。”难能可贵的是，他指出智的价值，并不等同于理性价值和实用价值。他明确说智的价值“不在解决一个难问题（如国家财政预算书之类），也不在表现一种深奥的真理（如哲学论文之类）”“而是要和情感的价值和道德的价值等总和起来”[①]。范培松把他的这种观念归结为“‘情’‘智’合致”[②]，是很有见地的。郁达夫此文显然意在对周作人的抒情叙事论加以补正，这是郁达夫对五四散文理论建构做出的重大贡献。这个具有原创性的宝贵命题，把长期遭到忽略的智性提上了散文文体的纲领性前沿。联系到周作人的抒情和他的英国幽默，中国现代散文理论的三个要素：抒情、幽默和智性，已经全面亮相。实际上，智性在散文中的渗透，不但在五四时期，而且在“语丝”散文中早已比比皆是。郁达夫不过是把经验提升到理念，力图改变理论落后于创作，能够充分阐释创作经验而已。可惜的是，这个含着天才的直觉的理念，迟至20世纪80年代中期，也没有引起起码的关注。

长期以来，幽默和智性之间的矛盾，没有得到起码的分析，关键原因在于，幽默逻辑的“不一致”（incomgruity）原则，超越了理性逻辑的同一律，幽默逻辑的思维在二重“错位”逻辑轨道上运行，作智性的深化有比较大的难度。[③] 正是因为这样，林语堂、梁实秋、

① 郁达夫：《文学上的智的价值》，《现代学生》1933年第2卷第9期。

② 范培松：《中国散文批评史》，江苏教育出版社2000年版，第85—86页。

③ 孙绍振：《论幽默逻辑》《论幽默逻辑的二重错位律》，孙绍振：《审美价值结构与情感逻辑》，华中师范大学出版社2000年版，第236—252页。又见《新华文摘》1999年第1期，《文学评论》1996年第5期。

舒婷的抒情性幽默限制了思想深度，而追求智性的深邃，南帆、周国平、邵燕祥就不能不牺牲幽默和抒情。[①]因为抒情和幽默都需要热情，至少是温情，而智性是和冷峻联系在一起的。以思想的深刻见长的学者散文，在逻辑上是比较严正的，态度是比较“酷”的，很少是幽默的。钱锺书把幽默的荒谬感和古今中外经典的阐释结合得水乳交融，构成了例外，值得庆幸的是，例外并不是唯一的。在钱锺书搁笔近四十年之后出现的王小波，与郁达夫五十年前的对于幽默散文“‘情’‘智’合致”的期望不谋而合。在中国当代抒情散文过分轻浮，幽默散文又缺乏思想深度的时候，他树起了睿智与幽默结合、情理交融、谐趣与智趣统一的旗帜。他学者式的文化批判并未因为幽默而失去深度。他把警策的议论和亲切的调侃结合了起来。思辨和幽默，智性的正理和幽默的歪理在他那里结合得相当独特。他以歪理歪推的逻辑见长：常常以歪导正，从歪打开始，以正着终结；在正常的逻辑期待失落，逻辑遭到扭曲以后，出奇制胜地落实于智性。深邃的智性往往突然出现在逻辑已经导致荒谬的时候。对于诸葛亮砍椰子树的传说，他的推理是这样的：

> 人人理应生来平等，但现在不平等了：四川不长椰树，那里的人要靠农耕为生，云南长满了椰树，这里的人就活得很舒服。让四川也长满椰树，这是一种达到公平的方法，但是限于自然条件，很难做到。所以，必须把云南的椰树砍掉，这样才公平。假如有不平等，有两种方式可以拉平：一种是向上拉平，这是最好的，但实行起来有困难，比如，有些人生来四肢健全，有些人则生有残疾，一种平等之道是把所有的残疾人都治成正常人，这可不容易做到。另一种是向下拉平，要让所有的正常人都变成残疾人就很容易：只消用铁棍一敲，一声惨叫，这就变过来了。

如此严肃的文化思想批判，之所以幽默，显然是因为用了导致荒谬的逻辑，突出了司空见惯的悖谬。王小波不同于钱锺书的是：相当深刻却又没有钱锺书的尖锐。他的幽默总是以一种佯谬的姿态出现。其悖谬的程度带着显而易见的虚拟，正是这种虚拟使得他的心态显得特别轻松，和钱锺书的执着中带着愤激形成了对比。他的幽默风格轻松：清醒地分析着一切迷误，既不居高临下，也不剑拔弩张，不管是简单的还是深奥的道理，他都不借助高昂的声调，总是相当低调，娓娓而谈。他喜欢在“佯谬”的推理中表现出一种“佯庸”。明明是个王蒙所说的“明白人”，却以某种糊涂的样子出现；说着警策的格言，却装出小百姓世俗庸常的姿态。

他以追求健全理性的精神高度而自豪，对待自己，绝不如抒情散文常做的那样美化、

---

① 他的原文是说自己的散文为了追求分析，“不得不退出环境，来恢复人的主动”，“必须同对象保持一定的距离，抗拒对象的动人的迷惑”。他认为“分析是精神的反征服”，“分析无法抵达抒情，无法抵达诗”。见南帆：《文明七巧板》，上海文艺出版社 1994 年版，第 285—286 页。

庄严化，即使反对显而易见的成见，也对自己的形象作漫画式的戏谑（如讲到自己不赞成的事，就说自己“把脑袋摇掉”，想当思想权威的结果是自己受到权威的压抑，这叫作“自己屙屎自己吃”）。他有时也不留余地雄辩（多多少少有点诡辩）表示他对流行观念的蔑视，但是并不盛气凌人，他更喜欢以“佯庸”的微笑表现他的游刃有余。即使在严峻的悲剧面前他也宁愿采取超然的、悲天悯人的姿态。骨子里的精神优越感和平民心态相得益彰，使得他的幽默风格既不像舒婷的优雅，又不像汪曾祺的雍容。这就显出了深刻的佯谬、清醒和佯庸的双重张力；读者一方面从荒谬中感到可笑，另一方面又从智性中体验到严峻。

七、学者散文和余秋雨：从审美到审智的桥梁

周作人强调散文以抒情叙事为主，而郁达夫主张“散文是偏重在智的方面的”。本该两种风格平分秋色，但实际上却是智性长期遭到冷落。抒情的、诗化的潮流声势浩大，智性的追求则凤毛麟角。从 20 世纪 50 年代到 80 年代中期，虽然也产生过刘再复《读沧海》那样情理交融的鸿篇巨制，但是局限于抒情的小品式细流可以说是愈演愈烈。可到了 90 年代，却阴差阳错出现了转机。

20 世纪 90 年代是中国严肃文学遭受严峻考验的时期，纸质传媒纷纷被娱乐新闻占据，小说诗歌几乎从所有报刊中撤退，唯一的例外是散文。虽有些报刊的版面无声地消失，或者大量压缩，但是在一些正统报刊上，甚至在像《南方都市报》这样的市民报纸上，仍然占有一席之地。这种情况，不但在内地，就是在香港的《星岛日报》和台湾的《联合报上》也并不稀罕。这就为一大批学者和颇具学者素养的作家、艺术家涌入提供了园地，他们不满足于把幽默和抒情限定在日常生活中，追求把幽默和抒情与民族文化深历史的探索结合起来。当然智性的幽默，并没有像西方那样，趋向黑色幽默的无奈和困惑，智性的抒情，也没有走向西方的随笔，但是他们的散文却给中国散文带来了空前的智性潮流，在与幽默与抒情，在审美与审智的搏斗和交融中，构成了一种新的风貌。学者散文、文化散文、大文化散文、审智散文，众多的趋向智性的命名不约而同地超越了诗性的抒情。庞大的作者队伍水平难免良莠不齐，但是其中的智性深度可能在多年以后，得到更高的赞誉。在这里，南帆、余秋雨是两面旗帜，旗下人马浩荡，盛况空前：周国平、张中行、陈丹青、韩少功、刘小枫、高尔泰、潘旭澜、吴中杰、张承志、邵燕祥、叶兆言、钟鸣、李国文、楼肇明、陈村、车前子、朱大可等是其中的佼佼者。

张中行学养深厚、豁达老到、世事洞明、人情练达，潘旭澜“悍然”作纯粹历史叙

事，韩少功从感性直达理性前沿，陈丹青、李辉的历史人文环境全方位还原，叶兆言和吴中杰白描中有雄辩的细节，钟鸣旁征博引，似欲无一字无来历，楼肇明审丑的冷漠，张承志仰望信仰星宿，陈村困境中的生命意识……一个个神思飞越，雄视古今，一篇篇云蒸霞蔚，万途竞萌。其志都不在文采和情采，而在智采。中华人民共和国成立以来，在散文界聚焦了如此众多的智者还是第一次。他们得到由衷的赞誉，并不仅仅是因为才情，更重要的是因为才智。行政官职、散文学会主席台的位置和散文成就相当者意气风发，而不相当者则反衬得益发苍白和枯窘。从 20 世纪 90 年代末至 21 世纪初，散文天宇上，风云际会，星汉灿烂。虽然风华各异，然而，突破审美抒情，把智慧和感知作水乳交融的化合，却是不约而同的取向。长期陷于抒情审美，落伍于现代诗“放逐抒情”潮流的中国当代散文，在智性的大旗下千帆竞发，万马奔腾，曾经一统天下的把每一篇散文当作诗来写，“讲真话”“真情实感”理论，在实践中，望风披靡。这一切就迫使散文在理论上更新，突破狭隘“审美”框架，“审丑”和“审智”范畴应运而生。诚如我在 1980 年为朦胧诗辩护所写的那样，“在艺术革新潮流开始的时候，传统、群众和革新者往往有一个互相摩擦，甚至互相折磨的阶段”[①]。余秋雨的出现引发长达十年的争论，尽管参与者动机和水准不一，但仍不失为散文史面临从审美到审智的历史转折关头的一次会战。

余氏散文在自然景观面前不像抒情审美散文那样一味被动描述，赞叹，而是精选有限特征，结合与之相联系的人文景观的有限特征，进行双向的互动的阐释。他就这样创造了一种“人文山水”的智性话语。例如，对于三峡，在人文景观中，他只选择了李白的《下江陵》和川剧《刘备托孤》。而在自然景观中，也只选择了滔滔江流，而且仅仅是声音，其他的一概舍弃。就在这样虚化的想象中，凭着他的智慧，将这两个八竿子打不着的历史人物放在了对立统一之中：白帝城本来只有两番神貌，两个主题，诗情和战火，对大自然的朝觐和对山河主宰权的争逐。然后把它和三峡结合为统一的有声有色的意象，说三峡的“滔滔江流”就是这“两个主题在日夜争辩”。这里当然有抒情，而且还是激情的想象（滔滔洪流是争辩），但是抒情却是在智性的概括（两个主题，两番神貌的对立统一）的基础上生发出来的，这样余秋雨就为中国当代散文创造了前无古人的智性话语。他的气质显然是多情的，并不缺乏诗意的激情，他的教授生涯为他准备了长足的知识储备。这就使得他能潇洒自如地在一个自然和人文交织的景点上，把诗性的激情和智性的思考结合起来，他的《一个王朝的背影》把清朝三百年的历史凝聚在承德山庄的意象（如同一个交椅）上，在这上面休息着一个“疲惫的王朝”，其中固然有抒情的成分，但是更主要的是思想的魄力。抓住这个意象，余秋雨把纷繁的历史文化信息，以他强大的智力划分成两个方面，而且交织

① 孙绍振：《新的美学原则在崛起》，《诗刊》1981 年第 3 期。

起来。[①]几乎每写一篇较大规模的散文，都是对余秋雨智性和才情的一大考验。他最害怕的就是，丰富而不能统一，也就是他所说的“滞塞”，或者强行统一，就叫“搓捏”，通俗一点说，也就是牵强。

真正在才智和情感的凝聚力上，有希望赶得上余秋雨的，又能在叙事的改革上独树一帜的，应该是李辉。他的《雪峰茫茫》横空出世，奇迹似的在逐渐消逝的生命中抓住了历史伤疤，使之成为审美和审智的焦点。[②]其不论是感性还是理性的微观方面，都达到了当代文学评论企及的深度。

由于审智散文的潮流，诗化的散文开始没落，但是历史的逻辑不是直线的，而是沧海横流的，在李辉从新闻记者之身成为散文家之后，默默无闻的诗人刘亮程变成了轰动一时的大散文家。他的《一个人的村庄》，并没有多少直接抒情，而是充斥着叙事，但是他的叙事，并不像余秋雨、李辉通向历史，甚至也不通向社会，而是通向孤寂的个人。许多评论家为他写实的手法所蒙蔽，殊不知，他是逃避写实的。以他从诗歌中修炼起来的境界，写实会束缚他的想象和思想的自由，于是他在写散文时，自觉地“向梦学习”。他甚至说“文学是梦学”：他的《一个人的村庄》就是一场“白日梦”。

> 进入写作时，真实世界隐退了。虚构世界梦一般浮现。文字活跃起来。文字在捕捉。在塑造编造这个世界。唯一存在的是文字。一个文字中的世界，和现实的关系，就是一场梦的关系。也是此生彼世的关系。
>
> 文学是梦学。
>
> 《一个人的村庄》是一个人的无边白日梦，那个无所事事游逛在乡村的闲人，是我在梦里找到的一个人物。我很早注意到，在梦里我比梦外悠闲，我背着手，看着一些事情发生，我像个局外人。我塑造了一个自己，照着他的样子生活，想事情。我将他带到童年，让他从我的小时候开始，看见我的童年梦。写作之初，我并不完全知道这场写作的意义。我只清楚，回忆和做梦一样，纯属虚构。
>
> 写作就是对生活中那些根本没有过的事情的真切回忆。[③]

他的散文中充满诗想象，但是又超越了诗的。他处心积虑地营造了只有一个人的村庄之梦，让个体生命在不受社会干扰的境界中，探索其与非人类生命之间的关系。这样他的诗意就显得冷峻，显得深邃，显得有人与自然生命的关系哲学内涵，因而他又被誉为“20世纪中国最后一个散文家和农民哲学家”。

---

① 关于这一点，请参阅本书《余秋雨现象：从审美到审智的断桥》。

② 参阅本书《李辉：俯视历史人物，审美与审智交融》。

③ 刘亮程：《向梦学习》，《扬子江评论》2011 年第 1 期。

在散文文体上，在从审美到审智的过渡方面，余秋雨、南帆、刘亮程、李辉四川汇流。再加上周晓枫、筱敏等新秀，在中国现代散文史上，近百年的局限于审美的顽症，终于与审智汇合，周作人设置的公安派的抒情小品牢笼终于被冲破，中国当代散文进入了余光中所说的“韩潮澎湃，苏海茫茫”的“大品”时代。

从某种意义上讲，余秋雨是生逢其时，这就是说，他在中国当代散文陷于抒情审美，落伍于诗歌、小说、戏剧的审智的历史关头，对抒情的封闭性进行了历史的突围。他的功绩，就是从审美的此岸架设了一座通向审智的桥梁，但是这座桥是座断桥，他不可能放弃审美和诗的激情，去追随罗兰·巴特《埃菲尔铁塔》、博尔赫斯的《沙之书》营造不动情感的后现代的智性，他更不是南帆，不可能撇开情趣，更无法把无情的理性变为艺术的可感性。因而他只能把现代散文，把南帆、也斯（香港作家）、林燿德、林彧和罗兰·巴特、博尔赫斯当作彼岸美好的风景来观看，同时也为在气质上和才华上能达到彼岸的勇士提供已经达到河心的桥墩。

受到余秋雨的艺术成就的吸引，一系列不乏才华的作家，如过江之鲫，成为他的追随者，如，梁衡、王充闾、朱以撒、李存葆等。除了朱以撒作为书法家，其书法史的修养，成为他生命的一部分，故得心应手，很少“滞塞”之痕迹，其他追随者，往往情智难以交融，甚至情智“两张皮”的现象比比皆是。如，梁衡全凭二手材料，从居里夫人到伽利略，从周恩来到瞿秋白，从辛弃疾到李清照，如此跨度的人文历史大大超出了他的才情和智力。知识性的罗列，常常使人想起新闻记者的笔法，而且，不免有“硬伤”。例如，伽利略的比萨斜塔自由落体实验，是根本没有自然科学史第一手阅读的明证。[①]与之相联系的，是许多作家笔下的历史人文知识，并未得到个体心灵的同化，缺乏个体文化人格的自觉建构，故

---

① 所谓伽利略比萨斜塔实验证明物体的重量与自由落体加速度无关的佚事，首先弄错了的，是伽利略晚年的学生维维安尼，他在《伽利略传》中提到，伽利略在比萨斜塔上做过落体实验，证实了所有物体均同时下落。但史家考证，没有任何理由表明伽利略做过这一实验，因为伽利略本人从未提起过。但是，此前类似的实验已经有人做过。1586 年，荷兰物理学家斯台文以重量为一比十的两个铅球，使之从高三十英尺的高度下落，二者几乎同时落在地面上的木板上。围观者清晰地听到两个铅球撞击木板的声音。伽利略后来听说了这个实验，可能也亲自动手做过，但是由于空气阻力不太准确，真做起来，结果不一定对伽利略有利。事实是，一个亚里士多德派的物理学家为了反驳伽利略，真的于 1612 年在比萨斜塔做了一个实验，结果是两个材料相同但重量不同的物体并不是同时到达地面。伽利略在《两门新科学》中对此有所辩护。意思是，重量一比十的两个物体下落时，距离相差很小，可是亚里士多德却说差十倍。为什么无视亚里士多德这么大的失误，却盯住他小小的误差不放？伽利略的这个实验，显然没有成功，但伽利略凭什么创造了自由的落体等速的学说呢？他主要是靠演绎推理，这种特殊推理叫作“思想实验”：他先假定，亚里士多德是对的。把两重量不同的金属球系在一起。按照亚里士多德的原理，重球由于受到轻球下落慢的拖累，速度因而减慢，故二者相连比单个球下落要慢。但，同样根据亚里士多德的原理，两个球联系在一起，则意味着变成了一个球，重量比原来的任何一个球都要重，则其下落的速度应该比原来任何一个球都要快。由于这两个结论互相矛盾，因而其前提不能成立。

硬性“搓捏”，缺乏统一的生命。以历史资料的被动堆积掩盖主体情智的贫弱，实际上造成了和“滥情”同样令人厌倦的“滥智”。青年评论家谢有顺称之为“知识崇拜”。要害是，所滥之智，实质上，并非自我独特之智，而是主流意识形态的图解。“多数历史文化大散文，都落到了整体主义和社会公论的旧话语制度中，它无非是专注于王朝、权力、知识分子、气节、人格、忠诚与反抗，悲情与沧桑之类，并无多少新鲜的发现”[①]。这是谢有顺对卞毓方的批评，拿到梁衡等作家那里亦可借鉴。

非常吊诡的是，追随余秋雨思想和才力的不逮者，频频获奖，溢美有加，冠盖相倾，有权则灵，而余秋雨却在长达数年的时间里遭受到惨烈的围剿，长城内外，大江南北，大大小小报刊上的批判文章铺天盖地，其用语之恶毒，逻辑之野蛮，痞气与冬烘气竞逐，传媒与意气合谋。最为严峻的时候，把余秋雨的散文和妓女的“口红”和“避孕套”联系在一起，甚至“审判”余秋雨，罪名是“文化杀手”，“败坏”了中国散文。[②]一时间，一种“世人皆欲杀”的氛围赫然笼罩在余秋雨头上。传媒批评的商业恶性炒作的凶险的潜规则，余秋雨所谓的“小人”作祟，再加上余氏的某些人格弱点，都是原因，但是更重要的原因，则是某些有识者对散文艺术历史发展的滞后的焦虑。

文学发展到20世纪中期，在西方，浪漫主义抒情已经被视为反讽，现代派文学的冷峻，放逐抒情，成为前卫潮流。就是幽默，在西方，也都成了表现人生荒谬、生存困惑的黑色幽默。在中国，在其他艺术形式中，超越情感的智性的旗号，层出不穷，流派更迭，花样翻新，大有把西方两百年文学流派史浓缩在二十年中之势。特别是诗歌，早在五四时期就有了象征派，20世纪20年代就有了现代派，新时期又有朦胧诗、后新潮、非民间立场和知识分子写作等，而散文却一味浪漫，到了20世纪90年代，仍然没有突围的动静，连个现代（派）的风声都没有。余秋雨作为旗手，虽有智性，然而抒情，而且是激情却有泛滥之势，出于滞后的焦虑，一些前卫评论家，尤其是在理论上和艺术有前瞻性修养的，不能克制情绪，一见余秋雨比较抒情的句子，就觉得浪漫得可恶。其实，对余秋雨持严厉批判态度的智者，如果能对余秋雨的某些人格弱点有所宽容，从散文与西方流派的关系来看，就可能发现他超越任何外来流派的横向移植，在中国现代散文史上提供了最可贵的本土性的原创。

① 参阅谢有顺：《史识：文化大散文的精神编码》，《此时的事物》，江苏教育出版社2005年版，第130页。

② “文化口红”和“避孕套”是朱大可的说法，而《“审判”余秋雨》则是聂作平的大作，四川文艺出版社2006年版。

八、南帆："审智"散文的历史性崛起

虽然余秋雨取得了对抒情诗化封闭性的突破，然而，他的抒情成分仍然很强，距离郁达夫的"散文是偏重在智的方面的"还有很大的距离。对余秋雨来说，完全摆脱抒情诗化，几乎等于失语。这说明，散文走向智性，是有难度的。五四时期，周作人在《美文》中说："读好的论文，如读散文诗。"把散文和理论文章的界限降到了最低限度："只要真实简明就好。"① 从某种意义上说，这就从理论上取消了理性周密与审美和审智的逻辑自由之间的矛盾。符合这种观念的作品直到新时期仍然存在，那就是邵燕祥、潘旭澜、周国平那样的散文，既没有考虑到智性话语的艺术转化，也没有为幽默感留下一点空间。这就造成了中国现代和当代散文史上特殊的现象，要么是有智，而且是宏大的智慧，而缺乏感性的审视（这就是我们不把李慎之气壮山河的大作列入散文范畴的原因）；要么是停滞于滥情，智性空缺。其实，在中国现代派新诗中，超越感情，从感觉直接抵达智性，不但在理论上，而且在实践中，早在20世纪20年代，最迟50年代，就已经解决了。

南帆在20世纪90年代所开拓的，正是在中国当代散文史上横空出世的"审智"的世界，在这个世界里，营造了南帆式的话语和特殊的逻辑。除了由于他个人的才华，还因为他的历史渊源几乎与所有的中国现代散文家不同，他既不是来自明人小品的性灵，也不是英国的幽默，而是从法国人罗兰·巴特和福柯那里继承了"话语颠覆"和"思想突围"，把理性话语加以脱胎换骨，转化为审智话语。使他崭露头角的是20世纪90年代初出版的《文明七巧板》，其第一篇《躯体》蕴含着他的美学纲领。他说躯体是自我的载体，个人私有的界限，传统文化总是贬低肉体而抬高灵魂。他作翻案文章说，实际上，肉体是更加个人化的。肉体只能个人独享，不能忍受他人的目光和手指的触摸，而精神可以敞开在文字中，坦然承受异己的目光的入侵。从这个意义上来说，"躯体比精神更为神圣"。只有爱人的躯体才互相分享，互相进入肉体。从这个意义上来说，"爱情确属无私之举"。这里的"神圣""无私"其原本意义大部分被颠覆、解构的过程，又是新意义建构的过程。在颠覆和建构的过程中，不仅仅是智性的取代，而且挟带着感性的"陌生化"（或者用我的话来说，"变异"）的效果。这使得他的话语和幽默和抒情都拉开了距离，又自成一格。

许多临时的、陌生化的感性话语就在这新的层次上普泛化了、审智化了，不但增强了感染力，而且增加了其理性的深刻性。南帆就是这样在反复的颠覆和建构中构成自己的审

---

① 周作人：《美文》，《晨报副刊》1921年6月8日。

智话语世界。

南帆和余秋雨的关注点本来是两个世界，但近来，南帆开始关注历史。他不像余秋雨那样从历史人物中获得诗情与智性神圣的交融，他冷峻地质疑神圣中有被歪曲了的，被遮蔽了的。他以彻底的话语解构和建构的精神来对待一切历史的成说。在《戊戌年的铡刀》中，他并不像一些追随余秋雨的散文家那样，把全部热情用在林旭这个烈士的大义凛然上。也许在他看来，文章如果这样写，就没有什么散文的智性了。南帆更感兴趣的是，历史的主导价值如何掩盖了复杂的真相：一旦从林旭身上发现了历史定案存在着遮蔽，他就有了审智驰骋的空间。

林旭和林琴南有过联系，触发了他思想突围的火花：如果林旭不是二十三岁就牺牲了，而是活到七十岁，也就是他的朋友林琴南的年纪，英雄林旭会不会变成五四时期保守的林琴南呢？这样的思考，是很冷酷的，就其价值取向说，和余秋雨是背道而驰的，也是更无诗意的。余秋雨对就义的英雄，绝对不会有这样煞风景的想象；而诗性的赞美，在南帆看来，可能正是权力话语的陷阱。他还敏锐地联系到陈独秀只比林旭小四岁，鲁迅只比林旭小六岁。面对这样的资源，如果要让余秋雨来抒写，可能洋洋洒洒，展示情采和文采，但是他习惯性地避开了抒情，沉浸在睿智的深思中：谁会成为现代知识分子，谁又注定定格在古代士人的形象上，是不是必然的呢？是不是也有偶然的因素呢？为什么英雄就一定是林旭，而不是只小了四岁的陈独秀，也不是比他小了六岁的鲁迅呢？

这里，南帆所开拓的审智世界，正是余秋雨可望而不可即的彼岸。如果南帆像余秋雨那样，有众多的追随者，则中国当代散文落伍于诗歌、小说和戏剧的审智潮流历史，有望终止，但是追随南帆（一如追随刘亮程）难度太大，因为追随余氏可以将就现成的观念与历史资源，而追随南帆的艺术前提却是从感知到智性在话语颠覆中突围。这不但需要才情，而且需要在世界文论的前沿游刃有余的智力。

从这里可以看出，以南帆、余秋雨为代表的当代学者散文、大文化散文，以强大的审智，登上散文文体建构的制高点；弥补了现代散文偏向于审美与幽默的不足，中国现代散文某种程度上的小品化的局限一举突破。当代散文的审智，并没有选择鲁迅式的社会文明批判，充当政治“感应的神经，攻守的手足”，而是独辟蹊径，从民族文化人格和话语的批判入手，以雄视古今的恢宏气度，驱遣历史文献，指点文化精英，从时间和空间的超大跨度作原创性的深层概括，作思想的突围和话语的重构，包罗万象，笔走龙蛇，开始一代大情大智交融的文风。在思想、情感的容量和话语的新异上，实实在在地开拓了一代文风，改变了余光中念念不忘的与“中国散文的至境”“韩潮澎湃，苏海茫茫”“庄子的超逸”“孟子的担当、司马迁的跌宕恣肆”完全脱轨的历史。

九、相对封闭发展的局限与优越

综观中国当代散文的历史，比之诗歌小说，可谓命运坎坷，灾难深重。其一，几乎文体绝灭，被通讯所取代。这与20世纪20年代红色文学强调报告文学是“文学的轻骑队”的“左”倾思潮有关，但是在苏联的红色文学中，也还有爱伦堡的《漫谈斯大林格勒之战》等，在战地通讯的风格中，政论和抒情水乳交融，俨然不失散文的风貌。其二，中国当代散文文体自觉的缺失。不要说一般作家，就是专业散文学者，对于五四散文理论从周作人到郁达夫，抒情、幽默、智性的艰苦建构，同样缺乏起码的历史积累。这就造成了中国当代散文文体意识极端薄弱，导致把散文当诗来写，风靡一时，真情实感论，流毒至今。其三，中国当代散文的发展相对封闭，缺乏流派自觉，几乎是与世界文学思潮隔绝。未曾像诗歌、小说那样对西方的纷纭的流派，疯狂地追随，有意识地移植，因而发展比较迟缓，风格比较单调。满足于无流派的，就是余秋雨、南帆、汪曾祺、刘亮程似乎也未能免俗，但是这也给中国当代散文史带来从容自如的风貌，不管意象派、象征派、现代派、朦胧诗、后新潮诗、放逐抒情、非非、诗到语言为止、拒绝隐喻，在隔壁闹得多么红火，散文岿然不动，绝不挟洋自重。就是面对20世纪80年代徐敬亚的深圳诗歌流派大赛那上百家的旗号，也没有眼红。当小说中意识流和魔幻现实主义闹得热火朝天，散文依然故我。这看来消极保守，但是也没有产生在众多洋旗号掩盖下的泥沙俱下、鱼龙混杂的流弊，多少也节省了许多精力和才华。其四，由于散文的理论资源是世界的奇缺，不可能对西方作疲惫的追踪，因而其民族原创性比较鲜明。余秋雨、王小波、刘亮程和汪曾祺的散文，完全是从中国本土历史文化的深厚土壤中产生的，就是南帆后来也走向了中国历史。散文家不像小说诗歌，比较重要的作者背后都有一个洋人的身影，果戈理、安特烈夫之于鲁迅，左拉之于茅盾，托尔斯泰之于巴金，奥尼尔之于曹禺，惠特曼、歌德之于郭沫若，里尔克之于冯至，波德莱尔、韩波之于艾青，奥登之于卞之琳，马雅可夫斯基之于田间、贺敬之与郭小川，马尔克斯之于莫言，《扎哈尔词典》之于《马桥词典》等。有出息的散文家背后站着的就是中国人文和自然景观。这一切，都注定了当代散文发展的速度固然缓慢，然而，民族的原创性也高，但是不管多么自发，其历史发展的途径，其由审美走向审“丑”，再走向审智的轨迹，却是和世界散文的发展不谋而合，既遥遥相对，又息息相通。从这一点来说，是不是可以得出结论：纵向的继承和横向的移植各有其优越和局限？西方不能为中国当代散文提供直接的借鉴，是不是也迫使中国散文自力更生而另辟新天？甚至还解决了西方没有解决的某些问题，比如，西方一直纠缠不清的随笔的议论和审美感性之间的矛盾，在实践中，包括在理论上，我们提出的审智和对滥智的批评，是不是也可以说是关键性的突破？但是这只能解释到南帆和余秋雨为止，对精神上更为年轻、艺术上更为前卫的作者，似另当别论。刘烨园、海男、赵玫、艾云、斯妤等，正以他们的“对世界的”“疏离”和“叛逆”，以黑暗、暧昧、垃圾、废墟、墓地、恐怖、死亡等形成一个新的潮流，这些被王兆胜称之为“现代派”的散文作家，是很值得注意的。[①]这一点，似乎要与台港散文的发展联系起来，才可能有更全面的洞察。

十、台港抒情的多元诗化

20 世纪 50 年代，大陆散文陷于危机之时，台湾散文也处于极端尴尬地位。政治教化和宣传风行，“战斗散文”“反共八股”使散文沦为工具，散文呈现出与大陆类似的荒芜，虽然女性散文成就不小，张秀亚、谢冰莹、林海音等人对“反共文学”是一种反拨和游离，但是仍然不能改变大局。1966 年，为庆祝台湾光复二十周年，出版台湾地区作家作品集，小说九集，新诗一集；青年文学丛书十集，全为小说集。[②]二者均无散文集。从 20 世纪 60 年代起，台湾散文的文体意识开始复苏。余光中追求“以诗为文”，发表《剪掉散文的辫子》，大有“散”文革“命”的豪气。此文比之杨朔提出把每一篇散文都当作诗来写略晚了几年。虽然背景不尽相同，但是追求散文独立的审美价值相近。然而，同样以诗为旗号，意旨相去甚远，可以说，台湾以多元的个人化抒情为特征。在大陆，诗化抒情却以一元为特征，抒情的大前提，叫作“抒人民之情”，是人民大众的“大我”，而作家的自我，则不属于人民大众，是应该自我取缔的“小我”，没有自我表现的合法性。而台港的诗化散文一任自我张扬，成为潮流。到了 20 世纪 70 年代，张晓风、琦君、王鼎钧、艾雯、林海音和余光中[③]的文化怀乡堪称异彩纷呈、诗化散文蔚为大观。从总体成就上来说，六七十年代的台湾散文的抒情散文不论其艺术个性自觉还是散文的文体自觉和话语独创均高出大陆散文。

就诗性抒情来说，台湾散文家追求立意、想象的出奇制胜，在这一点上，杨朔、刘白羽、秦牧至少在想象力和才情上难以望其项背。在台湾散文中，诗情并不是简单狭隘的群体意识形态的升华，而是个体的精神和文体形式的猝然遇合，其风华各异，呈现某种云蒸

---

① 王兆胜：《坚持与突围：新时期散文三十年》，《当代作家评论》2008 年第 5 期。

② 范培松：《中国散文史》（下），江苏教育出版社 2008 年版，第 639 页。

③ 余光中于 20 世纪 70 年代任教香港中文大学，相当多的代表作写于香港，故亦可理解为香港散文家。

霞蔚、万途竞萌的盛况，在话语更新上，莫不以语不惊人死不休为务，但是诗性抒情的共同的追求，不仅是防范滥情，而且是淡化抒情。“张晓风的全部散文作品，均可看作是一种诗性思维”“在张晓风身上，‘心’与‘我’，往往是分离的，‘心’常常代表一种价值尺度，价值目标，‘她’常常在唐宋时代的沟渠、阡陌间溜达，与作为肉身的‘我’，构成极大的反差，即前身今世的反差”①。琦君曾经受业于大陆宋词泰斗夏承焘，其散文中，时有诗词韵味。写父亲的死亡，甚至用诗情淹没悲郁。先写回到故乡在父亲的书斋里回忆，玻璃窗上有雨声，豆油灯下，模仿父亲生前吟诵唐诗：

桌上紫铜香炉里，燃起檀香。院子里风竹萧疏，雨丝纷纷洒落在琉璃瓦上，发出叮咚之音，玻璃窗也砰砰作响。我在书橱中抽一本白香山诗，学着父亲的音调放声吟诵。父亲的音容，浮现在摇曳的豆油灯光里。

让父亲的音容在深远怀念的境界浮现，氛围悲郁而优雅。旨在让悲痛的成分淡化，让诗化的美好情绪强化：

记得我曾打手着手电筒，穿过黑黑的长廊，给父亲温药。他提高声音吟诗，使我一路听着他的声音，不会感到冷清。可是他的病一天天沉重了。在淅沥的风雨中，他吟诗的声音愈来愈低，我终于听不见了。

在诗性中追求情感的淡化可谓诗情的极致，同样是克制，贾平凹写父亲的死，也克制着悲痛，然而，不用诗语，而是从容叙事，这完全是两路功夫。琦君不是以悲痛至极取胜，而是以悲痛的若有若无取胜。这得力于把死亡放在回忆中，拉开时间的距离，把死亡的回忆放在诗的吟诵里，随着诗歌吟诵之声缓慢淡出。病和死都不是好的，但是在诗的氛围中的病和死，却是美好的。文章题目叫作“下雨天真好”，一个层次一个层次地“好”下来，好得从容不迫，情感缓缓深化。同样写死亡，台湾作家的艺术追求就比较丰富，郑明娳在论及林燿德“数度叙及死亡”时，这样写道：

他能在不同场所，驾驭不同风格的文字。《一串充满哀伤的行列》一文，叙述都市出殡的队伍，是十足嘲讽的文字，犀利如锋刃。《第一现场》写一个小女孩之死，全然抒情哀伤的调子，迥异作者系列《都市笔记》冷峻的风格。《火之卷》叙写火灾中的死亡，运笔缓慢、深沉，仔细而客观的放大死亡的景象，使人惊讶作者如此善于处理“异常经验”的题材。到了《寓言三则》中的“电梯门”时，处理死亡已是小说文字。②

当然，以抒情诗化写悲剧比写欢乐容易讨好。欢乐是难写的，容易单调。而张晓风的《他们都不讲理》，却乐得诗意盎然。对于过了季节仍然开放的野牡丹花，她认为是“犯

① 楼肇明：《穿越台湾散文五十年》（上），《海南师范学院学报》（社会科学版）2004年第5期。
② 郑明娳：《论林燿德》，《现代散文纵横论》，台湾大安出版社1986年版，第149页。

规”，不能不对之加以规劝：

真的，请你不要再犯规了，你会搞得天下大乱，彗星不守规矩乱划长空，山风不守规矩乱掀相思林，你，千万别跟他们学，你安安分分的吧！不然，整个校园都会给你固执的紫弄得魂不守舍的，真的，你要知道，已经夏至了。

野牡丹花的“紫”，被说成是“固执的紫”，显然表现由衷的激动、喜悦，但是在字面上充满了责怪，甚至有点忧虑后果严重，妙在以责怪和忧虑表现非同小可的赞赏。反复提示读者，色彩美到令人“魂不守舍”，不言而喻，这是以震撼性心理效果来赞美。读者感到的，与其说是贬义的“魂不守舍”“天下大乱”，不如说是对作者心情的认同。所有这一切责怪，都是“不智”的，不合常识的；充满了呆气和傻气，又有点调皮。其原因完全是出于对美的着迷和“固执”。对美的着迷自然是抒情，但是呆气和傻气中又有些调侃。在情感与趣味上，包含着多重的错位，一是，与客观的科学观念的错位；二是与日常实用观念的错位；三是复合情感（责怪和赞赏、喜悦和忧虑）的错位；四是，语义表层（贬义）与深层（褒义）的错位。作者正是在这样多重错位中，在情趣中略带谐趣，在这一点上，可以说，与舒婷异曲同工，但是这样的情趣也许在对滥情有高度警惕的郑明娳看来，还是过分张扬了。她更欣赏的是王鼎钧那样的把情感加以抑制的风格，追求哲理沉思的品格。王鼎钧长于叙事，又长于在叙述性的寓言中蕴含哲理性格言。楼肇明认为他比余光中“受中国传统民族文化和中国古典文学传统的熏陶更深，加之宗教哲学的濡染”“超越了寓言的道德训诫”“在有关人性善恶、美丑，有关创造毁灭的形而上学的命题”上“达到极高的境界”①。而余光中的散文，则除此之外，还多了一层，那就是他的学术底蕴，他不但是以诗为文，而且是以学为文，难能可贵的是，他的学养，他的智慧，没有像大陆一些才力不济的人士那样，知识和抒情如油与水之不相融，流于“滥智”，而余氏则是化学为诗，浑然一体，情智交融，羚羊挂角，无迹可寻。他学贯古今中西，一旦有所感，就迅猛集中到某一细微的生命感觉中，使之成为散文的主导意象。如在《听听那冷雨》中，就是把全部的文化底蕴集中到听雨的感觉中去。他没有像一般人士那样看雨，而是把整个的生命储存和文化修养用耳朵听出来：“点点滴滴，滂滂沱沱，淅沥淅沥淅沥。”一连串的叠词，经营着在听觉上的诗意。明明是现代人的感觉，又提示着和李清照的《声声慢》“寻寻觅觅，冷冷清清，凄凄惨惨戚戚”的联系。

雨不但可嗅，可观，更可以听。听听那冷雨。听雨，只要不是石破天惊的台风暴雨，在听觉上总是一种美感。大陆上的秋天，无论是疏雨滴梧桐，或是骤雨打荷叶，听去总有一点凄凉，凄清，凄楚。于今在岛上回味，则在凄楚之外，更笼上一层凄迷。

---

① 楼肇明：《穿越台湾散文五十年》（上），《海南师范学院学报》（社会科学版）2004年第5期。

这就表现了一个受过西方象征派诗歌艺术熏陶的诗人，一面将五官感觉加以分化，一面又从中国古典诗艺和西方现代诗艺的联想机制中获得灵感：

雨敲在鳞鳞千瓣的瓦上，由远而近，轻轻重重轻轻。

中国古典诗歌的音乐性表征是平仄，平平仄仄平平，而英语、俄语诗歌的节奏则讲究轻重交替。他得心应手地把中国古典诗歌的音乐美和西方诗歌的音乐美交融起来，西方现代诗歌中修辞方式纷至沓来：

“下雨了”，温柔的灰美人来了，她冰冰的纤手在屋顶拂弄着无数的黑键啊灰键，把晌午一下子奏成了黄昏。

西方诗歌中常用的多层次的、复合的暗喻，不但没有互相干扰，而且结合得浑然一体，这么丰富复杂的想象，得力于联想的相近和自然的过渡。第一，把雨声之美比作音乐演奏；第二，把演奏者比作美人；第三，把美人说成是灰色的（联想到西方童话中的“灰姑娘”），和雨天的阴暗光线统一；第四，加上定语“温柔的”，和绵绵细雨的联想沟通；第五，由于是演奏，屋瓦顺理成章地成了琴键，黑和灰的形容，和钢琴上的黑键白键相称；第六，把雨的下落比作美人的纤手，让冷雨转带上“冰冰”的感觉；第七，把这一切综合起来，把一个下午的雨，转化为一场钢琴乐章的演奏，“奏成了黄昏”，说是雨声如音乐，美好得让人忘记了时间。

雨来了，最轻的敲打乐敲打这城市，苍茫的屋顶，远远近近，一张张敲过去，古老的琴，那细细密密的节奏，单调里自有一种柔婉与亲切，滴滴点点滴滴……

在这之前，谁曾经有这样的魄力，把这么多层次的意象的过渡安排得如此婉转、得心应手？这都赖于他东西诗歌技巧的融合。要说他耍技巧，可能是冤枉的，因为他从来没有忘记乡愁的严峻内涵。这里没有轻浮，只有浓重的忧郁，二十五年睽隔，使他有了一种悲歌，甚至是挽歌的感觉：

雨来了，雨来的时候瓦这么说，一片瓦说千亿片瓦说，说轻轻地奏吧沉沉地弹，徐徐地叩吧挞挞地打，间间歇歇敲一个雨季，即兴演奏从惊蛰到清明，在零落的坟上冷冷奏挽歌，一片瓦吟千亿片瓦吟。

这里雨落在瓦上的声音，既是弹，又是奏，既是叩，又是打，用词都在和中西演奏技巧的汇合点上。把瓦上的声音说成吟，是中国的趣味；把它说成“说”，则是西方的技巧。难得的是，他让这些清明季节的雨，落在坟上，让它变成挽歌。这么丰富的转换，多重暗喻、感觉的曲折，表现出受到美国新批评派暗喻的熏陶的才智，在这么近的距离中浓缩着高密度的技巧，却显得自然而流畅，看不出任何勉强，也许可以用炉火纯青来形容。

台湾散文在复兴之际，取得如此高的成就，有一个原因是不可忽略的，那就是在散文文体上的自觉。早在20世纪60年代初期，余光中和杨朔简单地宣称把散文当诗来写不同，他在追求以诗为文的时候，就对“滥情”有过批判性的反思。在《剪掉散文的辫子》中，把“滥情”称之为“花花公子的散文”：

它歌颂自然的美丽，慨叹人生无常，惊异于小动物的善良和纯真，并且惭愧于自己的愚昧和渺小。不论作者年纪有多大，他会常常怀念在老祖母膝上吮手指的金黄色童年。不论作者年纪有多小，他会说出有白胡子的格言来。这类散文像一袋包装俗艳的廉价的糖果，一味的死甜。①

甜，就是一味在套路中装得浪漫。这其实就是滥情，或者矫情。他没有用滥情这样的术语。到20世纪80年代，余光中反滥情的观念更加明确了。他在《缪斯的左右手——诗与散文的比较》中这样说：

许多拼命学诗的抒情散文，一往情深，通篇感性，背后缺乏思想的支持，乃沦为滥情滥感。②

对于滥情的警惕，不但是作家的经验，而且有理论家的自觉。郑明娳在《现代散文的感性与智性》中特别指出“滥情多生流弊”：

长久以来，感性散文的流风多是情溢于辞，且引以为高。在这样的书写风气之下，作者输出的情感很容易失去控制而落入滥情的窠臼。所谓滥情就是文章外表“负载”的情感过多，超过作品内在实用的情感。③

台湾散文长期没有陷入滥情的俗套，与对滥情进行苛刻的批评时，与在理论上提出“情感”与“情绪”的范畴有关。郑明娳认为滥情的根源乃在将情结当作情感，其实：

情绪是人类受到外在事物，或者内在思维触动引起心中无法控制的感觉的波动，情绪时常冲劲很大，来得快，冲得高，给人以极大的撞掣，但是，情绪一旦得到舒解，就立即波平浪静，它属于人类心灵中最表面的部分，容易产生，也容易褪色，它太简单太肤浅，所以是不值得撷取的写作素材。许多人把情绪视同情感。其实情感经过时间慢慢地酝酿产生的。……情绪如果没有得到舒解，可能埋藏在心中，一生都化解不开，人们一直耿耿于怀终于形成一个心结。成为心结就和情绪不同。④

而在作家，如余光中那里，得到呼应，不但提出“思想的支持”，而且具体到语言文字上。余光中提倡“现代散文”，其准则主要在语言方面。他认为语言首先应该有“弹性”，就是“对于各种文体、各种语气，能够兼容并包融和无间的适应能力”。其次是“密度”，

① 余光中：《余光中散文选集》（一），时代文艺出版社1997年版，第331页。
② 余光中：《余光中散文选集》（三），时代文艺出版社1997年版，第356页。
③ 郑明娳：《现代散文的感性与智性》，《现代散文》，台湾三民书局1999年版，第35页。
④ 郑明娳：《现代散文的感性与智性》，《现代散文》，台湾三民书局1999年版，第35页。

是指“在一定的篇幅中，满足读者对美感要求的分量，分量愈重，当然密度愈大”（上面分析那么多暗喻的名堂，聚结在这么短的篇幅中，这就是密度的雄辩的表现）。一般的散文作者，或因平庸，往往“不能维持足够的密度”，结果就写成了“稀稀松松汤汤水水的散文”。他所说的平庸，就是读了半天，“既无奇句，又无新意”。他以为，审美的散文，应该有“真正丰富的心灵，在自然流露之中，左右逢源，五步一楼十步一阁，步步莲花，字字珠玉，绝无冷场”①。这样既有理论高度，又有操作性的见解，在20世纪七八十年代乃至90年代的大陆散文界是望尘莫及的。

应该说，在20世纪80年代以前，台湾散文之所以取得那么高的成就，和他们的文体自觉、话语的考究、理论反思是分不开的，而大陆在差不多同时对于杨朔的狭隘的诗化散文虽有反思，仅仅限于对过气的政治内涵和“物—情—理”的僵化模式。对于抒情与滥情，诗意中的中西交融，古今渗透以及情感与智慧，文采、情采与智采，文言、白话与口语，并没有多少认真的分析。粗浅的“真情实感”论长期占据了霸权话语的制高点，真正的“理论”的反思，迟到21世纪初才稍见动静。

当然，台湾20世纪五六十年代的散文的诗化抒情，比之大陆，在另外一点上还有些区别，那就是出现了一些先锋散文的探索，以杨牧为代表。杨牧是诗人，在西方现代派影响下，写诗取得了很大的成就，但是，用现代派的办法写散文，特别是抒情，还是有些隔膜，好在他浅尝辄止。

十一、审美、审“丑”、审智：殊途同归

台港散文对大陆冲击，最早开始于20世纪80年代，最强的是幽默散文。一方面是梁实秋、林语堂幽默散文的大量印行，另一方面则是李敖、柏杨，当然还有余光中等幽默散文空前的广泛传播，造成了强烈的冲击。这种冲击，主要在于习惯于感情美化的读者发现原来不抒情，不美化自我，相反“丑化”自我，也别有一番精彩。这一点在台湾散文家那里早有了共识，余光中在《幽默的境界》中引用西人谚语说：“幽默是浪漫的致命伤。”②意思是幽默具有反抒情的性质，与抒情相比，幽默是另一路功夫，另一番境界。这个天地之广阔并不亚于美化的抒情。20世纪80年代初期，张洁写自己在闽东一县城，为遍地的甘蔗渣（走路脚下都软软的）为其不够美好而悲叹，在同行中颇受称道。但梁实秋的《不亦快哉》却是这样写的：

① 余光中：《余光中散文选集》（一），时代文艺出版社1997年版，第335页。
② 余光中：《余光中散文选集》（二），时代文艺出版社1997年版，第404页。

烈日下行道上，口燥舌干，忽见路边有卖甘蔗者，急忙买得两根，一手挥舞，一手持就口边，才咬一口即入佳境，随走随嚼，旁若无人，蔗渣随嚼随吐。人生贵适意，兼可为“你丢我拣”者制造工作机会，潇洒自如，不亦快哉！

所作所为的负面性质与作者之“潇洒”“不亦快哉”形成强烈错位，在怪异的反差中幽默油然而生。此类幽默感与抒情散文的最大不同在于不是自我美化，而是自我调侃，自我“丑”化。当然这种丑不是真“丑”，而是“假丑”，这在读者与作者间是心照不宣的。在梁实秋、林语堂的笼罩之下，台湾幽默散文，戏谑性的自我调侃风行。吴望尧《骂人文章十段论》干脆以“游戏文章”为副标题。这种坦然态度和大陆20世纪五六十年代，甚至七八十年代，把散文当作颂歌、战歌、牧歌来经营的潮流相比，不啻有天壤之别。台湾（还有香港）作家敢写自己的狼狈，怕朋友借钱，怕老婆、恼电话铃声干扰，恨同道借书不还，从大陆的正统散文观来看，这不但是没有任何诗意，而且推理怪异，但是在这样的想象空间中，展示出如此奇瑰的笔墨，有助于唤醒大陆作家的文体自觉。

自然，台湾幽默散文亦有正经立意的，伤时忧世、关切世道人心之作比比皆是，但是追求奇趣的台湾作家，往往倾向于正经文章以戏谑荒诞话语出之。柏杨的《丑陋的中国人》对中国国民性积弊无疑有愤激之情，有时，他可能像李敖那样口出狂言，说自己的文章比鲁迅还好。他不是真狂，而是以佯狂语将愤激化为幽默。聂华苓说他：表面上“嘻嘻哈哈在开玩笑，其实眼泪往肚子里流，心里在呐喊”①。柏杨追求精神的自由，离不开语义的解放，加之又有学养和智慧的深邃作基础，故能在颠而倒之、倒而颠之的逻辑中，表现其伤时忧世的忧愤。柏杨的戏谑性达到“不怕丑，不怕恶”的程度。他写自己因为朋友借书不还，他就跑到人家卧室里，“人赃俱获”，主人发现茶几上的打火机不见了。柏杨说：“呜呼，打火机不见啦，不过是略施小计，以施薄惩，以后如果胆敢借书不还，恐怕床头那个钻戒也会不见啦。”把自我调侃发挥到这种程度，使实用理性和道德理性都很执着的大陆作家，不能不赞叹他审“丑”的魄力。

自嘲成为风气，大家树帜于前，追随者日众，免不了泥沙俱下，鱼龙混杂，就是像柏杨那样的大家，难免有小题大做大题小做忧时伤世之慨被油滑轻浮淹没的时候，但是在滔滔滚滚的洪流退去之后，留下来的，则是大树。

余光中的幽默散文，长于自我调侃，但是不像李敖、柏杨那样追求戏谑的痛快淋漓，他的好处在于庄谐适度，追求人性深度。他写自己反复受牛蛙之哞声折磨：先是闻其声，不知其为牛蛙尚可容忍，继之知其为牛蛙，便觉耳神经上“像加了一把包了皮的锯子拉来拉去”。及至除之无术，本拟“以民主元首容忍言论自由的胸襟”逆来顺受，终于爆发为残

① 聂华苓编：《柏杨杂文选》，香港文艺风出版社1990年版，第42页。

忍屠戮之心，如“纳粹狱卒”，然而又失败。一般的自我调侃，至此为极致，然而余光中的一大发现是：受折磨的痛苦因为“有了接班人”（朋友）的分担而“减轻”，“比起新来的受难者，我们受之已久，久而能安，简直有几分优越感”。揭示出内心深处这种阿Q式的优越感，正是余光中的智性深度。心理的纵深层次的发现，使他的幽默有了人性的光彩。更深刻的层次还在于，邻居搬来，朋友的妻子觉得“这一带真静”；后来丈夫注意到牛蛙叫声，便问，那是什么？

“哦，那是牛——”我说到一半，忽然顿住，因为我存（按：余妻）在看着我，眼中含着警告。她接口道：

“那是牛叫。山谷底下的村庄上，有好几头牛。”

“我就爱这种田园风光。”那太太说。

那一晚我听见的不是群蛙，而是枕间彼此咯咯的笑声。

这里的幽默感就是双重的了。首先，同样一种牛蛙难听的叫声，居然在不知其为牛蛙时，变成诗意盎然的田园风光，其次，故意说谎而导致双方在感知情绪上的巨大错位，构成喜剧的荒谬感。在双重的喜剧性中，把自嘲和他嘲结合了起来。余光中在这一点上可能是很自觉的，他在《幽默的境界》中这样说：“真止的幽默的心灵，绝不抱定一个角度看人或看自己，他不但会幽默别人，也会幽默自己。不但嘲笑人，也会释然自嘲，泰然自贬。甚至在人我不分、物我交融的忘我境界中，像钱默存所说的那样，欣然独笑。真具幽默感的高士往往能损己娱人，参加别人来反躬自笑，创造幽默的人竟能自备荒谬，岂不可爱？”[①] 他的创作和他的理论并驾齐驱，在歪理歪推之中，得歪打正着之实，正是台港幽默散文家的拿手好戏。在这方面林清玄可谓得心应手。深厚的佛学修养，使得他智者的情趣和学者的戏谑天衣无缝，在那些讲故实恰到好处的地方，滑稽的俏皮之笔就有庄重的内涵。故作歪论，歪到荒谬绝伦之时，却以学术的姿态引出确凿无疑的佛学掌故，加以似歪而正的解释，构成亦庄亦谐的幽默。

当然，即使没有幽默的深度，也并非全都失败，有时在文体上有探索性，亦不可小觑，如阿盛的《两面鼓先生小传》，明显模拟胡适《差不多先生传》，但阿盛用文言史传格式，而夏元瑜则常常用话本小说之语言。二者构成谐趣，且有文体突围的鲜明烙印。

幽默与传统话语只是台湾散文一端，另一端则是与当代最前卫的严肃哲理相联系。

这一端追求的并不是审美抒情，也不是幽默，而是超越二者的冷峻的审智哲理。

林彧的《保险柜里的人》叙述一个人躲进保险柜，保险柜的钥匙和号码只有他自己知道。当质疑对方为什么要躲进保险柜时，竟突然发现自己正在冰冷的保险柜中。台湾散文

① 余光中：《余光中散文选集》（二），时代文艺出版社 1997 年版，第 407 页。

评论家郑明娳在论及此文时，说：“在过去作家思考范围中，包括科技文明发展保险柜，凡是有‘门’的东西，可以关的，就可以开，没有开不了的门。林彧在这里却创造了一个崭新的空间，一个人走进了保险柜，就成了保险柜的一部分，所以他出不来了，同理，处在外面自由空间的人，也随时可能被自己‘关’了起来。”[①]当然，有这样追求的并不仅仅是林彧一人，林燿德在这方面也许与之息息相通。他的代表作《都市的猫》中就以寓言的笔法写在现代文明的都市中，一只落单的猫的恐惧和猜疑，表现“孤寂是都市人的共同命运”。作者在《幻戏记》中写“我要为家中的白猫找一只黑猫，结果失败了，整个搜索的过程贯穿全文”。“寻找，是本篇最鲜明的主题。而猫的冷漠、无礼，正足以类比现代都市人。且白猫需要一只黑猫为伴，也证实人类原始相濡以沫的需求。寻找的失败，正说明现代人生是一连串没有结果的寻觅的过程而已。文中的白猫、黑猫，甚至花猫，所指涉的无非都是‘现代人类’。所以更进一步说，文中‘我’即是猫，黑、白猫正是‘我’一体两面”[②]。最深沉的哲学思辨和最荒谬形成了一个悖论，这里的哲学性和戏谑性达到了幽默的前卫，世界的无理和无解，近乎黑色幽默。

从这种带着冷峻性质的幽默，可以看出台湾幽默散文的前卫性，可能是出于对散文流派创新的躁动。小说和诗歌流派繁衍，无疑给他们以启发，西方现代文化哲学则赋予他们以灵感。首先，他们把西方文化哲学的观念，如人生的荒谬，生存的困惑，直接带进散文；其次，对传统的美文的和谐统一无情地加以瓦解，代之以丑陋和病态，意在营造一种全新的、与传统散文彻底决裂的现代派散文。在这方面，走得最远的，要算是林燿德。范培松在《中国散文史》下卷中说：“他用诡谲神秘、跳跃破碎的画面，拼凑起一幅幅不和谐的今日都市画面，蔑视传统散文崇尚的和谐美。”在他笔下，就是传统诗学中美好的月亮，也变得丑陋，“躺下来的嫦娥，面对的可能是罹患了帕金森病症的吴刚”。月饼的“馅里包藏大肠杆菌，师傅的体臭或者毛发”[③]，而在《宠物K》中的宠物是一只乌龟。当“我”用孑孓来喂乌龟时，乌龟却留下两只孑孓作为自己的宠物。这就启示了人生的困惑：孑孓是乌龟的宠物，乌龟是人的宠物，而人又是谁的宠物呢？这显然是一个寓言，其中西方荒诞派的喜剧的意味是很明显的。

从散文的文体意识来说，这一切显示了一个倾向，那就是反诗意，反抒情，反审美，以冷峻的眼光对浪漫感情和话语进行颠覆。无独有偶，大陆的刘烨园、海男、赵玫、艾云、斯好等作家，正以他们“对世界的”“疏离”和“叛逆”，以黑暗、暧昧、垃圾、废墟、墓

① 郑明娳：《现代散文现象论》，台湾大安出版社1992年版，第62页。

② 郑明娳：《现代散文现象论》，台湾大安出版社1992年版，第143—144页。

③ 范培松：《中国散文史》（下），江苏教育出版社2008年版，第860页。

地、恐怖、死亡等形成散文的新的追求。这一切被王兆胜称之为“现代派”[①]散文，似乎与林燿德、林彧构成一脉相通的态势。大陆和台港散文，分离了四十年，在艺术上平行发展，却在20世纪90年代以后，构成了合流的态势。其美学追求不但越过了五四时期周作人推崇的晚明的抒情审美散文，也越过了郁达夫所说的英国幽默的境界。他们选择的不是情感的价值，而是拒绝情感的价值，以无情的甚至恶毒的眼光解构美好对象。他们追求的就是从审美走向不带括号的审丑。他们是有开拓性的：散文艺术不一定要用感情来打动读者，冷峻地从感觉越过感情，直接深入智慧，进行审智、审丑，同样也可以震撼人心。这在现代派诗歌早已行之有效。从某种意义上说，他们似乎生不逢时，现代先锋诗歌是他们的好望角。当散文追上诗歌的先锋，而先锋诗歌的最前卫，从余光中到洛夫，已经掀起回归传统的热潮，而且取得了成就，现代派散文的处境不能不陷入尴尬。他们对散文固有的艺术法则进行无情颠覆，仅仅因为它是旧的，但是当他们搬来新的时候，其实，新的已经不新。现代派散文的哥伦布们，从好望角四顾苍茫，何方是新大陆？流派意识清醒的作家心头不能不产生那种哈姆雷特式的问句：前进，还是回归，这可是个问题。

艺术探险和任何探险一样，葬身鱼腹的风险是客观存在的。现代派前卫诗人之所以回归传统，是因为痛切地意识到单纯横向移植，拒绝中国传统，无疑是画地为牢，把传统文化资源和西方的理念结合起来，天地难道不是更加广阔？在这方面，五四散文先驱的道路，很值得深思。周作人引进西方的“美文”时，找到了中国晚明性灵散文为依托；林语堂引进英国幽默时，也找到了郑板桥、李笠翁、金圣叹、金农、袁枚，把他们当成“现代散文的祖宗”[②]。就是鲁迅杂文，据王瑶研究，也有魏晋散文为前导，而余光中娴熟地驾驭西方现代派诗歌的技巧，只有和中国古典诗歌和散文技巧相融合才发出了光彩。张晓风、琦君、王鼎钧的散文，流露出深厚的中国古典文学的熏陶，使他们的才华得以充分发挥。当然单纯的横向移植也许并不是完全没有前途。叶维廉就认为“受西洋文学洗礼的一些散文家”“侧重个人想象与抒情，讲求内心的独白，有些呈现个人与社会，精神与物质因冲突而产生矛盾苦闷的心态，有些则因精神的发泄，苍茫而空漠，但是语言的技巧上，确富于创造性”[③]。应该说，他们的“语言技巧”，似乎还处在实验的过程中，历史的检验可能还需要更大的耐心。比如，林燿德的代表作《铜梦》，由十个小节组成，《尸体》，由当下和过往的历史对话。

这里值得一提的是《铜梦》，从思想深度来说，从文体来说是很有突破性的，很具前卫

---

① 王兆胜：《坚持与突围：新时期散文三十年》，《当代作家评论》2008年第5期。

② 林语堂：《我的话（下编）· 新旧文学》，上海时代书局1948年版，第38页。

③ 叶维廉：《闲谈散文艺术》，《中外文学》第13卷第8期。

性。郑明娳以非马的《铜像》为引题：

柏杨曰："任何一个铜像最后都是要打碎的"

小小的铜像是丑陋的

打碎！打碎！

我们的英雄说得斩钉截铁

大大的铜像是美好的

万岁！万岁！

我们的英雄喊得兴高采烈

这首诗虽然为柏杨的家乡为他造了一个硕大的铜像，而柏杨不以为然而发，而实质上则是在诗中展示一个悖论：即使智者明知一切人物，即使如生时享铜像之光荣与坚固，仍然不能逃脱被历史淘汰、批判（粉碎）的必然，但是人们仍然执迷不悟，塑造了超大的铜像，即使智者也不免为之迷惑，居然发出"万岁，万岁"（永恒、不朽）的呼喊。全诗显而易见是讽喻人们追求不朽的虚幻。郑明娳由此引出林燿德的《铜梦》第九节：

一块废弃的铜片说："梦见我变成了一个人，这个人想利用铜来延续他的存在。"

一块废弃的铜片，在漂流人间数千年之后，又被投掷到高温的熔炉里重新提炼，洗去身上所有的杂质。他重新融入铜浆之中，和所有的同伴化为新的整体。

他曾经在铜山中和其他元素结缡为幻美的结晶，曾经被熔铸为远古时代的巨鼎，曾经是皇帝的花苑中伫立的铜鸟，曾经被压缩为打印上年号与币值的制钱，曾经被僧人牢牢钉死在山门上成为门环的狮头环扣，他又化身为扰人的滴漏、夜夜震动易碎的诗人的心房。那些记忆渗透在他的梦中，而沸腾的锅炉正将一切的意识都煮成氤氲的蒸气。当他醒过来，已经成为一具魁梧的塑像的颜面……

塑像成为市景的一部分……

他开始相信自己是塑像人物的化身，他甚至悟到什么是寂寞……接着他慢慢相信自己拥有心灵，意识到自己正在无声地意识着这个世界。从行人的眼光中，他看出了塑像人物和人民之间的那种既熟悉又疏离的情感。他从人类眼光的变化体悟出崇高和敬畏之间的不同……

他开始意识到这个铜像似乎也寄藏着人类的梦，而且是许许多多哭嚎失声的梦。他遁入塑像尊者的生命史里，体会这种身着戎装，僵直地站在市区中央的困惑。

……

颜面上的铜，他开始目睹那个人过去的荣光，每当他举起右拳向忠诚的子民们宣告祖国人民的使命时，无数人群如痴如狂地被那种神妙的手势导引……

颜面上的铜，早已失去了光泽。他最后学到的感情是自怜。灵巧的鸽子在塑像的肩绶和军帽上漫无节制地排泄，随着铜像的陈旧，路人不再有崇高的震撼，不再有敬畏的眼神，他们以鄙夷取代了礼赞……

（这座城市有史以来首度被侵略者攻陷）……直到这座城市光复之后，才被自己的同胞推倒，送进陈旧老迈的炼铜场。从第一个城市送来的、一式一样的铜像如同巨大的弃尸，无礼地横陈肢体，彼此压挤，等待着分解以及毁灭……被模铸成形，这次他被分割成几百发尖锐的闪亮的子弹。当他们以高速呼啸着破空穿入人体，一切多余的梦境都在血光中归于寂灭。[①]

林燿德在这里所展示的是，一方面是人类力图用物金属的不朽来“延续他的存在”，也就是在追求生命的不朽，这种不朽，还不是平凡的生命，而是不平凡的、英雄的丰功伟业。另一方面则是金属本身原本不过是“废弃的铜片”，几度熔化，几度辉煌，才转化为英雄的铜像，并且享受崇拜敬畏的目光和赞美的欢呼。但是，时异事迁，英雄从被当作偶像树立起来，作为城市的骄傲，最后注定要被同胞所推倒，镕铸成杀人的子弹。林燿德所揭示的铜的梦，是双重的悲剧，一是，从追求生命的伟大辉煌，化为生命虚无和丑陋，二是，从永恒的生命之梦，变成残杀生命之梦。这不但是一场空虚的梦，而且是一场残酷的、恶毒的梦。中国传统的黄粱一梦，不过是荣华的虚无，而这里的梦却是延续生命的永恒变成了杀戮生命的黑色幽默。林燿德的才华不仅在于思想的深邃，而且在叙述从崇高到毁灭的寓言情节的戏剧化转化的过程中，拒绝任何浪漫的张扬，没有感叹和渲染，始终保持着宁静致远的叙述语调。[②]

但是，《铜梦》并不是只有这样一两节，而是长达十节，庞大的结构之间，段落之间没有任何联系，引起了楼肇明的不满：“从开头到结局的时间之流，由纵向改换成横向的、无涯无际的平面，作者不企图复活某一段立体的历史，也并不仅仅旨在解释一种时代精神，碎块与碎块之间恰如一面碎裂成七八块的镜面，重新拼接了起来……没有一个统一的透视的焦点，每一个破碎镜面上的映像是主题，各自为政，自行其是，而又游离在互相补充，彼此呼应之间。”[③]也许，林燿德这样构思的根据，就是西方解构主义文论的无中心理念，但是楼肇明的保留，似乎也不无道理。无中心的宏大结构，与读者阅读心理有矛盾，连续

---

① 郑明娳：《现代散文》，台湾三民书局 2003 年版，第 26—28 页。

② 这里应该声明的是，《铜梦》至此之楷体文字，为原发于《当代作家评论》以及后来收入的《审美、审丑、审智》（广东人民出版社 2014 年版）和《文学的坚守和理论的突围》（人民出版社 2015 年版）所无。均为阅读郑明娳之多部关于台湾散文著作所作之补充，不敢掠美，并特此鸣谢。

③ 楼肇明：《穿越台湾散文五十年》（下），《海南师范学院学报》（社会科学版）2004 年第 6 期。

性、因果性，是读者“无意注意”（不由自主的注意）自发集中的规律，废除连续性和因果性，用什么来维持读者自发的，而不是强制的“无意注意”？不能解决这个问题，成为意识流小说昙花一现的根本原因。现代派散文如果不能解决这个问题，就不能到达艺术的新大陆。这就难怪目前获得广泛认可的，是另一路散文家，他们的现代意识，并没有以付出废除“无意注意”的连续性和因果性的代价，他们力图在诗性与智性的交融中让西方思维模式，在中国文化话语土壤中生根，用中国话语同化甚至颠覆西方观念。大陆的大文化散文的浩大声势就是这样酿成的，这正是台港和海外华文现代派散文所缺乏的。余秋雨在台湾引起那么强烈的反响，甚至比在大陆还早，个中原因很值得深思。

当然，中国当代散文在现代派和本土派，既是在错位中交融，又是在分道扬镳，最后的胜算，还难以绝对预言。这是因为，散文发展固然有某种规律，但是，偶然性却不可小觑，大才子的出现，是无规律的，不可预期的。在余秋雨众多追随者中，在才力上能够胜过的，目前还没有一个，而南帆的深邃，使得追随有更大的难度，虽然有萧春雷的《我们住在皮肤里》庶几近之，但前瞻的难度仍然很大。

2008年9月25日—10月4日

附：

警惕滥智成为散文的第三次文体危机

——在第二届在场主义散文奖颁奖典礼上所做的主题演讲[①]

一、两次文体危机和周作人的“美文”

讲到中国现当代文学，动不动就讲散文、诗歌、小说，习惯于将散文作为一种文体与诗歌、小说、戏剧并列。其实从学术上来说是很草率的，因为在全世界我不敢说，至少在英语、德语世界，散文很难笼统说是一种文体，但是在我们国家，散文是一个源远流长的文体，从先秦散文到桐城派散文，作为载道的文体比之小说（稗官野史）和诗歌（言个人之志）的地位要高得多，现代散文中鲁迅的杂文就更权威了。

我们有这种文体已经差不多快要一百年了，这要归功于周作人，也要归罪于周作人。在五四新文学运动初期，本没有散文这回事。最初有“随感录”，周作人对随感录不是很满意，他说要提倡一种文体，文章的题目叫“美文”，但是他在行文的时候又不叫“美文”，

① 原载《文学报》2011年10月13日。

说外国有一种“论文”，一种是学术性的，另外一种“论文”，就是“美文”。周作人把“论文”归到“美文”里去，说“读好的论文，如读散文诗”。他规定这种美文应该是“叙事与抒情”的，只要“真实简明”就好。这就是周作人 1921 年在《晨报》上的《美文》提出的散文理论纲领，《美文》还成为中国现代散文的理论经典。阴差阳错，成了现代散文的出发点。

由此产生了一系列问题，首先，它是“论文”，还是“散文”，性质上含混不清。一个是文学体裁，一个是非文学体裁。其次，规定了这种体裁，只要“叙事与抒情”“真实简明”就好。这显然不但和“论文”是矛盾的，而且和西方的随笔也是矛盾的，因为随笔并不以抒情叙事，而是以智性的随想为主。这个规定，一方面很狭窄，只能抒情叙事。一方面又很宽，只要真实简明就好。这好像不成一种文体，不论从中国传统散文来说，还是从西方文学历史来说，散文除了抒情叙事，还有更重要的智性议论。也就是说，除了情趣，还有智趣。再次，真实简明并不是散文的特点，而是许多文学形式的基本要求。除了个别（如汉赋和英国巴洛克风格的散文），有什么文学体裁不追求真实简明，而追求虚假芜杂呢？

周作文此文虽然很短，只一千多字，却成为中国现代散文理论的经典，其权威性就造成了现代散文后来矛盾的奇观：近百年的发展成就和种种曲折，甚至数度的文体的危机都和这篇文章有着密切的关系。

这个带着个性解放性质的理论，至少在最初的一二十年，产生了冲决罗网的效果，最突出的是，适应了个性解放的时代潮流，大大解放了中国散文的创造力。但这只是问题的一个方面，另一方面，长期都忽略了智性，给中国现代散文留下了无穷的后患。

周作人把桐城派散文的糟粕和精华一并抛弃了，造成了现代散文长期智性贫弱的后果。桐城派固然腐朽，但他们十分重视智慧，十分强调对先秦、汉魏、唐宋散文传统的继承。如果正统的载道内涵加以扬弃，从文学形式审美积淀来看，是深厚的，其思想境界不乏宏大的历史视野。而周作人选择的是“独抒性灵”的公安派，提倡文章“不拘格套”，其文以自然率真为尚，自然也有其历史的重大贡献，但缺乏智性的制约。中国现代散文沦为抒情“小品”，或者如鲁迅所忧虑的“小摆设”，缺乏思想容量的宏大高贵精神品位，周作人难辞其咎。中国现代文学诸多形式基本是向西方开放的结果。诗歌、小说、戏剧和世界文学接轨造成了一种奇特的文化历史景观，但是散文家没有追随西方，虽然也有一些英国散文的幽默的影响，但总体来说，散文是关门的，封闭的。从五四到 21 世纪，九十多年来，散文没有流派更迭的纷纭景观。而封闭也不是一无是处，第一个十年取得巨大成就，成为当时思想解放，人的解放，人的文学有力的一翼。关起门来发展使得我们的散文居然也有“中国特色”的长处。不可否认，理论上的幼稚和混乱，使得散文隐藏着阵发性的文体危机，其严重性威胁到散文的生命，可以说是中国散文特有的基因残缺。这种基因残缺，在中国现代小说、诗歌中是不可想象的，因此散文文体先后两次面临被颠覆的危险。

从理论上，片面强调抒情和叙事，也就是感性的审美价值，从趣味上来说，就是局限于情趣，但是散文并不是只有情趣，它还有更为深厚的智趣的传统，由于对智趣的排斥，满足于抒情叙事，二者的联系越紧密，矛盾就越难以缓和，特别容易尖锐化，到一定社会条件下，就可能发生转化。过分强调叙事成分，发展到极端，叙事就可能不但窒息智性，而且是压倒抒情。

叙事方面走向了极端，必然走向反面，散文就在特殊的历史背景下，变成了以报告文学和通讯为主的实有功利价值的载体。故20世纪50年代初最好的散文就是魏巍的《谁是最可爱的人》。散文的生命受到威胁，就迫使散文家不管自觉还是不自觉，不得不另寻出路，最痛快的就是把抒情强调为唯一的选择，把每一篇散文都当作诗来写，这是杨朔《东风第一枝》的跋中提出来的。从散文发展历史来说，从挽救散文的文体危机来说，功不可没，但是从理论上来说，解放带来了封闭。刚刚把散文从报告文学中解放出来，又轻率地把它关到诗的牢笼中去，不久就造成另一次散文的文体危机。多愁善感失去智性的节制，成为感伤，注定导致滥情。滥情遂成持久的顽症，沦为矫情而不自觉者比比皆是。

二、散文定义的扩展：审美、审丑、审智

当代散文发展到20世纪90年代，从文本出发会发现，散文大潮中不仅仅有美化、诗化的抒情，还有反抒情的，不抒情，不美化的，是“丑化”的，这个丑要加引号，因为是艺术化的“丑”，可以叫作“审丑”的倾向。王小波、贾平凹、舒婷、韩东，甚至刘亮程，还有从台湾介绍进来的李敖、柏杨、余光中，他们的散文不是美化，而是把自己写得很狼狈，写得倒霉，写得很土，很傻，心术不正，调侃自己，恰恰相反这不是美化而是“丑化”，这是心照不宣的虚拟，以丑为美，反而显得胸怀宽广，率真坦荡，可以说是和审美的诗意散文并驾齐驱，叫作审丑。

这样，作为学术定义，就不得不把它的内涵和外延加以扩大：散文有抒情审美的一类，还有反抒情、反审美的一类，也就是审丑的一类。如果抒情追求情趣，反抒情也有趣味，另外一种趣味，充满幽默感，叫作谐趣，因而散文的定义就扩张了，第一个是抒情审美，第二个是幽默审丑。

然后再往下还有新的发展，余秋雨，争论了近十年。他把散文带进了历史文化人格的批判和建构，历史景观与文化景观的相互阐释代替对自然景观的诗化，这有历史的突破性。他产生了一种新的趣味，既完全不是情趣，也不完全是谐趣，而是智趣，把诗情和智慧结合起来的趣味。这是一次非常了不起的革新。他选择了自然景观的一个属性，把历史与自

然结合在自然景观中，互相阐释，互相生成。不管多少人对余秋雨的人格有保留，但是在散文史上，他开了一代文风。周作人式的散文从小品又变成了远追先秦唐宋的大品。当然，余秋雨并不十全十美，他有缺陷，那就是他有时还是有点过度抒情，有些评论说他有些滥情，不是没有根据的。在与滥情决裂方面，取得更高成就的是王小波、南帆、周晓枫、林贤治等，他们的散文，既追求审美抒情，也追求幽默，比之余秋雨更为冷峻，在极其平淡的感知现象中，发展他们的智慧。这个散文的阶段，我把它叫作“审智”。

研究散文，不能从定义，尤其不能从周作人低级的定义开始，而是从超越了周作人和杨朔的审丑、审智散文的历史高度开始。用马克思的高级形态回顾低级形态的方法，纵观低级形态的抒情叙事的历史的运动。

脱离智性叙事片面的发展导致散文的文体的第一次危机，乃有审美抒情的另一极端，必然走向滥情，桐城派如此。从滥情到矫情只有一步之遥，竟陵派如此，小女子散文亦如此，而杨朔和刘白羽亦如此，原因盖在于，滥情乃是片面强调抒情的历史的必然惩罚。这就造成散文第二次文体危机。在这样的危机中孕育着走向审美的反面，那就是幽默审丑，但是从根本上来说，不管是审美的，还是审丑的，都还是讲究情感价值的。过分拘守于情感，受制于情感逻辑的片面，必然制约智慧的深度，乃有与之相反的，既不抒情美化，也不丑化幽默，从感觉直接通向智慧的审智。当然，一旦审智成为潮流，免不了泥沙俱下，鱼龙混杂，某种“滥智”的苗头已经显然在目。由于这个时代的读者对于冲击性的思想饥不择食，如青年评论家谢有顺所说“知识崇拜”。故大都对于滥智的容忍度超过滥情，但是如果我们不对之高度警惕，一任滥智如滥情泛滥，则中国散文的第三次文体危机则不期而至。

这不是我的杞人忧天，而是历史的和逻辑的必然，散文的第三次文体危机，也许是不可避免的，而且可能是来得让你舒舒服服的，正如杨朔在一片欢呼中，鬼使神差地为散文带来第三次文体危机那样。其实，这样的危机其来有自，早在周作人提供性灵小品之时，他的许多散文，其实就并不以抒情叙事为主，而是以议论为主，特别到了后期，简直就是变成了文抄公。这种风格的影响，到了20世纪50年代在秦牧的《艺海拾贝》中还有所体现，直到新时期，这种缺乏感性的文风在潘旭澜的《太平杂说》中，甚至连2010年在场主义散文奖得主林贤治的《旷代忧伤》中都未能免俗。

当代散文：流派宣言和学理建构①

一、一个在散文史上意义重大的“事件”

我曾经在不止一篇的论文中感叹过，和诗歌小说戏剧乃至后起的、井喷的电影理论的丰富相比，散文理论，不但在中国，而且在世界上都可以用贫困来形容。百年来，诗歌、小说、戏剧和电影流派风起云涌，散文领域却长期波澜不惊。粗略地说，小说已经经历了从现实主义到浪漫主义，革命现实主义乃至超现实主义、魔幻现实主义等的历程，戏剧除了这些主义以外还有荒诞主义，而诗歌则更是流派更迭不亚于时髦女士的着装，甚至在五四新文化运动初期，李金发的象征主义诗作后于郭沫若的浪漫主义也不过两三年，到了新时期，诗歌流派更迭之速，花样之多，用令人眼花缭乱来形容，绝对不算过分。光是 20 世纪 80 年代中后期，徐敬亚在深圳举办的“诗歌大展”，就亮出不下百家的诗歌旗号。而散文呢，如果从五四前夕算起，近百年历史却不见任何流派的风吹草动。虽然 20 世纪 30 年代有对“论语”的争论，鲁迅和林语堂为亮相旗门，气势不可谓不盛大，终究不过昙花一现，而且，争论的是散文与社会、个人的关系，而不是散文本体。中国现代散文理论的落伍，以流派意识流派自觉的缺乏为标志。对这样的怪事，业界长期见怪不怪。面对诗歌小说领域中走马灯式的旗号变幻，散文理论长期任凭风浪起，稳坐钓鱼船。当然有过不同意见，也不能说没有争论，但是没有火气，更不会像诗人们在 20 世纪末“盘峰论剑”中那样不惜挥拳斗殴。不要命地保卫自己的艺术信念的姿态不属于散文。更不可思议的是，散文界提出的问题，和文艺理论已经接近西方文化哲学前沿相比，实在带小儿科性质，如，

① 原载《文艺争鸣》2011 年第 3 期。

散文能不能虚构啊？好像人的记忆就真如照相机、录音机那样“实录”似的，拉开了时间和空间的距离，不会因为情感思想的变化对记忆筛选，以后来的价值观念使之重新在虚化的想象投胎似的。好像散文只能是实录，而不是虚实相生似的。这是只要有起码的艺术感觉，并不需要多少心理学常识就能明白的道理，而在中国散文界却把这样小儿科的问题弄到全国性的散文学年会上去，争得个面红耳赤，而对一些核心理论问题，如林非的“真情实感”论，虽然，楼肇明早就提出“泼妇骂街流氓斗殴”也是“真情实感”[①]，喻大翔在《用生命拥抱文化》（人民文学出版社 2002 年版）中也发出猛烈的抨击，本人在《世纪视野中的当代散文》中，提出应该是想象的虚感和心灵的实感之间的“虚实相生”[②]，后来甚至还写了《“真情实感”论在理论上的十大漏洞》[③]，但就是没有人接招，甚至当刘亮程在散文界横空出世，许多散文理论家对之大加赞赏，居然没有人指出，他的名作《一个人的村庄》中的在荒村中不事耕作，无亲无故，只是一个人与虫子、狗等孤独地打交道，实际上是虚构的，因为从根本上来说，他并不是这样的农民，他的职业是一个农机员。当然，稍稍隐含着某种原则性的争议，是刘锡庆的“文体净化”论，把散文限定为抒情叙事，不但排斥智性理趣，而且连幽默都在视野之外，这里潜藏着相当的学术性，但是并没有得到相应的提升，不同意见往往停滞于观念的表态，从感性到感性地作平面滑行，没有意识到要将之上升为学术范畴，对这个逻辑，揭示其内矛盾，纵观矛盾在历史的发展过程中消长和转化。历史方法的欠缺，成为散文理论的普遍的顽症，而业者却不觉其痛。我对散文理论界的活力长期持悲观态度，常常就是因为这种可怕的寂寞。

但是，这一次，我的两个朋友周伦佑和陈剑晖，关于散文的论战却使我非常愉快地检讨了自己的偏狭。他们提出的问题结束了散文理论停留在感性直观的阶段，把散文争鸣提高到了学术层次上。更加使我激动的是双方对于散文信念的执着并不亚于“盘峰论剑”中的诗人们。陈剑晖针对周伦佑的火力之猛，光从用语上就可见一斑。据周伦佑枚举就有“荒唐、异想天开、一团糟、荷尔蒙激情、虚幻的臆断、作秀、似是而非、漏洞百出、思维混乱、怪胎、哗众取宠、千疮百孔、自相矛盾、渺小、可怜、可笑、信口雌黄、自我膨胀、目空一切、不击自溃、自恋自大、目空一切、独断、故作深沉、炫奇弄巧、弱智、装酷、玩深沉、虚张声势、大而无当、矫情、野心勃勃（三次）、无知（四次）、狂妄自大（四次）、混乱（五次）”[④]，而周伦佑的用语虽然竭力克制，但是有时，火气似乎并不稍逊，他对陈剑晖的文章的描述是这样的：“其情绪之激烈、狂躁，其用词之浮夸、粗暴，处处显示出

① 楼肇明等：《繁华遮蔽下的贫困——九十年代散文之路》，山西教育出版社 1999 年版，第 5 页。
② 孙绍振：《世纪视野中的当代散文》，《当代作家评论》2009 年第 1 期。
③ 孙绍振：《“真情实感”论在理论上的十大漏洞》，《江汉论坛》2010 年第 1 期。
④ 陈剑晖：《巴比伦塔与散文的推倒重建》，《文艺争鸣》2009 年第 6 期。

‘大批判思维’的武断与专横”“陈剑晖的逻辑，只要他需要，就可以把白说成黑，把对说成错，睁着眼睛，可以把存在说成虚无”[①]。也许在某些老成的学者看来，这样的意气，似乎不足为训，我却从中看出两个朋友的可爱，看出了散文理论生命焕发的生机。有这样的意气总比“清风吹不起半点漪沦”的死水一潭好。更重要的是，他们提出的几个问题，不但关涉散文当前的发展命运，而且有利于澄清散文作为一种文体核心观念上的混乱。他们的功绩还在于，不约而同地把问题放到了历史过程中去考察，这正是“真情实感”论和“文体净化”论者所缺乏的，从方法上说，二者同样具备了真正意义上的学术价值。最主要的是，我从周伦佑的文章看到了散文流派观念的系统阐明，也许还是现代散文流派第一个勇敢的宣言。正是从这几个方面，我感到鼓舞：这不是一场普通的争论，而是散文史上一个意义重大的“事件”。甚至可以说，对于向来缺乏流派意识的散文这种文体，带着某种流派意识的觉醒意味。而争论恰恰又发生在在场主义散文大奖评委内部，这就昭示我们，与其说它是一个流派定义的终结不如说它是一种探索，一种开始。

二、“散文性”和“诗性智慧”

周伦佑提出的散文准则，颇有一点横空出世的豪气。最引人震惊的就是声言当前的散文理论完全荒谬，人们在阅读散文的时候，都知道散文是什么，可是一读散文理论就莫名其妙了。他着力颠覆的是所谓“广义散文”：报告文学、杂文、特写、随笔、游记、文论、书评都当成了散文，散文的外延广泛得没有谱，甚至弄到“把不讲究对偶、排比、声律，而全由散行、散句行文的，作为一种书写语体的‘散体文’，误当成作为一种文学门类和写作文体的散文”。外延的芜杂就不能不导致内涵极端混乱，以至几乎为文学史和散文理论家共识的“先秦散文”，他也认为不过是根本不存在的皇帝的新衣。因而他提出散文观念要“推倒或重建”[②]。很显然，他所持的散文观念是比较狭义的，也就是作为一种文学形式（文体），用他自己正面说过的，就是“审美”性质的。从这个意义上说，周伦佑和陈剑晖，并没有太大的分歧，陈剑晖把散文的成熟归结为“诗性智慧”，“以记叙、抒情和议论为主体的艺术散文”都是属于审美的范畴，也就是以感知和情感为核心的抒写，以形象性为主的，与理性演绎相对的文体，总体来说，也是比较狭义的散文。理论预设差异并不太大，为什么导致向来绅士风的散文领域发生这样一场血肉横飞的话语激战呢？

---

① 周伦佑、杜光霞：《在混乱中重建散文价值尺度》，《文艺争鸣》2010 第 4 期。

② 周伦佑：《散文观念：推倒或重建》，《红岩》2008 年第 3 期。对陈剑晖和周伦佑的引述均出自上述三文，除特殊必要，不再一一注明。

问题出在文学性和艺术性散文并不是孤立的存在，散文作为一种表现手法（而不是文体）是许多亚散文文体所共享的，周伦佑对这种亚散文文体，也就是说他所说的“广义的散文”（报告文学、杂文、特写、随笔、游记、文论、书评和“先秦散文”）深恶痛绝。而陈剑晖则明确表明这种“广义散文”虽非正宗散文的主流，但是应该对之“包容”。而且指出这种“包容性”正是散文的特点。如果分歧仅仅在于此，也还不能算太大，要害在于周伦佑对文学性的特殊理解。他提出散文作为一种文学形式的特点在于“散文性”，而陈剑晖却以“诗性散文”的建构当作散文理论的历史任务。从表面上看来，周伦佑的“散文性”无疑占有优势，“散文性”强调散文作为一种文体的特殊性，而把散文归结为“诗性”则有名不正则言不顺的嫌疑。周伦佑在答复陈剑晖的文章中指出：“如同‘诗性’之于诗，‘戏剧性’之于戏剧，‘小说性’之于小说；‘散文性’——散文的唯一性或散文的纯粹性，是散文之所以是散文，并以此区别于其他文学类型的本质性特征。”他提出“散文性”的内涵就是“非主题性”“非完整性”“非结构性”“非体制性”。具体说来“非主题性，就是要把散文从‘主题先行’的传统文学模型中解放出来；非完整性就是要把散文从宏大叙事和全知全能的整体模型中解放出来；非结构性，就是要把散文从‘二元对立’的内外结构中解放出来；非体制性，就是要把散文从体制话语中心的统摄中解放出来”。他的目的很明确，就要确立散文本体的独特性。

但是，细致推敲一下，他对散文性的内涵的规定，可能与他的目标背道而驰，第一，从逻辑上来说，内涵和外延成反比，内涵越是丰富，外延越是单薄，对散文的内涵规定得越多，意味着在外延上排他性越强，其结果可能并不是解放，而是约束。第二，周伦佑所列举的四个“性”，似乎并非散文所独有。“非主题性”，反主题先行，早在 20 世纪 80 年代就是小说和诗歌创作的共识，“非完整性”，除了小说，更多的是周伦佑 80 年代以周伦佑为首的“非非”派诗歌的普遍模式。“非结构性”，亦即反二元对立，在许多文学体裁中广泛流行，将其发展到极端，譬如在诗歌中，不但二元对立，而且连普通“逻辑的脖子”都“扭断”了，因而，与其说是“散文的唯一性”“散文的纯粹性”，倒不如说是诗歌的。至于“非体制性”，冲破“体制话语统摄”，则更明显是一切艺术的生命，而这方面则当以诗歌（还有绘画雕塑）为先锋。请允许我设想，周伦佑在说着“散文性”的时候，在他的深层潜意识中，应该更多是诗性（也许更多的先锋诗性）。从这个意义上来说，倒是他所批评的陈剑晖的“诗性建构”（在他的著作中，又叫“诗性智慧”）却似乎更接近散文性。因为第一，陈剑晖说的诗性，并不是通常意味上的诗歌，在俄语等西欧语言中，诗性实际就是文学性，故有“电影诗学”的学问，甚至还有把诗性与语言直接联系在一起的，如语言乃“诗意的栖居”之说。第二，陈剑晖的诗性并不仅仅是诗的抒情，而是指“诗性智慧”。其中隐含着把诗与思想沟通的命题。他说，这是一种“带着生命体温的、可触可感的”智慧，以此为核心衍生出“心智交融”“哲思式和解构式的诗性智慧”[①]。很显然，他所关注的仍然集中在诗的感性与理性，抒情与思索的全景的制高点上。当然，周伦佑的散文中的诗意潜意识，并不是一般的诗性，而是某种带着后现代的诗性胎记，但是要绝对说他的散文观是诗性的，也许并不公平。他主观上还是努力把他曾经献身的后现代诗歌的精神引向他新开拓的散文领域。他在《散文观念：推倒或重建》最后一章推荐了“外国后现代散文的文体特征”，如：“罗兰·巴特的解读式写作，片段的激情”“博尔赫斯的不确定写作，迷宫的玄思”“罗布－格里耶的片段，插入，时空折叠”。所谓的“片段写作”“时空折叠”“迷宫玄思”。这就泄露了他的散文理论，似乎并不是普通散文学，而是某种流派的散文。这一点陈剑晖敏锐地感觉到他的散文理论属于某种“后现代”的特质。严格说来，他的理论是一种后现代散文流派的宣言，但是这个流派目前，至少在中国大陆上，还尚未成形，虽然在台湾，一度似成气候，叶维廉就认为“受西洋文学洗礼的一些散文家”“侧重个人想象与抒情，讲求内心的独白，有些呈现个人与社会，精神与物质因冲突而产生的矛盾苦闷的心态，有些则因精神的发泄，苍茫而空漠，但是语言的技巧上，确富于创造性”[②]。应该说，他们的“语言技巧”，似乎还处在实验的过程中，历史的检验可能还需要更大的耐心。比如，林燿德的代表作《铜梦》，由十个小节组成，《尸体》，由当下和过往的历史对话组成，但是在庞大的结构中，段落之间没有任何联系。“从开头到结局的时间之流，由纵向改换成横向的、无涯无际的平面，作者不企图复活某一段立体的历史，也并不仅仅旨在解释一种时代精神，碎块与碎块之间恰如一面碎裂成七八块的镜面，重新拼接了起来……没有一个统一的透视的焦点，每一破碎镜面上的映像都是主题，各自为政，自行其是，而又游离在互相补充，彼此呼应之间”[③]。这样的“迷宫玄思”的根据就是西方解构主义的无中心理念，但是长篇大论的无中心文本，与读者阅读心理有矛盾，连续性、因果性，是读者“无意注意”（不由自主的注意）自发集中的规律，废除连续性和因果性，用什么来维持读者的自发的，而不是强制的“有意注意”？不能解决这个问题，成为意识流式小说和散文昙花一现的根本原因。也许正是因为这样，虽然他说“‘散文性’不仅是可以论证的，也是可以实践的”。至今还没有逗起多少散文家实践的兴趣，就是他身在其中的“在场主义散文”的众多得奖者，似乎也没有追随他作冒灵魂破碎之险的迹象。这一点他似乎并不在意，他说散文理论太“幼稚”，就是因为总是落在实践潮流的后面，而诗歌理论恰恰相反，可以理论宣言开路，成就

① 陈剑晖：《中国现当代散文的诗学建构》，江西高校出版社2004年版。
② 叶维廉：《闲谈散文艺术》，《中外文学》第13卷第8期。
③ 楼肇明：《穿越台湾散文五十年》（下），《海南师范学院学报》（社会科学版）2004年第6期。

一代诗风。故他在《散文观念：推倒或重建》坦然公开自己的历史使命感：

一个时代文化的沉沦，往往是依靠一二个人的努力而得以挽救的；一种文化的衰败，也可经由一二人之手使其复兴或恢复生机。

在这一刻，在眉州，我是被召唤来为中国散文立论和立法的。

这样的语言其流派的宣言特色就更加鲜明了，但是他的失误并不在陈剑晖所说的猖狂，而在于他的经验主义。在诗歌中他曾经以“非非”主义的宣言，开拓诗学的新页，因为当代诗歌向来以先锋为务的，而在散文界近百年来却是连流派观念都欠缺的，连极起码的“真情实感”论的霸权论至今尚未得到清算，就想凭一纸宣言，为这个甘于“后锋”的领域来“立法”，让各路人马归顺，作一统天下的南面王，这只能说明他对流派宣言和学术理论之间的区别缺乏起码的谨慎思虑。流派宣言可以是片面的，甚至武断的，率性的，而作为学理却可能成为大忌。浪漫主义者可以宣言，一切好诗都强烈的感情的自然流露，而完全无视歌德式、布莱克式的短诗的温情，象征主义者可以宣言忧郁最有诗意，奉以丑为美为准则，而不顾浪漫美化的诗意存在。意象主义者则可以拒绝直接抒情，把智慧凝聚在瞬间的物象上，完全不顾西方直接抒情的千年历史，而现代主义者则力主从感觉直接达到理念，逃避抒情，对抒情嗤之以鼻。这一切都有历史的合理性，有其片面的深刻性。周伦佑的诗论，自然也不例外，可能有其独特的生命力，但是从学理上来看，任何流派的诗论，只能是历史在矛盾消涨过程中克服前一阶段的片面约束，而又带来新的片面的约束，有待于后来者继续克服这种约束，诗歌史就是一个不断打破枷锁，而又不断制造枷锁的过程，因而每一个历史阶段，都不可能是完美的，不存在任何没有任何性、开放性的终点。由此可知，任何为散文流派“立法”的使命感和散文的普遍繁荣多元共存是背道而驰的。如果周伦佑仅仅把他的理论作为一个散文流派的宣言就不会引起陈剑晖那样大的义愤了。问题出在周伦佑不像他当年在诗歌领域中那样，以流派的风貌出现，而是以一种学术的姿态亮相。当然，今日之周伦佑已经非昨日“非非”诗歌理论家之周伦佑，他的学术修养已经大大超越了诗歌，甚至可以说在某些学术文献方面有非同小可的深入。当他自觉担负起为散文“立法”的重任时，他不惜付出十年以上的生命代价，对中国古典散文相关的原典进行了相当精深的钻研，这就促使他对流派宣言进行着学术论证。在这方面他对原典的梳理可以说具有深厚的学院色彩，但是他并没有意识到，流派性从娘胎里带来的理念的狭隘性和旁若无人的姿态，与学术理想的普遍性具有不可避免的矛盾。当他以自己钟爱的狭隘的流派观念去作历史的梳理的时候，似乎并没有意识到，他挑战的无疑是一堵铁壁铜墙。

三、方法论之一：以今律古的必要性

周伦佑在《散文观念：推倒或重建》中对“先秦散文”这个不但是散文界，而且是中国文学史界的共识提出了挑战。他指出“所谓的‘先秦散文’，按照学者们的定义，概指中国秦代以前包括夏、商、周（春秋战国）历史阶段的所有文化典籍，包括：《周易》《尚书》《春秋》《左传》《国语》《战国策》《论语》《孟子》《老子》《庄子》《墨子》《荀子》《韩非子》《山海经》等。这些中国古代的占筮学、历史学、哲学、伦理学、法哲学、政治学和神话著述，仅仅因为不押韵，就被学者们按照西方文学二分法（押韵/不押韵）原则强指为‘散文’‘先秦散文’”。应该说，周伦佑的这个说法，有着相当的学理根据，不能简单地说是口出狂言。他分析了导致“‘先秦散文’概念形成的三个误会，它们分别是：（1）把韩愈建立的‘古文文统’等同于‘先秦散文’；（2）把‘古文’等同于‘古代散文’；（3）把不讲究对偶、排比、声律而全由散行、散句行文的、作为一种书写语体的‘散体文’，误当成作为一种文学门类和写作文体的散文”。这还是周伦佑理论的反面，他的正面标准则是在“非体制性”的“忧患意识”，符合周伦佑流派的标准，先秦能够称得上散文的，绝无仅有，千顷地一棵苗，只剩下了楚辞中的《渔父》。

针对这样多少有点惊世骇俗的观念，陈剑晖在《巴比伦塔与散文的推倒重建》中则认为“先秦的诸子散文与史传散文是中国古代散文的两大源头，它为中国散文的发展奠定了宽阔、宏大和坚实的基础。正是有了这个基础，才有了后来的唐宋八大家、明清小品和中国现代艺术散文；同样有了这个基础，散文才谈得上向它的艺术顶峰攀登”。陈剑晖虽然具有深厚的研究作基础，但是在论证上仅仅指出先秦时代文史哲尚未分化，似乎稍嫌薄弱，因而并未击中要害。其实，周伦佑的原文近五万字，学术上，颇有深度，而论证上，却并不周全。从思想方法上说，他把先秦经典中历史、哲学与文学性质的矛盾绝对化了，因而，对于这三者之间的统一的学术资源被他忽略了。固然章学诚的“六经皆史”的学说，把神圣化了的经典还原为历史有重大价值，但是袁枚的“六经皆文”（“六经者亦圣人之文章耳”①），从经典中揭示出审美性质的“性灵”，在魏源等学者的著作中得到发挥。而钱锺书则对于六经的文学性质说得更为彻底，无异于提出了“六经皆诗”的命题：

> 与其曰：古诗即史，毋宁曰：古史即诗。②

---

① 袁枚：《答惠定宇书》，《小仓山房诗文集》（第三册），上海古籍出版社1988年版，第1529页。

② 钱锺书：《谈艺录》，中华书局1984年版，第38页。

这就是说，从文体功能来说是历史的纪实，然而，从作者情志的表现来说，却无不具有审美价值。钱锺书以《左传》为例还指出“史蕴诗心、文心”，特别指出：

史家追述真人实事，每须遥体人情，悬想事势，设身局中，潜心腔内，忖之度之，以揣以摩，庶几人情合理，盖与小说院本臆造人物、虚构境地不尽同而可相通。①

钱先生强调的是古代史家虽然标榜记事、记言的实录精神，但是事实上，记言，并非亲历，且大多并无文献根据，其为“代言”“拟言”②者比比皆是。就是在这种“代言”“拟言”中，情志渗入史笔中，造成历史性与文学性互渗，实用理性与审美情感交融是必然的。对这一类的学术资源的欠缺，使得陈剑晖批评周伦佑“以今律古”稍嫌论证不足，而周伦佑对“以今律古”的答辩充分表现了他的机智：

在我看来，所有立足于当代的古代思想史和文学史研究都是“以今律古”的，而且只能是“以今律古”的——因为今天作研究的不是古代人，不可能具有古代人的思想和感情，也不可能完全还原古代的历史语境；既然是今天的人，就只能用今天的观念和方法来解读历史——而这就是“以今律古”。

这样的反击，充分表现了周伦佑善于在大前提上占据优势话语。当前西方文论家所言一切历史都是当代史，在学界已经得到共识。如果从理论到理论，陈剑晖可能反驳的余地不大，但是在我看来，这个原则似乎还有分析的余地。关键在于什么样的“今”和什么样的“古”。陈剑晖所说的“今”和“古”与周伦佑显然有所不同。这一点，陈剑晖的表述或有可改进之处，但他在“以今律古”是有具体所指的：陈剑晖所说“‘以今律古’是指他预先有一个‘自己的’散文观念，有一把后现代主义的散文尺子，而后再用这把尺子去丈量先秦散文”。从这一点来说，陈剑晖并不是笼统地反对以今律古，而是反对以后现代的“今”，来丈量“先秦散文”。其实，陈剑晖从根本上来说，也是逃不脱以今律古的某种规律的。不过，他的“今”，不是后现代的，也不是传统的审美抒情，或者林非式的真情实感论，而是“诗性智慧”。这个“诗性智慧”来自意大利学者维柯（1668—1744），经过他改造为现代散文观念的。③

双方要回答的是现代散文问题，可要面对的却是数千年的散文史的纷纭形态。故以今律古别无选择。以今律古可能使之有所廓清，使研究在一元化的概念系统中积累，但是也可能导致以今之一元，废古之多元。这就产生了不可回避的问题，第一，为什么还要以今

① 钱锺书：《管锥编》，中华书局 1979 年版，第 166 页。

② 钱锺书：《管锥编》，中华书局 1979 年版，第 166 页。

③ 维柯认为：在古代先民看待自然、历史所表现出来的智慧，不可能以今日的科学理性出发，而是一种与主观情感交织的智慧。所谓“智慧是从缪斯诗神开始的”。见维柯著，朱光潜译：《新科学》，人民文学出版社 1987 年版，第 153 页。

律古？第二，如何律法。这是一个科学学的问题，严肃学术研究必然遭遇，然而又往往被有意无意地忽略。马克思当年研究资本主义就遭遇到过同样的问题，他不但没有忽略，而且作了理论的交代。在《资本论》“初版序言”中这样说：“已经发育的身体，比身体的细胞是更容易研究的。”[①]他把历史的发展比喻为人类从低级到高级的进化的过程，相对于某些被动追随历史，拘泥于从低级形态出发的学者，马克思认为他的这种方法有其优越性：

人体解剖对于猴体解剖是一把钥匙。反过来说，低等动物身上表露的高等动物的征兆，只有在高等动物本身已被认识之后才能理解。[②]

散文研究面对复杂矛盾的历史过程，站在散文完全发育的高度上俯视散文发展发育不完全的起点不但是“更容易”，而且是更有利的。这是因为：第一，发育不成熟的阶段，某些特征（征兆）在低级状态不是显性呈现的，很容易忽略的，甚至视而不见的，只有和成熟的高等形态加以对比，才能意识到从而理解；第二，从高级形态出发，目的是认识发育不完全的“征兆”，并且加以“理解”，并不是加以否定。难道人在站起来奔跑以后，能够否认猴子时常用两手着地行走的必要吗？第三，这样说，并不是绝对否定对低级形态研究的价值，从低级形态，或者叫作原型形态中，也可以看出高级形态之必然走向高级的基因，从而梳理出其历史发展的走向和特征，正等于在人的个体的胚胎发育过程看出人类进化的进程一样。这个过程是从高级形态出发，阐释低级形态，又从低级形态回溯高级形态双向互相阐明的过程。我不得不补充陈剑晖和周伦佑二位的说法，更科学的研究方法，只能是从以今律古和以古律今相互交织，才能更有效地尊重历史。

问题不在高级形态，而在高级形态是什么样的形态？在周伦佑心目中，那就是与实用相对的、独立的“审美”价值。周伦佑在具体分析中，又提出一个“忧患意识”，这就使得他的视野就显得相当狭隘。因而，只剩下《渔父》符合这个标准。

屈原既放，游于江潭，行吟泽畔，颜色憔悴，形容枯槁。

渔父见而问之曰：“子非三闾大夫与！何故至于斯？”

屈原曰：“举世皆浊我独清，众人皆醉我独醒，是以见放。”

渔父曰：“圣人不凝滞于物，而能与世推移。世人皆浊，何不淈其泥而扬其波？众人皆醉，何不哺其糟而歠其釃？何故深思高举，自令放为？”

屈原曰：“吾闻之，新沐者必弹冠，新浴者必振衣。安能以身之察察，受物之汶汶者乎？宁赴湘流，葬于江鱼之腹中。安能以皓皓之白，而蒙世俗之尘埃乎？”

渔父莞尔而笑，鼓枻而去，乃歌曰：“沧浪之水清兮，可以濯吾缨；沧浪之水浊

---

① 马克思著，郭大力、王亚南译：《资本论》（第一卷），人民出版社 1953 年版，第 10 页。

② 《马克思恩格斯选集》（第二卷），人民出版社 1995 年版，第 23 页。

兮，可以濯吾足。”遂去，不复与言。

周伦佑认为这篇“千百年来一直被人们认为是诗歌的《渔父》，其实是一篇充满忧患意识的散文——而且是中国古代，乃至全世界第一篇名实相符、标准的散文作品”。“在‘散文’这一写作文体尚未出现之时，《渔父》突破楚辞的格局而导向一种新文体。在那时无疑是一篇很‘先锋’的作品。中国散文史的第一章应该从《渔父》写起”。从学术规范来说，这样惊人的论断，应该作正面反面、多层次的论证，但是周伦佑的流派写作惯性使得他仅仅是满足于论断。

周伦佑在反对论敌的时候，往往正面把论点加以逻辑分类，作有序之罗列，而在阐释自己的主张时，却把论点散布在错落的关键词语中。这就不得不对其作某种程度的“打捞”。这里的关键词“忧患意识”是他所信奉的散文内容的标准。很显然，这不但是狭隘，而且经不起经典文本检验。固然范仲淹的“先天下之忧而忧，后天下之乐而乐”符合忧患意识，可以认定为经典散文，而欧阳修的《醉翁亭记》难道就因为其快乐就失去散文的经典性了吗？与民同乐，没有太守的架子，和普通人打成一片。不管是负者、行者，弯腰曲背者，临溪而渔者，酿泉为酒者，一概生活没有压力。打了鱼，酿了酒，收了蔬菜，可以拿到太守的宴席上来共享。不但物质上是平等的，而且精神上，也是没有等级的。太守不在乎人们的喧哗，不拘形迹，不拘礼法，不在乎自己醉醺醺，享受着歪歪倒倒的姿态。欧阳修营造的理想的欢乐，不但人是欢乐的，而且山林和禽鸟，也就是大自然也是欢乐的。具有哲学意味。

禽鸟知山林之乐，而不知人之乐；人知从太守游而乐，而不知太守之乐其乐也。

人们的欢乐和太守的欢乐，太守的欢乐和禽鸟山林的欢乐是各不相通的。虽然人们、群鸟并不理解太守的快乐，太守却为人们、群鸟的快乐而快乐。这里的“乐其乐”，和范仲淹的“乐而乐”，在句法模式的相近也许是巧合，很可能是欧阳修借此与他的朋友范仲淹对话。真要“后天下之乐而乐”，那可要等到什么时候啊，那可能永远也不可能欢乐，只要眼前与民同乐，就很精彩了。难道我们可以因为欧阳修没有像范仲淹那样充满忧患意识，就能否定他这样的散文的旷世经典性吗？

如果说忧患意识是周伦佑的否定先秦散文的内容的标准，他否定先秦散文的第二条标准，则是形式的。他并没有直接提出，而是从对比中显示出来的。对于楚辞中另一篇被列入《古文观止》的《卜居》，他认为“虽然已初步具备散文的一些基本要素，但尚未脱离先秦‘对话体论辩文’的影响，一问一答，形式也略显单一，故还不能视作成型的散文”。这就是说，对话体不是散文，但是他所推崇的世界第一、中国第一的《渔父》不几乎全是由对话组成的吗？全文两百五十七字，除了开头的简洁的叙述，四小句，二十字（屈原既放，游于江潭，行吟泽畔，颜色憔悴，形容枯槁），最后的交代，十六字（渔父莞尔而笑，鼓枻而去……遂去，不复与言）。除了这三十六个字，全文百分之八十以上是对话，而且是“一问一答”。且不要说这个不许对话的标准拿到全世界散文史上去会不会闹笑话，就是在自己的文章，也很难不给人以自相矛盾的感觉。这种逻辑上的不统一，还在其他一些关键语句中表现出来。在讲到诗歌与散文的区别时，他说诗歌“所表现的情感要求高度凝练，即使是一首短诗，也是某一种综合经验的完整呈现”“散文表达的经验往往是非完整的，一般呈现片段和散漫的特点。这种非完整性，首先表现为对宏大叙事和元叙事的拒绝，对全景式和全知全能式描写的摒弃”。诗是“综合经验的完整呈现”，不能说没有道理，诗是概括的，从亚里士多德到华兹华斯都认为诗与哲学最为接近，但是这似乎并不是诗的独有的特点，诗也有“呈现片段和散漫”的“非完整性”的杰作，如中国的绝句和日本的俳句，尤其是中国的绝句，其精彩在现场感兴，第三句或者第四句在语气上的转折造成情绪的瞬间转换。举一个极其小儿科的例子“清明时节雨纷纷，路上行人欲断魂。借问酒家何处有？牧童遥指杏花村”。精彩就在从“雨纷纷”的阴郁，“欲断魂”的焦虑，瞬间因为牧童所指杜杏花村的鲜明，而眼前为之一亮，心情为之一振。这种现场感兴有多少“综合经验”的成分，是值得怀疑的。恰恰可以说，正是以其片段性，而且是瞬间的情绪转折见长。明显是“对宏大叙事和元叙事的拒绝，对全景式和全知全能式描写的摒弃”。周伦佑还说，“一篇散文，要求作者个人经验的在场，但不要求有完整的故事和情节，也不需要有一个整体性的思想框架。如屈原的《渔父》、柳宗元的《小石潭记》。这种非完整性所呈现的片段经验和散漫性特征，是散文区别于小说、戏剧、诗歌的文体标志”。说“不要求有完整的故事情节”可能有根据，但是，有完整的故事情节的经典散文，比比皆是，不要说《童区寄传》《种树郭橐驼传》这样的名篇，就是他推崇的《桃花源记》故事情节也是相当完整的，至于他所保举为天下第一的散文《渔父》，其中屈原那种宁愿投江自杀也不愿同流合污的人格理想，难道还不能算具有“整体性的思想框架”的属性吗？这种在逻辑上不讲究，顾头不顾尾，违反同一律，前后不一致，这在流派宣言中是屡见不鲜的，但是在学术上却是致命的。不解决这个问题，他从流派宣言向学术进军的雄心必然遭遇挫折。逻辑上的错误，之所以这样明显，原因在于在形成观念，甚至核心命题时，常常犯轻率概括的错误，把复杂的历史现象不无天真地简单化，也就是通常所说的以偏概全。例如，他不经任何反思就把先秦文章中的对话简单化为“论辩”，从而把一切有对话的先秦散文包括《曹刿论战》这样的经典扫地出门。其实把战争的系统准备和战场上惨烈的角逐，以弱胜强的过程，连叙述都省略掉，其主体部分（一鼓作气，再而竭，三而衰）几乎全是独白，并无孟子式的“论辩”，全部用对话来表现的经典之作，还有《论语》中的《子路、曾皙、冉有、公西华侍坐》：

子曰：“以吾一日长乎尔，毋吾以也。居则曰：‘不吾知也！’如或知尔，则何以哉？”

子路率尔而对曰：“千乘之国，摄乎大国之间，加之以师旅，因之以饥馑；由也为之，比及三年，可使有勇，且知方也。”

夫子哂之。

“求！尔何如？”

对曰：“方六七十，如五六十，求也为之，比及三年，可使足民。如其礼乐，以俟君子。”

“赤！尔何如？”

对曰：“非曰能之，愿学焉。宗庙之事，如会同，端章甫，愿为小相焉。”

“点！尔何如？”

鼓瑟希，铿尔，舍瑟而作，对曰：“异乎三子者之撰。”

子曰：“何伤乎？亦各言其志也。”

曰：“莫春者，春服既成，冠者五六人，童子六七人，浴乎沂，风乎舞雩，咏而归。”

夫子喟然叹曰：“吾与点也！”

这样的篇章，全用对话，（当过卫国将帅的）以勇敢自矜的子路的鲁莽，（当过两代权臣的“家宰”的）冉有的谨慎，（当过鲁国外交官的）公西华的低调辞令（在外交场合只当个傧相）显然有对比，但是在政治理性的同一层次上，而后面的曾点（曾经参与编辑《论语》的曾参的父亲），则完全超越了三者，进入审美层次，在丰富的对比中，弟子们的精神状态，成为孔子难得潇洒姿态的陪衬，孔子的精神风貌如此鲜明，和周伦佑所推崇的《渔父》在追求精神自由高度超越实用理性上几乎是巧合的，在依仗对话手法上也是息息相通的，在结构上运用层次的对比也是一致的，最后留下的结构的空白更是不约而同的。就是按周伦佑的“忧患意识”的绝对标准，也并不亚于《渔父》。硬要把《子路、曾皙、冉有、公西华侍坐》剔出散文之列，只能说明核心概念的严密性上出了问题。

四、方法论之二：从高级形态分析低级形态，再从低级形态阐释高级形态

用马克思的从高级形态（审美、审智）回顾、辨析低级形态，让我们看到了低级形态中普遍蕴含着高级形态“原型”。像《渔父》和《子路、曾皙、冉有、公西华侍坐》，并不是从天上掉下来的，而是从更原始的胚芽形态，甚至是基因形态经过曲折的过程生成而来

的。粗暴地否定低级形态是轻而易举的，而从低级的、原始的胚芽中看出其中决定高级形态的基因则是需要高度科学的抽象力的。这就涉及陈剑晖所说的“文史哲不分家”的问题了。从理论上说，这种“不分家”，就是审美和实用理性在文体功能上的“不分家”，但是“不分家”只是功能上的统一性，然而，本体内部的实用理性和审美的超越性却是相反相成，互为生命的。而且有时，从某些方面来说，审美占着优势。越是远古，越是原始，越是具有这种诗与思共栖，或者为列维布留尔称之为主客体“互渗”的奇妙特点。

在先秦时代，审美情感的渗透并不限于钱锺书所说的史笔，就是被刘勰称为“诏、策、奏、章”之“源”的《尚书》也不能例外。最具实用性的《尚书》，很接近于当代政府文告，但是不少又具“记言”属性。恰恰是这些“记言”的权威公文，强烈地表现出起草者、讲话者的情结和个性。

《尚书》中这种演讲者的风格是多样的，《盘庚》篇中，“演讲”者对于安土重迁的部下表现出来的是怀柔加威胁，硬话软说的风格，毕竟是对付自家人中的反对派，所以是很有分寸的。[①] 至于对付敌人，特别是危险仍然存在的敌人，《尚书》还有另外一副笔墨，口气天差地别。到了殷商被消灭，周朝行政部门要把一些“顽民”调离其根据地，周公就以王的名义作了这样的布告：

> 王曰：“告尔殷多士：今予惟不尔杀，予惟时命有申传，所以徙汝。是我不欲杀汝，故惟是教命申戒之。今朕作大邑于兹洛，予惟四方罔攸宾。”

这个口气就相当严峻了，我本来是可以杀你们的，现在宽大为怀，不杀。不过你们要搬一下家，还为你们建了个大城市洛邑，你们要识相。这个历史上理想的贤相，为民辛劳到吃饭都来不及的（握发吐哺）感动得天下归心的周公居然还有这样一副凶狠的面目。这样的政府公文中透露出来的个性化的情志，不管用什么样的“忧患意识”，用什么样的“文统”梳理，甚至用古希腊罗马的散文（演讲）观念来衡量，都具有抒情审美的散文性质。

如果这一点能够成立，至少《左传》《论语》《孟子》等中许多篇章，用今天的眼光来看，除了上述比较成熟的散文，至少是和《尚书》中的某些作品一样具有散文的某种胚芽形态，至少是基因形态的。正是诸如《尚书》这样的审美胚芽和基因进化了上千年，才产生了周伦佑所推崇的《渔父》。其实，就是《渔父》也还不能算是成熟的，也只能是成熟过程中的一个环节，而不是终点。

大量先秦文章的审美性质还处在胚芽形态，这就是说，它并不纯粹，常常是和文章的实用理性结合在一起。有时其实用理性还占着优势。这就决定了中国散文从一开始就具有审美与实用交织的“杂种”性质。其中审美价值与实用理性是如此错综，连袁枚、钱锺书

① 见本书的附录。

这样的大家都未能彻底洞察。袁枚所言“六经皆文”和钱锺书所言“六经皆诗”都有强调审美性质、抹杀实用理性功能的嫌疑，只有从当代审美与实用分家的高度，以高度的理论自觉，才能分析出这种低级形态中审美的非纯粹性，但是把握低级形态并不是学术最终的目的，以之阐明高级形态才是最高的目标。充分理解了低级形态的“杂种”基因，才能洞察中国散文史中二者犬牙交错渗透的特征，也才能理解在数千年的中国散文史上，纯粹审美抒情散文为什么屈指可数。甚至于到了现代、当代散文中，这种“杂种”性质的遗传性还引起论者的困惑。诚如周伦佑所说“散文同时可能是——杂文、小品文、报告文学、特写、随笔、书评、文论、时事评论、回忆录、演讲词、日记、游记、随感式文学评论等（现代概念）”①。

中国散文从娘胎里带来的“文体不纯”传统。在五四新文学运动发轫期，曾经面临着某种可能的历史转机。早期新青年的随感录，与西方的随笔（essay）有某种接近，但是西方的随笔以智性思绪为主，尚未从文化价值中分化、独立出来。其复杂性，引起了周作人的犹豫，结果是他在《美文》中选择了晚明小品的“性灵”，确立了“叙事抒情”的纯文学方向，但叙事与抒情二者并不平衡，日后的历史证明这种不平衡贯穿着整个现代散文史，叙事的极端发展，造成审美价值为通讯的实用价值所淹没。以致20世纪40年代，解放区散文变成了新人特写和通讯，直至50年代初期，最经典的散文还是魏巍的朝鲜通讯《谁是最可爱的人》。杨朔把散文从通讯的实用价值中解放了出来，又绝对强化诗意抒情，“把每一篇散文当作诗来写”的名言风靡天下。结果是放任抒情，导致滥情、矫情，美化的极端走向反面，审“丑”的幽默乃大行其道。然而不管抒情逻辑的极化逻辑还是幽默逻辑的错位逻辑，二者均有碍于理性逻辑的展开，限制了散文的智性深度。学者散文，严格说来是审智的散文，就在周伦佑所不喜欢的“杂文、小品文、随笔、书评、回忆录、演讲词、日记、游记、随感式文学评论”中以大解放之势应运而生。虽然在追求审智的过程中，“滥智”的倾向泥沙俱下，然而，超越抒情和幽默，从感觉直达智性，情景交融变成了情理交融，情趣发展为谐趣和智趣，一时审智散文（如余秋雨、南帆、林贤治）取代抒情审美在众多风格中独领风骚，在中国散文史上，这既是逻辑的制高点，又是历史的制高点。周伦佑和陈剑晖都不满意的文体混乱中，越来越明显地显出“审智”散文崛起的历史和逻辑的走向。

现代散文作为高级形态混乱的根源恰恰在低级的胚芽形态、基因形态之中。这时方法

① 其实，这并不值得大惊小怪，除了中国，西方差不多也有同样的现象。在英语系统的百科全书中，根本没有散文（prose）的独立条文，散文只是作为一种表述方法为多种文体共用。参阅孙绍振：《世纪视野中的当代散文》，《当代作家评论》2009年第1期。

也随之发生了转化，经过了高级形态回顾低级形态（以今律古）的阶段，进入从低级形态，检视高级形态层次。从这个意义上说，以今律古不可避免地和以古律今结合起来。马克思的人体解剖为猿体解剖的钥匙，就不得不以猿体解剖成为人体解剖的钥匙来补充。只有在这两个方面的转换中作螺旋式的上升，吾人对于散文历史发展的脉络，才可能比较清晰地纵览。

刘锡庆之所以要对散文文体加以“净化”，其实质不但是将散文规定为纯粹抒情审美，而且把抒情审美当成僵化的逻辑的和历史的终点。其实，不论是宇宙还是人文，终点是没有的。与其把终点强加给历史，不如顺从历史潮流，承认这个从娘胎里带来的矛盾，把超越审美的智性散文容纳到散文中去，在理论上做出新的概括。陈剑晖提出“诗性智慧”，我提出“审智”范畴，周伦佑则提出了一种后现代色彩的流派理论，从宏观历史观之，三者都旨在超越单纯的抒情审美。从学术上来说，进行理论性的论辩是必要的，但由于语言符号和人类的逻辑以及辩证法、系统论的局限，理论不可能证明理论自身。这就是西方谚语所说“理论是灰色的，生命之树长青”的道理所在。当前不管什么散文理论，都只能是一种假说，最客观的审判官，则是目前还没有显露出严峻的面目的历史实践。

2010年10月23日—24日

为当代散文一辩
——新时期散文发展侧写[①]

姚振函的《救救散文》(《文论报》1993年9月11日)令我颇为震动，首先吸引我的是他那痛快淋漓的文风，用词的尖锐、率直，语调的自信和干脆，论断的愤激和执着，时时有精彩闪光的智慧启示，时时有发人深省的棒喝。这样的犀利的文风，与那些四平八稳的吞吞吐吐的学院派的文风相比，实在如醍醐灌顶，令人振奋，令人不由得要喝彩。

遗憾的是，我对于姚先生的领受仅限于文风。对于他在文章中用鼓动性语言所强调的主要观念我却绝对不敢苟同。

一、对于现代散文的估计

姚先生不同意目前“散文振兴”“繁荣”的说法，他指斥现代散文陷入了以“虚假、虚假、虚假”为特点的危机。他认为目前的散文“到处充斥着虚情假意、自我标榜、卖弄、炫耀、拙劣的模仿，停留在字句上的雕琢，搔首弄姿的爱情，甜腻腻的、撒娇的、嗲声嗲气的、吊膀子的所谓女性散文，愣头愣脑的，使出吃奶之力而又底气不足、捉襟见肘的所谓大气豪放派”。散文作品在数量上的增长和发行量的上升，他认为只是一种表面的“繁荣”，其实是一种“畸形的膨胀，一种病态的虚肿”。

姚先生为了强调他的论点，拿散文和小说、诗歌相比，他说，小说和诗歌在热闹了一阵以后，走向冷静和成熟，而散文还在“浮躁和茫然的阶段”，“就总体来说，还在散文的门外徘徊，甚至还不知散文的门在哪里”。

---

① 原载《当代作家评论》1994年第2期。

这距离事实实在是相去太远了。

固然，姚先生所说，并非十足的虚构，他的概括在某些方面还打中了某些散文的要害，但是这些散文在中国20世纪八九十年代的散文中并非主流，或者并非成就最高的作品，而是那些正在摸索散文之道的青年作者或者摸错散文之门而迷途不返的上了年纪的作家的悲剧，这些作家一直是落在中国现代散文的水平线以下的。虽然，他们由于种种社会的和私人的关系，被一度吹捧，甚至几度获奖，然而这与散文的艺术评价是没有什么关系的，对于散文艺术的历史性探索来说，这些实在是过眼烟云，甚至可以刻薄一点说是耍猴戏而已。

中国现代散文的最高水平，恰恰是超越了姚先生所简单枚举的那些虚假的温情和做作的豪情的。这种超越并不是从最近开始的，而是和小说诗歌一起，从20世纪70年代末、80年代初开始的。当时的散文和小说与诗歌同样面临着冲破20世纪五六十年代以来的僵化模式的任务，不过，不尽相同的是：小说诗歌的先锋队由一批中青年作家组成，而在散文领域中却是以一支老年作家为主力军的。当时，散文解放的主要特点是从杨朔等人的诗化模式中突破出来。首先实现这种突破的是一批文化积累相当丰厚的文坛宿将，如巴金、孙犁、杨绛。如果姚振函不太健忘的话，他应该能记起巴金的《随想录》所引起的轰动，但是更不应该忘记的是杨绛的《干校六记》，这本薄薄的小册子，一下子把中国现代散文的五四传统带到了当代。当时，最令人振奋的是她对“文革”时的灾难并不完全诉诸愤激的诗情抒发的方法，而是时时采取调侃的方式。这就给读者以莫大的启示，原来在杨朔那欲扬故抑，抑而后扬的颂歌境界之外天地是那样的广阔。许多按杨朔模式应该弃绝的生活素材和心灵波动在杨绛那里显出了隽永的趣味。例如，当时在河南某些农村，孩子大便还没有拉完就被猪吃了。这在杨朔笔下是绝对没有地位的，然而，杨绛却颇为细致地比较了狗吃大便和猪的不同风格，猪没有耐心，时常把孩子拱倒了，而狗却是足够耐心和君子风度地等待孩子结束。这种谐趣不但在杨绛的散文中成为一个特点，而且在孙犁后来不断发表的散文中更带上人生哲理和自我剖析的沉思。在杨朔那里仿佛只有诗意的美化才有散文的创造天地，可是在80年代老一代散文家笔下，自我调侃，甚至故作蠢言却构成了一种幽默的谐趣。这种趣味的分化无疑为我国现代散文预示了广阔的发展前景，使一些在杨朔式诗意美化的透明罗网中徘徊不前的作家看到了希望。

这些文坛宿将不仅带来了更丰富的情趣，而且更重要的是把散文从狭隘的模式中解放出来，把它带向平凡的生活和自然的心灵活动。20世纪60年代的诗化模式的特点不同于二三十年代的抒情散文，它一味激化、美化作家的情感，因而情绪往往激昂，由此而衍生的散文风格以激情为主，以语言、情境的政治理性的美化为主，散文家总是设想自己所面对的是群众，其任务是鼓动；散文所追求的是某种英雄的姿态、铿锵的语言，唯恐掷地不作金石声。即使性格温婉如杨朔也不能不使他的散文带上布道者的说教色彩。长期以来在散文中逃避自我，歪曲自我，糊裱自我的虚假风气最早受到孙犁等老作家的反击。孙犁在他谈自己散文的一系列文章中一再宣称自己“不语怪力乱神”，不为了纪念亡友而拔高其形象，他从不追求廉价的、幼稚的、外部的戏剧性效果，而以平凡的甚至平淡的生活和心灵微波以及细致的体验和宁静的审视取胜。他不以诗意去美化自己，相反，而他总是在分析自我的过程中不时表露出对自己的不满和嘲讽。他写城市中不会抓老鼠的却会咬主人的猫，他写自己家里明明没有什么可让小偷眼红的东西却偏偏郑重其事装上门锁，几次丢了钥匙，弄得自己十分狼狈，由此他还得出一种接近于哲理的思考。所有这一切，都是散文对于诗化模式带来的虚假胜利的挑战。

参与这种散文胜利进军的不仅有孙犁，影响较大的还有汪曾祺。汪先生是小说家，他的小说就充满了散文趣味，而他的散文却没有任何小说的趣味。老一辈作家，对于夸张作态的诗化模式几乎有天然的免疫力，他们人情练达，世事洞明，使一切虚假无容身之地。汪先生在老作家中又以超然豁达，甚至有点佛性见长，这种个性与散文的文体规范有特别的亲和力。因而他的散文从容旷达，潇洒自如，真是有如行云流水，仿佛无心，细辨却有意，而这正是散文的正宗风味。我不知道姚振函为什么要说现代散文至今仍在散文的大门外瞎摸，甚至连门儿都不沾边。

难道姚先生是在故作惊人之语吗?

难道他竟粗心到看不出中国现代散文从诗化模式解放出来以后早已使得他所指斥的那些搔首弄姿的风花雪月和愣头愣脑的大气豪放显得寒碜无比了吗？汪曾祺在散文中也写游山玩水，但他即使到了泰山也并没有随大流去赞叹，相反，他放低了姿态，反对装疯卖傻（“洒狗血”），他老实而诚恳地说他“与一切伟大的东西总有点格格不入”“与泰山不能认同”，他只能是个平常人，“安于竹篱茅舍，小桥流水”。这样在雄伟风物之中发现自我的平凡和对平凡的执着，对散文意趣的拓展非常重要。姚先生对此也可以不问青红皂白以“虚假”作态来一笔抹杀吗？难道在这里不正可以看到散文的大门堂堂正正地大开着，汪曾祺迈着从容的方步在登堂入室吗?

也许姚先生以为散文之门只有一扇，且为他所独窥。其实，散文之门，正如其他一切文化之门一样绝不是一元化垄断性的，散文比任何其他艺术形式更加多元，更加与一元模式不能相容。当代中国散文走向繁荣的标志之一就是形态的多样分化，尤其在余秋雨的散文出现以后，散文作为文学形式正在揭开历史的新篇章。

令人惊奇的是，在余秋雨的散文引起海内外读者激赏如此之久以后，姚振函居然还无视其存在。老实说，作为一个散文爱好者，我倒是觉得，余先生的散文给散文研究者出了一个难题。以往在理论上给散文这种形式做出的规范，在许多方面被冲破了。通常把散文分为抒情的和叙事的两类，而议论在文学散文中不称其为一类（除了杂文以外），但余先生的散文既不太抒情，又不太叙事，而且又不是杂文，他的散文的核心成分倒是议论。他从容地分析他所掌握的系统的历史与文化材料，结合他个人感受、理解，进行充满理性又充满激情的文化思考。

这是散文领域中的一种崭新亚种。在五四以来的散文经典中，我们还没有发现任何先例：这么长的篇幅，这么丰富的文化景观和历史资料，这么巨大的思想容量，这么接近于学术论文的理性色彩又这么充满了睿智与诗情。散文又名小品，可是，余先生所创造的散文绝非小品，而是十足的巨制的大品。这是鲁迅、茅盾、郭沫若、兰姆、契斯透顿、蒙田都没有运用过的散文的亚形式。它的议论风生使我们想起了中国经典散文，唐宋八大家的散文；它的情趣使我们想起了桐城派的传统，它的思想容量使我们想起泰纳的文学评论和卢那察尔斯基的艺术评论。它以情理交融为主，而不是以情景交融为主的方法使我们觉得它不同于五四以来的散文传统。五四以来的散文一直是作为文学形式的一个品种而发展的，非常看重审美的情感成分，就不能不对智性成分有所抑制。人们总是忧虑智性成分的失控会导致艺术性的失落，但是余先生的散文中智性和理性的思考、分析是那么深邃，诗情成分则与之水乳交融，我们津津有味地体验到一种只有散文才能给予的精神享受。

文学的繁荣是有多种层次的，最起码的是量的增长，作者队伍的扩大，较高层次的是普遍水平的提高，并涌现出大批有创造力的作家，大批经得起时间考验的作品。当这类作品的艺术创造达到一个临界点，产生了大量新风格，甚至动摇了传统形式的某些规范时，文学的发展就带有历史的阶段性色彩了。原有形式规范遭到了新出现的文学作品的挑战，这正是文学在发展，在突破，在走向真正繁荣的标志。

任何文学形式的发展都不外内容（价值观念）和形式两个方面。在内容上的发展、变化、突破如果受到形式的约束，则文学的发展只能是有限的，但当内容的发展超越了风格的分化，达到形式的突破和形式规范的重新建构时，这种发展就有艺术发展的阶段性意义了。

当然，这时还要待之以数量的发展，姚振函藐视散文产量的增长是没有道理的，任何质的飞跃都是以泥沙俱下，鱼龙混杂的量的积累为基础的。当然，目前量的增长也有不尽如人意的一面，那就是在固有形式规范和风格惯例之内的重复甚多，而突破规范先锋和追随者较少，这也许是引起姚振函愤激之情的一个重要原因，从这意义上说姚先生的愤激有它的历史的烙印。

二、散文繁荣的标准

姚振函彻底否定现代散文的繁荣，或者正在走向繁荣的原因是他的标准的含混和模糊。

他一再强调散文要有“本质性的提高”，现代散文之所以迷失方向，就是因为虚假，而之所以虚假又是因为人们混淆了散文中的“自我”与“角色”的范畴。

他认为在散文中出现的“应该是自我，是自我在写散文，写的也是自我，是赤裸裸的一丝不挂的本来面目的自我”由于“自我埋得太深了，被社会扭曲得面目全非了，被包裹得太紧、太严、太厚了”，因而“自我”变成了“角色”，“不是自我在写，而是一个角色在那里写散文”。写出来的就不是自我的所见所感，而是“假角色之名（按：该是假‘自我’之名）凭空捏造的见闻感悟”。

这说得是颇有道理的，许多蹩脚的散文就是因为写不出自我，凭空捏造一些套话废话，从而丧失了散文的品格。

避免这种失败几乎是所有散文家的愿望，问题在于如何避免。姚振函开出他的药方，他说“散文是率性之作”，只要“率性”，任凭你的性情自然表露就好了，散文中“自我失落”的问题就解决了。

但是，问题并不是这样简单。

首先“率性”，并不是什么新药方，早在一个多世纪之前英国浪漫主义者就提出过：“一切的好诗都是强烈感情的自然流泻。”这对于装腔作势的古典主义是一个反击，但是作为艺术理论却很粗糙。并非一切强烈感情的自然流露都是诗，且不要说好诗了。小孩子吃不到糖大哭起来，营业员与顾客吵架，感情强烈而且率真，却毫无诗意。考虑到这一点，华兹华斯在他的《抒情歌谣集》的序中作了一点小小的补充，那就是“沉思”，也就是得有一个“沉思”来过滤一下，使之深刻。光是“赤裸裸的一丝不挂的自我”，行不行呢？也有人试过的，例如：我苦闷了，我恼火了，我要死了，我要把世界吞了，我是一条天狗，我把太阳吞了，我便是我了，我要爆炸了。这种所谓的自我流露越是痛快，距离诗越是遥远。这就是郭沫若在五四时期的实验。很明显，这不太成功，至少不如他那首有名的《凤凰涅槃》成功。因为《凤凰涅槃》不采取“赤裸裸一丝不挂”的方法，而是把自我转化为自觉焚毁自我的“角色”，在火中复活的凤凰，这在艺术上就大大升华了。郭沫若虽然强调过“自然流泻”，但他最好的诗却不完全是这样的。

对于一个艺术家来说，任何一种“自我”都不可能是赤裸裸的，不管是自我美化的还是自我调侃的，甚至是自我贬抑的，多多少少都有点文化人格的自我创造的成分。从这个意义上讲，这种文化人格和生活中的自我是不可能绝对相同的，用姚振函的术语来说，多少总有一点“角色”的味道。

赤裸裸地或者直率地表现自我固然是走向真实、真诚的一个条件，却是一个初级的条件。巴金在《随想录》中提出“把心交给读者”，作家要“说真话”，这自然没错，但是它却不能保证巴金的散文在艺术上有突破性的创造。过分依赖于直率的独白使巴金的散文在艺术上受损良多，从而使这本被褒扬过甚的散文作品显得名实不尽相符。在任何一种艺术形式中的“自我”，都是人格的自我提炼、自我突破和自我净化。所谓直率的赤裸裸的自我不能不是粗糙的。这种把原生形态的自我当成艺术，看来很开放，事实上和那些把生活等同于艺术的观点在思想方法上是出自同一模式的。我们许多文学理论之所以缺乏雄辩的说服力，往往就是因为在一些最基本的、最关键的命题上极不严密、极不严肃，而且又常常不善于很细致地继承历史遗产。

就防止自我失落，找寻自我而言，高尔基就曾指出，要找到自我还必须在观察客观世界的过程中，把对象的特征和自我的特征结合起来。这个自我并不是赤裸裸的自我，而是和表现对象融合在一起的自我。所谓“融合”，只是从正面而言，就是排除。和自我认同的部分融合了，和自我相异的部分就排除了。客观对象的特征被自我选择，而自我也就理所当然地被客观对象的特征所选择。同样一个作家面对峥嵘怪陌的巉岩和清幽宁静的山溪可能表现出自我不同的方面，甚至相互矛盾的方面来的。以为作家的自我是统一的，一元的，不变的，是一种误解。事实上，刘白羽面对滔滔滚滚的三峡激流，出了三峡面对平静的江流，同样表现出激情难以平息，这不是他的优点，而是他的自我不够丰富的表现。在不同情境中自我扮演不同的角色，这是常理并不是怪事。自我在生活中扮演着不同的角色，同时又保持着自我的本色，每一种角色都有合法存在的权利，包括在散文中的角色。问题不在于角色，而在于角色的真诚性如何。如果角色不但是真诚的而且是深邃的，它绝对不比那“赤裸裸的一丝不挂的自我”逊色。

问题还在于如何达到真诚而深邃。

没有一个作家是有意追求虚假肤浅的，但虚假和肤浅之作仍然比比皆是。这正是由于人的自我并不那么赤裸裸，相反它是充满了伪装，或者，用荣格的话来说自我都是有“人格面具”的。并不是每一个真诚的人都能轻而易举地认识自己的自我的，屡见不鲜的是许多不乏才华的作家以其毕生精力追寻，居然茫然不知自我的力量和精华，反而一辈子用流行的、传统的、权威的、现成的、他人的自我掩饰、涂改乃至麻醉着他真正的自我。

曾经有很多的理论——心理学的理论、文化学的理论、语言哲学的理论，对这种令人痛苦的现象进行解释，也曾经有过一些年轻的诗人天真地设想排除纯粹自我以外的一切现成语言、文化的干扰而“直接与自我对话”，然而他们的作品却失败了，因为他们无论如何也不能摆脱个体以外固有的集体无意识、民族文化心理模式和本身那种实用的理性的价值定式的约束，因而在他们的作品中，无论如何也表现不出一个他们孜孜以求的“纯粹的自我”①。即使他们一时自以为达到了那种与现成语言文化无关的纯粹自我、原生的自我、赤裸裸的自我的境界。但是那样的自我是混沌的、芜杂的，从根本上与艺术无缘。一个散文家如果分不清艺术的自我和原生的（赤裸裸的）自我，实在是散文家的不幸。对于原生状态的自我崇拜不但在理论上是幼稚的，而且在实践上是有害的，行不通的。

不管多大的艺术家都不可能像《儒林外史》中的王冕那样，完全孤独地、没有任何依傍地、顺利地发现自我，并且成功地加以表现。任何一种艺术的自我发现和表现都是历史的积累的成果。这种积累是非常缓慢的，因为任何一个艺术的自我都是不可重复、不可模仿的，可以重复的只是艺术形式。因而任何一种自我的创造、发现、升华都是通过形式规范的确立和突破来实现的。

因而，简单地要求作家表现率真的自我而不涉及形式规范的确立和更新，如果不是粗心大意就是不负责任。长期以来，我们都为简单地理解“内容决定形式”所误，而不知对形式范畴再作层次的分析。事实上形式在功能上可以划分为自然的原生形式和艺术的规范形式，在原生形式层次上，形式与内容同时并存，谈不上内容决定形式；而在艺术的规范形式中，恰恰是形式迫使内容就范这一现象更加突出。内容对于形式的决定只有在形式的狭隘和僵化为内容冲破时才充分表现出来，但也不是决定其一切，而只是某些方面。②

一个显而易见的事实，同一个作家在不同的艺术形式中表现出风貌迥异的自我。杜甫在“三大礼赋”中显得那么庸俗，而且官迷心窍，甚至高呼“皇帝万岁万万岁”，而在他的古诗“三吏三别”中则是一副平民面貌。鲁迅在杂文中是那么冷峻而犀利，可是在散文中对愚昧的长妈妈又是那样宽容而且充满了温厚的谐趣。舒婷在诗歌中以多情而伤感著称，然而在散文中却又常常调皮，有时在幽默中还流露出一点无伤大雅的尖锐，故在生活中有“尖嘴相思鸟”之称。有一种流传甚广的说法叫作“文如其人”，其实是并不准确的。一种形式也许只能表现人的心灵的一个方面，几乎没有一种万能的艺术形式能把一个作家的自我全面地表现无遗。这说明一种形式哪怕是积累了表现作家自我、提炼自我达千百年的传统形式，也只能在有限的方面帮助作家去接近、去净化、去创造他那个不无神秘的复杂的自我的某一个方面，或者某一个层次，也就是某一种与自我不尽重合的“角色”。

---

① 参阅孙绍振：《“后新潮”诗的困窘与出路》，《文论报》1993年3月20日。

② 参见孙绍振：《文学创作论》“形式论”一章，海峡文艺出版社2009年版。此处由于篇幅所限不便细致展开。

正是因为这样，我们不能离开形式的自觉和文体的自觉来谈任何艺术的繁荣或者没落，任何繁荣或者没落绝对不可能是纯内容的，而不同时又与形式规范有关。

而当前散文的繁荣局面除了量的普遍增长以外，很值得重视的一点就是散文的文体自觉已达到非常普及的程度。

散文对于诗化模式的突破，正是散文恢复到它自身，走向散文大门——散文正门的第一个里程碑。散文家在诗人遗弃了的世界里发现了另一个世界，在那些枯燥的文献性和琐碎的人情世故中，在那些煞风景的尴尬心态中，以及在平凡的甚至平庸的刻板的心灵与生活的交流中，发现了隽永的耐人寻味的情趣和理趣。散文恢复了它的潇洒自如、自然、自由、自在，不但嬉笑怒骂皆成文章，就是不笑不骂、不喜不怒，乃至神聊海侃也可涉笔成趣，散文的潜在能量正在面临着充分的解放，散文的文体规范正在变得富有弹性，这都是文体振兴的明证。一大批散文作家已引起了读者广泛的爱好，孙犁、汪曾祺、杨绛、唐敏、贾平凹、舒婷、林白的作品得到赞美，而且产生了许多追随者。而在这个时候余秋雨又异军突起，不但在大陆普遍赢得激赏，而且在海峡两岸也空前的走红，得到很高的艺术评价，这样的盛况表现了散文中很少见的轰动性效应，难道还不足以说明现代散文的繁荣，而且正在走向更大的繁荣吗？还是像姚振函所说的是什么“散文的迷失”“散文的沉睡”“散文的歧途”，甚至连门也摸不着吗？[①]

姚先生的论述之所以与事实相去如此之远，除了他模糊不清的散文观念，包括形式观念以外，还由于他的思维模式是一种流行很广的追求同一性的模式，而不是分析矛盾的特殊性的模式。他在文中许多原则性的提法如真善美的统一，散文与生命的同构等，在方法论上，都带有形而上学的特点[②]，因而缺乏具体分析的雄辩性。其次姚先生的方法是一种纯静态的不完全概括，缺乏动态的历史观念，也就是纯用逻辑的综合而脱离历史的分析，这使得他的方法不能不是跛脚的。虽然他的文风比那种学究气的文风，那种吞吞吐吐、钝刀子割肉的文风有令人振奋的热情和气魄，但是观念方法以及逻辑上的疏漏和对于历史的藐视却使得他的上述优长令人扼腕地走向了反面。这就给我们一个启示，不管语言风格多么动人，如果方法上太不考究，则文风越是犀利，越是坏事。

1993年9月29日于花圃

① 在本文写成的两三年后，南帆的智性散文，远离了抒情和幽默、脱离了叙文，在文体上有了更大的突破。还有风起云涌的学者散文均以智性见长，以五四以来的散文少见的规模和深度标志着中国现代散文的更大繁荣。

② 真善美的关系，我以为是错位的关系，而非绝对统一的关系，这个问题说来话长，本文因篇幅关系不赘。

散文诗：叙事形式和哲理的寓意[①]

谈散文诗理论是一件很冒险的事，首先，中国出现散文诗，是在五四新文化运动时期，差不多和现代新诗、小说和戏剧同时诞生。但是，不像诗歌、小说、戏剧有那么悠久的历史积淀。它虽然和新诗有着深厚的渊源关系，但是，后来并没有像新诗那样凝聚了国人那么多的才华，产生了那么多的经典，出现了那么多的流派，发生了那么多的论争。至今对其作为独立文体的属性还缺乏系统的探讨。这可能因为，五四新文学草创期，新诗有西方的范本可资参照。而散文诗在西方不过只有五十年左右的历史。[②]19 世纪末因为反抗传统诗歌的格律才在德国和法国产生。发源于德国的浪漫主义席卷了欧洲，特别是法国，产生了散文诗的前驱。法国当时的诗歌被所谓亚历山大体 Alexandrine（一行诗有六个抑扬格音步）的格律所统治，波德莱尔、兰波、马拉美以打破镣铐的气魄奋起反抗诗歌的清规戒律。波德莱尔说：在这个雄心勃勃的时刻，我们之中哪一个不怀着散文诗的奇异梦想：没有格律，不用押韵，然而有音乐性，以充分的婉约与粗犷，以那起伏不定的梦幻，协调良知和灵魂的律动。[③]连号称颓废派的王尔德，也在想象和联想的颠覆上参与了进来。散文诗甚至超越了欧洲，乃至阿拉伯世界产生了影响。到 20 世纪初追随者纷至沓来。黎巴嫩的纪伯伦《眼泪与微笑》等作品，还享誉世界。

但是散文诗作为一种文体，却没有得到共识。直到 1936 年 T. S. 艾略特强烈反对散

① 原载《当代作家评论》2016 年第 6 期。

② 虽然 18 世纪已经有不少作家尝试过散文诗作，甚至阿洛伊修斯·贝尔特朗（Aloysius Bertrand）以 1842 年的作品，就被一些人认为散文诗之父，但是，直到 1855 年波德莱尔的作品出现，散文诗才得到广泛的认同。

③ 这本是波德莱尔为《巴黎的忧郁》写的前言《给阿尔都塞纳 · 胡塞》。英语版维基百科 prose piem 条目，英文译文为："which one of us, in his moments of ambition, has not dreamed of a miracle of poetic prose, musical without rhythm and without rhyme, supple enough and rugged enough to adapt itself to the lyrical impulses of the soul, the undulations of reverie, the jibes of conscience？"

文诗作为一种文体，他在评论高度诗化的小说《夜林》（*Nightwood*）时说，此书不应该被认为是散文诗，因为它没有传统韵律或者说节奏。但是，这并不妨碍一些现代主义作家坚持写作散文诗。但是应者寥寥，以致到了1945年只有《在宏大的中央车站我坐下来哭泣》成为英语世界孤独的经典。20世纪五六十年代，美国的金斯柏格用这种形式写作，带来了一些声势。在英语世界，散文诗在一度沉静，20世纪80年代又开始有所发展。拉塞尔·埃德森（Russell Edson）的作品还给这个文体以超现实主义的智慧的声誉。1990年，查尔斯·西密克（Charles Simic）的作品《世界没有尽头》（*The World Doesn't End.*）还获得了普利策奖。1992年，出现了《国际最佳散文诗》杂志（*Best of The Prose Poem: An International Journal*），但是散文诗一直处于自发状态，作为文体的特性，众说纷纭。

西方学术向来以定义为前导，散文诗的定义，成为一大难题，一大谜团。连《国际最佳散文诗》的编者都坦承，说不清编选的准则是什么，连是否真的存在散文诗这种文体，都没有把握。他甚至承认，许多作家和批评家根本不承认其存在。当有人说，散文诗的特质是格言警句（aphorism）时，有人就反驳说，那波德莱尔的长篇散文诗怎么说呢？[①] 当有人说，散文诗是寓言（fables）时，有人就反诘，你把诗性散文（poetic prose）往哪儿放？有人干脆说，定义散文诗最成功的办法是为之留下“不可预测的空间”。更多作家则对从理论上阐释散文诗不屑一顾。他们声言写作本身比之任何写什么的说法更货真价实。作者在驾驭一种文体之时，根本就不知道它是什么样的文体，这种文体和别的文体（如格言、寓言、童话等）有什么类似也一无所知。

然而，明智的理论家深知感性经验毕竟有局限性，当哲学、文学理论不能提供有效答案时，更重要的是把生命奉献给散文诗本身这个智慧和情感的祭坛，进行内部的和外部的对话，迫使人们重新估价原先的立场，因为散文诗是一种不断进化的文学形式。这从理论上似乎没有问题，但是，实际上把散文诗以不确定性作为前提，似乎又取消了理论。绝对的相对主义消解了相对稳定的研究成果。

虽然众说纷纭，但是，也沉积了一些值得重视的理性元素。首先，散文诗是介于诗与散文之间的文体，是一种混血儿。有一个很生动的形容是，散文诗是跨立于诗与散文之间的一种文体，但是脚下踩的却是香蕉皮，意思是说，弄不好，不是过度滑向散文，就是过度滑向诗。最有启发性的是，西方散文诗理论的探索往往要提到寓言、童话，从中可以看出第一，散文诗应该像格言一样是理性的、简洁的，因而，散文诗必须杜绝滥情和烦冗。第二，散文诗应该和寓言、童话一样不是与情节绝缘的，有人把俄罗斯的散文诗概括为“反故事性”，而在波兰受到法国散文诗的影响，以“微型故事”为务，甚至不乏大型故事，

① 当时的散文诗一般是半面到三四页。再长一些的，就被认为是实验性散文或者诗散文。

如《古埃及传奇》(*A Legend of Old Egypt*，1888)，后现代主义者把 B.L.A. and G.B. Gabbler 的长篇小说 *The Automation* 叫作散文史诗。从这里，可以看出他们的散文诗与情节有联系。说“微型故事”是有一定道理的。散文诗的最初命名就是因为波德莱尔的《巴黎的忧郁》被称为“小散文诗”。波德莱尔自己就在《巴黎的忧郁》的前言中就说，他不想把自己这本书用一种没完没了的情节统一起来，他“把它砍成无数小段”“每段都可以独立存在，自成一体”，但是全书仍然是“整整一条蛇”[①]。

这一点，表面上与我国当代散文诗的实践毫无关系，但是，其中蕴含着某种不可忽略的核心内涵，那就是从正面来说，其情节性 / 叙述性与其寓意性，也就是形而上的思想有关，而它的反滥情性与浪漫主义诗歌纲领“强烈感情的自然流泻”背道而驰。散文诗对抒情的抑制和对寓意的哲理性的追求，很值得严肃考虑。

回顾我国近百年的散文诗探索，对散文诗的散文性的理解是不是比较肤浅呢？是不是仅仅限于在韵律上，在句法的自由转换上，是不是忽略了叙事的容量和哲理的质量呢？

从叙事性来说，从五四到当前，散文诗多多少少存在着一味拘于抒情的偏颇。吊诡的是，散文诗完全忽略了叙事功能，而在新诗中叙事性的作品却不断涌现，五四时期冯至的《蚕马》，20 世纪 40 年代的《王贵与李香香》、阮章竞的《漳河水》，50 年代艾青的《双尖山》、冯至的《韩波砍柴》、闻捷的《复仇的火焰》三部曲，都在抒情与叙事的矛盾中进行着严肃的勇于牺牲的探索。就是在朦胧诗中也有不少带有明显叙事性的作品。当然，这些作品可能并不一定成功，甚至失败，其探索价值却不可磨灭，令人想起舒婷早期诗歌中所说：留下歪歪斜斜的脚印作为后人签发通行证。不可忽视的是，波德莱尔的《巴黎的忧郁》中绝大部分的叙事性的，大体以一种“微型故事”的面目出现。为了节省篇幅，这里仅举一短小的例子《狗和香水瓶》：

> “我美丽的小狗，我的好小狗，我可爱的杜杜，快过来！来闻一闻这极好的香水，这从城里最好的香水店里买来的！”
>
> 狗来了。这可怜的动物摇着尾巴，大概是和人一样表示微笑吧！它好奇地把湿滑的鼻子放在打开盖的香水瓶口上。它惊恐地向后一跳，冲着我尖叫着，发出一种责备的声音。
>
> “啊！该死的狗！如果我拿给你一包粪便，你会狂喜地去闻它，可能还会把它吞掉。你呀！我的忧郁人生的可鄙的伙伴，你多么像公众啊；对他们，从来不能拿出最美的香水，因为这会激怒他们，而应该拿出精心选择的垃圾。”

这样的情节显然有很强的寓言性。屠格涅夫的散文诗也一样，如《绞死他》。一个女房

---

① 沙尔 · 波德莱尔著，亚丁译：《巴黎的忧郁》，生活 · 读书 · 新知三联书店 2015 年版，第 1 页。

东向将军告发说他的勤务兵把她的鸡偷了，将军下令绞死那个勤务兵。女房东连忙声称鸡已找到，将军仍然绞死了那个勤务兵。这样的情节显然并不像在散文中那样追求因果的必然性。它的动人之处在于寓意的普遍哲理性。仅从这一点来看，可以看出，散文诗的叙事性并不限于和抒情性融合，更多的是与理念的统一。

如果这一点没有太大的偏颇，我们不妨俯视一下当代散文诗，应该说，这几年从耿林莽为代表的老一代到灵焚为代表的新一代，从湖州到安徽，祖国大地的散文诗作者群风起云涌，只要看看每年颁发的奖项，和萧风年度的统计，无疑可以说，中国散文诗 GDP 达到了世界第一。这不但表现在产量上，而且表现在质量上。主要是突破了机械反映论和道德教化论，提出了大诗歌的主张，把人的生命体悟和精神的立体性探索放在了纲领性的地位。

拿灵焚们和耿林莽们的作品，与 20 世纪 50 年代经典作家郭风和柯蓝的作品相比，无疑是质的飞跃。

郭风和柯蓝总的来说，是把散文诗当作诗来写的。郭风把西班牙阿佐林和比利时的凡尔哈伦的光影感知结合着乡土风物，营造出自我独特的感知世界。郭风告诉过我，本来他是当作诗来写的，后来觉得太散了，把分行的句子连起来，就被当作散文诗。柯蓝时有警句，多属励志性，失之浅露。郭风的代表作《叶笛》和柯蓝的《早霞短笛》不约而同地以“笛”为名，总体倾向是颂歌，是外向于社会和自然，多为牧歌情调，在某种程度上回避自我内心矛盾，不可能指望有什么深度的思考。郭风到了 20 世纪 60 年代一度走向某种叙事，可惜的是受制于当时“左”的思潮，勉为其难地作政治图解，脱离了自己的光和影的世界，成为变相的报告文学，几乎导致艺术的破产。所幸新时期开始，郭风又恢复了他的童话和寓言式的世界。

新时期散文最大的跃进乃是恢复了对于个人化的追求，近年来灵焚们的“我们”对于内心的探索和外部世界的表现，从热情走向冷峻，从寻找自我到超越自我，理性、想象和语言的潜力也得到大幅度的提升。所有这一切有目共睹，毋庸置疑。但是，王光明从 80 年代起反复说的鲁迅《野草》的传统的断裂①，为什么会这么长久地没有得到解决呢?

在我看来，其中一个重要原因是，许多作者太过把重心放在诗（而且是审美抒情的）这片香蕉皮上了。这种偏颇使得散文诗失去平衡，危及其独特的生命。把诗当作散文的附庸，是有历史的教训的，20 世纪五六十年代，杨朔的把每一篇散文当作诗来写的观念风靡天下。散文成为诗的附庸，把散文诗再当作诗来写，就成了附庸的附庸。殊不知 20 世纪 30 年代以后，现代派诗歌已经突破了抒情，产生了徐迟所说的“放逐抒情”的智性潮流。也

① 王光明：《散文诗：“野草”传统的中断》，原载《当代文艺思潮》1987 年第 5 期，收入《面向新诗的问题》，学苑出版社 2002 年版，第 134—153 页。

许由于中国古典诗论中“诗缘情”有着源远流长的历史权威，以至于很少作者能够清醒地意识到诗与智性、诗与形而上学结盟的现代派的产生的必然。意识到散文诗叙事中理念的寓意性的就更少。西方文论把散文诗与格言、寓言、童话联系在一起，对于其中的形而上的潜在量，在多数人那里几乎视而不见。 出于这种视野的局限性，人们就看不出《野草》中的诗性，不是让其自然流泻，而是处于节制状态。那些表面上抒情，但常常相当冷峻。如《秋夜》中有“小红花的梦”，颜色却是“冻得红惨惨的，仍然瑟缩着”。而对于那追求光明的“小青虫”，鲁迅默默地“敬奠”也只是“打一个呵欠，点起一支纸烟，喷出烟来”而已。在一些耽于抒发强烈感情的作者的想象中，这样的“敬奠”可能是太煞风景了。对这抑制情绪的匠心，后来者长期麻木，恰恰是对心灵境界和想象空间的自我剥夺。

鲁迅对抒情的节制，是为了把更多的空间留给理性，构成某种冷峻的格言式的诗性。

如《影的告别》：“有我所不乐意的在天堂里，我不愿去；有我所不乐意的在地狱里，我不愿去；有我的所不乐意的在你们的黄金世界里，我不愿去。然而你就是我所不乐意的……我不过一个影，要别你而沉没在黑暗里了。然而黑暗又会吞没我，然而光明又会使我消失。”这可能是公认为典型的散文诗，其特点却不是表现热情，而是冷峻，不是美化，而是贬抑。对自我陷于无人可与交流的绝望，只有孤独和黑暗“属于我自己”。所用的手法，是格言的高密度组合。这是悖论境界是理性的，而灵魂的挣扎又是诗性的，然而这种诗性就带有形而上的性质。在诗性形而上的基础上，坦然地公开自己灵魂的黑暗，这样自我解剖严峻到严酷的程度，才是鲁迅式的深度。这就构成了鲁迅的特殊风格，可以叫作诗化的形而上。

和这种“诗化的形而上”以外，鲁迅还在《我的失恋》中，以戏仿的形式，表现了对于滥情的讽刺。他常用的手段是“微型故事”（“哲理式的情节”），这里之所以要打引号，因为散文诗的情节和散文的情节，在鲁迅那里是有着根本的区别的。在创作中，有一个划清界限和升华的过程。为了说明这一点，请允许我以《风筝》的写作过程为例，作一些冗长的阐释。

《风筝》是记叙性质的，这在《野草》中是很特别的。《野草》是散文诗集，在写法上大都是暗喻的、象征的、虚拟的、梦幻的，直接抒情也是哲理、格言式的。而《风筝》是写实的、童年回忆性质的，似乎应该放在《朝花夕拾》中去。但却没有。原因在于，它的情节，既不是抒情性的，也不是散文性的，而且是带着很强的哲理性的。抒情散文，以情动人，散文诗，则往往情理交融，理为主导。五年前，鲁迅以同样的题材写过一篇《我的兄弟》，在拆毁了小兄弟的自制的风筝以后：

我后来悟到我的错处。我的兄弟却将我这错处全忘了。他总是很要好的叫我“哥哥”。

我很抱歉，将这事说给他听，他却连影子都记不起了。他仍是很要好的叫我“哥哥”。

啊！我的兄弟。你没有记得我的错处，我能请你原谅么？

然而，还是请你原谅罢！①

这就是写实性质的抒情散文，而不是散文诗。只是就事论事，仅仅涉及自己与弟弟之间的关系。《风筝》却蕴含着哲理：施害者身为兄长，没有对兄弟的爱，任意践踏风筝，只有快感，而受害者却没有痛感；当施害者觉悟了，出于真诚的爱心，向弟弟忏悔，却得不到沟通。对于兄长来说，起初是无爱的麻木，后来是爱心觉悟的隔膜。而受害者，对施害的野蛮没有饮恨，对其忏悔也没有感谢。施害者企图以忏悔求得心灵的轻松，不但没有减轻歉疚，反而增加了痛苦，不但增加了痛苦，而且对未来失去了“希求”（希望）。《风筝》和《我的兄弟》最大的不同，已经不是抒情的忏悔，而是人与人之间无爱固然是野蛮，但是，有爱也难以沟通，心灵的隔膜而无望解脱才是更大的悲哀。

这个个案对于研究散文诗的特点，有方法论上的重大意义。许多散文诗论者，视野往往就散文诗论散文诗，而不是在散文诗与诗，与散文的矛盾和转化关系中去探索。托多罗夫说：“一种新的文体常常是前此某一文体或多种文化的转化，倒置、置换，或者结合。”②鲁迅的这两个稿子，显示的正是把散文形而下的情节加以转化为带着形而上意味的散文诗情节。

散文诗仅仅作为诗，在潜意识中太强大了。好像有一只无形的手在指挥着一代又一代的作者按照诗的模式在写作。散文诗叙事中的哲理寓意性，遭到了不言而喻的遮蔽。如今献身散文诗的才子和才女们，似乎还没有一个敢于想象，可以用《立论》那样的叙事来揭示人类交流的困惑。不用叙事手法，怎么可能表现出人类竟然陷于道德上要说真话和实际上不能不说假话的悖论之中？如果不用叙事的手法，如何能够设想《聪明人和傻子和奴才》的构思，在那样显而易见的荒谬背后严肃的反讽：奴才对主子的奴颜婢膝的劣根性，在关键时刻以出卖勇敢相助者为荣，以实际行动改变黑暗现实的却目为“傻瓜”“强盗”，而空表同情，似乎要流泪，让奴才安于做奴隶的，却视为“聪明人”。只要对照着当前的散文诗风，读一读《狗的驳诘》，应该不难理解鲁迅的系统反讽，用非诗的对白来表现“狗不如人”：因为它不能像人“分别铜和银”“布和绸”“官和民”“主和奴”。字面上是狗不如人，实质上是人不如狗，这么“恶毒的”主题，用诗的抒情来表现，可能是很难到位的。至于

---

① 鲁迅：《自言自语》之七，见《新发现的鲁迅五四时期的佚文》，载《鲁迅研究》1980 年第 1 期。又见《鲁迅全集》。

② 原文是“Quite simply from other genres. A new genre is always a transformation of an earlier one, or of several; by inversion, by displacement, by combination”, Todorov, Tzvetan. *Genres in Discourse*. Trans. Catherine Porter. Cambridge: Cambridge University Press, 1990.

说《求乞者》，从题目上看似乎与屠格涅夫的《乞丐》相似，但是，在屠格涅夫那里，是对弱者的同情。而在这里，鲁迅以叙事的方式（加上一点复沓）表现的是，人与人之间没有同情，也不希求同情。

以诗性而言，西方从亚里士多德到华兹华斯都以诗与历史（散文）相比，诗写的是普遍的，历史说的是个别的，因而诗更接近于哲学。故情理交融乃是西方诗的传统。把这样的诗性转化到散文诗中来，就使散文诗叙事性也带上了哲理的、形而上的性质。

当然，鲁迅的艺术资源并不完全来自西方，同时来自中国的先秦的历史叙事传统，即以记言记事为主，寓褒贬于叙事对话之中。在中国古典文学史上虽然没有散文诗这样的体裁，但是，在记事和记言中，显示出诗性寓意的却并非个别。有论者以为苏轼的《记承天寺夜游》当是，非也。因为基本是抒情，而无形而上的思索。全用对话的屈原的《渔父》（世人皆醉我独醒），苏轼的前后赤壁赋（人生苦短的自我解脱），都因带着形而上性质的，无愧于旷世的经典。《野草》中，叙事、对白并用。《立论》如此，《过客》更是如此，几乎如独幕剧。但是，却并不是散文的对白，也不是小说的对白，其内涵乃是生存的困惑。明知是生命不可避免地走向坟墓，可是拒绝返回，拒绝布施，于艰难竭蹶之中，冥冥中还是有一种声音在呼唤前行。这种对白语言蕴含明知人生悲剧性是必然的，然而仍然不能停止奋斗。《聪明人和傻子和奴才》中的对白，就片段而言是日常的、现实的，甚至奴才的话语是口语的快板（“清早担水晚烧饭，上午跑街夜磨面，晴洗衣裳雨张伞，冬烧汽炉夏打扇，半夜还要煨银耳……”）；就整体而言是概括性的哲理，其艺术风格与《过客》不同，是喜剧性的。

这样的语言在拘于审美抒情的作家看来，是非诗的，但是，却蕴含着散文诗的形而上的灵魂。

比起《野草》时期，散文诗的作家队伍可能壮大了千倍，继承甚至超越《野草》的愿望也日趋强烈。在抒情和冷峻的关系上，也有了相当的突破，但是，从思想的深度，特别是自我解剖的无畏，在将散文的叙事性转化为散文诗化的哲理性上，还缺乏自觉的理解。这就难怪，我们的境界还没有达到鲁迅所开拓出来的广度和深度。由于散文诗在文学诸体裁中是最为年轻的一种，要看到它在中国成熟，人们是需要比任何文体更大的耐心。

2015 年 7 月 9 日

第二辑

建构现代散文理论体系的新突破
——评陈剑晖《中国现当代散文的诗学建构》[①]

散文理论是世界性的贫困，它的学术积累，不但不如诗歌、小说、戏剧，而且连后起的、井喷的电影，甚至更为后发的电视理论都比不上。这是因为散文作为一个文类，其外延和内涵都有一种浮动飘忽的倾向。这一点几乎所有从事散文理论研究的学者都有所涉及，但是说得最为透彻的是南帆，他对散文理论的不确定性，有过这样的阐释：

> 散文并没有完成一个系统的文类理论，散文的游移不定致使它的文类理论始终处于一鳞半爪之中。因此，散文很难冲破诸种显赫文类的强大声势，抢先登上制高点。然而，九十年代的散文汛期或许恰恰同这个悖论式的结论有关：散文的文类表明，散文的理论即是否定一套严密的文类理论。诗学之中没有散文的位置。散文的文体旨在颠覆文类权威，逸出规则管辖，拆除种种模式，保持个人话语的充分自由。[②]

当然在宏观上指出散文理论的这种难点，不过是为了避免误入迷途，并不是取消了散文理论的建构。南帆接下去说：

> 文类规则撤除之后，散文不过是“短笛无腔信口吹”。因此，散文的自由隐含着一个迷惑：何处才是散文的至高境界？散文王国漫无边际，何处才是通向散文真谛的途径？这是自由与选择、判断的迷惑。这时，人们可以回忆一下那些大师如何使用这种自由。对于那些大师而言，散文并不是一种可以轻率从事的文体，相反，他们时常以搏狮之力全神贯注地对付这种文体。[③]

从这个意义上来说，一切散文研究并不是徒劳。从20世纪90年代以来，在严肃文学

① 原载《文学评论》2006年第5期。
② 南帆：《文类与散文》，《文学评论》1994年第4期。
③ 南帆：《文类与散文》，《文学评论》1994年第4期。

阵地相继陷落、面临边缘化的危机之际，散文创作却有勃兴之势，作者队伍空前扩大，成为小说家、诗人、理论家乃至官员的“客厅”；风格样式异彩纷呈，其实绩不但远远超越了20世纪80年代，而且有超越二三四十年代的趋势。在实践的推动下，散文理论，尤其是散文批评、散文理论史的研究开始了众声喧哗的繁盛期，但是由于基本理论缺乏共识，对散文成就的评价，常常陷入混乱。不同出版社每年照例推出年度“最佳散文选”，所选篇目往往南辕北辙，互相重合者凤毛麟角。成就卓著的散文作家，在不同地区的年度的总结性论文中，所列品位相当悬殊。评价的任意性在某些权威出版社的“现代散文史”的著作中更加突出，一方面，是一系列现代散文名家的遗漏；另一方面，则对一些没有任何创造的作家给予相当的篇幅。许多作家的突出不是由于作品的质量，而是在行政机构和学术机构中的地位。现代散文史论的研究，往往在漫无头绪的历史文献的迷宫里打转，提不出当代性的问题，准学术垃圾与日俱增。在另一个极端上，则是一些照搬西方前卫文化理论术语的大块文章的喧嚣。由于西方并没有像小说、诗歌那样的散文理论，可以借鉴的资源相当的贫乏，散文在中国文坛上的处境十分尴尬。一度把散文视为“文类之母”的学者，不得不承认，它早已沦为一种“次要文类”，甚至称之为“不成为文体的流浪儿”。台湾散文学者郑明娳更是哀叹散文成了“残留文类”。

理论混乱状态在持续了多年之后，到了21世纪初，出现了可喜的转机。这主要表现为：一批新作的出现，致力于历史思潮的清理，对权威话语进行彻底的批判，寻找散文理论的新话语，建构起一系列散文理论的基本范畴。就我所涉猎的不太广博的范围而言，可以作为代表的，就有喻大翔的《用生命拥抱文化》(人民文学出版社2002年版)、《繁华遮蔽下的贫困》(楼肇明等，山西教育出版社1999年版)，孙绍振的《散文的审美规范》(《文学创作论》2000年版第六章，在2006年出版的《文学性演讲录》中改为《散文的审美规范性和开放性》)，方遒的《散文学综论》(安徽教育出版社2004年版)，陈剑晖的《中国现当代散文的诗学建构》(江西高校出版社2004年版)。所有这一切集中到一起，可以说是从文学边缘向中心发出了一种生气勃勃的进军。

当然，在这之前，中国现当代的散文理论，已经有了相当的积累，有一些可以说是标志性的成果，如林非、佘树森、刘锡庆等人的著作。这些学者努力对20世纪中叶散文机械反映论和狭隘功利论进行了某些批判，试图把散文从认识论的枷锁和狭隘功利价值中解放出来，在审美价值论的基础上，提出了散文的抒情性，散文的诗性理论。其中最有影响的，要算是林非。他可以说是冲破了机械反映论向审美价值论的一座桥梁：“散文创作是一种表达内心体验和抒发内心情感的文学样式。”他对单纯的表现论显然有所警惕，力图在表现论和再现论的矛盾当中寻求缓冲：“它对于客观的社会生活或自然的图景的再现，也往往反射或者融合于对主观情感的表现中间。”林非是亲历过20世纪80年代中叶主体论大论战的。他的行文表明，他在客观的再现论和主体的表现论之间，把矛盾的主导方面放在主体的抒情上：“它主要是内心深处迸发出来的真情实感打动读者。”不难看出，他事实上把散文的特殊性定性在抒情性上。当然，他也看到了这个定性的狭隘性，他显然不是偶然地、很有分寸感地用了一个“侧重”：“狭义散文以抒情性为侧重融合形象的叙事与精辟的议论，而广义性散文则以文论性和叙事性为侧重，在不同的程度上融合抒情性。”①

林非的抒情论概括起来就是“真情实感”，这种观念在相当一个时期中，得到了广泛的认同，就连《中国大百科全书》的“散文”条也与之异曲同工。在林非背后还有佘树森、刘锡庆等学者，不紧不慢地追随着。虽然，这样的界定不能令现代散文研究人士满足，但是林非的历史功绩不能忽略。正是他们把散文从实用文体通讯中解放出来，恢复了散文艺术性文类中的地位，把散文从政治工具（匕首投枪论）和道德理性的“讲真话”（巴金）中解放出来还给散文以审美价值的灵魂。林非他们的历史任务归根结底就是清扫阵地，正本清源。而散文的现象是如此复杂，正本和清源都极不彻底，留下了更深层次的混淆。那就是抒情性的狭隘和散文中理性成分尖锐冲突。这本是两种思维方式，遵循着两种不同的思维规律，关系到散文的生命和未来的出路。林非把如此非同小可的矛盾用一个非常含混的形容词“精辟的”搪塞了过去。“议论”难道由于“精辟”就不是抽象的理性，就和感性没有矛盾了吗？疏漏在林非的论述之中，还没有充分暴露，相比起来才气稍弱、语言驾驭底气不足的佘树声就露出了马脚：他这样说，“写景、写人、写事，其目的还是在抒写自己的主观的感情；发挥思想文论道理，也是抒情的一法。归根结底，思想、道理也是‘情’，只不过是‘理智’化、‘规范’化、‘条理’化了的‘情’”②。干脆把理性和情感的矛盾，一笔抹杀，糊涂地提出了情感的“规范化”“条理化”，乃至“理智化”，既没有心理学的论证，又不求助于哲学，其粗陋和武断，可能并不是北京大学教授的头衔所能掩饰得了的。目的本是要正面解决这个矛盾，但是，在概念上任意和逻辑上的粗糙，反而把问题暴露得更彻底。当然，这并不是佘树森一个人的问题，而是一代人的局限。散文在20世纪80年代的历史发展，学者散文的风起云涌，进一步把理性与情感，思想的深邃和情感的强烈的矛盾摆在了散文研究者面前。更加不可忽略的是，世界文坛的背景是：进入20世纪中叶，西方诗歌、小说和戏剧、后现代散文，不约而同地涌现了逃避感伤，放逐抒情，以冷峻的智性为特点潮流。影响横被九州，中国文坛上，余秋雨的出现，预示了中国现代散文审美向审

① 林非：《关于当前散文研究的理论建设问题》，《散文论》，华中师范大学出版社1992年版，第5页。

② 佘树森：《散文创作艺术》，北京大学出版社1986年版。

智的过渡。上承鲁迅杂文，蔑视滥情，下启南帆式的冷峻的文风占据了散文艺术的前沿。这个潮流，在台湾也同样出现，郑明娳在分析散文的类别时，也注意到现代散文中的理性倾向，把“哲理小品”“直接说理”“抒情式说理”“叙事式说理”列入自己的审视的范围。

毫无疑问，对20世纪80年代以来的散文潮流作理论的概括，拘泥于林非式的抒情审美论，只能是捉襟见肘。这是一个须要更具有新的学理资源、更大学术勇气和素养的时代。此时的散文所期待的，是在学术个性上，在气质上更有原创性的人士。可喜的是，这样的人，正在脱颖而出。到目前为止，也许喻大翔和陈剑晖堪称其代表。

在喻大翔的《用生命拥抱文化》中，非常直率地表现出一种继往开来的气魄，他毫不留情地对余光中、吴调公、杨牧、林非、佘树森、刘锡庆、郑明娳、童庆炳，还有那规模与才智不相称的《中国近代百年文学体式流变史》（徐鹏举）的散文分类进行了抨击，所用的语言，颇为直率：“欠妥”“力不从心”“大而无当”“违反学术逻辑”“学理依据不符”“没有统一的分类标准”“观念模糊”“标准错乱”“随意性”“理不清”“论不明”“文学理论文体理论没有廓清”“未能道出散文的特殊性”[①]。传统散文学者的学理基础，无非是反映论、表现论和辩证法，而喻大翔带来的则是相当前卫的理论，那就是文化哲学和结构主义的层次分析方法。他不但有批判勇气，而且有原创的魄力，这一点连他的老师黄曼君都刮目相看，觉得“超出期待”[②]。他设置了自己独有的散文批评的范畴：“话语系统”“自然重合圈”“文化生命圈”“文本生命圈”，在时间、空间中，又增加了一个“心间”。在文化中分析出“理性文化”“感性文化”“文化潮锋”“文化生命理想”。从散文本体中分析出：“人境”“事列”“情场”“意阵”。在“意阵”中，又分化出“意念”“意见”“意义”等观念，并不厌其烦在地对上述诸多范畴作功能性的排列、组合。在对散文分类时，把“议论（理）散文，兼类散文，列于记叙散文和抒情散文之前”。一切都在说明他把理性、智性散文看得比抒情更为重要。正是在这一点上，喻大翔和林非等拉开了时代的历史的距离。喻大翔为散文理论开辟了一大片前哨阵地，把他众多的范畴作散兵式分布，但是散点布阵，十个指头按跳蚤，缺乏一个核心范畴和由之而衍生出来的简明系统。他毕竟是太年轻，而且也太匆忙。文学形式的范畴的确立，应该要经历某种从草创到成熟的汰洗沉淀的过程，要有一个历史的积累才能为学界认同。科学的美学与艺术的美学最大的不同在于它的简明，文学艺术美学是“真善美”，科学的美学应该是“真简美”。唯其简明，才能深邃、可操作。喻大翔所建构的话语系统，带着草创期特有的繁杂，这是陈剑晖所意识到了的。

---

① 喻大翔：《用生命拥抱文化》，人民文学出版社2002年版，第49、267、268页。

② 黄曼君：《一部超出我期待的书》，喻大翔：《用生命拥抱文化》，人民文学出版社2002年版，第1页。

比较起来，陈剑晖从更加广泛的西方文论基础上深刻地洞察了传统散文理论的缺陷：他抓住了林非的“真情实感”论加以批判。先引用了楼肇明对于真情实感论批判：真情实感，是一切文学创作的基础，不独为散文所专美。即使真情实感，也有艺术与非艺术之别，流氓斗殴，泼妇骂街，不能说没有真情。学术的难点无疑在形式规范的特殊性上。陈剑晖看得很清楚，“真情实感”论不过是一种印象，而不是严密的学理，孤立地研究散文是不得要领的，作为一种艺术形式的特殊性只有在和小说、诗歌的系统比较中才能看得清楚：

> 小说的情感往往是一种多维的情感结构，一般呈多元冲突跌宕起伏的状态，往往渗透进人物、情节和环境三个叙事中诗歌的抒情虽呈一维的结构向度，但诗歌的情感向度是一种高度集中的、凝练悬浮于日常生活之上的内心观照，而散文的情感结构也是一维的，呈单向发展的状态。而且与“此在”的“日常生活”常常呈水乳的关系，这就要求散文家不能浮光掠影、笼而统之地泛泛抒情。而要调动种种散文手段，通过优美的表达，最大限度地隐藏于生活表象底下的最为感人、最具普遍性的心形线发挥出来，达到一种情感震撼的审美效果。①

这里除了“最为动人”的说法略显绝对化，有点可疑以外，应该说陈剑晖把真情实感这样已经近乎老生常谈的话语，向学科建设的道路上大大推进了一步。陈剑晖至少在两个方面把问题向新的深度推进了：一是，小说是多维的，在诗歌和散文里是单维的；二是，同样是单维的，在诗歌中是悬浮于日常生活之上，而散文则是与日常生活有一种水乳交融的关系。这个说法显示出了理论的深度，在一程度上带有原创性的色彩。比之喻大翔的“直接将自我的个性、情怀、观点等表达出来”②，应该说，要切实得多。当然不无可惜的是，这个相当深邃的观念，只满足于在逻辑演绎，并没有来得及在广泛的文本分析上加以阐明，作者就匆匆忙忙结束了这一章，到下面一章中去“构建新的散文理论话语”去了。

但是从宏观的理论体系来说，这却是必要的，因为从文体上细致地加以区分充其量不过是外部形式，传统学者之所以未能在形式上做出突出的进展，其关键并不尽在形式，而且是在“真情实感”的内涵上。什么样的情才配得上叫作真情？什么的感才具有实感的深邃内涵？这个问题，对于拘守传统的散文理论家而言，从来就是盲点。他们的共同局限，就是迷信直观性和常识、比较形而下、比较看重经验的概括。像一切经验主义那样，他们并没有意识到经验的狭隘和肤浅。要突破狭隘经验的局限，要有更加形而上的学理准备。陈剑晖比之喻大翔更加富有形而上的学理修养。从主体性哲学、生命哲学到文化哲学，他都不陌生，他的重点是在生命哲学的基础上，以个体生命的本真为前提，提出散文的“诗

---

① 陈剑晖：《中国现当代散文的诗学建构》，江西高校出版社2004年版，第35页。

② 喻大翔：《用生命拥抱文化》，人民文学出版社2002年版，第275页。

性”作为他散文理论体系的核心范畴。他声明说，这个诗性，具有一定的超越性，不像我国古代诗论、诗话的“诗性”那样形而下，和杨朔的把一切散文当成意识形态的诗，相去更远：

> 我所推崇的“诗性”，首先是建立在人的个体存在、人的生命本真和丰饶的内心世界，是建立在事物的本原之上的诗性。这种诗性，从本质上来说，是一种内在整体性和综合美。它是散文最具心灵性的表达和情绪起伏的内在旋律，是人对社会生活、对大自然的总体性感受。①

陈剑晖显然感到对于散文这样一种丰富复杂的文体的进行语言的概括，是很容易疏漏的，于是又从“精神诗性”“生命向度”“人格智慧”“文化本体性”等方面来加以阐明，“作家内在生命的能动性和丰富性”“对万事万物的独特理解和感受”“对人类命运终极问题和日常生活的尖锐触及”“最鲜亮、炽热和最感性的元素”“个体意志感知和生命本能渗透万事万物之中”“哲学意义上的本真”“最完美的情感心智”“诗、思、史三者融合的高度”②。

可以看出，陈剑晖之所以借用如此这般的哲学原理和方法，无非是要把散文理论视野从狭隘的抒情审美论中解脱出来。要让感情和意志、心智乃至与思想和历史的思考融会贯通。在这样的宏观视野中，陈剑晖发挥着他形而上的思辨优势，一连划分了四章的篇幅对散文的诗性从多角度进行了阐释。在作家的人格主体性方面，他吸收了20世纪80年代主体性大论战的成果，特别是马斯洛的文本主义心理学的“自我实现”“自我完美”的观念。由此提出了心灵的“本真”、感情的“本真”和生命的“本真”，显露出了某种人格理想主义的色彩。这种色彩一方面把他的精神主体性向道德理想升华、诗化了，另一方面，又局限了审美的自由。其实，在那场大论战中，还有孙绍振的“审美主体性”③。生命本真的诗化，其实和艺术的假定和想象是有矛盾的。这方面好像不是陈剑晖的重点，在接下来的“生命本体性”中，提出“对生命价值的探询”和“融入与倾听：体验生命的两种形式”，显示出他力图把形而上学的思辨和形而下的操作结合起来。最有价值的可能是第六章“散文的诗性智慧”。显然是对过度依赖抒情，或者说是滥情式理论的反拨。在这里，他提出了“诗性智慧”，把诗与思想沟通的命题提了出来。以此为核心衍生出“心智交融”，演绎出“哲思式和解构式的诗性智慧”。很显然，他所关注的仍然集中在诗的感性与理性、抒情与思索的全景中，高屋建瓴地登上散文理论的历史的制高点。为此他调动了一切学术资源，

---

① 陈剑晖：《中国现当代散文的诗学建构》，江西高校出版社2004年版，第40—41页。

② 陈剑晖：《中国现当代散文的诗学建构》，江西高校出版社2004年版，第40—41页。

③ 孙绍振：《论实践主体性、精神主体性和审美主体性》，《文学评论》1987年第1期。又见孙绍振：《当代中国文学的艺术探险》，福建教育出版社1998年版，第129页。

甚至把中国的禅宗和西方的解构主义都集中起来为散文的理性成分做出诗性的阐释。当然，我们不能指望这样一个横跨哲学和美学，涉及散文和诗的矛盾和统一的命题，一下子在陈剑晖著作里得到令人满意的解决，但是把问题提得如此深邃可能是一大成就了。

值得注意的是，陈剑晖的“诗学智慧”不但概括了一般的智慧的成分，而且包含了幽默的成分。这不是没有道理的，因为幽默本身就是一种高度的智慧。在英语里，笑话、智慧都是“wity”。在林语堂那里，智慧和幽默常常是混为一体的。在接下来的几章中，陈剑晖又从几个不同的角度来加以阐释，首先从文体风格上，以文调、氛围、心体互补、智情合体；其次是，从创作构成上，意象组构、叙述、多维结构、性灵话语等。陈剑晖显然是调动了自己学术资源的文本体悟，多多益善地安排在他的散文理论话语体系之中了。

读者不难发现，他虽然不满意喻大翔的话语繁复，但是，他的系统话语和相应的阐释，层次繁复，概念丰富，在许多地方和喻大翔一样令人眼花缭乱。考虑到散文理论的草创性，虽然多元的话语繁复，但是，核心范畴鲜明而且深邃。首先，他的“诗性”固然有林非所看重的审美情感（“情绪起伏的内在旋律”“最鲜亮、炽热和最感性的元素”），但只是其中很小的一个局部，他所说的“诗性”，是一个宏大生命的“能动性和丰富性”“内在整体性和综合美”。不但有感情，还有“对万事万物的独特理解”，亦即对于生命和事物智性理解，还有比智性更高层次的理性（对于“人类命运的终极问题”“哲学意义上的本真”）而要达到这样深邃的智性和理性，则不但要求散文家有诗的情感，而且要有思想，这种情感和思想还要在人文历史的过程中展示。应该说，作者所追求的情智交融，是得到相当深刻的阐释的。虽然，多角度的陈述，角度之间的分类由于标准不够统一，互相交叉之处甚多，缺乏逻辑的严谨性。而接下来的分章论述中，先从生命本体，再从文化本体，最后从散文的艺术构成，从意象、叙述、结构对散文的审美操作诸多方面进行扫视，各章之间只有外部的排列顺序，缺乏内在的逻辑层次。表面的形式逻辑的划分，掩盖不住内在矛盾和转化的缺乏。

这种困境是对于审美情感、智性思索和理性系统三个层次的关系把握不够造成的。论者习惯于以二元对立进行分析，当二元对立的局限暴露出来以后，回避矛盾对立，不以感性、智性和理性的三分法代替之，只能是陷入一元混沌和多元交叉的状态。

这种局限还由于对于审美价值的孤立绝对的理解造成的。陈剑晖把生命如此丰富的内涵笼统地归结为“诗性”本身就可能引起歧义。他所说的诗性，如果是俄语的“诗学”，就是文学性，只能是文学普遍的特征，尚未深化到散文形式。如果他的诗性中包含着存在主义的哲学性的内涵，那就涵盖着文化、生命，同样很难演绎出散文所特有的规范。其实，在陈剑晖陷入犹豫的地方，喻大翔做出了独特的概括，在他的体系中，出了“知识与智慧”

的矛盾和向艺术转化的论述。诸如“知识个性”“文本知识的艺术传达”“语言的智性与感性”等相当精辟的提法。[①] 此外还有方道，虽然在许多方面并不一定比陈剑晖更多独创性，但是他在他的《散文学综论》中，用了一个范畴“审智”，力求把智性、理性的和诗性的矛盾做出理论原创概括。方道认为审智“并不拒绝感性，又不完全依赖于感性，诉诸智性，又不同于纯粹智性的抽象”。关键是“把智性观念形成、产生、变异、转化、倒错乃至颠覆的过程在读者的想象中展示出来”[②]。也许将“审美”与“审智”作这样划分，不但可能丰富散文的诗性内涵，而且可能提高美学品位。毕竟，这是中国人自己发明的范畴，比之借用生命哲学、文化学的诸多术语，是不是多少有一点原创性？是不是可能更加有效地突破传统散文理论的局限呢？

散文理论建构的焦点，也就是难点，就是散文作为文学形式的独特规律，或者叫作审美规范。西方的文化理论，生命哲学本身并不包含文学性的特殊性，更谈不上散文的特殊性。陈剑晖意识到了这一点，因而他在借用这相关的西方文化哲学命题的时候，总是力求在行文上往散文靠拢，但是，由于他所使用的方法主要是理论的演绎法，而演绎法的最大局限，就是从周延的大前提出发，大前提事实上已经包含了小前提的内涵，否则就不能周延。故演绎法实际上是把结论包含在前提之中了，它从根本上不能演绎出新知识来。故演绎法必须以经验材料的归纳来衍生、补充，甚至颠覆。而陈剑晖在作文本分析的时候，并没有从本文文论的大前提中衍生出自己观念来。例如，作为核心范畴的诗性，他只是在概念的内涵上进行演绎，还演绎出诗与散文的不同，但是，这一点并没有在文本的分析中得到雄辩的证明。

虽然努力强调散文与诗歌的区别，但是仍然把散文和诗混同了。例如，他说，散文是一种最个化的文类，它要求作家不仅要真实地表达自我，而且是要将这个自我赤裸裸地呈现在读者面前，这样，散文与人格的联系较之文类也就更为直接和密切。换言之，有什么样的人格，就有什么样的散文。就散文创作来说，它是作家的生活经历、文化修养、个性气质、心理特征、审美情趣等多层面的综合，它是作家的社会历史角色和地位在文化上的自我认领，这种人格的特点是性格加智慧再加上气质，但是，恰恰是这样的说法，忽略了诗歌与散文的区别。

---

① 喻大翔：《用生命拥抱文化》，人民文学出版社 2002 年版，第 145—170 页。

② 方道：《散文学综论》，安徽教育出版社 2004 年版，第 175—177 页。当然这里有一个对于评论者十分尴尬的事情，方道坦然说明，这个范畴取自我的著作《文学创作论》散文部分。我在该书中贯彻始终地在审智范畴分析文学现象。我第一次使用审智范畴，是在 2000 年《当代作家评论》上发表的《余秋雨：从审美到审智的断桥》。引用方道的说法有自我表扬之嫌，但是，审美和审智的关系，是散文理论的基本范畴，故意加以回避，是不是有因噎废食之嫌呢？

从散文和诗歌的概念上做出演绎，总是有说不清道不明的地方，其实只要从诗人兼散文家的文本进行分析，就可以看得很清楚。舒婷的散文和诗，是两个人，一个是形而上的，一个是形而下的。余光中也是这样：一个是比较理想化的、概括化的，没有时间地点条件限制的自我，一个是在具体时间地点条件制约下的自我。在鲁迅的古典诗中，他对敌对我的概括是很简明的：横眉冷对、俯首甘为。可是在散文中，在《朝花夕拾》中，他对阿长的态度，就很复杂了。有调侃、有讽喻、有赞美、有哀怜。诗比之散文更具概括的特点，类的特点，因而亚里士多德说诗更加接近哲学。虽然它不同于哲学的抽象，但是它倾向于把心灵概括化，具有形而上的某些特色，而散文则倾向于日用家常。这就是厨川白村所谓的絮语散文，李广田的自家人说自家事。在舒婷的诗歌中，是形而上的，为人性的一切感到哀伤，为人与人之间不得沟通而失落。在散文中，则是形而下的，她写着自己在家里做着婆婆妈妈的家务，感叹“做女人真难，但又乐在其中”。在诗歌中的是一种人格，在散文中则是另外一种人格，自我赤裸裸的暴露，是不可能的。不仅对于散文是不可能的，而且对于一切艺术形式都是不可能的，都是提炼加工过的，按照散文的审美审智的规范加工过的。在诗歌中把自己的人格理想化，而在散文，则完全是放低了姿态，回归现实是诗歌和散文最大的区别。这两种生存状态，是西方生命哲学、文化哲学中所没有的，是要经过我们睿智的文本分析抽象出来的。

人的精神主体实在太丰富了，太复杂了，任何一种文学形式，都无法穷尽。文学之所以有不同形式，就是因为它们在不同的层面表现人，综合起来，才庶几接近人的本真。其实，语言作为一种符号，就决定了很难表现人的本真，人的自我是多层次的，文学形式，又是多样化的，二者相互作用的结果，就使人分化为多种艺术的形态。每一种形态，都是人的一个层次、一个侧面，同时又是一种假定、一种虚拟、一种想象。散文和诗歌都只是其中之一，如果要说“本真”的话，应该提出人多元的艺术化的本真与日常生活的本真的根本区别。正是因为这样，散文美学意义的诗性，也应该是多元的。有审美的，也有审智的，甚至还有某种意义上是审丑的。陈剑晖把幽默归之于“诗性智慧”，我在前面已经说过了，但是如果进一步分析，似乎还可能有另外的逻辑划分，做出别样的安排。例如，和抒情散文对环境和自我的美化、诗化不同，幽默散文的自我调侃、自我贬低，常常带有心照不宣的、虚拟的、“丑化”的倾向，是不是可以将之归结为某种“审丑”或者“亚审丑”的范畴呢？如果可能，那么一向苦恼着散文理论家的分类的交叉顽症，就可能解决，代之以一种新的建构：第一，审美的抒情的诗化散文。这种散文的特点是美化环境、美化自我、美化人物。第二，幽默散文。不但不美化，相反在一种假定的心照不宣的语境下，反诗化、反美化，进行自我或者人物、环境的“丑化”。这两者之间的交叉和空间是不存在的。第三，既不审美，也不审丑的，以智性的审视为主的散文，如罗兰·巴特和南帆的散文。这样的划分，不但可能超越了林非式的无视散文中智性思考的缺陷，而且也超越了诗性范畴庞杂无条理的缺陷。如果这一点没有多大的错误，则我们是不是可以把西方文论中人格的生命的本真的合理性，局限在现实的、宏观的综合中。而在艺术境界中，特别是散文中，则应该是一种更为精致地分化了的微观境界，美化的抒情，展示的是情感的趣味，叫作情趣，“丑化”的幽默，深化为诙谐的谐趣。而智化审视，则衍生出思考的智趣，或者理趣。鲁迅说，嬉笑怒骂，皆成文章。生命的艺术无限丰富，无限微妙，仅仅归结为抒情，只有情趣，是对生命的亵渎，笼统地归结为本真，也可能遮蔽了它的深邃和多彩。

不同的人有不同的格调。散文的格调如人，就往往把人与艺术创造混为一谈了。把生活等同于艺术不对，把人等同于艺术，也是不对的。两者主观和客观的倾向不同，但是思想上追求同一性是一样的。陈剑晖就是在这样的基础上，开始他新一轮的现当代散文理论的建构。

他的理论基础不仅仅是喻大翔式的文化哲学，也不是把文化哲理直接搬到散文理论中去，他的目标是，不但借助文化哲学，而且吸收生命哲学，总体目标是把文化生命哲学转化为散文的诗学。

百年散文史识：文体建构的曲折和辉煌
——评范培松《中国散文史》[①]

撰写文学史著作艰巨莫过于散文史，尤其是现代散文史。和小说、诗歌相比，散文阅读缺乏共同视域，现代散文更是如此，作品散见于报刊，名目繁多，浩如烟海，个人涉猎有限，散文史家常有生也有涯之叹。小说和诗歌评论，则常常借助业内人士普遍关注的阅读焦点、共同话题，散文则极少这样的便宜。再加上，系统散文理论缺席，是世界性现象，评价在根本准则上的感觉化，随意化，造成瞎子摸象，以偏概全的现象司空见惯。从20世纪末开始盛行的不一而足的“年度散文评论”，所推崇的作家，还有坊间的所谓“年度最佳散文”，所选篇目，往往南辕北辙，重合者寥寥。评价准则上共识的匮乏，还导致散文评奖失去权威性和公正性；其混乱更胜于散文评论，以散文以外的力量取胜者比之小说更为普遍。在此等混沌的情势下，作一阶段之总括性评论已属难能，操觚作史，其艰难可想而知！但是知难而进者，并非绝无仅有。近年来，多种“现代散文史”“当代散文史”，陆续出版，固然不乏匆忙痕迹，但是大体上说，莫不积多年之心力。然而，其间隐藏着一个严峻的悖论，那就是，往往局限于现代三十年，或当代六十年，带着断代性质，这种不自然的、硬性断代，造成了遮蔽历史视野的积弊，而身在此山中的散文史学者，对此似乎缺乏高度警觉。

一

比之现代小说史和现代诗歌史，中国现当代散文的发展，并无追随西方艺术流派更迭

① 原载《文学评论》2009年第1期。

的脉络，既没有诗歌那样的象征派、现代派、民歌派、朦胧诗、后新潮诗、后现代派，也没有小说那种现实主义、新感觉派、社会主义现实主义、意识流、魔幻现实主义之类的航标。中国现当代散文具有某种自主发展，独立建构的性质，因而，其中关键性的概括不能指望西方文学流派的显性标志。有出息的散文史家不得不面临的任务是，从历史现象进行直接的、第一手的、原创性的概括。而概括的深刻性和全面性不能分开，失去了历史的全面性很难保证深刻性。历史的全面性，以宏观的、整体的、历时性的视野为生命。而流行的现代与现代散文史，断代于1949年，其局限在于两个方面：其一，其划分标准并不是散文本身，而是社会历史的阶段性，这种社会历史阶段性，与世纪散文阶段性是错位的；其二，政治历史的断代切断了散文宏观视野的完整性，有碍于散文历史和逻辑的系统整合。以目前已经出版的断代散文史来看，虽说在学术上各有千秋，但是共同的局限却是外部历史事件的连续性掩盖了、扭曲了散文的历史逻辑。20世纪80年代思想解放初期，最早出现的某些现代散文史和散文史论，以社会历史为纲，可能是宿命的历史局限，未可苛求。90年代以后出现的现代散文史，即使有意识地避开政治社会背景的框架，但是断代视野的局限依然故我。由于现象纷繁多元，再加上史识的、学术魄力的不相称，就不能不以被动的、任意的、杂乱现象罗列，代替深邃的历史线索的探寻。① 历史视野的不完整，注定了中国现当代散文史学术水平长期徘徊不前。读者看到的，不外是两种极端：其一，号称散文史，却并不是散文的本身的历史，而是社会历史框架中的“附件”；其二，摆脱了社会历史的框架，散文发展脉络失序，缺乏系统性的分类，导致了杂乱的、零碎的现象铺陈。

范培松这本《中国散文史》，在这种僵局中出现带来了突破性的冲击。

首先，它打破了百年散文现代、当代硬性断代的惰性，不但把百年散文历史的全程尽收眼底，而且把台湾、香港、澳门散文整合为历史的全景。其气魄之宏大，创造了中国现代散文有史以来的纪录。作者自称，本书消耗了八年的生命，但是从资源的积累来看，可能还要推向20世纪80年代的《现代散文史》的准备和90年代的《中国散文批评史》的写作，以及在这期间，访问香港、台湾的呕心沥血的积累。凭着近三十年的苦心孤诣，才在文本和历史文献资源上，拥有无可匹敌的雄厚的优势。

其次，占有资源当然是一种难度，更大的难度，却是驾驭资源。不言而喻，资源全面纷繁和系统化存在矛盾，资源丰富与概括的难度成正比；浩如烟海的资源是无序的，为史

① 如张振金的《中国现代散文史》（人民文学出版社2003年版），全书以十七年和新时期历史分期为界，将现代散文分为两编，二者之间只有时间上的连续，并无内在的逻辑联系。一编之内，各章节划分标准参差、交叉、错位，时而以时间、时而以社会内容，时而以文化内涵，时而以作家性别，时而以年龄段。就总体而言，缺乏散文艺术历史的全面视野和宏观的、深邃的史识，其资源疏漏亦多，与学术性的历史著作的系统化要求尚有距离。

者起码的功夫就是将之整合为有序的、有机的谱系。现成的惯例，按社会历史的发展阶段性，以主题分门别类，这固然可以驾轻就熟，但是对于散文史来说，实为懒汉的伪谱系，把散文作为社会历史发展的“附件”，正是他着意突破的目标，他显然怀抱着一种雄心，那就是对于散文百年历史的真正内在谱系的追寻，这意味着对散文史研究现状的突破和对他自我的突破。早在1993年就出版过《中国现代散文史》，当时他的视野仅仅限于现代散文的三十年。经过十多年反思，深感局限于三十年，影响纵览全局的系统化。虽然，他的《中国现代散文史》，在当时可能是最尊重散文本体的，但是从整体上，许多地方还是散文的分期仍然从属于社会政治的历史分期。把散文百年纳入学术视野，显然有意在更为宏观的历史高度上，以突破自我来突破中国现代散文的历史水准。

二

从这本百年散文史来看，他显然不是没有遇到挑战。拒绝把散文当作社会历史的“附件”，尊重散文本身，遭遇到的最大矛盾是，散文并不能脱离社会发展的历史进程。过分迁就社会历史，从属于社会历史，则是他更为警惕的，因为这可能遮蔽散文艺术发展的内在逻辑。在两难之间，他没有采取折中立场，在社会历史和散文艺术之间保持必要的张力。他非常明确地把散文历史发展作为本体，社会历史当然不可脱离，不过只是为了“注释”散文本体的建构而已。最能表现他学术气魄的是，把百年散文划分为从五四时期到20世纪20年代末的“异军突起”、20年代末到40年代中的“裂变分化”、40年代中期到80年代中期的“消融聚合”和80年代中期到90年代末期的“和而不同”四个时期。最能显示他的散文观念独创性的是“消融聚合”期，横跨40年代到80年代，长达四十年，几乎占据了现当代散文史的一半，从社会政治上来说，这不是一个社会历史时期，而是分属五个时期，亦即抗日战争时期、解放战争时期、中华人民共和国成立初期、“文化大革命”时期和改革开放初期。他把这个漫长的历史时期的矛盾归结为“工农兵代言人”和“后工农兵代言人”的转折时期。对社会历史如此坚定的跨越，透露出其准则正是对散文文体的坚持。在许多对散文文体不坚定的散文史那里，宏大的历史阶段和惊心动魄的时代变迁，不是被理解为散文文体艺术的背景，反而弄成了覆盖散文本体的云雾。范培松显然认识到，对时代背景表面上豪迈的追随，可能造成对散文本体建构谱系的扭曲，只有坚持拉开错位距离，才能疗救散文史写作的长期暗伤。他的这个“消融聚合”期，在他的散文史中之所以成为关键，就是因为，在散文本体的历史建构中，处在被扭曲和回归的转折点上。在这以前的五四时期，是散文的发生期（“异军突起”），五四后期和20世纪30年代，是散文的发展期（“裂变分化”），在这两个时期中，散文本体从无到有，从有到多元交错，为现代散文奠定了基础：其核心价值是人的发现，人格的张扬，个人的自我表现和文体的多元开放。而在接下来的四十年中，作者表面上只给出了一个相当含混的定性“消融聚合”。实际上，在他笔下，这个时期的前期和中期背离了五四时期的人格的自由表现和文体风格的多元，不是主体的深化，而是客体的“代言”，即所谓加引号的“工农兵代言”。代言就是消解自我。表面上，对代言的潮流，只作了平心静气的描述，在具体文本的细致分析中，显然寓着褒贬。具体表现在，此前的“裂变分化”时期，对于“京派散文”（沈从文、何其芳等）、论语派散文（林语堂等），特别是“表现自我，艰难的挣扎”（丰子恺的性灵小品、周作人陈源的书斋小品、郁达夫的游记等）、“海派散文”（张爱玲、苏青）、学者散文（梁实秋、钱锺书、王了一等），笔锋中带着感情，推崇其艺术成就的异彩纷呈；而到了工农兵代言时期，对于散文成绩的简略陈述，不仅在篇幅上只有一节，而且在其评价的语言相当低调（把散文当通讯一样写形成风气、题材趋同和单一、创作手法的粗犷化等），倾向性是不言而喻的。这一点，在“后工农兵代言人”章节（孙犁、汪曾祺、张中行、贾平凹等）表现得更为淋漓：丰硕的艺术成就多方面展示，又加上接下来的“和而不同”时期，描述了万途竞萌、云蒸霞蔚的空前盛况。其话语与五四散文文体建构中的核心价值遥遥相对息息相通：“主体复活张扬”“重塑自我灵魂的狂欢”。其间社会派、抒情派、回忆派、都市散文、乡土散文、田园散文、学者散文、江南斜姿散文、文化散文、西部散文、女性散文、人生诘难散文、台湾散文、香港散文，表面上与某些追随社会发展、缺乏文体本体谱系化的散文史相近，但是从根本价值上来说，归结于“重塑自我灵魂的狂欢”，则既是五四散文价值的回归，又是五四散文文体的突破。当然，作为史家，他多多少少回避直接陈述自己的判断，用笔比较谨慎，许多地方流露出中国传统的史家的“春秋笔法”“寓褒贬”于历史的描述之中。

从这样的宏观构思中，读者不难看到作者的散文史观：一方面，背弃僵化的传统，逃避把散文仅仅当作社会历史的反映；另一方面又拒绝时髦，并不追随西方文论，把散文当作社会意识形态的载体。他锲而不舍的追求是，散文史就是散文本体建构的历史，对于散文史最为重要的，并不是社会历史的，甚至也不是散文的文化内容，而是散文作为一个特殊文体的发生、发展、危机、曲折和辉煌的内在逻辑。社会历史、政治、意识形态在散文史中的作用，不仅仅有促进作用，导致散文的发育发展，而且也曾导致散文文体建构的挫伤。从某种意义上来说，范培松在百万字著作中，雄心勃勃和盘托出的，就是超越了社会历史具体性的、散文本体的艺术积累、流失、回归和升华的历史。

也许，并不是所有学者均能同意这样的选择，但是在笔者看来，对于中国现当代散文史来说，可能别无选择，因为中国现代散文在五四时期的发生，和小说、诗歌有根本的不同。小说、诗歌，不但在中国而且在西方有着现成的、稳定的文学体式为依据，一般说，没有建构文体形式的问题，更没有小说、诗歌形式危机的问题。①散文，作为一种文学形式，当周作人在《美文》中提出来的时候，不但中国古典文学中不存在，就是西方也没有与之相对应的文学体裁。在英语国家的百科全书中，prose 并不是一种具体的文学体裁，只是许多与散文相关的特殊文体的总称。与周作人提出的美文相近的，只有培根的 essay 和法国的 belles lettres。②

然而五四先驱对散文文体的选择又不完全是 essay 和 belles lettres③，这就使得散文成为中国特有的、崭新的文体：1935 年郁达夫在《中国新文学大系·散文二集》的“导言”中，对人们把中国的现代散文和法国蒙田的“Essais”和英国培根的“Essay”相联系，不以为然；他说：“其实，这一种翻译名义的苦心，都是白费心思，中国所有的东西，又何必和西洋一样？西洋所独有的物质文化，又哪里能完全翻译到中国来？所以我们的散文，只能约略地说，是 Prose 的译名，和 Essay 有点相像，系除小说、戏剧之外的一种文体，至于要想以一语来道破内容，或以一个名字来说尽特点，却是万万办不到的事情。”④从这个意义上说，中国现代散文可以说是世界上最年轻，也是最缺乏稳定积累的文体。散文先驱的界定并不完善，连鲁迅杂文算不算文学性散文，至今仍然有极大的争议。正是因为散文文体具有某种程度的不确定性，散文文体历史建构的过程中发生两次文体危机，就并不是偶然的。第一次危机，是 20 世纪 40 年代中期散文的通讯化。中华人民共和国成立初期，散文几乎消失，最优秀的散文是魏巍的朝鲜通讯《谁是最可爱的人》。1954 年，中国作家协会出版了《短篇小说选》《诗选》，甚至《独幕剧选》，而散文选，却出不了，只能出版《散文特写

① 当然在“文革”时期，鼓吹《虹南作战史》，把通篇议论当作小说的“革新”，是无人理睬的例外。

② 在《大英百科全书》（*Encyclopaedia Britannica* 2007）的 Ultimate Reference Suite 中没有单列 PROSE 条目，只有关于 PROSE 的分列说明，例如：alliterative prose 押头韵的散文，prose poem 散文诗，nonfictional prose 非小说类 / 非虚构写实散文，heroic prose 史诗散文，polyphonic prose 自由韵律散文。而另一种百科全书 Wikepedia 中的美文（belles lettres）则说，这是来自法语的词语，意思是“beautiful”or“fine”writing。它包括了所有的文学性质的作品：小说、诗歌、戏剧或者是随笔，其性质取决于语文的运用上的审美和原创，而不是其信息和道德的内涵。在另一本百科全书（*The Nuttall Encyclopedia*），则认为这是用来描述不管形式和内容，只属于艺术领域的文学，不但包括诗歌、小说、戏剧，甚至还包括文学批评。而《大英百科全书》第 11 版（*Encyclopaedia Britannica Eleventh Edition*）更加强调的是诗歌、传奇等艺术的想象的文学形式而不包括那种比较呆板的亦步亦趋的文学批评，但包括了演说、书信，讽刺的、幽默的文章随笔集子。essays，在《牛津词典》第 2 版（*The Oxford English Dictionary 2nd Edition*）中，指的是比较小型的文学作品。

③ 如果完全选择 essay 和 belles littres，“杂文”作为一种介于文学与非文学之间的中国式命名，就是多余的了。

④ 郁达夫：《中国新文学大系·散文二集·导言》，上海良友图书印刷公司 1935 年版，第 3 页。

选》。第二次危机，则是杨朔提倡把散文当诗来写，这其实是把散文不当散文写的主张，居然风靡全国。在小说和诗歌中，把小说不当成小说写，把诗不当成诗歌写，是不可想象的。正是因为这样，中国现代散文的本体自觉的追寻，就比之小说和诗歌更具历史意义。

三

范培松作这样的选择，并不是自发的，而有理论的自觉的。早在2000年，在《中国散文批评史》中，他就把中国现代散文的批评分为三种模式：一是言志派，二是社会学派，三是文本说的流派。作为历史，他不能不客观地说，这是“三足鼎立”，但是作为价值取向，他无疑是更为神往言志的自我人格表现和“重文本，重‘体’的文本派的”[①]。而在这本百年散文史中，他虽然并不否认社会学派，但更加明确地抓住了散文本体建构作为百年散文史的一元逻辑线索。科学美学的特点就在于真简美，以简驭繁，以简明的逻辑线索阐释丰富的历史，是成熟的表现，芜杂不简则是不成熟的表现。百年散文的现象是多元纷繁的，范培松实现了把多元的现象组织在一元的逻辑线索之中的追求，为散文史提供了独特的学科范式，对散文史编撰来说，这既是独树一帜，又是学术的突破。

应该说，抓住这条一元化的本体建构的逻辑线，比之追随社会意识形态，对于作者才智的挑战要严峻得多。这意味着作者不仅要在思想上气度恢宏地大开大合，而且要在艺术上洞察幽微。对于一些人所共知的现象，在最容易陷入老生常谈的地方，用一元化的系统性，条贯统序，加以颠覆和重构，揭示出深邃的文体奥秘。这个难度，对于许多率尔操觚的散文史作者来说是太高了，而对于范培松来说，这正是他志在攀登的高度。

正是本着这样的追求，他才能够在一元主干上安排多样的枝蔓，梳理出散文文体建构历程中丰富而又统一的丰姿。这一点，在本书的第一辑和第二辑和第四辑中，得到相当充分的表现。对于五四散文，他没有沉迷于一望而知的外部现象、满足于被动的分类，而是从内部、深层，发现了对立统一的机理，整个五四散文主潮被他概括为“怨怒之音”。这种概括抓住了时代情绪、智慧和散文建构的风格特征。在抓住时代风格的一元主潮之时，他并没有忽略人格审美的特征的多元，特别是，与之相对立的“冲淡”流派。对于这种对立，主要是鲁迅和周作人风格的对立，他的分析，坦然宣言与社会历史批评拉开距离：

> 怨怒散文和冲淡散文的分流固然由它们各自主帅的不同政见所致，但在这里把它们写入现代散文史，并不是把它们作为政治派别来论功过是非，而是作为散文的类别

① 范培松：《中国散文批评史》，江苏教育出版社2000年版，第22—23页。

来考察的。从散文的类别来把它们比较，它们是古代散文不同流派的新发展。作为抗争的冲淡散文的两位领袖，周氏兄弟在总结他们各自散文时，都不约而同地到古代散文中去找他们的“宗”和“源”。他们的“宗”和“源”很相近，都推崇古代散文中的唐宋和明末的小品，所不同的是鲁迅研究了唐末和明末的小品，认为唐末小品“几乎全都是抗争的愤激之谈”，明末小品也“有不平，有讽刺，有攻击，有破坏”，得出了“小品文的生存，也只仗着挣扎和战斗的”结论……而周作人则是对古代散文，尤其是明末公安竟陵派散文中的田园冲淡风格顶礼膜拜。①

在这里，文体观的自觉跨越了时间，升华到文体的历史源流，这显然是一种学术的深度，看来范培松似乎怀着一种信念，现实的具体性。

对于文体来说，可能只是一种表面的硬壳，只有一往无前地超越历史，才可能思接千载，视通万里，从缥缈的、不想连续的现象中揭示文体生成的逻辑，但这并不意味着，他忽视历史的发展，相反，他不但关注逻辑联系，同样也关注历史的发展。在提示了“怨怒与冲淡”的对立之后，他立刻拓展了另一种深度，那就是具有原创性地概括“五四散文趋美的变异”，把朱自清、冰心、徐志摩的散文当作五四散文历史的继承和发展。这样不但在概括上获得比较大的周延性，而且在方法上，也把逻辑的方法和历史的方法结合了起来。

仅此一端，就可以看出他所追求的散文史，乃是单纯的一元化和丰富的谱系化的统一。这种统一，如果是思想的统一，就比较简单了，难度在于他设定的是艺术文体的丰富和统一，最大的挑战在于艺术比之思想更加多元、更加错位、更加缥缈，对于作者的概括力的挑战更加严峻，好在他具有超越时空的、远距离的异中求同的抽象魄力。

从宏观上来看，他始终把散文的历史发展定位在自我人格的发现和张扬与代言人的冲突的动态谱系。20 世纪 40 年代解放区工农兵代言人时代并不是空穴来风，而是其来有自的，他从丰富的学术资源中概括出，早在 1927 年以后，就有过散文为革命“代言”（革命文学：自我是阶级的一分子）和艺术独立（论语派：以自我为中心）的尖锐论争。语丝社引以为自豪的个人主义的“自我表现”很快就被“咄咄逼人”的“反个人主义的文学”所冲击，清算，他在瞿秋白的新闻通讯中，还看到了“把散文当通讯一样写”的前兆，他就这样为散文本体的两次危机，找到了深邃的历史根源，这正是他史家笔法的胜利，也是历史谱系一元化概括的胜利。

① 范培松：《中国散文史》（上），江苏教育出版社 2008 年版，第 60 页。

四

他所认定的一元化，简而言之，就是宏观上散文艺术一元化的发展历史。这固然是史家的勇敢的史识，但也意味着另一种难度、一种挑战，那就是在微观上艺术感受力和理解力是否与他的史识相称。从方法论的意义上说，这就是同中求异的分析。从某种意义上来说，这才是真正的挑战。如果没有相应的艺术上辨析幽微的分析力，散文本体一元化谱系将成为空中楼阁。值得庆幸的是，他经受住了这种难度的考验，他对于散文文体把握和文本的心理分析，达到了相当程度的统一。难得的是，在对文本的分析中，常常表现出某种原创命名能力。在当前散文研究中，不乏文本分析，然而，许多号称分析往往并非具体体现文本的特点，而是众多文本的共性，沦为被人诟病的老生常谈者屡见不鲜。而范培松却苦心孤诣地在混沌奥妙的艺术形象中辨析着个体的特殊性，唯共同性话语之务去，有一种不分析出同类作家独特的、不可重复的相异点，就不罢休的劲头。如，他提出朱氏散文中有一种“意恋”的潜在的情致，决定了他动摇于道德理性与审美之间的“无端的怅怅”[①]。对于沈从文的特点，他一针见血地指其特点在于：醉心描写魔性生命力的象征“水手”和“妓女”，而魔性的特征又是“欲望和喜怒哀乐的神圣”“原始性、固原性和顽强性”“野蛮性、残酷性和盲动性”，甚至有“对残酷手迷恋”等，构成了他某种“魔性生命力的价值体系”[②]。而何其芳的《画梦录》中的孤独则“是一种对人的一概排挤的自我封闭”“充满了心灵的创伤，无形的痛苦”，其抒写方式是“一种精致的独语”[③]。周作人散文的价值，实现了“散文情绪从极化到淡化的转变”，接着从更深层次分析出周作人的情绪淡化，还有“无目的的随机性弹性思维”“漫不经心的运笔”“散文结构从封闭到散漫化”“散文语言从雅致到絮语”等特点。[④]这在现代散文研究中，可算不凡特殊性了，但是在他看来，这还是比较静态的。作为散文史，不应该是脱离读者的作家作品的历史，而应该是读者解读的历史。正是因为这样，他又从周作人被解读的历史，做出历史还原的分析：同样是闲适，茅盾的《浴池速写》，就没有被革命文学家声讨，原因是茅盾只是偶尔为之，周作人则是执意为之。当他的《雨天的书》《泽泻集》出版，获得一片欢呼之际，模仿者纷起，但是并不敢完全与之同调，只有梁实秋、林语堂甘愿与之认同。这种情况到了抗战期间，由于周作人散文本

① 范培松：《中国散文史》（上），江苏教育出版社 2008 年版，第 240 页。
② 范培松：《中国散文史》（上），江苏教育出版社 2008 年版，第 339—346 页。
③ 范培松：《中国散文史》（上），江苏教育出版社 2008 年版，第 354 页。
④ 范培松：《中国散文史》（上），江苏教育出版社 2008 年版，第 197—201 页。

身的“形象思维的疲软萎缩”沉沦为“文抄公”，再加上他政治上的堕落，使得周作人的冲淡散文在现代散文史上长时间失去追随者。

从方法上来说，他同中求异的分析，往往与比较联系在一起。即使对周作人的散文作了如此静态和动态的历史分析，他仍然运用比较方法对其特殊性作了进一步的追寻：“俞平伯散文和周作人散文相比，文比周艳，质比周薄。在对现实的态度上，周是明避暗入，俞是明避暗离。俞文虽超脱但缺乏刚性，很难和朱自清、叶圣陶同流，而实质属周作人开掘的冲淡派这条‘古河’中的一支。但周作人却又不承认，他认为俞文应单独列为一派，理由是他的散文为‘最有文学意味的一种’，跟周作人身体力行所倡导的‘雅致的俗语文’不同。其实，他们骨子里的情趣却是一致的，都是以明末小品中的名士情趣为他们散文的灵魂，只是具体显示名士情趣时，他们各具个性。”①这样他的分析就能自由出入于同异之间，不但把周作人，也把俞平伯的散文风格特色的立体化了。同样是以诗为文，他把余光中和杨朔相比，指出：“杨朔是在姿态上把散文‘当诗一样写’，余光中是彻底的‘以诗为文’，把文诗化……追求的是文化诗性”“有意超越当代的风气，在篇幅上要超越鲁迅所嗤的‘小摆设’”。他所追求的是在风格气势上的“大品”②。由于比较方法的文学大量应用，他能在类似相同的文本中驾轻就熟地揭示出其间的相异性，慧语迭出，给人以信手拈来的感觉。

严格地说，他对阅读史的方法还不是很自觉的，因为对许多散文大家，他似乎都忽略了这种方法。但对于比较方法的运用则是非常自觉的，大凡比较重要的作家和作品，他都回避孤立地分析，几乎都是同中求异的比较中进行辨析。在分析到徐志摩对大自然的欣赏时，他这样写：“在这里，美高于一切，这种欣赏活动显然是一种贵族绅士式的‘洋’派欣赏。”应该说，这是一个相当精准的论断，但是，可能觉得这样太单薄，又把他和周作人对苦雨和柳宗元对永州山水的欣赏相比较：“那是完全不同的欣赏方式。周作人、柳宗元追求融进自然，他们是在自然中，发现‘我’、显示‘我’、表现‘我’，而徐志摩则是重在欣赏自然，他是想从自然中发现美、显示美、表现美”“在美中创造一个西方绅士的自由天地”③。这里不但有同时代的，还有异时代的比较，这种大跨度超越时间的求异比较，使得他的论述具有了历史文化的高度。类似的情况还出现在论及许地山的散文中的“生本不乐”：“与同期散文作家，如郁达夫、庐隐、石评梅等相比，所不同的是这种‘不乐’为一块神往的宗教迷雾所包裹。”④

他的比较常常不能两两相对而满足，而是多元的交错。在论述许地山时，又把他与徐

---

① 范培松：《中国散文史》（上），江苏教育出版社 2008 年版，第 205 页。
② 范培松：《中国散文史》（下），江苏教育出版社 2008 年版，第 649 页。
③ 范培松：《中国散文史》（下），江苏教育出版社 2008 年版，第 649 页。
④ 范培松：《中国散文史》（上），江苏教育出版社 2008 年版，第 262 页。

志摩相比：“《空山灵雨》，想象奇特瑰丽，可以与徐志摩的散文相比美。但他的冥想是表达和显示刹那间的‘悟’，徐志摩表达的是刹那间的‘美’……许地山较为克制，其思维的方式呈圆满型……而徐志摩的散文冥想却比较放荡，反复搽抹，笔调浓艳思维呈散发型。因此如用女子叫他的散文，许地山的散文是内秀的少女，徐志摩的散文却是一位艳丽的少妇。”[①]

多元比较使得他的比较避免了单一性。应该说明的是，作为一种方法，比较是有局限性的，也可以说，并不是十分完备的。构成比较，以两者整体相异，一点相通，不及其余为特点。正是因为这样，单一比较的随意性似乎难以避免。难得的是，他的比较不但有多方面的特征，而且某些时候，作系统比较，这可能是有意为比较方法免疫。在论述京派散文时，先和海派散文比较，特点是“乡下人”在都市生活中产生了农业大文化“眷恋”。论述“眷恋”时，他又把沈从文和何其芳、废名、李广田作了比较：“沈从文甘愿冒着旅途艰险”到湘西去“寻找那些健康的水手和洒脱的妓女以抵御现代文明”，而“何其芳尽量把自己封闭在幻想的小天地里，但也不时把昔日农村的一些事拿来编织成彩色的梦”“废名、李广田则更津津乐道他们那遥远的童年生活的乡村一块小天地，似乎那里的一切都值得留恋的”[②]。接着又把沈从文和芦焚作了比较，芦焚还乡的基调是“失乐园”，而沈从文的整部《湘行散记》则是完全沉浸在“得乐园的梦一般的境界中”[③]。

正是由于方法的考究，本书中许多作家和文本的分析成为本书的亮点。他所重点论述的作家作品，往往在微观的艺术分析上显示出某种精彩。如对孙犁作为工农兵代言人身份成长，但并未扭曲自我，最后走向“告别工农兵代言之‘梦’”，早期青春的记忆和晚年对人物“结局”的寓意，都言简意赅。对贾平凹的散文中的“情感的隐秘性：谜性和野性”，对张晓风和琦君女性散文的抒情的傻气的分析和台湾都市散文“恶之美”的概括，对林燿德先锋散文语言的质疑，都可谓独具慧眼。

五

也许他自己也意识到艺术分析是自己的强项，故在下卷中，对于他认为比较重要的作家，还特别立“代表作欣赏”来加以突出。然而，恰恰是这种强调暴露了他强项中的弱点，很明显，他所选择一系列代表作并未达到在散文史上经典的水准，如黄中英的《星》、黄裳

① 范培松：《中国散文史》（上），江苏教育出版社2008年版，第265页。
② 范培松：《中国散文史》（上），江苏教育出版社2008年版，第329页。
③ 范培松：《中国散文史》（上），江苏教育出版社2008年版，第229—330页。

的《晚春的行旅》、苏叶的《能不忆江南——常熟印象》、谢大光的《鼎湖山听泉》。如果这些散文也能享有这样的殊荣，那么鲁迅、周作人、夏丏尊、何其芳、梁实秋、钱锺书、余秋雨、南帆、舒婷、王小波、余光中、王鼎钧、琦君该有多少作品应该得到更高的推崇。作为史家，他虽然坚持文体艺术一元化的准则，但在涉及具体作品，往往免不了动摇。这种动摇在下卷中，可谓不一而足。如，对一些地区的作家的偏爱（“江南斜姿散文”：除车前子、叶兆言外），对一些散文家的忽视（如福建散文家：南帆、舒婷、朱以撒），对台湾一些影响重大的散文家的评价草率（李敖、柏杨、林清玄）。

从现象上来看，这是艺术分析的准则不够准确，把握不够平衡，可从实质上来看，问题出在散文观念上。事实说明，方法的考究不能完全弥补观念的不足。一个突出的现象是，大凡审美抒情散文，分析就比较到位而且饱和，而对于幽默散文和审智散文分析往往不到位。例如，认定林语堂在国难当头之际奢谈幽默，为现实所不容。实际同在国难当头，鲁迅的《朝花夕拾》中的长妈妈等形象，还有他的许多杂文，不是以幽默见长吗？同样，对钱锺书、梁实秋、王了一的幽默散文则给人隔靴搔痒的感觉。其实这三位大师，应该是把林语堂的幽默风格真正发扬光大的，登上了幽默散文高峰，却被当作一般散文。仅仅从文化心理、个性自由的角度去分析，其真正的光彩就不能不被淹没。同样，对于王小波、汪曾祺、贾平凹、余光中、王鼎钧、李敖、柏杨、林清玄的幽默散文的多元创造，也未给以专门的论述。这说明作者散文美学观念集中在人格自我表现的、抒情的、审美价值上，百年散文史的艺术历史就是抒情审美的一元化建构。在审美抒情上的过度澄明，过度扩张，导致把幽默包含其中，幽默的被遮蔽则是必然后果。从方法上来说，在这里，他没有把同中求异的方法贯彻到底，没有意识到幽默与诗意之间的矛盾。幽默从根本上和抒情背道而驰，不是美化自我、美化环境，而是采取自我贬低、自我“丑化”的姿态，在幽默学上的自嘲或者自我调侃，是以反诗意为特征的，从美学上讲，是审美价值所难以包容的。这一点在西方美学史上，早有所论述。鲍山葵在《美学三讲》中这样说：

> 我们即使说崇高是美的一种形式，也总是碰到有人反对；有当我们碰到那些严厉的、可怕的、怪诞的和幽默的东西时，如果我们称他为美的，我们就是一般地违反通常的用法。①

李斯托威尔在《近代美学史述评》中说：

> “美”这个词，是有意识地按照两种不同的意义来使用的。有时用其通俗的含义，相等于整个美感经验，有时则用某种更严格的科学的含义，与丑、悲剧性、优美或者

---

① 鲍山葵著，周煦良译：《美学三讲》，上海译文出版社1983年版，第43页。

崇高一样，只是一种特殊的美学范畴。[①]

很显然，按照鲍山葵的说法，幽默是不能包含在审美之中的。而李斯托威尔则认为，美是和丑并列的美学范畴。如是把幽默的“审丑”，混同于审美，作为审美的一个部分，幽默散文的艺术特性就不能不被遮蔽了。可能是出于这样的考虑，在周作人指出现代散文的特性是“叙事和抒情”[②]之后十多年，郁达夫在《中国新文学大系·散文二集·导言》中，又郑重其事地指出，现代散文的另一个源头，就是“幽默”[③]。正是因为这样，他对于幽默散文的精粹未能做出像审美散文那样的洞察幽微的分析。事实上，审美诗化以情趣见长，而幽默以谐趣见长。幽默的天地广阔，鲁迅在小人物迷信面前的故作弱智，梁实秋放下绅士身份坦然自我披露，钱锺书尖锐的反讽的愤世嫉俗，贾平凹自嘲、自得、自慰交融，舒婷在调侃亲友中自我欣赏，余光中在自我尴尬中的自省，李敖自我贬低到不怕丑，柏杨自称老泼皮到不怕恶，林清玄的佛禅玄境等，每一种风格都开拓了散文的艺术边界，完全可能作为百年散文文体建构的另一条美学范畴加以脉络化的梳理。

当然，这可能是一种苛求，但是对于范培松这样对散文史做出突破性贡献的大家，怀着这样高的期待，也许并不是不现实的。

2008 年 10 月 30 日

① 李斯托威尔著，蒋孔阳译：《近代美学史述评》，上海译文出版社 1980 年版，第 3 页。

② 周作人：《美文》，《晨报副刊》1921 年 6 月 8 日。又见俞元桂主编：《中国现代散文理论》，广西人民出版社 1984 年版，第 3 页。

③ 郁达夫：《中国新文学大系·散文二集·导言》，上海良友图书印刷公司 1935 年版，第 10—12 页。

余秋雨现象：从审美到审智的断桥[1]

余秋雨为现代散文做出了历史性贡献，这是举世公认的，但是在一度获得广泛赞扬以后，他又被残酷地围剿，这是中国传媒批评兴起的一个表现。其特点是炒作和夸张，常常是不顾最起码的常识。对于无情的历史来说，这种以耸人听闻为务的传媒批评是短命的。传媒对于余秋雨的批评炒作了多年，无非就是两点：一是所谓“文革”中的表现问题。经过几年的争论，连坚持批评他的人，都不能不承认，就是有问题，对一个在“文革”全民狂热的历史时期中才二十来岁的青年来说，也是过于苛刻。二是所谓硬伤。《咬文嚼字》主编金文明甚至出版了一本书，说是有一百二十处之多。但是其实，一部分是金文明只知其一，不知其二；一部分是无伤大雅，并不影响余秋雨散文的艺术成就。鲁迅杂文中，记忆错误（硬伤）也是很多的，只要查阅一下权威版本的《鲁迅全集》的注解，就可略知一二。对于余秋雨大可不必动那么大的肝火，当然余秋雨能够从善如流，那是最理想的。可惜的是余秋雨讳疾忌医，这涉及人格问题，实在令人遗憾[2]，但是人才不可多得，对于有历史性贡献的人才来说，可以爱之深责之切，人都是有毛病的，因而，也需要适当保护。对于余秋雨的研究，不应该纠缠在一些小儿科的、没有历史价值的问题上。批评家要有起码的历史眼光，抓住要害。我觉得，就是所谓的“滥情”问题。

---

① 原载《当代作家评论》2000 年第 5 期。

② 这种遗憾，有时严重到令人难以置信的程度。光以《三峡》这样一篇不长的文章为例，就至少有三处文献上或者行文上的“硬伤”。他把李白经过三峡写的《早发白帝城》当成是李白青年时代从四川前往长江下游时作品，故说李白写作这首诗时，心情很是自由，没有任何政务和商情的牵挂，其实这首诗是李白卷入了永王幕府，在政治上失败以后，为高适所俘，流放夜郎，中道遇赦，得以还家，所以才有那种摆脱了政治压力的轻松心情。其次，他又把古典文献上很早就弄错了的楚怀王阳台云雨的典故，以讹传讹，当作楚襄王的故事。他还在行文归纳时，粗疏地把屈原和王昭君都当作“不以家乡为终点的”人物，事实上，屈原就是不愿离开家乡故国，才投江而死的。所有这一切，如果从文献学上来看当然是可怕的，但是作为散文，我以为并不在根本上影响其艺术价值。

一、抒情逻辑和“偏见”的关系

“批余热”中旋出来的“硬伤”风潮，虽然声势浩大，但是毕竟是软弱的，广大读者有时也觉得有趣，总是并不认真对待，因而余秋雨的作品，还是十分畅销。所有这一切不过是余秋雨现象的表层，许多批评家之所以对余秋雨这样带怀着溢于言表的情绪，往往不在于余秋雨的为数不多的所谓“硬伤”，而是对于余秋雨所创造的散文风格的反感。最初提出异议的李书磊还比较理性，后来朱国华就略带一点情绪化，认为余秋雨的散文不过是“毫无新意的感伤情调”①，他对于余秋雨散文中诗化的成分难以接受。他反对感伤，是因为感伤缺乏现代理性，由于他尽可能地压抑着情绪，因而文章中多多少少还有一些中肯甚至于深刻的分析。到了王强的文章中，诗性的感伤被称为“伪浪漫主义”②，就只有情绪的发泄了：批余愈热，理性成分越是稀薄，有一篇《〈文化苦旅〉“七气”》，把《文化苦旅》归结为七种完全是否定性的性质：霸气、商贾气、小儒气、八股气、童稚气、猥亵气、市井气。③这是一篇基本不讲任何学理的轻浮的文章，居然发表在一家高等学校的学报上。到了朱大可那里，更把余秋雨和妓女联系在一起，《文化苦旅》被比喻为“文化口红”“文化避孕套”④。这自然是耸人听闻，有朱大可惯有的故作惊人之语的风格，但是在这种惊人之语的背后，却有着相当严肃的学术和艺术观念的分歧。许多批评余秋雨的作者个性不尽相同，观念也有出入，但是在一点上是相近，甚至是相同的，那就是对于散文中抒情成分的厌恶。不过朱国华把抒情委婉地称之为“感伤”，王强称之为“伪浪漫主义”，而一般批评家则名之以“滥情”，或者“矫情”，而到了厌恶一切感情色彩的朱大可那里，则用了一个更为带情绪色彩的术语——“煽情”。正是因为对于煽情、滥情、矫情、感伤的反感，才导致了一位批评家把余秋雨的散文贬为“文化散文衰败的标本”⑤。到了《审判余秋雨》中，事情就更为严重，余秋雨不但要为自己的创作负责，而且犯下了“谋杀”现代散文的罪行：“装腔作势谋

---

① 朱国华：《别一种媚俗》，《当代作家评论》1995年第2期。又见萧夏林、梁建华主编：《秋风秋雨愁煞人》，中国文联出版社2000年版，第98—102页。

② 王强：《文化的悲哀》，《文学自由谈》1996年第1期。

③ 一般地说，在讨论余秋雨散文的过程中，几家高等学校学报的文章比之报刊上的文章都比较富有学术气息，因而显示了较高的水平，唯一的例外，是《〈文化苦旅〉“七气”》，载《贵州教育学院学报》1998年第3期。

④ 朱大可等：《十作家批判书》，陕西师范大学出版社1999年版，第32页。

⑤ 汤溢泽：《〈文化苦旅〉：文化散文衰败的标本》，萧夏林、梁建华主编：《秋风秋雨愁煞人》，中国文联出版社2000年版，第115页。

杀了散文的真实平易”“余式矫情谋杀了散文的真诚与深刻”[①]。

但是所有的批评家们都无法阐明两个问题：第一，抒情到了什么程度，就变成了滥情和矫情；第二，余秋雨受到这样广泛的欢迎，是不是也意味着他为中国当代的抒情带来某些新的东西。忽略这样重大的理论问题的并非朱大可一个人，几乎所有的批评家，都没有对自己的大前提进行必要的理论免疫。

在这个关键问题上，我想理论和艺术感悟水平比较高的李书磊和朱国华，尤其是朱国华的一些分析是比较深刻的。朱先生在《别一种媚俗》中指出，《文化苦旅》并非只是滥情，其中还有其他的东西，他把余秋雨的散文归结为“故事 + 诗性语言 + 文化感叹”[②]。而文化感叹中除了抒情成分以外，还有文化哲学，但是他对此并不看好。

应该说，这是触及了要害的。在余秋雨所创造的艺术世界中，朱国华所说的故事，事实上是文化历史的阐释和批判，他所说的文化感叹，则是文化人格的建构和历史的批判。而所谓诗性语言，并不是游离的，不是和前二者相加，而是相乘。抒情、历史和文化智性三者组成统一的结构以后就发生了重大的变化，抒情就带上了深邃的智性，就与虚假、肤浅而缺乏思想的滥情不可同日而语了。

抒情、矫情和滥情在根本上是不同的。文学作品的根本价值是与人的情感分不开的，审美在希腊文中原来就是相对于理性的感性（情感和感觉）的意思，文学艺术区别于科学理性的根本特点就是以情感为核心的包括感觉和深层的智性的心灵奇观。情感是一种黑暗的感觉，对于真诚情感的发现一如科学的发现一样难得，因而对于才气不足的作家来说，就有了一种偷懒的办法，刘勰的在《文心雕龙》中早就警告过“为文而造情”的倾向，也就是虚假的倾向。所谓“矫情”，也就是假情，从这个意义上说王强对所谓的“伪浪漫主义”的厌恶，不是没有理由的。所谓“滥情”从根本上来说，也是假情，不过从形式上来说，它是以夸张、虚张声势为特点。滥情与抒情的根本区别还在于深层思想的有无，滥情者往往在感觉表层滑行，而杰出的抒情则表现出深刻的人格和哲理底蕴。

在反对矫情和滥情方面，我们和许多批评家们是一致的，但是问题在于，他们不但反对矫情和滥情，而且笼统地、豪迈地厌恶一切抒情，其理论纲领完全包含在朱大可的理论范畴——“煽情”中。朱大可不想在这些问题上浪费宝贵的精力，给滥情和抒情进行明确的划分，只是用“煽情”一言以蔽之，表示他对抒情的鄙视。其他一些评论家没有朱大可这样大的理论原创的气魄，只能在具体论述的时候，对于余秋雨的一切抒情加以彻底的否

① 聂作平：《审判余秋雨》，四川文艺出版社 2000 年版，第 47、65 页。

② 朱国华：《别一种媚俗》，《当代作家评论》1995 年第 2 期。又见萧夏林、梁建华主编：《秋风秋雨愁煞人》，中国文联出版社 2000 年版，第 100、102 页。

定。幸亏这些评论家没有系统地评论中国现代散文，如果他们之中的任何一个，按否定余秋雨的高标准，系统地评论一下中国散文，有幸逃离横扫之列的，能有几个呢？不过，读者不用悲观，据韩石山的文章《散文的热与冷》，至少还有他的同乡散文家卫建民是好样的[①]。

当然，朱大可并不是等闲之辈，他之所以藐视余秋雨的抒情，是出于一种现代文学理念——文学发展到20世纪末，浪漫主义和现实主义经典早已成为历史，而现代世界文学是冷峻的，超越情感的，在散文中还絮絮叨叨地抒情，简直是落伍得可笑。其他一些评论家，包括在理论上缺乏修养和准备的，全凭情绪起哄的，但是在文学趣味上，无疑和朱大可同调，一见余秋雨比较抒情的句子，就恼火起来。

问题在于，中国现代散文要达到和现代（派）小说、诗歌同样超越抒情，上升到智性的水平，并不能凭空产生。直接废除抒情代之以纯粹的智性话语吗？那就意味着彻底的“无情”。这样做难度太大，就连以智性见长的周国平，也不敢完全脱离情感的渲染，在这方面最为勇敢的南帆是完全拒绝了抒情，甚至也拒绝了幽默，的确他已经取得了成就，但是他的逻辑中还是充满了情绪性，我把它叫作“亚审美逻辑”[②]。余秋雨的艺术个性和南帆显然相去甚远，但是在追求智性上是和南帆有共同之处的。余氏抒情的特点，就是与智性的深思沟通的。如果说以情感为主的文学作品一般属于审美的范畴，南帆以冷峻见长，超越了情感和幽默的境界，但是又没有完全脱离情感逻辑的散文可以说接近了审智的境界的话，那么，余秋雨的抒情中渗透着智性的散文，只能说是从审美到审智的过渡的桥梁。然而正当余秋雨力图把诗情和智性结合起来，从单纯的审美向审智建筑起一座桥梁的时候，他遭到了呵斥。

余秋雨在《废墟》中说：“废墟有一种形式美，把拔离大地的美转化为皈附大地的美。再过多少年，它还会化为大地和泥土，完全融入大地。将融未融的阶段，便是废墟。母亲微笑着怂恿儿子们的创造，又微笑着收容儿子们的创造。”这里把现实中的丑，转化为它的对立面美，不正是把抒情转化为智性沉思的努力吗？可是批评家就义愤填膺地说：“母亲和儿子的比附令人摸不着头脑：废墟是母亲的创造吗？那不是说废墟诞生了建筑？”“哪里像一个教授的学术散文，说是一个中学生的小作文还差不多吧。”[③]

应该说，《废墟》并不是余秋雨最好的作品，但是即使这比较差的作品，也并不十分简单，正由于把废墟当作一种美，才含着哲学、宗教和神话的丰富内涵。出自泥土，归于

① 韩石山：《散文的热与冷》，《当代作家评论》1996年第1期。

② 参阅孙绍振：《审智散文中的亚审美逻辑》，《福建师范大学学报》2000年第3期。

③ 聂作平：《审判余秋雨》，四川文艺出版社2000年版，第56、57页。

泥土，这不仅仅是辩证法的转化，而且隐含着古希腊大力士安泰和大地之母力量源泉的暗喻，典故非常通俗，虽然并不需要读过《圣经》的人才能理解，也绝不是中学生就能写得出来的，因为这里，有着把哲学、神话、宗教文化内涵进行变形、变质，转化为抒情的逻辑——超越于现实的实用理性和科学理性的陌生化的境界，用我国清代诗评家吴乔的话来说，就是“无理而妙”。这就进入了抒情的艺术感知变异和逻辑变异的境界。

有一个相当深刻的问题是不可忽略的，这就是理性与情感的矛盾问题。具体来说，一旦抒情和哲理结合在一起，就从学术的境界进入了艺术的境界，这时，再单纯从学术理性来评价，就难免给人外行之感了。

一些徘徊在艺术境界以外的批评家，对于艺术的抒情的逻辑不同于理性逻辑的特殊性视而不见，就不能不闹一些笑话了。余秋雨在《都江堰》中说：“我以为，中国历史上最激动人心工程，不是长城，而是都江堰。”一些死心眼的先生就想不通了，怎么能这样说？他们的理性告诉他们，中国最“激动人心”的工程只有一个标准答案，余秋雨没有权利违反这个标准答案。在《三峡》中，余秋雨竟然告诉一位外国朋友说，中国最值得去一下的地方是三峡。那故宫、张家界、桂林怎么办？在《流放者的土地》中，他说：“我敢断言，在漫长的封建社会中，最珍贵、最感人的友谊必定产生在朔北和南荒的流放地。”这种说法距离全面的要求更远，你把俞伯牙和钟子期往哪儿放？但是，除了死心眼的家伙，没有人发傻到要剥夺艺术家心灵的自由。这些抒情话语之所以感人，就是因为它偏激得如此天真，又率性得如此可爱。而在我们的理性主义者眼中，却产生了“突兀之语何其多”“语不惊人死不休”“主观武断”“片面”[①] 的感觉。

习惯于理性思维的学者可能不太清楚，情感逻辑不同于理性逻辑的关键，就是它不像理性逻辑那样追求全面性，它常常绝对化，不讲一分为二，它的生命恰恰在于片面性、绝对化。爱之欲其生，恶之欲其死，月是故乡明，情人眼里出西施，这是情趣，也是理趣。你可以埋怨学者不全面，但是如果你责备诗人、艺术家不全面，不客观就糊涂了。

大凡艺术家，有谁的想象不是超越客观和全面的？任何艺术作品中，如果没有一点主观、率性的武断，没有一点儿绝对化的任性，还可能有任何审美价值吗？鲁迅说：“好诗到唐朝已经写完。”宋朝以后的诗就没有好的啦？毛泽东认为，历史就是阶级斗争，一个阶级失败了，一个阶级胜利了，这就是几千年来的文明史。而美国国务卿艾奇逊却不懂。他在《唯心史观的破产》中说：“艾奇逊的历史知识等于零，还赶不上一个普通的人民解放军

① 高恒文：《突兀之语何其多》，《余秋雨现象批判》，湖南人民出版社 1999 年版，第 16 页。其实高恒文还可以去看看余秋雨的《一个王朝的背影》，其中写到他为什么对中国人心目中的长城情结持保留态度。文见《文明的碎片》或者《山居笔记》。

战士。”理性主义者可能又要苦恼了，人家艾奇逊很有学问，怎么可能历史知识是一片空白呢？应该改为“艾奇逊先生关于阶级斗争的历史知识比较少”，才全面一些。但是鲁迅和毛泽东的话却能把读者带入一种激情的和诗性、情趣与理趣交融的精神境界。不这样说，就一点气魄都没有了，普通读者读到这里，只觉得痛快，只有冬烘先生才觉得武断、片面。余秋雨为了表现对于海南文化的独特理解，把它归结为“母性文化”，用诗的想象对之加以美化，强调表现宋氏三姐妹的美：“她们作为海南女性的目光，给森然的中国现代史带来了几分水气，几多温馨。”有些批评家，对这样普通的诗意的想象都要大惊小怪。这实在说明我们文学理论从理性反映论到审美价值论本以为早已完成了的过渡，在有些地方，还有着相当严重的空白。

钱锺书在他的散文集《写在人生边上》中的《一个偏见》中说：

> 偏见是思想的放假，这是没有思想的人的家常日用，而是有思想的人的星期日娱乐，假使我们不得怀挟偏见，随时随地都要讲公道正理，那就好像造屋只有客厅，没有卧室，又好比在浴室里照镜子，还要做出摄影机前的动人姿态。……人心位置，并不正中……只有人生边上的随笔，热恋时的情书等等，那才是老老实实、痛痛快快的一偏之见。世界太广漠了；我们圆睁两眼的平视正见，视野还是偏狭得可怜，狗注意着肉骨头时，何尝顾到旁边还有狗呢？至于通常所谓偏见，只好比打靶的瞄准，用一只眼来看。但也有人以为这倒是瞄中事物红心的看法。①

钱锺书散文所蕴含的人生哲理，这里不可能细谈，光是散文，尤其是智性散文的艺术真谛，也够发人深省的了。老实说，要向任何一种学术理论（尤其是人文学科）要求绝对的“全面”“客观”，从现代文化哲学、语言哲学上来说已经不大可能。历史的发展不是直线的，往往是以片面深刻的形式前进的。在散文中，包括学者散文中，如果真的有了某种高恒文所藐视的“片面的深刻”，就是很了不起的成就了。对于任何学过一点现代文化哲学的人来说，所谓一劳永逸的“全面真理”，其理论基础就是一片陈旧的废墟。

余秋雨反复声明过，他写的不是学术散文：“我自认为写得比较好的几篇并没有太多的学术气息，而过于知识化的篇目或段落，常常文气滞塞……艺术文化常常受到学术知识的吞食……”②神圣的文化知识、历史资料，为什么会使“文气滞塞”呢？就是因为，情感和理性是一对永恒的矛盾，超越形式逻辑和辩证法的情感和遵循形式逻辑和辩证法的理性不但属于两个范畴，而且属于两种不同的人生价值。确定性很强的文献与历史资料和作家假

---

① 钱锺书：《写在人生边上》，中国社会科学出版社 1990 年版。又见钱锺书：《人·兽·鬼》，台湾辅新书局 1987 年版，第 195 页。

② 余秋雨：《文明的碎片》，春风文艺出版社 1994 年版，第 273 页。

定性很强的想象发生冲突是正常的现象。散文艺术作为作家不可重复的精神人格的艺术创造不能完全用学术理性来衡量，它有它自身的一套价值体系，那就是个人的生存状态、全部生命的感觉、情感和自由。

光有理性的人，是不完整的人，借用高恒文的话来说，是“片面”的，只有把它和生命体验的全部丰富性加起来才是比较全面的。这就是科学特别发达的美国教育要强调人文课程在大学教育中不可动摇的地位的一个原因，我国的教育正在克服文理绝对分家的局限，也正是这种规律在起作用。

余秋雨早在《文化苦旅》的自序中就说过，学术对于他生命的丰富是一种片面性的束缚：“我们这些人，为什么稍做一点学问，就变得如此单调窘迫了呢？如果每宗学问的弘扬，都要以生命的枯萎为代价，那么世间的学问，又是为了什么呢？如果辉煌的知识文明总是给人们带来如此沉重的身心负担，那么再过几百年，人类不是就要被自己创造的精神成果压得喘不过气来了吗？”[①]他就是为了超越学术研究，才选择了文化散文，恢复全部生命感觉，也就是借助散文，找回超越理性的、感性的、内在的、丰富的自我。他曾经坦率地说过：“我把想清楚了的问题交给课堂，把能够想清楚的问题交给研究，把想不清楚的问题交给散文。想不清楚，就动笔为文不是不负责的，而是肯定苦闷、彷徨、混沌、生涩、矛盾的精神地位和审美价值。”[②]理性的认识价值是要明确科学的结论的，而没有结论的苦闷、彷徨是没有任何学术价值的；然而恰恰富有审美价值。学术和艺术两个领域都是属于生命不可缺少的部分，可是我们的评论家偏偏不买这个账，硬是以为只有他所热爱的那半个世界就是全部，因而对于他们不熟悉的以外的另一半世界，不是责备其滥情、矫情，就是藐视其缺乏“现代学术理性”。

其实，只要抛开理论的偏见，稍稍认真读读余秋雨的散文文本，并不需要太强的艺术感受力，就可以感觉到余秋雨对中国当代散文的贡献。

在余秋雨出现在中国现代散文文坛上的前后，中国当代的散文正面临着一个发展高峰上的平顶。作家们早已从政治抒情的虚假颂歌中摆脱了出来，用巴金所说的“讲真话”来写散文，但是讲真话只是一种社会的、政治的共同立场，还没有涉及艺术的追求。艺术是一种逼真的假定，脱离艺术特殊规范的“真话”可能变成大实话，不见得就是真理，也许是占主导地位的意识形态的流行话语，可能陷于流行的成见。余秋雨的目的是追求他个人的、更加自由的话语。真话不是放在盘子里可以任意取得的，对于个体来说，是一种人格的提炼创造。他一再宣言：散文的写作当作是文化人格的深度建构和升华。应该补充的是，

① 余秋雨：《文化苦旅》，知识出版社1992年版，第2页。
② 余秋雨：《山居笔记》，文汇出版社1998年版，第21页。

这不但是一个人格建构的过程，而且是一个个体话语建构的过程。

这个过程并不如迷信讲真话的、天真的理论家想象的那样轻松，要摆脱现成话语的束缚是一场搏斗，不但要和现成的抒情、滥情、矫情的话语搏斗，而且要和自我对这些话语的幼稚的迷恋搏斗。在这种搏斗的过程，余氏并不是无往而不胜的，有时流行的话语，包括那些滥情、矫情的话语对他这样一个多情种子，也有魔鬼一样的诱惑力；在他写得非常精彩的时候，突然来了一段令人遗憾的滥情。虽然这种滥情很快就被他相当大气的智性所渗透而变得厚重，但是某种不舒服的感觉免不了要留在心头。艺术人格的建构同时又是个体话语的建构，比之单纯道德层面人格的建构要复杂得多，也艰难得多。这一点不但我们的一些自以为是的批评家忽略了，连余秋雨这样的艺术家本人也都忽略了。

一些批评家嗤之以鼻的某些滥情的例证，不是完全没有道理。在《道士塔》中，写到敦煌文物为西方人所劫掠时，他抑制不住心头的愤怒，忍不住要呼喊起来："住手！"甚至在想象中要向出卖文物的王道士"跪下"；到天一阁去参观，想到历史上的大学者要进入天一阁是难乎其难的，而他自己居然进去了，他就激动得"要举行一个犷厉的仪式"。诸如此类，不但是他对自己的情感失去控制，而且是话语的某种腐败，他忘记了用他得心应手的智性和情感保持适当的张力，在情理性交融中使旧话语具有新的内涵。除了这些局部的败笔以外，还可以找出整篇的弱笔，朱国华提到过《废墟》和《夜雨诗意》，据我看来，这还不完全，至少还可以列出以下篇目，如写一个女护士的《蜡梅》、写骆宾王遗址的《狼山》，还有一口气写了五座城市的《五城记》等，这些作品失败的原因各有不同，但是就对于情感失去控制话语落入俗套来说，则是一样的。

值得庆幸的是，他对于自己的某种滥情和矫情，并不经常容情，随着创作经验的积累，理性的、冷峻的成分显著增加，出现了像《酒公墓》《信客》那样的冷峻叙述，而这恰恰是用了许多韩石山非常反感的"小说笔法"。在《历史的暗角》那样集中写他身受其害的"小人"主题时，他也大体上克制着自己的情绪，比较安静，偶尔出现了一个有滥情、煽情之嫌的段落，在《山居笔记》中就毫不留情地删节掉了。①

① 删节掉的一段，在《历史的暗角》第三部分的第三自然段。"但是回避显然不是办法。既然历史上那么多的高贵的灵魂一直被这团阴影罩住而欲哭无泪，既然我们民族无数百姓被这堆污秽毒害而造成的整体素质严重下降，既然中国在人文领域曾经有过的大量精雅构建都已被这搞脏或沉埋，既然我们好不容易重新唤起的慷慨情怀一次次被这股阴风吹散，既然我们不仅从史册上，而且还在大街和身边经常看到这类人的面影，既然过去和今天的许多是非曲直还一直被这个角落的嘈杂所扰乱，既然我们不管白天还是黑夜，只要一想起社会机体的这个部位就情绪沮丧，既然文明的力量在和这种势力的较量中常常成不了胜利者，既然起到下世纪我们社会发展的各个方面，还不能完全排除这样的暗礁，既然人们都遇到了这个梦魇，却缺少人来呼喊，既然几下说不定能把梦魇暂时驱除一下，既然暂时的驱除有助于增强人们与这团阴影抗衡的信心，那么，我们，为什么要回避呢？"

不应忽略的是，余秋雨即使早期散文中的抒情也常常是有节制的。比如在《吴江船》中写“文革”下乡劳动时期一个非常活跃的女同学横遭冤屈，投太湖自杀的场面：人被打捞了上来，人工呼吸，折腾了一番，毫无效果，“卫生员决定给心脏注射强心针，她的衣衫被撕开了，赤裸裸地仰卧在岸草之间，月光把她照得浑身银白，她真正成了太湖的女儿”。把女性同窗的死亡写得这样宁静，比之喧嚣一番，要深沉厚重得多了。也许把最后这一句“她真正成了太湖的女儿”删去该多好。最好的是，写到末了，他离开这个太湖，在船上还打了一个瞌睡，最后是：“就这样，我终于坐了一次夜航船。算来，也有二十年了。”把情绪放在无言的宁静中，比浪漫抒情更加耐人寻味。《信客》的结尾是，他默默无闻地死了，没有引起特别的关注，他那荒废的坟墓，人们只是漫不经心地修了一下，并不是为了特别地纪念他。他写到悲剧性的事件时，往往节制着形容和渲染，用无声的空镜头，代替强烈的情绪的宣泄，在艺术上显得就比那些呼天抢地的俗套话语要成熟得多。

二、人文意象和余秋雨式的话语重构

余秋雨的出现之所以引起如此的强烈的反响，就是因为他为中国现代散文开拓了一个新的艺术天地，提供了一种广阔的视野，从文化历史的画卷中展示文化人格的深度，开拓想象的新天地。要做到这一点，就必须挣脱流行自然景观赞叹的现成话语，更新话语的内涵。对于传统的抒情话语，余秋雨既是横空出世，又有一点眷恋徘徊。所幸的是，他的智性追求和他的诗情在话语的重构上取得了某种平衡。

诗情和智性的矛盾是永恒的，即使能够结合也难免抽象。他有意寻找古代文人曾经立足的地方，超越时空的界限进行文化反思，为可能陷于抽象的智性和可能流于肤浅的激情找到了潜在空间很大的载体，赋予哲理内涵。使二者能够血肉丰满地结合起来的是山水和人文，正是通过山水和人文余秋雨实现了他的话语更新。

中国古典文论强调言与意的矛盾，意是灵魂，单纯的声音符号无法穷尽，言不尽意，言不及义，可以意会，而不可言传，但是中国古典文论又强调“立象以尽意”，艺术的任务就是要通过有限的象来传达无限的意。象就是对于具体对象的艺术感觉，这就构成了所谓“意象”。意与象的化合，就使言不但感性化了，而且使言的内涵发生了自由的重构。余秋雨写得最好的散文，往往与自然景观和人文景观有关，就是因为自然景观和人文景观为他的意，也就是情绪和理性的灵魂提供了象，也为他的言提供了自由转换的天地。

余秋雨取材于文化胜地和旅游景点，本来是非常冒险的，不论是西湖，还是三峡，不管是敦煌，还是苏州，早已有许多散文大家留下了名篇，甚至经典名篇。余秋雨要在自然景观上与任何经典作话语的较量几乎是必败无疑。他说过，“过三峡，是寻找不得词汇的”。他的聪明就在于他只精选了有限的自然景观，结合与之相联系的人文景观，为他内在独特的意寻找到了独特的“象”，他的独特之处，还在于将二者进行双向的相互阐释，这就使得现成的抒情话语在感性和智性的语义上发生了深度的变异。他就这样创造了一种“人文山水”，例如，对于三峡，只选择了李白的《下江陵》和川剧《刘备托孤》，而在三峡的自然景观中，也只选择了滔滔江流。继而对人文景观的性质作了对立统一的概括：白帝城本来只有两番神貌，两个主题，诗情和战火，对大自然的朝觐和对山河主宰权的争逐。接着就以这种人文景观的概括对自然景观进行阐释：三峡的“滔滔江流”就是这“两个主题在日夜争辩”。三峡江流意象的功能就是使言（话语）在感性和智性上发生深化变异，余秋雨式的语义就是这样衍生出来的。这不但是对于自然景观的重新阐释，而且是对于文化景观的崭新概括，更重要的是对于言，对于话语内涵的更新。

在意象的表层是自然和人文历史意味的更新，而内在的深层则是人文精神的深化。话语内涵的更新则充分表现了这种深化，这实际上也意味着生命的密码解读。充分感性的意象中深刻的哲理意味就是这样互动、生成和转化着的。

余秋雨借助历史文化意象的成就太大，以至于没有任何历史史实纯粹写自然景观的《沙原隐泉》几乎被所有的批评家忽略了。写的是登临鸣沙山和月牙泉的经历，登沙山意味着生命的搏斗，全文集中写沙上“脚印”，这本是现成的话语，但是这个意象却不断推动话语内涵的重构：“你越是发疯地快步，它越是温柔。”这还是生命话语的表层，更进一步，生命密码就向哲理深化了：从台阶上去当然方便，却没有自己的“脚印”。待到登上所谓的山顶，不过是刚能立足的狭地，不能横行，不能直走。君临万物的高度，到头来不过是自我嘲弄。最后是“人生真是艰难，不上高峰，发现不了它，上了高峰，又不能与它亲近，看来注定了要不断地上坡下坡，上坡”。借助脚印这样的意象，感性的话语自然而然地衍生出某种形而上的生命的哲理。也许，余秋雨的感性、激情，某些批评家对之表示不满也不无道理，但是他的情感经过意象，和智性一起对现成话语进行了语义变异以后，就深邃了，这就为现代散文提供了一种崭新的情感和理性与智性交融的途径。

他的话语特点是文化诗性的，同时也是哲理诗性的。

话语的表层是文化的阐释，而在其深层，则是生命哲理的崭新概括。

可以毫不夸张地说，余秋雨创造了一系列他自己的话语。而这一切，正是情感和智性在文化历史沉思的结晶。在余秋雨心目中有一种文化中心主义的诗学，文化就是生命，生命就是哲理的诗学。他一切独创的话语实际上是以文化、个体生命为本体的话语。以文化个体生命价值为核心，他对文化话语进行了诗学的和哲理的阐释：飞瀑是湿淋淋的生命，连一座小山的起伏的弧线，是生命的曲线。不管是莫高窟的绘画，还是中国传统书法流派，不管多么丰富复杂，然而在他看来，都是活生生的生命的历史，笔墨间流露出人的温情和激情，线条象征着畅快飞速和柔美温和的运动，舒展和细密的笔触组成流利的交响，“这才是人，这才是生命”。生命的冲击是美的，但是更高的是做人的准则，也就是人格。教育是人格力量的灌注，山西人最值得称道的是为中国商业文明增添了人格意义上的光彩，正是因为此，余秋雨那些最为独特的话语中，总能把审美的激情和生命的哲学融化在历史和人文景观之中。

楼肇明对于中国古代山水诗文进行过认真的反思。他说：“应该说中国古代散文中关于人的思考往往让给了写人与自然的关系的散文了，对人的自身的思考反而被忽略了。”[①]余秋雨的杰出之处就在于他用人格建构的话语重新阐释了自然山水。他抛开了传统丰厚的经典话语，超越了对于有形的自然景观的欣赏和玩味；选择了与自己灵魂相通的无形的历史文化景观，在相互阐释的过程中，“相互生成”了一套他个人的话语，以这样的话语来展示对于文化人格的追求、分析乃至批判。

三、激情和冷峻的张力

他写得最好的散文，不是那些放纵自己情感的篇章，而是把智性和情感，也就是在情感审美中渗入智性的概括的篇章。在这方面余秋雨往往表现出气魄。他的心灵不屑于概括一种有限的场景，而常常是一个时代的文化性格（魏晋），乃至一个王朝（清王朝），一个地区（海南），几个朝代的文化遗址（敦煌）。如果他要写某种具体的风景，那他的构思也超越了现场的景致，像他写《庐山》《洞庭一角》和《西湖》一样，把千百年的宗教、文化的历史概括融入他的话语。再加上，他心灵的活跃，总是把诗的激情、文化历史的沉思和哲学的概括统一起来，或者升华为一种统一结构。其时间空间距离的跨度之广，思绪反差之强，歌颂与批判，赞美与追怀，智性的概括，情感的渲染，历史的沉吟与个体经验的叙述，诸多意念纷至沓来，跌宕起伏，民俗和艺术经典的穿插，时间和空间紧密的连贯和空白，意象与距离的呼应，使得他文章的结构繁复而多彩。当在多彩的结构中，三者统一协调的时候，他就写出了最好的作品，《一个王朝的背影》《石筑的易经》[②]。《这里真安静》《江南小镇》《风雨天一阁》《千年庭院》《抱愧山西》《笔墨祭》《流放者的土地》《苏东坡突围》

① 楼肇明：《第十三位使徒》，中国对外翻译出版公司 1995 年版，第 85 页。

② 余秋雨：《千年一叹》，作家出版社 2002 年版，第 80 页。

《遥远的绝响》《脆弱的都城》堪称杰作，绝对可以列入现代散文的经典。这是因为智性和诗情再加上哲理，三者不是相加，而是相乘，使得艺术感染力和思想的穿透力得以互补。余秋雨用这三位一体的构思方法，在《这儿真安静》中，写日本人留在新加坡的坟场。如果不是诗情、智性和历史的水乳交融，有谁能够想象，通过无名的妓女、战败的军人和偶然路过病死的文人，能够揭示出日本国民性的深层奥秘？思想的完整和艺术的完整，达到如此程度，真是有点让人惊叹了。

因此，他的文化散文不是传统的性灵小品，更不是“匕首和投枪”所暗示的轻型艺术话语，他的散文是货真价实的大散文话语，五四以来，中国现代散文除了极少数屈指可数的篇章以外，还没有他这样的熔思想、智慧、情感于一炉的大容量和大深度的话语。

思想的容量和深度越大，激情就越是受到抑制；成功与否取决于二者是否和谐。激情和冷峻的和谐是他的课题，也是当代艺术的一个重大课题。

在其他艺术形式中，已经有了现代派乃至后现代派超越情感的、智性的层出不穷的旗号了，其流派更迭迅速，有把西方两百年文学流派史浓缩在二十年中之势。特别是诗歌，早在五四时期就有了象征派，20世纪三四十年代就有了现代派，而散文中的现代（派）艺术方法直到八九十年代，除了在台湾、香港有少数艺术家在探索以外，整个大陆还没有现代派散文的任何动静，相对于备受读者冷落的诗坛上那么多旗号来说，散文领域连个现代（派）的风声都没有，实在是咄咄怪事。

散文流派更迭的缓慢和不自觉，也许因为在当前的历史语境中，其社会职能和诗的个人化好像真的要分家，因而它的艺术革新也是世界性的迟缓。这就造成了朱大可们的急躁，也决定了余秋雨对于散文艺术更新缺乏流派自觉。

那些给他带来巨大声誉最成功的散文，有一个共同的特点，那就是其构思不像流行的散文那样，以单纯取胜，而是以大气魄取胜。他能把宏大甚至庞杂的历史和文化信息，用两种办法统一。第一，他能把看来是毫无联系的多元的故事、景物，联系成一个统一的整体。在外部形象上，集中为某种诗的统一而单纯的“象”，或者用流行的术语说：“意象”，集中的意象把抽象的概括性化为可感性，在他以前没有什么人会想象出来，把清代的历史集中在承德山庄的意象上：“它像一张背椅，在这上面休息过一个疲惫的王朝。”《夜航船》所涉及的历史和民俗的头绪也相当纷纭，集中的意象是：夜航船上笃笃的声响，既使人失眠又使人梦想。第二，意象不过是外在形态，通过这外在形态，余秋雨对丰富历史的自然信息用一种单纯的智性观念贯穿到底，并且层层深化。清王朝统治者的文化人格，从雍容大度，强悍开明到懦弱狭隘，从汉族知识分子对于清王朝的拼死抵拒，到王国维作为汉族知识分子的“殉清”，在承德避暑山庄和颐和园意象的有限对比中，他的观念一点也不受拘束，好像穿着紧身衣裤，仍然长袖善舞，他居然揭示出一种历史大变动时期，知识分子总是难以摆脱悲剧命运的规律："文化认同的滞后效应。"固守原本的文化本位，使得他们总是跟不上社会变动的形势。在他以前有谁能想象，不去渲染西湖风景，倒说西湖的水波中融入了道家、儒家、佛家的意识，西湖把深奥的教义和感官的享乐结合在一起，弄得中国历史上从西湖出发的看客比鲁迅笔下的"过客"要多得多。如此深厚的智性和他充满情感的话语结合起来，就给余秋雨的散文带来了一种特殊的阅读效应：那就是既有审美的激情，又趋向于审智的冷峻。

如此深邃的思绪当然是带着冷峻色调的，这种冷峻和他的激情结合在一起，他就往往对于历史文化人物，对于文化遗产唱出了颂歌和悲歌。从苏东坡的被文化群小的围困，到阮籍、嵇康的孤独，从到名胜古迹凋敝到地区民俗的顽强，都是他激动和沉思的对象，但是光是这些也许还不能充分表现余秋雨的创造才华，他的杰出之处，就是在颂歌中，还伴随着文化人格的批判。

这显然是和没有思想为特点的，只能在感官上滑行的滥情、矫情是不可同日而语的。

然而朱国华却无视于此，说他的散文中有一种"遗老遗少式的吊古伤今，牧师布道时的悲天悯人，并且夹杂着旧式文人的似乎聊充排遣之用的故作通脱"[①]。在我看来，余秋雨什么都有，就是不会通脱。他写得最为精彩的常常并不是文人的"通脱"而是文人在历史的悲剧中精神的升华。

他善于在悲剧中把冷峻和激情结合起来。

在他的散文中，围绕着他文化人格建构的大主题，响彻着多重变奏，不管什么样的变奏，都有激情与冷峻的展开、呈示和对比。

他反复展示着在历史文化的苦难中人格的对峙；在苦难中的人格总是显出了品格的高贵和卑贱，高贵者往往不是一般政治的高贵，政治品格的高贵不是他的主题，他写到庐山的时候，懒得向庐山的政治遗址投去一瞥。在他笔下，卑贱者常常是政治上的龌龊，但是光是政治上的龌龊太表面了，更为可怕的是：精神的退化。在《一个王朝的背影》中，好像破例写政治人格，然而他着眼的是，从一座皇家园林——承德避暑山庄中概括出清王朝从兴旺发达到一败涂地的历程，而这个历程，不是政治的历程，而是文化人格衰败、退化的历程。他的目光更多地投向了政治上失意的落难者和那荒凉的土地。在《流放者的土地》中，他表现了苦难净化人灵魂的信念，苦难升华为高贵是由于有了文化的寄托，这就显示了他心目中的文化至上主义。嵇康为文化贡献出生命是很平静的，使他不能"通脱"的是

① 朱国华：《别一种媚俗》，萧夏林、梁建华主编：《秋风秋雨愁煞人》，中国文联出版社2000年版，第98页。

《广陵散》的失传。文化比之个体的生命重要得多。与之相对照的是，对文人在逍遥中的安逸，也就是传统文化中特有的“隐逸”范畴，他持批评的态度。对林和靖的西湖归隐，他这样分析：一方面是“自卫和自慰”，一方面则是“把消除志向当作志向”。“安贫乐道，成为中国文化人格结构的一部分，使得文化成了无目的的浪费”。说他伪浪漫主义是冤枉的，他的确有点浪漫，他的浪漫表现为一种超越现实幸福的精神美的追求，特别是苦难的美，在苦难中表现出文化品格的高贵。这种高贵，不仅仅是世俗意义上的高贵，而且是在生命哲学意义上的，形而上学的自由。苏东坡在那找不到慷慨陈词的目标，抓不住从容赴死的理由的环境里，孤独而悲凉，在政治实践上近乎绝望的逆境中，进行了自我解剖，文化人格重新获得，达到升华，他变得“成熟”，而这种“成熟”，正是余秋雨式的话语。

成熟意味着“达到了一种无须声张的厚实，一种洗刷了偏激的淡漠”。在余秋雨的话语中，这既是一种自由的境界，也是一种形而上的美的境界。这样的境界就是激情和冷峻的统一，统一到化合的程度，很难分出什么是激情，什么又是冷峻。以这样的方式，余秋雨高贵的内涵也发生重构，那些文化水平很高的文人，流放到东北蛮荒之地经受了苦难，甚至饱受肉刑，“弄得组成人的一切器官和肌肤，都成了痛苦的由头”，然而就是这些人，从中国传统文化中得到生命的安慰。流放创造了一个精神世界，构成了一个文化群落，获得了灵魂的安定，从事着文化传播的事业。除了他，谁曾经在散文中，做出话语重构“政治上的流放者，却变成了文化意义上的占领者”？正是文化意义上的高贵，使得那些在政治上本来完全对立的流放者，却因为诗歌，因为文化，超越了政治，而有了情感的交融。

激情和冷峻正是这样达到水乳交融的程度，这种交融并不是静态的，而是动态的。作为一个艺术家，他有着情不自禁的浪漫的热情，有时，甚至有滥情之嫌，他一不小心，就让感情失去控制，被那些反对他的人抓住把柄。然而他还有另外一面：作为一个理论家，他又相当冷峻，在特殊情况下，甚至有可能称之为“残酷”的一面。他当然热爱他的家乡，在《乡关何处》中，他歌颂了他家乡悠久的文化传统，以河姆渡文化和远古的瓷器文明而自豪，然而，他并没有掩盖文明反面的野蛮：就在河姆渡文化遗址上，又发现了当时煮食婴儿的器物。在《流放者的土地》中，他为文明的摧残变成了文明的创造而鼓舞，可是在《乡关何处》中又为文明可能产生于野蛮而感到悲哀，然而，这样的冷峻并不意味着悲观，不管文明伴随多少野蛮和苦难，他把宁静地面对苦难写得更具有诗意和哲理意味，对野蛮的极致又能反过来孕育高贵，更是感到欣慰。

这种高贵的文化品性有时并不集中在某个人物身上，而是表现在文化精神的传承之上。作为一个戏剧理论家，他最为欣赏的是那些具有悲剧性的文化人物，因为悲剧的孤独，和个体生命的强悍有着比之喜剧更为深邃的联系；在《青云谱随想》中，他表示特别喜欢疯疯癫癫的徐渭、石涛、朱耷等，而不喜欢舒适得难以看出个体精神状况的唐朝画家周舫。《千年庭院》《风雨天一阁》之所以值得他大书特书，就是因为他从中看出了文化人格上惊人的坚韧。

作为健全对照的是人格的堕落和腐败，除了在一些篇章里零碎写到的以外，也许由于深感小人对名人“起哄式的传扬”和“起哄式的贬损”，他专门为这些无人称的“小人”写了一章《历史的暗角》这是中华文化人格中特有的范畴，“我们民族的暗疾”，光是一个费无忌这样的小人，就演绎出了小人的八大特点，四大类型，最为深刻的是：小人必须“把自身的人格结构踩得粉碎，获得一身轻松”，然后才能“不管干什么都不存在心理障碍”。在人格上他们是小人，而在要阴谋方面是大师。在这些篇章中，余秋雨的愤世嫉俗一面显了出来，身受小人之害的余秋雨，在写《苏东坡突围》时，对于善于利用名人的小人，写得还比较克制，到了这里，就显得有点尖刻了。幸而由于他的发现来自冷峻的沉思，读者几乎没有过分注意到情感的泛溢。

当然，文化人格腐败的关键还不在于这些小人，余秋雨还从体制上去挖掘根源。《十万进士》正是在文化选择的机制上解剖了中国知识分子群体人格腐败的过程，科举选拔的过程，变成了恶性塑造的过程，群体人格的退化，就成为必然。

在这里，思想是这样宁静，可能宁静到有点智性压倒了情感万分的程度，再加上史料的堆积，情采和睿智都受到了窒息。这就显出了余秋雨真正的局限，在一般情况下，审美的情感和审智的理性并不常常兼容，一旦睿智的成分超过了限度，散文的艺术世界就有可能被哲学理性所压倒的倾向。《废墟》《霜冷长河》和《山居笔记》中一些着重谈思想的作品，在艺术上之所以显得逊色，就是因为太多的哲理，离开了感性的人文意象。

余秋雨从个人气质来说，属于情感型的，在他抒情时有一种自发的倾向，而他所受的熏陶，又使他习惯于超越时间和空间，作理性的概括。在理性的修养方面，他不如周国平，但是才情方面他要比周国平高得多。要把诗情、智性和历史的信息和谐地结合成在一个升华了意象和深化了的话语中，难度是不言而喻的。整篇完全被动地写历史的情况，而窒息了诗情的，在学者散文中是并不罕见的，远的如周作人后期的散文，近的如潘旭澜的《太平杂说》。这种遗憾在余秋雨这里比较少见。进入纷纭的历史资料，而不为史料所役，还要用自由的想象和深邃的理性去驾驭它，是需要真正的才气的。几乎写每一篇比较大的散文，余秋雨的才气，就受到一次考验。完全失败的比较罕见，但是局部陷入被动则不难发现。例如在《十万进士》中，有些介绍历史背景的文字，就暴露了余秋雨自己也都引以为戒的“滞塞”[①]。许多不乏才华的作家，写大文化散文时难免“滞塞”，梁衡写辛弃疾的《把栏杆拍

① 余秋雨：《访谈录》，《文明的碎片》，春风文艺出版社 1994 年版，第 273 页。

遍》之所以不大成功，就是因为客观的史料压倒了主体的情感。

就是三位一体，情感、智性、历史比较统一的作品，达到某种文化历史诗性的，其艺术的成就也是不平衡的。他好用一种统一的意象来囊括一个名胜古迹的众多不同时代、不同流派和历史文化。他追求不但在外部意象上，而且在内在的意蕴上，用一根思想的线索把纷纭的信息贯穿起来。有时，就不能不显得有点勉强，例如用“女性文明”和“回头一笑”，来笼括海南上千年的历史文化，是并不十分自然的。这也许就是他自己常常引以为戒的“搓捏”（也就是牵强）①。

诗情和智性在历史中统一，三者的结合部、临界点是非常惊险的。这三者之中，他最不能离开的是抒情，因为这是在他心灵里现成的。过分发达的情感因素，不免有失去控制的时候，这时他的审美追求就窒息了他的审智追求。这时不但有一种滥情的苗头，而且派生出一种“滥智”的败笔，比如，出于对家乡的偏爱，他竟然把同乡张岱的《夜航船》和法国大革命时期狄德罗的《百科全书》相提并论，这就不是个体的诗性逻辑所能解释的了。而历史资料却无限的，绝对不是现成的，对于每一个人物和景物来说，都是一个新的课题。他的文化意象的成熟度，要达到话语深化的自由度，更是一种艰难的攀登。正是因为这样，他不能像朱大可他们期望的那样，放弃诗情，做一个以无情为特点的现代（派）散文家。

中国现代散文，从五四以来，主要靠三个要素，一是抒情（诗性），一是幽默，一是叙事（戏剧性的和冲淡的）。据周作人的研究，其渊源主要是中国的明人小品和英国的幽默散文。长期以来我们的散文就是在这三种要素和两种渊源中发展，此外就是鲁迅的社会思想批评杂文，基本上是审智的，并不完全是审美的。值得注意的是，在 20 世纪 50 年代以后的中国现代散文史上，诗性的抒情和智性的概括是分裂的。正是因为这样，我国现代艺术散文的思想容量非常有限；现代散文思想比之小说和诗歌相对贫弱是不争的事实。

余氏的散文，在这历史的难题面前应运而生。他在现代散文史上的功绩，就是从审美的此岸架设了一座通向审智的桥梁，但是这座桥是座断桥，他不可能放弃审美去追随罗兰・巴特。写作不动情感的被认为是后现代的散文，他连香港作家也斯那样的不动声色也做不到，他更不是南帆，他不可能撇开情趣，更无法把无情的理性变为艺术的可感性。因而他只能把现代派的散文，把南帆、也斯和罗兰・巴特当作彼岸美好的风景来观看，同时也为在气质上和才华上能达到彼岸的勇士们提供已经达到河心的桥墩。

① 余秋雨：《访谈录》，《文明的碎片》，春风文艺出版社 1994 年版，第 274 页。

附：

作者按：前文讲到余秋雨是从审美到审智的断桥，在桥的那一端是南帆，当时南帆的散文已经有了十年的历史，但是其特点和前途还没有引起充分的注意和重视。到了21世纪第一个十年，南帆的《辛亥年的枪声》得了鲁迅文学奖以后，余秋雨散文的争议的性质，就因南帆获得普遍称赞得到了更充分的说明。以下是我的一个短篇评论。

读南帆，知余秋雨的不足

——读南帆《辛亥年的枪声》想到关于余秋雨的争论

余秋雨的出现，引发了散文界一场大争论，除了文史知识的“硬伤”以外，关键在余秋雨的所谓“滥情”。持这种说法的人士相当广泛，显然，有不够公平之处。如果把余秋雨的散文当作“滥情”的标本，则许多名家很难逃“滥情”的恶谥。问题可能并不在余秋雨，而在读者。不是说，一千读者就有一千个哈姆雷特吗？不同的读者有不同的余秋雨。

一般的读者，厌倦了流行、老套的自然景观诗化的赞叹，一见到余秋雨的情智交融，自然感到耳目一新。而另一个层次的读者，受过西方现代和当代文学熏陶，他们的文学趣味重在智性，在文学中追寻人生哲理的阐释，在他们看来是最高境界，因而，对于抒情持某种拒斥的立场。对于余秋雨散文中的抒情成分，自然十分厌恶。两种读者事实上是代表着两个时代，两个流派，文学鉴赏经验和趣味相去甚远，争论起来，有如聋子的对话。

批判余秋雨滥情的人士一坚持自己的主张，但是很少举出超越滥情之作，就是勉强举，也只是顺便提提鲁迅的《魏晋风度及文章与药及酒之关系》，毕竟时代距离遥远，又不是时下观念中典型的散文。站在两派之间的读者多少有点摸不着头脑。超越审美的、审智的散文在当代世界文学领域中比比皆是，如罗兰·巴特《埃菲尔铁塔》说的就是一个道理：“伟大的无用。”但可惜的是，论争的另一方，并不熟悉，甚至也并不认同其艺术成就。如果能举出我国当代自己的散文，对话的有效性就可能提高。当时，在参与论争的时候，笔者就举出南帆的散文。以他为代表的散文最大的特点，就是超越抒情，冷峻地审智，以突破话语的遮蔽为务。但七八年前，南帆的散文还不具有经典性，此论并未引起注意。可喜的是，事到今天，南帆的散文已经得到了广泛的认同，在获得了《人民文学》的大奖以后，又获得了鲁迅文学奖。有了南帆这样的成就，再来看余秋雨的评价，就不难把问题的要害弄清楚。

南帆不像余秋雨那样关注自然风物，就是写也很少赞美。能与自然景观挂上钩的，可能就是那篇《记忆四川》，他也正面写到了三峡，也有些“雄奇险峻，滩多水浊，朝辞白帝，轻舟逐流，涛声澎湃”的词句，但是，他似乎并不怎么为之激动，他关注的是：“李白遇到的那些猿猴还在不在？”等到出了三峡，两岸平阔了，“江心的船似乎缓慢地停住了”。这时，如果要让余秋雨来写可能要大大激动一番了。可是南帆却这样说：“这时，不用说也明白，四川已经把我们吐出来了。”就是日后翻阅日记，在回忆中，也并未被美好的山河所激动，所有的感想，那些文字中，实在读不出什么，仅仅是一个证明，“证明我的确到过四川”。从这里，敏感的读者感到的可能是解构三峡的美，解构抒情的美，不难想象怀着传统趣味的读者读到这样的散文该有什么样的困惑，而能够欣赏南帆这种“酷”、这种冷峻的读者，读余秋雨那样的诗化主导的思考，是个什么感觉。

南帆在另外一方面也和余秋雨很相近，也喜欢写人文景观，但是在余秋雨那里人文历史的价值是神圣的，充满了诗意的，而在南帆这里，历史固然有神圣的一面，他却冷峻地怀疑神圣中有被歪曲了的，被遮蔽了的。他以彻底的权力话语解构和建构的精神，来对待一切历史的成说。他在《戊戌年的铡刀》中，并不像一些追随余秋雨的、年纪并不轻的散文家那样，把全部热情用在烈士的大义凛然上。也许在他看来，文章如果这样写，就没有什么真正的思想了。他显然受到福柯的文化考古影响，用了一些笔墨考证腰斩那样的酷刑。当然，他才智发挥得最淋漓的地方，却在写六君子中的林旭。为什么要选中这个人，因为是他的同乡？也许，更重要的是，林旭和林琴南有过联系。如果林旭不是二十三岁就牺牲了，而是活到七十岁，那就是与他的朋友林琴南的年纪相仿。如果不是去了北京，英雄林旭会不会变成五四时期另外一个林琴南呢？他还指出，陈独秀也只比林旭小四岁，鲁迅只比林旭小六岁。他的笔墨不在抒情，而在睿智的深思：谁会成为现代知识分子，而不是古代的士人，是不是必然的呢？是不是也有偶然的因素呢？林琴南如果不是因为新娶了一个娇妻，贪恋闺房之乐，而是随着林旭一起上北京，会不会成为另外一个变法烈士呢？南帆得出的结论是，历史是一个巨大的迷宫，有许多事情是说不清楚的，林琴南的一个学生林长民，在今人的心目中，他的重要性只是福州美女林徽因的父亲，然而，事实上，他的最大功绩却是第一个在报刊上发表巴黎和会中国外交屈辱的消息：“胶州亡矣，山东亡矣，国不国矣！”时在5月2日，五四运动之所以在5月4日爆发，和他的这篇文章的关系是很大的，比他是林徽因的父亲不知重要多少，但是，至今却湮没无闻。读者可以想象，如果是余秋雨，他可能把这样的事情当作一个遗憾来作高强度的抒情，而南帆却由此而上升到对形而上学的思考：“我的叙述如此频繁地使用‘历史’一词。然而，许多时候这仅仅是一个庄严而又空洞的大字眼，一旦抵达就会如同烟雾一般消散。”从把散文当作抒情艺术的人士来看，南帆好像不像是在写散文了。然而他的确是在写散文，不过，他不是在写传统式的、余秋雨式的审美散文，而是写另外一种散文，在这种散文里，不是把审美情感放在第一位，而是尽可能把审美感情收敛起来，使之与智性的审视结合起来。他是在运用他的学理来重新感觉历史。正是因为这样，他才接着说：“其实，我看不见历史在哪里，我只看见一个个福州乡亲神气活现，快意人生。有些时候，机遇找了上来，画外音地成全了他们，另一些时候，他们舍命搏杀，历史却默不作声地绕开了。多少人参得透玄机？”相信欣赏过余秋雨的读者，再来读南帆，而且真正读懂了他的追求，就不难发现，南帆和余秋雨的思想和艺术的距离，不是地理的，而是时代的。

2007 年 8 月 13 日

现代散文审美的局限和南帆的审智突破[①]

在20世纪90年代，南帆一共出版了六本散文集。[②]1994年他把他的第一本散文集《文明七巧板》交给上海文艺出版社的时候，根本没有十分在乎散文的形式规范；也没有想到把开辟散文艺术的新大陆的大任放在自己的肩上；更没有意识到在未来的散文史上，他作为评论家的声誉和成就，比起他的散文来说，可能算不了什么。

在现当代散文中，艺术积累最为丰厚的是，叙事、抒情和幽默，但是南帆却离开了当前散文驾轻就熟的一切，超越情感和调侃，炫示他的智性的纷繁和深邃，作智性的探索。他的全部特点明显有异于审美，我禁不住要以“审智”来为它命名。

“审智”不同于审美之处是：它并不依赖于感情，而是诉诸智性，从感知世界作智性的、原生性的命名，由此衍生出多个层次的纷纭的观念来，在概念上作语义的颠覆，在逻辑上作审美的“走私”。他善于在似乎非常抽象的分析和演绎的过程中，激活读者为习惯所钝化了的智性和感受；在几近遗忘了的感知的深层，揭示出人类文化历史和精神流程的密码。与其说他发现了智性世界，不如说他在散文领域中，完善了智性散文规范。这个世界不仅长久以来被散文所遗忘，甚至被作为文艺美学的基础审美价值理论所拒绝。[③]

这无疑吃力又难以讨好，最初做出战略选择的时候，南帆竟然没有冒险的感觉。他在这种灵魂和艺术的双重历险中，从容自若、悠然自得、率尔成理、着笔成趣，驾驭着稍纵即逝、纷至沓来的灵感，展示他内心丰富多彩的智慧。

① 原载《当代作家评论》2000年第3期。

② 南帆：《文明七巧板》，上海文艺出版社1994年版。《星空与植物》，河北人民出版社1997年版。《沉入词语》，浙江人民出版社1997年版。《追问往昔》，湖南文艺出版社1998年版。《自由与享用》，百花文艺出版社1999年版。《叩访感觉》，东方出版中心1999年版。为了避免注解的过分烦琐，除关键处特别注明者外，凡只注明篇名，未注明页码的引文均出自此六本散文集中。

③ 这是从实践上概括南帆的审智。作为学术范畴，则比较复杂。见本书《当代散文理论建构的观念和方法》第六部分“从审美、(亚)审丑到审智：逻辑和历史的统一”。

智性的、非感性语言和艺术的、感性的语言矛盾是永恒的。智性话语要成为艺术，而不是纯粹抽象的论说，最起码的功夫就是把智性话语转换为艺术话语。这个问题在古典时期，由于文学与非文学界限的模糊，散文的工具理性（载道）和审美价值之间的矛盾并不突出。到了 21 世纪初，现代散文成为文学形式的一种，和工具性的实用性散文在根本上划清了界限，抒情和幽默散文与纯粹说理的散文逐渐就分道扬镳了。在智性散文的草创期，文学与非文学的界限，并非一直受到充分的重视。虽然大师级的智性散文大家（如鲁迅、钱锺书）在创作上取得了成功，但是成就并不十分普及，甚至连周作人，实际上他的智性话语也并没有全面地转换为文学话语，却因种种原因被当作与鲁迅齐名的“散文大师”，因而在现代散文爱好者那里，读周作人的散文常常很难摆脱某种浪得虚名的困惑。而周作人五四时期那篇影响很不可低估的《美文》，实际上就把抽象的论说与艺术的审美混为一谈了，他甚至认为：“读好的论文，就如读散文诗。”[①]理论上的混淆，到了新时期，更加严重；在大量引进的新潮西方文论家那里，并没有把文学与非文学的界限当一回事，这就使得在散文中，智性话语的艺术转换这个理论课题更难以提上日程。

散文理论的历史遗产本来就是世界性的匮乏，再加上近一个世纪的盲目，就造成了 20 世纪 90 年代智性的学者散文产量的丰收淹没了质量的平庸。对于大多数学者散文作者来说，离开幽默和抒情的现成话语的风险就是：陷入失语的尴尬，或者退化为幼稚的涂鸦。正是因为这样，现成的艺术话语使许多散文作家左右逢源，权威的形容和调侃为他们提供艺术平均线上的保险系数；在幽默和抒情的道路上，熙熙攘攘、驾轻就熟，舒舒服服地徜徉在从英国幽默散文到中国明清性灵（抒情）小品中延伸出来艺术的大陆架上。看似独立的学者智性散文，如果不甘心照搬抽象语言，就不能不在艺术上依附于抒情和幽默。远的如秦牧，早就把智性嫁给了抒情，由于才力不足，差一点牺牲在滥情的道路上。余秋雨独辟蹊径，无疑有大家风范，对于智性散文的历史贡献不可磨灭。他之所以在海内外引起激赏，是因为他往往能将文化景观的智性思考和诗性的激情想象融会在意象之中；王小波继承了钱锺书的批判传统，艺术开拓的气魄和才华不可一世，可他深刻的智性灵魂也没有离开以“佯庸”为特点的幽默。张中行、周国平倒是实在，干脆就不管智性和感性的根本冲突，一味用智性话语来书写，其结果是智性越是富厚的地方，艺术却越是稀薄。

智胜于情、理胜于趣在中国是个历史的现象，在西方亦不例外。蒙田以抒情和华彩的语言来冲淡智性话语的抽象；在英国人那里，则以幽默来调节，至于那些不以幽默见长的散文（如培根的）则任智性泛滥了。罗兰・巴特倒是把智性提到一个相当的高度，他并不

---

① 周作人：《美文》，《晨报副刊》1921 年 6 月 8 日。俞元桂主编：《中国现代散文理论》，广西人民出版社 1984 年版，第 3 页。

在乎文学与非文学的区别，当然就不是十分着意于智性话语的审美转换。所有这一切都没有引起我国散文理论界的充分警惕。在新时期的散文中，至今为止，还没有一个智性散文作家完全离开幽默和抒情，独立地书写，把理性话语和抽象的逻辑，转化为独立的、自洽的审美话语和逻辑，智性散文至今在艺术上还缺乏独立的基础。大量学者散文，以抽象的议论为务，对散文艺术的侵犯，得到了特别的宽容。近来智性散文地位的某种提高，原因并不在艺术上的突破，而是靠数量和作者的身份（学术的、政治的、道德的）。以政治性的行政分级代替艺术评价，把处于政治中心作者平庸的作品可笑地提高档次，至今仍然比较流行。这足以说明，智性散文的艺术方法还处于自发的阶段，还没有形成独特的艺术逻辑和话语。其作为一种艺术形式，仍在草创阶段，也就是从犯规到形成规范的历史过程之中。在这从草创到成熟的过渡时期，免不了准则的混乱。评论家们对于从智性话语的转换和逻辑重构缺乏清醒的认识，时常无所适从，彷徨、混乱，一些不无严肃的专业评论家作年度散文评论时，连艺术成就梯度的合理划分还没有做到，任意性的混乱有愈演愈烈之势。艺术准则之无序，反映了形式规范本身的发育不良，谁敢让智性散文远离抒情和幽默进行一次独立的探险？在一般散文家看似无路的虚空之间，把“阐释，描写体验，逻辑推理，臆测断想，引经据典”等多样的话语形式“自由地汇于一炉”，从事一种话语和灵魂的双重冒险（《叩访感觉 · 后记》），将智性散文的话语和逻辑进行一种崭新的转换，要作这样的探险，不但需要勇气，而且还需要特别清醒的历史感、独特的知识结构，还要有特别的感觉、特殊的逻辑，还要有原创的话语命名、颠覆和内涵转换的才能；没有这样的条件，就绝对不可能具备开拓艺术边疆的心灵能量。

也许，南帆在理论上并不简单地推崇辩证法的二元对立，但是在操作上，他却驾轻就熟地以黑格尔式的正反合一的逻辑框架组织着他层层推进的思路。对于一切经验现象，他习惯于从反面、从侧面出其不意地揭示其潜在的、深度的意义。他涉及的领域相当广泛，但是他所探索的核心无疑是人的躯体。他不倦地揭露着在意志自由的表层下面，隐藏着的不自由。不自由已经成为一种习惯，无意识里的不自由变成了意识层面的自由。他的全部深邃和奇警，就是把人们的常识和现成的感觉作为翻案的对象。他总是在常识和现成的感觉、话语的背后发现不自由的陈规，从反面发现更为深刻的意义。

不自由的主题，在五四以来的散文家那里，几乎全部都是集中在社会行为和主体思想与情感中的，但是在南帆那里，思想上不自由的最深刻根源，却在于主体预设的不自由，无意识之中人类文化的规范。他最为着迷的是：从自然而然的生存状态，世俗之见认作天然合理的地方，发现人为的不合理；在意志直接控制的躯体中，揭示文化传统的重重规定和制约。这是一种舒舒服服的“枷锁”和“牢笼”，“仿佛已经成了我们躯体的组成部分”

（《叩访感觉·后记》）。这种不自由并不因为在潜意识中，其严酷性就有所减轻，相反，比之意识到的不自由更加难以抗拒。就是个人的尊严标志姓名，也不过是社会各级管理机构的套在躯体上的缰绳。人自由的本性还没有来得及伸张，就被先入为主地“篡改”了。他从表面现象中揭示出了警策的悖论：人的存在，就是人的自由天性和被文化扼制的矛盾。人的躯体是自我存在的载体和确证，但是又是事先被一系列的文化规约所束缚了的，更大的悖论是，人一出生就是被动的，人无法创造自己的躯体，却必须维护这个躯体的一生（《叩访感觉》）。文化先驱们为之把生命奉上祭坛上的自由，从存在的意义上来说，竟是一种无奈、一种被动、一种不自由。也许，从五四新文化运动以来，在关于自由的主题中，南帆第一个把它推向了生命哲学的层次，赋予了形而上的意味。

无可讳言，他并不是世界文化史上大师级的人物。充其量，他不过是一个散文大家。这是因为，帮助他做出如此这般发现的第一大前提，并不完全是他的，而是来自福柯、罗兰·巴特他们。也许，从宏观上来说，他还缺乏世界文化哲学意义上的原创性，但是在他所选择的有限对象上，他轻而易举地层层概括出来、衍生出来的观念却是充满了原创性发现。他和许多习惯于顺向思维的学者散文家不同，他的成功得力于他的反向或者多向性的思维，如他自己所说，他习惯于“从另一个意义上重新解释”（《一握之间》）。从现象的背后，现象的侧面，揭示现象所遮蔽了的真相，使现象变成了假象，让读者的观念和话语的内涵都得到了更新。他把这叫作“寓意分析”，也叫作“思想突围”。他最为精彩的发现是从现象出发进行直接抽象，而不是从文献出发作间接演绎。在许多人依附于权威，满足于将自己的生命耗费在对权威理论作注解或者提供例证的地方，他却独立地从感觉上升为观念。

他的话语原创表现为两种层次的飞跃，第一层次是：从直觉轻松地形成自己的观念。这种观念，不是一次性、直线性地结束的，而是在众多层次上，不断派生的，正是在这里，他表现了审智的多层次特点。在《寓所的矛盾》中，光是墙这一个对象，他竟从物理空间（实用意义）和心理空间（文化意义）这一对矛盾，衍生出纷繁的观念系统来：

墙的实用意义：

遮风避雨人与人之间的有效阻隔，家的硬壳包装保护性屏障阻止入侵。

墙的文化意义：

权力范围不同的道德体系（裸与不裸、性行为）阻挡他人视线，保护个人法律权利，对外人的拒绝和冷落。

带着智慧光华的观念本身就是精彩的，其格外精彩还在于，在它的形成过程中，驱策着观念衍生的趣味，这还处于“审智”的初级阶段。光有审智的初级趣味，并不能自然产生形象的感染力，让观念转化为独特的文学话语，则是更为高级的美的飞跃。如果前者只需要智者的抽象力的话，后者则要把智者的抽象和艺术的话语生成、转化才力结合起来。①

南帆如果像某些学者散文家那样偷懒，蛮可以满足于初级审智，直接袭用现成的抽象话语，那就意味着，放弃把审智转化为审美，在艺术上没有任何追求。可以选择的捷径还有印象式的描述，但是那样又可能使深刻的思想退化为司空图式朦胧的直觉。这两条道路都被南帆所舍弃，剩下来的就只有：一方面，对智性观念进行感性话语命名；另一方面，对智性话语进行颠覆和重新建构。

在他最好的散文中，他层层演化出、派生出的观念，虽然属于审智过程，却超越了现成理性话语无形的钳制，他善于对智性话语的内涵加以重构，使得智性话语系统地带上美的感性；在此基础上，他创造了一种南帆式的话语。余光中在《听听那冷雨》的前言《剪掉散文的辫子》中十分强调散文的“独创的句法和新颖的字汇”“对于文字敏感的作家，必然有他专用的字汇，他的衣服是定做的，不是现成的”。用这个标准来衡量，南帆可以说是国内很少数的开拓了自己的境界，又创造了自己的“专用字汇”的散文家。这种专用字汇，产生于他的审智向美的转化，使本来已经熟悉到丧失感觉的词语突然发出陌生的光彩（也许接近于俄国形式主义者所鼓吹的陌生化效果）。

他说：面容固然是个人的标志，手也一样是个人的标志。难道手书、手稿、手诏不同样是不可更改的个人的凭证？手书、手稿、手诏，这样干巴巴的词语，一下子就获得了如此深邃的生命，关键在于：它们从表层到深层从内涵到外延都发生了变异和更新。“不用手，人只能与世界冷漠地相望”“手将世界的轻重、凉热、软硬引进了人们的意识。一旦某个人固执地将手笼在袖子里或者裤兜里，这就成了拒绝世界的一个姿势”（《手的灵魂》）。关于手，还没有一个作家把它的功能强调到这样新异的程度。它不但不亚于人的面貌，而且比之面貌还更能代表个人的特征，关键是：作为一个词语外部形式，它似乎没有改变，而其内涵却更新了，成了人生态度的象征，而由于内涵的更新，它给读者的感觉也就更新了。本来缺乏感性的词语一下子突然让读者看到了、摸到了一种新异的成分。这就不但是思想的发现，而且是话语的新生。有时二者的结合使话语警策到大幅度翻腾读者的深层记忆的程度：“衣服是裸体的包装，结婚仪式是性交的包装，节日是放纵的包装。”（《包装的神话》）仅是“包装”这样一个对于读者的感觉几乎已经没有任何刺激性的字眼，由于从内到外的更新，而获得了表现的生命。这当然首先得力于他审智的宁静致远。他面对任何一

① 也许在南帆所坚持的语言中心论看来，这两个层次不可分割，应该属于一个层次，但是为了论述的方便，我仍然把它作为两个不同的阶段。这涉及我国传统的言与意之辨，还是西方语言中心的问题，不是本文论述的中心，姑且从略。

种对象，一以贯之的态度是把对象推向现成感性的远方（悬搁），这有利于审智的“还原”，思想的深化；难得的是，拉开感性距离的审智，居然能带动感觉一起深化。他的智性话语孤立起来是抽象的，可是统一起来，又充满着饱和和感性。这里不但有感觉层次的初级的感性（“手将世界的轻重、凉热、软硬引进了人们的意识”），而且有智性的寓意文化哲理高级层次上的感性（手插在裤兜里“成了拒绝世界的一种姿势”）。在《说病》中，他对病了的躯体作了感性的描绘以后，这样说：“病人意识到，这副躯体是临时租用的，亏欠租金的时候，就会受到某种警告，使用不当就要被收回，灵魂不能随心所欲地使用躯体。上天入地，躯体自有自己的重量”“生病是躯体独有的权利，谁也没有办法剥夺这种权利”。他所谓“使用”“租用”“警告”“收回”“权利”“剥夺”，所有这些抽象词语的感性和智性一样获得了更新。南帆的感性审美话语转换，常常不是像诗人那样，集中在感情色彩强烈的话语上，往往是在最普通的非感性话语，或者感性淡薄的词语上：在《叩访感觉》中，像“看”这样一个常用的、不带什么感情色彩的、有点冷漠的字眼，在南帆的智性的推演中，其语义发生了感性和智性的双重变化：

> 看：重新组织视觉世界——是目光的抚摸——目击就是一个证明。——肯定包含了一定程度的入侵和占用，否则不会忌讳向陌生人陈露裸体，但又不至于“看到眼里就拔不出来了”——对象有逃离的自由——视线不能钳制。——看是视觉快感的再分配。——看与被看的争夺在性别之间——女性被看是视觉暴力。——阻碍视觉入侵的发明——服装、窗子、屏风和墙——画家曾是视觉的领袖。

在上述话语中，几乎每一个关键词语都既保留了现成语义，又带上了从语境中派生的语义；像抚摸、目击、入侵、占用、拔不出来、逃离、自由、钳制、快感、分配、看、被看、争夺、视觉、暴力、领袖，所有这些字眼，之所以生动，之所以获得了新的生命，最根本的原因是内在语义的更新。这种语义更新，并不改变外部词语的形态，也就是在不变的外部意象之中，揭示文化意味，赋予深邃的内涵，他把这叫作“文化语义的翻译”。

他和同样具有自己文化话语的余秋雨不同。余先生总是把诗性的激情和历史文化景观的阐释渗透在自然景观之中，构成他的诗性文化话语。诗性文化话语对日常话语也是一种更新，但是那是以激情和感觉的交融，意象的变异为特点的。例如他在《三峡》中，把三峡潮水的喧腾当作李白的诗情和刘备的山河主宰权的争夺这两个主题日日夜夜在争辩。而南帆的智性却回避诗意和激情，也无意于优选文化胜迹的意象的（或者话语的外部的）变异；他追求的是，在看来不变的、平常的现象、话语中，从人的躯体到面容，从服装到汽车，凡是人们最难以渗入感情，感觉最难以发生诗性变异的地方，他却最有兴趣去揭示出潜在的文化密码。他超然物外，所用的只是分析，甚至是抽象的话语，他立志赋予这些陈旧的话语以新生命。他向话语的深部挖掘潜在的能量。

他的目标是文化语义的审美转化，对话语的内涵颠覆、重新建构。这种文化语义的陌生化和重构，有着双重的特点：一方面是部分置换了，或者颠覆了原本的含义，一方面又有新含义的渗透。他所谓的“文化语义翻译”，顾名思义，就是语义的置换，造成陌生化的效果。他在《手的灵魂》中这样说：手的功能“不但是生理的操作的实用器官，而还负有社交任务”。在《一握之间》中说：“手不同于胸、腹、腿，手拥有表情，拥有一套自己的语言。”这里所说的社交、语言、表情，实际上都表明生理意义的颠覆，同时又是文化意义的置换。

手与手无法像话语一样自如处理各种复杂的主题，手与手甚至也无法像眼神交换那么奥妙和丰富，但是手与手相握却能即刻缩短躯体之间的距离，打破话语交换之际躯体所必须维持的矜持姿态。

肢体话语功能的强调，正是文化语义的强化；而文化语义的强化则不能不以肢体生理意味的淡化为前提。他把手沿着胳膊上升的抚摸阐释成是述说“柔情”，而把渴望抚摸一方的感觉，称之为“皮肤的饥渴”。所有这一切，正是现成的、生理的习惯语义淡出，陌生的，文化、艺术的语义显影的过程。这种语义的更新或者重构，并不是将原有的语义全部消解，而是形成一种双重建构：一方面是原有的缺乏感性色彩的语义，另一方面是在新语境中更新了的语义；前者由显性的变成了隐性的，而后者由隐性的变成了显性的。二者的互动，在思想上构成了一种智性的沉思，而在感性上则产生了一种陌生化的快感，智性和感性在临界点上惊险地错位、又神奇地猝然遇合，新鲜的思想锋芒和独异的感性辐射交织起来，意象的象征和思想的剖析达到了水乳交融的程度。

这种南帆式的话语转化和建构，其妙处还在于不是单层次的、一次性完成的，而是多次反复，在纵深层次上深化的。他往往从日常话语的反面，颠覆了现成的话语，建构了新话语，又回过头来用新话语的意义，重新解释同类的现成话语，使旧话语在新智性中获得新的感觉生命。如，先是从现成话语（手书、手稿、手诏）出发，论述了手比之面容在人的生存上更重要，引申出“手成为人们安身立命的象征”，又以此为前提，对日常话语做出新的阐释：“人们至今还可以从词源上看出手（按：作为人安身立命的象征）的意义；一些古老的职业，至今仍以手字作为后缀，如‘鼓手’‘旗手’‘水手’‘舵手’‘杀手’，而一个人的辞世，则称之为‘撒手而去’。”而在论及视觉在诸多感觉中的中心地位时，他又用日常语言来印证、阐释：“（视觉）这种优先地位甚至使视觉晋升至精神运作的重要隐喻，‘观点’‘意见’‘看法’‘重视’‘洞见’，这些词的词根，均出自视觉。”这么一阐释，潜在于无意识中的文化意味就显示出来了，这类话语隐性的含义就化为显性的，获得了新的感性生命力。这就显示出他话语重构的特殊功能：深邃的抽象和现成话语的感性的结合；从重构的、审智的、深度的话语出发，使更为广泛的现成话语获得新的感性生命。

在南帆的话语阐释模式反复、回环的过程中，审智的抽象和审美的感性是螺旋式逐步递增的。正如通常所说的：感觉到了的不一定能理解，而理解了的却能更好地感觉。深度的审智使原本日常的话语内涵深厚了，而这种深厚的内涵又使日常话语的审美感性获得更新。这种审智和审美相互颠覆和建构的过程，常常是从抽象上升为具体，又从具体上升为更具体抽象的过程。《文明七巧板》的第一篇《躯体》，可以说是这一方面的代表。在读这篇文章之前，读者对于躯体、自我、肉体、灵魂、神圣、无私、情人、妓女，有着通常的（字典上的、抽象的）理解；但是读完了以后，现成的理解和感觉部分被颠覆，解构了，新的内涵和感觉升华了。正是两个层次上的理解和感觉构成了张力结构，使得他的智性的话语不但比一般的智性散文高出一筹，而且比一般抒情话语更具特殊感性的召唤力。原本的智性意义大部分被颠覆、解构的同时，新的智性就带着新的感性渗透进来了，这是一种智性和感性的解构和建构的同步过程。

这还是他的话语成为一种智性话语结构的表面层次。更为深刻的层次是：在话语建构中，他常常以一种可以比喻为“审美走私”的形式，进行话语重构。

南帆的话语虽然是以智性的分析为主要手段的，但是他在话语重新建构的时候，常常摆脱智性的全面和严密，引申出任性的话语。例如，他从纯粹智性来说，爱人、情人，允许对方共享肉体，是无私的、神圣的，这样的说法，就并不是客观的、全面的，而是相当片面的，甚至可以说是“不智”的。不言而喻，肉体的共享，还有绝对自私和不神圣的一面。这一切被南帆略而不计了（也就是颠覆了），由于颠覆的隐蔽性，读者和他达成了一种临时的默契。这种默契就是以“不智”为特点的，这种“不智”，就意味着一种南帆式的潜藏的审美感性。这种默契的感性有一种有限语境的暂时性，并不是普遍的，因而是不牢固的。这使南帆不放心，因而，他一有可能，就要以回到现成话语中去做出普遍性的阐释。于是，他接着说：一旦爱情受到挫折，躯体就毫不犹豫地恢复私有观念，“他们不在乎对方触碰自己的书籍、手提包或者服装”，却在争吵时尖叫起来：“不要碰我！”如果没有了情感，却仍然开放躯体，就是“娼妓”行为。尽管没有感情仍然开放肉体，有着许许多多的可能性，例如，许多没有爱情的家庭里性生活并没有停止，没有爱情的偷情，乃至美国式的性开放，相当普遍地存在，但是南帆的“不要碰我”和“娼妓”的话语阐释，是如此具有超常的启示性和经验的召唤性，读者与其与他斤斤计较，不如欣赏他难得的任性。临时的话语就在这新的层次上巩固了审美感知也就完成了其“走私”的任务。

从表面上说，南帆的话语完全以审智取胜，但是更准确的是，以话语的智性与感性的颠覆与重构取胜。如果没有这样的颠覆与重构，审美走私，就很难具有散文话语的真正艺术。为了说明问题，我不得不把周国平的散文拿来和他作比较。周氏的散文尽管在智性的深思上有许多不可多得的成就，但是在语言上，他没有对现成话语进行颠覆；他的智性也没有通过话语重新建构获得新的感染力，因而他没有自己的话语，他所用的词汇仍然只有通常智性的语义。例如，他在引用了英国作家毛姆的小说《月亮与六便士》中的“爱情是一种疾病”这样一句充满感性的话语以后，发挥说：

凡是经历过热恋并且必然尝到它的苦果的人，大约都会痛感“爱情是一种疾病”，真是一句至理名言。可不是吗？这样地如痴如醉，这样地执迷不悟，到不了手就痛不欲生，到手又嫌乏味。不过，从病人嘴里说出来，与从医生嘴里说出来，况味就不一样了。毛姆是用医生的眼光来诊视爱情这种人类的盲目癫狂的行为的。医生就能不生病吗？也许他早年因为这种病差一点丧命，我就不得而知了。我只知道，凡是我所读到的他的小说，几乎都不露声色地把人类肌体上这个病灶透视给我们看，并且把爱情这种疾病的触媒那些漂亮的、妩媚的、讨人喜欢的女人解剖给我们看。[①]

把这样的话语和南帆相比，虽然不乏一些很带感情色彩的语词：如痴如醉、执迷不悟、痛不欲生、盲目癫狂，漂亮妩媚，但是所有的含义都未经过他重新处理，没有颠覆和重构，也就是没有进行陌生化。在他的语境中，几乎所有词语的语义，与现行话语相比，没有发生任何变异。因而他的文章也就和通常的理性文章，没有多大的区别。这就不难理解，为什么是南帆，而不是周国平（或者张中行）为我国当代智性散文，开辟了一条崭新的道路，为学者的智性散文提供经典文本了。

审智和审美的同步深化的话语，其涵盖面是如此之广泛，不但覆盖着生命现象，而且渗透到工业社会文明的产品上去。不管是生理内涵还是物理的内涵，都被他用来作“审美走私”的掩护。他自由的命名和阐释，如果不是用颠覆和建构来分析，似乎也可以用一个早已被用烂了的术语“隐喻”来概括。他常常把生理的物理现象当作心理现象来描述。用人间的、感性的话语作为喻体，把抽象的观念作文化性质的感性化。他把裸体说成是“躯体与服装的抗衡”而躯体恰恰又“企图从服装中突围而出”，裸浴乃是躯体与水“达成的最大默契”。

对于这样的话语（抗衡、突围、默契），我们不能轻易以隐喻来为它定性，因为通常所说的隐喻，常常是抒情或者幽默的手段，它们充满了情感，却不可能有这样审智的深度。这种深度是南帆式的，你甚至有点想说这家伙大胆到有点“胡说八道”的程度，但是你又不能不赞赏他审智的出奇制胜，他话语的推陈出新。

① 周国平：《人性、爱情和天才》，《守望的距离——周国平散文集》，东方出版社 1996 年版。

当他冷峻地为对象作文化性质的定性的时候，内容当然是冷峻的，但是他的话语形式，却并不完全排斥感情色彩，而是情不自禁地把感性色彩渗透到对象的特点中去。例如，对于眼睛，他说：

眼睛是一个野心勃勃的感官，它贪婪地射出视线，企图将宇宙尽收眼底。人们甚至制造出望远镜纵容眼睛远征。

如果孤立起来看，已经洋溢着诗性，智性的痕迹微乎其微。当他说到耳朵的时候，则更是如此：

耳朵是一个可怜的器官。耳朵长于头颅的两侧，时常被当作头颅的把柄使用，谁的耳朵没有被爷爷或者先生揪过呢？……耳朵的童年塞满了呵斥、责难和詈骂。人们可以从“耳提面命”这个词里体会到耳朵所遭受到的虐待。其实，即使长大成人，耳朵也没有改变它的“被动角色”。

这样强烈的感性色彩，在南帆散文中是比较少见的，表面上智性的成分是被压缩的，但在二者之间，有一种逻辑的对比，潜藏着一种审智的因果关系，一种演绎的深邃，感性和智性是交融的。当对比层层推演下去的时候，审美就逐步占有了优势：

这世界的噪音蜂拥而来，气势汹汹地灌入人们的耳朵。除了忍耐，再忍耐，耳朵别无他法。在这个时候，耳朵无疑对眼睛表示了莫大的羡慕：“眼睛可以自由开阖，或者转开视线，按照自己的好恶选择视象，然而耳朵只能不舍昼夜地伫立在那里。无言地随各种声音的轰击……幸亏音乐及时地拯救了耳朵。”(《叩访感觉》)

从话语上来看，把耳朵和眼睛都拟人化了，也就具有了相当程度的审美的诗性，但是用了这么多诗性话语，却并不完全是抒情的，因为其间潜藏着一种从统一中寻求对立的辩证逻辑的线索，例如，把眼睛与耳朵互补的关系转化为矛盾对立的范畴：这种对立不是一般感性的分立，而是哲学意义上高度概括的对立，以此为基础，南帆事实上在作审智的分析，而不是审美的描写。从分析中衍生出来的不是情感，而是一系列的观点。这就使上述感性的话语从属于智性系统。这从他对眼睛的功能的描述中可以看出来，他一方面说：“眼睛所消费的景象是惊人的。”另一方面，他又说：“这并不是说，视觉仅仅是从‘我’到‘他’的单向度运动。”这也就是说，他的思考不是以沿着矛盾的一个侧面为满足的：“看是以躯体为中心重新组织视觉世界”“看肯定包含了某种程度的入侵和占有”。但是这只是问题的一个片面，接着他又揭示了与之相矛盾的另一个侧面：“但是，看又不能看到眼里，就拔不出来了”“对象拥有逃离的自由，视线不能构成钳制。事实上躯体与目击对象之间的关系转移于这两条界限之间，形成种种微妙的合作”(《叩访感觉》)。

从这里可以看出他逻辑多重的审智的层次，第一个层次是：视觉与环境的矛盾；第二个层次是：视觉对象的入侵和占有，对象又独立自由；第三个层次是：对立的双方又是“微妙合作”的。他那么丰富的感性话语（如，入侵和占有、逃离和钳制）都是从审智的逻辑里演绎出来的。层层深入的抽象逻辑性，不断衍生的感性话语，相互交织，明显具有连锁性，从而也就使审美诗性的话语，有了一种智性的层次和系统感，有了某种程度的逻辑的自洽性。

在南帆感性比较强的作品中，诗性话语就这样和智性交融起来：一方面在微观话语上，是不乏感性的、诗性的；而另一方面在宏观上，观念是沿着对立统一的抽象逻辑生发的。诗性的话语是显性的，而对立统一的逻辑结构是隐性的，这种二重结构的功能使他的观念和感性一起不断衍生，而且达到自洽。就在这样感性与智性的交织和分化中，层层衍生的观念借助于南帆式的隐喻长驱直入；在宏观和微观的临界点上，在理性概念和诗性话语猝然遇合的地方，南帆成功地使审美和审智同步升华。审美的诗性和审智的认识就这样达到统一，诗性在智性的逻辑中得到普泛的延伸，而智性的逻辑又因为审美的超越，沿着诗化的想象展开；二者结合起来，就使他的逻辑具有了审美与审智的双重性能。从严格的智性价值而观之，它并没有完全达到智性的全面和客观，因而是一种亚智性逻辑；而从审美价值而观之，亦未充分达到审美的超越于理性的自由变异（感觉的和逻辑的），因而只能是一种不完全的审美价值，或者叫作“亚审美逻辑”。

在南帆另一类散文中，也就是话语的智性比较强的散文中，虽然，在表层的话语上，感性比较弱，但在智性框架的深层上，隐含着另一种形式的审美的逻辑潜流。表面上看来，南帆审智的逻辑，是对立统一的，拥有客观的、逻辑的全面性，但是，对其逻辑作更为深层的分析，其客观性和全面性却并不是完全的，恰恰具有抒情逻辑所特有的单向、线性，亦即主观率性的，具有某种审美性质的逻辑。这种亚审美逻辑，以潜在的、隐性的形式存在着。如在《一握之间》中，先是分析了动物和人在占有上的不同：动物用嘴巴，占有即是吞噬，人用手，不那么粗鄙。这是正面的立论；接下来，引出反命题：人类的嘴巴却不同，“含在嘴里”表示无比珍爱。这就从物质层次引申到精神层次：人类无需用牙齿也能占有宝石。情侣的手使得“躯体互相占有”，具有“精神旨趣”。进一步转化的结果是：“手的相握使躯体卷入了两人的情意”，也就是躯体向灵魂转化；接下来又是“言辞的承诺置换为手的承诺”，这里又转化为灵魂的（言辞）向躯体（手）的升华。“拥抱让自己胳膊接纳了另一个躯体”，这是躯体和精神的接纳，“同时将自己的躯体交付给另一双胳膊”“这是手与躯体之间一个奇妙的悖反”：接纳就意味着交付。在矛盾得到反复揭示之后，接着是矛盾的统一：拥抱是“手与躯体之间的一个奇妙的配合”。这里不管是“占有”“承诺”，还是“悖反”，都是抽象的概念，并没有上面所引的描述眼睛、耳朵时那样的感性话语，而其逻辑又是一分为二的，至少不是明显片面的，其智性成分是显而易见的，但是这种智性只是在显性形式上，具备了客观性、全面的概括性。而在实质上，也就是在潜在内容上，却并不是这样。首先，大前提就是并不是全面的：动物使用嘴巴占有对象，而人用手，就消除了粗鄙的性质；人把什么东西含在嘴里就有了珍爱的含义，但是动物也经常用它们的爪子来搏击对象。人“含在嘴里怕化了”是一个特殊的含义，并不具有普遍性，含在嘴巴里，在更多的时候，是和动物同样，也为了粗鄙的生理需求的满足；作为珍爱的含义，从语义上说，是巧合，从逻辑上来说是孤证，不是逻辑的覆盖，而是错位。

南帆在作审智的思考时，惯于以逻辑的表层全面掩护深层的片面。如果他舍弃片面，成全逻辑的周延和全面概括，也许就进入理性的境界，却不能不脱离艺术散文的领域了。他并不是不知道：在攫取食物的时候，人的嘴巴的功能和动物并没有什么不同；如果同时引用“民以食为天”，可能就更为全面了，更使其理性大放光芒了；但对于散文艺术的亚审美逻辑来说，就大煞风景了。幸而他采用了并不全面的擦边逻辑，才使他表面看来智性的思想，隐含着不智的逻辑，构成了南帆式情与智的交融。

这种南帆式的逻辑，以单向的大前提、线性逻辑为起点，向纵深层次作层层推演，而其主观色彩依次递增：人类的抓、握、拥，不言而喻有生理需求的意义，在推演过程不断地被淡化，其“精神旨趣”不断地被强化为唯一的成分，情人的相拥，强化情感的层次，生理的层次被取消了，而接纳对方躯体，同时又交出自己的躯体，纯粹精神的意义被突出成唯一的意义，这种转换就使本来客观的、智性的逻辑变成了多少有些率性的、带着南帆那种不可重复的个性的东西。在这样的形式中，演绎出警策的见解来，这就构成了“片面的深刻”，警策而又不无蹊跷；深刻为智，蹊跷为趣，二者结合起来，这就是通常所谓的理趣，或者智趣。

这种理趣，不同于抒情的趣味，也就是所谓情趣。虽然它具有抒情诗性在逻辑上的某些特点：不全面，以相近、相似作为联想、想象的中介，但是它的表层不完全是抒情的单向直进的逻辑，而是接近于智性的正反递进的分析模式。这种模式与纯粹理性逻辑也不相同：它深层的单因单果式的推演与表层的智性的矛盾统一模式构成张力。它的和谐与自洽借助在逻辑上的擦边，把握住这种擦边的机遇，就是机智。正是机智产生了趣味。很难说它接近于情感的抒发，还是说它接近于智性的激发；这就使南帆的亚审美逻辑永远不能脱离“审智”而存在。

南帆在论及散文文类性质的时候，强调散文的“趣胜于情，悟多于思”，不管是趣还是悟，都与他这种机智的理趣不可分割。这样，他的散文就不是以通常所说的情景交融，以情趣取胜；而是以情（智）理交融，以理趣取胜。这种理趣，或者智趣，是很经得起欣赏的，因为在初始层次还是隐性的，在推演的过程中，隐性和趣味越来越转向显性。推演的层次越多，一方面，其自洽性和辩证性递减，而在另一方面，其任情率性的成分，也就是亚审美因素也逐步递增。在《寓所的矛盾》中，他在一系列的推演中阐明，寓所的功能就是个人的物质庇护，转化为个人的精神空间归宿，而寓所的固定性又转化为违反人类自由本性的限制。由此，他悄悄地运用抒情极化的逻辑，引申出："牢狱"和"囚禁"。由此推演出：室内了无新意的程式化的陈设，变得引人烦厌。"为了防御这种厌烦的侵害，人们竭力企图将外部世界引入寓所。从电话、电视到报纸、期刊，外部世界的信息乃是寓所内部沉闷空气的调剂"。这样的因果显然是随意的，却充满了机智的（审智的）趣味。在这种趣味里，虽然没有情感的成分，却有一种与情感造成的趣味相通的东西在逻辑上的率性。

事实上，南帆也并没有把逻辑的严密看得太过拘谨，他在《寓所的矛盾》中公然宣称，他"仅想表述……随意的联想"。这种随意性并不完全是随意的，同时又是巧合的，巧合由于惊险地切合逻辑，因而并没有成为呓语。这种巧合，对于文化学来说，显然不无损失，但是这种损失却被审美的新异性所弥补。

不管把它称作亚审美逻辑，还是称作亚审智逻辑，都可以说明，在南帆的逻辑中二者总是不可分离的；在许多情况下，亚审美逻辑还占着优势。对于父母对孩子的感情总是超过孩子对父母的感情这样一个现象，他的解释是这样的："这包含了父母的歉疚之意。他们总是专断地把子女送往人间，从不在事先征询当事人的意愿。"（《我们从哪里来》）关于成人有时弓着身子睡觉的姿态，他的理由是："为了重温在子宫里羊水里的快乐。"所有这一切都经不起纯智性的逻辑的检验，它在逻辑上的单向性、随意性、个人化的特点，与反复的辨析表层逻辑形成对比，这更强化了他亚审美逻辑的诗性特点，使得他的逻辑在到达高潮的时候，有一种审美压倒审智的倾向。这种倾向，在写到晕车的感觉时，最为明显：他先是比较乘坐公共汽车与自己驾驶汽车的不同，自己驾驶汽车速度是自己创造的，而乘坐公共汽车，自我的意志无法决定或者改变其速度和行车路线；这就是说，乘客不过是把自己交付给另一个不相识的人。这就引起了不安：

> 这种不安或许是晕车的原因之一。亲自驾驶的司机通常不晕车。他们集中精力，审时度势……躯体与汽车签署了攻守同盟之后，头颅和胃同样为炫目的速度而自豪。晕车仅仅是乘客的症状。晕眩使人们将自己的眼睛闭起来。这表示了一种屈辱和恼怒。乘客不愿看到自己的躯体遭受接管，不愿意看到躯体的支配权力无缘无故地为某种蛮横的外力所篡夺。晕眩来自一种想象之中的激烈摇头躯体竭力对身边这部轰鸣的机械表示反感。当然，呕吐是一种更为坚决的抵抗，呕吐是从胃部和胸腔产生一股推力，这样的推力企图让躯体从这部机械的裹挟之中撤退出来。在这个意义上，晕车的真正

意图是，夺回速度生产的权力。(《安装了轮子的世界》)

南帆对于晕车的阐释，完全置生理的客观规律于不顾，单纯从自由的观念出发，作任性的、径情直遂的演绎。这种因果逻辑，显然是不充分的，因而是带着某种诗性的，但又不完全是抒情的，可似乎又是能够自圆其说的，具有某种逻辑的自洽性，因而又是充满智慧（也就是审智）的趣味的。

亚审美逻辑与审智趣味优势动态消长正是南帆的一大发明。

正是由于有了这种渗透着审智趣味的亚审美逻辑，南帆的散文不仅在思想上具有一般学者散文所没有的深度，而且具有一种空前率性的审美联想体制。在这种体制中，一方面是现代西方哲学，形而上的生命和自由，一方面是形而下的率性话语。在《追问往昔》中，对于自杀和自由的解释，可以说相当典型：南帆强调，人来到这个世界是未经同意的，所以到成年以后的自虐和自杀都是为了使亲人伤心。这一系列的因果关系是相当任性的。我国清代诗话家吴乔分析诗的逻辑为“无理而妙”，南帆在许多地方与这种无理而妙的逻辑息息相通。不过严格地说，不是“无理而妙”，而是“无智而妙”，因妙而智。令人深思的是，正当我们在现代散文中，思想容量和深度都不如诗歌和小说的时候，他用这种无理的逻辑，为现代散文扩充了思想的容量，在这一点上，他绝不亚于余秋雨。

有必要说明一下，抒情和幽默的逻辑同样是无理的，但是南帆的逻辑不同于抒情和幽默逻辑。这是因为在内容上，抒情的逻辑是美化、诗化的，而幽默的逻辑则是“丑”化的，在逻辑形式上，抒情是单因直进的极化逻辑，却保持了一贯性，而幽默逻辑却是以偷换概念为特点的荒谬逻辑或者二重错位逻辑。

非常巧合的是南帆写过墙，抒情诗人舒婷也写过《墙》(《舒婷的诗》，人民文学出版社1994年版，第207页)。“墙”是心灵歪曲的意象。感情的极化，是需要变形的，“我”反抗墙，墙会“活动起来”“要我适应各种各样的形式”，“我”逃上大街以后，还会发现墙的噩梦，“挂在每一个人的脚后跟”。舒婷的逻辑是极端化变异的，强调的是，墙使人不能沟通，使人违背自己的本性。而幽默散文家梁锡华（现居加拿大）也写过墙，梁锡华笔下的墙的功能，是为了遮蔽墙内的主人的阴谋和罪恶。梁先生所用的逻辑也是片面的，但是他并不是讲正理的，而是与“丑化”和歪理联系在一起的。南帆笔下的墙所遵循的既不是诗化的极化逻辑，也不是“丑”化的歪理，而是智性逻辑，不带褒贬意味：墙是“家的硬壳包装”，实用价值上的“保护性屏障”；象征意义上的“权力范围”“有效地阻挡他人的视线”“对墙内人来说是法律上的保护，而对外人来说则是拒绝和冷漠”。他所用的话语是“硬壳包装”“权力范围”“拒绝和冷漠”；这样，他就与诗性逻辑和幽默逻辑都拉开了距离。

拿南帆笔下的“门”与钱锺书的散文《窗》相比，这种特点就更为明显了。钱锺书用的是导致荒谬的丑化逻辑：

门和窗有不同的意义，当然，门是造了让人出进的。但是窗子有时也可以作为进出口用，譬如小偷和小说里的私约的情人就喜欢爬窗子。所以窗子和门的根本分别，决不仅仅是有没有人进来出去。……所以门许我们追求，表示欲望，窗子许我们占领，表示享受……一个外来人，打门里进来的，有所要求，有所询问，他至多是个客人，一切要等主人来了才能决定。反过来说，一个钻窗子进来的人，不管是偷东西，还是偷情，早已决心来替你做个临时的主人，顾不到你的欢迎和拒绝了。[①]

把门和窗子的不同功能任意搅混，把小偷、情人混为一谈，把客人和小偷作如此的无类比附，明显是以牵强附会取胜，充分表明了钱锺书用的是歪理歪推的幽默逻辑。而南帆所用的是一种近乎智性的逻辑，并不是以导致荒谬为务的逻辑：

说过了门与墙之后，人们可以知道，窗是这方面的折中。从寓所之外看来，窗的拒绝仍然多于接纳，窗帘随时可以使寓所内的一切隐于帷幕之后。然而对于寓所之内说来，窗是人们视线而不是身体逸出寓所的通道。窗口让人们的视线替代身体出外游历；某些时候，窗还可能寄寓人们对于外部世界的期待。人们知道情人的口哨与小夜曲通常是通过窗口传递的。这就是说，出走冲动还不足以破门而出的时候，人们往往先使用窗。在这个意义上，人们甚至可以将窗想象为寓所开阖自如的眼皮。(《寓所的矛盾》)

很明显，南帆所用的不是抒情的渲染，因为即使是写到情人的小夜曲是从窗口里传递的时候，他也没有任何抒情的意味，同样，他显然也没有任何幽默逻辑的倾向，在说到窗口对于情人进出的功能时，他也没有和钱锺书不期而遇。钱锺书以不伦不类的联想把不同范畴的人物和事物放在一起以求得幽默趣味之时，南帆却在逻辑的三岔口上保持着自己的联想途径，一本正经地用他自己的审智话语（门是窗和墙的折中、窗的拒绝多于接纳），同时又用自己俏皮率性的审美（窗是寓所开阖的眼皮、视线出外游历）来调节二者之间的矛盾，使之达到和谐。

南帆喜欢让自己的审智话语调皮一点，在逻辑上闹一点出轨的游戏，达到亚审美的效果：

人用墙来围住自己，然后又凿开一扇门放出自己。门一开始，似乎就承受了两方面的解释：门意味着通敞，同时也意味着关闭；门可以表示出，也可以表示入。看起来门明显是墙的变通；门首先承认了墙的矛盾，然后根据局势随时变换出模棱两可的姿态。门可以洞开，可以半启，可以加锁，或从里面闩上。总之，寓所同人交往的时候，门是一个十分称职的外交使节。在庇护与放行之间，再也没有什么比门更懂得调和矛盾、投

---

① 钱锺书：《钱锺书作品集》，甘肃人民出版社 1997 年版，第 493 页。

机逢迎了。然而，尽管门时常做出善解人意的体贴，门的存在仍然是一种象征。

南帆虽然远离抒情和幽默，但是他的逻辑并不完全是理性的，在推导的环节上，他所用的话语虽然不带明显的情感，却带着某种狡黠，像“模棱两可的姿态”“十分称职的外交使节”“投机逢迎”“善解人意的体贴”，这样的语言，作为中介环节，作为某种过渡性的结论，虽然介于幽默和抒情之间，狡黠之中，多少有点微微的反讽，当然是包含着智慧的，但是更多的是情感的交流。正是因为这样，把它叫作亚审美逻辑比之亚审智逻辑更为适当。

其实，南帆今年已经四十二岁，并不算年轻了。在五四新文学运动的高潮期，鲁迅和周作人也就是他这个年纪。也许南帆并没有意识到他所开拓的这个逻辑世界对于中国当代学者智性散文的巨大意义，但是未来的文学史家想必不会忘记，在中国现代散文史上，还是第一次出现这种沟通智性与感性，结合审智和审美的途径。从这个意义上来说，他不仅是五四散文传统的继承者，而且为这个传统奉献了新的艺术话语和逻辑，现在就把开拓者的称号给予他，在有些人看来，是不是冒失了一些？一个原因是，历史的机遇，中国的学者散文艺术上正处在贫弱的阶段，他适逢其时，遂得其名，而他还太年轻。这也许是一个规律性的现象，对于每一个开拓者来说，总是后代的评价高于当代。因而南帆和他的读者如果没有足够的耐心，则还不能意味着成熟。

1999 年 11 月 4 日

南帆：迟到的现代派散文
——兼论学者散文的艺术出路

作者按：中国现代散文本来积累最为丰厚的艺术基础是抒情和幽默，南帆的散文却有非常明显的反抒情倾向，虽然他不乏幽默感，但是他却谨慎地节省着幽默情趣，避免幽默妨碍他思想的深邃。他的散文主要是追求智性的，审智的，而不是以情感为主的审美散文。他的审智之所以没有流于抽象，是因为他超越了抒情，直接从感知进入智性的思索，让思索带上感性的生动性，这一点正好与西方现代派诗歌与小说在艺术上是同步的。在我国诗歌和小说中，早就有了现代派的潮流，半个多世纪以来，却缺乏现代派散文，南帆散文的出现，正好填补了这个历史的空缺。中国现当代散文，主要来源于明清小品和英国幽默，长期以来，中国散文就在这两个渊源中发展，而南帆散文的思想艺术渊源却是法国的罗兰·巴特和福柯。不同的渊源，再加上特殊的才华，使得南帆的散文对于中国现当代学者的智性散文意味着一种突破。

一、非抒情非幽默散文和历史性贡献

南帆智性散文的反抒情倾向，使他的文化审视摆脱了情感的不确定性，理性获得了比较稳定的保证，为他在语义上“去蔽”和重新“敞开”有了更大的自由空间。他以不带感情的话语，对被散文所遗弃了的现象作还原性质的观察和比较，自由地进行文化价值的概括。南帆反抒情而又没有陷入抽象，关键在于他强化了感知。凭着丰富的、深邃的、独特的感知，他智性的概括获得了相当饱和的审美的力量。南帆完全凭借着别出心裁的亚审美

逻辑和话语的内涵重构，创造了自己的感知和智性交融的艺术世界[①]从感知的角度来研究话语，他揭示出许多遮蔽了的奥秘。南帆对于自己的感知特点说过一段话：

> 回顾这一批作品的时候，我的内心还是闪过了些许悲哀。我仅仅体会到分析所依赖的警觉、穿透和机智，我无法察觉忘情地投入和激动。这些分析对象有什么可以让我激动的呢？这使作品止步于冷隽的指指点点。分析无法抵达抒情，思无法抵达诗。[②]

南帆所追求的，是探索司空见惯的日常现象内在的文化编码。他说他的分析导源于“凝视”，这是一种冷峻的观察，对于一切，包括自己的躯体，拉开距离，不但是物理的距离，而且还有情感的距离。凭着这样的距离，把潜在的文化意味“剥离”出来。当他说，“嘴的三种功能，几乎概括了人类的所有主题：吃、说、吻，分别对应的是自我、社会、爱”（《舌尖上的安慰·嘴的三种功能》)。话语虽然深邃，不带感情，却有着相当的可感性。人类的自我、社会和爱是抽象的概念，可是一旦被纳入吃、说、吻这一组感性话语中以后，抽象的理念就有了某种可感性。散文艺术形象的可感性并不一定和情感的渲染联系在一起；当理念和感知联系在一起，感知得到深化的同时，感染力就应运而生。南帆之所以不为抒情所惑，就是因为他拥有纵深的、潜在量很强大的感知。在抽象的观念与情感之上，他驾驭着感知，开拓着艺术通道：关上情感的窗子以后，打开感知的门户，照样让智性发出感性的力量。南帆的探索显示了：拒绝抒情并不从根本上威胁审美的感性生命；感知切不可废弃；如果连感知也都废除了，光凭抽象的分析，就很难避免像许多缺乏艺术追求的学者散文（如周作人晚期的散文等）那样，陷入抽象议论而不能自拔。对于感知，他显然有相当的研究，他在《叩访感觉》中说：“感知是作为思想或者理论的反义词。”他完全明白理论的抽象和感知的直观的矛盾：“思接千载也罢，心游万仞也罢，后者（按：理论）总是要动用概念、逻辑、思辨、判断、结论——这些累人的字眼，表明了一种精神的压榨。相反，感知拥有轻松的形式，瞬间与直观。”[③]感知和理性的不同不仅在于它的生动性，而且在于它的相对性，或者是变幻性。在日常生活中如此，在情感驱动下更是如此。情感的冲击使感知发生变异（变形、变质)。不论是“回眸一笑百媚生，六宫粉黛无颜色”，还是“海内存知已，天涯若比邻”，不论是情人眼里出西施，还是月是故乡明，主观感知的变异都是特殊的情感冲击的结果。

---

① 关于这一点，参见笔者的论文《当代智性散文的局限和南帆的突破》，发表于《当代作家评论》2000年第3期。南帆的散文分别见于以下散文集：《文明七巧板》，上海文艺出版社1994年版。《星空与植物》，河北人民出版社1997年版。《沉入词语》，浙江人民出版社1997年版。《追问往昔》，湖南文艺出版社1998年版。《自由与享用》，百花文艺出版社1999年版。《叩访感觉》，东方出版中心1999年版。

② 南帆：《文明七巧板》，上海文艺出版社1994年版，第286页。

③ 南帆：《追问往昔》，湖南文艺出版社1998年版，第165页。

情感是难以传达的，是一种“黑暗的感知”，但是在情感的冲击下，发生丰富多彩的变异的感知，却能成为情感的索引。变异了的感知，是不客观的，不科学的，和超越性的想象联系在一起。正是因为这样，想象和激情才成为欧洲浪漫主义诗歌的法宝。只有在想象的参与下，感知的变异才能层出不穷，成为情感的载体。想象越是奇特，距离感知的原生状态越是遥远，想象越有“陌生化”的余地，越有可能被称为“艺术感知”。正是艺术想象的“陌生化”，构成了话语“陌生化”的心理基础。感知在想象作用下的自由变异，不但有利于传达作家的情感，而且有利于情感的深化（包括智性的深度）。艺术家正是从这种想象的、变异感知中找到情感的载体、意象和形象的胚胎。情感与想象发生关系，落实在感知变异上，因而成了作家才情的基本标志。有才华的作家，总是由情感的涌动激发了想象，派生出变异纷纭的感知来；以它丰富的色彩和异常的形态，作为一种假定的结构，向读者发出“召唤”。而感知变异不足的作家，意味着想象和情感的匮乏，艺术形象的饱和性和深度肯定受到影响。

如果拿南帆和真正的大作家这样相比，他在这方面并没有太大的优势。南帆并不是以感知携带情感取胜的作家，他的主要手段是智性的推演，但是就感知而言，也并不贫困。在他发挥得比较好的时候，他并不缺乏许多作家所重视的感知的变异，至少在两个方面，他并不处于劣势。一方面，他对于事物的感性的观察，常常以精粹的、雄辩的细节激发读者的想象。例如，他这样表述一只在水中追逐青蛙的蛇：

> 蛇在秧苗之间疾迅滑行，伸出水面的蛇头划出两道长长的水纹。不时之间，蛇会从水田之间骤然立起，如同一根旗杆，而后像鞭子一样抽下去，溅起水花。这一刻无疑体现了蛇的八面威风。为什么没有人为这种八面威风喝彩？蛇的躯体上的花纹并不难看，某些蛇的花纹甚至艳丽得如同山鸡或者鹦鹉，蛇的蜿蜒而行将绘制出种种优美的曲线……[①]

蛇在通常情况下，以躯体贴紧于地行走，而在这里，他强调的是蛇体的直立，然后“像鞭子一样抽下去”。他善于在异常的状态下，选取少量有强大想象召唤力的细节，诱惑读者参与意象的创造。这样的艺术感知，是作家才华的证明。从这里可以看出另一方面，南帆的艺术感知足以与有过足够艺术熏陶的作家相比，但是他所依仗的细节中渗透的感知与一般抒情作家不同。他最好的感知并不以变异为显著特点，而是相当客观、平静的，不带感情色彩的。他这样的选择自然带着难度。从小学到大学的理性教育，使他不可能对抽象概念有先天的免疫力，他的现成话语也并不具备先天的艺术感染力。他不是天才，不可能天生就具备对感知充分调动、驾驭的本能。事实上他的部分作品（如《面容意识形态》

① 南帆：《蛇》,《星空与植物》，河北人民出版社1997年版，第13页。

《一握成拳》《为球而狂》）暴露了他艺术上的薄弱。当情感的渲染被排斥，感知的直观又未能充分到位，观念的深邃和密集就掩盖不了感性的微弱。有时，他就很难不像一些平庸的学者散文那样，让抽象的话语窒息了审美的生命。这正是部分缺乏耐心的读者对他的部分散文感到枯燥、沉闷的原因，但是感知，特别是并不变异的、不带情感的感知，并不一定命中注定就是抽象的。从世界文学史来看，19 世纪末 20 世纪初人类借助文学和心理学，对于感知的探索逐步深化。强调“强烈的感情的自然流泻”的浪漫主义、后浪漫主义诗歌，到了惠特曼那里又变成感情喷射的倾向，情感的直接抒发走到了极端，就成了所谓的“滥情”。这不但单调，而且很难避免变成概念的倾泻，甚至是被汪曾祺贬之为“洒狗血”虚假的作态。（事实上我国大量革命诗歌就曾经幼稚地误入情感的宣泄之路，等而下之的就变成概念的图解。）象征派诗歌厌弃感知的浪漫，拒绝情感的喷射，力矫此弊，用疏离情感的感知中心取代情感中心。艾略特的名言是“让思想发出玫瑰花一样的香气”，提出用感性的客观对应物（objective correlativeness）表现思想。所谓的“客观对应物”，就是把整个客观可感世界的一切都当作自己内心世界的象征。只要有了感知，使之深化，思想就不但不抽象，而且变得更为深刻了。事实上就是用智性去感知外部世界。

后浪漫主义情感的直接喷射导致的艺术危机，是如此严重，以至于意象派的领袖级人物庞德宁愿到象形会意的汉字和注重外部意象的中国古典诗歌寻求师承，进行了有声有色的实验。意象派、现代派、后现代派的诗歌，还有现代小说的叙述，正是在超越情感、建构意象，把情感隐藏在叙述中，而不是抒情中，并在这一点上奠定了它们的艺术基础。20 世纪以来的文学历史证明：感知与智性比之情感更为重要，情感可以缺席，感知和智性的想象却不可须臾或缺。不但在诗歌中如此，就是在小说中，也是一样，海明威式的白痴式的叙述、电报文体代替了巴尔扎克、托尔斯泰情感饱和的描写。藐视描写、排斥抒情的叙述成为时代风尚。海明威甚至极端地宣称，废除形容词，只用动词和名词。sentimentalism，作为一个术语，20 世纪初还翻成中性的“感伤主义”，到七八十年代，就变成了贬义的“滥情主义”。20 世纪的文学历史，可以从许多方面去阐释，但是从艺术形象本体和心理结构来看，这场波澜壮阔的伟大精神和艺术的变动，就对人的探索来说，其实质不过是感知与情感和感知与智性之间核心地位的一种换位。既然，在小说和诗歌中，这种换位已经发生，那么在散文领域中，关闭抒情的渠道，诉诸感知，通向它的纵深智性层次，从历史发展来说，是迟早要发生的事；南帆不过是因缘际会，无心作历史的突破，却成了历史的幸运儿。

但是，他是一个迟到者。

感知和智性的合谋，排斥情感，在小说和诗歌中，已经发生、发展，不但走向成熟，而且开始了出现衰落的迹象，可是在散文中，却是凤毛麟角。其根本原因很可能是，从五四以来，甚至从先秦庄子以来，散文作为一种艺术形式和作为实用工具性文体之间的界限，在理论上从来就没有明确过。中国如此，西方也是如此。很少有权威人士，立志把散文作为一种审美文学形式与议论性文体认真区分开来。周作人甚至认为“读好的论文，如同读散文诗”①。矛盾由于长期存在，人们见怪不怪。

然而，散文作为一种文学形式越来越受到重视，但在理论上仍然在艺术和非艺术的边界上流浪。散文艺术的形式规范从来就没有被散文作家当一回事。智性抽象的话语和艺术的感性的矛盾这样一个重大理论课题，从来就没有提上过日程。散文在文类上、形式上的漫不经心，是一个世界性的事实。散文美学如此贫困，诗学、叙事学乃至井喷的电影美学却有丰富的流派；散文美学不但没有流派可言，而且在上千年的积累中却连起码的范畴的系统性也谈不上。正是因为这样，在20世纪初，对于学者散文，尤其是周作人式的苦涩的智性散文，在艺术评价上过分妥协。学者散文的智性话语向感性转换和重构的问题长期以来没有成为一个基本理论问题，连南帆这样一个学者都没有意识到他有必要作全面的研究，虽然，实践上他已经在智性话语和审美逻辑的转换上做出了贡献，却没有注意到其价值，这可能是因为在新时期，抒情散文的滥情化和幽默散文的肤浅化引起了普遍的不满，引发了对于“学者散文”艺术评价上的无限膨胀；其结果是散文艺术准则无限的混乱。在某篇论文中奉为经典、杰作，在另一篇论文中则可能根本不屑一顾。理论上的幼稚降低了对于创作的要求；而创作上的贫困又加剧了理论上的混乱。

研究南帆的智性散文，核心是他的话语和逻辑的审美转换以及他的感知和智性结构，这无疑有助于学者散文艺术准则从草创走向稳定：为什么他的感知拒绝承载情感，并没有被抽象的概念所窒息？就是因为他为智性散文找到了感知载体。他的感知不再顺从抒情的裹挟，相反是反抒情的，正是这种反抒情的感知为他通向思想的深层构筑了空中桥梁。他的反抒情感知和他的文化探索确定了某种对位关系以后，二者就统一为一种有序的结构，他的概括性的观念和五官感性构成一种张力场，正如象征派诗人所预期的那样，思想焕发出了感性的芳香、温度、色彩和旋律；牵引着读者的想象，跨过感知跳板，跃过情感的大河，直接通向智性的岩层；把读者从日常的、世俗的感知中解放出来，向心灵的纵深层次进行潜在文化意味的探险。此时的感知，不再是一般的感知，而是充满了智性纵深内涵的立体的感知。智性也不是泛泛的，而是渗透着感知生命的智性。《安装在轮子上的世界》所选择的本来是异常枯燥的对象：汽车、自行车、摩托车、出租车、过山车、火车，最后是飞机；从传统散文的艺术观念来看，分析比较这些交通工具之间的异同，会脱离散文艺术起码的感性要求。南帆战胜抽象的基本法门是：把分析和最切近自我的躯体感知联系起来，

① 周作人：《美文》，俞元桂主编：《中国现代散文理论》，广西人民出版社1984年版，第3页。

把对象主体化、感知化，他关注的焦点，不是在轮子—车子之间物理功能的比较上，而是在轮子和车子所带来的不同的躯体的感知上。他说，自行车与躯体有一种“亲密关系”，三角架、龙头，“似乎是从人们的躯体骨骼之中延伸出来的”。它“只能在行驶之中得到独立”，而摩托车的风格是“威猛”的，“（自我的）欲望充当了唯一的主宰”。汽车与摩托车的不同在于：汽车是“一个完全的机械世界”。而摩托车骑手“将躯体暴露在露天旷野之中，一任风吹日晒”“胯下暴跳的摩托车时常被想象为一匹剽悍的烈马”。而出租车是临时的，到了目的地，“毫不惋惜地将这样的躯壳扔下，如同一次解放身心的脱皮”。所有这一切都集中在一点上，那就是机械和个人自由的对抗和顺从。一系列平淡的、无序的感知，由于和生命的自由发生关系，而形成了有序的结构，感性和智性在这个结构中同步升华了。这里南帆道出了他审智散文没有成为评论的奥秘：生命哲理的思考促进了躯体感知逻辑的建构和衍生，而躯体感知逻辑的建构和衍生又推动了生命哲理的深化。躯体和心灵互动，使得他开拓了属于他独享的感知和智性的统一。

在许多传统散文视若畏途的地方，在许多抒情散文家觉得没有什么特别深刻感知的地方，他能滔滔不绝做出大块文章。例如，在乘坐公共汽车，而未发生任何事故，也没有任何特殊情感的时候，他也能激发出情智交融的思绪。他这样比较乘坐公共汽车、出租汽车和自己开小汽车。公共汽车和出租汽车的速度与自我的躯体是没有连带关系的；乘客无法改变公共汽车的快慢，只是“将自己的躯体完全交付到另一个陌生人的手掌中”。而在小汽车上，自己控制速度，“只有自己创造的速度才能激动人心；如果一个人只是不由自主地被某种外在的速度带动，那么，他仅仅漠然地瞪视着窗外的景物变幻而无法投入这种速度的亢奋之中”。很显然，这种灵感，不仅仅来自躯体的感知，而且来自心灵的智性——把自由作为最高追求，智性和感知的猝然遇合，激发了他的心灵，从这里如果要转向情感，近在咫尺，但是走向抒情却对他没有任何诱惑力。智性和感知已经遇合为意象，在相互阐明中发出火花，这就够了，再让情感渲染一番，在他看来，就无异于画蛇添足了。正是因为这样，在许多类似的感知与情感的交叉点上，南帆不屑于抒情，毅然背过身来，走向了智性的深化。

二、无情的意象和想象

在浪漫主义诗人那里，激情与想象是永恒的同盟，在抒情散文家那里，想象则更是感知变异的不二法门。南帆在拒绝抒情的时候，却没有拒绝想象。独特的想象，的确赋予他的意象以极大的生动性。当他不是过分拘泥于客观的感知，而是借助想象的翅膀作大幅度超越的时候，就有了更强的感染力。以他写自己故乡——福州景象的散文为例：

山，我不稀罕。即使在寝室里，我也能透过窗口望见山。远方一带蓝蓝的山脉蜿蜒不绝，蠕动起伏。我所居住的城市栖息于一块不大的盆地之中。山时时从四周探头垂顾这个城市，谛听着这个城市的所有动静。我不能想象山从这个城市四周撤走。丧失了山的庇护，这个城市仿佛会沿着倾斜地表滑落到海洋里去——没有山作为太阳和月亮的隐身之处，白昼与黑夜的循环交替又如何完成呢？[①]

想象如此特异，足以与杰出的抒情散文作家比美。20 世纪 80 年代抒情散文家唐敏在福建散文界曾经掀起过一个高潮。非常碰巧的是，她也写过福州，不过那是从北方平原上来的人对于盆地里的福州变异的感知。唐敏的感情由于想象，使感知发生了变异（福州人是典型的山里人，从来没有享受过极目远眺的幸福，没有山在四周就像剥光衣服一样）。强烈情感对于感知的冲击，表现了平原来者的偏激和对于福州人的调侃。这种感知变异并非只是发生在唐敏那里，就在很讲究智性的余秋雨那里也不例外。他在《三峡》（见《文化苦旅》）中写到白帝城的文化景观的时候，并不全面地铺排，只是选择了其相关的两种文化景观：李白的诗和刘备的白帝托孤。他把这二者作为白帝城的文化背景拿来阐释三峡的自然景观："白帝城本来就熔铸着两种声音，两番礼貌，李白和刘备，诗情与战火，豪迈与沉郁，对自然美的朝觐与对山河主宰权的争逐。它高高地矗在群山之上，它脚下，是为这两个主题日夜争辩着的滔滔江流。"这里三峡的潮水，不但在形态上，而且在性质上、功能上全都变异了（不是潮水的声音，而是李白的主题与刘备的主题在争辩）。通过变异把他的智性概括和诗的激情天衣无缝地融为一体，这是余秋雨的一大创造。南帆的才气不在这里，他并没有把对象在形态、性质、功能上作如此大幅度的变异，他只是如科学家一样，对福州的山做出一番接近于物理性能的想象和假定，但是即使在想象着、假定着城市滑到海里去（这将是一场大灾难！），也是不动声色的，读者难以从文字上想象这场危及他身家性命的灾难会导致他的脸上有任何恐惧。可南帆感知携带的想象，在奇特这一点上，绝不亚于任何抒情散文大家："一个人的躯体不是自己制造的，他没有办法按照自己的意愿长出三条腿，五只胳膊。他没有设计躯体的权利，他的躯体出生还是另外两个人一次性生活的副产品。"[②]

一般抒情作家的奇特想象，是与诗化的抒情联系在一起的，而南帆不以抒情的诗化取胜。他关于人体的想象几乎不带任何感情色彩，连说到自我肉体的来由都这样不怕煞风景，

① 南帆：《找到丢失》，《追问往昔》，湖南文艺出版社 1998 年版，第 139 页。

② 南帆：《一握之间》，《追问往昔》，湖南文艺出版社 1998 年版，第 58 页。

人的生命被他仅仅看作是与本人毫不相干的“另外两个人一次性生活的副产品”。

抒情的想象是主观的，不可能以理性来验证，而理性的、科学的想象则是可以检验的。南帆的想象之所以不属于抒情，因为它全然如科学家一样冷漠，可以验证，甚至不用实验手段，直接用切身的经验就行了。这样的想象用缺乏感情色彩来定位是太不够了，从根本上来说，是无情。接下去说到，即使一个人权倾天下，功盖寰宇，也不能指定自己的出生地点和时间“他们的傲慢在这里遭到了严重的挫折”。即使在说到“傲慢在这里受到了严重的挫折”的时候，他也是不动声色的。同样，在他说到任何情绪性的感知，例如，惊恐与不安的时候，也一样无动于衷。他并不缺乏想象，他的想象甚至还是很出格地导致荒谬的，然而，其中诗性的成分比之智性的推测，简直可以说微不足道。他说：“如果一个人不断地复制自己的躯体，周围的人们将产生极大的惊恐与不安。某个人拥有五具一模一样的躯体，它们正分别在不同的处所演说，看电视，洗碗，幽会情人，批阅文件——这样的设想肯定不会让人感到愉快。”[①]面对他所想象出来的荒谬境界，他先是说令人“惊恐与不安”，可是他的行文中并没有作不安的情绪渲染，这一点在对于过山车的描述中表现得更为明显，虽然他说这是一种“刺激”，但是他只是分析这种刺激的意义，而不是和读者一起体验刺激的感知。他认定：过山车对人是机械的强制性劫持。过山车之中的躯体丝毫无法自主，一个无形的巨掌将乘客迅捷地投向空中，掼下深渊。刺激是众口一词的形容，但乘客不可能在这种刺激之中体会自由。乘客只能囚禁在车厢之中，静待速度制造的恐怖……它的速度必须由这种轨道的审核批准，并且永远逃脱不了轨道的牢笼……过山车让炫目的速度阉割了自由的向往。(《叩访感觉》)

虽然，他不无夸张地说，乘客被“掼下深渊”，甚至还提到了“恐怖”，这里本可以顺便让情感宣泄一下了，但是他的心灵却避开了情感，转而向文化智性转移了：他所关注的不是情感，而是自由。即使有了这样的速度，人也还是不自由的，是要经过“轨道的审核批准”，令他最感到遗憾的东西与情感无关，只有谈到智性的文化思考的时候，他才显得与众不同的深邃和独创：“速度阉割了自由的向往。”他的文化思考的核心是自由和意志，但是他没有抽象地讨论这个问题，而是把思绪通过想象，集中在车子与轮子和躯体的感知上。有了感性的依托，再借助想象的自由，超越情感，直接向智性升华。南帆的拿手好戏在于，从感知出发，从想象中提炼出思想来，又用思想，去重新阐释感知，在这双向阐明的过程中，抒情和幽默散文家所用的感知、想象，他都用上了，但他却处心积虑地避开了抒情和幽默散文家不可须臾或缺的情感的抒发。他的散文，形成高潮时，不是情感的高潮，而是智性和感知遇合的高潮。

---

① 南帆：《一握之间》，《追问往昔》，湖南文艺出版社 1998 年版，第 58 页。

三、让散文和现代派小说、诗歌缩短艺术差距

当然，他的感知与智性的关系不仅仅限于躯体。几乎一切对象，包括现代物质文明和世俗的礼仪，他都表现出一种从感知中抽象出文化内涵的坚定追求。出于他那种阐释学的本能，总是聚精会神地从表面现象上“去蔽”，似乎只有对情感的自然流泻不屑一顾，才能更为自如地找到被概念遮蔽了的文化语义。他在感知和智性一度遇合以后并不满足，常常进一步对现成的、日常的感知重新阐释。这时，他对于感知和智性进行颠覆，大作翻案文章。从这一点上说，他超越抒情的感知，智性结构正好与现代派文学和艺术（包括绘画和雕塑）异曲同工。如在《一握之间》中，他强调了手的功能要比眼睛可靠之后，突然将瞎子摸象的典故在感知意义上重新加以解释。他这样说：

人们总是嘲笑那五个盲人见不到大象的整体，但人们没有想到手掌真正地触及了大象。他们的手感知到了大象粗糙的皮肤，感知到大象的体温，感知到了大象的耳朵柔软的程度，大象尾巴的扭动和大象牙齿的光滑质感。这是眼睛所无法获取的。对于盲人说来，大象不再是一种过眼之物，手的动作使大象和盲人躯体产生了真实的联系。

这就不但使得他的思绪变得新异，而且使得他的感知具有了纵深层次；更重要的是，智性散文的趣味（亦即“智趣”）也随之而递增。感知的纵深化，正是感知和生命哲学猝然遇合的过程，这是一种反复深化的重构过程，在这个过程中，感知和智性得以相互阐释；智性和感性融为一体。这正是一种有别于抒情的趣味（情趣）——智趣构成的过程。南帆的感知虽然不携带情感，却携带着另一种与情趣相对应的智趣，正因为这样，南帆的分析和演绎所产生的趣味，才以其深邃、新异、丰富和微妙，以其纷至沓来、交错叠出的感知加上特别活跃的想象、联想、对比等，将他的记忆和经验、学识和睿智、他的灵魂深部和躯体表层，化作一股股智趣的洪流，向读者作全方位地倾泻。从这纷繁而又强烈的倾泻中，读者受到了冲击，感知发生了智性的重构，智性发生了感知的更新。值得注意的是，他的这种智性和钱锺书的智性散文，有很大区别。钱锺书志在从幽默转化为讽刺，而南帆则对于讽刺没有任何兴趣。例如钱锺书以门窗为对象这样发议论：“门是造了让人出进的，但是窗子也可以作为进出口用，比如，贼以及小说里私约的情人就喜欢爬窗子。缪塞在《少女做的什么梦》的那首诗里，有句妙语略谓，父亲开了门迎进了物质上的丈夫，但是，理想的爱人总是要打窗子进出的。”（见《人・兽・鬼》）南帆显然不想遵循幽默的逻辑和概念的错位。他这样讲：

门一开始，似乎就承受了两方面的解释：门意味着通敞，同时也意味着关闭；门可以表示出，也可以表示入。看起来门明显是墙的变通；门首先承认了墙的矛盾，然后根据局势随时变换出模棱两可的姿态。门可以洞开，可以半启，可以加锁，或从里面闩上。总之，寓所同人交往的时候，门是一个十分称职的外交使节。在庇护与放行之间，再也没有什么比门更懂得调和矛盾、投机逢迎了。然而，尽管门时常做出善解人意的体贴，门的存在仍然是一种象征。[①]

把南帆宁静致远的分析与钱锺书对于门愤世的讽喻加以比较，敏感的读者可能已经感到了，当南帆写到情人的小夜曲是从窗口里传递的时候，他与钱锺书所说情人和小偷都是从窗子进来，几乎是已经到了交会的路口，但是在钱锺书沉醉在幽默的调侃之中的时候，南帆却运用他的中立性逻辑，沉醉在冷峻的文化阐释之中。钱锺书脸上带着悲天悯人的笑容，居高临下地俯视世人，南帆却一本正经地为门和窗的不同功能，为人类作茧自缚的文化密码的发现而不能自已。

南帆开拓了审智散文艺术的天地，从而缩短了现代散文和现代诗歌、小说在艺术上的差距。

读他的散文《蛇》，不能不令人想起冯至早期的名作《蛇》。冯至写的是爱情，却没有像郭沫若、徐志摩、闻一多那样一任激情自然流泻，而是淡化着感情，拉开了和激情的距离，把爱情比作对于蛇的感知——主要是冰冷的感知。冯至的诗歌自然是受到了西方象征派的着重感知的影响。正是在情感的收敛上，在感知的精致上，冯至得到了鲁迅的欣赏，说他是五四新文学运动第一个十年中最有才华的抒情诗人。越过抒情和幽默的情感交流，从感知到智性境界，正是现代派诗歌的标志。在当代中国新诗里，抒情已经变成滥情，显得陈腐，而散文仍然以抒情压阵，占据着优势的地位。中国现代派诗歌早在20世纪30年代就产生了，有了源远流长的发展。可至今却没有现代派散文流派。也许冯至是太遥远了，我们不妨以随机的抽样，举当代一位年轻的现代派诗人的《本真》来作一比较：

木匠

把门钉在墙上

躲在一种门

的门后

看从门里走出来的

人口和制度

门，使我们

---

① 南帆：《我与非我》，《叩访感觉》，东方出版中心2004年版，第176页。

相识

我穿上衣服

准备去某一首歌里拆除一段时光

推开门

门外现实地站着一个人

我问找谁

他说找

一扇门

之后，我边走边想

世界只有一扇门

在他自己里

这首诗，其智性（门和人的寓意和哲理）也是越过了感情，从感知直接透露出来的，但是在其感知和智性的寓意之间并没有任何逻辑过渡。南帆散文从感知到智性的直接显示，并不是现代派诗歌的从属品，和现代派诗歌在艺术上是平行的；现代派诗歌从感知到智性之间的逻辑，是省略在空白里的；跨度越是大，越是曲折，就越是有耐人寻味的智性。南帆的散文却是以逻辑的全部环节的不加省略的严密性取胜的。在从感知到智性的跨越方面，与他可以相比的可能是香港作家梁秉钧（也斯），这是一位被某些评论家认为典型的现代，甚至是后现代散文作家，在注重感知而拒绝抒情方面绝不亚于南帆，他在《书与街道》中这样描述街道上的汽车：

> 这一带路上最常见的要算是汽车，其次要算是狗了。你可以在这里找到最奇怪的汽车；当然，你可以找到最奇形怪状的狗，但怎么也比不上汽车。每天都有不同的破车在修理行门前。走过时可以看见吹管的胶喉，盘在地上，手持的管口喷出火焰：给汽车喷油时空气中充满了有颜色的雾气和香味。修理汽车的人，卧在地上，从汽车底伸出半截身子来；或者蹲在一旁把一块铁片锤圆；或者站在车旁，用抹布揩着补过的铁灰的车子，好像揩着他们自己身上的一个伤口。汽车与人连成一体，这些汽车仿佛是活的，你可以给它们安一个人性化的形容词。

梁秉钧和南帆一样也是超越抒情和幽默，不动声色地描述着客观的感知，也用潜在的智性（杂乱的物与人连成一体）来统一看来毫无意义的感知世界，同样是从外部感知走向智性，但南帆的潜在文化解码的深度探究和也斯的平易是不同的。

四、形而下的感知和形而上的意味

作为一个评论家，南帆难能可贵的是，他的感知显然是受过足够艺术熏陶的，就连抒情性的感知变异，他也并不陌生，只是他吝啬着这种比较容易落入俗套的表现方法罢了。他在《叩访感觉》中专门思考感知的时候，还引用过余光中《听听那冷雨》中的一段，他隐隐约约也受过余先生的影响。值得庆幸的是，余光中精致的感知没有变成他的牢狱，他创造了自己的感知世界。余光中才华横溢，汪洋恣肆，不可羁勒；在《听听那冷雨》中，他把对象雨感知化的功夫是如此惊人；这里有五官感知视、听、闻、嗅、触的全体动员（“雨不但可嗅，可观，更可以听。听听那冷雨。听雨，只要不是石破天惊的台风暴雨，在听觉上总是一种美感”），细节和隐喻交错迭出，有标准的诗性语言（“‘下雨了’，温柔的灰美人来了，她冰冰的纤手在屋顶拂弄着无数的黑键啊灰键，把晌午一下子奏成了黄昏”），这种诗性语言是以浪漫、极化为特点的（“在古老的大陆上，千屋万户是如此。二十多年前，初来这岛上，日式的瓦屋亦是如此”）。这种浪漫的诗性的美化，带着古典色彩，同时又融合着余先生所热衷的新批评的隐喻，现代诗超现实的想象（“轻轻地奏吧沉沉地弹，徐徐地叩吧挞挞地打，间间歇歇敲一个雨季，即兴演奏从惊蛰到清明，在零落的坟上冷冷奏挽歌，一片瓦吟千亿片瓦吟”），这一切的综合，无疑使余先生的作品成为当代中国散文的经典文本。不无巧合的是，南帆也有一段关于听觉的描述：

> 黑暗的窗户里偶尔落出几朵梦呓，草丛里几声蛙鸣，远方的马路上有一辆载重卡车疾速驰过——我的耳朵以从这些声响的层面辨识出来，夜如同一个黑衣使者蹑手蹑脚地在城市里走动……夜的脚步虽然无声，但夜的气息依然搅动着我的耳鼓。直到我的听觉开始蒙眬之际，突然有苍老的咳嗽撞入耳朵，随后又有了一串慢跑的足音。某一家门板吱呀一声，一个早行人已开始匆匆赶路。第一辆车子轻盈地从窗下滑过时，轮子与地面摩擦出的特别声响让我惊觉：夜里莫非洒过一场毛毛细雨？这时，我清楚地听到夜正一步一步遁去，世俗的市声伴着黎明一拍紧一拍地涌入耳朵。或许，倾听黎明，就这是不眠之夜的补偿。（《叩访感觉》）

如果光是从这一段来看，南帆在语言的丰富上，不如余光中远甚，尤其是在古典雅言和现代诗性语言的活用上，在意象的华赡和细腻上，在社会历史文化的深沉上，底气不如。可是，南帆可能有南帆的优势，请看下面的文字：

> 专注地倾听是一种奇特的经验。人的躯体仿佛在谛听之际隐匿了，或者说，人

的躯体变成了一只大耳朵。庄子说："无听之以耳，而听以心，无听之以心，听之以气。"——这是听的最高境界吗？（《叩访感觉》第 42 页）

这种审智的境界就是南帆自己的境界了，既是最形而下的躯体感知，又是最形而上的人的生存状态，相互对应：南帆的思绪就是在这二重张力之间运行的。他不带感情的感知，常常是从形而下的微观出发的。他的微观辨析表现出缜密和冷峻，甚至有一点自然科学家的视点。他写到蟑螂的时候，强调其"没有羽毛的翅膀"，发出难听的声音、感知不到生命的"温度"、躯壳"反光"、显得"光滑"。有时，连联想都有科学家的，或者现代工业的行家气质。例如，蟑螂让他想到某种"塑料"或者"人造皮革"的工艺制品，他发出这样的感叹：如果"让塑料或者人造皮革突然爬动起来"，人会有什么感知呢？"皮肤不愿意和蟑螂有任何接触，—— 哪怕是这样的想象也会感到毛骨悚然。"南帆的冷峻是如此彻底，甚至说到"毛骨悚然"也不抒情，而是宁静的，无动于衷的，最多不过是流露出冷峻的反讽：蟑螂给人类带来麻烦，而人类却拿蟑螂无可奈何，"蟑螂唯一的威胁是某一个天才厨师。如果这位厨师把蟑螂搞成一味菜，那么蟑螂就劫数难逃了"。对于蚊子，他也把对蚊子的无可奈何化成了对人的嘲弄："人类已经征服了所有的动物—— 除了蚊子。"他偶尔也无法绝对逃避诗性的联想和隐喻。事实上，他把生理感知转化为文化语义的时候，就给人一种印象：他的全部散文每每包含着不无诗意的隐喻系统。其特点是具有多重复合意味的组合：表示物理性能的与显示诗性的，往往在同一意象中相互交织。如，对一只小蚂蚁的描写："越过阳光地带，微小的身躯透彻晶莹，没有一点杂质。"好像把它当作无生物似的，不应该出自文学家笔下，而是化学家之手。在现代散文家中，就是以文化价值追寻为己任的余秋雨都是不会这样写的。余秋雨如果要对蚂蚁表示怜悯，不会用科学的话语，更不会借助调侃。南帆是以冷峻著称的，但比之余秋雨，他有时忍不住调侃。例如说到蚊子，他把自然科学家冷峻的感知与悲天悯人的调侃结合起来。这时，就不能不构成张力了：

蚊子天性乐观，它似乎总是懒洋洋地享受生活。蚊子从来不像一颗子弹一样笔直地扑向目标；就餐之前，它还要优雅地制造种种飞行弧线。(《家居四君子》)

这使我们想到鲁迅，鲁迅调侃蚊子在叮人之前，还要发发"议论"，这是人文性的联想，而南帆，往往在人文的联想（乐观、优雅、懒洋洋、就餐）之外，辅之以自然科学的甚至是几何学的联想（弧线、子弹一样笔直）；在这里，他的语言把自然科学的感知和人文的诗性结合了起来，把温情和讽喻结合了起来，双重意味的对比不但没有因不伦而变成幽默，反而转化成智趣。南帆对于诗性感知是克制的，偶尔用之，不是以科学的理性感知来调节，就是以反讽来冲淡。有时，还引出幽默感，一旦幽默用到了叙述中，就给南帆的智性带来了新的生机：

就在这个时候，一只大巴掌以迅雷不及掩耳之势凌空拍下，于是，这只蚊子就在幸福之中结束了它的一生。人们可以回顾一下：蚊子的一生多么自在呵——风度翩然，曲不离口，得吃且吃，当死即死，从来不把外界的风风雨雨放在心上。这样的日子还有什么可抱怨的吗？（《家居四君子》）

南帆追求陈述的多样，在一篇文章中，他有意识地运用不同的陈述方法：对于自己感知中的一切宝藏都充分调动，但是他是谨慎的，他对于抒情因子，高度警惕，对自己天性中某种干幽默也十分节制。对抒情的警惕对构成他的冷峻风格显然有利；但是，他对幽默的过度克制也许不是十分必要的。应该说，当他用少有的叙事来穿插他的思辨的时候，他气质中的幽默感就成了神来之笔，尤其是说到自己经历的时候，他的自嘲，往往就相当精彩。在《叩访感觉》中说自己初生之时“恶狠狠地啼哭”，喜欢破坏家里的几台钟，厌恶地拒绝布娃娃，从床上摔到地上依然酣睡等。他的幽默常作吉光片羽式的显现，往往能使他多少有一点过分智性的冷漠变得温暖起来。他比较精彩的幽默是对于自我，或者是对同伙的调侃。下面是描述他的知青生活的文字：

天完全黑下来之后，知青们的夜间生活常常围绕着铁路展开。除了沿着铁路三三两两地散步，一些男性知青还喜欢举行一项集体活动；排成一列横队，蹲在铁轨上大便。如果恰好火车驶来，铁轨便如同手腕上的脉搏一样开始有节奏地跳动，大家便纷纷提着裤子跑下路基。倘若有人尚未完事，他便会坚持在铁轨上，直至火车头的强烈灯光照出了白晃晃的屁股时方才离开。当然，这种集体活动不至于污染铁路。乡村的狗将闻风而动，迅速地收拾人们遗留在铁路上的排泄物。(《铁路风景》)

他的幽默感如果要分类的话大概可以归入美国人所谓的干幽默（dry humor）之列。幽默本来是湿的，幽默这个字，就起源于希腊文中的体液。干幽默就是表面上不动情感，不管你怎么笑，他总是若无其事；不管多么煞风景，他都表现得无动于衷；不管是人的狼狈还是狗的贪婪，他都见怪不怪。他最大的长处，不是描写、抒情、渲染，而是推演、叙述，有时有意无意地以叙事作穿插，往往就有谐趣。此时绝不用描写，而是用类似海明威式的叙述，白痴一样的叙述。文字上好像干巴，却有一种内在的浑厚的谐趣。可是他对幽默显然有过分的警惕，在许多可以幽默一番的地方常常戛然而止。（也许他担心过多的幽默可能导致智性的损失吧）如果南帆能把幽默放在更多的、重要的地位，而不老是只给它补充和点缀的任务，也许抱怨南帆的某些散文苦涩的读者就不会那么多了。当然，南帆也有理由谨慎，太多的幽默，有破坏风格的风险，如果让南帆的智性变成王小波那样充满了幽默的佯庸，可能是另一种冒险。当然，冒险是要付出代价，但仍然值得一试。不管面对什么样的荒谬，他总是不敢过多地导向荒谬的幽默，他的思路总是要向更为深邃的生命哲学的制高点上升华。即使对于渺小蚂蚁，他也没有忘却往形而上的方向提升：

> 我在心里想，可怜的小东西，多么渺小的幸福。它的世界仅仅是这一张桌面。它无法知道，它的上方就有一副怜悯的眼光居高临下瞧着它，更不知道某一根手指之间就能将它捻成碎末。

这是南帆难得的抒情，但是在这抒情背后却是更加的严峻：

> 我并没有感到自己比蚂蚁优越。也许，另一个高度上面，同样有一副眼光正在注视着我，主宰着我的命运——一切，正如同我之于蚂蚁一样。(《家居四君子》)

这样，南帆就把读者引导到了一个形而上的境界——审智的境界。他写道："这只蚂蚁竭尽全力地扛起了那块饼干屑，在我的眼光下面蹒跚地往回走。它的幸福是货真价实的。我实在不忍心伸手戳破它的快乐。于是，我伸手拿起了笔，在稿纸上写下了一行字，'蚂蚁是令人感动的动物'。我不知道，我是在感慨我自己吗？"从这样渺小的蚂蚁的微观感知中，上升到形而上的世界，虽然是冰冷的世界，却是深邃的。这是南帆的拿手好戏。同样的题材如果是在余秋雨和余光中笔下，在发出了悲天悯人的感叹之后，就很难克制自己文采和滔滔不绝的情感了，但是南帆却在微观感知中完成了深沉的审智以后，戛然而止，飘然罢笔。在南帆的微观感知世界中，在他特有的形而上的审智上，他反反复复地强调他的评价体系是：人的存在、人的自由意志。然而他本质上并不是一个哲学家，而是一个文学家，他的特点是，形而上的感知世界并不是静止的，而是运动的，不时地向形而下的世界转化；而形而下的感知中为他形而上的世界升华。正是在这一点上，他不同于五四以来任何一个散文大家，也许说得更全面一点，他在某种程度上和鲁迅的《野草》的形而上有点接近，但《野草》并不完全是散文，而是散文诗，而诗和散文的区别，在内容上恰恰以形而上为特点的。

五、审智散文的历史机遇

据周作人分析，五四散文的源头是明清的性灵小品和英国散文："中国新散文的源流我看是公安派和英国的小品文两者的结合。"[①] 以公安派为代表的明清散文不出抒情、个性张扬之体制，而英国散文对中国散文的影响从实际成绩来看，除了徐志摩的抒情以外，就是林语堂、梁实秋乃至钱锺书的幽默了。近一个世纪以来，抒情方面得到长足的发展，而幽默则既有情感共享的一面，同时也有智性心照不宣的一面。这种艺术空间，虽然在20世纪40年代国统区形成高潮之时，在解放区则遭到抑制，但在五六十年代，在台湾却保持着与

① 周作人：《中国新文学大系·散文一集·导言》，俞元桂主编：《中国现代散文理论》，广西人民出版社1984年版，第433页。

抒情的潮流相衡的地位。在 80 年代初以后，新时期散文中，抒情和幽默的潮流一起达到高潮。80 年代后期，掀起了一股学者散文的潮流，被当成一种突破来加以赞颂，但是一些有成绩的学者散文作家，在艺术上大都是与抒情和幽默有着深刻的渊源的。余秋雨文化散文的成就在于他第一个把诗性的激情和文化思考的深邃结合起来，王小波则把智性的深邃与幽默结合起来。离开了抒情和幽默，单纯依靠智性的散文家，如张中行、周国平，在艺术上就不能不显得很薄弱了。这是因为，从根本上来说，智性文章所遵循的逻辑、所用的话语和艺术散文是相互冲突的。文学形象与理性抽象之间的矛盾，从 20 世纪 50 年代以来一直苦恼着理论家。当"形象思维"和"逻辑思维"的区别得到普遍认同之时，在散文创作实践上，却一直没有得起码的关注。

要把智性的散文写成真正的艺术精品，就不能不在话语上和逻辑上进行转换。余秋雨和王小波的智性之所以不是抽象的智性，而是艺术的，就是因为他们从散文艺术积累最为丰厚的传统上（抒情和幽默）找到了起跳的平台，进行了创造性的转换，但是在他们的创造得到赞赏的同时，人们却往往对于一些在艺术上不思进取的滥情文章，表现出麻木的宽容甚至吹捧（如对李元洛的酸气和掉书袋）。从智性话语到艺术话语的转换在理论上并没有得到充分的注意，再加上新引进的西方文论大部分对于文学与非文学的界限漫不经心，这就造成了一种文化气候，对于文学的审美特性相当漠视，这种倾向对于散文则显得特别严重，藐视文体的审美准则甚至还造成了两次散文文体危机。这是因为，这种倾向在散文理论上有着更为深远的历史根源。早在五四时期，混淆散文与纯粹理性文章的就有一定权威性。周作人在他著名的《美文》中就说过："读好的论文，如读散文诗。"他几乎把散文和理论文章的界限降到了最低限度："只要真实简明就好。"[①]正是因为这种基本观念上的混淆，周作人所谓的"苦涩"散文得到盲目的推崇。从某种意义上说，这就从理论上取消了智性的抽象、周密与趣味逻辑（我称之为亚审美逻辑）的随意、自由的矛盾。许多作家至今还无视在鲁迅那里，超越理性逻辑的幽默得到空前的发展，成功地把智性话语转化成了艺术的话语。鲁迅那些深刻的思路，在理性上可能并不是绝对周密，有时不免强词夺理，但在话语和逻辑上却具有了强烈的幽默感和理趣。由于 20 世纪 40 年代解放区笼统舍弃鲁迅式的杂文风格，以致后来者完全忽视了智性话语与散文艺术之间的矛盾。从 50 年代昙花一现的马铁丁杂文，到 60 年代的《三家村札记》，其社会评论的价值不管多么珍贵，作为散文，其话语和逻辑都缺乏充分的审智转化。把散文的思想价值混同于艺术价值的倾向，在新时期似乎仍然积重难返。在许多学者散文中，智性话语直接用于散文成为常规。在有些散文评论中，甚至把周作人枯燥的掉书袋当作大师的成就来加以鼓吹，居然没有多少人提出任

① 周作人：《美文》，俞元桂主编：《中国现代散文理论》，广西人民出版社 1984 年版，第 3 页。

何异议。就是邵燕祥那样有追求的散文家，居然也没有考虑到散文话语的审智转化问题，也没有考虑为幽默感留下一点空间。古代读者的选择性比较有限，他们可以原谅、可以忽略的不足，现代读者却很难通融。这就造成了中国现代和当代散文史上抒情性审美和幽默的审丑性散文波澜壮阔，但智性散文，在数量上和质量上一直处于弱势。而在南帆，也许并不缺乏抒情才能，也不是没有幽默感，在他的散文中显然表现出上乘的幽默。一般的散文作家，几乎可以毫不费劲地从这两大艺术宝库中捡拾足够的武器，但是南帆却在他最好的散文中，远离了五四散文的两大艺术宝库——抒情和幽默。南帆的可贵，在于为这个宝库增加了南帆式的话语和逻辑。他所开拓的世界既不完全是审美的世界，也不完全是审“丑”的世界，这是一个在中国现代散文史上独创的“审智”的世界，在这个世界里，他有独特的南帆式的话语和特殊的逻辑（我把这叫作“亚审美逻辑”——参见我的论文《当代智性散文的局限和南帆的突破》）。这一切除了由于他个人的才华以外，还因为他的历史渊源几乎与所有的中国现代散文家不同，他既不是来自明人小品的性灵，也不是英国的幽默，而是从法国人罗兰·巴特和福柯那里继承了话语颠覆，而且来了个脱胎换骨，把智性的话语转化为审美的话语，把审美逻辑和智性逻辑结合起来。一代又一代的散文家，大抵是在读者所熟悉的经典所开拓的天地中漫游，这是一个精彩的天地，人们流连忘返，有现成的话语来形容、感叹，稍有才气的人都不难用众所周知的话语来表达自己。好像每一个人都有足够的才气，不愧为作家的称号，但是，一旦离开了这个读者过分熟悉、不免有点发腻的境界，人们就不能不感到某种失语的症候了。谁有这样的幸运，在这个世界之外开创一个世界，那就是大家了。大家的出现是偶然的，我们不得不守株待兔。然而在兔子来了以后，我们也不能闭着眼睛。

第三辑

徐志摩的日记散文和中国的男性沙文主义

——现当代散文考察之一

一、以浪漫姿态向社会传统挑战

徐志摩的诗，完全师承英国浪漫主义，他不像闻一多在象征主义的“以丑为美”的追求上引人注目。虽然到了20世纪初期，浪漫主义的激情，在西方诗坛已经迹近于陈词滥调，但是徐志摩却用浪漫主义的方法为中国现代新诗做出了贡献。

浪漫主义的抒情逻辑，其特点是一种极端化的片面逻辑，它有别于理性逻辑的客观、冷静、全面。它是一种情绪化的特殊逻辑，是以绝对化为特点的，不绝对不足以表现情感的强烈和非凡。因而表述爱情的诗句都是无条件的，美和丑都带着绝对化的色彩，想念就绝对想念，碰到任何东西都引起想念。徐志摩很快就学会了这一手。他与有夫之妇陆小曼陷入了热恋，而又不便自由交往，他在《我来扬子江边买一把莲蓬》中写他的苦恋，连吃一次莲子都联想到，感受到那么强烈的思念、回忆、猜疑、自慰，最后又转而为自信。[①]

① 关于浪漫主义抒情的特点是一种极端化的逻辑这一点，我在《文学创作论》中说过：“为了使感情强化，最简单的方法就是将它强化到一个极端，极端就是一个非常的境地，以一种不同凡响的心理效果来表现感情本身的非常强烈”“这种将感情的属性作极化式的抒发在世界各民族的诗歌中是最通行的办法。西欧浪漫主义诗人在理论上提出了激情和想象，其激情就是‘极情’，因为是极情，不现实，才需要想象”。“在情感极化方面影响最大的恐怕要算是莎士比亚了”，他那种“滔滔不绝的感情演绎以雄辩的气势见长。这影响了后来的英国浪漫主义诗人，通过他们又影响了俄国和北美的诗人”。“这样的极化原则的特点是直线式层层推进，层次越高越强大，极化性能越高”（第421页）。此外，我在《美的结构》中，在论及情感逻辑与理性逻辑之不同，引用了严羽在《沧浪诗话》中所述“诗有别趣，非关理也”和吴乔的诗的“无理而妙”以后，指出：诗的抒情逻辑不遵守理性逻辑的规范，对于形式逻辑的同一律、排中律、矛盾律、充足理由律都可以自由超越。辩证逻辑以全面性为特点，而抒情逻辑以片面性绝对化为特点。

但是，以这样的诗句与西方和中国古代爱情诗中那些名篇相比，其感情的强烈程度就多少有些逊色了，甚至比起陶潜那篇并不最出色的《闲情赋》都显得暗淡。

如果我们看他的散文，他写给陆小曼的信以及准备给陆小曼看的日记，那个感情的强度，那个疯劲，那样的绝对化就非他的诗所能比的了。如 1925 年 6 月 25 日寄自巴黎的信：

我唯一的爱宠（按：陆小曼），你真的救我了！我这几天的日子也不知怎么过的，一半是痴子，一半是疯子，整天昏昏的，惘惘的，只想着我爱你，你知道吗？早上梦醒来，套上眼镜，衣服也不换就到楼下去看信——照例是失望，那就好比几百斤的石子压上了心去，一阵子悲痛，赶快回头躲进了被窝，抱住了枕头叫着我爱的名字，心头火热的，浑身冰冷的，眼泪就冒了出来，这一天的希冀又没了。

要讲恋情强烈，不亚于火山爆发式的郭沫若，如痴如醉的激情，在散文中比在诗中更像青年徐志摩的为人。早在欧洲，他见了林徽因，也是绝对地追求；但是，他已经与张幼仪结婚了，而且有了孩子，待到他离了婚，仍然没有追到林徽因。可这并没有丝毫改变他浪漫主义的本性。一旦见到嫁了丈夫的陆小曼，又是没头没脑地陷入了情感的旋涡之中。

虽然，他这种任情纵性的浪漫主义，在当时的社交圈子中，遭到了种种的非难，但是他毫不在乎，真有一点大无畏的精神，哪怕他的老师梁启超写信反对他，批评他——把自己的幸福建立在别人的痛苦上，他也无动于衷。

但是，徐志摩并不是一个浪荡公子。事实上，早在他与张幼仪离婚之时，他就把离婚当作对社会传统的一个冲击。他把他和张幼仪的往来信件公之于众，他显然有意把自己当成一个争取情感自由的先锋。他鼓励张幼仪勇敢地、不惜任何牺牲地去争取自己的幸福。他在诗中曾经非常天真地藐视过当时的环境：“这是一个怯懦的世界，容不得恋爱，容不得恋爱！”他一度要拉着他的恋人走向一个理想的天国。而在散文中，他就不那么天真了，有时，他有一点悲观，但很壮烈：

眉，我怕，我真怕世界与我们是不能并立的，不是我们把他们打毁，成全我们的话，就是他们打毁我们，逼迫我们去死。眉，我悲极了，我胸口隐隐的生痛，我双眼盈盈的热泪……我恨不得立刻与你死去，因为只有死可以给我们想望的清静，相互永远的占有……

在为理想而斗争的过程中，他感到自己有一种时代的使命—— 他把这叫作“责任”。本来按伦理学而言，责任是对自由的限制，可是对于徐志摩，责任不但没有限制他的自由，而且深化了自由的意义，他的自由既然是一种榜样，那么这种自由就不是仅属于个人的。

这恋爱是大事情，是难事情，是关生死的、超生死的事情—— 如其要到真的境界，那才是神圣，那才是不可侵犯。有同情的朋友是难得的，我们现在有少数的朋友，就思想而论，在中国是第一流。他们都是真爱你我，看重你我，期望你我的。他们要看我们做到一般人做不到的事，实现一般人梦想的境界。他们，我敢说，相信你我有这天赋，有这能力；他们的期望是最难得的，但同时你我负着的责任那不是玩儿。对己，对友，对社会，对天，我们有奋斗到底，做到十全十美的责任。

正是这种时代的使命感，或者说社会责任感，给了徐志摩以惊人的勇气，对传统的偏见作义无反顾的冲击。

二、为鲁迅、郭沫若和胡适所不敢为

今天的读者也许会低估徐志摩、陆小曼先后离婚对社会的挑战意义，要知道，在当年，即使思想解放的导师，如鲁迅、郭沫若、胡适都未能公开地，在婚姻问题上向宗法传统挑战。鲁迅、郭沫若和胡适都有包办的合法的妻子，然而他们都没有适当的办法去摆脱那种强加于他们的婚姻。其中胡适妥协性最大，他明明另有所爱，并且在婚后于杭州曾与其意中人有一次幽会，然而被其妻（冬秀）发现，大闹一场之后，胡适从此不敢造次。鲁迅和郭沫若先后都与其意中人结合了，但是从法律上讲是非法的，因为他们并未与前妻离婚，这可以说是对于这些启蒙大师的一个反讽。从这个意义上说，徐志摩与张幼仪的离婚，陆小曼与王赓的离婚有着冒天下之大不韪的性质。

徐志摩时时表现出一种英雄主义气概，甚至自我牺牲的决心。这也许是徐志摩性格和思想中最光彩的一面。正是因为这样，他显得强大，特别是当他面对外来的压力的时候，他绝无任何退让妥协的闪念，他时常以十分果断的语言去鼓舞陆小曼，他认为这是陆小曼人格独立的机遇。

徐志摩不但是一个浪漫主义者，而且有一点接近启蒙主义者，因为他并不完全是沉迷在一种如痴如醉的情感中，他有理智，对环境是有分析的。奇怪的是，在散文中，徐志摩精神上是那么强大，而在诗里却有点脆弱："我不知道风向那儿吹，我是在梦中，暗淡是我梦中的光辉。"在反映他与陆小曼热恋的诗作中，顺利时，非常乐观；挫折时则夸耀自己的悲观。在散文中，他面对着强大的外部环境的压力，这种压力越是咄咄逼人，徐志摩越是无所顾忌。他不像鲁迅、胡适、郭沫若那样有那么深厚、那么沉重的中国传统文化的负担，他不像他们那样考虑到周围亲人的责任。他是准备牺牲的，但是他只为他的爱情牺牲，决不为他人牺牲，而鲁迅、胡适、郭沫若都在自由与责任之间寻求平衡，即使自己做出牺牲也在所不惜。

三、只有现代主义者才能理解的悲剧

相比起来，徐志摩似乎是更勇敢、更彻底、更自觉地追求着自己的幸福，但是后来的事实证明：徐志摩并没有完全追求到他的幸福。陆小曼在与他结合以后，并没有把徐志摩当作唯一的心灵寄托。徐志摩不满意她过分地耽溺于社交。她也许有她自己的苦闷，她吸毒并且与一个医生发生某种暧昧关系，这使徐志摩十分失望。在徐志摩应胡适之聘，任北大教授之后，陆小曼拒绝到北京去居住，迫使徐志摩不得不频频往来于京沪之间，这又加剧了经济的拮据，他常常为旅费而盘算不已，非常不幸的是，在徐志摩获得京沪之间免费航空券不久就死于空难。

这个坚定的理想主义者，并未实现他恋爱神圣的理想，这个疯狂的浪漫主义者在结婚以后，并没有享受到多少完美的幸福，他的幸福也许就在他与客观环境作苦斗的过程中。虽然，那时他忍受着分离之苦，但是这些痛苦却激活了他的心灵，发出最强烈的光彩。一旦外来的压力解除，新的阶段开始了，他与陆小曼的内在精神的矛盾便激化了，而他对此毫无准备。这时的痛苦才是真正的痛苦。由于对这种痛苦缺乏理解，因而他无从反抗，他的激情不但不因之放出光彩，反而暗淡了。这种痛苦的特点是无可奈何的，是连经典的浪漫主义者都不能理解的痛苦，也是浪漫主义的惯用方法所不能表达的。无言之苦，是为至苦。也许这种痛苦只有现代主义者才能从另一个价值方位去透视。

其实，痛苦的根源在浪漫主义者自身。他们最驾轻就熟的办法就是把爱情绝对地美化、绝对地神圣化。这作为一种情感是真诚的，但作为一种理想却是空幻的。世界上不存在无条件的、绝对的、完全的爱。爱和一切事物一样是不完全的，不完美的。现代主义对爱情有更深刻洞察，甚至加以恶毒的嘲弄，而浪漫主义却往往沉溺于其间，甚至自鸩。正因为这样，徐志摩从一开始就是不清醒的。他在 1925 年 8 月 19 日的日记中写道：

> 情感到了真挚而且热烈时，便不由自主往极端走去，……须知真爱不是罪（就怕爱而不真，做到真字的绝对意义那才做到爱字）……我要你的性灵，我要你的身体完全的爱我，我也要你的性灵完全化入我的，我要的是你绝对的全部，那才当得起一个爱字。在真的互恋里，眉，你可以尽量、尽性地给，把你一切的所有全给你的恋人，再没有任何的保留，……因为在两情交流中，给与爱再没有分界，……爱是人生最伟大的一件事实，如何少得一个“完全”，一定得整个换整个，整个化入整个，像糖化在水里……

徐志摩这样描写感情是灿烂的，是无私的，但是如果拿来当真，那就太天真了。他自称“诗哲”，在他劝导陆小曼如何对待外来的压力时，他颇有哲人的老练，可是一旦涉及他们两个之间的心灵矛盾，他就天真得有点傻气，在这种时候，他变得幼稚，浑身上下一点哲理的深度都没有。

有时他好像连一点哲学的常识都没有。任何事物之间的同一性，任何人之间的情感相投都不能是永恒的，而是有限的，个性、情感的差别、错位、矛盾才是无限的。正如他在欧洲时感到自己“绝对地”爱上林徽因，回到中国又“绝对地”爱上陆小曼一样，作为一个浪漫主义诗人，他几乎是不由自主地将自己本来是相对的感情绝对化了，这无可厚非，但是他往往又要求陆小曼对他的感情要进入神圣化、绝对化的境界。而这个境界是只属于他的，陆小曼进不去的，而陆小曼的境界，徐志摩也是进不去的。因而他总是神经质地痛苦地抑制着自己对陆小曼的不满，陆小曼总是迟迟不回他的信，他就把自己的痛苦和期待用夸张的语言加以诗化，以致他自己常常分不清他的诗化成分与他的真实情绪之间的区别了。

他根本不明白，只要是两个人，他们的心就不可能完全同一，正因为这样，人们才特别强调尊重对方。爱情，即使最伟大的，也不可能完全心心相印，毫无错位，最动人的爱情固然有心有灵犀，息息相通的一面，又有互相冲突，互相摩擦，互相折磨的一面。一方面以对方为生命，一方面又以对方为挑剔的对象，这是正常的现象。真正的爱情都既是心心相印，又心心相错的。所谓双方“完全”互相融化是一种空想，不是出于天真，就是出于不尊重对方的个性。

四、缺乏责任范畴的自由是跛足的

这不仅是徐志摩浪漫主义的局限，也是20世纪二三十年代中国知识分子的局限。要是他生活在80年代，中国的现代派诗人肯定会嘲笑他连起码的现代哲学常识都不具备。他们会很惊讶：难道这些先驱不知道人与人之间是很难沟通的，难道他不懂得“他人是（自己的）地狱”！徐与陆的悲剧根源不完全在外部，更在他们的缺乏自我剖析，这是二三十年代中国个性主义者的通病。如果读者不盲目地为徐志摩的又疯又痴的情感所俘虏，就可以看出，徐从一开始就无视他与陆小曼的不同个性，是不可能完全重合的，他怀着经过诗化又神圣化的空想，要求陆小曼作百分之百的奉献，这种理想本身就是可笑的。老实说，如果换在80年代有一个美国女权主义者，看到徐志摩这种叨叨不休的天真的狂言，她可能会拍案而起谴责他不但是狂妄自私的，而且是大男子主义或者男性沙文主义的。

在爱情和婚姻中谁也不能指望对方牺牲自己的个性去“完全”满足对方。在狂热的语言背后，徐志摩实际上把陆小曼放在人身依附的地位上。在徐志摩以及当时的许多浪漫主义者的散文和小说中所表现的潜意识莫不如此。

五四时期以及20世纪二三十年代高唱恋爱神圣的诗人往往热衷于自我感情的神圣化而忽略了对对方人格独立的尊重。

至今仍有不少文章停留在当年徐志摩、郭沫若当年的水平上。在谈及徐志摩的悲剧时，往往不是过分强调外部环境原因，就是片面强调陆小曼的道德责任。这恰恰证明浪漫主义的绚烂光华至今仍然掩盖着中国式的大男子主义，或男性沙文主义的幽灵。至今人们很少发出疑问：徐志摩如此坚定地追求自由恋爱，为什么并未得到幸福，相反，那些默默接受包办婚姻的作家如叶圣陶、闻一多，倒是享受了少有的持久的和谐的家庭欢乐？这是因为，他们不那么强烈地要求对方完全奉献自己，而对方也没有陆小曼那样独立不羁，缺乏责任感的个性。

可见，如果双方都是浪漫主义者，浪漫地向往对方完全从属于自己，成为自己的一部分，而无视或漠视那不属于自己的一部分，当其自由无限膨胀，其责任就无限萎缩。徐志摩最后给陆小曼的书信（1931年10月29日）就流露出这种情绪：

> 爱，你何以如此固执，忍心和我分离两地？……眉，你到哪天才肯听从我的主张？我一人在此，处处觉得不合式；你又不肯来，我又为责任所羁，这真是难死人也。

其实陆小曼也可以用同样的语言责难徐志摩的，徐志摩到死也没有理解陆小曼，因为他根本无视陆小曼就是陆小曼，她并不完全属于徐志摩。反过来说，陆小曼也一样不理解徐志摩。从浪漫主义的个性解放观念看，正因为她坚持她不属于徐志摩的那一部分，她才是一个真正的陆小曼。一个真的陆小曼首先是属于她自己的，忠于她自己的。徐志摩的一切心灵痛苦都源于一种幻觉，那就是陆小曼是百分之百属于他的。虽然在口头上，在文字上他强调他也是百分之百属于她的，可是在说着百分之百属于陆小曼的同时，他又离开了她到北京去执教。他把这叫作“责任”，其实这是物质的责任，他从来也没有考虑过精神的责任。最后因为乘飞机赶去听林徽因的讲座而死于非命，归根到底，徐志摩是坚持着他不属于陆小曼的那一部分生命、个性，强烈地要同化、消化陆小曼。事实上，他已忘了，他同时又负有尊重陆小曼的责任，他的单纯和自私使得他根本没有这样的意识。而陆小曼则坚决地维护着那不属于徐志摩的一部分，要徐志摩就范。陆小曼同样也是只有自由的追求而无责任的自觉的。

自然，如果把徐志摩和陆小曼互相不能同化的那一部分相比较，徐志摩的自然要好一些，而陆小曼的方面可能差一些，但是这属于社会实用价值范畴，是另外一个问题。在情感范畴，双方应该是平等的，对对方负有同等尊重的责任的。五四时期的个性解放，在伦理学上来看，是有缺陷的。那就是它着重于个性自由的范畴，而忽略与之相联系的责任范畴。自由是一种选择，但同时也必须为所选择的对方以及社会后果承担责任。这本是西方哲学的常识，可徐志摩和中国早期的启蒙主义者往往忽略了责任范畴。当然，徐志摩也不是完全无视责任，可是他却将责任歪曲为启蒙主义者为社会、为自己争取自由的责任，至多，也只是为对方承担经济责任，而不是尊重对方情感的责任，因而从人伦关系来说，他实际上是取消了情感责任对情感自由的制衡作用。因而绝对的恋爱的自由，变成了缺乏真正责任感的自由。这在徐志摩和陆小曼是同样的，因而他们的个性自由是一种不成熟的自由。他们缺乏清醒的自审精神，本来如果他们有适当的责任感，他们的情感悲剧并不是不可避免的，但是徐志摩潜意识中的男性沙文主义却把情感的不和谐引向了死胡同。

郭风感知世界中的亮点和盲点

——现当代散文考察之二[①]

郭风在20世纪50年代吹响的叶笛，具有那个时代特有的颂歌的风格，牧歌的情调。这些颂歌和当时风靡一时的战歌一起，在中国现代新诗史上留下了奇特的一页。在那宏大的颂歌和战歌洪流中，郭风所吹奏的并不是最强音。他并不以当时最受重视的，“时代精神的号角”的激越豪情引起读者的瞩目，在他的作品中，既没有英雄主义的非凡业绩，也没有壮丽献身的场景，甚至连无私的爱情和独白都没有。在那英雄主义和理想主义时代的颂歌、战歌中，他的声音与其说是洪亮的，不如说是清纯的，甚至是柔弱的。他那缺乏豪言壮语的短章很少有像郭小川和闻捷的作品那样，被一些日后成了战斗英雄、劳动模范的读者抄入日记的荣幸。如果说，当时的诗文，是一条汹涌澎湃的大江的话，那么他的歌声充其量不过是一脉清溪。在马雅可夫斯基美学的君临下，力求站在时代前列的诗人们乐于把诗当作“炸弹和旗帜”，然而郭风却十分谦卑地把自己的作品称为“叶笛”——这两片朴素的叶子是太平凡了，也许正因如此，他拥有的爱好者、崇拜者是比较少的，自然，在他的故乡福建可能有些例外。

作家拥有读者的多寡，虽然不能简单地和电影的票房价值比附，但不可否认，其中包含作家声誉的一种基础，这是任何作家，乃至文学史家从来不敢过分忽视的。

但是它却不能和艺术价值等同，二者之间的矛盾，只有在时代的变迁中才能充分显露。将近四十年的时间，对于历史来说，不过是弹指一挥间，而对于个体生命来说，却是非同小可。风度翩翩，英俊潇洒，皮肤白皙，长着阿拉伯人的高鼻子的郭风已经有了老态，他和他许多同辈作家的生命和作品都经历着时间和历史的严峻的考验。多少风靡一时的作家失去了遍布四海的读者，其中有一些作品甚至被历史证明是虚假的、丑恶的，还有一些，

① 原载《当代作家评论》1994年第6期。

则逐渐失去了它往昔迷人的光彩，只有学者、文学史家在苦心孤诣的钻研中才能发现它们当年的社会历史价值。只有很少一部分作品能够经得起这种残酷的考验。其中最杰出的部分，不但没有为历史的沧桑所淹没，相反，时间的汰洗反而使得它显示了比往昔更为夺目的光彩。

这样的作品往往就是真正的艺术品，正是在这些作品中，包含着艺术生命永恒的奥秘。[①]这是因为对于艺术作品的欣赏常常受到社会的非艺术因素的遮蔽，这种遮蔽只有时间的距离拉开时才能涤荡。

我们不能说郭风所有的作品都经受住了这样严酷的历史考验，但是他的许多作品，尤其是那些面对大自然的篇章，并没有因时事变迁、社会情绪的变化而褪色。20 世纪五六十年代那种颂歌和牧歌的时代和它所创造的读者欣赏心理早已成了过去，然而我们重读郭风那个时期的作品，却仍然感到某种艺术的满足。虽然，20 世纪五六十年代的理想主义和天真烂漫对于我们的回忆已经不完全是一种甜蜜的故事，相反，历史的反思常常给我们以略带苦味的嘲讽。

郭风的作品之所以仍然感染我们，并不完全能用它所反映的当年的社会情绪来解释，这里面隐藏着更重要的、更深刻的、更值得追求艺术的人珍惜的东西。

一

郭风是一个形式感特别强的作家，他的形式感首先集中地表现在他的外部感觉上。在20 世纪 50 年代出现的作家中，这是很少见的，除了他以外，很少有以自己的外部感觉吸引那么多读者的。那些热衷于在作品中接受鼓舞的读者，似乎对他特别宽容，他们似乎暂时忘了许多金科玉律，才自发地被郭风的感觉世界所吸引。这是一个年轻诗人创造的世界，是他私有的，是别人既不能偷窃而模仿又只能是弄巧成拙的。

郭风以感觉起家。在他笔下，没有故事，没有人物意志情感的冲突，没有敌人和丑物，没有痛苦的折磨和悔恨，甚至没有内心的紧张，也很少深刻的多层次的思索。在生活经验上，他不如李瑛、公刘、张永枚、梁上泉那样丰富，在思想上，他甚至还不如和他齐名的柯蓝。柯蓝是那样善于把生活体验轻松地概括为人生的哲理，而郭风却对于思想升华并不十分动心。

他所写的好像全是他所热爱的世界、平凡的感受和印象，不管多少平凡的事物，一到

① 多少艺术的探求者，由于不善于或不能从艺术作品本身去揭示艺术的奥秘，乃将毕生精力奉献于艺术理论或美学理论大师的经典的钻研，有时在大师的神秘的范畴中耗尽年华仍不能获得顿悟。

他笔下就变得新鲜了，明丽了。他那么执着于对象的色彩、形状、气息。他自然不依仗抽象力把握这个世界。他甚至也不迷信他的情感，他最敏感的不是这些，而是他的感觉或者直觉，他总是驾轻就熟地用他的身体，用他颇有深度的五官和这个世界交流。

自然，他的感觉和直觉不是自发的、原生的，而是经过提炼的。他不像20世纪50年代那些缺乏艺术准备的年轻作家和诗人光凭自发的生活感觉（严格说来：感知）就进入了创作过程，对于许多作家来说，自发的生活感觉的特点就是原生视觉的优势。在日常生活中，由视角获得的信息占百分之八十五，循着这种自发优势是轻松愉快的。而一切在艺术中追求创造的人就不一定这么驯服于感官的自发，而且郭风像戴望舒一样是受过拉丁语族文学大师的熏陶的，虽然他没有戴望舒那样的运气能够到法国去亲聆瓦莱里的教诲，他只能通过翻译去接近西班牙阿佐林的世界。他不但对于听觉、味觉、触觉的感受悉心钻研，而且在视觉领域中追求出奇制胜的开拓。当并不特别重视理论的郭风提出“五官开放”的口号时，他显然是有感于艺术感觉与生活感觉的不同的。他这样说，不仅仅意味着对感觉的全面调动，而且也意味着他力图超越生活的感觉，对艺术感觉作重新创造。

当然，他的感觉之所以是艺术的，就是因为它不是平面的、表面的，它是他深厚热情的一种外部可感形态。他的所有艺术感觉都是经过情感选择同化和提纯的，这使它的艺术形象显得特别单纯、和谐，即使在非童话体裁中也像童话一样透明。许多年以后，郭风突然悟出了散文是一种特别“洁净”的文体，其实，这并不是散文文体的特征①，而是他对散文的风格的一种自我追求的提示。

这种“洁净”是一种艺术境界，它来自统一的情感境界，二者水乳交融。它是许多作家追求的目标，却并不是多数作家都能到达的。郭风不但进入了这种境界，而且还给人一种轻松愉快的印象。其原因是，他不但善于根据情绪选择、同化某一感官系列，而且善于排除其他的感官系列。对任何一个他所选中的对象，他总是避免从通常的感官去全相切入，而是力求从在想象中将多样的感官简化，集中到和自己情感统一的一个系列上去，同时排除掉那些世俗的、实用的、原生的、芜杂的感觉浮渣，然后再在想象中自由地转化。这样，他就为他所抒写的对象创造了一种特别新异的感觉世界。就以素来为人称道的“麦笛”和“叶笛”为例，在日常感觉中，本属于听觉功能，但是郭风却把这种听觉功能转化到嗅觉和视觉功能范围中去。②在《麦笛》中是“把春麦的新鲜的香味谱出音乐来”“把田野里露水和朝阳的香味谱着音乐从小小的麦管吹出来吧”！而在《叶笛》中，那笛声里：

---

① 余秋雨的散文、梁锡华的散文，就不以“洁净”取胜。

② 这使敏感的读者想起了戴望舒在《我用我残损的手掌》中把对祖国的全相感觉集中在手的触觉上。

有故乡绿色平原上青草的香味

有四月龙眼树花的香味

有太阳的光明

这样的感知功能转化，我们光用象征派大师的通感还不能做出充分的解释，因为通感并非无限自由的，任意性的感官转换只能导致粗糙而混乱，郭风的通感之所以精致而和谐，就因为他抓住了故乡大地特有的“龙眼花”作为联想的导引。而且他又是那样富于形式感，他总是避免在同一层面上的感觉上耽溺过久，在这里，他让单层次的嗅觉和更带概括性的情绪互相交替，因而他从叶笛里听到的不仅是与听觉并列的嗅觉，同时又有比听觉、嗅觉层次更高的情感：他听到的是“对于乡土的眷恋”和“劳动的青春的赞美”。

正是因为善于运用这种感觉系列的转换和感受层次的跃迁，郭风笔下平凡的自然对象才总是那么新异，而当他不得不正面去抒写麦笛的听觉特征时，他又转移到视觉功能上去，他说那乐曲也是“花一般的”。

许多评论家都称赞郭风单纯明丽的风格，而且很喜欢引用《港仔后日记》中的一句话：“凡美，总很单纯，总很简洁，或则，总是以平易的方式表达其存在的吗？”这自然没有错，但是问题在于如何达到这种单纯平易的境界。离开了郭风感觉系列在选择、排除、转移和跃迁的过程中和情感的结合，是很难找到郭风如何创造出他的艺术感知世界的奥秘来的。

自然，这一类的感知方法使郭风的语言单纯而明丽，但在郭风发挥得最好的篇章中并非永远这样的明丽，有时他更朴素一些。他似乎回避作感觉功能的转移，好像故意停留在同一感觉层次上作高难度感觉世界的建构，我说的是他的《夜霜》。

在反复地抒写了在草地、篱笆、乌桕树、稻草、梅树上凝结的白霜以后，郭风没有转移，仍然停留在视觉境界之内：

我看见月光和星光把乌桕树和梅树画出树影来，画在溪岸的草地上。我受到深深的感动了，可真是的，我看见溪岸的草地，凝结着的白霜，好像一块无尽铺展的白色画布，一面画出了非常美丽的树影，好像墨笔画出的浓墨色的树影。

这无疑带着很浓的中国古典诗文的趣味了，这让我想起郭风十分推崇的苏东坡的《记承天寺夜游》中的那种黑白对比，苏东坡一方面正面写月色透明的效果——寺中天井如“积水空明”，一方面写月色明净的另一效果：阶下“藻荇交横”，实际上是“竹柏影也”[①]，郭风对于乡土的热情如果没有这种极明极暗两个极端形成的张力，其感觉结构是很难获得

① 这个道理中外艺术皆然。契诃夫告诉他的弟弟，如果要写明亮的月夜，不要用一大堆形容词，只要写在大堤上一个破瓶子的碎片像星星一样发光，一只狗走过去，身后留下黑黑的影子，就成了。

强大功能的。正是靠着这样自由、精致的感觉，郭风在20世纪50年代才创造了属于他的最明丽、最辉煌的感觉世界。在这个世界中，他最自由、最潇洒，像魔术师似的驱遣着他笔下的风物。他让无形的风和有形的云联系在一起，风的精灵便有了血肉了；他把鲜艳的黄玫瑰和栀子花的颜色移到了月亮上，他让豌豆花变成篱笆上的蝴蝶；他说：麦叶像羽毛那样新鲜；他让村庄像一朵花，在表面上他像是玩弄着朱自清所说的“远取譬”的技巧，实际上，在他单纯明丽的感觉世界背后有他天真的童心，他儿童一样的趣味，连一只麻雀在他看来都有一双儿童的眼睛。在他为单纯的热情所驱动时，他的感觉世界的一些部位很容易发光，那发光最强的区域就是他的敏感区。这里的色彩最响亮，这里的情感最具感染性，这是郭风感觉世界的秘密宝库，是郭风成为艺术家最可靠的本钱。这种感觉亮点有如某种穴位，一经触发便可能产生连锁反应，层层引发。这种敏感点、亮点具有超常的潜在量，从中随机衍生出来的，不仅有感觉，有时还有情绪意念，甚至有思理。

二

他的艺术感觉的亮点和他的童心世界是契合的，正因为这种契合，这种呼应，他的艺术世界才是和谐的，这就是郭风的艺术生命所在。四十年过去了，许多当年和他齐名，甚至比他名声显赫的作家失去了创造力，然而郭风的艺术感觉仍然不见衰老，那些废笔者并不缺乏热情和人生体验，却缺乏郭风这样的感觉亮点、感觉敏感区。哪怕是到生命的晚年，这种充满了童心的自由、变异、衍生的感觉仍然没有离开他，正是凭着这些随机衍生的感觉，郭风才保持了他旺盛的创作生命，直到今日，他那感觉衍生的活力仍然令细心的读者震惊。例如《雪的变奏曲》，开始变异了雪的形态，充满了自由衍生的感觉和意象：

它是百合花，它是铃兰。它是白云，它是泡沫。它是一只在荒原上旅行的野鸽翅膀。

看起来，这种感知变异和天真纯洁与早年的郭风几乎没有什么差别，这来自他感觉世界的一个穴位，只要外界信息轻轻触碰一下，郭风那清丽的透明的感觉之花就会像露珠一样纷纷坠落。郭风在感觉的亮点上的想象已经自动化了，多少年勤奋的创作已经把他感觉的想象反复训练成一种心理定式。

定式的产生，对于构成郭风式的意象来说，自然是轻而易举的，可是这种定式也有它保守的一面，那就是稳定性和程式性，甚至是封闭性。它总是自发地拒绝那些对它说来不易跨越，或者比较陌生的东西。对于这一点郭风是意识到了的。1990年他在《孙悟空在我们村里》的序中说，他五六十年的创作实践都是在认识发现，乃至扬弃自己，正是在这个过程中他逐渐明白了自己的文学气质：

> 我逐渐明白自己较于能够从容观世界捕捉某种情绪、意趣，而不善于抓住情节；我逐渐明白自己较易于捕捉世界的善良部分，真纯部分；较能理解儿童；甚至把世界某些事物注入儿童的趣味和幻想等等。[①]

晚年的郭风对自己感知艺术的局限认识是很清醒的，尤其是，关于不“善于抓住情节”，是很准确的。不但郭风的散文没有情节，而且郭风的童话都没有严格意义上的情节。一切严酷的冲突对转都被天真纯洁的想象所化解。这是因为郭风感知世界里衍生力最活跃的功能，其性质是想象的、诗化的、概括的，而不是现实的，在现实的描述中，郭风的感觉很难通过想象发生变异和跃迁。所以郭风不仅抓不住一般情节，而且连童话式的虚化的因果逻辑也抓不住，他的感觉热点一碰到现实的具体的成分就变成了冷点，亮点就变成了盲点。

这不是纯粹的推测，郭风的创作经历可以佐证。20世纪60年代，郭风出于一种热情去了渔区、农村，力图写一些具体的现实的场景和人物（如壶江岛的支部书记之类），那些作品无疑都失败了。

对于郭风精致的感觉世界来说，那些东西，是太复杂了，太不单纯了。郭风的感觉的想象机制不是容纳不了，就是无法由此及彼地衍生。郭风创造了一个艺术世界，却没有想到这个世界有那么强的禁锢力，他几经突围，不管是主动的也好，受到政治形势的压力被动的也好，他一旦离开这个世界就不能不在艺术上遭受惨重的牺牲。

一个成熟的艺术家感觉世界的敏感点，相对于外部世界和作家的内心世界都是狭小的，因而免不了受到压迫和挑战。牺牲在突破自己的门槛上的艺术家不计其数，能自由地突破自我感觉世界，创造新的感觉世界的作者凤毛麟角。鲁迅从《呐喊》到《野草》是一个胜利，可从《野草》到《故事新编》，在艺术上却损失惨重。何其芳从《预言》到《夜歌》是一个成功的跃进，但在以后离开了《夜歌》的风格，他就失去了全部艺术感觉，正如田间改变了鼓点的节奏，写他那接近五言白话的《赶车传》，写了又改，改了又写，总是如茅盾所说的：“格格不能畅吐。”曹禺从《日出》到《北京人》是一个奇迹，可从《北京人》到《明朗的天》《胆剑篇》《王昭君》却不能不说代价相当巨大。老舍从《骆驼祥子》《四世同堂》到《西望长安》可以说是一个惨败，不过他后来回到《茶馆》中去找回了他感觉世界的敏感点。

艺术家越是成熟，创造的时间跨度越大，年事越高，在艺术上突破自我艺术世界的难度越大，反过来说是艺术上自我重复、自我模仿、自我批量生产的危机也越大。正因为这

---

① 郭风：《孙悟空在我们村里》，福建少年儿童出版社1992年版，第2页。

样，那些有自知之明，真正体验到无能为力的作家就不能不废然罢笔了，与郭风在 20 世纪 50 年代齐名的柯蓝就是一例；而那些创造力明显枯竭，不能自我更新，解决新的心态与旧的艺术框架的矛盾的作家，即使仍然勉力写作，也不能不求助于僵化程式。[①]

三

形势摆在郭风面前，相当严峻，重复自己是失去创造力的表现，鲁莽突围只能把亮点变成盲点，郭风没有故步自封，也没有以浮躁的革新自炫，他选择的是十分谨慎的探索，首先是在原有的艺术感知世界中，渗透进去一种老年郭风的情绪。仍像 20 世纪 50 年代那样单纯，但不那么乐观天真了，在前文引述的《雪的变奏曲》中，就有了一些新的迹象：

> 它是烟碟上一缕烟和岩石的水草。
>
> 根据鲁迅先生的感觉，它是雨的精魄。
>
> ——它还是一床唐朝的席。它是收录机播出的蓝色的音乐。它是祭文。
>
> 它还是一只酒杯。一辆马车。一条电鳗。
>
> 一朵火焰，一把雨伞。
>
> 它归入泥土。

从感觉的衍生和想象的跃迁来说，属于 20 世纪 50 年代的模式，但是敏感的读者可能感到其中有些不和谐的成分，铃兰、白花、野鸽的翅膀，充满了生命之美，而“雨的精魄”“祭文”则带着死亡的气息，这不是形式上的失误，而是内容，也就是作家体验的变化。“它归入泥土”——消失，死亡，但是很美。雪花在郭风的感知亮点上从花朵变为祭文，是一个信号，它显示着郭风既不想罢笔也不想重复自己。在艺术的导向上，发生了变化，但感知变异和衍生的形式依然故我。

从青年郭风到老年郭风，生命体验发生了多少悬殊的变化啊，现成的感知形式、感知亮点有多少强大的同化作用，就有多么强大的排斥作用。对于适应于它的机制的，它可以强迫其就范，可对于结构功能以外的，它只有拒绝，让它们远离在自己的艺术世界以外像电光石火一样消隐。

最明显的是，在郭风的艺术世界里，只有大自然的形态，只有在蝴蝶、画眉、蒲公英、麻雀、黄莺、雨雾、海、石头、湖泊面前，他的感觉才充分活跃起来，意象才能衍生，他想象的翅膀才自由飞翔。而对于社会人生现实呢？郭风仍然很难感应。在他的晚年新作中，

---

① 例如，郭沫若和臧克家晚年写了那么多没有生命的古典形式的诗歌。

他的感觉世界更加自然化了。20世纪50年代出于一种社会热情，他还把他的一个集子叫作《英雄和花朵》，可到了晚年，在他的《晴窗小札》中，社会场景则退到了非常遥远的地平线以外去了。郭风对于自然的迷恋到了非常执着的程度，在他的艺术世界中，清澈、明亮、纯洁的自然更加成为美的一统天下，不但社会的纷争，而且连现代建筑，也都和他的艺术世界格格不入。

在艺术感觉的亮点、热点以外，郭风的感觉是麻木的。

郭风真不愧是大自然忠实的儿子，他的思绪只有感觉亮点之内才显得敏锐，这里是他精神的花园，只有在这里，他才能与鸟雀、花草、石头和海浪息息相通，他的心才能与之对话，他活泼的思绪才能与之邂逅，在这里他能享受到感觉和思想的自由，而一旦离开了大自然，也就是离开了他的敏感区，离开了他的艺术生命所系，哪怕是应友人之邀来到香港，对于第一印象中的城市之美、现代建筑之美，他的感觉仍然迟钝。虽然他曾经那么长期地欣赏凡尔哈仑的《原野与城市》，也许他曾经企图通过凡尔哈仑把自然之美与城市之美加以融合、沟通，但是在气质上他不是城市诗人，他是一个真正的自然诗人，在香港那么多高楼大厦面前，他的感觉变得迟钝，在城市美面前，暴露了他感知的盲点：

> 我开始发觉自己对于以所谓现代意识或者以当代商业社会的构思表达的某种景色的感觉能力显得迟钝，我甚至发现这种景色中间似乎没有足以激发我的情绪使之亢奋所应有的魅力。游轮缓缓地从香港前沿的海域航行，旨在让游人饱观香港岸上现代化灯火的辉煌？对此，我只朦朦胧胧地觉得其中隐藏着社会的浮躁，自我炫耀，奢侈，傲慢以及角逐等使我难以忍受的意绪，在游轮上，我觉得自己的情绪颇不自在。①

这种对现代城市文化格格不入的情绪，不能简单地理解为郭风的呆气，恰恰意味着：他艺术感知世界的成熟，成熟到封闭的程度；在他成熟的敏感点、亮点、热点以外，一切都变成了盲点。对于现代城市中人工的，非自然之美，对于他的感官，不管多少新异，他都不能感受。

他不是讲过五官要开放吗？但那只有对大自然，他才乐于自由地开放，对于人类社会的物质文明，他不但五官不开放，相反，他实行的是五官封闭的严酷政策。

然而五官有选择的封闭并没有妨碍郭风在晚年的作品中发展他的艺术感觉，这时他外部天真的童话式的感知，虽然有许多仍然保持着活跃，但是除了在有意识追求童话风格的作品中，他的感知不像早年那么多彩了。在早年，那美好的感官印象常常是他热情的载体，

---

① 郭风：《晴窗小札》，海峡文艺出版社1990年版，第122页。这只是一个极端的例子。我们在《晴窗小札》里的另一篇散文《他和新屋》中可以看得更清楚。文中写一位老人，在城市的阳台上，因五层楼脚手架挡住了古塔，而感到心情失落。

而到了晚年，他那活跃的感知中热情的成分少了，代之而起的是某种意念和思绪。俯拾皆是的、平凡的、普通的感觉、印象常常与他的思绪不期而遇，感觉、印象与思绪（而不是与热情）的邂逅构成了他晚年散文的特殊世界。

他那早年感知世界的亮点由于沉思，而减少了鲜丽的光泽，却显出珠贝一样浑厚之气。郭风变得内向了。在外部感觉中失去的东西，在内在的回忆中得到了补偿。如果说早年的《叶笛》是从感官印象深化为热情，又以热情制动五官的声、光、形、色、味的变幻的话，那么晚年的《晴窗小札》则仍然是从感官开始的，不过不完全是面向大自然的五官感知的变幻发展，而是向记忆探寻深处闪光的片段和侧影。可以说郭风在他丰富的记忆和即兴的体验中，发现了另一个大自然。这和他年轻时迷恋过的大自然相比，同样能激发他的想象和情趣。并且由此走向睿智的升华和物理人情的概括。这时，与其说是他的感官活跃不如说是他的思绪活跃。他的感官与思绪更频繁、更轻快地导致自我的探查。这使郭风变成了一个沉思果实的收获者。一次没有成为恋爱的机缘，一个曾经被他爱而没有沟通的异性，引起了他的深思："有一颗无邪的种子，它发芽得太迟了。因为在他这一方面，感到迟暮之阴影降落于他心灵的某一隅。"不仅场景和意象是动人的，而且思绪也是动人的。在另一篇散文《年轻的时候》中，郭风曾用更为鲜明的意象写到这件事及背景，特别是他们一起散步的山间草径以及山路尽处的土地庙，他承认，"在爱自己妻子的同时，的确曾经暗自恋慕另一位女子。他写了一些书简，表达这种倾慕之情，但始终未发给这位他所倾慕之人"[①]。晚年的郭风作为文体家的可贵之处在于他没有满足于纪事，也不限于怀恋，而是经常上升到顿悟式的概括，深沉而不带激情，厚重而不带夸张，漫长岁月的人生体验，往往以平易的语言出之："他想，人之一生中，可能有一些心事及悲伤，一些情感的克制和矛盾，会一直埋藏在心中，直到终老。"[②]

郭风开拓了一个新的美学境界，这种境界的产生常常始于一种自然的物象（如一颗无名的星星或一朵平凡的花），或一段往事的触发，在郭风视觉或者嗅觉、听觉中与他的意念遇合，使他产生感悟，甚至上升到某种与哲学有关的观念，但是郭风并不是追求哲学的超迈，相反，他的心灵倾向于让深刻的观念变得平凡而令人亲近。在这种美学境界中，感官的明丽退居次要地位，占据意趣中心的是在平凡的自然界和人生境遇中体验到一种意味，并为之而感动。外界的感触很容易激起郭风生命经历的回忆，他很喜爱在大幅度的时间和空间距离中对心灵宝藏进行搜寻和洗汰。最宝贵的不是那呼之欲出的辉煌的哲理，而是在记忆中瞬息而过却有强烈新鲜度的感悟。他是一个平和的人，他总是警惕着情绪和语言的

① 郭风：《晴窗小札》，海峡文艺出版社1990年版，第9页。

② 郭风：《晴窗小札》，海峡文艺出版社1990年版，第9页。

浪漫化可能产生的奢华和浮躁。他不喜欢居高临下，更不善于把自己的人生体验夸张为哲理，当作道德的训诫，他似乎更重视由一点回忆、一个印象而引起的联想，导向思绪自然而自由的流程，因而即使那些看来有哲理意味的结论，在他的笔下都带着思索的迟疑，有时戛然而止，有时欲说还休，甚至在结论陈述以后，似乎是没有必要地加上疑问号。正是因为这样，它才和柯蓝的风格不同。他不喜欢直截了当，强加于人，他从不以内心宝藏骄人，他好像并不十分热衷于像巴金说的那样完全把心交给读者。严格地说，把心、感性、智性和理性世界中的一切都交给读者，是人类的语言和全部文学形式不可承载的任务。[①]郭风只是在致力于把自己联想、想象抽绎的过程交给读者的时候，力戒不自然的化装。迷信哲理的作家往往着重于结论的坚定无疑，而郭风却很重视他思绪抽绎过程中的不确定，没有十分把握。正是在迟疑和保留中，读者感到了郭风的思绪在语言中投胎的从容，他思绪的活跃和心态的豁达跃然纸上。

这种心灵的从容美本身在艺术上就是一个发现，分寸感的精致和思绪的从容构成了郭风式的魅力。在这里，郭风像驾驶他早年的感觉亮点一样驾驶着他晚年思绪和印象邂逅的从容不迫的流程，他是那样平易地、不着痕迹地进入一种既深沉而又自然的境界。

敏感的读者不难在郭风的感知世界中发现一个新的敏感点、一个新的亮点。它极易吸收平凡印象的瞬息感触，极易使思绪衍生，使心灵深处那宝贵的感悟显现，又极易使读者被他平和的气质同化。

在郭风这个敏感点上发亮的不是感觉的变幻，而是意念的深化和凝聚。他并不一味在回忆中觅宝，有时他也面向现实生活展示他的感知、趣味。他在《十二属相》中写他明知卖《十二属相》的是在骗人，他却去买了一张，并因隐瞒了自己的生肖而体验到快感。他从中看到了“在虚妄和欺诈上面，有时能建立某种宗教天堂，某种哲学体系”。这带着思想力度和批判锋芒的警语在郭风早期的作品中是很罕见的，但是如果光有这么一点抽象的洞察力，那他就不可能成为一个在晚年仍然保持创作青春的艺术家，他的过人之处在于，他由此还揭示了人类情感的另一种奥秘：“而接受欺诈和接受虚妄有时能成为一种娱乐，一种慰安。”这么深刻，而不用夸张、感叹的语调表述，很能代表郭风晚年的豁达从容的艺术境界。宁静豁达的睿智与从容不迫趣味的遇合，使得郭风晚年散文显示一种特殊的风貌，那就是深厚而单纯，表面上那么平静，实质上十分活跃。有时他保持了早年的童心和天真，在童话的纯洁世界中漫步；有时，他又表现出迟暮的深沉：他反省一生，“觉得自己是一位庸人”。但这并非自我调侃，亦非表示谦卑，也不是为了自励，更不是忏悔，只是一种对通脱心态的自我爱好或者欣赏。除了数量不多的讽喻篇章之外，他对于人生，对于世界，甚

① 关于语言符号和文学形式的局限，非本文论题，从略。

至对于自己，都十分宽容，哪怕是对于猪八戒，他都不止一次地表示理解，他为猪八戒被吴承恩“以戏谑手法出之”而不平，他称赞“猪八戒代表人性善良、坦率真挚的一面”。这不是他在故作惊人之语，这是他对人生、对人性的领悟，还有对人性自私的宽容，在这种宽容中包含着老年人的睿智。重要的不是自私，而是坦率、真挚。即使自私，仍不失善良。郭风在他晚年散文中常常进入这种大智若愚的境地。这里智慧不但是动人的，而且是深邃的。童话诗人郭风向来不以思想的犀利和深刻取胜，即使在他最深邃的地方，也没有逻辑的雄辩，没有概念的严密。他的全部力量在于从感觉导向思绪，或者叫作直觉的深化。他从青年时代感觉的美化，走向老年时代直觉的深化。为了美化感觉，有时不免强化、激化情感，甚至有一点剑拔弩张。而直觉的深化却是从容地走向心灵深层领悟，时而豁达大度，时而委婉讽喻，时而在自我回忆中升华，时而为一个新的意念获得表达而欢欣，瞬息的感觉和片段的神思，有时如电光石火，猝然遇合，有时如人闲花落，鸟鸣春涧。郭风在他自己的世界中，不是用抽象力，而是用他的感觉去预期那深邃的顿悟，去寻求生命的表达和漫长体验的阐释。在纷纭的印象和明灭的感悟的多彩反光中，他享受着一个老艺术家丰富生命的自由和自在。由于宽容，由于豁达，由于大智若愚，也由于童心，他远离于世俗的烦恼，沉醉在生命充实的思考之中。

但是他的心灵并未脱离现实，他的美学并没有超越生命本身的局限，就连他的豁达也克制不住他的忧伤。这种忧伤来自迟暮之感，迟暮使他豁达，也使他忧伤，但是终于不能回避生命的大限。豁达—— 忧伤—— 在忧伤中追求思考，思考就是充实，而充实就是快乐，可快乐总也挡不住时时袭来的忧伤，而忧伤又使他的心灵感觉增色。晚年郭风的艺术世界虽然比早年增加了许多思考的分量，可仍然不是一个哲理世界（他永远也不能变成柯蓝），而是一个从感知到顿悟的世界。

在他的艺术感知世界天宇上的亮点，最璀璨的星座都是他感觉和意念猝然遇合的花朵。当他离开他生命与之交流的大自然，离开这个亮点，在他晚年一些较长的文章中，他孤立地追求思想的深度，甚至大发议论，意念反而显得暗淡而缺乏感染力，因为不论是早年还是晚年，纯粹思辨在郭风心灵世界中，从来不是亮点而是盲点。

楼肇明：超越审美超越抒情
——现当代散文考察之三[①]

一

楼肇明以研究散文理论著称，他的散文理论得到海内外华人散文家的重视，但是楼先生超越他理论的散文创作却不但被海外及港台散文理论家忽视，而且被大陆的散文研究者忽视。这是一件怪事。也许这是因为楼先生的散文创作数量较少，至今才有中国对外翻译出版公司出版的一个集子《第十三位使徒》，第二个散文集尚在编定过程中。但是这并非充足的理由。许多只出一个或者未出一个集子的“小女人”散文家不是被一些论者反复提起并且给予颇为令人惶惑的评价吗？在将楼先生的集子反复读了五遍（这是很少有的），做了三四十张卡片（这也是少有的）之后，我完全可以负责地说，楼先生在他的散文里提炼了、凝聚了一种不可重复的散文艺术人格，这不但与已经泛滥成灾的晚报散文风格、“小女子散文”的嗲气风格、“小男人散文”的潇洒风格、随笔散文的闲适风格不同，与余秋雨的智性与诗情融合的风格，张承志、梁晓声的思想锋芒毕露的大男子汉风格，李辉的历史文化心灵的探求风格相比，也都显出了不同凡响的特点。之所以如此，关键在所有上述散文家多追求美与善，而楼氏的追求不限于美与善，而是以形而上的沉思超越了审丑，超越了抒情。

这是稍有一点艺术鉴赏力的评论家和读者凭直觉都能强烈地感受到的，但不幸的现实是楼氏散文至今仍然未受到广泛的重视。我想，对于这样一个重要散文现象的忽视是不能完全由读者负责的。其中一个不可否认的原因是在楼氏为数不多的散文中，有一部分很重

① 原载《当代作家评论》1996 年第 6 期。

要的作品写得晦涩了一些。在他第一个散文集中，以也许是作者最重视的一篇《第十三位使徒》(不然不会拿来作书名）来说，在思想上，无疑是有纲领性质的，但其思绪的板块组合的有机统一性显然不足。楼先生以一本不存在的书为由头，从现代西方文艺史上的浪子尤内斯库、贝克特的荒谬中看到对现实冷漠世界严肃的反讽，从伯格曼《第七封印》的以丑为美中看到人性的堕落，接着是苏俄诗人勃洛克的《十二个》中的革命使徒，革命同路人作家拉甫涅列夫笔下的《第四十一》，文笔迷离恍惚，曲折盘旋，缺乏耐性的读者可能因此而迷失了追随的线索。然而，只要耐心一些，就不难看出作者所要揭示的，不外是真正能负起宣喻真理、追求人生真谛的当代使徒，是个永恒的空缺。不管真诚的艺术家或哲人用何等创新的手法和怪异的方式去追求那理想的人生境界，都不过是一个“浮在空中的不得其门而入的城堡”。在 19 世纪还有陀思妥耶夫斯基那样在“白痴”身上看到神性的使徒之魂的作家，到了 20 世纪“使徒形象的下滑和衰落已到了无可复加的极限”(《第十三位使徒》第 277 页)，加缪的“局外人”索默尔以个人的有罪之身承担了现代西方更大的罪行。在加缪看来，索默尔就是上帝（《第十三位使徒》第 277 页)，虽然可以说是使徒的“替补者”，但他也只是“以虚无反抗虚无”，已与小偷、流浪汉、杀人犯融为一体，失去了使徒头上理想的光环了。接下去楼先生还把目光转向东方，比较了西方的神与东方的神（包括白痴）的异同。作者娴熟地驾驭着复杂的逻辑和飘飘忽忽的比喻，一再说明：整个世界陷入了文化危机。尽管如此，理想的使徒虽不存在，却是不可缺少的“梦”，正是这个梦中的人格追求，让他更多地关切人类生活境况和生存意义。如果我们不过分吹求他那多少有些晦涩的文风的话，就并不难和楼先生一起在检阅现代艺术和文化思想史的历程中，去苦苦反抗世界文化危机，追求人生的终极意义，在充满感性纷纭的形而下形象和经典话语中去体验形而上的价值。

读这样的散文是不轻松的，它并不像流行散文那样闲适，相反，它像严肃音乐，要求读者动脑筋，甚至带着一种肃穆的心情去受他思想的折磨。

也许，在这通俗文化泛滥的时代，作这样艰难的思想跋涉是不合时宜的，然而作为散文智性风格创造和散文作家的人格提炼却是可喜的。虽然它不是完美的，它可能过分飘忽，脉络省略过甚，但是它却有相当广博、相当深刻隽永的思想容量。这样的大容量，不同于余秋雨的，因为它有更多形而上的关怀，虽然这种形而上的关怀并不是最成熟的散文主题，却为当代散文开辟了一片新的天地。虽然这种关怀有时给楼氏散文带来苦涩之味，使很大一部分读者不能亲近，但是值得庆幸的是，并不是他所有表现形而上关怀的散文都写得这样漶漫迷蒙。说实在的，如果楼肇明的散文都是以这样苦涩的风格向那些躺在沙发上的读者的世俗趣味，和充其量只能读一千来字的读者挑战的话，那么，楼氏的追求就难免壮烈有余而雄健不足了。

二

中国当代散文可以说是空前的繁荣，然而有趣的是散文观念却也空前的混乱。20 世纪五六十年代主流散文观念是把散文当作诗（战歌、颂歌、牧歌），其社会功能是匕首、投枪，到了 80 年代把散文当作诗来追求的杨朔、刘白羽模式遭到了冷落，散文的主流观念变成了“散淡”[①]。许多作家都强调了散文的自由自在，在有心与无意之间，涉笔成趣。其实，这里说的是散文家族中的随笔，或者絮语散文的某些特点。对于随笔以外的散文，例如那些思想相当严肃的“大散文”，散文的理论还没有来得及去充分地、过细地概括。

对于狭隘的散文观念遭到严肃散文创作的挑战，我们已经习以为常到麻木的程度。

在楼肇明的散文中，读者很难找到诗的浪漫抒情（除了他早期的散文诗），同样也难找到当代流行的“散淡”的、轻松的聊天式篇章。

在他那些写得比较成功，亦即并不太晦涩的作品中，我们可以鲜明地感觉到他追求的并不是散淡自由而是苦心孤诣地表现自己知性文化心灵和文化人格的深邃。

当他面对世界和人生时，他既不是抒情的，甚至也很少是完整地叙事的，不论是面对人和事、物和情，他都力图把他文化的心灵世界（或者图式）和外部世界作对比，有时是同化，有时是顺应，有时既不能同化又不能顺应，他就坦率地表现自己的惶惑。不论受到什么刺激，从他内心世界、内在图式中激发出来的，往往并不限于形而下的情感，而且还有他关于宗教、神话、文化史、自然史和人的生存状况的焦虑和追索。

如果这种思考是抽象的，绝对形而上的，那么他在散文艺术上的创造也就不值得称道了。他那些最成功的作品常常能在最形而下的、最感性的现象中激发出相当深邃的形而上哲思来。在楼肇明的散文中，有一系列属于旅行观感一类的作品，但是楼氏对当代旅游散文有相当尖锐的批判。他说：“光凭一双俗不可耐的肉眼和切割过的慧眼写诗作文的人，把诗写成导游说明书和商品推销广告是可悲悯的。”[②]他甚至对于中国古代的山水游记也并不完全满意。

应该说是中国古典散文中关于人的哲学思考往往让给了写人与自然关系的散文了，对

① 钱谷融：《中国现代散文精品文库·序》，中国社会科学出版社 1995 年版。其实钱先生并不完全同意这种观念，不过他概括得很准确，我本人也曾有过类似观念。

② 楼肇明：《第十三位使徒》，中国对外翻译出版公司 1995 年版，第 178 页。这里虽然说的是诗，从上下文来看，也包括散文。

人自身的思考反而被忽略了。[①]

对中国古代山水游记作这样尖锐的批判，也许并不全面，但这也足以显示出楼氏作为理论家的勇气，更可贵的是作为散文家的执着追求。楼氏与一般散文家的最大不同在于，他的散文创作是带着理论的自觉性的。他在早年的散文诗中就追求过诗与哲学的结合，使浪漫的热情超越时空，而带上哲学的概括。到了后来，楼氏就在理论上明确了："一方面生活的具象和另一方面哲理的抽象所构成的艺术张力，也是散文艺术的一般特征。"[②]懂得了楼肇明对于形而上哲思的偏爱，就不难理解楼氏散文思想和意象的特异性。例如，面对三峡风景，我们已经有了郦道元的散文、李白的诗、刘白羽和余秋雨的散文，这些都是名家手笔，风格形式各有不同，但有一点是共同的，那就是充满美感、热情、诗意，外部感觉在自然景观和人文景观的刺激下迅速膨胀饱和。名家如此创造在前，以致后来者面对三峡风景就不由自主地在他们辉煌的感觉世界中舒舒服服地享受拘禁。楼肇明的可贵就在于他在《三峡石》中冲决了名家感觉透明的网罗。他在面对三峡石时感到的，或者说创造的是"宇宙被创造和被毁灭的历史"。

那不成规划的球形、椭圆形、圆锥形、圆柱形，你挤我压，交叠粘合，隆起上升，沉落倾斜，那经过生命和死亡的大轮回大劫难的一堆堆岩石的云团，岩石的羊群和牛群，被排闼而来的长江水挤开，在两边站立。[③]

一向在诗人、散文家、画家笔下都是雄伟壮丽的三峡的自然景观，在楼肇明笔下竟是窥视"宇宙被创造和被毁灭的历史"的窗口和"经过生命和死亡的大轮回、大劫难"的遗迹。由此我们可以看出，楼先生并不是以诗人的眼光寻求三峡之美，作为热爱祖国山河情操的寄托，而是以一个自然史学者，以一个宗教史学者的悲天悯人的目光洞察着人类生命的苦难遗迹。他不是把三峡当作情感的载体，而是把它当作自然和生命的兴衰，虽然很艰深，但又"不是不可解说的文本"加以解读，加以探索的。正因为这样，他所感到的与其说是美的愉悦，毋宁说是盲目的自然力所造成的残忍和生命的悲壮。这里不能说没有激情，但是更多的是冷峻的悲悯、无奈的愤慨。

因此，三峡峭壁在他的想象中是"岩石被送上旋风的绞刑架，从地质年代的墓坑里被挖掘到了阳光下，让苍天去冷漠地阅读"。也许，在中国散文史上，壮丽的三峡景观还是第一次和墓坑、绞刑架联系起来，而那些巨石的形状也许还是第一次在艺术散文中以"脱毛的骆驼""懒惰的家猫无所用心地弓腰"[④]的煞风景的姿态出现。

---

① 楼肇明:《第十三位使徒》，中国对外翻译出版公司 1995 年版，第 85 页。
② 楼肇明:《第十三位使徒》，中国对外翻译出版公司 1995 年版，第 85 页。
③ 楼肇明:《第十三位使徒》，中国对外翻译出版公司 1995 年版，第 213 页。
④ 楼肇明:《第十三位使徒》，中国对外翻译出版公司 1995 年版，第 12 页。

楼氏善于用他那“地质人类学”的想象加上人类文化史和人类生命生存状态的体验，重塑人们早已在日常生活中和美文中司空见惯的景观。从自然史、文化史的角度来看，他是相当冷峻的，可是从人的生命生存状态的体验来说，他又不能不流露出惶惑和焦灼。因而他老是无法摆脱深层心灵的危机感，在惶惑甚至在恐惧中直面人生和自然。

楼氏不是把散文当作消遣，当作游戏，而是当作生命的探险和灵魂的升华，才不惜耗费宝贵的年华的。楼氏将散文作家定位于存在的诠释者和质询者的角色岗位上，他是将散文作为“人类文化历史和人性运行的艺术方程式”。他在《第十三位使徒》一书封面装帧中的那一段题词说：“以我未经污染的感受和体验，写人性和人类历史最一般、最抽象的方程式；以不可剥夺的憧憬和理性清理民族文化人格深处的心理积淀，寻觅两者之间那超越时空的永恒律动，一直是我梦寐以求的一个目标。”

即使在四川乐山大佛前的一次旅游，他也没有满足于肤浅的感官好奇，而是通过大佛的两只眼（法眼和佛眼）概括了人和神、诗和宗教、偶像与精神解放之间的关系。他总是不由自主地把世俗的旅游变成思想的漫游，习惯于从形而下的世俗生活升华到形而上的庄严妙相。楼氏的全部散文立意都集中在一个焦点上，那就是“不断地探究自身”“每时每刻都必须查问和审视他的生存状况”，他引用卡西尔的话说：“人类生活的真正价值，恰恰就存在于这种审视之中，存在于这种对人类生活的批判态度之中。”①他全部散文创作的核心主题就是“追索人类生存的意义”。楼氏主张散文所展示的是思考着的人格，在他的创作实践中，他所展示的正是这种文化人格，在迷惘和怀疑中，在精神拷问和批判中，向往着最高精神境界，沉浸于终极关怀的智者人格。

在散文中表现自己的人格，已成为普遍的潮流，但是在这么广阔的文化哲学背景上，在这么深邃的智性思考中，驾驭着那么多诡奇的感觉，作着这么自由的精神漫游，达到这么超越的形而上的境界的，在我国当代散文界实属罕见。

三

这自然得力于楼氏本身内心文化结构的丰富，同时也不能低估楼氏的自我表达能力。并不是所有散文家都能自由、自如地表述自己的内在文化心理结构，相反，由于内在文化图式的抽象性，流行的散文模式又有难以觉察的排他性，绝大多数未曾被名家表现过的文化心理因子和深层结构，往往被作家在不知不觉中窒息了。而在楼氏的散文里，则恰恰相

① 楼肇明：《第十三位使徒》，中国对外翻译出版公司 1995 年版，第 242—244 页。

反，他的文化心理因子和深层结构却得到了饱和的表现。以他取都市卡拉 OK 舞厅场景为题材的《凶险的图腾》[①]为例，他对于夜总会的描绘和思索所调动的意象和想象因子就很丰富，最现代化的物质文化引发起最原始的宗教文化的联想（如把夜总会的迪斯科和霹雳舞比作“奠祭人性的仪式”），在现代科技设施的描绘中调动了西方达达主义立体派绘画的“不似之似”的变形技巧（如把旋转灯光扫过时，扭动的躯体写成切割成片段，把人的肢体变成原件，再拼凑和组装），从反面联想中他否定了它和汉墓砖刻上的狩猎和农耕的相似，从正面智性的批判中，他把人在物欲统治下的精神分裂和疯狂比作回旋加速器上质子、介子、中子，从原子核中分裂出来的景象。所有这一切都说明，在楼氏心理感受机制中有一种特殊敏感和灵活的反弹性能，凭着这种性能，楼氏能很轻松地通过一个感受的焦点把他的文化学养自由地释放出来。正是借助于这样的学养，他才构成这么怪异的意象和独特的话语。结合着他基督教哲学和弗洛伊德的心理层次分析，他对现代城市物质文化畸形发展，精神空前贫乏做出了批判：

躯壳和皮囊表现着灵魂受难的话剧。那埋藏在最深处的第二第三灵魂，从获得暂时的解脱中大摇大摆，狂呼乱叫，装模作样地模仿其受压迫、受挤压，毫无自卑之感，毫无羞怯之心，解脱即放纵，放纵即净化，卑猥和雄健倒错，渺小和崇高易位，自我作践和自我怜悯成了最神圣的自豪感，仿佛在风雨中祈求宁静的光荣旅程，临了只余下瞬息间的麻醉和浑然忘却。[②]

不过是对夜总会旋转彩灯下人群的一瞥，楼先生就概括到了这么多，透视得这么深。这种深度，不仅仅是学养的深度，而且是精神追求高度的反照。更可贵的是所有这些反照都是用楼肇明那相当独特而丰富的感觉，用充满书卷气的隐喻表述出来，他把夜总会中缺乏精神内涵的笑脸形容为“印刷出来的木然的笑容”，把现代都市的娱乐暗喻为“现代人的祭祀”，但只“有乐队，却没有祭祀和女巫”，以此来批判现代城市大众文化缺乏终极关怀。这完全是楼肇明个人的话语。

四

在当代散文逐渐被闲适小品所淹没，散文的文体意识被随笔意识所束缚之时，楼肇明却引用了英国亚瑟·本森的话“随笔作家乃第二流诗人”以示轻视。楼氏以他散文的成就比他的理论更清晰地阐明了这一点。他同意西方有些评论家把散文定义为“思考着的人格

---

① 楼肇明：《第十三位使徒》，中国对外翻译出版公司 1995 年版，第 243 页。
② 楼肇明：《第十三位使徒》，中国对外翻译出版公司 1995 年版，第 57、67 页。

的艺术体现”，不过不是像在诗中那样经过“一番修饰幻化、愿望化的处理”，“散文作家的自我人格要依赖实实在在的生活体验的‘原装货’”“容不得人格错位脱节的现象”。这自然没有错，但是他又不免笼统地主张散文“采取随机和散漫”[①]的方式。自然，随机散漫有利于从某种诗化的集中模式中解放出来，但是也容易流于轻浅。楼肇明自己的散文，就其比较成功的而言，都不属于轻浅散淡之列。相反，倒是苦心孤诣地追求深邃，用他自己的话来说，也就是追求“生活图画的本体象征”，但是如何将“思考着的人格”艺术地而不是概念地体现出来呢？又如何使生活图画的本体成为深层意蕴的象征呢？楼肇明在理论上没有进一步回答。只是他在分析杨绛散文时顺便指出了她“具有思想高度的自审心理”，倒触及了一点要害。

事实上楼肇明思考着的人格之所以能得到比较艺术的体现，其原因就在他在散文中的思考，常常是借助“有思想高度的自审心理”，来将对外部世界的感觉和内心世界的学养结合起来，形成楼肇明式的审美体验。

楼氏内心世界的学养，无疑深化了他稳定的审美图式。这种审美图式以其高度活力同化着、选择着、组合着外部世界的信息，并且赋予其意蕴。在他的散文中，自然不乏早期带浪漫色彩的散文诗，但即使在这些作品中也有楼肇明式的对自然、生命的哲理思考。他常常把时间、空间自由地放大缩小，以便于他对自然史、生命史、文化史作超越现时的共时性俯视。看见一只蛱蝶，他感到是“一篇感伤的预言”，想到自己“是一名不清醒的旁观者”，而这世界上“任何一次风云际会，都少不了不合时宜的翩跹者”[②]。这里悲天悯人的意味，甚至让我闻到了宗教哲学的气味。至于看到落叶，既不悲秋，也不影射现实世界，而是感受到生命耗散时分外的美丽、肃穆，为“猜不破摇篮即墓地，墓地即摇篮的永恒奥秘”而苦恼。

所有这一切都让我们清楚地看到他的审美图式是以生命哲学为中心的，他的审美价值取向也是以生存状态的关注为纲领的。正是因为这样，他思考着的人格并不像余秋雨那样集中在真善美统一的领域，相反，他的才智恰恰在善与美错位的地方才得到更淋漓的表现。在经典的和非经典的散文中，关于老师、关于爱情，我们已经欣赏了那么多浪漫的、善良的、美好的形象，然而在楼氏的《啊，老师……》中我们看到他的老师竟是一位“赌徒”，学生是他的臣民，是惩罚的对象，而他对老师的态度竟是“鄙视”，“老师的形象怎么也摆脱不开与赃官的形象联系在一起”，唯一印象美好的女教师却出于政治保护的考虑嫁给了一个癞痢头的校长，而那个真正有才气的老师竟又是“亦痴亦傻、非痴非傻”，在如数家珍似

---

① 楼肇明：《第十三位使徒》，中国对外翻译出版公司 1995 年版，第 208—211 页。

② 楼肇明：《第十三位使徒》，中国对外翻译出版公司 1995 年版，第 190—191 页。

的把生物学当作“最伟大的诗篇”来讲授时，“又常常是一副唾沫横飞的样子”[①]。

楼肇明在他的散文理论里很委婉地批评过把散文当作诗来写，很自然地在他写得最成功的散文中，显示出一种反诗意的倾向。他好像越来越对浪漫的诗情露出超然的调侃，甚至有点恶毒刁钻的冷嘲，在自己被一些人称为“老师”以后，他不无痛切地体会到“老师”一词怎样在使用过程中，“被精神磨损、物质磨损、扭曲、变形、变质、变味”。而他就在“老师”这一话语的诗意光辉之外的领域游刃有余地徜徉着思维的触角，以一个社会文化心理学者的身份，在“老师”一词的“语言残骸上”，“辨踪觅迹地找到时代激流的水纹线”，应该补充的是，楼氏最拿手的是找寻那些带着精神污痕的水纹线。[②]

楼氏散文写作有年，前后显然有变化，前期的散文诗有诗意的流泻，但即使在诗意中也不难发现楼肇明式的对美的保留乃至怀疑。哪怕是牺牲了的鹰，其形象也未引起他崇高的联想，他在那被囚禁的鹰眼里看到的“一半疑惑，还有一半是对自己的揶揄和讥讽”。他还揭示了鹰的悲剧常常是由于“抵挡不住生蛆的臭肉”的诱惑，即使它“闪电般俯冲下来，锋利的钩爪猛地去抓掠获物”[③]的姿态是雄强的，但是它的牺牲却是卑微的。

敏感的读者从这里不难感到，哪怕在传统诗歌和绘画中向来是壮美的对象身上，楼肇明也掩盖不住审丑的兴味。至于在那篇更为动人的《大雁的驿站》中，虽然大雁的形象并不卑微，但它的悲剧却是由于“人类的残忍和狡诈”造成的。

身居美国的台湾散文家王鼎钧，认为楼氏散文中有很大一部分属于“新派散文”。新在哪里呢？关键在于散文这种形式向来是为真的野性、善的德行和美的抒情所君临的天地，除了极个别的例外，很少有散文家有足够的勇气，在这种形式中不作美的探索，作审丑的历险的。

在我看来，王鼎钧把楼氏写鹰、大雁、八哥等的一组作品归结为“动物散文”[④]，是不尽妥当的。楼氏这组散文表明了他从审美的形式规范中开拓求索，找到了自己审丑的突破口。他自己在《第十三位使徒》的“自叙”中说：“早期作品以刻画人性的纯美为宗旨，中间有一个从思想到审美的转折，力图在这一文体中恢复从波德莱尔的《巴黎的忧郁》到鲁迅的《野草》这一审丑的现代主义传统。”[⑤]

不过楼氏的审丑毕竟与19世纪象征主义者充满了感官刺激不同，也与鲁迅的《野草》所流露的清醒而痛苦，探索而又绝望异趣，楼氏的笔锋，更带睿智的沉思色彩。不论牺牲

---

① 楼肇明：《第十三位使徒》，中国对外翻译出版公司1995年版，第190—197、125页。

② 楼肇明：《第十三位使徒》，中国对外翻译出版公司1995年版，第190—197、125页。

③ 纽约《侨报》1995年10月26日。

④ 楼肇明：《第十三位使徒》，中国对外翻译出版公司1995年版，第383、216页。

⑤ 楼肇明：《第十三位使徒》，中国对外翻译出版公司1995年版，第383、216页。

的雄鹰，还是中了人类奸计的大雁，冤死的八哥，误人子弟的教师都只是他思绪经络上的一个穴位，点中了这个穴位，其功能就弥散到穴位之外。他总是习惯于超越具体的事与物、时与空，从容不迫地升华到对人类命运宿命式的思考，但又回避做出哲理性的结论，即使有吉光片羽理性格言的闪光，却又总是淹没在游移的、充满苦苦思索而又难免有结论不明确、不完整的遗憾。而正是这种看来无结果的探求中交织着不疲倦的睿智和平静无奈的艺术张力。这种张力，正是楼式智趣之特点。

把审丑提高到形而上的层次，同时享受着美学和玄学不可排解的焦灼和隽永的微笑，是楼氏智者文化人格的一个侧面。

五

然而楼肇明也并不是在任何情况下都是充满不确定的犹豫和焦灼的。当他把过分形而上的眼光转向生命本身，包括丑和恶的各个侧面时，他的笑容就开朗得多了，他智慧的光华就能充分地照彻他所描述的形而下的世俗生活。这时，他对生命的理解就显得特别的明确，他对生命现象表现出了少有的洞察力，连他的行文风格也一扫晦涩神秘的云雾。这时，他就写出他在思绪深度上和表现力度上最统一的作品，我说的是《刺猬宴》《鸡之圣》《四月，玩过就扔掉的爱情》。

《四月，玩过就扔掉的爱情》，开头写的是纯美的爱情萌动，接着就毫不手软地对这种浪漫的诗情施以残酷的打击，永恒的世界本体被一幅蛇的交媾景象所代替。在这里出现了生命的贪婪和冷漠，令人震惊。应该说楼肇明笔力相当不凡，也许这还是楼肇明写得最精彩的、最有语言冲击力的地方，楼肇明式刁钻古怪的才情最充分地得到发挥：

> 这幕戏的开头我没有看到，我观摩到的已经是高潮和尾声了。它们像两股麻花，幽蓝色的钢缆绞在一起，呈菱形的鳞片支棱着，扭绞着，滚打中嚓嚓有声，暗红色的火花，明明灭灭，似乎是把仇恨撒落在炭褐色的泥土地上……它们嘶嘶咻咻了一阵，沉默了一阵，更嘶嘶咻咻了一阵，蛇芯和尾巴是传达爱抚的双手。有多少爱抚就有多少等量的仇恨，就像一对势均力敌的盗贼在抢劫掳获赃物，搏斗、拼杀，不是你死就是我活，赐予就是占有，占有就是赐予。情欲的贪婪是惊心动魄的，连短暂的和谐也像粗野的阴谋。[①]

本来光是这二蛇交媾细节就够惊人的了。从“幽蓝色的钢缆绞在一起”，到“菱形的鳞

① 楼肇明：《第十三位使徒》，中国对外翻译出版公司 1995 年版，第 217 页。

片支棱着”，从“滚打中嚓嚓有声”，到“暗红色的火花明明灭灭”，细节的雄辩性足以令人想起某些经典的散文，这样强烈的视觉、听觉和想象的冲击力是许多经典散文的特点之一。更令人震惊的是楼肇明对这种生命本能的理解，这种自发的生命的冲动正是人类性爱的隐喻或象征。然而，这种性爱经楼肇明的感觉图式同化后，却与恨等量交织。在这种生命的奇观中，爱的强烈，正是“贪婪”的深沉，因而在死去活来的相互需要中，楼肇明最敏感的是那些不善又不美的东西，他用了“仇恨”来形容还不够，又加上了“盗贼”“阴谋”。

楼氏对于恶似乎比对于善更有洞察力。对于蛇的交媾，他的发现如果仅仅限于情欲的贪婪，也许还不是很惊人的，更深邃的是他发现了在你死我活的情欲之后：

> 我知道在情欲冷酷的序列表上，蛇并不名列榜首，蜘蛛、螳螂才是最为不齿的，但是我还是错了。我原以为拒绝了食夫惨剧的蛇，情侣们的告别，终会有一番缠绵悱恻，天地低回的表现。纵然是萍水相逢，没有诱引，也曾倾心，纵然是劳燕分飞，无须再见，来年的四月还有预期。我只见泥路上掠过一阵惊风，路边的草丛划开，眨眼间大路上又一无所有，只留下我这呆看客在凭吊一片光秃秃的灰白了。①

在这里，楼肇明以他惯常的概括方法，把这一切归之于“生命力和情欲的残酷”，使他震动的不但是欲的贪婪和情的寡薄，而且是“宇宙秩序”本来如此。这里最令人难忘的不仅仅是情欲中包含着阴谋和仇恨，得到满足以后的冷漠，而且还有理所当然地如此。

楼肇明对情欲、情感的洞察实在不同凡响。多少年来，至少在散文领域里，我们已经习惯了用二元对立方法来解析情感世界，所谓有一分爱，便有一分憎，几乎成了定式。楼肇明在对蛇交媾的描述中自然也顺应了这种模式。这种模式的好处，是易于深化，但是其缺陷是把无限丰富复杂的情感世界固定为一正一反的单维度的两极分化上，就不可能不走向简单化和表现化，乃至导致互相重复和自我重复。杨朔、刘白羽的散文自有其时代意义，但是其之所以经不起历史考验，就是因为对人类内心世界的无限丰富性缺乏充分的表现，总是在两极之间做单线文章，单线、两极之外，似乎都在感知的盲区和暗区。杨朔善于以大希望、大失望相较，大失望往往又转而为大欢喜，在痛苦和欢乐两极构思成为熟套，在仇恨与热爱之外似乎就没有文章可做。②而楼肇明对情欲内部结构理解的过人之处就在于不仅看到了情欲的需要、占有与仇恨、阴谋的单线对立，而且从另外一个角度发现了死去活来的情欲，还与冷漠相对立。这就使我想起了台湾散文家张晓风在《只因为年轻啊！》中所说的，“爱的反面不是恨，是漠然”③。

---

① 楼肇明：《第十三位使徒》，中国对外翻译出版公司 1995 年版，第 218 页。

② 参见孙绍振：《抒情和幽默冲突——当代华人散文考察》，《当代作家评论》1996 年第 1 期。

③ 张晓风：《只因为年轻啊！》，《青年博览》1996 年第 1 期。

对于人情有着多元的洞察，再加上对于生命有着形而上的理解，楼肇明对于生命中的恶与丑，并不那么执着拘泥，更多的倒是对于生命本体时而困惑时而看破。在这里，浪漫的热情和智者的理性都成了陪衬，因而他不像许多学者散文家那样，花很多篇幅去引经据典，他只是在热情与智性之外，稍稍展示了一种狡黠的揶揄，然而又欲说还休地声称“谐谑不起来”。丰富的物象和这样复杂的心象结合在一起，使得楼肇明的散文风格、散文艺术人格充满复调的和声，这是与一般散文的单纯风格迥然有别的。正因此，他对于蛇的交媾，竟不愿作任何一种单纯的判断了。他说他不知道如何来“揶揄”这路遇的情欲剧，“因为它既不崇高，也不滑稽”[①]，好像他宁愿做一个形而上的智者也不愿做一个审美或者审丑的艺术家似的。

然而，他毕竟是醉心于审丑创造的，他的拿手好戏就是把审丑放在形而上的框架之中，而形而上的思辨对艺术的审美与审丑常常起某种消解作用。这就是楼肇明的矛盾。他经常以一种宗教哲学眼光看芸芸众生。老是沉湎在放大了的微观时间和缩小了的宏观时间里，难免觉得人生处在一种荒谬的悖论之中。这时，他就有点像西方现代派浪子文人那样有点虚无，惶惑于生活，世界（自然）、人生都缺乏足够意义。因而他对于生命现象时时有掩饰不住的冷漠，他时常自称为“看客”，这就无所谓美丑、悲剧、喜剧，但是他从本质上又是一个对生活充满了热情的诗人，因而他在审丑过程中就克制不住自己的激愤、讥嘲，乃至作刻毒、刁钻的讽喻。他这种“看客”并不是完全旁观的，他常常无法压抑自己对生命本体的欣赏，甚至把生殖力很强的乌骨鸡称为“鸡之圣”。有时，哪怕在外表看来是滑稽乃至卑琐的现象中，他也看到了生命的奇妙，这时这位“看客”居然有时幽默起来，很难得地以喜剧情调，写出了他可以称之为绝唱的《鸡之圣》。

文章的主角是一只性生命力很强的乌骨鸡。楼氏欣赏它“情场上”的计谋和力量，赞赏它把“绅士风度和强盗品格完美地统一了起来”，在决斗中有“青皮无赖”式的顽强，无往而不胜地“展开了以掳获和侵占别人妻女为目的的征讨”，在得胜之后，便有“峨冠博带的王者之风”，使全村的母鸡变成了它的“嫔妃姬妾”。而在一次鸡瘟中，它是唯一的幸存者。新一代的母鸡们无一不成为它的臣属和嫔妃。每一次“婚配仪式”后的高歌，被楼肇明称为“物竞天择的胜利之歌”。楼氏在对之尽情反讽调侃的同时，禁不住对它“超凡的生命力，它的生殖力”叹为观止（它在一刻钟之内可以富富裕裕地对付五至七只母鸡的求爱）。楼氏很少对形而下的事情作连续不断的描述，通常都是以事实的片段和他思绪的板块作浮动性组合，然而这一篇（和另一篇《刺猬宴》）是例外。而这一篇之所以可以称为当代散文之杰作，是否可以归因于他自己所倡导的“人类文化历史和人性”的艺术方程式呢？

---

① 楼肇明：《第十三位使徒》，中国对外翻译出版公司 1995 年版。

是否可以归因于他所追求的“史诗性、神秘性和哲理性”呢？乌骨鸡王的行状确是仿史诗英雄的征程的。它的“乌鸦私生子”抑或“鹰的后裔”的不明身份，无疑是一种图腾的翻版。不过，在这篇集合了史诗性、神秘性的作品中，其哲理性的特点还在于把他擅长的形而上的思考压缩到最小限度，只作画龙点睛式的升华。到文章结尾处这只乌骨鸡又逃脱了一次横遭宰杀的灾难。挨了刀，血流了个半死不活，居然能挣扎着躲起来，直到可以“艰难地挺着脖子，竖着脑袋”行走。奇迹似的康复之后，仍然统治着它的臣民，令行禁止，母鸡们仍然排着队等候它的恩宠。最后为治疗一位画师的不育，这只乌骨鸡被无辜地阉割了。楼肇明以他独异的交织着审丑与审美的话语，以一种不动声色的语调，对乌骨鸡的睾丸作了充满了复调情趣的白描：“当爷爷撮起其中的一枚卵子，我看见它很有弹性，雪白的表面布几道细红的血丝。”[①]然而，画师并未使画师的妻子受孕，而这位鸡国之王者却失去了雄性功能，忍受着“丧失男性尊严的奇耻大辱”，长期“身毁不用”，使它变得步履艰难，但在夜间却仍然警觉地守卫着鸡巢，扮演着“不是父亲却是父亲，不是祖父却是祖父”的不可替代的家长角色，最后牺牲在与黄鼠狼的搏斗中，而黄鼠狼也因此而遗落了一颗带血的眼珠。

这牺牲的结局，使得楼氏的幽默与调侃的轻喜剧风格，愚昧和正义本为一体的悲剧美学主题变成了正剧，也许倒不如让之身毁不用，丧失大丈夫的雄风，构成一种悲喜剧复调意味，就可以戛然煞尾了，但是这一笔并非赘笔，更非败笔，这是因为，有了这一笔，平添了一种“间离”效果，更引出了楼氏特有的另一番形而上的思绪，这种思绪由于楼氏学养中颇有特色的佛学话语，而显得奇崛。

一到这种境界，楼氏的神来之笔就出现了：

> 我和我师父离乌骨鸡王的精神太遥远了。乌骨鸡亦魔亦佛，由魔入佛，入佛非易，魔非天成。魔佛莫辨的生命本性，倘若没有自身可以探幽索微的基础，往往越是深究就越是混沌一片了。[②]

上文的“佛”和“魔”都是佛学术语，“佛”曾被李贽用来称赞白话小说人物，如鲁智深的个性张扬，但在楼肇明笔下，佛家话语的表层之下，表现了对于生命本体的礼赞和崇拜。这里的形而上不像楼氏其他散文那样直接、反复，那样借助大量形象的隐喻，不那么晦涩，因而既能充分表现楼氏睿智的深邃又能有充分的感性色彩。正是这样，楼氏创造了一种在当代散文史上毫无依傍的戏拟生命史诗的风格。

这种风格有相当丰富的内在结构，在现实场景的白描中透着调侃，在反讽中又掩饰不

① 楼肇明：《第十三位使徒》，中国对外翻译出版公司 1995 年版，第 181、222 页。
② 楼肇明：《第十三位使徒》，中国对外翻译出版公司 1995 年版，第 181、222 页。

住欣赏，在二者互渗中升华到宗教哲学与生命哲学的礼赞，而在礼赞之后，往往禁不住又要调侃一番。这在《暮色忆念中的大佛》的结尾表现得尤为精彩。当作者正沉浸于“诗与宗教之迹”，人格神偶像与人性自由的矛盾的庄严思考之时，笔锋一转：

我悠然自得，踌躇满志地沉思在冥想中，耳边猛地传来几声大炮轰鸣、晴天霹雳般的巨响，一连串“阿秋——阿秋”的喷嚏声。我坐不住了，恼怒地站起来走到儿子的房间里，我看到这个小捣蛋用纸捻子在捅自己的鼻孔。一阵短暂而又尴尬的沉默。儿子笑嘻嘻地说：“爸，我在作试验呢，一篇科普文章上说，喷嚏与飓风的时速相同相等。”①

楼氏散文的奇异魅力一方面来自形而上的深邃和对生命的热情；另一方面他又忍不住要对生命的庄严作刁钻的嘲讽。这种近于灰色的幽默效果是由三组对比构成的：第一，庄严妙相的哲学沉思与孩子的顽劣捣蛋；第二，儿童的顽劣、煞风景又与科学的精确数据相对比；第三，父亲的恼怒和儿子的嬉皮笑脸形成对比。这三组对比都有不伦不类的性质，本来是不属同一范畴的事，偶然地凑合在一起构成了无类比附的谐谑之趣，而这三组对比之间本身又形成了不伦不类的反差，因而其幽默的效果才更强烈、更隽永。

楼氏习惯于在形而上的求真和形而下的求善之间寻求怪异和庄严的错位，在审美和审丑之间捕捉反差，因而他的散文天地特别广阔，思绪特别自由，幽默感具有某种多声部的复调性质。

自然，也有《刺猬宴》那样纯写实的轻喜剧的自嘲文章，其幽默感仍然不能说单薄。这得力于站在生命哲学的高度上对于生理性饥饿的主体作同情和讽喻相结合的调笑，还得力于他对单纯生理感觉引起的心理意念的超微观分析和展示。有时对微观感觉分析得精细入微，有时又以变形夸张的手法使轻喜剧性幽默感压倒了心理分析。这自然显示了他的才情，但是比他徜徉于形而上与形而下之间的幽默要略逊一筹。原因在于形而下的写实性幽默已有了经典作家创造的范本，而借助于形而上的幽默，至少在中国还难得一见。

楼氏的才能在形而下的写实中似乎并没有得到淋漓的发挥，在形而上的漫游中，又比较容易结合他十分醉心的超现实主义的话语作诡奇的展示。在《凶险的图腾》中，他把旋转彩灯下扭动的人形描写成机械零件的组合与拆卸；在《三峡石》中，把长江两岸的岩石描写成线条与形状的变迁；在《最后的野鸭子》中，那飞去的野鸭会在天空留下“弧形的轨迹”；在《万石园》中，他不满足对奇石的描摹，而突发奇想让石头动了起来，而且让它听从自己的命令：

我眼前的万石园，在一念之间蠕蠕地动了起来，一会儿工夫就使我如同置身在打

① 楼肇明：《第十三位使徒》，中国对外翻译出版公司 1995 年版，第 217 页。

开了笼子的万牲园里，那一块块如狮，如像，似船，似屋的巨岩不安地骚动着，继之又围在我的身边兴奋地奔走和呐喊，呐喊和奔走。

我惊惶地大喊一声：“住！”

那拌成一团的音乐和线条渐渐地从黑暗和混沌中恢复到平静的清晰。在巍峨的巨岩的衬托下，我是何等的可笑和渺小，我深情地抚摸汗涔涔的粗糙的表面，却不无自信地喃喃私语：

“在一部永恒的启示录里扮演一名祈祷者的角色，乃至用作一件无言的导具，幸和不幸有何紧要，在价值的天平上，寓言和历史拥有等值的砝码。”①

在这里，超现实主义的手法不仅是用来对读者作想象定式的冲击的，而且是用来作形而上的沉思的诱导的。也许我们还不能完全读懂结尾处的哲学、历史、寓言的观念，但在想象与心智的升华上则完全是一次新异的享受。在中国现当代散文中，我们很少欣赏到这样把超现实主义惊世骇俗的怪诞和宗教哲学的庄严升华这样若即若离、松松散散结合起来的先例，也许这种结合并不是十分成功的，但是对于散文艺术想象天地的开拓无疑具有不可小觑的价值。

我们的散文评论家也许给了一些在艺术常轨之内的流行散文以太多的注意，而对突破常规的散文的关注太少了。这也许有某种人为的因袭或客观的因素在作祟，更有比比皆是的庸俗的人际关系在捣蛋，但是关键的问题还是在于文学评论家艺术鉴赏力的钝化和贫困。

六

正是由于楼肇明的散文中形而上的成分制约了他对生命本体的热情，楼肇明的美学原则就不是由激情主宰的，相反，他认为在当代，正是以激情贬值为特点的，他的激情不走向浪漫，而是走向冷峻。

“冷峻能够抒发激情，正是当代美学中的第一大课题”②，这正是楼氏的夫子自道。在楼氏成熟的散文中，冷峻的外部感觉和内在激情、焦灼、危机感相互交融，因而我们在他的作品中看到了不是对鲜花，而是“对枯枝败叶的偏爱”，但是他又不颓废，因为在光秃中有生机盎然的叶苞在孕育“病态的五彩斑斓里时序更迭着燃烧的生命”。楼氏的感觉想象和他的智性思考是如此紧密地联系在一起。许多感觉十分奇崛，有时有了种从骨头里冒出来的怪异。他总是倾向于用神秘、悲郁甚至冷酷的神经来感受大自然和都市的人生，他不否认

① 楼肇明：《第十三位使徒》，中国对外翻译出版公司 1995 年版，第 217 页。
② 楼肇明：《第十三位使徒》，中国对外翻译出版公司 1995 年版，第 217、134 页。

枯枝有绝望挣扎的姿态，甚至像“用脏的扫把”，但是他从中发现了美，把它称为“不朽的雕塑”[①]。但这一切都不能充分地代表他的特殊创造。他的冷峻常常表现在对于他所礼赞的生命现象的一种超然的心情。从形而上的角度观之，从缩小的时间来看起点和终点，摇篮和墓地连接着，生命短暂得可以忽略不计，可以说他不能完全摆脱虚无，他时而悲观、怀疑、看破红尘；从形而下的角度观之，他对奇妙的生命现象的礼赞也往往带着反讽，然而对于恶和丑又刻毒又愤激，双向互动式地交织着对生命本体的欣赏和批判，《四月，玩过就扔掉的爱情》有云：

渐渐地，我作为一名生命力的观赏者，被冗长的乏味的剧情，拖疲沓了。我终究是一名被迫的看客。[②]

痛苦没有导致清醒，理智导致迷惘，楼肇明为自己刻画了一幅痛苦而迷惘的心灵肖像。这样，他把主体的投入和旁观结合起来，在这里，“自我”作为认识主体，同时作为认识的客体，在一个层面上分离，在另一个层面上融合，先是“一分为二”，继而又“合二为一”，这在智者散文中可谓独树一帜。同样是智者，余秋雨就十分投入，他以他的对人文景观的概括力突破了习惯于对自然景观作叙事抒情的框架，把诗情和智性结合起来。他之所以有诗情，而且十分浪漫，他的诗情之所以没有被他学者的理性淹没，原因在于他以智性概括的话语中渗透着诗的情感逻辑。这种逻辑不是以智性的全面平衡为特点，而是以极端为特点的。例如，在《三峡》中，他对白帝城作这样的概括：“我想白帝城本来就熔铸着两种声音，两番神貌，李白和刘备，诗情与战火，豪迈与沉郁，对自然美的朝觐与对山河主宰权的争逐。它高高地矗立在群山之上，它脚下，是为这两个主题日夜争辩着的滔滔江流。”这里表面采取了辩证法的矛盾的两面，以显示其全面，其实不然。余秋雨把富有文化历史价值的两个点自由地对立起来之前，就已经是有所排除了，他取舍之间已经向便于抒发浪漫主义情感和审美的形态一边倾斜了。他取李白的“轻舟已过万重山”之豪迈，“孤帆远影碧空尽”之旷远，而舍弃杜甫的“无边落木萧萧下”之沉郁，“夔府孤城落日斜”的苍茫。有所偏执，是为了树起对立的两极。这二元对立的逻辑很适用于表达浪漫的激情，而不适于繁复全面的沉思。

楼肇明和余秋雨之不同在于他不是没有激情，他的激情只有面对丑恶才充分激发出冷峻来。在余秋雨醉心的人文景观之美的面前他倒是充满怀疑的。他审丑时形而上的冷峻始终与他对丑的愤激有矛盾。他在微观中对恶、丑、庸的痛恨时时被他宏观的洞察有所消解。正因为这样，他不论是对于沉重的文化遗产的批判，还是自我的解剖都是十分宁静的，也

---

① 余秋雨：《文化苦旅》，知识出版社1992年版，第43页。

② 楼肇明：《第十三位使徒》，中国对外翻译出版公司1995年版，第217、134页。

就是既不怕丑，也不怕恶的。形而上的逻辑不是偏激的，而是全面的，但是他对所表述的丑，并不因为形而上而消解了愤激，因而他所使用的逻辑，又不能没有一点余雨秋式的极端。这在《不能出卖的影子》《萨利埃里赋格曲》和《惶惑六重奏》中表现得最为明显，冷峻要求客观，乃至无动于衷，没有任何偏激的情绪、片面的逻辑，但激情却偏偏不能离开极端的逻辑，这样，就造成了楼肇明散文中比比皆是的二者的张力，这给楼肇明的本来有点抽象智性的话语增添了动人的感性色彩。在《不能出卖的影子》中，一方面是冷峻地承认某种现实的悖论：青春的梦（美神远了）幻灭了，但是又说，梦幻和我都是历史的过客，都不能出卖，既非我粉碎了障碍，又非障碍粉碎了我，但是历史的过客又成为历史的见证。所有这一切在形式上相当全面，但在内容上却相当富于激情，尤其是轮到自我解剖的时候：

> 在自我的世界里，我是我自己的对手，也是可耻的同谋，面对这一片发了疯的土地，我甚至没有一则温柔的日记，没有一纸痛苦的祈祷书。[①]

形而下的断裂和形而上的统一，从爱的阻遏缺席到爱的统一，这是楼氏在形而上层面的一个一以贯之的线索。

在楼肇明与笔者多次私下的闲谈而未及形诸其文字的言论中，他批评余秋雨教授的文化人格面具太厚。他说："人人都会有一副乃至几副文化人格面具的，对文化人格面具的批判，特别是对自我所选定的文化人格面具的批判，是散文家义无反顾，通往深刻的必由之途。没有面具，就没有灵魂的深刻性（尼采），人格面具是一种可见的超越性（萨特）。但同时，面具是一个灵魂的城堡、掩体、盾牌和甲胄，在原始人的图腾崇拜中，面具为祖先所遗，是人与神交流、沟通的中介，它既是伏魔降妖的武器，又是人未曾与祖先分离，且消失其中的符志。现代意义上的文化人格面具，与作家的自我人格角色定位有关，是自我、本我和超我的一个结构功能性的混合物。不过，现代人的人格面具并未丧失图腾面具中的所有功能。由于仪式因子的衰变、娱乐性因子的涌入，在文化演进的历史过程中，符志和掩体的功能被强化了，作为自我把握世界，与世界交流沟通的功能却衰退了。在中国当代散文史上，杨朔、刘白羽是自我萎缩和自我膨胀的两个极端；但他们共同的是其文化人格面具的符志化、掩体化、武器化被强化了，而艺术把握世界的方式却反向地弱化了，乃至相当大一部分通道被其人格面具所堵塞了。文化人格面具也是一把双刃剑，不是反弹，面具还有面具的自主性和能动性。与杨、刘等人相比，余秋雨教授则是双向地强化了面具的功能，虽然其强化和弱化各有各的正负价值之别。不过，余秋雨教授过分地强化其掩体和城堡的功能，不能不说仍是一种逃避、一种损失。"楼肇明教授关于文化人格面具学说中的

---

① 楼肇明：《第十三位使徒》，中国对外翻译出版公司 1995 年版，第 188 页。

两个主要观点：与作家的角色定位息息相关，与把握世界的艺术方式息息相关。由此来判别楼氏与余氏的不同，不在于两人是否运用了极端化的逻辑（历史逻辑和艺术逻辑），也不在于两人散文作品中的史诗化倾向和哲理化倾向存在着多少歧异（余氏的《一个王朝的背影》《笔墨祭》等也不妨作史诗的变体来解读）。他们两人的歧异如前所述，是审丑和审美的分野，浪漫激情和冷峻激情的分野，楼氏直面人性和人性的污秽，直面灵魂和灵魂的污秽，余氏倾诉了历史和文化的美善。在诗性的阐释方式上，楼氏偏爱繁复的意象和本体象征，余氏则达成激情和文化实证的同一。楼氏有关“复调散文”的理论，多数场合只提出了这一概念，而未详加阐发。《啊，老师……》一文有云：“一个主题中包含两个母题，一个意象里容纳两个缩影。在两个层次和两个侧面上展开。”这是他从自己评析帕斯捷尔纳克“复调诗歌”中所挪借过来的，也不妨视为他的“复调散文”的一种图式；被西方文论家们指出的“史诗性真喻”（即对喻体的描绘极尽笔歌墨舞之能事，达到浓墨重彩、排山倒海般地描绘被喻体的艺术效果），前文援引的《三峡石》《凶险的图腾》等作品，即是例证；想象层面上超现实主义的奇诡怪诞，在修辞层面上偏爱“矛盾修辞法”（或曰：“诡论语言”），例如他每每在要紧处装聋卖傻，说得好听叫“大智若愚”，说得难听一点是刁钻古怪，甚至刻毒，他偏爱用陈词滥调去形容霉烂腐败，华丽俗气的美，反讽的艺术效果也由此凸现出来……所有一切，即是他的“诗性阐释”或曰“诗性思维”的特点。

楼氏由审丑而冷峻，冷峻超越浪漫、潇洒抒情。他说的“冷峻抒发激情是当代美学前沿阵地上的一大课题”，是一个富有洞察力的概括，我们粗略分析一下他的创作实践，即可发现“冷峻”的前提条件是“离间”和“距离”，“冷峻”是对激情的审视和提炼，归根结底是对“认识主体”的一种拘囿，有时还是一种不信任或疑惑。冷峻不是不要激情，而是不要作为激情附加物的浓烟和感伤，它要的是高温的蓝色火焰和不见火焰的冷炙。楼氏将“冷峻”视为浪漫、悲伤的解毒剂和冷却过滤器。手段有三：其一，为“悖逆离间”，以一种对立的情感去削弱占主导地位的情感，不是在黑白反差中加深其对立的鸿沟，而是达成某种中和与平衡。他写得最成功的作品，以喜写悲，以悲写喜，亦悲亦喜，悲喜莫辨。其二，是用相比邻的情绪去稀释和淡化占主导地位的情绪，或者拿相距遥远、不相干的事情拉到镜头前进行比附，《刺猬宴》《门槛情》《黄昏忆念中的大佛》等，就有这一类“宕开一笔”，显得突兀的例子。在对立情思之外“斜刺里”杀出第三种情思，或可称为“枝杈离间”或“旁支离间”。其三，楼氏的思想者身份、学者身份、诗人身份在作品中有三者统一的。以理入情是他的看家本领，每当以情入文时，他也往往迫不及待地将情升华为理，返情入理，在情和理的悖逆中完成其情思和话语流的统一。不过，这已不是我们传统中的情理交融的统一了，在楼肇明的成功和留有缺憾的作品中，情理之间，都或多或少存在一种情、理背反的苟安。楼肇明的冷峻抒发激情，显而易见，也不同于“后现代主义散文”，如香港的也斯、台湾的林燿德。“后现代主义散文”是“作者的死亡”“情感的零度介入”，几乎是完全废止抒情的，放逐抒情的。“冷峻抒发激情”，或者说它的“离间”原则，不是楼氏的首创，其首创和原发性创造的功绩是属于布莱希特的，但楼氏把创作实践和论说移植到散文园地中来，对正在走向繁荣的中国当代散文来说，拓展了思维空间。他的散文作品这一具有创造性的价值，我想有鉴赏力的评论家是不会小觑的。

楼氏主要是一名散文和诗歌理论家，散文创作是他的“左手的缪斯”，他时而理论先于实践，时而实践先于理论，他的理论是后设的，且烙上了强烈的个性印记。不过，两者孰先孰后，无关宏旨，两者都不是一蹴而就，前后有变化、有发展、有修正；从“人格智慧的艺术表现”说到“人格面具论”即可佐证，但不管怎么说，作为一名散文作家的楼肇明，不论其理论的自觉性如何清醒，在其作品中仍会留下作为理论家的楼肇明所未曾意识到的，他自己也无法控制的东西，此即“形象大于思想”“生命之树常青，而理论是灰色的”之谓。当他的创作主体拥抱世界时，始终未曾忘记过主体同是一个认识的客体，这是他“冷峻抒发激情”的根本由来，他的论说是作品的参照系，理性是作品的主导光源和框架，而作品的张力并非来自由理智（或思想浮动的板块）所组合成的理性磁场，艺术张力只能来源于心灵深处的艺术转换，因此楼氏作品仍然是他的论说无法遮蔽和拘囿的，逸出其理性框范，用不着诧异，不同的评论者有不同的评说，也不意外。

中国当代小说和诗歌早已接受西方现代诸流派乃至后现代诸流派的影响，做了许多成功的和牺牲惨重的试验，而中国大陆散文则似乎特别具有大将风度，至今除了少数作家有所尝试以外，探索性散文寥寥无几。楼肇明的散文显然是吸收了西方当代哲学思潮和文学观念的产物，从某种意义上有填补空白的意义，但是和一些年轻作者在诗和小说领域中的实验不同，楼氏并没有狂热地以颠覆中国古典和现代散文传统为务，他似乎是力图在诗情和智性、形而下的写实和形而上的超越、传统价值观念和现代西方价值观念之间，在叙述、描写、抒情的连续和纷繁的以隐喻为特色智性思绪板块组合之间，寻求某种综合的平衡。逆向思维和发散性思维都是创造性的思维，但创造性思维并不排斥综合和平衡。

在楼氏的探索中所显示出来的内在矛盾和冲突，诸如形而下的写实和形而上思考的矛盾，冷峻和激情的矛盾（无奈时表现为苟安），生存焦灼的寻求精神家园的礼赞和反讽、戏拟之间的矛盾……所有这些矛盾，不仅作为散文理论家的楼肇明还有待进一步去阐释和完善。击穿坚冰的任务，只完成了一步，他如何将繁复晦涩的隐喻与思绪板块的自由组合达到艺术的有机统一，无疑都是一个有待进一步探索和完善的课题。不过，楼氏超越审丑，也超越抒情，以沉思为旨归的风格，给以“快餐文化”的通俗散文的冲击，给以闲适散文的冲击，已是一个不争的事实了。坐享其成的散文家是创造不了新文化的，散文不能靠文化消费来滋养，“快餐文化”的繁荣，不是散文的繁荣。老大持重的散文，在召唤探索者。

舒婷：抒情和幽默的统一
——现当代散文考察之四

舒婷的诗已经有了即使不是太多的重复，也是不少雷同的评论了，而她的散文至今还没有引起评论家足够的重视，这是因为散文篇幅短小，光凭在报刊上自发地阅读，很难统观其艺术创造的独特性。好在去年江苏文艺出版社做了一件好事，将舒婷全部的诗歌和散文（除了几首散文诗）系统地编纂起来，分为三集。第一集是诗，曰《最后的挽歌》；第二、第三集是散文，分别以《梅在那山》和《凹凸手记》为名。这就为系统研究、欣赏舒婷的散文提供了一个方便的条件。

舒婷的散文以幽默见长，这是许多行家共同的观感。当然，舒婷的散文不完全是幽默的，其中也不乏一些抒情的篇章。而在《丽夏不再》那样的作品中，舒婷甚至创造了一个性格扭曲可爱而又可恨的复杂人物。从中可以看出舒婷具有小说家的上乘素养，但是就艺术创造力来说，她的幽默散文不但在她的作品中，而且在当代幽默散文史上具有不可低估的地位。在中国现代散文史上，至少在20世纪50年代到80年代是以抒情风格一统天下的。当杨朔风靡天下的时候，幽默没有生存空间，这是因为抒情是以美化为主的，而幽默则不排除适当的丑化，尤其是在自我调侃的幽默中，故作蠢言是常用手法。在幽默散文大为振兴的新时期，抒情美化和幽默丑化的鸿沟更为分明，而舒婷的贡献则显示了二者之间融合的倾向。

正是在这一点上，舒婷的散文在现代散文史上显出了重要意义。当舒婷选择幽默作为她散文的风格时，也许是出自她本性的自然流露；如今回过头来看，这种选择是颇为冒险的。这是因为，就全部中国现代散文史来说，幽默散文领域已经有不少大师驰骋过他们的笔墨。散文中具有幽默风格的比比皆是：有鲁迅、钱锺书式的与社会人生的讽刺相结合的犀利硬幽默，有梁实秋、余光中、王了一式自我调侃的软幽默；有孙犁那样富于智性沉思的，也有杨绛超脱困境轻松的，有汪曾祺式充满佛性达观的，有李敖刀子一样泼辣甚至残忍的，也有柏杨以玩世姿态表达愤世之情的，还有后现代黑色幽默的。舒婷的幽默散文以自我调侃见长，幸而，她不同于余光中、王了一。余、王两先生的自我调侃，往往集中表现自己的无奈、尴尬，而舒婷的自我调侃，却常常不仅仅表现自己的无奈、尴尬，还有对于朋友亲人的嘲弄、挖苦。然而这种挖苦又与柏杨不怕丑地自称“老泼皮”不同，在她的戏谑中洋溢着亲情和友情的融洽，这里有她的任性，也有朋友对她的姑息。

正是由于这样，就她幽默的情绪结构要素来说，不是单纯的嘲讽。就她自己来说，交织着自嘲和他嘲，反讽和调侃，任性和耍赖，尖刻地挑剔和尽情地夸张等复合情绪。就被她调侃的朋友亲人来说，则显示了对她的宽容和姑息，无奈和欣赏，不认真的佯嗔和自作聪明的傻气。她的幽默，作为一种情绪结构，竟然渗透了这么丰富的成分，凭着这一点，她就创造了一种可以称之为复调幽默散文的风格。就其根本特点来说，不是像一般幽默散文以某种程度的“丑化”来表现自己的谐趣，而是在谐趣中美化着她自己的亲情和友情。她的朋友，一个不乏幽默感的作家（据说是张洁），对她的幽默说了一句相当中肯的话：“舒婷，你把我挖苦得好不快活！”就道破了其中的奥秘。

舒婷的幽默从表面上看是带进攻性的，但是这种进攻是软性的（极个别篇章例外），因为在进攻中，没有批判的色彩，不像鲁迅、钱锺书，以小说家的眼光对人性被扭曲作冷隽刻画，也不具有王力、梁实秋、余光中学者的渊博和雍容，没有杂文家柏杨、李敖面对丑恶现实和人性的勇猛气概。她的特点是善良：即使在“文革”期间，她身陷困境，她也没有把多少注意力投向人性的邪恶方面，她所看到的更多的是友情的美好，就是在不得不表现的悲剧中，她所强调的与其说是控诉，不如说是对于纯洁情感、心灵沟通的渴望和珍惜。在她笔下，虽然有痛苦，却很少有对心灵丑恶的揭露。不论是在“文革”期间还是在新时期，她都乐于用幽默的话语，把她珍惜的情感艺术化。

她用她幽默调侃的语言创造了一个自由的、任性的、不管多么调皮都会受到朋友、亲人赞赏、原谅的真诚的情感氛围。

她的幽默与她作为诗人的心理素质有着密切关系。在似乎任性地“丑化”甚至是漫画化的笔墨中，她把她所生活的圈子表现得总是充满着美好的诗意。幽默的“丑化”与诗意的美化在许多场合互为表里。可以毫不夸张地说，她在散文中创造了一种特殊的幽默，也许可以把它命名为抒情性幽默。虽然在中国现代散文史上，美化与丑化结合的抒情性幽默并不一定自她开始，但是在她的散文中得到如此饱和的表现，构成一贯的追求，却是不可忽视的事实。

生活中的丑恶不是她调侃与嘲讽的对象，人与人的隔膜、个性的扭曲也很难引起她的兴趣，倒是她所欣赏的、她所钟爱的品性却有可能成为她幽默调侃的对象。不论是她丈夫的书呆子气还是她妹妹、外婆显而易见悖谬的行为逻辑，都不但是可笑的而且是可亲的。至于那些和她在一起出席会议、在国外旅行的朋友，从她所尊敬的邵燕祥，到她视为莫逆之交的傅天琳，都是在被她调侃的过程中显出了她对他们的欣赏。有时用词表面上还非常凶狠：她友情寄托甚深的诗人吕德安送给她的画发霉了，她竟然说，可能是吕德安把画笔浸在尿桶里的结果；越是用语凶狠，越是表现出心灵的沟通，胸无芥蒂。有时又不惜自怨自艾：她和儿子送别丈夫上飞机以后，儿子和她同样思念不已，儿子向她诉说很想念爸爸。她问为什么，答曰：因为爸爸在家时，会背他上楼，而她接下去写了一句："我不想，因为他不背我上楼。"这里的调侃，多少有一点讽喻儿子的自私，同时也有一点自嘲，但是这种自嘲中没有与其说是自贬，不如说是顶牛的，不管自贬还是顶牛都是虚拟的，在幽默学中属于故作蠢言之列。正是在这种故作蠢言的虚拟中充分表现了心照不宣的亲情。舒婷的调侃既不带对于调侃对象的进攻性，她的自贬也不带自我解剖的色彩，这使她的幽默即使有进攻性的语言也不具进攻的锋芒。

不管什么大名鼎鼎的作家到了她笔下，莫不一个个有了弄巧成拙的故事或者自作聪明的洋相。越是她所钟爱的对象，她越是有兴致去显示他们的可笑可恨中许多妙不可言的可爱可亲。她用一种嘲讽的，有时甚至是居高临下的姿态，调侃她所热爱的一切，当然也包括自己。表面上对人用语相当挖苦，但是这并不给人以刻薄之感，其奥秘就在于这种挖苦，充分显示出她在浓郁的友情中是多么任性，多么放肆，多么顽皮，她是多么自由。在这样的朋友圈子里，大家的精神多么放松，心灵与心灵之间是多么不设防。

她的散文中的谐趣，在她的诗中是很难得到表现的。原因是在诗中她致力于把心灵理想化，而在散文中她所表现的是在世俗生活她自由心态得到挥洒自如的表现。

这实在是一个不可忽视的美学现象。在诗中，她是严肃的、深沉的、超脱于世俗的、遨游在精神圣殿中，为灵魂升华而苦苦地追求的；而在散文中她习惯于把一切都当作好玩的事情拿来调笑。她所调笑的对象不但有她周围最亲密的朋友、亲人，而且有她自己。她不厌其烦地叙述为了儿子的一百架玩具小汽车，为了丈夫对于她的发型的漠不关心，为了操劳不已的家务，为了一切鸡毛蒜皮的琐事，她耗尽了心血。这一切与她作为一个诗人的精神追求形成反差；她淋漓尽致地描述了以家庭主妇身份出现的她的许多尴尬，但是她并不因此而感到过分的委屈。她每每以一种相当轻松的笔调来表现这种尴尬。她在用流水账式的笔调写了她面对的琐碎家务以后，非常警策地概括道："做女人真难，但又乐在其中。"正是因为这样，她写到极尴尬时，她极自得；在极劳累时，极甜蜜；讲到极倒霉时，掩饰不住极幸运之感；讲丈夫极傻时，流露出极欣赏；说教育儿子极操心时，简直是极自豪，写自己极不走运时，显然极自信：所有这一切，集中起来就是一种幽默的“丑化”和诗情的美化结合得水乳交融的风格。

在中国现代散文中，尤其是在20世纪五六十年代的散文中，诗的美化与幽默曾经水火不容。杨朔式的诗化模式风行天下使得幽默散文几乎遭到灭顶之灾。这是因为五六十年代的诗化，是以美化为特点的，而幽默，在某种意义上，却是不能局限于美化，不能回避“丑化”（如自我调侃、自我安慰）的。到了70年代以后，诗化散文走向式微，而幽默散文大为振兴之时，许多幽默散文家，不是囿于诗化散文的美化，有点放不开，就是有点不怕丑，热衷于煞风景，甚至要贫嘴。一时幽默散文大兴，但是幽默散文的丑化和诗化散文的美化二者在美学上仍然横着一条历史的鸿沟。值得庆幸的是，在这个美学问题还没有引起散文理论家焦虑的时候，舒婷却以她近二十年的努力，用她抒情性的、诗化的、美化的幽默散文在这中断了数十年的美学鸿沟上架起了一条艺术的桥梁。

但是，舒婷在散文界却没有她在诗歌界那么幸运，她感到的比较强大的对手似乎比较多一点，光是一个王小波的智性深度就是她所不及的。虽然她在其他方面有比王小波更可爱的地方。如果不算苛求的话，我觉得舒婷最大的局限是她情绪的浓度和思想的深度之间的矛盾。她在散文中缺乏诗歌中那样的时代性深度，这个问题可能永远不能解决。因为舒婷太迷恋谐趣，太欣赏自己的在幽默方面的独创。这种自恋使得她自然地忠于自我，但是也有一种画地为牢的危险。

1998年3月19日

附：

对舒婷《真水无香》的评语

舒婷的散文到21世纪有了发展，不再以抒情性幽默为务，而是向文化价值挺进。在《真水无香》中以鼓浪屿的自然景观与人文景观为纲，抒写作家深厚之乡土情怀。对岛上之花木虫鸟，林林总总，“顺着生命的年轮，次第检索”，得力于潜心之慧，信笔之趣，当代口语与古典诗词交织，诗化之情趣融入自嘲之谐趣，且图文并茂，老建筑照片为文化怀旧增色。台风之烈，海鱼之“遐想”，甚为精致，而《致橡树》之情思缘起于与蔡其矫之对话，《日光岩下的三角梅》之拒绝修改之故事，此等信笔之作，与“无语之石头”上触摸到的“家族的体温”之自传成分相映成趣，非但亲情足观，且文献价值亦不可忽略。更引人注目者，乃鼓浪屿之“古希腊宏伟气势”和“穿西装戴斗笠”中西合璧的别墅，尽显文化对话奇观；借助“幽深阴凉”之颓败庭院，以及女性独守空房，青春凋谢观照闽南富商盘根错节的发家史：幽怨与浮华，悲凉与无奈，浑然一体。对鼓浪屿人物之抒写甚为精绝，从林语堂的浪漫爱情故事，到陈寅恪晚年助手黄萱的奉献精神，赞美而不回避其略带贵族化的高雅，洞察其脱离时代潮流，“清高自赏”导致“古典魅力的消耗”，流露出挽歌情调。鼓浪屿之魅力因此超越小岛风情，文化怀旧转化为对历史的沉思，聚焦在对殖民文化与传统文化的交融、积淀、变异的深度探索。舒婷此书中最成功的篇章，现出文化批判，思甚于情，以智趣统帅情趣、谐趣的倾向，叙述敏感而深思，抒情和幽默似有收敛，议论通达而警策，时有惊心动魄的细节，可能是舒婷散文风格向审智转折的标志。

2008年3月30日

李辉：俯视历史人物，审美与审智交融

——现当代散文考察之五

李辉的散文充满了动人的史料，但是一些人士把它称为“史料散文”则大谬不然。对于史料要有所分析，同样的史料在不同散文中可能构成不同的档次。许多在余秋雨影响下的所谓文化散文，以史料文献为基础，但是堆砌史料并没有随作者心灵起舞，文献却成了想象沉重的翅膀。为“学问”所役，为陈旧的观念所拘，客体史料和主体情思像油与水一样的游离，滔滔者所在皆是，中国现代散文长期挥之不去的滥情痼疾，走向另外一个极端，显现出“滥智”的症候。

此类散文中的史料，大都是陈旧的，前人记录在案的，将之罗织成文，对耐心的需要大于才情。李辉的史料则不然，直接采访获得的资源带来现场感，往往衍生出文章中的亮点。也许，这与他从 20 世纪 80 年代开始的新闻记者和编辑生涯有关，但也不尽然，同样是新闻记者和编辑出身的散文作家，高产而且获得溢美赞词者并不罕见（如梁衡）。在此类散文中，新闻记者对当下价值观念的拘泥，成为清醒的历史回顾和前瞻的障碍。对新闻和历史在价值上不可避免的矛盾缺乏警惕，成为此类散文的病根。满足于为当下主流意识作图解，使得此类散文虽洋洋大观，也难以掩盖其思想贫困。至于另一些借助京师编辑之利，与历史人物有所交往者，则在记录文坛故事中流露出攀附性的沾沾自喜，其格调则更卑。

李辉的可贵在于，新闻记者职业身份并没有造成他从历史高度俯视当下的恐高症。他善于从当时琐碎的细节中预感到日后的历史意义，哪怕面对一张会议日程表，一件色彩鲜艳的外衣，他也能感受到其中恩怨积淀的意味和未来翻案的索引。就是凭着这样的深度洞察，他轻而易举地把读者带到当年历史文化氛围中去，还原出往昔岁月的精神密码。

拉开了时间距离，把当年隐性的意味转化为显性的信息。这样做，他是自觉的。

他在《向左走，向右走》中这样写：“随着人们各自记忆的过滤与淡忘，曾经让当事人倾情关注、无比亢奋与慷慨激昂的一些文坛往事，无论大或小，巨或细，已不大再能引起今人的激动……在历史演进过程中，这一情形的出现不知是否为一种常态。譬如，我们谁能设想三十年乃至更远的日子之后，那时的人们又该以什么目光审视今天、以什么语气谈论今天？”

对时间、空间的距离感和现场感开合自如，有利于高屋建瓴地神思飞越。

从这样的角度看李辉散文，还只是其文化历史价值。而他写的是散文，还是文学性的散文，不是报告文学，甚至也不是他一度奉献过生命的传记。严肃的传记必须忠于史实，中国的史家传统，就是左史记言，右史记事。无言无事，则无以记。史家笔法，只能在记言记事中寓褒贬，这对于他的才智来说，实在是不够自由。故他的最高成就是文学性很强的散文。

固然，他在乎历史，但是，他显然更在乎文学。光在乎历史，可能把目光聚焦在宏观的群体大事上，凝神于具有历史价值的言论和行为上。而他的努力恰恰在突破宏观的历史概括，追寻与之并不完全一致的个人的、精神的奥秘，从历史高度中对个人作微观的解密。对于历史来说，一些个人的、私密的，包括未曾见诸文字和声息的心灵的微波，似乎是微不足道的，但他却乐此不疲，从蛛丝马迹到无声无息的沉默，都是他不倦开拓的精神矿藏。

从这个意义上说，他的史料只是他文章显性的表层，如果他满足于这样的表层，就和受到新闻笔法局限的文章没有什么区别了。对隐性的个体精神潜在奇观的探索，成为他一贯的追求。他的关于周扬、冯雪峰和瞿秋白等的散文，之所以具有震撼力就是因为其所写虽为历史人物，笔力却集中在超越历史的价值，揭示为历史所掩盖了的人的生命体验。在《凝望雪峰》中，他这样宣告：

> 关于冯雪峰争论的是非曲折，自有党史专家研究，无须我多花笔墨。我着眼的是一个特殊的文人性格。

历史是理性的，而文学审美却不能忽略特殊的个性和情感，对于李辉来说，这历史不过是表层，而特殊的个性和情感才是深层。

正是因为这样，单向度的历史人物在他的笔下就变得富于立体的层次感。在《凝望雪峰》中就出现了三个冯雪峰：一个是作为献身政治理想而又遭遇沉冤的冯雪峰，以理性为主的分析占据了主导地位；一个是在生活中（在朋友、儿子眼中）的率真、暴躁带着流浪汉气质的冯雪峰，这是情感性质的，于理性来看是负价值的，但是作为个性恰恰是散文的核心价值所在；另外一个是他自己按照感情和理性多方位体悟的冯雪峰。对于瞿秋白也一样：一个是人所共知的慷慨就义的英雄，高唱国际歌走向刑场的政治家；一个是对自己才华颇有自信的文人的瞿秋白；一个是李辉心目中艰难解谜的瞿秋白。

他对历史人物解谜的过程，也是对他自己心灵解密的过程。在对象上打上自我独一无二的烙印，表现出他审美主体性的自觉。

对瞿秋白，他先从仰视的角度看待政治英雄，继而对两者的矛盾产生困惑。最后，在历史制高点上俯视瞿秋白：为政治理想而牺牲的烈士，却为政治所摆弄，对政治厌倦、悲观、无奈。从政治的角度来说，这是灰暗的，但是作为一个人，更显示他生命的完整性。他赞赏的是：不是把这一面隐藏起来，而是坦然宣示出来，也是一种英雄气概。对于周扬的书写思路也是一样的。20 世纪 30 年代左联时期西装革履、风流潇洒的周扬变成了朋友敬畏有加的官员。不过他强调的是，周扬不像瞿秋白那样，把隐痛坦然地公之于世，哪怕是在新时期，他在行为上已经忏悔，在理论上坚决反思而获得广泛称道、谅解之时，在他为邓拓遗文为序之际，他仍然遵循着理想的共产党人的“组织原则”，对个人的内心三缄其口，但是恰恰在这一点上，激发了李辉向读者道破了自己的原则：文学价值更为重要，人的生命体验，哪怕是一瞬间细微感触，都是他的灵感触媒。

> 没有任何第一手资料，能够让我们知晓周扬在秦城监狱的那些囚徒日子里，是如何开始历史反思。哪一天？哪一个契机？哪一个深切的触动？如果描写这样一个人物的人生，关于这一瞬间的追寻，甚至关于这一瞬间的想象，从文学角度来说，都是非常重要的。

他的散文之所以几乎没有争议地获得赞扬，就是得力于他在宏观历史事件中，对于个人隐秘的微观心态的探索。在那种对于瞬间隐性触动的捕捉和概括中，他的才情、他的灵气，得到自由的发挥，但是他没有像他的某些同行那样放任情感自由泛滥，造成滥情，而是相反，他自觉地以一种宁静的心情去揭开历史悲剧云烟，他不断地提醒自己“静下心来”。

> 更加冷静，更加超脱，多一些理性目光，在不同件历史遭际中，感受他们，理解他们，由认识性格而走进历史深处。

正是以这种平静的理性目光，他才能在走进人物微观心态的同时，也走进了历史的深处。他从容地揭示了早熟的戏剧天才曹禺，是那样出神入化地驾驭着戏剧舞台，而在政治的“旋转的舞台”上，却屡屡陷入人格上的尴尬。即使到了新时期，在思想解放和反解放的反复搏击中，他精神的旋转和人格的昏晕并没有中止。李辉显然有意把他和倡导道德自我“忏悔”的巴金加以对比。虽然，曹禺在公开场合作了粗率的自我批评：“与巴金相比，我简直是个混蛋！我简直不是人！”然而到了批判《苦恋》的时候，他的精神昏眩又一次不但使他的老朋友失望，而且使他自己感到痛苦。李辉对大艺术家的崇敬，并没有妨碍他的理性解剖。虽然在这以后，他引用曹禺的女儿万方和曹禺自己的诗对其人格尴尬多多少少加以缓解，但是，这一切并没有钝化他笔端的锋芒。在本书中，他把写曹禺和写艾青的文章编在一起也许是巧合。读者不难感受二者息息相通又遥遥相对。艾青对在朦胧诗崛起之初的草率批判，很快就感到后悔，觉察到上当之后，诗人气质的艾青比之曹禺要轻松，干脆公然拒绝再被利用，因而也就没有承受曹禺那样沉重痛苦的煎熬。两位艺术家迥然不同的风貌，在李辉笔下举重若轻地得到展现。

对人物解剖不能多情，所以在他笔下，情感总是处于受控制的状态，可每逢他对人物作必要的小结时，感情就不能不流露出来。值得庆幸的是，热情的透露并没有妨碍智性的严峻，智和情的平衡，二者互补而共生。他指出“知识分子的身份”决定了政治家冯雪峰的悲剧命运，同时又从审美角度对他的个性加以欣赏，认为这“并非绝对缺憾”，相反它提供了“另外一片天地，使他的人生大为丰富”，而且应该“因性格的赐予而满足”。难得的是，他总是能够为情理交融的境界找到恰当的语言：

与暴躁相伴随的是激情，是愤世嫉俗；与偏激相伴随的是独辟蹊径，是固执己见；与骄傲相伴随的是自信，是洁身自好；似乎种种矛盾的元素在这个人身上被正直坦诚的基调交织在一起。的确，他有时迂得让难以接受，难以理解，但，又因此而显出他的可爱来。

他的冷静的理性使他具备了对矛盾有高度分析和概括的笔力，但是他的同情和欣赏又隐性地渗透其间。这里的“迂”和“可爱”用得何其节约，又何其口语，这样的点睛之词，不仅是思想探索的胜利，而且是语言创造的胜利。这样的语言境界，是他耽于抒情而缺乏自己思想的同行不可企及的。

中国现代散文在五四时期，由于种种历史的机缘，被周作人那篇为散文理论奠基的《美文》规定为“抒情与叙事”，以三百年前公安派的性灵小品为正宗。适应当时个性解放的历史潮流，解放了散文的生产力，以至鲁迅在总结新文学第一个十年的文学成就时，把散文的成就置于小说和诗歌之上，但是当年的选择，拒绝了智性，甚至把鲁迅的智性散文，打入另册，命名为全世界文学史上都不存在的文体——“杂文”。这就使大量散文局限于审美抒情小品，沦为鲁迅所担忧的“小摆饰”。在理论上，脱离了中国从先秦到桐城派散文以及西方随笔作为思想“大品”的传统，种下了中国现代散文长期缺乏宏大气度的思想祸根。直到20世纪90年代，这种狭隘的抒情小品，趋向滥情、矫情的极端，以思想开阔和深邃的审智散文，以文化“大品”的姿态应运而生，引领着散文新潮。其主要代表除了余秋雨、南帆、刘亮程以外，还有李辉。他们风采各异的作品和众多文化大散文一起开了审智散文的历史篇章。现代散文重新与中国传统和西文审智散文接轨。

值得注意的是，中国政治中心的某种传播霸权往往造成错觉，常常把政治和传播的优势代替了艺术成就的品评。其实，在散文创造力方面，与李辉可以相比的，并不在他身边，而是在远方。如果要让南帆来写这样的题材，可能就更要宁静致远得多，冷峻得多，南帆不会有这样明显的感情投入。也许，他会质疑这一切的悲剧背后是不是有一个更为残酷而神圣的机制，这个机制并不完全是客体的，而且是主体的。正是因为这样，中国知识分子中最有才华，最有牺牲精神，最有人格魄力的人却陷入了自我折磨和相互折磨的恩恩怨怨的怪圈。其根源也许就像鲁迅在《祝福》中强调的，祥林嫂的悲剧是没有凶手的。凶手不但在鲁四老爷头脑中，而且在鲁镇每一个人的头脑中，甚至也在祥林嫂的头脑中，在整个民族的集体无意识中。但是，如果那样写，那就不是李辉了，那样的话语不属于李辉。

2011 年 10 月 28 日

林丹娅：审美和审智的交融
——现当代散文考察之六

不知是从哪里来的一种印象，女性是比较感性的，感觉比男性要丰富、细腻得多，从正面来说，是对女性的褒扬，可是从反面来说，就暗含着某种贬义——女人的智性不如男人。现在谁也不敢公开说头发长见识短了，但是这种印象，好像成了集体无意识，以至于像我这样一个自认为男性开明主义者，在阅读散文的时候，常常有一种相当稳定的预期，就是女性散文大都是靠感觉的奇妙，她们与生俱来的资本就是多情善感。其上乘者如舒婷，哪怕是鸡毛蒜皮，也能妙笔生花。她的成功是在散文中，开辟一种世俗的、日常的、表面上是非诗的境界，把一些婆婆妈妈的事写得妙趣横生："做女人真难，但又乐在其中"，也许可以说是她的散文美学纲领。再如杨绛，在《干校六记》中，把狗吃屎都写得那么好玩，把苦难的"文革"时期下放干校的劳动生活写得充满无可奈何的情趣。如果不是女性软性的幽默（而不是钱锺书式的讽刺）帮了她们的忙，我是不会佩服她们的。也正是因为这样，光是会抒情的女性散文，我是不大看的，就是大名鼎鼎的斯妤，在我看来，最多也只能列入中品而已。剩下来的小女子散文，如黄爱东西，像有人不无刻薄地形容的那样：连放个屁都可以写上一千字，我是不屑动用我长期处于疲劳状态的眼睛的。正是因为这样，我这几年，对于一些专门讨好女散文作家的男评论家保持一种南帆式的宁静致远的姿态。

但是，在读了丹娅的近作，尤其是她的《感觉差异》以后，我觉得自己多少有点狭隘，有点自我封闭了。

让我感到惊异的是，她竟然不以女性的细腻感觉见长，而是在感觉中渗透了相当深邃的智性。

情不自禁冒出来的结论是：丹娅这样干是会有出息的。

她"有追求"。

“有追求”，作为一种评语，不是我的发明。20 世纪 80 年代中期，声名显赫的李存葆和名不见经传的莫言同为解放军艺术学院文学系的学生，当他们的作品拿到系主任徐怀中那里的时候，徐怀中慧眼独具，更欣赏才写了两三个短篇小说的莫言的《透明的红萝卜》，原因就是李存葆的才气更多的是传统的继承，而莫言则是开拓性的。徐怀中对莫言的评语是“有追求”。徐怀中历史性的高瞻远瞩已经被历史所证明。

我们福建的散文最大的问题是许多作家没有自己的追求。对于抒情美文乃至滥情的潮流的一味因循，不清醒，已经使许多有才气、有准备的散文作者的天地和心灵变得越来越狭窄了。

丹娅的可贵就在于她在丰富感觉的基础上，相当成功地向智性的深思突破。不借助叙事，也不借助抒情，而是借助思考。如果光是思考，那对于散文也是倒胃口的事，多少所谓的学者散文，就是因为太多、太滥的思考，学了周作人晚年的坏作风。连才气横溢的萧春雷，都让我担心，会不会有一天掉进书袋里爬不出来?

余秋雨力矫杨朔、刘白羽、秦牧模式的弊端，用文化景观的智性和诗化的激情结合，用塑造文化人格来代替抄书，取得了突破，但是他的激情有时妨碍了他文化阐释的智性，因而苛刻和别有用心的人士就说他滥情，其实他不过是有时放任了激情，因而他没有从审美到达审智。我在一篇文章中说他是“从审美到审智的断桥”。

而超越抒情的审智是现代派的特点，是现代小说、诗歌早已到达的层次，由于历史的原因，散文落伍了。

清醒的散文家正在这方面向审智前进。南帆的散文可以算是迟到了的现代派散文。而林丹娅作为一个女性，居然也成了这支前卫队伍中的一员，真是令人欣慰。从农业社会和工业社会，从农村和城市，从大自然和人类社会的感觉中，以她自己的生命体验强化了对立，由此而生发出睿智的概括：“城市人的时钟与日升日落毫无关系，与天外景象也毫无关系”“而对乡下孩子来说，太阳就是他挂在天空中的时钟，季节是他感应时间的神经”。她的长处是把大自然与工业文明放在两个极端的感觉上，时而有警策的发现，时而又有轻微的调侃。她并非偶然地把一个乡村歌手放在电脑桌前，设想他手足无措的窘态：让“他发现了一条真理：所谓城市自动化就是生物与人物的交流越来越发达，而生物与自然物之间的直接交流却越来越等于零”。应该说，这是丹娅私有的天地，是别人难以进入的。这样的概括，需要感觉和智性协同作用，既要相当深邃，又要相当感性，既不能有丝毫的余秋雨式激情，又要把感性深藏在表面抽象的话语中，就是在具象的话语中也要隐藏着深沉的智慧。有时表面上是逻辑的抽象，可是其中又包含着情感的偏颇，在审美中渗透审智。在丹娅开发出这样一片天地之前，我们福建散文家，除了南帆，也许还有朱以撒，或者还有半个萧春雷，四分之一个叶恩忠，有谁想到过这也可能是一种艺术吗？

真正的散文，散文的前沿部队已经到了什么地方，对于每一个写散文的作家，或者有志于欣赏散文的读者来说，是必须有一个清醒的认识的。

2001年12月10日

萧春雷：审智散文的又一颗新星

——现当代散文考察之七①

这几年内地散文可谓是大分化了。占据数量优势的抒情散文最为良莠不齐。许多散文作家，包括那些很有头脸的评论家，一向缺乏理论准则，安于跟着感觉走，连滥情和真正的审美抒情都没有能力去区别。与审美抒情相对的审丑幽默散文已经到了收获期（如作家出版社最近出版了贾平凹、孙绍振、鲍尔吉・原野等幽默散文系列丛书），但还不能说已经到了蔚为大观的程度。这是因为幽默是需要特殊气质和修养的，冒牌的幽默，会变成小丑。鱼龙混杂最甚的是所谓“学者散文”，由于厌恶了滥情，读者希冀从散文中获得智慧。余秋雨以文化景观代替了自然景观，冲破老套，余式的审智遂成风气，但奇怪的是，一方面余秋雨遭受不公正的围攻，另一方面，模仿余秋雨的文化官员（如梁衡等）虽才力相去甚远，却频频获奖。艺术准则的混乱，不但是官员，而且是学者，似乎不需要才华，轻轻松松即可成为散文家。以学术地位和辈分划分艺术成就的等级，似乎比官阶更为明目张胆。近几年又以季羡林为散文大师。季先生当然德高望重，但是对于散文艺术并没有真正的贡献。以才学为文，文亦有高下。每年有多种以“最佳”标榜的散文年选，几乎成了名人录。

真正对于学者散文艺术做出贡献的恰恰是年轻一代，人才济济，美不胜收。佼佼者如南帆，以罗兰・巴特式的深邃开了散文不以抒情，又不以幽默取胜的先河。以冷峻和宁静致远取胜者，一人而已，和南帆异曲同工的是闲居福建偏远山区的萧春雷。

他最早出版的散文集《文化生灵：中国文化视野中的生物》，题目全部是马牛羊猪狗鼠，乃至龙蛇虎豹之类。他不是生物学者，当然不可能写生物学的科学小品，他的思考主要集中在人文历史和名言逸事方面。于动物生态他掌握了那么丰富、系统的文化历史故实，

① 本文原是笔者为萧春雷散文集《我们住在皮肤里》（百花文艺出版社 2006 年版）所写序言，引文均出自该书。

故显得睿智。

文化生物学的路子，比之目前一般所谓的学者散文要有特色得多，他于语言很吝啬，不像有地位的学者有了一点典籍知识，就絮絮叨叨、拖拖拉拉，扯上一大箩筐。他曾经是个诗人，在散文里，他却不追求诗意，渲染、抒情、感叹、形容、夸张在他来说，本来是小菜一碟，但是他把这一切压缩到最低限度。思想资源的丰富和语言的简洁，使情感的收敛成了显著特点。他的散文曾经有过一点幽默情趣，但是，他没有放在心上，他全力以赴的目标是智慧，特别追求智慧生成的过程和趣味。

几年前，他看到自己的散文被列入“文史记类”，感到十分失落。他虽然采用了传统的文史笔记体例，但是史料和考据只是一种素材和手段，他“关注的是心灵世界，它们显然属于文学”。他认为至少应该是一种文学性的文化随笔。我想他是对的，但是韬奋文化图书中心的编目者也没有错。那整整一本书几乎被文史资料淹没了，文学性显得奄奄一息。

去年，他出版了《我们住在皮肤里》，我的第一印象是，这是他对上一本的文学复仇。他的情感和趣味、智慧和学识构成了一种新的风格，他终于把他的文史资料和他的智慧的探索结合了起来。这是一种心灵风格，也是一种文学散文风格。

他和南帆一样是对于传统文化观念的突围。在不言而喻的地方，特别是司空见惯了的人的躯体上，揭示了文化成规的奇观。南帆受了罗兰·巴特的启发，对于人的躯体作了出色的文化阐释。我一直坚信他的散文是我国散文改变落伍于诗歌和小说的一个信号。诗歌和小说，早在 20 世纪二三十年代就有现代派，而散文，直到 80 年代甚至 90 年代，仍然停留在审美的抒情和审丑的幽默上，传统的艺术方法一统天下。南帆散文是“审智”的，其意义是宣告“迟到的现代派散文”的出现，但是在创作上，作为一个流派，响应者却甚为寥寥。

萧春雷的出现使我大受鼓舞。

他所追求的，也是一种文化去蔽，而且也大都集中在人的躯体上。读过南帆散文的读者光看题目（如面孔、头颅、眼睛、皮肤、牙齿、骨骼、臂膀等）想必有点似曾相识的味道。在极个别的地方，我甚至发现有南帆式的智慧如：“皮肤是身体的外壳，把我们囚禁在其中，仿佛一个贴身的监狱。”又如：

> 手臂不思考，不懊悔，它只是把大脑的意志变成弯曲、伸展的一连串动作，手臂是思想的终点，希特勒在监狱中写《我的奋斗》时，没有人把他当一回事，再邪恶的思想也毒不死一只蚊子，但是当它攫取国家政权时，全人类都感到了疼痛。

在我们由于司空见惯停止思考，觉得没有趣味的地方，不能为文的地方，他和南帆一样，神思飞越，让思想和智慧，而不是情感发出异样的光彩。

南帆是从表面视而不见的躯体现象中进行文化去蔽，揭示其潜在的文化成规。他所凭借的是罗兰·巴特式的睿智，进行了深入的颠覆以后，再回到感觉的表层来，对日常生活进行新的阐释。在南帆那里，除了偶尔一点文字和语源学的资料以外，他的目光往往就盯住人现实的人生，很少作历史的追寻。而萧春雷却不然，他的法宝是文化历史的思考。两个人散文的主题常常有一种英雄所见略同的感觉，但是作为散文艺术，却是风格迥异的。萧春雷的看家本领是每当有所发现，就拿出他那丰富得叫人惊讶的文化历史资料。真是古今中外，杂学旁收，神话传说、历史故实、文人逸事，好像飞蝗一样群集到他笔下，驯顺地听从他思路的安排和调遣。真要比赛一下文化资源之密集，我相信不少老气横秋的学者是要汗颜的。密集的文化资源的有序性，使得他的散文充满了特殊的趣味，这不是流行散文的情感趣味，而是智慧的趣味，他的资源，往往有经典文献的权威性。他对于现成观念的颠覆性，奇而异，然而，他的经典性引述，却使这种奇趣增加了庄重的成分。就以关于头颅的话题为例，他以中世纪神学家阿奎那带着生物科学特点的议论破题，接着就是庄子、阿拉伯民间故事，柬埔寨、马来人、爪哇人、意大利高卢人、匈奴人、商鞅变法乃至于本·拉登、西方神话中的两面神，隋炀帝、英格兰女王，日本、法国有关砍头的传说，大仲马笔下的断头台和中国《吴越春秋》中关于眉间尺的传说。很显然，这里不但有思想活跃的趣味，而且这些传说和故事，本身就是一种趣味，其纷至沓来，令读者享受到一种惊异。文章最后写到人们往往以为仿佛有了灵魂，即便失去头颅，不妨行尸走肉。笔记里记载了许多无头骑士的故事：

汉豫章太守贾雍出界讨贼，丢了脑袋，还能上马回营，胸腹作语："作战不利，被贼所伤。诸君看我，有头为佳，还是无头为佳？"将吏们回答："有头佳。"贾雍争辩了一句："不然，无头亦佳。"话音刚落，倒地而亡。

这种智趣，不但在于他的评述，而且在于故事本身。而他这类的故事，有点滔滔不绝的味道。接下来，又是一个：南朝的一名将领，战败失头，来到一处，正要下马洗脸。一浣纱女断喝："无头，还洗什么脸？"此人立即倒地而亡。

如此众多的故事，对于一篇两三千字的散文，不免有一点过于拥挤之嫌，但是每每在这类惊心动魄的地方，他往往插进一些个人化的小规模叙事，平淡而简洁，在趣味上就形成了一种自嘲，构成对比的张力：

写了这么多失头的故事，我起身，在镜子前张望了一下，我的脑袋还好端端安放在双肩之上，一个暗淡的中年男子，一张毫无特色的脸。

这在内容上是自嘲，在趣味上是反衬。这已经使得文章内在含量比较丰富了，但是他还没有满足，接下来又来了一段评述：

造物挺公平，再卑微的人都领到一颗头颅。无论外表如何猥琐，獐头鼠目，蓬首垢面，里面都是一个惊涛骇浪的小小宇宙。那里涌流出消灭的生气，灌溉我们全身，我们变得机敏而温柔，轻而易举地完成劳作、计算、调情等各种复杂的活动……让我补足前面的观点：每颗头颅都是世界的中心，所有的头颅构成世界；每颗头颅都是历史的起点和终点，所有的头颅则是历史本身。

这样强调头脑（思想）的作用，不是太片面了吗？不怕有点历史唯心主义的嫌疑吗？

不，这不是知识小品，其可贵不在科学，而在心灵的自由。把焦点放在智慧和趣味的交叉点上，是传统的审美和现代的审智的结合。

这就令人想起了钱锺书的主张：散文随笔，就是一种“偏见”，但是钱锺书在《写在人生边上》所引述的经典性，又使他的偏见带上了深刻性。这种片面的深刻，也就是中国古典文论中所强调的“无理而妙”，正是这种超越逻辑的评述，产生了与情趣相对的智趣。

在颠覆常识的时候，萧春雷发出的怪论，往往有理而奇，无理而妙。其为理也，主观片面，甚至武断、逻辑扭曲；其为趣也，则于悖论中见出奇崛。这种表面上是抽象的演绎，而实质上，却充满智慧的趣味。

我们在南帆的散文屡见不鲜，我把它叫作亚审美逻辑，或者叫作逻辑上的审美走私。

就是在颠倒的逻辑作曲折的反思时候，其中透露出作者心态的自由和驾驭语言的功力。

如果光是凭这样似真似幻的扭曲逻辑，还只是思路的枝丫而已，没有叶片和花朵是不成的。幸亏他有那么多人文故事，使得每一个枝丫上都绰绰有余地安排上奇闻逸事和历史宗教神话的片段。

以《眼睛的世界》为例：他一开头就对常识作翻案文章，眼睛并不是什么都能看见的。没有特别目的，可能熟视无睹。光凭这样一点，就来写散文，就可能落入流俗了。他的功力在于引用的经典故事，从《韩非子》到《淮南子》加以引证。更可爱的是，由此而推论出：看见一些必然忽略另一些。而根据并不是科学而是民俗和神话：北欧女巫都瞎了左眼，祭司往往盲目。他接着往更极端处推论：其实人所看见的恰恰是不太重要的东西，重要的东西，从反面看不到，看见面孔，看不见灵魂。眼睛“遮蔽”了许多东西，因而造字的仓颉有四只眼才够用，而虞舜和颜回虽然没有四只眼却是“重瞳”。为了证明这种显然是“无理”道理，他的思想领域拓展到印度神话中去。他说，大神湿婆两只眼不够用，在头上又开了一只眼。由此又引申到《圣经》亚当夏娃，吃了禁果才开了心灵之眼，而希腊神话中独眼巨人往往头脑简单。孔雀的尾巴上有眼睛形状的圆圈，如来佛的宝座由孔雀来支撑，张僧繇画龙点睛而飞，印度为石像“开眼”，埃及的石棺上装饰着双眼，古代有挖眼的刑罚，南美的印第安人吃掉敌人的眼珠，穆罕默德在捣毁异端神像时，眼睛首当其冲，欧洲宗教改革时期，反对偶像崇拜者把画像的眼睛挖掉等。在一篇两千多字的文章，竟然安排了这么多的人文故事，真正是达到信手拈来、随意自如的程度，恰如余光中所说的“左右逢源，五步一楼，十步一阁”的境界，这实在不得不令人惊叹了。

这不仅仅是思想和趣味的纵横交错，而且是智慧和才学的交融。难能可贵的是，当他稍微用心一点，就能通过文化风俗的洞察，达到南帆式的深邃，如在《乳房崇拜》的最后悠然自得地引申出这样的结论来：

正如女权主义者所说，乳房也许从来没有属于过女人自身，它属于婴儿，属于男人，属于政治，属于商业。可是，我们现在发现：乳房的疾病属于女性自己，乳房的手术属于女性自己，乳房的缺失属于女性自己。没有乳房的女人，她的整个生命也消失了，那巨大的空虚属于自己。女人把乳房献给了世界；而乳房，只能以一种残损的方式复归女性。这不是女性主义者所希望的复归。我们说过，乳房是一种文化现象，必须通过某种文化，乳房才能被定义。如果我们将乳房的种种修辞扫荡干净，剩下的，只会是赤裸裸的生理病变。这不是我们想要的自由乳房。非洲土著女性袒胸，古代中国女性束胸，美国妇女隆胸，每种文化创造着自己的乳房。将我们古代的乳房崇拜层层剥开，也许要深深失望，因为最后没有内核，只有黑洞，癌细胞。很可能，乳房没有本质，我们看见的，都是风俗。

这样广泛的概括广度，这样深邃的思考力度，这样奇特的文化历史深度，是许多号称学者散文很难达到的。由于对周作人的“苦涩”散文（文抄公），尤其是他晚年散文缺乏真正的艺术分析，许多当代学者散文在艺术上陷于盲目，满足于堆积材料。这是当代学者散文的一大弊端。一些学余秋雨而失败者，也都由于史料和情智像油和水一样，不能统一，或者像谢有顺所说的，材料和人的灵魂是两张皮。过分堆积，掩埋作者与史料深度的灵魂交融，成了学者散文的一大弊端。

从源头上看，萧春雷的这种风格，和南帆一样与西方当代随笔有着血缘关系，但是另一方面，萧春雷的知识结构与南帆有所不同，他与中国古代笔记体的散文血脉相通。他不像西方当代随笔那样完全信赖自身的推理，比之古代笔记，他又多了一点阐释学、现象学的文化底蕴。如果他像周作人晚年那样过分热衷于掉书袋，其奇崛之趣就不免受到损失了。虽然，他的情绪如周作人一样是平静的，很少借极端的形容来渲染，也很少猝然作哲理式升华。在一般作者抒情或讽刺时，常常只用简洁的评论。他似乎自信，智慧本身就包含着审智的价值了，简短的评论，不以理害文。他很少以自己的经历为题材，整整一本书中，竟然没有多少自己的故事，很明显的，他在努力矫正过分描写之弊。这与被形容为“放个屁也能写上一千字”的滥情散文有天壤之别。他偶然也插入一点个人的小经验、小感觉，往往草草带过，但是其趣味却是十分隽永的。

例如在《咬牙切齿》中，讲到牙齿虽然硬如张巡，可以把敌人咬碎，但不能如柔软的舌头能杀人。这时，涉笔成趣提到牙痛的可怕，突然从历史走向了个人的经验：

有一段时间，我被牙齿折磨得倒抽冷气，死去活来，领略了什么叫作痛入骨髓。狠心拔牙，嘴里留下一个坚硬的空洞。契诃夫说："如果你一颗牙齿痛起来，那你就欢欢喜喜的，因为你不是满口牙齿都痛。"我怀疑他说这话时，没经历过牙痛。一颗牙齿痛，你发现所有的牙齿同气连枝一呼百诺，满口牙全都痛起来。讽刺漫画常常挖苦医生拔错了牙。

难得的个人经验，逸笔草草，和历史和人文故事在趣味上有对比，使得散文的内涵显得丰富了，但是这样的感性描述，他似乎比南帆更为吝啬。南帆有时还不回避难得的幽默感和经验的渲染，而萧春雷却把感性的成分节约到这种程度。是考虑报刊的篇幅限制，还是他过分逃避感性呢？不管怎样，如果更放开一点，把情趣和智趣结合起来，更适当地调配起来，只有好处，没有坏处。

《我们住在皮肤里》的最后一段，古今中外的典故，已经叙述得很充分，可以说是难以为继了。他突然来了一点个人经验：

我是赞成女性美容的。有人主张天然去雕饰最好，那人要么没品位，要么太走运——有千万人里挑一的好外形。有时候，来到镜子面前，我也会同意，上帝的审美观不怎么让人佩服，至少在制造我的时候，挺潦草。女人可比我挑剔，又比上帝精通美学。她们不满意自己的身体，对肌肤略加打磨和抛光，焕发容颜，也在情理之中。毕竟，我们住在皮肤里，不能不给这个家来一点美化。而任何美都是文饰、伪饰；说到蛊惑人心，美和巫术这对孪生姐妹，自古难解难分。

这可以说是神来之笔，有个人经验，又有深刻的文化阐释，没有陷入历史故事的堆砌，既有智慧，又有一点幽默自嘲。这样的趣味就不是单调的，而是复合的、淳厚的了。

在对感性经验紧缩的同时，他似乎有放任他所擅长的历史人文典故，他最有信心的也是这些。他是不是害怕哪怕是稍稍离开滔滔滚滚的典籍引述，文章就会失去血肉，光剩下一副骨骼？

但是，血肉应该是多种多样的，机能单一的血肉，很可能赘余。在他写得最好的，如《大好头颅》《眼睛和世界》《求你显示你的面孔》等文章中，细心的读者也可找出一些多余的故事。其他的就更明显了。其实他的智趣也并不完全来自历史典籍，有时，文章出现一些科学知识，相当新鲜（如在《乳房崇拜》中），或者现代时尚的描述，也使趣味多彩。如《我们住在皮肤里》，第二段对于妇女化妆的种种名堂的描述，同样产生趣味：虽然人类总是强调内心比外貌更美，但是，人类还是热衷于化妆面部和皮肤。由此他得出结论说：

对我们来说，另一个人的表皮就是他的一切，很少人能够识别两个头骨之间的不同，更没有人疯狂爱上盘子里的一颗心脏。

这得力于逻辑上的导致荒谬，然而又说得一本正经。在程度上很极端，虽然还没有追求幽默，但是以智趣而言，可能是恰到好处。而对故事的放任到对故事的孤悬，他都舍不得割爱，所以他活跃、流畅、风趣的思绪往往被淹没。

关键在于，典故是为我所用还是我为典故所用。他在绝大多数情况下，能够做到自由驱使故事，当作他思考的台阶，这样，他就不难达到智慧的升华。一旦失去控制，思考的脉络为故事所拘，他的才华就不能得到最自如的发挥，文史札记的趣味就很难避免压倒散文的文学趣味了。

但是，还有一类作品，几乎都是由历史故事组成。不过这里不再有神话的成分，而是有科学文献的根据。在这里，统率文史资料的已经不是某种情趣，而是一种新的追求，也就是一种智趣。他把丰富的知识和智慧结合起来，去分析批判中国人传统的、深层的文化心理，正是文化心理上的自我满足和闭塞性，使得中国从一个先进的强国变成了一个落后挨打的弱国。对于丝绸之路，许多散文家都囿于颂歌式的赞美，而萧春雷却不然。他说，丝绸之路一端是中国，一端是西方，这条路非常脆弱，战乱经常导致商旅不畅，但是西方人不管多么艰难险阻，总是前赴后继地来中国。马可·波罗从威尼斯动身，花了三年半的时间到达中国。一些研究表明，17 世纪航往远东的乘客，有四分之一到三分之一不能到达目的地，死于沉船和疾病。法国学者费赖之统计说："葡萄牙人从 1581—1712 年共向中国派遣了 376 名耶稣会士，其中 127 名均死于海上。" 17 世纪来华的比利时耶稣会士柏应理提到的数字更为惊人："自从中国向我们的修会开放以来，已有 600 人登船前往那里，但仅有 100 多人到达了目的地，其他所有人都在途中因病或翻船结束了一生。"

这是因为，通过丝绸之路，中国给世界的多，世界给中国的少，中国的文明发展水平领先于其他地区。不仅丝绸，还有瓷器、纸币和四大发明等，都是通过这条道路传布四方的。他非常精辟地指出，还有一点被许多人忽略了："来中国的外国人很多，出去的中国人极少。就是气度恢宏的大唐，也是一样，阿拉伯东来使节三十六至，东罗马的使节亦七至长安，大唐没有派出使节回访""到了十三、十四世纪，印度洋的航权已经落入中国人之手。从 1405—1433 年，郑和七下西洋，中国人的海上优势达到顶峰，踪迹远至红海和非洲东岸。接着，中国人突然从海上撤离，他们在东亚和南亚海域留下的权力真空，由日本倭寇和穆斯林阿拉伯人填补"。从这里，他非常深邃地提出了一个问题：

为什么郑和没有发现西方，而是西方发现了中国？答案很简单，因为郑和没有发现世界的动机和欲望。像陆上丝绸之路一样，海上丝绸之路也是对世界更重要，对中国更不重要。正当中国人海上势力鼎盛时，大明帝国突然从海上完全撤退，不久干脆搞起了海禁。中国似乎以这种极端的方式证明：不需要海道，不需要世界，中国依然是中国。

他的散文之所以是真正的学者散文，而不像一些失去创造力的学者炒冷饭，不仅仅因为，他掌握了这么丰富又这么精确的学术资源，而且还在于他提出的问题是如此的尖锐，他的智性思考是如此的深邃。值得庆幸的是，他没有取巧，用一般学者处理这样问题时所用的抒情办法，相反他的感情很有节制；对于历史的荒诞，在可以用反讽的地方，他也没有幽默靠近。更值得庆幸的是，他没有像在《我们住在皮肤里》那样，过分耽于神话历史资源。在这类文章中，写这么沉重的民族悲剧，他以冷峻的智性深邃动人，甚至在可以发感慨的地方，他精炼的笔墨，留下了那么多沉思空间：

就是这条无限险恶的航线，对中国的影响最为深远。不仅因为长达几百年的物资贸易，耶稣会士的西学东渐，还因为十九世纪英国人的鸦片和炮舰先后泛海而来，一种古老文明的自尊被彻底击碎。中华民族至今仍在咀嚼那个时代蒙受的耻辱。

读这样的文章，不但历史资源，而且思想的精警和语言的精粹，都足以使读者满足，令人禁不住要想到“炉火纯青”。这也许还有争议，但是要说他比那些苍白的学者在散文艺术上带来了更大希望，有谁还会怀疑呢？

他孜孜以求的不是知识小品，其可贵不在学术，而在心灵的自由，把焦点放在智慧和趣味的交叉点上，是传统审美和现代审智的结合。

这也就构成了萧春雷不可重复的风格。

叶恩忠：挣脱抒情的俗套，进入情智交融的门槛
——现当代散文考察之八

每逢有年轻作家要我为他的集子作序，我总是十分犹豫，因为工作量太大了。评论是我的职业，读作品时候的进修有一种条件反射，总是想把评论写得系统，而且深刻，这就要相当认真地阅读。除了个别我熟悉的学生，可以写一些他们当学生时候的逸事、拙劣的捣乱等题外话以示亲切，掩盖我评论深度不足以外，我习惯于全阅读的感觉转化为逻辑的系统。时间总是不够，而写作的速度和思考的深度有关，越是思绪纷纭丰富，文章越是难写，因而有一些早就答应下来的序免不了一拖再拖。每当把序言交给那些已经等得有点不满的年轻人，我就解嘲说：拖延的时间与序文的质量成正比。

叶恩忠的文章在我的案头度过了一个春节，利用拜年的空隙，陆陆续续地读了，越读越觉得，可以说的话比较多，不能再拖，拖得太久，阅读时期的新鲜思绪可能就淡忘了，有些宝贵的思想可能像天际的流星一样一去不复返了。

两年前为《散文选刊》介绍福州散文家的时候，我也只读了叶恩忠散文中很有限的几篇。当时，我的印象是，文采、情采均好，功底相当不错。在几个福州散文家中，抒情而不陷于滥情，是不容易的。

这次读完了他一大沓打印稿之后，觉得这个评价不太准确。

这要怪他，2000 年某期的《福建文学》把他作为福建有成绩的散文作家推出的时候，他自选的散文《大迁徙》等三篇，和他目前给的作品相比，并不是最为精彩的篇章。《福建文学》上那些散文，大都有非常强烈的抒情性，也有相当强的概括力，也许是因为他十分欣赏自己的想象力和文字驾驭力。的确，一个生活在福建土地上的人，居然把非洲蛮荒时代动物群落的集体迁徙，想象得那么生动，其宏大的声势、悲壮的氛围，表现出来的与其说是非洲的景象，不如说是对于自然史的宏观把握，这不仅仅是画面，而是一种生存悲剧

的象征。在这种缺乏直接经验，完全靠想象的作品，能给读者以某种震动性的东西，实在是难能可贵的。

后来我阅读了他更早的散文集《独步心灵的旷野》，才知道，这是他的一种追求，在描绘大自然景象的时候，他时常情不自禁地要有激发出一点独特的思想来。正是这种思想和他的文采相结合，使得他的文采和抒情没有陷入滥情，而是进入了象征领域。

对他有所了解的读者，可能对他大量写作游记式的散文有点担忧。游记在中国当代文坛，可以说已经是臻于鼎盛，使后来者难以为继了。光凭文字的渲染，光是用美化的、诗化的语言，已经不能讨好读者了。诉诸视觉的文字符号，与影视相比是太可怜了。古代山水游记在文字驾驭上的成就，已经达到了不可企及的程度，当代作家即使再强化情感的渲染，把生命投入到这方面，也很难避免流于滥情和挥霍文字的风险。游记不仅是一种视觉的宴飨，而且也是一种心灵的探索和人格的建构与批判。每逢我读游记的时候，总是免不了要为一些“沉吟视听之区”，而缺乏人格建构和批判的作者捏一把汗。

叶恩忠有时也不能完全免俗，为文字所役，但是在他写得比较好的作品中，总是有一些超越了感官，挣脱了纯粹美化、诗化的成分。每当他有所超越的时候，就有一些可以称之为思想光彩的东西冒出来，这是许多年轻的散文作家，尤其是所谓小女子作家和小男人作家忘却了的。在饱和的感情渲染中激发出思绪，而且力求从思绪上升为某种深刻的文化哲理来，这可能是叶恩忠一以贯之的特点。散文集《独步心灵的旷野》的第一篇，写的是峡谷的游记，他的功力不在描绘，而在于把峡谷当作一种对于人生的终极的“隐喻”：“人生看似机理玄奥，究其终亦走不出‘峡谷法则’”“生命个体似乎都有着广阔的生存空间，其实真正属于他的就那么一隅可谓活峡谷。婴儿娩出母体的第一个通道，不正是一条‘峡谷’？人的一生似乎有很多路可走，其实更多的时候无从选择——每个人都要把握自己的命运的航程，尘世忙碌，蓦然惊觉并未走出值班室的‘峡谷’。甚而，社会在‘峡谷’行进，历史在峡谷行进——做如此想，在峡谷中走走，是人生的一桩逍遥事”。

正是这样的思想的升华，使得叶恩忠的散文比之那些滥情的散文高出一个层次。这一优点仍然贯穿在他第二本散文集中。细心的读者可以从《天坛之祭》中看得更加清楚。

作者用他那已经得心应手的象征，从天坛的历史升华到了人类生存的困惑：

神秘莫测的天体，突兀奇异的天象，不可抗拒的天灾，在科学晦昧，生产力低下的条件下，令人产生困惑的恐惧是不难理解的。人力与天意不恰无法抗衡，终使人类对覆盖在自己头顶的苍天由畏而生敬。这种敬畏以膜拜的形式固定下来关乎生存，因为它寄托了梦想和希望，并涵育人类的精神。它萌生了最原始的宗教和不同族群最初的风俗。崇拜和图腾，在世界人类生活中具有至高无上的地位，并渊源埃及阿图姆神庙、麦加禁城、梵蒂冈圣彼得大教堂、柬埔寨吴哥窟，以至天坛，都是证明——

这样的引述，已经是太冗长了，但是作者的思绪还没有中止。这一方面说明叶恩忠用纷纭的思想来突破抒情是他的一种追求；另一方面，读者又不能不感到，是不是太缺乏节制了？一些形而上学的沉思，是不是有点游离景物的描绘了？这一点，我没有太大的把握，但是当我读到下面这一段的时候，我想，同样是思绪纷纭，我可以放心地说，这比之前面的那些议论要精彩一些：

皇帝老儿向上苍行礼，代表苍生社稷祈福，好歹算为老百姓办了一件“实事儿”。黎民百姓觉得一年之中，朝廷离自己近了些儿。天坛正是以它世俗的色彩给了庶民一份亲切感。在北京，我去过故宫和颐和园，它们和天坛一样成为文物，但感觉却大相径庭。故宫，皇上在那里玩权弄朝，一派封建帝王的赫赫淫威，走进故宫，每一步都可以闻到挥之不去的肃杀、压抑的气味。颐和园是宫廷吃喝玩乐的地方，深宫里的奢靡浮华，让人惊诧，也让人愤忿，恨不得朝明湖里唾上几口。而天坛虽肃穆凝重，却是百姓寄托生计福祉的地方，精神上的一种皈依，使人无法与它疏远。况且，往日正襟危坐地在金銮殿受人朝拜的万岁爷，也有诚惶诚恐又叩又拜的一天，多叫人找回了些心理平衡，天坛就多了一份平易温和的面孔。

这一段之所以比较精彩，关键在于它比较自然，而且深刻，这里的思想不是外加的，而是从文化景观中升华出来的，它的好处还在于更自然，更有机，更能超越自然景观的被动描述，把对于文化景观的观感和思绪的激发融为一体。正因为此，本文写到最后，作者发出感慨：

我们不需要天坛的跪拜，但我们绝不遗忘天坛，天坛有它不朽的灵魂。

读者从这里得到的审美享受，就上升为一种审美与审智的交融。从这里我感到在福建散文界，叶恩忠的散文，是比较有希望的，可以明显地看出来，他是有追求的。在艺术上他以抒情、以散文诗式的美化起家，但是他又总在痛苦地突破自己，主要是突破抒情的局限。他的本钱是智性，他不缺乏思想，在自然景观和文化景观面前，他能够神思飞越，把智性的火花轻而易举地激发起来。也许正是因为太轻而易举了，他的思绪时而表现出一种任意性，时而又流露出某种故意做智性文章的架势。这一点可能是他当前最需要警惕的。

当他把情思和叙述平静地、从容地结合起来的时候，就写出他最好的篇章。这时，读者很难具体指出哪些是他的情感的渲染，哪些是他思想的升华。这就达到了所谓情理交融的程度。

我曾经问过他：“在你所有的作品中，我会最欣赏哪一篇？”

他想了一下：“可能是《杀一条鲫鱼》。”

我说："对了。"

我又问他："为什么？"

他回答说："可能是比较深刻一点。"

我说："对了。"

现在我要补充的是，不仅仅是比较深刻，而且是因为，这种深刻不是游离的，而是把深刻的思考和不动声色的叙述天衣无缝地结合在一起。

从表面上看来，这篇文章，手法是最为朴素的，大体上都是接近于叙述的手法，渲染和形容的成分，可能是最少的。然而它所达到的深刻却是最为难能可贵的。

说这是一篇好作品，还有一点不够，说它是一篇佳作，也还难以传达我阅读时那种艺术享受之感。也许有些老资格的评论家要怀疑，这么年轻，在散文领域里还是名不见经传的作者，能写出杰作来吗？我在犹豫了一番以后，还是忠于我自己的感觉：是的，杰作。如果他是一个名家，近年负责散文年选的韩小蕙早就把它选到2000年的最佳散文选里去了。

文章的题材很平常，平常到平淡的程度。不过就是杀一条鱼的过程。然而就在过程中，他对于人的本性进行了相当深沉的反思。当鱼在挣扎的时候，他觉得它让他"鄙视"，又觉得它"可怜而且可爱"：

> 需要不需要建立一种高等动物与低等动物之间的平等对话的秩序呢？好笑——我把鱼按在案板上，它的一颗眼珠突凸出来，雪白晶莹犹如珍珠，让人想到尽量白仁的眼睛。那眼睛意味着仇恨和愤怒。鱼懂得为自己即将遭受的劫难而仇恨而愤怒吗？

这里揭露的是人的本性的残忍，当然，这种残忍，并不是绝对单纯的，也不是单层次的，而是在一定条件下不断深化的。当他的虎口被刺破了以后，他"为自己的挫折感而感到窝火"，而鱼却把水弄得啪啪乱响，把水溅到他脸上，这时，他对人的本性的揭露，从残忍又进入了在"宽厚""绅士风度"的外衣下面的一个层次。人的宽厚往往是虚伪的，一旦自尊受到侵犯的时候，人就变得野蛮了：

> 我恨恨地盯着鲫鱼，我的目光与鱼的目光相对撞时，我隐隐读出它的自傲和嘲弄。我突然觉得，它似乎有意和我进行意志的较量。我忘了应该宽厚而有涵养和在异性面前常有的绅士风度，不管血不血的，我以更迅猛的一抓，把鲫鱼再按在案板上，同样迅猛地出刀在鱼的头部狠狠一拍，它不再动弹了。我是狂暴之人，还是宽容之人，就看我的自尊是否遭到损伤，是否有谁让我感到了自卑和难堪。许多时候，狂暴不是无缘由，无相对刺激物的。人难免要为一些事狂暴，怨不得我。

这里动人不仅仅是深邃的人性的发现，而且是艺术方法上的突破。

叶恩忠向来以抒情和议论见长，而这里增加了少有的反讽。这是一种神来之笔。

文章写到这里已经是相当精彩，然而真正称得上难能可贵的是，在他激动不已的思想的高潮上（“充满了征服者的快感”的时候），让他的太太以毫不理解的眼光来看他的激动，说了一句：

看你，不就是一条鱼吗？

这一笔宕开得妙极了，把作者的激动表面上消解了，而实际上是把形而上的世界和世俗世界价值观念的距离突出了，进行了不动声色的对比，妻子的轻松不但没有淡化文章对于人性的反思，相反使得心灵的境界显得更加深沉而冷峻。把如此深刻的思绪写到这样一种漫不经心的境界，是很值得写散文的人羡慕的。

有一种理论说，文章本天成，妙手偶得之。这当然可备一说，这有助于说明，文章达到某种高妙境界是难得的机遇，难到给人一种偶然的感觉。的确，成功的境界往往是可遇而不可求的，但是这并不神秘，多少有一点规律可循。一切散文艺术的忠臣，要在艺术上有所长进，就得清醒：流行的抒情既是一种入门的台阶，拘于抒情，又可能是画地为牢。要创造，也许就要在抒情的反面，在冷峻世界去多加探寻。叶恩忠一直在努力以深化思维去解脱过分的抒情带来的俗套，但是并不是经常达到水乳交融的地步，原因就在于，他在许多场合中，像许多散文家一样，太好激动，有一种习惯性的抒情纠缠着他，使得他在该冷静的时候，不够冷静，因而，常常把道理说得没有任何余地（如《寻找乡村》)，有时又过分放任思想的流泻，甚至过多地运用了寓言式的构思。

我想，大概是因为忽略了冷峻和反讽的缘故。

我还是花了这么大的篇幅来说明叶恩忠的不足，并不是因为叶恩忠的文章真有多少不可容忍的缺点，而是因为这个问题，不仅仅对于叶恩忠而且对于福建散文，对于中国当代散文来说，盲目耽于抒情，已经成为一大公害。连某些颇有名气的散文家的作品（如李元洛），也不能免俗。

散文写作之所以被误以为是任何会动动笔杆子的人都能干的活，就是因为存在着一种俗见：只不过就是抒情而已。这就造成了抒情泛滥为滥情。从小女子散文，到小男子散文，从所谓的学者散文，到闲适、游记散文，都把世俗的、廉价的抒情当作胡椒面和酱油，作为万能佐料，这就使得当代散文在艺术变得单调而贫乏。

我的意思并不是要废除抒情，而是说抒情有点老化了，真正的抒情应该是独辟蹊径的，放眼中国当代散文文坛，抒情而深邃的，有几个呢？也许刘亮程算是一个罢。想想吧，成千上万的作家在抒情，就只刘亮程抒出毫无争议的哲理，也就可见抒情之难了。刘亮程之所以一鸣惊人，当然原因很多，但是他的不滥情，不激动，总是在平淡的事情中，发出平静的思绪，他的拿手好戏是从常规的、日常的、没有任何变化的，也不追求变化的生活中，体验到某种自然而然，随遇而安的心情。他开拓了一个为古今散文家忽略了高度真切，又相当形而上的世界。和他相比起来，我们的散文家是太爱激动了。我们天天在追求独创，总是收效甚微，原因之一，就是在一碰到事情就激动这一点上，是千人一面。从这个意义上来说，从最高的开拓性来说，叶恩忠的散文，哪怕是最好的，距离我们最高的散文境界还有相当一段路程。如果允许我吹毛求疵的话，他的《杀一条鲫鱼》，还是火气太大。想来叶恩忠是读过南帆的散文的，能不能从南帆的散文，如《家居四君子》中学到一点宁静之美呢？今后能不能把火气收敛一些，用在相对平淡的情怀和激烈的思绪之间构成张力呢？当然，平淡比之大起大落的事迹难写得多，对于叶恩忠目前的气质来说，也许是一种冒险，但是艺术本来就是灵魂的冒险。人生能有几回搏，我想，不管付出多大的代价，还是值得拼搏的。

2001 年 2 月 7 日

《西部生命》和文化人格的建构

本来，我国山水游记散文传统非常发达，那些脍炙人口的经典把我们对于游记散文的胃口吊得相当高；而时下沦为卑格的旅游散文的大量涌现，实在是一件大煞风景的事。这不但降低了散文的水准，败坏了散文的名声，而且造成了游记散文的一种危机。

这种危机表现在两个方面。一个方面，是不触及灵魂，不深化灵魂，满足于视觉信息的被动接受，造成了感觉的表面滑行，感觉的表层硬化、老套化。在游记散文中，情感的类型化和个性的严重匮乏，已经成为司空见惯的现象。在语言上，则不得不局限于常见形容词的罗列，深邃的沉思和洞察极为罕见。第二个方面，是矫情。杨朔式的矫情虽然已成过去，但是新时期的矫情，表现为小女人散文和小男人的伪浪漫主义的滥情。这种滥情，在写作一般散文时，还有所节制，一到了游记中，凡没有比较自觉的思想艺术准备和追求的，大抵都患上了盲目的，甚至是麻木的附庸风雅症。明明是自己没有什么强烈或者微妙的情思，却非得为文而造情一番。凡大伙儿激动的，自己也跟着瞎激动；凡古人激动的，则更是非激动不可。起初是装着激动，后来则是半真半假，弄到最后，连自己也忘了是装的还是真的。这就使得游记散文中的很大一部分，变成了精神次品。游记散文的这个毛病，为散文的繁荣气象所掩盖，以致游记散文长期在低水平上徘徊；散文批评也有随之陷入卑格者，当头棒喝式的警策性批评实在不可多得。

正是从这种不无苛刻的眼光出发，我不得不怀着某种挑剔的心情翻读刘元举的散文集《西部生命》①。没想到，它给我的第一印象却是一种惊异，一种共鸣，一种鼓舞，甚至有时感到的是一种满足。

它震动我的是他超越旅游景点的大跨度的思绪。其思想的纵横开阖，让人感到了他的胸襟的广阔。从空间来说，有对于沿海城市生活使人变得自私而脆弱，舒适生活对人消极

① 刘元举：《西部生命》，春风文艺出版社1996年版，引文均出自该书。

作用的批判，还有西部的盐碱使得人有几乎是与生俱来的强悍和悲壮；从时间来说，有从两亿年前地壳变迁的很有历史气概的想象；还有敦煌文化被劫掠的深沉的文化忧思。这种跨度不单纯是外部地理的或者是历史的，与之相结合的是作者的具有相当警策的心灵纵深带。他奉献给读者的，不仅仅是自然景观、人文景观，而且还有他自身的内心景观，正因为这三种景观的自由组合，使得他的散文在如此广大的时间和空间的广度上和心灵的深度上展开，在他写得最精彩的地方，颇具震撼的效果。

我说的不仅仅是对西部人的英雄的、崇高的精神气质的赞美，这已经被许多作家表现过了。刘元举在这本《西部生命》中，明确地表述过对于前辈作家只表现了西部人的精神苦难和悲壮，忽略了西部土地的苦难历史的不满。他所强调的是西部土地从地质史上的苦难到现实地形地貌的悲壮风貌。作为一个散文艺术的追求者，在表现这种特征的时候，明显地流露出某种类似苦难崇拜的意识。在本书中，写得最为成功的篇章无疑就是这些部分。他反反复复地提示读者，西部土地的荒凉，单调的秃丘、皱褶，到处都一个样的盐碱，无孔不入的风沙，是躲也躲不过去的。他不但描述着这种情境，并且把它变为一种震撼人心的心灵熔炉来追求。他不但相当有魄力地表现了西部的大自然的特征，而且也在显示着他自己的灵魂的风貌。

他所刻意体悟的并不是诗意的美化。他有别于许多散文家之处，是他对于西部荒漠的赞美，不完全是情绪性的，或者说，他不完全在意诗的美化。他的诗的想象力是被地质学的科学知识所武装的。难能可贵的是，他借助地质学的历史想象，把西部似乎是死亡的地貌写活了。他的笔锋跨越两亿年时间隧道，让我们看到了本来是一片大海的西部，如何因祁连地槽和昆仑地槽的封闭，绝望地挣扎着往西寻求生路，可是又碰到强劲的印支地壳运动疯狂地隆起了巴颜喀拉山，最后不得不接受死亡的、沉默上亿年的悲壮结局。在这里，使得他的叙述具有活力的不仅仅是他的科学修养，而且还有他的激情，他的诗情想象和科学史的还原，有时能在一个结合部，猝然遇合，达到二者在语言上惊险的巧合。有时他的诗情就超越了科学，作自由地发挥，因而常常就有了一些神来之笔。从对于西部自然状态的地貌的欣赏，过渡到对城市矫饰生活方式的批判：

> 海岸麻木了，慵懒了，随之我们的城市也慵懒起来。城市没有激情，没有激情的城市再好也没意思。渤海在退化，在失去激情。我不知道柴达木当年的那一片汪洋是不是因为失去了激情才遭到欧亚板块的撞击，才变成一片不毛之地。

细心的读者不难看出：一方面他几乎是时时刻刻在提醒自己不要矫情，总是在有意无意间抑制着自己情感的强度，但是在另一方面，他的行文中又是那样强烈地流露出来不可抑制的激情。在上述引文之后，他直接表白，不但宇宙需要撞击，需要激情，而且城市

（按：他所讨厌的城市）也需要撞击，生命也需要撞击，不撞击“就会迟钝，就会慵懒，就会失去创造的活力”。这就明显地不由自主地流露出一种诗意，而且是一种浪漫的、激情的直接抒发。他的这种激情带着非常强悍的、粗犷的、原始的气息，可是在这种粗犷的表层底下，又潜藏着相当细腻的文人气质。这表现在他几乎是经常地强调西部土地的麻木，没有温情，而这正是他渴望热情、温情的反射。正是这种科学和诗的结合，使得他的文字风格饱含着激情、温情、冷峻和沉思的张力。

他科学的冷峻之所以没有和他文人的激情在根本上冲突起来，是因为他的激情和一般的散文家的激情有所不同，那就是他的激情总是带着某种“冷峻”，而一般的散文家（除了像楼肇明那样的散文家），他们的激情大致是可以归之于热情一类的。刘元举的激情显然不像楼肇明那样，冷峻到以“旁观的看客”自诩，相反他完全袒露着一副没命的投入的姿态。这不是因为他为了做文章而走向他反复地警惕的“矫情”，而是因为荒漠上的这一切，与城市的处处都讲究装饰根本不同，它没有任何掩饰：“赤身裸体”“无遮无掩”“放浪睡态”。一句话，就是因为它是自然的。哪怕它是粗野的、蛮荒的、没有情感的、不为任何事物感动的，甚至是既不接受伟大，也不接受永恒的。这种在表面上看来是麻木的地貌，却能激发他的激情。他在《求索黄河源》《忧郁的敦煌》中，对于那几乎没有岁月概念的，亘古不变的巨大空间的醉心，他对古敦煌城残存的原初状态的珍惜，对于人造伪古董的反感，都能充分说明只要是自然的，没有人为的矫饰，他就以他所特有的激情，甚至不惜以他在理论上可能要反对的“煽情”的语言加以不无夸张的描述。不管是多么荒凉、贫瘠，甚至是丑陋、残缺，只要是自然的、不加矫饰的，他都以一种略带狂热的语言加以赞美。在这里，读者可以明显地感到在我国游记散文很难得一见的审丑的因子，严格说来，他奉行的是一种审美与审丑相结合的美学原则。

他在以其篇名来作书名的《西部生命》中禁不住以相当直白的语言宣告：

痛快的裸露无法掩饰它的残缺，西部到处都是残缺。干涸的河床，龟裂的土地，斑秃的骆驼刺，还有到处可见的残垣断壁……对于一个游人来说，你可以不喜欢这种裸露的残缺。你可以把它看得粗俗不堪。你甚至诅咒烈日下的座座残丘，像一万个娼妓，撅起的缺乏弹性的屁股什么的，你可以任意驰骋丑陋的想象力，因为柴达木那片畸形的地貌会不断地刺激着你。但是，我太偏爱这片土地了。正是这种残缺的地形地貌激活了我的才思。在我的眼里，这一大片屁股状的土丘，神圣得好似万千和尚那排列有序的高深莫测的头颅。（第 23 页）

我请读者不要轻易忘记了这么长一段引文中的一句关键的话：“正是这种残缺的地形地貌激活了我的才思。”这正好说明在他心灵中，有与这种地形地貌相通的精神气质。否则他不可能对于西部大自然的地貌残缺特征，欣赏到了这种程度，以至于他竟这样强调：“不需要修饰，不需要装潢，不需要卖弄风骚。”甚至连绿化之美，也被他不无偏激地加以否决了：“所有的美化在这里都未免显得虚伪和贫乏，因为它们没有能力进行这种博大的覆盖，充其量只是几个漂亮的纽扣而已。裸着身子要纽扣，哪怕再漂亮的纽扣又有何用？不如干脆来他个全裸，那有多么痛快！”（第 12 页）

这是因为他并不是把荒漠当作风景来欣赏，他公开声明，他是把它当作自身心灵的难题来加以“解读”的。在本书中，有一篇题作《一种生命现象的诠释》的，可以作为作者美学追求的一种注解。

不论从他对柴达木地貌的赞赏还是他对黄河源头的醉心，读者不难看出，这个作者不同于一般作家的个性，那就是一条北方汉子的强悍之气，还有那几乎可以被看成“病态”的天然的、原生的、未受人为歪曲的人性的神往。这种带着野性的艺术人格，和余秋雨在同类题材的散文中流露出来的那种优雅的江南文人气质，细心的读者是不难区别开来的。刘元举是把丑陋然而自然的地形地貌，当作自己生命的诠释来加以强调表现的。他不是把这种极丑和极自然放在两个极端上，他不是强调它们的对立，而是尽情显示二者的转化，或者说是统一。

刘元举散文的最大特点不在于他的强悍和奇诡，不满足于用他的眼睛去享受奇诡风景的刺激，而是如怡红在序言中所说的，以他的心去作“精神的旅程”。他自己也在《关于旅游》中这样说过：

> 在我一个人旅行中，收获最大，最难忘的还是五年前那一次孤身去往黄河源的经历。那一次，我不仅对于生命有了一种新的悟性，而且对于文学创作也有了一个新的突破。（第 185 页）

他的旅游散文之所以在根本上与时下流行的旅游散文大异其趣，其原因就在于他不是把旅游当作一种消遣，更不把写作旅游散文当作是一种单纯的自我表现，个性的发现，而是当作个性的深化、净化和升华。他不但从大地的苦难中找到了和他自己个性的契合点，找到对自己生命诠释的欢乐，而且把这种苦难的共鸣，升华为崇高和悲壮。他不但发现了生命的宝贵的体验，而且提高了生命的质量。离开了这一点，就很难理解他把旅游看得对生命、对事业如此重要，以至于把在荒原上的“孤独感”当作过瘾的享受，甚至当作生命的拯救。由此可以看出，他在散文中有时流露出某种崇拜残缺、崇拜荒凉，并非病态，而是他崇拜他追求的不加矫饰的艺术化的个性。

他的奇崛不但表现为把大自然当作自己生命的一种诠释，而且在许多西部奇崛的人格面前发出了礼赞。这可以从他不无神秘地描述过的阿吉老人的诠释上看出来。这个人远从异国逃难而来，不选择水草丰美之地，而迷恋着柴达木的荒漠，在沙丘上结束了他的生命。还有那被打成了右派的顾树松，虽然做出了英雄的业绩，但是在那是非颠倒的年代，即使死了，也不能成为烈士。他的礼赞总是带有某种神秘感，崇高和悲壮总是互相交融在一起。那令人难忘的石油局局长，在“文革”时期不得已地自杀，他爬上了电线杆子。这是大戈壁滩上最高的高度了：“我觉得他不是屈辱的自戕，而是一种高傲的选择。”

西部的悲壮给了他这样宝贵的机遇，他也抓紧这个机遇来思考生命和存在的价值。当我们读到他对西部一些悲剧的描述时，尤其是读到他对西部人特殊的死亡形态时，使我们感到震撼的并不仅仅是悲剧本身，而且还有他和生命的思考联系在一起的关于生命和死亡的诠释。这里他所着重的似乎并不是死亡的社会意义，也许在他看来那不过是比较表面的东西。在说到这个问题时，我觉得如果不提一下他写得相当成功的《一种生命现象的诠释》中，那只野鸭的描述和思考是不公平的。在关于这只飞禽的探索过程中，他显出了不同于一般散文家的思考力度。在西部沙漠上，他发现了这只在风驰的汽车面前都傲然屹立的野鸭，本来按照诗化、美化的惯性，他已经做出了可以说是相当有分量的诠释了：他说他在野鸭身上看到了“柴达木的魂灵，看到了柴达木的精神”。“它是一种对于生命的张扬和展示，它要向比它更高级的人类展示它的存在价值”。本来，能这样按照自己的逻辑来诠释野鸭的生命已经超越了一般水平，然而他却觉得这太矫情。最后，他在苦苦思考、钻研之后，终于得出了一个更为精彩、更为深刻、更带科学色彩，因而也就更为深邃的诠释。他从一本西方作家的动物学著作中得到启示，原来是动物在发情期，往往有一种不可思议的胆略和勇气，连最胆小的动物也有可能变得勇敢非凡。由此他联想到：

> 由这只野鸭的性的宣言，使我对柴达木有着更深的认识。这个地方不但缺水，而且缺性。作为生命，水和性都很重要，少了哪一个都会痛苦不堪的。鸟类在柴达木做出了性的牺牲，而人类在柴达木做出的性的牺牲又有多么巨大！（第 41 页）

由此他引申出了对于西部劳动者中由于缺乏性而造成畸形的心理悲剧的新理解，从而使他开始体会到传统的崇高意识，由于把人的生命看得过于简单，以至于把崇高“扦举到一个虚妄的高度”。正是在这里，细心的读者和批评家看到了，他所理解的崇高不仅仅是社会学意义上的崇高，而且也是生命意义上的崇高。离开了生命的本能，抽空了生命的本能的牺牲，就不可能体会到西部英雄的壮烈。正是因为这样，我们切不可把刘元举的崇高看得太简单了。这里不但有粗犷的野性，而且有非常细腻的同时又是与小女人的滥情有着根本区别的温情。当我们读到在沙漠中，驼工在死亡的绝境，对于骆驼的感情的时候，谁能不为其细腻与强烈而震动呢？水不够了，连骆驼都难以存活了。仅剩的水只能用来救人，驼工用水救骆驼的动议遭到了拒绝。骆驼摇摇摆摆地倒在了沙漠。人们企图把它带走，拖出一条长长的印痕，终于不能继续，不得已把它扔下了，但是这个很通人性的骆驼，却恋恋不舍地浑身打战，“像一座没有连接点的散了架的木头房子，歪歪扭扭地挺了起来，所有的人都惊呆了”。然而它终于勉强走上几步，“就像一座板房，哗啦一下散在了地上……驼工哭了”。这雄辩地显示了：这些粗犷的汉子也是具有非常细腻的情感的，只是他们不轻易对人流露出来，然而恰恰是对于相依为命的骆驼，他们的情感却是异乎寻常的坦诚。

这种感情是超越生命的本能的。生命，尤其是西部的生命，是离不开本能的，但是作为万物之灵的人，又是不能全凭本能生活的。这种离不开本能的崇高，在刘元举笔下是发挥得相当淋漓。

在西部旅游和在东部的根本不同就在于，它不但不能保证是一种享受，而且常常是面对着某种危险，包括生命的危险，在死亡的边缘上，作者的思绪却异常地活跃起来。在这时，作者难能可贵地表现出他的真诚，他的坦荡，他的自我批判精神。他一点也没有掩饰自己在死亡贴近时的怯懦，他说：“我为越来越近的死亡威胁而恐慌不已。”他想到了为了去黄河漂流而牺牲的勇士雷建生和郎保洛。他的情思达到了人本主义者马斯洛所说的“高峰体验”：“他们不愿平庸地生，因而选择了壮烈地死。我知道当今世界有多少这样不愿平庸地生的青年，但我却极少见到能够选择壮烈地死的人。我亦如此。”这样的自我批判，只有在张承志笔下才会出现。刘元举在许多方面和张承志大不相同，但是在坚持按照人格理想主义进行自我批判方面，在自我分析的深度方面，却有许多不谋而合之处。这种自我批判如果光是停留在个人的道德方面，也已是难能可贵了，更可贵的是，它并不局限于个人，其终极目标重重地落在了人类的本性上，更多的是落在了中国人的本性上。因此，我们才在他的散文中看到了许多看来是偏颇得有理的议论，例如：

> 在生与死的问题上，最能看出民族素质的优劣，在生与死的态度上，最能看出民族素质的差异。我们民族对死的要求过分苛刻，苛刻到一种尽善尽美的程度，而对于活的要求又似乎太放任了，放任到怎么都能活下去的地步。

这就给人一种心事浩茫的感觉，他所忧虑的不仅仅是自己的生存状态，而是民族心理素质的病毒。这不是把散文当作纯粹的自我表现的作家的思维触角所能到达的境界。他的忧思，并不停留在中华民族的劣根性上，他的目光还扫视了人类的灵魂，分析出人性的脆弱性在于：不大能接受死亡，人的依恋群居是另一大脆弱性。由此他得出了一个相当富于哲学意味的命题：

> 人的脆弱性常常过分看重自己的痛苦和磨难。……（我）得老老实实向你承认我的懦怯。尽管我只身奔走黄河也遮掩不了我固有的懦怯。是不是为了掩饰性格的懦怯而有了这次壮行，如同没有死的勇气而故意强化自杀意识。（第167—168页、180页）

这样的自我批判已经达到了某种自我质疑，甚至拷问的程度了，这种拷问的严酷性与作者追求人格理想的强烈性恰成正比。他不但不因为世人皆醉而自我沉迷，反而对坚持反潮流的自我进行苛刻的拷问。这是因为，他深知，一切人都有某种荣格所说的人格面具，因而所谓表现自我，是一个不切实际的口号，因为浮在表面的自我，往往是人格的假象，而人的真正自我，却是需要作者深深地、不倦地去探索的。

自然，刘元举之所以要到西部去并不仅仅是因为西部那荒漠的大自然，他的文化人格的升华也并不简单是因为西部大自然的刺激，除此之外，还有西部人文环境的启示。他在敦煌感到了忧郁，他在黄河源也感到了忧郁，这种随时随地都像鞭子一样、影子一样追随着他的，不仅仅是大自然的沧桑之感。这里还有只有在西部，这个衰落了的中国文化发祥地才能激发出来的文化忧思。在对大自然的感悟中，我们感到的主要是他和余秋雨的不同。余秋雨感觉的穴位主要在人文景观，相对来说，他对于自然景观的感受是比较轻淡的。即使不得不面对自然景观，不能回避作正面的描绘，他也每每习惯于以文化景观、人文的价值来诠释自然景观。我们以余秋雨的《三峡》对长江的描绘为例：他从白帝城出发，想到了李白，又听到了川剧《白帝托孤》悲怆、凄凉的曲调，对于三峡江水便作了这样的诠释：

> 我想白帝城本来就熔铸着两种声音、两番神貌：李白与刘备，诗情与战火，豪迈与沉郁，对自然美的朝觐与对山河主宰权的争逐。它高高地矗立在群山之上，它脚下，是为这两个主题日夜争辩着的滔滔江流。

大自然本身是不存在什么两个主题的争辩的，两个主题是余秋雨自己的概括，余秋雨把自己对于白帝城文化历史的一个片面的理解给予长江的江水，这就构成了一种诗意的诠释，这种诗意是从权威历史文化人格和三峡流水的特点猝然遇合的结果。这是余秋雨的强大之处，正是凭着这个，奠定了他在中国当代散文史上的地位，但是余秋雨自然也不是十全十美，他在人文景观上，他的诗意浮想联翩，极尽纵横驰骋之能事，有时给人一种感觉：才气过分集中在历史人文景观的还原上，或者给人某种历史文化内涵过分拥挤之感。这就不可能不影响到他艺术人格的深化。余秋雨不得不为此付出了艺术上一定的代价：他的自我文化人格的升华受到了损失。楼肇明曾经批评余秋雨的散文，说他历史文化的过度饱和，使得他的文化人格得不到自由的升华，文化的追思在一些地方变成了文化人格面具。这是有一点道理的。我们在余秋雨的散文中，得到历史文化等方面的满足，虽然这种满足也不能不因为他的历史文献难免的欠缺，而引起某种遗憾，但是最大的遗憾却是人格升华的不足。我们可以为他诗情的想象和历史的想象而惊叹，但是我们不可能为余秋雨的人格光华而惊叹。作为现代文学中可能是最个人化的一种文学形式的散文，缺乏人格赤裸裸的剖析、批判和升华，不能不说是一个不小的瑕疵。文化人格的自我塑造和升华，与文化人格的面具，在理论上只有一步之差，但在创作上却有高下之别。相对来说，刘元举在自我解剖、自我批判方面没有余秋雨那样的声名之累，因而他北方汉子的强悍之气就得到比较充分的表现。

文化景观方面，刘元举就明显不及余秋雨远甚了。他没有余秋雨富于浪漫诗意的美化对象的激情，不那么善于把自然景观融入人文景观的赞赏之中去，但是刘元举也不是没有可观之处。他对建筑学的专业知识，显然帮了他很大的忙，他对敦煌学的钻研，也使他散文的文化含量提高了不少。而他的最大特点显然不是这些属于学术方面的东西，他对于历史文化的还原和想象比余秋雨不论在才智上，还是在诗情上，都显得逊色。这是因为他有时似乎驾驭不住那么复杂的建筑史和文化的内容，在不舍得割的东西太多之时，他那本来很有激情的笔就失去了游刃有余的自由，而不得不显得被动了。

这样就出现了一个非常值得研究的现象，那就是在他的笔下，常常表现出文化历史的含量与个性的深化或者升华的反比关系。当他过分迷恋于文化遗迹的描述时，他所独具的个性的锋芒就多多少少有点暗淡了，尤其是当他陷入他所极不擅长的考证，几乎有点笨拙地掉书袋时，他的才情则明显地被知识和文化窒息了。在《忧郁的敦煌》中，他提到了余秋雨写同一题材的《道士塔》，其中有一句似乎是漫不经心的话，他委婉地透露了他的怀疑：是不是“他的文章被文化和历史挤得太满”。他显然是意识到在散文中，文化历史的含量是不能太满的，但是他也许没有引起足够的警惕。在他概括敦煌和其他一些文化遗迹的历史故实时，他没有能很谨慎地控制自己，在一些文章中，他的文化历史比之余秋雨挤得更满。

文化历史的含量太满，给自我分析、自我批判和升华留下的空间就很少了。这就可能产生两个结果：第一是文化人格面具遮蔽了自我的灵魂；第二是文化人格浅薄化、模式化、类型化或者庸俗化。值得庆幸的是，他没有在创作时过分放任自己，他把创作看得太严肃了，他的深度人格创造使他不能不控制住自己。当他从文化历史的文献的被动的描述中挣脱出来，表现他文化历史现实的忧思时，他仍然不乏酣畅淋漓的笔墨。在这种情况下，我们不但可以看到他的相当活跃的智慧，而且可以看出他的个性的灵气。这时他往往能把写实的笔力和历史的质疑结合起来，使艺术的意象和逻辑的跃进贯通，成为一种思想的力度和深度。他几乎是很轻松地洞察了交河古城遗址与高昌故城的区别：交河的建筑布局显示了以佛为最高权威，而高昌的建筑则明显是以帝王所居象征着最高的尊严。当他这种历史文化的洞察控制得当，不过分张扬，他那本来就很活跃的情感和理性交融的逻辑就获得了自由，几乎是漫不经心地写出了精彩而警策的奇句，如在交河“读出一片寂寞”之时，他即兴发挥说，这肯定出过英雄，也出过败类。这样的城里，应该出诗人也应该出将军，更应该出爱情故事。在这样的情况下，他想象的力量和自由情感的逻辑就转化为艺术的和思想的力量。当他从文化历史的忧思进入现实的评判时，他固有的激情甚至失去了冷峻的特点，变成了对历史和现实的批判。这时他就写出了也许是他在报告文学中才常有的那种充满了思想锋芒的段落。当然，这种报告文学色彩极浓的议论风格，在他的散文中，并不是最好的部分。原因在于，这种批评比较容易陷入普泛的理性，而且也比较直露，缺乏独异的情感和浑厚的力度。这不是他的最大长处，他的长处在于冷峻的诗情和深沉的哲思的结合。在敦煌那么浑厚的佛教文化氛围中，在那么多佛像面前，他的思想并未像一般旅游者那样由于躯体的疲惫，引起精神的疲惫，相反倒是更加自由起来，我们来看他在佛像面前的深思的结晶：

> 人因为肤浅才去造佛，而造出的佛的深刻更见其人的肤浅。佛对于历史，对于政权究竟有多大影响？左右不了生杀亦制止不了战争，敦煌周围有多么多的古墓群，古币般地撒在浩浩大漠茫茫戈壁，佛是可以看到的，但是，佛却视而不见……面对敦煌，面对莫高窟，人类不能不发现自身的渺茫。人是脆弱的，人的感情更是脆弱的。被统治者的感情脆弱，统治者的感情更是脆弱。脆弱来自思虑太多欲望太多。（第 137—139 页）

这样，他就不单单是发挥了他所擅长的从历史文化的忧思上升到诗情的概括，而且从诗情的概括上升到了生命哲学的层次。到了这个层次，我们似乎是十分巧合地发现：又回到了我们在文章开头所强调的他对于残缺的欣赏，不过在开头我们指出的是他对于自然地形地貌残缺的欣赏，而在这里，则是对于文化遗址残缺的欣赏。他强烈反对那些似乎是好心的修复，他愤激地认为，这正是对于历史文化悲剧的掩饰。对于这种掩饰，他不无偏激地认为，正等于城市文化对于大自然的掩饰是把大自然破坏得不自然一样。

> 我不再希冀那些个完美的修复与补救措施，甚至我也不喜欢保存得最完好的那种壁画。我觉得正是残缺与斑驳让我理解敦煌，理解历史，理解生命，理解许多我不曾理解的东西。而那种未经操作的波光潋滟、色彩鲜艳的壁画虽然好看，却不会给我以沧桑和岁月，更不会给我以深刻的内涵。我只能与这些布满岁月泪痕、涂满苦难、阅历丰富的沧桑面孔一道，走向忧郁……（第 149—150 页）

当他回到他体悟最深的生命哲学上来的时候，他又变得从容而且深邃起来了。这是因为他不简单地依靠外部地形地貌的文学感触，纯粹的自然观感，乃至直接抒情都是他的弱项（最明显的表现是《悟沙》的最后一段）；他也不能仅仅依赖文化历史的追随，单纯的文化历史描述也是他的弱项。只有把自然景观、人文景观和他深度的自我文化人格创造这三重艺术因子水乳交融地结合起来，他的散文就不但有了艺术感觉的厚度，而且有了思想的哲理的深度，他就写出了像《悟沙》（很可惜我在这篇文章中，由于篇幅的限制，没有对之作比较精密的微观分析）《从渤海到瀚海》《西部生命》《一种生命现象的诠释》《求索黄河源》等相当出色的篇章，同时，也写出了像《忧郁的敦煌》《读古城》等文章中的精彩段落。

说尴尬人生　求左右逢源
——序《生怕情多》

作者诸荣会不是历史学家，但书中资源来自历史文献，本书并非为历史人物立传之作，然而全部精彩均从传记中升华。也许，文化修养较高的读者，对书中的某些故事曾经有所涉猎，甚至不无见解，但是只要静心翻阅，不难从熟悉中发现陌生，从已知进入未知，从史实中感受到精神的滋润，甚至震撼。这种震撼来自作者出奇制胜的思路，对当今文化散文，这种震撼，很值得珍惜。

从 20 世纪 90 年代开始，中国散文界告别了抒情散文历史停滞期，掀起了一波蔚为壮观的文化散文新潮：文化历史的视野代替了个人的怀旧，冷峻的智慧驾驭着单纯的抒情，从美学上，用我的话来说，就是审智超越了审美。文化成为散文最鲜艳的旗号，旗号下聚集着中国散文界最有朝气的探索者。从余秋雨到南帆，从刘亮程到周晓枫，莫不以特有的文化关怀进入散文的前沿序列，但是大潮之下，鱼龙混杂，泥沙俱下，难免有追随才力不足的，炮制了批量文化赝品，借文化之名作主流意识形态之图解的而陷于廉价歌颂者，满足于罗列文化历史景观而淹没自我者，一时滔滔皆是。这一切如果归咎于作者的修养之缺失，固然不无道理，但是作为一种潮流，文化散文本身的局限，也难辞其咎。从根本上讲，散文以文化为旗号之时，只是一种感性的聚合，并无严格流派的自觉，当然也未能对文化作具体分析。在举国兴奋之际，只看到文化与艺术之间的统一，忽略了文化与艺术的矛盾，可能会导致与滥情一样有害的滥智。

问题在于在蓬勃发展之时，应该以自觉代替自发。

文化所指为一种心理的普遍性的、群体的特征，或为地域，或为民族，文化的普遍性甚至达到超越历史的程度。以文化为旗号，从普遍性这一点上，与艺术的个性化是矛盾的，这种矛盾性甚至比之艺术与阶级性的矛盾更甚。对于这一点，从 20 世纪 80 年代以来，中国文学理论界就很不清醒。因而，以文化价值代替文学价值的现象比比皆是，连小说界也未能免俗，以文化价值掩盖低劣艺术的叫嚣此起彼落。文化大散文、大文化散文这样的旗号的轻率竖立，使散文更加混乱。梁衡用普遍的、政治的、民族的观念去同化了辛弃疾和李清照，抹杀了李清照那样独特的、不可重复的女性情结，竟然得到廉价的鼓吹。对文化的执着变成了对个性的遮蔽，在当代散文中成为一种顽症。

当然，物极必反，走向反面，可能是历史规律，但历史的发展又是曲折的，甚至是板块式的，非进化的。在这种思绪笼罩下，打开这本文化气息扑面的散文集的时候，笔者既为作者捏一把汗，也对作者有所期待，但是阅读之余，忧虑很快就为欣慰代替了。

令我感到安慰的是，一个个历史人物，并不是某种文化价值的符号，而是一个个特殊的人，作者不是从整个人生上看他的主人翁，而是从特别的角度，揭示其在严峻历史关头的特殊选择。全书聚焦于历史人物的“尴尬”，这个视角，这个观念，是有点刁钻的，刁钻得有点出格，但这刁钻中恰恰显示了诸氏多年的苦心中迸发出来的智慧。

和文化观念的套路相反，作者笔下的历史人物都是独特的、不可重复的文化景观。不是历史（时势）成全英雄，更不是英雄造就时势，屡屡出现的倒是历史一味和英雄作对，历史刁难英雄，而刁难的方式，又是层出不穷的。看来作者对自己的这一洞察，颇为得意，因而，反反复复地把人物放到尴尬的境地。妙在每个人的尴尬，都是不可重复的。

不管民间传说对伍子胥有延续千年的同情，诸氏提出，他整个生命就是一个“悖论”。他越是睿智，吴国就越强大，而吴国越强大，越是把他推向身首异处的结局。如果说，这样的悖论，在伍子胥，还是某种宏观的因果，那么商鞅的“作法自毙”，其因果则更为直接。作者这样点题：

> 根据商鞅当初制定的法令，任何人不经国君同意便擅自发兵，便以“私斗”和“谋反”论处，而“私斗”和“谋反”一律处以极刑。

但是，商鞅在走投无路之时，发兵反抗，就成了“罪行”。

> 至此，商鞅终于再也逃不脱他自己制定的法令的惩罚。就这样，中国历史上第一位伟大的改革家，于公元前339年在秦都咸阳闹市被处以“车裂”，即俗称之“五马分尸”，这实在不能不说是商鞅人生最大的尴尬。

这样的尴尬虽然严酷，但其史料，毕竟尽人皆知。比这更为惊心动魄的是张自忠的命运。读者已知的是张自忠是抗日名将、民族英雄，而作者所展示的史料，张自忠一度恰恰是万人唾弃的“卖国贼”“身上长有千万张嘴也说不清的”“汉奸”。这个背着汉奸恶名的英雄，他刻意强调的是，竟然被后来因在日寇面前逃跑而被蒋介石枪毙的韩复榘“解往南京”。有了这样的铺垫，张自忠最后的壮烈殉国，用强烈的情绪加以渲染就不显得有什么滥情之嫌了。此时，就无须冷峻，而是诉诸大笔浓墨，用了近年散文中很少见的高亢的抒情正面表现殉国的场面。为了这个场面，诸氏作了多方面的铺垫，先是交代张自忠，每战必留遗嘱，再写他下跪和冯玉祥的告别。最后的壮烈牺牲，其用笔之浓，用情之烈，颇具震撼力：

> 5月15日，张自忠所领1500余人被近6000名日寇包围在南瓜店以北的沟沿里村。当日上午，日军发动进攻。敌我力量极其悬殊，战斗异常惨烈。至下午三时，张自忠身边士兵已大部阵亡，他本人也被炮弹炸伤右腿。此时，他已撤至杏仁山，与剩下的十几名卫士奋勇抵抗，竟将蜂拥而至的日军阻于山下达两个多小时。激战到16日拂晓，张自忠部被迫退入南瓜店十里长山。日军在飞机大炮的掩护下，继续发起猛攻，一昼夜竟发动9次，但都被张自忠等打退，但伤亡也非常惨重。到下午2时，张自忠手下只剩下百名士兵，他毅然将他们悉数调去前方增援，身边只剩下高级参谋张敬和副官马孝堂等8人。下午3时多，张自忠再次受伤倒地，此时他让身边的人快走，留下最后遗言："我这样死得好，求仁得仁，对国家、对民族、对长官，良心很平安。你们快走！"4时许，大群日军冲上阵地，张自忠提起一支冲锋枪冲向敌群……
>
> 将军生命的最后情形无人知道，因为当时留在阵地上的英雄都全部牺牲。后来从日军公开的战史资料中，我们看到了这样一段文字：
>
> 第四分队的藤冈元一等兵，是冲锋队伍中的一把尖刀，他端着刺刀向敌方最高指挥官模样的大身材军官冲去，此人从血泊中猛然站起，眼睛死死盯住藤冈。当冲到距这个大身材军官只有不到三米的距离时，藤冈一等兵从他射来的眼光中，感到有一种说不出来的威严，竟不由自主地愣在了原地。这时，背后响起了枪声，第三中队长堂野君射出了一颗子弹，命中了这个军官的头部。他的脸上微微地出现了难受的表情。与此同时，藤冈一等兵像是被枪声惊醒，也狠起心来，倾全身之力，举起刺刀，向高大的身躯深深扎去。在这一刺之下，这个高大的身躯再也支持不住，像山体倒塌似的轰然倒地。

这样雄辩，这样淋漓的话语在近年的文化散文中实在是久违了，文化决定论，使得散文家们小心翼翼地对抒情保持着绅士式的距离，一切悲剧，都是文化的、必然的，个人只是文化谱系中的一个音符，散文家们，不知不觉之间变得淡定了，甚至不敢激动，一激动，就可能被视为滥情。诸氏这样的激昂，对某些对于一些故作前卫，对抒情保持过度偏见的评论家可能是一种提醒。

读者不会忘记，这种在尴尬中的壮烈，是张自忠的自我选择，他本可以不这样以死证明自己的清白，但是他既然选择了"代长官受过"，就只能选择牺牲，不但是殉国，而且是殉名。

诸氏笔下的人物常常有这样的尴尬，不过尴尬的性质有所不同。梁元帝曾经叱咤风云，开疆拓土，但是又刚愎自用，沉迷佛学，导致饿死台城。赵孟頫，作为宋室皇裔，选择投降异族，含羞忍辱，却留下了不朽的书画艺术。从某种意义上说，所有这些人，都不是自食其恶果，就是作茧自缚，但是这些毕竟是古代人物，与现代人物最大的不同，就是他们不具备超越历史语境的自觉理念，因而，他们的选择，只能是被动的。一旦他笔下的人物，不是古典的，而是现代的，而且是现代的思想先驱，情况如何呢？诸氏的回答是，尴尬仍然不变。

他笔下的胡适，可以作为雄辩的证明。虽然是新文化的前驱，主张婚姻自主，但是他却忍受了包办婚姻。虽然，他也有过不止一次的真正的爱情，也提出过离婚，却在遭到悲惨的失败以后，就和包办婚姻相安无事，和一个文盲安度一生。诸氏如此揭示出胡适独特的尴尬：

> 有时候他会大谈婚姻自由，高歌妇女解放，宣扬个性独立；但有时候却又在真正汹涌而来的婚姻自由浪潮面前叶公好龙，道貌岸然地摆出了一副卫道的架势，发出类似于“情愿不自由，便是自由了”的奇谈怪论。有时候看到友人们纷纷抛弃原配，另觅新欢，如郁达夫、徐志摩、郭沫若、任叔永、陈独秀以及接踵而至的鲁迅等，一个个都奋起“革命”时，他也蠢蠢欲动，也想做一把“陈世美”；有时候却又“死要面子，活受罪”地宣称：“我把心收拾起来，定把门关了，叫爱情生生地饿死，也许不再和我为难了。”

其心理深层的原因何在呢？

> 吾之就此婚事，全为吾母起见，故从不曾挑剔为难……今既婚矣，吾力求迁就，以博吾母欢心。吾之所以极力表示闺房之爱者，亦正欲令吾母欢喜耳。

这好像有点和鲁迅同调，但是鲁迅在母亲在世时，就和许广平同居了，而胡适的母亲不久就去世了。诸氏这样分析胡适的心态：

> 若将母亲当年的这个“礼物”扔了，她在另一个世界也不会知道了，自然也不会生气和伤心了。此时不扔，更待何时！
>
> 于是他终于与江冬秀明确说出了要离婚的话。
>
> 然而，胡适又想错了！
>
> 当江冬秀手拿菜刀要将两个儿子当着他的面杀掉并自杀时，他的母亲其实又复活了，复活在眼前的这个叫作江冬秀的名义上是他妻子的女人身上……此时作为妻子的江冬秀便成了他又一个母亲，再加上她还有一个母亲没有的能耐，这就是撒泼。

堂堂一个文化革命的前驱，居然为这个粗野的文盲的野蛮威胁所制服，胡适为什么不选择报警呢，为什么不选择像鲁迅那样干脆远走高飞呢？可能是在鲁迅、徐志摩看来可以干脆了断的尴尬事，在胡适看来，却陷于尴尬而不得脱，不想脱。文章写到这种地方，就显出诸氏刁钻中的深邃了。值得注意的是，这时的笔调，和写张自忠有很大的不同，不是悲剧性的慷慨，而是喜剧性的调侃。可以说，把尴尬的属性，分化得如此悬殊，正是诸氏的才气得到了充分的发挥的证明。当然，这样的发挥也许并不是很自觉的，在写到马寅初的时候诸氏好像忘记了他的才气，马寅初选择的尴尬，本该不乏悲剧性的昂扬，喜剧性的调侃，诸氏的刁钻，却被翻案（并非“多生三亿人”）的理性论证淹没了。依诸氏的逻辑，这也许是才气和套路不相容的一种“尴尬”吧。

2010 年 9 月 6 日

第四辑

散文中抒情和幽默的冲突
——现当代幽默散文考察之一[1]

作者按：长期以来，大陆散文评论界有一种争议甚少的共识，那就是，20世纪80年代以来，大陆小说的繁荣胜过台港、海外远甚，在文化背景的深厚的心理层次的丰富上，大陆作家有得天独厚的优势；论诗歌，这种差距就很难说。本来，在余光中、洛夫那里，西方文化和传统文化的积淀都相当厚重，远远胜过舒婷和北岛他们。但北岛和舒婷他们仍然在表现一代人于历史转折关头的迷茫、探索、失落和追求上，在社会背景的广度和深度上，有洛夫和余光中等人所不及的地方。至于说到散文，大陆作家就没有什么优势。除新近崛起的余秋雨以外，还有一些老一辈文坛宿将如杨绛、孙犁[2]，大陆的年轻一代，乃至中年一代散文家很少能拿出在艺术上具有历史意义的杰作。虽然20世纪90年代，大陆散文一片繁荣景象，可是仍然有人怀疑，大陆散文至今仍然“没有摸着门儿”[3]。在这篇文章中，我想探究一下个中缘由。

一

大陆散文，作为一种艺术形式，曾经和诗、小说经历了同样的危机，但是又不同于小说和诗。小说和诗虽然在20世纪30年代以后就有依附狭隘社会功利价值的倾向，但作为艺术形式的许多特殊品格，并没有完全被忽略，至少在理论上，小说的性格范畴仍然得到

① 原载香港岭南学院《现代中文文学评论》第3期。

② 本文故意略去巴金，因他的散文《随想录》五卷，评价过高，在文体上没有什么突破。在散文艺术的发展中，并没有什么特别的重要性。参见拙著《为现代散文一辩》，见《当代作家评论》1994年第2期。

③ 姚振函：《救救散文》，《文论报》1993年9月11日。

尊重，而且这个范畴从30年代起就分化为个性和共性的对立，并在后来的几十年中，成为众说纷纭的热点。而诗的形式问题、节奏问题、民族传统和外来影响问题，即使在“大跃进”年代，仍然备受理论界关注，引起颇为热烈的争论。

然而，散文却没有这样的幸运，作为一种艺术形式，几乎没有什么属于它自身的范畴，它的形式规范也最不稳定，因而它对于狭隘的社会功利价值最缺乏抵抗力。在很长的一段时期中，散文的特点就简单化到了只剩下了一个“匕首和投枪”。自然，除此以外，还有个“形散而神不散”。这个道理本来并不太完全[①]，却被举国一致地奉为金科玉律，导致散文一度陷入统一模式，批量生产的困境。

海外散文家自然在理论上，也并没有提出多少散文形式规范的特殊范畴和观念体系，但是由于种种社会、文化和历史的缘由，他们的心态有幸免受台湾和大陆20世纪五六十年代那种森严狭隘的社会功利观念的束缚。它处于权威的精神压力和行政力量的约束之外，因而能自由、自如、自然地表达作家的心态，形式宽松，成规不严，这固然不可避免产生一些粗制滥造的作品，但心态的自由，的确有利于审美情趣超越实用理性，有利于自由创造形式。

海外（包括香港）散文家心态比较超脱、自由和独立，他们更为尊重散文文体的独立意识，不依附杂文的社会功利意识，因而在进入散文创作境界时，不易为外部事变所震动。他们把艺术的审视焦点放在更为微妙、更为隐秘、更为复杂的内心深处。他们更执着于生命本身的体验，不倦地勘探深层思绪无声无息的流泻，电光石火般地消隐而去的情感和趣味。成就最高的海外华人散文作家，集中在旅居加拿大、美国并往返于中国台港的一群，这些作家大抵来自中国台湾，他们即使在抒写他们热爱的乡愁母题时，对于20世纪五六十年代中国台湾的政治社会背景往往也是侧面淡淡带过，除了个别作家以外，他们好像唯恐强烈的外部事变会惊扰他们在散文中的乡愁之梦。

他们的散文最可贵的是审美的独立意识和情趣本身的自洽意识。是艺术的，就不需要借助任何外部价值来增大它的光圈。正因为这样，梁实秋在《不亦快哉》中写道：

天近黎明，牌局甫散，匆匆登车回府。车进巷口距家门尚有三五十码之处，任司

---

① “形散而神不散”，说法太抽象。它本是相对于诗、小说、戏剧而言。在形式上，它可以不像诗、小说那样集中（或者说完整），可有不完整的随意性的成分，但神不散，则并不是散文区别于小说、诗、戏剧的特点。难道小说、诗和戏剧的神是可以散的吗？“神”和我们许多文学理论范畴一样缺乏稳定的内涵，原因在于，它往往不是考察各种关系、矛盾、差异、错位现象的全面而深邃的概括，而是片面的甚至糊涂的印象。对于现成的、权威观念的依附，则往往使现成的观念带上神圣的光圈。大家趋之若鹜，以至于麻木不仁，如一面讲“形散而神不散”，一面又把杨朔在形式上一点也不散，完整得有点僵化的散文奉为经典。参见拙著《文学创作论》，海峡文艺出版社2009年版，第六章全章。

机狂按喇叭，其声呜呜然，一声比一声近，一声比一声急，门房里有人竖着耳朵等候这听惯了的喇叭声已久，于是在车刚刚开到之际，两扇黑漆大铁门呀然而开，然后又訇的一声关闭。不费吹灰之力就使得街坊四邻戛然惊醒，翻个身再也不能入睡，只好瞪着大眼等待天明。轻而易举地执行了鸡司晨的职务，不亦快哉！①

这里本来是包含着社会上的贫富不均和不同社会阶层人们心态的矛盾的，如果梁实秋就此大发一通社会学的感慨，亦自有其社会批评的价值，但梁先生所追求的，首先是散文的幽默趣味和轻松的风格。“轻而易举地执行了鸡司晨的职务”，把搅人清梦的消极现实，反过来虚拟为积极的引起人美好联想的雄鸡啼鸣，不但不感到抱歉反而感到痛快！这种反语，对人心的讥嘲是轻微的，但是散文的幽默趣味却是浓烈的，独特的。如果单单着眼于社会人心的批评，作家就可能失去散文的文体意识和风格创造的追求。

散文作家特别需要心态的自由、自在、自然、自如，在随机的发挥中，有意无意地超越世俗的固定眼光，进入创造的境界。这种心态用之于叙事，则不事过度形容；用之于议论，则不求逻辑如学术论文之严密。一切情趣皆在随缘而生，涉笔成趣，神聊、海侃皆成文章。

20 世纪 50 年代中期一度有所兴盛的杂文（如马铁丁的）的理太多，不但淹没了情，而且淹没了趣，成为干巴巴的说教。

这从理论上来说有个理与趣的矛盾问题。理性要求客观全面，逻辑严密，排斥主观偏激，但理愈密则趣愈稀；反之，理不密，带上一点主观偏颇，甚至“偏见”，则易有趣。钱锺书在《一个偏见》中，甚至认为人除了造房子那样的科学活动，在发表意见时都带有“偏见”。我要补充一句：唯其有偏，不四平八稳，才有趣味；但偏见，亦需有智；如无智，如儿童一片天真，乃是情趣；有智而偏，乃为理趣。入选《古文观止》的王安石的《读孟尝君传》说，孟尝君不是个什么东西，不过是鸡鸣狗盗之徒耳。以齐国之强大，只要用对一个人才，统一中国不在话下！这从科学的理性来说是很幼稚的，在逻辑上是很疏漏的。统一中国之大业需要政治、经济、军事、文化、人才等各方面政策在特殊历史机遇中之协同，光用对一个人才，绝对成不了大事，但是王安石的翻案文章说得很机智，又不全面，偏激，执着，所以有趣，这通常叫作“理趣”，其实应该是机智的趣味，叫作“智趣”更好。如果王安石更全面、更理性，冷静地分析一下当时的历史经验，像苏洵在《六国论》中，既分析了有利于自己论旨的事实，又分析了不利于自己论旨的材料，相当全面，一点也不偏激，很有理性，就会失去那个偏激论说的智趣。

从 20 世纪 40 年代起，以延安为中心的解放区文坛，就缺乏智性散文。这自然有反对

① 梁实秋：《不亦快哉》，《雅舍小品续集》，正中书局 1973 年版，第 54 页。

讽刺现实的行政性外部原因，但也有理论上的内在混乱。但凡议论性散文均求全面分析，故多理而无趣，干巴巴的说教使智性散文处于危机。值得深思的是，这时在大后方的钱锺书和语言学家王力却写出了他们最好的智性散文。很可惜的是这个传统，包括梁实秋《雅舍小品》的传统在后来50年代的大陆，没有得到发扬光大，反而被淹没了，到了50年代后期，连马铁丁、邵燕祥那些理胜于情、胜于趣的讽刺散文也绝迹了。

40年代中期以后，大陆散文在解放区，主要是纪实写人的散文，连抒情散文都很少，甚至有“人人要学会写通讯”的呼吁，这是因为战争环境，社会学的实用功利价值，宣传鼓动功能被强调到不适当的地位。于是最被认可的散文都有某种通讯的色彩，如周而复等的《海上遭遇》。而50年代初，最著名的散文则是魏巍的朝鲜通讯《谁是最可爱的人》（至今仍入选中学语文课本）。即使在散文中，写过个人灵魂自白（如《不算情书》的丁玲的《陕北风光》）也充满了人物特写、专访之类的作品。

最具个人化特质的散文，其“自我表现”遭到了批判，其结果是散文文体的自觉意识逐渐退化。

大陆的散文复兴，始于20世纪50年代末。杨朔的历史功绩就是把散文的艺术价值从狭隘社会功利价值的压倒优势下解放出来，这个以写通讯和小说起家的作家，在他的著名散文集《东风第一枝》的跋中说：“我在写每篇文章时，总是拿它当诗一样写。”[1]这种用诗的审美价值来提高散文地位的意图，得到广泛的响应，一时间，追求诗意成了60年代大陆散文共同的潮流。其实杨朔的所谓诗意也就是社会人情的美化和赞颂，形式上以抒情渗入叙事为主，但是杨朔和他的追随者在理论上是不清醒的。作为一种艺术形式的散文，可以借助于诗的抒情来获得自身的独立解放，却不可以忘却诗与散文的艺术范畴上的根本区别。正如人可以分为男女两性一样，文学也可以分为散文和诗。忽略这种区别是危险的。

尽管散文中有诗化的一体，但是散文就是散文，散文不是诗。把诗当作散文的生命，是一种基本观念的混乱，正等于在一段时期里把“假小子”“铁姑娘”，后来又把“女强人”奉为女性楷模一样滑稽。把诗意当成散文的唯一的金科玉律实乃作茧自缚。

散文，只是在某些风格上与诗有交界，或者有少量的交叉，在它本身的领域里，它是非诗的。它在被诗的审美、诗的构思所遗弃了的地方发现了自己的价值。在诗看来是煞风景的地方，它创造了非诗的散文的美。朱自清在著名的《荷塘月色》里，写了不妨碍幽静的和孤独意境的创造，牺牲了“树上的蝉声和水中的蛙鸣”，作为诗的散文，自然是必要的，但并不意味着树上的蝉声和水中的蛙鸣就不可能成为动人的艺术形象。余光中对于朱自清的散文有过苛评，认为朱自清不是第一流的散文家。这种意见也许可以商榷，但余先

① 见王郊天编：《散文创作艺术谈》，江苏人民出版社1984年版，第53页。

生的难能可贵之处，是专门为牛蛙折磨人的哞声，写了一篇妙趣横生的《牛蛙记》。

余先生的《牛蛙记》，是充满了幽默的感情，却不是充满诗意。非诗的散文在现代和当代中国散文史上不胜枚举，不论是周作人、林语堂、梁实秋、柏杨、也斯，还是鲁迅的散文都不以诗意见长。他们甚至逃避抒情，却充满散文独异之情趣。

二

其实，五四散文本来就可分为诗的和非诗的两类。在一般读者中的影响，可能诗的散文较大，因为许多诗的散文被选入了中学课本，而非诗的散文却因不易被青少年理解，所以普及程度不够。不过在艺术成就上，倒是非诗的散文更突出。周作人号称散文大师，他的作品与其说是追求诗意，不如说是回避诗意。鲁迅散文的最高成就，在我看来，不是那颇带抒情意味的《藤野先生》，而是那充满调侃意味的《阿长与〈山海经〉》。诗意的散文，追求对情感的强化和美化，有些散文家甚至不满足在情感上美化，在文字上也美化。冰心、徐志摩、何其芳以及朱自清早年的作品莫不词采华赡、锦贝灿然，但是过分强化乃至激化情感，表现出浪漫姿态，常常有不够诚恳的嫌疑，如果用语又夸张，则难免有作态之嫌，故 sentimentalism 一语，原本译为感伤主义，近年则译为滥情主义。

不追求诗意的散文的特点是不求夸张和美化，或则于平和中正中寻宁静的趣味，或则干脆于煞风景处，发展幽默感。鲁迅笔下的长妈妈，身为保姆，作大字形占领全床，使“我”不得安睡，所讲故事离奇，荒诞不经，其推理又违反逻辑常识，交织着愚昧和自信。文中充满了鲁迅对她和自己的调侃，距离诗意的美化远甚，然而却奇趣横生，成为五四以来散文之经典，其成就在朱自清《荷塘月色》《绿》之上，是毫无疑义的。

就一般情况而言，诗的散文在当代难出高格、破格之作，原因是在审美价值取向上，在想象导向上，甚至在句法组合和形式感上，诗的散文往往依附诗的巨大成就。这种依附对于散文艺术的独创性，对于作家艺术个性的展示是不利的，但对于初学者进入散文艺术天地，诗的现成导向是一种方便途径，而对于获得散文文体的独立意识，诗的稳定想象模式可能变成严重障碍。要克服对诗的依附，往往需要较大的才气，较强的艺术创造力。只有在诗的散文中才气使用不尽的，才能进入非诗的、反抒情的，甚至怪诞的、先锋派的散文境界，才有可能作灵魂的探险和形式边疆的开拓。

自然，就是诗的散文也并非命中注定要对诗的抒情作奴隶式的依附。由于文体不同，形式规范不一，同样是美化，同样是抒情，诗与散文本有区别，正如同样为血，有 A 型与 B 型之不同，混淆形式与混淆血型同样会造成灾难，这在五四散文传统中本来是十分清楚的。

诗是概括的，而散文是特殊的。同样是对日出的膜拜，在诗中，可借助夸张和象征把丰富的形态集中到一个焦点上，而散文则是写实的，感觉和情绪可以是非聚焦性的。同样的因果，在诗中的逻辑可能是断裂的，省略了许多层次的，而在散文中可能是完整的，甚至是严密的。面对同样景致的形状、色彩、气味，在诗中不能不是单纯的，而在散文中则不能不是丰富的。散文需要对时间、地点、条件、主体的情绪状态作细致的辨析，作层次井然的交代，无条件地以散文的具体写实为诗，则诗将因流于烦琐而降格，无条件地以诗的概括为文，则导致散文的简陋，甚至概念化。在诗的概括中有许多扼杀散文生命的机制，恰恰是在诗人概括时遗弃的东西中有散文家灵魂可以遇合的机遇。试以郁达夫的《故都之秋》为例，说明这一点：

在北平即使不出门去罢，就是在皇城人海之中，租人家一椽破屋来住着，早晨起来，泡一碗浓茶，向院子一坐，你也能看得到很高很高的碧绿的天色，听得到青天下驯鸽的飞声。从槐树叶底，朝东细数着一丝一丝漏下来的日光，或在破壁腰中，静对着像喇叭似的牵牛花，我以为以蓝色或白色者为佳，紫黑色次之，淡红者最下。最好，还要在牵牛花底，教长着几根疏疏落落的尖细且长的秋草，使作陪衬。①

如果郁达夫是在写诗，这无疑是太烦琐，太缺乏概括力了，但是这正是散文的抒情与诗的抒情的不同功力所在。感觉到诗人的视觉和散文家的视觉的相同，并不需要多少艺术修养，但是能把诗人的眼睛和散文家的眼睛的不同辨析出来，却需要很高的艺术悟性。诗的视觉（或者感觉、知觉、直觉，或者用台湾诗人的说法："灵视"）的概括化就是对区别，对时间过程、空间层次差异的忽略。没有概括力，就不能从繁复的时间过程、空间层次中解放出来，就可能导致诗的散文化，也就是诗意的消失。相反，如果在散文中忽略了客观事物、主体情感的细致层次过渡，概括化就变成简陋化，可能导致散文趣味的丧失。郁达夫的这段散文之所以比其他散文更经得起欣赏，就是因为对欣赏牵牛花的视角、环境、心情、背景都作了细致的交代。这自然是在抒情，这种情感是许多具体的层次协同作用的结果，没有这样互相协同的细节，就不可能传达郁达夫那传统文人微妙的，而不是强烈的情趣。实际上诗的感觉，由于概括，使它带上了想象和假定，而散文的感觉一般更带写实性，即使不得不带想象的色彩，但仍然受到写实性的约束，更强调具体时间、空间和情绪的特殊性。

诗的抒情和散文的抒情，虽然在 20 世纪三四十年代没有在理论上得到充分的重视，但在创作实践中普遍得到尊重。因而在散文中的情致比起诗中的情致，在程度上总是要微妙一些，在层次上、过程上总是要丰富一些，而诗由于不能容纳那么复杂的客观的差异和情

① 郁达夫：《故都的秋》，《郁达夫文集》（第三卷）（海外版），香港三联书店、花城出版社 1982 年版，第 315—316 页。

绪的层次，因而其感情总是单纯得多，有时需要一定强烈的程度来补救。

很可惜，这一基本的特性，在杨朔的诗化散文于60年代得到整个大陆响应之时，并没有得到起码的重视。像中国文坛其他的盲目权威崇拜导致的一窝蜂一样，诗化散文的一窝蜂给中国散文带来了简单化和模式化的严重后果。

简单化的表现形态之一，就是把抒情变成狭隘地抒发激情，所谓激情也就是极化的感情，在层次无限丰富，变幻多端的情感中，只选其中两个极点当作情感世界的全部。在很长一段时间中，创作界和理论界都强调情感的两极无比重要性，所谓有一分爱，便有一分憎，火热的爱与强烈的恨很容易形成对照，产生表面的略带戏剧性的效果。因而很轻率地忽略了在两个极点之间的无限多样的情感层次和品类：愠、嗔、怨、哀等不同因子，至少在理论上不受重视。

激化或极化情感以刘白羽为代表，刘氏本有较强的语言修养，色彩感觉也不能说不丰富，但是刘氏的情绪感觉却十分单调，两极情绪以外的一切，似乎都在感知的盲区。其代表作《长江三日》，以色彩丰富之辞藻抒写激昂慷慨之情绪。三峡航行，山势突兀，波涛汹涌，心潮澎湃，这很自然。奇怪的是，船出三峡，江面开阔，风波明静了，刘白羽却缺乏相应的语言，表现心潮转缓的温情，反而去引用卢莎·卢森堡的《狱中书简》，借革命家的激情语言来维持高亢的旋律，这就暴露了其散文作品的一大弱点——情感太概括、太强化、太单调，缺乏层次丰富、起伏变幻之妙，杨朔的情感比刘白羽稍多变化，且时有温情，但温情往往成为激情的反衬。杨朔之情往往正反相对，大希望、大失望相较，大失望又转而为大欢喜，在痛苦与欢乐两极端做文章，最后，个别上升为普遍，达到哲理乃至格言的境界，反复运用的结果，遂成模式，大量不争气的、没出息的追随者又以杨式诗化模式实行批量生产。80年代的青年读者和目光锐利的评论家对之诟病不已。

海外华人散文在抒情和诗意的追求中，有幸没有受到激情主义的限制，在大陆六七十年代散文为抒发激情的权威模式统治的时候，他们的情感和心态常比较自由，即使抒情也不把激情当成感情的全部，他们和80年代以后复出的老作家杨绛、孙犁、汪曾祺一样，追求的是情感的自由和自然，随意写情，落笔成趣，很少以形式上的过分匠心把情感强化。刻意求诗而牺牲情感之曲折、丰富、多层次之变幻，为他们所不屑。

海外华人散文中多抒情之作，每每在回忆童年和母爱中现出真趣。

琦君、叶维廉都各出机杼，没有模式的烙印，但叶维廉的文笔不如琦君细腻、温婉，於梨华的《别西冷庄园》不失大家风范，有冰心早年的雍容和典雅，触笔生情而不事渲染，于可夸张可铺陈处淡淡带过，情愫细密而从容。这与大陆20世纪六七十年代散文中抓住一点情意，加以层层强化，推向极致的写法极不相同。

海外华人散文中也有浪漫激情风格的，也有在情感两极上做文章的，如张晓风的《一个女人的爱情观》其中一节：

爱一个人常是一串奇怪的矛盾，你会依他如父，却又怜他如子，尊他如兄，又复宠他如弟，想师事他，跟他学，却又想教导他把他俘虏成自己的徒弟，亲他如友，又复气他如仇，希望成为他的女皇，他唯一的女主人，却又甘心做他的小丫鬟小女奴。①

一切爱的表现都是互相矛盾的，不是一般的矛盾，而是处在两个极端上的矛盾，然而张晓风并没有把两极对立和对转作为文章整体构思，而是在一个片段中通过两极来揭示爱的情感有一种自相矛盾的状态。这显然是不合理性逻辑，违反形式逻辑的矛盾律的，然而却合乎情感逻辑。②张晓风女士并不满足于这种情感两极模式，不满足于浪漫的审美价值超越实用价值，相反，她并不回避那些世俗的琐事："爱一个人，就不免想跟他生一窝孩子。"情感在两种价值中的反差显出奇趣。在程度上有极化的"霸占"的欲望，又有相对温和的一面："终夜守在一盏灯旁，听车声退潮再复涨潮，看淡紫的天光愈来愈明亮，凝视两人共同凝视过的长窗外的水波，在矛盾的凄凉和欢喜里，在知足感恩和渴切不足里细细体会一条河的韵律。"③ 当王鼎钧说他的"乡愁"是"浪漫的而略近颓废的，带着像感冒一样的温柔"时，在情感程度的把握上同样是不求激化的。④

大陆散文家过分执着于激情，甚至影响到他们散文中的议论。许多作家连议论都是以锋芒毕露而自豪的，一发起议论来就习惯于把神经绷紧，就好像面对广场上、大厅中千百双眼睛，唯恐自己的语言缺乏鼓动性，掷地无金石之声，恐怕自己的精神没有优势，形象不够神气，文采不够漂亮；而台港和海外华人散文主流意趣则似乎正相反，他们追求一种温和的情理交融的宽松境界，唯恐自己太过神气活现，疏远了读者的心灵。白先勇的《惊变——记上海昆剧团〈长生殿〉的演出》，在海外华人散文中算不上最好的散文，但其中写到他在看完演出，偶然到自己40年代的旧居中参观时的议论，却很能代表台港海外华人散文家不胜沧桑之感的风格。文章的结尾说：

突然有股时空错乱的感觉……一时不知今夕何夕，身在何处，遽别四十年，重返故土，这条时光隧道是悠长的，而且也无法逆流而上了。难怪人要看戏，只有进到戏中，人才能超脱时空的束缚。天宝兴亡，三个钟头也就演完了，而给人留下来的感慨，

① 楼肇明编：《八十年代台湾散文选》，中国友谊出版公司1991年版，第175页。

② 关于情感逻辑与理性逻辑之间的矛盾，请参见拙著《美的结构》，人民文学出版社1988年版，第52—53页。

③ 楼肇明编：《八十年代台湾散文选》，中国友谊出版公司1991年版，第177页。

④ 杨际岚编：《20世纪旅外华人散文百家》，福建教育出版社1993年版，第76—77页。

却是无穷无尽的。真是人生如戏，戏如人生。①

虽然感慨“无穷无尽”，但语言和情感很有节制，不但不怕情感之温和，反而在温和中求深沉。他和张爱玲一样，善于作偏颇之论，但柏杨式的偏激武断和戏谑性幽默又当别论。不管人之所以看戏有多少原因，而我今日感到原因的仅此一端，此刻以偏概全，才能显出一时心头理趣或智趣之独异，但无须以夸张求情感之强烈。散文之美，全在心态自由，不在强烈与否。它贵在随意自如，一些散文又名随笔，在形式上不刻意求完整，故又名小品。在散文中追求诗意之时，若在形式和情感上露出雕琢经营之苦心，则非散文之美，刻意求诗而牺牲散文之自然，虽何其芳之《画梦录》不能为上品，杨朔散文之失，不在求诗，而在刻意之痕，且成模式，一经读者发觉，乃尽坏散文之真趣。

在很长一段时间中，有一种误解，以为追求诗意，必即景抒情，因事抒情。其实，诗意多彩多姿，并不限于抒情。现代派诗和后现代派诗都有直接从感觉，越过情感，走向智性的。在散文中，香港的也斯所追求的正是以作诗的方法来作散文，创造出独特的“涩味散文”②。王鼎钧的《左心房漩涡》，自然也是追求诗意的，但是与那种把抒情当作诗意的唯一法门的幼稚作法不同，王先生把他的诗情，放在故事中，他在《脚印》中说，死后都吞回去。③他说这是传说，其实显然是他自己的杜撰，他就把自己的情致放在这些故事里。有些论者遂以为他的散文有“小说”的变化层次，其实这些故事与小说无关，而是一种寓言或者童话，如果真是小说，又拿来抒情，就叫人讨厌了。

三

把抒情渗在童话式、寓言式的故事里是王鼎钧的一大创造。谁说抒情一定得与诗联系在一起呢？和这种四不像的故事结合在一起不也是情致盎然吗？

王鼎钧的散文很有情致，但他却没有抒情散文那样通常的诗意，他在散文中，没有诗意的美化自我的成分，相反，有一点自我调侃的成分。

自我调侃可以是抒情的，却没有诗意。原因是诗意往往倾向于自我美化，而主调侃倾向于自我贬抑。自我贬抑显然是带着假定色彩的，这就构成另外一种情感和另外一种趣味，

---

① 杨际岚编：《20世纪旅外华人散文百家》，福建教育出版社1993年版，第109页。

② 参阅集思编：《梁秉钧卷》，香港三联书店1989年版，第191—232页，散文部分。由于也斯散文在中国现代散文中十分独特，而且在风格上有相当的重要性，非一二例证所能阐明，笔者当另文专述。

③ 杨际岚编：《20世纪旅外华人散文百家》，福建教育出版社1993年版，第109—112页。

属于幽默感范畴。幽默感对现实社会功利有更大的超越，和实用理性和道德理性拉开更大的距离，这就需要更自由的心态。

在比较严峻的社会形势下，社会实用功利价值观总有巨大优势，从 20 世纪 50 年代到 70 年代，大陆散文最缺乏的就是在严酷环境中的自由心态。因而五四散文的幽默风格只能等到 80 年代初期以后才在张洁[①]、孙犁、杨绛的作品中得以复活，不过大陆散文家除了杨绛[②]，总是在幽默的调侃中寻求或多或少的人生哲理。孙犁嘲讽那在城市阳台养大的不会抓老鼠的猫，却咬破了主人的手，他自己家里明明没有多少让小偷眼红的财物，却配了很精密的锁，弄得自己很狼狈，以此和当年参加革命身无长物的轻松心情对照，引出人为身外之物所累的顿悟，颇有一种哲学性的深邃。[③]大陆散文家之幽默常常带着这种庄重成分，从严格意义上说，大陆幽默散文风格还不够多样。多少还是由于这种庄重哲理模式权威太高，以致散文家想象受到无形的束缚。

相比起来，海外华人散文的幽默就比较少这种严肃的哲理意味，许多幽默散文在对待自我评价上，更为自由，不但乐于自我调侃，甚至乐于自我“丑”化，其幽默更带戏谑性。林语堂、梁实秋晚年之作和余光中、梁锡华的某些散文一样充满了喜剧色彩，幽默中不回避滑稽的成分，故海外华人散文多亦庄亦谐的风格。

读幽默的散文与读诗的散文完全是不同的享受，读诗的散文在于心灵的美化，而读幽默的散文常在煞风景中让人的心灵得到解脱。读亦庄亦谐的散文和庄重的幽默散文也是不同的享受。读庄重的幽默散文，既超越理性逻辑，享心灵的自由，同时又可领受启迪心智之乐；读亦庄亦谐的幽默散文，心灵的自由度更大，更能超越实用理性、道德理性和社会习俗，想象更带戏谑性，虽然这种散文理性启示较弱，但是与理性的庄重反差更大，因而给读者心灵冲击力更大。不过，总的说来，由于中华民族道德理性传统十分深厚，道德理性对情感尤其是戏谑性幽默情感束缚十分严酷，故中国幽默散文不及欧美各国（德国例外）普及，而戏谑性幽默在大陆散文中尤为罕见，但是近年大陆散文幽默之风亦起，戏谑性甚至恶毒性幽默、黑色幽默均有，不过多见于年轻小说家笔下，这已超出本文论题，当另文详述。

1994 年 5 月 28 日于福州初稿

1994 年 12 月 19 日于香港修改

1995 年 3 月 16 日于香港再改

① 参阅张洁：《爱是不能忘记的》，作家出版社 1981 年版，散文部分。

② 杨绛：《干校六记》，生活 · 读书 · 新知三联书店 1981 年版。

③ 金梅编：《孙犁散文选集》，百花文艺出版社 1993 年版，第 195—197 页。

唐敏散文中的戏谑性幽默

——现当代幽默散文考察之二①

有一种说法听起来不无道理，那就是，诗是青年人的艺术，小说是中年人的艺术，散文是老年人的艺术。的确，诗需要年轻人的激情，这是中年人和老年人所缺乏的；小说需要一定的社会经验，这是年轻人所缺乏的；而散文则要老练的人生阅历和对日常生活的深邃洞察，比起老年人，这不是年轻人乃至中年人的长处。正因为这样，我国新时期在诗坛上领先的是青年诗人，在小说界不断做出新贡献的是一批早已进入中年的当年的“知青”，而在散文领域中写得最好的却是一批老年作家：孙犁、巴金、杨绛、汪曾祺。散文界不像诗界和小说界那样新人不断涌现，艺术风格手法也没有不断有超越前辈的创新，在这个领域中占主导地位的仍然是五四以来传统的白描，情感的内敛，以及深邃的理趣。②在世事的洞明和人情的练达方面，年轻一代的功力还不足以越迈前贤，散文是老年人的艺术，就是在这种背景下提出来的，但是这种说法似乎并不全面。诗和小说也有越老越见功夫的，杜甫、歌德、托尔斯泰就是证明。而散文呢，五四时期那些著名的散文家从鲁迅到周作人，从朱自清到林语堂的年纪大抵都在中年以下，鲁迅在五四那一年的年纪还不到“文化大革命”中的“老高三”到今天的年纪。何况新时期也不是没有年轻有为的散文家，贾平凹不就是一个吗？不过贾平凹还以他的小说闻名，他的散文往往被人忽略了。除了贾平凹以外，散文界的后起之秀似乎就有一点凤毛麟角了，我觉得福建的唐敏就是一个。虽然她在《青春》《散文选刊》《福建文学》以及其他场合得了好几次奖，可现在的评奖有点大锅饭，有种种非艺术的考虑，因而有时就难免有滥竽充数，真正有创造有突破的精英反而被淹没了。

① 原载《当代作家评论》1988年第1期。

② 本文写于1987年，当时的散文还没有后来的气象。

一、突破杨朔散文模式的历史要求

很长一个时期以来，散文领域中酝酿着对杨朔模式的突破。这不但见诸孙犁、巴金、杨绛、贾平凹、梁衡的创作，而且见诸他们的言论和散文中某些有关的自白。当然杨朔对散文的历史贡献不可磨灭，在20世纪50年代中后期，他把散文从通讯、报告文学、特写等叙事性的实用性中解放出来，强调了散文的抒情性，甚至极端地把散文当成诗来写，这自然也有其合乎规律的一面，那就是恢复、强化散文的审美价值，但是也带来了理论上的混乱和实践上的盲目性。散文与诗固然有共同性，那就是它们从某个方面来讲，都是审美心理活动的产物，都不能没有抒情的成分。不过散文就是散文，它毕竟不是诗，它不能像诗一样与抒情贴得那么近，就是抒情，它的规律（审美规范）与诗也有很大的不同。无限制地用写诗的办法写散文只能是导致散文艺术的毁灭。当然，任何一种艺术形式要发展，不能不向姊妹艺术借用表现手段，但借用表现手段，只能是一个过渡，任何借用的手段如果没有被同化，被强制性地改造，就可能导致夹生饭。本来，杨朔和其他散文家一样，在向诗借用抒情手段时都面临着改造的任务，这个历史任务，也许是需要一两代人的努力才能完成，很可惜，杨朔太乐观了，他后来在《东风第一枝》的跋中，竟然把“每一篇散文都当成诗来写”的初步经验当成一种普遍的理论来宣传，由于他风靡一时的影响，结果就酿成了不大不小的混乱。由于理论上的混乱，杨朔诗化散文的局限性被忽略了，结果后来发展成一种模式。从内容上来说，它受当时诗歌界占主导地位的“颂歌”和“牧歌”的影响，不过杨朔写得更多的是“颂歌”，以至于后来有人批评杨朔式的散文是一种“言好事”的散文。这当然并不全面，在杨朔的散文中至少还包括抒好情，从反面来说当然还有对坏人，主要是对敌人的声讨和批判。这样的散文当然是当时政治生活和特殊民族心理状态的产物，有它浓烈的时代风采，但是从散文艺术本身来说，比起五四时期对社会人生的表现评判，对自我的分析、解剖那样广阔的领域是有点狭隘的。再加上在手法上杨朔受当时颂歌由实写的场景出发，向虚写的哲理升华的影响，在他的散文中不断重复从一件具体的事到一种普遍观念的构思，一片红叶、一只蜜蜂、一朵浪花、一轮红日最后都要经过否定和肯定的思路上升为对一种社会现实、人生境界的歌颂。有时为了蓄势，还采取由反到正的构思，但由于用得太多，成为一种框子，难免给人削足适履之感。于是就有了所谓“做作”的批评。

在杨朔散文的影响下有那么多的追随者和模仿者舒舒服服地进入了他的模式中，曾经有一个时期，在一些缺乏远见的评论家眼中，杨朔的散文带上了经典性，因而新时期的散文突破的对象就是杨朔散文的模式。这种突破首先由老一辈的散文家发起，孙犁以他亲切冷峻的笔触展示着畸形的生活中畸形的心灵，在叙事和议论中时有理趣；杨绛把逆境中丰富的情趣收敛在平静的描述中。他们洞明的世事和练达的人情以及一种达官的宁静，已经够动人的了，因而没有必要求助于诗作情感的强化的表现。相反，他们都在很大程度上抑制着、收敛着情感而着力于叙述和议论，力求以复杂的情致和深邃心灵的发现取胜。

二、深入民族心理文化结构的感受力

对于“文化大革命”爆发时才念小学五年级的唐敏来说，要想在对复杂的生活和心灵的洞察的深度上超过前一辈是很困难的，但是，年轻人所特有的、保护得很好的童真和单纯敏锐的审美感受力却是老作家所没有的。

她也像许多散文家那样喜欢把大自然的风景和动物当作自己的观察对象。她习惯于把大自然放在自己少女的童心上重新感受，事实上她的成名作的总标题就是“心中的大自然”。她所描述抒写的对象也许并不新异，无非是天上的老鹰、山中的老虎、家中养的鸭子和猪、山路上的彩虹、月光下的云海、童年的伙伴等。这些都是散文家，特别是追求诗意的散文家多少年来写俗了的题材。

然而就是这些写俗了的题材却使唐敏一鸣惊人，显出不凡的才华。她最引人注目的是感受力的精致和独特。《心中的大自然》第一组写的是鹰、虎和虹。如果按杨朔模式来写，鹰、虎都可以用颂歌的构思由实而虚地升华为一种英雄的赞美诗，而虹自然也可以化作理想的象征，就是在老一辈散文家笔下通常都是从冷静的白描开始写出老鹰形态习性以及老鹰与作者命运发生关系的过程。唐敏不用杨朔式的诗的方法，并不意味着她就一定完全以老一辈散文大师的白描取胜，唐敏在观察的精确上追随老一辈的散文大师，并不一定就放弃散文中的抒情成分。她往往能把对平静生活的精致观察与女孩子童心的独特感受结合起来，让客观对象在自我心中发生变异，让对象的外部特征经过她和自我情感的重新组合，由此形成属于她才有的那种奇妙的价值判断，并且以这种独一无二的价值判断为支点，在变动着的自然节律与人事关系中推演，从而产生出一系列特异的情感层次和过程来。有时，这种过程还带着淡淡的情节性的对转，通过这种对转，人的情感得到更深的揭示。而所有这一切都是建立在客观生活特征与主观情感特征的猝然调合上，散文家的准确观察与诗家感觉的自由变异浑然一体，不论是鹰、虎、虹还是月光下的云海都出自孩子的童真，请看她在开阔的荒草地上观察鹰时，如何把状物和缘情奇妙地结合起来：

小手遮住阳光，久久仰望着鹰。张开翅膀，凝在蓝天心里的“一”字。

许久，身子一斜，任气流托着它回旋。

在我们心里，鹰是空中的音乐。

最难忘的是带小鹰学飞。鹰爸爸，鹰妈妈，中间是很小的鹰，逆风飞，迎风飞，并拢翅膀直线坠下，再鼓动双翼直线上升。

爸爸妈妈并排齐肩，后面是儿子，品字形上升，品字形下坠，品字形斜过蓝天。

不管多么绝望，悲伤，只要看到鹰从天上飞过，心就不会死。

这里表现出来的观察力深得郭风赞赏。“逆风飞，迎风飞”，“品字形上升，品字形下坠，品字形斜过蓝天”，这种捕捉生活特征的能力是老一辈散文家的拿手，一般说来年轻的散文家往往很难把生活的特征提炼得这样单纯。复杂的运动状态被简化到绝对平行的几何形线（好像教练机在飞行）。比这更能说明问题的是她对死去了的鹰的观感：“它是那样年轻，像十六岁的少年。一只翅膀张开，保持着飞翔的姿态。它的一只眼睛看着蓝天，睁得圆圆的，这是一个淡紫色的玛瑙布满细小的蜂窝状棱面，太阳在里面反映出无数亮点，最清澈、最明亮的。”这么精致的观察连眼睛中“细小的蜂窝状棱面”，都准确地表达出来了。要在杨朔，最多是写到“淡紫色的玛瑙”为止，因为诗是不需要那么严密的客观观察力的。但这又不完全是散文的观察，这里有单纯的心灵在起作用。正是诗的感受使鹰变异为“空中的音乐”，鹰的眼睛为太阳照耀出的“无数亮点”，其清澈明亮的特点与其说来自客体不如说来自诗与散文的结合。

对于一个散文家来说再也没有比这种观察力与感受力的结合更重要的了。观察力离开了感受力，可能产生某种纯客观的描述，其结果是在散文中过多地充斥着状物性、知识性，文献性、风俗性的成分。秦牧曾以知识性取胜，并产生很大影响。然而这使散文趋向于实用性，不利于艺术性散文的发展，因而终究难成大家。通讯特写式的散文之所以不能在散文中占据长久的优势，就是因为它缺乏主体感受的自由，虽然其社会功利价值较高，但审美价值是极其有限的。唐敏和新一代后起的散文新秀，有一个共同的倾向就是追求散文的审美价值。这就使她的观察力深受审美感受的制约。唐敏在《简单——我的生平》中说：

文学修养的一个重要部分是作者对创造能力的自我保护。文学是感受的艺术。感受能力即创作能力。个人在处于遭受拳打脚踢，或在闹市中忙乱之际，所听到和看到的，一定不如深夜独处异常清醒时知道得多。

唐敏的感受力之所以强烈、独特，而且深邃，得力于她有意识地与纯客观的观察和迫切的实用需求拉开一段距离。艺术是审美活动的产物，主体心灵的自由是审美价值升值的必要条件，而纯客观和实用的观察无疑与审美的自由存在着矛盾。新一代散文家的审美感受比他们的前辈与客观对象拉开了更大的距离，有更大的超越性，因而就有更大情感和思维的自由。在遭受拳打脚踢和在闹市中忙乱之际的观感，因为实用需求的迫切性很难有审美心理的高度自由，只有在时间上和空间上与之拉开了距离（如在深夜独处时），审美心理才从迫切的实用性中解放出来，唐敏把这看得十分重要，她把这叫作“对创作能力的自我保护”。

这一点再也没有比在《心中的大自然》中描述“虹”的那一段表现更明显了。这一篇表现她怎样在山岭上走近彩虹的经验。我还没有读到过这样大幅度又这样精致地对虹的观察：虹先是“很细很淡”“像一道无力而忧伤的眉毛”，然后是“宽阔的虹的彩带从深深的谷底拔起，透明的七色在峡谷沉重的底色前聚起灿亮的气流，用力冲上淡蓝的天空，在那里消失了另外一端”。“彩虹溅落在地面上，激起蒸汽般颤动的气流，亿万缕升浮的细弦交织着向上，形成并不存在的虹的平面。在这个平面后头，每一片叶子，每一根细枝，每一块石头，直至路面上每一颗沙子，在虹光内的所有物体都镶上了金色的光圈，溶解般地战栗。甚至沙子，甚至泥土，都那样清晰，那样洁净。红色的树，橙色的草，黄、绿、蓝分割的路面，靛色的石头，紫色的泥土。洁白的云潮也蒙上了不同的七种颜色。”这样精微而淋漓的感觉已经可以与那些状物的名篇包括茅盾的那篇《虹》比美了，可是，唐敏的感觉并没有穷尽，她又要把虹放在另一个角度，在主体的另一种感觉中展开：“我举起双手，伸进彩虹。立刻有一双透明的手掐住了我的手。手掌、手指绕着金色的浮光，那双透明的手把我的手染上了超越现实的光辉。”一般说来，在散文中年轻一辈的观察力往往失之过虚，而个别老一辈的散文家有时又有过分坐实的现象。而唐敏的观察力在两个极端之间达到了某种平衡，它主要来自那活跃的敏锐，有时是颇为深邃的感受力。如果光是精致地观察，有可能使意象在感觉的表面滑行，幸而唐敏往往借助感受力使意象向感情的深层潜进。感受的任务不在于寻找客观的特征，而在于借助这种特征寻找自我的感情和思维的特征。唐敏所追寻的不仅仅是反映客观的信息，而且是利用客观信息的刺激调动起尽可能多的主观心灵的储存，并使之与主体心灵的最深层汇合。因而唐敏，对近在身边的虹，她要追求的不限于感官直接的观察，更重要的是眼耳没有直接感到的。事实上，在唐敏对虹的描述中更动人的是超越了感觉的东西，她写虹初起时“很细很淡”“像一道无力而忧伤的眉毛”，这也许并不能给人以超凡脱俗之感，可接下去就不凡了：

> 猜不出应该有怎样的一只眼睛来与之相配。想象不了真有那样的眼睛。怎么能让它和短命的虹一起消失？没有眼睛的眉毛啊，寂寞的虹。

唐敏很重视“在宁静的心情下，倾听生活无声部分的声响”（见《简单——我的生平》)。这是一种感觉的现象或猜测，或者叫作概括。不为具体的感觉所拘，想象和概括就自由了，才华就从这里冒出来了。外来的信息刺激对于每一个人也许是等量的，可是它能唤起的内心潜在量却因人而异。外在刺激量如果等于内心激活量，那就没有艺术才华可言，至多是一个客观的观察家而已，如果内部激活量超过外部刺激量，就有点艺术家的能量了，超过的量越大，越显得有才气。在《心中的大自然》中写老虎的那一篇，仅仅两秒钟对老虎的一瞥，竟然诱发在这前后几乎毕生的有关记忆，洋洋洒洒，纵横开阖，极尽腾挪跌宕的能事。

唐敏有很活跃很敏于变幻的艺术感觉，这种变幻的感觉帮助她很轻松地超越日常生活的实用价值的心理定式，使她的创作力保持着某种旺盛状态，但是如果光靠这种感觉，也难免肤浅。难能可贵的是，唐敏不满足感觉敏于变幻，同时她还追求某种心灵的深化，不但对于感觉，就是对于感情她也绝不放任。对于感情作用下的感受变异她在不断“破译其中密码，把它编入民族文化传统长链上”(《简单——我的生平》)。唐敏总是在感觉变幻达到某种饱和度的时候向生活和心灵的深层结构突进，在这方面最成功的要算《心中的大自然续篇——月光的海》了。花了一千多字淋漓尽致地表述了对于山区也难得一见的云海的感觉，写了它的柔嫩稠密悄然的运动和变幻的形态和线条，写了它在人的心灵作用下在性质上的变异，使之带上虚幻感、孤独感和神秘感，接着写在云雾中孤身走夜路时感到的“锐利的恐怖，连后悔也没有的绝望”，然后才点到题目上来，看到了月光下的云海——她感受到的是“悲哀的海”“伤心的月亮”。

如果就纯讲感觉变异而言，到这儿已达极境，很难再变出花样来了。可是唐敏感觉的过人之处在于它总是努力破译其中密码，以探索民族心理文化深层结构。接着她笔锋一转似乎是转到与之毫不相干的日常琐事上来：

快要过年的时候，我病了。邻居老太太来看我。

“我要等病好才回家。”我说，“我不告诉家里。”

“好。你懂得做女人了。”老太太说。她用手摸摸枕头。只有眠床和枕头知道我们的眼泪。

当我亲临这悲哀的月亮的海，我懂得了妇女悲哀的美丽。

月亮用云海遮住它的悲伤，在夜深人静的时候。

这里感觉就深化了，月亮下云海的悲凉之感由于与山村妇女的深层心理文化结构遇合就得到了“破译”了。这样的感觉就不是肤浅的感觉，而是深邃的感觉了，感觉与思维交融的程度决定了唐敏散文的思想深度。

三、情感纵向的曲折和横向的分化

从感知的变幻向思维的深度跃进给读者一种惊异，使之享受一种思维启迪的幸福，但是这样的篇章在唐敏的散文中并不一定是最杰出的。这是因为从感觉世界跃入思维境界，层次较少，只适应直线跨越式的思绪的进程。唐敏的散文虽然不以复杂见长，但是她的思绪的发展过程却并不永远是直线的，有时她以感知的层次丰富和曲折见长。唐敏在散文中虽然很少运用情节的突转，却充满情绪的跌宕和转折。有时这种转折和跌宕是抒情性的，在写虎的那一则散文中，对于虎的情绪就转折了不下七个层次：从小就厌恶老虎，山里人认为老虎并不可怕；为老虎许久不曾光临而感到“寂寞”；听村民谈遇到老虎时必须沉着地保持正常步子“彬彬有礼地”与之同行，方可保平安；如果忍不住奔跑喊叫起来，就可能被扑杀；山民对从外乡来打虎的人的蔑视。在这里，情绪有起有伏，有抒情性的舒展和戏剧性的紧张蓄势。可这还仅仅是老虎出场之前的一个情绪上的蓄势。在一段文字很优美的慢板式的老虎“恋歌”以后，才让老虎出场。情绪并未一下子紧张起来，倒是在老虎超然地一瞥便倏然而逝以后，作者顿悟到老虎对物欲的超越和自由，意识到自己的实用价值观念遭到最大蔑视，这才激动起来达到了最大的紧张度。在情绪的戏剧性转折中，她顺利地做出了哲理的概括。

列夫·托尔斯泰说感染力主要来自情感的独特性，唐敏情感的独特性不是静态的，而是动态的。静态的情感毕竟是有限的，容易重复的，可是哪怕是一种很平常的情感，也可能因其特异的曲折发展和层次的演进而变得不同凡响起来。20世纪50年代有些散文家（例如刘白羽），虽然艺术感觉的变幻是丰富的，但是他的感情却缺少曲折变幻的层次，常常循着理性的直线发展，因而显得单调，结果是外部的感觉淹没了内在情感。

单纯依赖这种情感的曲折，由于变幻的可能较少，刻意追求情感的独特性，就是不弄到像杨朔那样陷入故作多情，情感也很难“出格”。在唐敏写得最动人的篇章中，不仅有情感的曲折纵向进程，而且还有情感发展的横向分化。由于同一对象，不同人有不同的感觉和情绪，情感的特殊性的深度和广度都大大发展了。这里有散文建构情感的广阔天地。如果不同人的情绪是完全重合的，没有错位的，这时就有了时间空间的高度概括性，这种概括接近于诗的概括。自我和环境、主体和客观以及不同的主体处于同一情绪中，便于构成诗的意境。例如在《怀念黄昏》的最后一章，人年除夕，作者和她外出的爱人在不同空间，但互相思念的情绪是共同的，母亲、父亲，处于不同的地位，却在同样的美好祝愿中，因而这是一种典型的抒情性篇章，其情绪是高度统一和谐的。

这样的统一的情绪是单纯的。

单纯就容易重复，也容易单调。人的情绪是随时空的变换而变幻的，略去时空等各方面的特殊性，可能变得单调。要充分强化情感的特殊性就不能只走诗化的概括这一条路。在唐敏那些情感最富独特性的篇章中，情感往往不是单纯的而是复合的。对同一对象，或于同一情景中，不同人的情感和感觉拉开了距离，这种距离就成了情感发展的动因，不同的情感互相作用，多种情感重新组合、调节、分化的过程就比单一的情感作单一曲线的发展要丰富奇特多了。《心中的大自然》第一篇如果仅限于孩子气的对鹰的天真感受，那就可能十分平庸了。引起读者惊异的首先是当她第一次摸到鹰的时候，鹰已经死了，而它是被迷住了自己的解放军叔叔打死的，叔叔的目的是取出鹰的脑子，但是这个解放军叔叔也并不单纯是一个生态平衡的破坏者，他面对死鹰也很颓伤，并诅咒自己，但还是要取鹰的脑子；这并不意味着他残忍，因为这脑子能为他敬爱的班长治病。唐敏与 20 世纪五六十年代甚至与 80 年代一些散文家不同，她的情感并不完全在善与恶的正反两极间运动，她的情感往往超越了双向逆反运动，在多维多面之间形成一种更复杂的张力网络。鹰在孩子心目中是空中的音乐，这是一维；可摸到它已死了，这是第二维；而打死它的解放军叔叔又是很迷人的，这是第三维；在打的时候和打死以后孩子是痛苦的，并进行了“破坏”，这是第四维；打死鹰后解放军叔叔又诅咒自己，这是第五维；尽管诅咒自己，还是要取出鹰的脑子，这是第六维。这样复杂的情感结构，其独特性与其复合的程度成正比。值得一提的，最后还有一维，这个解放军战士是为了世界上最好的人——班长，才干自己也不情愿的事的。本来拿鹰脑作药，有点煞风景，好像从审美价值层次一下子降到实用价值层次上去了，可是这样一点题，又一下子上升，达到一个更高的审美价值高度，行为是不美的，可情感、动机却是比不打死鹰、观赏鹰的孩子更美的。

长期以来，我们的散文理论都在强调散文的抒情，强调情感的独特性，可是我们散文的情感往往过多地依附于诗的概括。高度统一、单纯地直接抒发，被当作抒情散文的主要手段。即使那些在叙事中演进的情感脉络，往往也只限于在正反两个极点之间作双向逆反运动，这样就把情感运动的形态简单化了。简单化的情感往往是通向概念化的坦途，在唐敏的散文中，情感之所以那样特异，就是因为她的情感结构是多维的复合的，它本身是处于多种因素制约之下的一个有机整体，每一个因素都是另外一切因素的函数，一个因素的变动必然要引起其他一切因素的自动调节。这样，变幻的可能性就成倍地增加了。由于忽视了对情感结构本身内部机制的研究，我们的散文理论在反复强调散文的抒情性，散文的诗意之后，反而导致了散文的概念化，把情感的有限模式当成情感的生命。

唐敏散文中的情感之所以动人，不仅仅在于情感结构的要素丰富，不管要素多丰富，情感结构也可能是静态的、平衡的。散文与诗之不同在于情感处于现实的运动过程中。在外部条件和内部要素的作用下，情感结构会失去平衡而在时间和空间中发生调节。对这种调节过程，唐敏是有控制的。她不像杨朔那样，无条件地让情感向诗的概括化方面发展，像《怀念黄昏》那样直接抒情的篇章，属于她早期的作品，好像以后她就再也没有过多地在这方面逗留。她好像感到：与其在情感与环境、人与人之间强调静态情感的一致性，不如让不同的情感要素失去平衡，发生分化，在失衡与恢复平衡的戏剧性过程中向心灵的深层结构突进。当然，并不是一切分化和重新组合过程唐敏写得都同样有才气，事实上那些分化带上一点显而易见的不和谐甚至荒谬性时，她写得最得心应手，她抒情性的喜剧性的幽默感这时就为她的散文增添了光彩。

四、抒情性和戏谑性的幽默

唐敏式的轻喜剧幽默在《困难时期的伙伴》一组散文中表现最有光彩。困难时期的童年生活是以物质非常匮乏为特点的。在那些拘泥于实用价值观念的作品中，由此引起的往往是否定性的情感和记忆，但是唐敏的艺术感受力往往由于超越实用价值观念而得到保护。这一组散文讲的是出于增加孩子的营养的目的而养鸡鸭猪，可是唐敏的情感并不像 20 世纪 40 年代解放区那些作家那样向与劳动的实用价值相平行的方向发展，而是相反。养了猪，本来是为了杀，可是由于孩子心灵的特点，在劳动中发生了奇异的调节，对家畜产生了一种非人类之爱：家畜已经不是服务于实用的对象，对家畜的情感已经与其实用性拉开了很大的距离。唐敏特别强调的是那种超越动物的，甚至是超乎一般人水平的那种精神状态，她这样写一头名叫“大白”的猪：

> 大白长大以后，变得很含蓄，很优雅。它的风度好极了。它对外人很有礼貌，但带着些傲气，因为它肥。散步的时候一到，它也急忙不了，穿过一间又一间的屋子，从容不迫地踱下台阶，仿佛还有一百年悠长时光可以消磨。它欣赏它看到的各种东西。有一次咬了毛茸茸的蒲公英，立即飞出了许多伞兵，不少粘在它鼻子上，大白打了喷嚏，很响，接着，它微微笑了一下。

这里一系列的品性，诸如优雅、含蓄、礼貌、傲气、从容不迫的风度与猪在通常情况下给人的印象形成了显而易见的冲突，因而构成了一种荒诞，一种不和谐、不统一，但是这种不统一是就客观性而言的，对于主体的审美观照来说，又有某种更高的统一性，它统一于孩子对猪的超乎寻常的喜爱。这种审美的观照有时还以明确的逻辑因果形式表现出来：大白猪“带着傲气，因为它肥”。本来肥，可以引起的观照很多，不一定是傲，可出于十分天真的喜爱，它变成了傲气的充足理由，这里就把客观的不合理与主观情感的合理交织起来了。幽默感就从这里隐隐透露出来。有时为了增加幽默的强度，她用稍稍夸张的笔调强化了一下合“理”的方面，写到大白猪走路永远是“从容不迫”的，这里的不合理是隐约的，可又加上一句“仿佛还有一百年悠长时光可以消磨”，反常就明显起来了。写到蒲公英粘到大白猪的鼻子上，把蒲公英直接写成“伞兵”，已经有些不合“理”，可再说大白打一个喷嚏，很响，接下去又写它“微微笑了一下”，反常的不合“理”，就由隐而显了。用极其肯定的语气写出极可怀疑的判断，从不充足的理由中，从不合逻辑的判断中透露出一种怪异之感，这一种怪异之感就是幽默感的起点。只要稍加强化，激活量和启发性就会加大，读者就会禁不住莞尔而笑，幽默感就是这样产生的。

唐敏有时有意在语义的调遣上越出常规，以词义的错位强化了怪异的喜剧情趣，例如她把阉了的公鸡叫作“太监”，把一只北京鸭叫作“上海小姐”，说它在鸭窝里也有“绝对权威”。这种手法往往浅尝辄止，只是涉笔成趣地使用一下，她的主要命意往往在情感的距离的拉开和调节上。例如在写到她所喜爱的大白猪终不能不被杀掉，而且变成了桌上的佳肴时，她体验到了“千刀万剐”的苦痛：

当父母发现我们拒绝吃肉时，简直惊讶得呆住了。

复合情感的距离拉开了，本来养猪是为了孩子们的营养，而孩子却因养猪对猪产生了情感，同一种原因导致相反的结果。父母严厉地责问孩子和坦率的告白（“大白临死的时候，我们向它保证过的”），情感的分化并不怪异，这里只有抒情性，没有喜剧性，但是由此而发生的调节却是富于喜剧性的：

爸爸妈妈沉默了半天，后来妈妈说：

“大白长得那么肥；长出那么多肉，就是希望能让你们吃它的肉。想想看，现在它的肉都让别人吃掉了，它是多么不甘愿啊！你不吃怎么对得起它呢？它不是白死了吗？……”

于是，我们感到透明的空气中，大白的灵魂在期待我们。我们终于打起精神吃了一口。大白的肉多好吃啊！简直是滑进我们的肚子里去的，于是狼吞虎咽地大吃起来。

从不吃到吃有逻辑上的矛盾：对妈妈来说，理由是虚幻的，即兴编造的；对读者来说，理由是不充分的；可对于孩子来说，既有充足理由又产生即时效果。这种理由的不充足和效果的强烈（“狼吞虎咽”）之间形成了矛盾，表现出显而易见的怪异，幽默感由隐而显地表现出来了，小孩子对大白猪的真诚感情，美味佳肴对于缺乏自我抑制能力的孩子的引诱使孩子的情感失去了平衡。对于这种失衡，唐敏并不过度地夸张，她很有分寸感，她的幽默感是轻喜剧性的，她不愿意把纯真的感情价值贬低，也不忍把孩子作为讽刺对象，她只能把在物质极端匮乏的年代中馋嘴的孩子作为同情的对象，因而她的情感不可能那样淡薄：

许多日子过去了，还会突然想起来，我们还是忘不了大白。

那次咬了蒲公英，它笑起来。真的，笑法和人完全一样，嘴角尖往上翘，有两道弯弯的皱纹。

唐敏小心地保持着孩子的天真纯洁的心灵不因吃了大白猪的肉而受到损害，这最后的回忆是一种转化，使孩子的审美情感结构又恢复为抒情的和谐与平衡，因而这种幽默感，抒情性大于戏剧性，和谐超过冲突。

唐敏并不满足这种幽默感，它毕竟太单纯了，因而有时她在作情感结构调节时有意地把情感因子之间距离拉得更大，以致产生一种闹剧性的冲突，并赋之以戏剧的动作性，有了戏剧的动作性就超过了抒情性，但她并不真正向闹剧方向发展，她抑制着怪异之感。她的幽默感至多是戏谑性的幽默，这种幽默在《走西口的长途电话》中表现得出神入化。

《走西口的长途电话》不但给唐敏的幽默感带来一种新的风貌，也为中国现代散文带来一种新的风格。关于男女之爱，从五四以来已经写了那么多散文，一般都是抒情性的，不论是美好的欢会还是痛苦的分裂，从对未来幸福的向往到不可挽回的失误，莫不以正剧式的抒情性取胜，很少有人对真诚的爱情采取戏剧的讽刺态度，至于对正面情感采取超越性的幽默就更属凤毛麟角。①我们的散文传统由于与社会生活联系得太直接了，因而很少有散文家对正面肯定的情感或悲剧的人生以超越的幽默感观照。做一个艺术家和做一个社会人之间微妙的差异不论在实践上还是在理论上都长期地被忽视了。

《走西口的长途电话》也许要成为20世纪80年代散文史上的名篇。

这篇散文写的是由妻子出差而引起了非常黏糊的夫妻的情感的奇妙调节，在这里最突出的是在情感深层，愈是难分难舍，在其表层愈是互相折磨。这种折磨又不是林黛玉和贾宝玉那样由于在客观环境压力下对于命运不可把握的痛苦的试探，而是互相深有了解绝对有把握的一种戏谑。它绝无讽刺色彩，而是在情感的层次跃进中充满喜剧的戏谑。为了强化这种戏谑性氛围，唐敏把一首表现北方农村妻子送丈夫外出的民歌《走西口》分段穿插在文中。这种深层的抒情与谐谑性的幽默互相衬托，相映成趣。

文章开头，强调的是丈夫的可恶，在艺术上大胆的程度可能超过了古代、现代散文的任何有关篇章。丈夫听说妻子要出差就有被遗弃之感，“苦肉计”，买酒当饭，深夜在马路上游荡，这还在抒情性幽默的范畴之内。后来是丈夫抢在前头出差，并“威胁”说不一定

① 应该补充的是：台、港散文例外。

回来送行了。“威胁”，已经越出了温情脉脉的界限，抒情性幽默已被瓦解。唐敏还不罢手，还要让他恶毒一些：临行前回家，不但没有为妻子买来委托他买的漂亮衣服，反而大发其火说妻子太难看，找不出一件衣服来配她的丑陋。这样的冲突如果真的导致感情恶化，就平庸，而且可能恶俗了。可是通过这一切表现出来的内心深处恰恰相反，两人感情太好，一到要分离就产生这样的变态来。这样的幽默色调就不再是通常写到男女之爱的那种桃色了，它逐渐变得接近于灰色，但始终没有达到黑色幽默的程度，这是因为这里毕竟没有残酷的玩笑的成分，充其量不过是戏谑性的幽默。

唐敏拉开情感距离时是很有魄力的。她以浓重的笔墨，十分凶狠地用形容词语强调丈夫的心理变态——甚至用了“极尽可恶可卑之能事”这样惊人的语言。如果唐敏只写到这里，那么充其量只是一种表面的谐趣，最多不过是暗示给读者造成这外部变态的原因——一种难舍难分的依恋，但是从留给读者印象的强度来说依恋的真诚将远不如变态来得鲜明。唐敏追求的是一种心理的对称结构，不满足于用外显的成分提示内隐的成分，她的着力点是正面表现那内心深刻的依恋。正因为这样，她运用了三个层次的戏剧性的对转，求得对称结构的平衡。先是丈夫表示：“坚决”不给外出的妻子挂长途电话表示问候了，后来妻子到了目的地也故意不给丈夫电话号码。如果再放手写下去，导致了严重后果就毫无幽默感可言了。唐敏险中取胜，马上转到自己产生了被“抛到西伯利亚的悲伤”。想到自己一苦闷丈夫就会快乐起来，心情就更加压抑。以至于电话来了，还不知道，也不敢相信是自己的。原来是丈夫没有电话号码挂人工长途，排了五天，自己在同伴面前于是有了“中了头奖”的得意：

“你不说不给我挂吗？”

“你是个傻瓜！”

由于前后的对称所产生的怪异，感情的喜剧性对转本来已经够淋漓的了，可是唐敏还觉得不足，还要把戏谑性再强化一下：

时间一下子飞走了20分钟，我对着话筒最后喊：

“你要到机场来接我？不准勾引别人！我要拿把刀杀死你！”然后像登上了珠穆朗玛峰一样回到房里。

在表现最大限度的亲密时，却用了最凶狠的语言，表层的语义和深层的情感反差越大，戏谑性幽默感越强。

本来情感到这里已经相当饱和了，然而唐敏仍感到没有越出戏谑性幽默的临界点，她以一种艺术家魄力把情感向一个新的层次推进，电话铃“惊天动地”地又响起来了。

我又一次听到了丈夫的声音，再一次喜出望外！

“你不是打通了吗？”

“挂了五天才打通挂一次，不甘愿！又跑到自动拨号台，一拨，就拨通了，好高兴！”

这种达到最大浓度的喜剧性的情感飞跃由于与开头那种“极尽可恶可卑之能事”形成一种对称结构，不但在情感上反衬，而且在强度上相称，再加上那首《走西口》抒情民歌的反复穿插，使这篇散文的情感在多层次、多方位、大距离中组合起来，审美功能大大地提高，艺术感染力大大提高。

这就把唐敏的散文推到20世纪80年代中期的水平线之上，同时也把唐敏的才华在散文这个领域发挥到了极限，如果她再不知节制，继续增加这种情感错位的连锁反应层次，她就可能从散文领域走向小说了。事实上她的个别散文在何立伟那里可能就成为小说了。何立伟从小说的结构退向散文结构，获得了极大的自由，如果唐敏从散文向小说领域迈进，也许会失去许多自由。

当然这不完全是个结构问题，还是个美学追求问题。唐敏有一种特殊艺术观，她认为：“文学修养和做人的修养是有严格区别的，庞杂的世界充满灾难、卑鄙和罪恶，文学修养只用来寻找其中人格化的、善良的部分。只有文学才是丑恶的葬身之地。”（《简单——我的生平》）在这种思想指导之下，可以写出很空灵的小说来。然而新时期的小说的前卫作家往往以“直面惨淡的人生，正视淋漓的鲜血”取胜，正因为这样，唐敏的中篇小说《远山远水》《诚》，虽然写得很有才气，但毕竟不及她的散文创造的世界那么辉煌。当然，单纯寻求美，而回避丑，在散文中也是有局限性的。难道散文中就不可以有现实的严峻解剖和自我的冷静分析吗？离开了丑，美难道不会陷于过分单纯而变得薄弱吗？待唐敏的创作经历再丰富些，她自然就会面临这些问题了。

1987年8月15日

钱锺书散文中的硬幽默

——现当代幽默散文考察之三

20世纪40年代梁实秋、林语堂、王力散文富于智性的幽默趣味，与同时写作散文的钱锺书堪称同调。不过钱锺书的推理更加“歪”，更加“强词夺理”，他在《窗》中，这样分析窗与门的区别：

> 我们悟到门跟窗有不同的意义。当然，门是造了让人出进的。但是，窗子有时也可作为进出口用，比如，贼以及小说里私约的情人就喜欢爬窗子。所以窗子跟门的宇宙观的分别，决不仅是有无出进的人。若据赏春来看，我们不妨这样说：有了门我们可以出去；有了窗子，我们可以不必出去。窗子打通了大自然跟人的隔膜，把风和太阳引进来，使屋子里也关着一部分的春天，让我们安坐了享受，无需再到外面去找……所以门许我们追求，表示欲望，窗子许我们占领，表示享受……一个外来人，打门里进来的，有所要求，有所询问，他至多是个客人，一切要等主人来了决定。反过来说，一个钻窗子进来的人，不管是偷东西还是偷情，早已决心来替你做个暂时的主人，顾不到你的欢迎和拒绝了。①

钱先生更善于将两个互相并列的属性（不是对立的，而是互补的），用极其机智的语言结合起来，任意地把二者放在两个极点上对立起来。例如，本来门和窗的功能主要是互补的，但是先生置之不顾，只把二者的性能组成一对直接对立的两极，作为矛盾展开的逻辑起点：说门是为了人进出的，窗子有时也可以用作进出。这就先为二者找到了统一的契合点，就这一点而言，表面上似乎并不十分离谱，但是这种契合点却是任意性的。这里作为统一的理由是牵强的。从窗子进出的是情人和小偷，这二者的并列，本身已经是不伦不类的了，加上这偷偷摸摸的爬进爬出与从门进出的公开化并列起来，就产生了双重的不伦不

① 钱锺书：《人·兽·鬼》，台湾辅新书局1987年版，第162页。

类。此对的荒谬性还是比较表面的。接着又把这两点当作一对矛盾："若据赏春一事来看，我们不妨这样说，有了门，我们可以出去，有了窗，我们可以不必出去。"这种对立的极端就更加任意了。把这两点作为演绎的前提，当然是不可靠的。妙就妙在钱先生偏偏把这不可靠的前提当作毫无保留的出发点，在两个极端上作片面的演绎。在层层演绎中，从推理形式上看似乎顺理成章，但是从所推出的内容来看，却愈演愈歪，这两个极端的矛盾层层放大，越来越走向显而易见的悖谬。从门与窗的任意性对立，变成了人事的荒谬。任何一个从窗子里爬进来的人，不管是偷情还是偷东西，都是来做"主人"的。这个"主人"的内涵是非常勉强的。通常的房子的"主人"（所有权、使用权）的含义已经被偷换了。正是这种貌似合乎逻辑的形式和实质上是导致荒谬的内容，二者之间的矛盾造成了钱先生的幽默感。钱锺书这种长驱直入的演绎，所向披靡的力度和旁若无人的果断，在中国幽默散文史上可能是首屈一指的。相比起来，林语堂、梁实秋、王力的歪理歪推，从纯形式上观之，往往不如钱锺书那么多层次；从内容上观之，也不如钱锺书那么尖锐而严峻。在智性的趣味上，即使对世道有所讽喻，他们对于人性的弱点也不像钱锺书那样刻薄。常常只涉及一些一般的社会经济现象，无伤大雅的人事，比如物价飞涨、老妈子不好侍候等，很少涉及人心，尤其是知识分子的精神上的暗疾。写这样的主题，林、梁、王先生用了大量的自嘲，自我调侃钝化了进攻的锋芒，因而他们的幽默是软性的，即使有所进攻（针砭）也是把矛头指向社会一般的现象，很少集中在某一群特定的人物身上。钱锺书却不止于此，他对于世道人心的批判，入木三分，往往在林、梁、王先生适可而止的地方，穷追不舍；不惜挥洒他的大笔浓墨，大有不挖到痛处决不罢休之势。

在同一篇文章中，接下去，钱锺书就把这种本来是建筑物特点的认真思考引申到世道人心上来了：

> 缪塞在"少女做的是什么梦"的那首诗剧里，有句妙语，略谓父亲开了门，请进了物质上的丈夫，但是，理想的爱人，总是打窗子出进的。换句话说：从前门进来的，只是形式上的女婿，虽然经丈人看中，还待博取小姐自己的欢心；要是从后窗进来的，才是女郎们把灵魂肉体完全交托的真正的情人。①

形式上的逻辑性掩盖着内容的悖谬。在这里，钱锺书已经得出了所有真正的情人都是从窗子里爬进来的结论了，而读者仍在正常思维的惯性之中。就在这样的思路中，交织着正常与反常，理性与荒诞，严峻与俏皮，这样的思路，就是幽默感所由产生的逻辑过程。光从幽默的逻辑特点而言，钱锺书和王力是相同的，但是以钱锺书的个性，仅仅停留在人生现象的深刻观察上，是绝对不过瘾的，他要从某一焦点出发，引申出对于世道人心的某

① 钱锺书：《人·兽·鬼》，台湾辅新书局1987年版，第162页。

种讽喻，乃至挖苦，才能发挥得淋漓尽致。钱先生在批评离他生活圈子比较远的人事和社会现象时，还比较温和，他的幽默往往是泛指的，调侃的，就是有某种进攻性，锋芒也是钝化了的。这一点我们在上述引文中可以明显地看出来，他所批评的父母亲择婿和女儿的择偶的不同标准，这是自古而然的现象，除了他的话说得调皮以外，在内容上，并没有特别的新发现。光是说到这里，还不能显出钱锺书的睿智，不能使钱锺书的郁积得到释放，不能把钱锺书对于生活和心灵中最敏感的焦点之光散发出来，不把对于社会心理状态的批评拉到他所生活的圈子中来，他的才能就不能得到充分的表现。

他笔锋一转，可以说是有了神来之笔：

你进前门，先要经门房通知，再要等主人出见，还得寒暄几句，方能说明来意，既费心思，又费时间，哪像从后门进来的直捷痛快？好像学问的捷径，在乎背后的引得，若从前面正文看起，反见得迂远了。……窗子引诱了一角天进来，驯服了它，给人利用，好比我们笼络野马，变为家畜一样。从此我们在屋子里就能跟自然接触，不必去找光明，换空气，光明和空气会来找到我们。所以人对于自然的胜利，窗也是一个。不过，这种胜利，有如女人对于男子的胜利，表面上看好像是让步——开了窗让风和日光进来占领，谁知道来占领这个地方的就这个地方占领去了！[①]

钱锺书的文章层次特别丰富，真正当得起余光中所说的“左右逢源，曲折成趣”，首先从门和窗子的区别转入到进门和进窗的女婿性质上的颠倒，其次转到文人做学问的投机取巧，二者本来是风马牛不相及，经钱锺书这样自由地推演一番，顺理成章地统一起来，把矛头指向了同行做学问的不老实了。最后又顺带一笔，从绝对没有诗意笔法，突然反拨，把女性讽刺了一下。

在钱锺书的幽默视野中，司空见惯的人性不但可笑而且还有可恶的一面。他的批判锋刃好像是专对着文人的，他最乐于把同行、同辈身上的一些庸俗和虚荣，心灵的污秽，用刀子一样的语言去解剖。他似乎是在享受着某种远交近攻的乐趣，不把近在眼前的文人心灵的污秽挖苦一下，他的浩然之气是不能得到充分发挥的。越是拉近距离，他的批判锋芒就越是尖锐，甚至是尖刻，他的才智就越得到充分的发挥，他的笔力也就越是左右逢源、潇洒自如。他的幽默感的强硬的进攻性在这里显得特别精彩。

在钱锺书的幽默感中，还有一点是不可忽略的，那就是他的幽默感是没有或者极少是自我调侃的。也正是因为这样，他的幽默总是有一种触及灵魂，甚至刺刀见红的特点。这里，我们可以看到钱先生当年的豪气、傲气，在这种豪气和傲气中，读者可以看出青年钱锺书的愤激。他的幽默是一种硬幽默，其硬度乃是来自他的愤世嫉俗。比如，他批评文学

---

① 钱锺书：《人·兽·鬼》，台湾辅新书局 1987 年版，第 162—163 页。

评论家爱在文章中教训人。如果让王力来写，大不了就是以悲天悯人之态，作轻松调侃之语罢了，但是钱锺书却不会满足于此。他从多方面挖苦那些好为人师的文学批评家，首先把他们作了无类比附，和借债不还的人相提并论：“有一种人的理财学不过是借债不还，所以有一种人的道学，只是教训旁人，并非自己有什么道德。”①这个结论得来非常干脆，但是所有的推理方法却是不能作为论证工具的类比推理。结论的振振有词和论证的软弱之间形成反差，暗示了智性和调侃的张力。如果仅仅限于此，钱锺书的个性则不能充分显示，经过一番曲折的歪理歪推以后，他把这一点发挥到一个无以复加的极端上去：“老实说，假道学比真道学更为难能可贵。自己有了道德而来教训别人，那有什么稀奇；没有道德而也能以道德教人，这才见得真本领。有学问能教书，不见得有学问；没有学问而偏能教书，好比无本钱的生意，那就是艺术了。并且真道学家来提倡道德，只像店家自己存货登广告，不免自夸之讥，唯有绝无道德的人来讲道学，方见得大公无我，乐道人善，愈证明道德的伟大。”②把违背常识的反语说得这样振振有词，已经把文学批评家损得一塌糊涂了，但是这还不是钱锺书的真正妙处。钱先生的妙处更在于，他在推出这样一个惊世骇俗的结论的过程中，还有多方面的锋芒。在他的才智发挥得最为充分的时候，其特点用左右逢源来形容已经不够了。更准确的应该是左右是刺，他的推理过程相当曲折，几乎在每一个转折处都包含着过人的机智，在每一种机智中都又隐藏着讽刺。真可以用某种意义上的“两面三刀”来形容。他首先把文学批评家比作医生，从正面说他们“仁心仁术”，接着又从反面说，可是世上还是有人生病。这样已有了对于医术的讽喻了，当然，单方面的讽喻不是钱锺书所能满足的。于是他又从他们的道德上进行挖苦：“不过医生虽然治病，同时也希望人害病。”这样的讽刺已经是够尖锐的了，但是钱锺书的讽喻才情还是没有发挥到妙处。他随机引申了一下，就来了更为尖刻的：说医生是“配了苦药水，好讨辣价钱，救人的命正是救他自己的命”。这对于前面的话是个结论，但对于钱锺书的文章来说，还是个引题。他由此突然推出一个结论说：“所以人性不得改善，并不足为奇。”这样的推理方式，从一方面来说，可以说左右逢源，多多少少有点雄辩的色彩；从另一方面来说，他用的是类比推理，而类比推理，是不能单独进行论证的。这里就透露出了钱锺书幽默风格的另一个特点，那就是左右逢源的充实雄辩和逻辑薄弱的统一。雄辩显示了智性，而逻辑薄弱则又显而易见地滑稽。滑稽的游戏性质与雄辩的智性深度相结合，就构成了幽默的基础，但是光有这么一个方面，还不足以将钱锺书的才气完全展示出来。接下去钱先生又从动机上来挖苦他同龄的文学批评家：“人生之桥已经走了一半，然而《神曲》倒是无从下笔；谈恋爱，参加抗战，

① 钱锺书：《人·兽·鬼》，台湾辅新书局1987年版，第191页。
② 钱锺书：《人·兽·鬼》，台湾辅新书局1987年版，第192页。

似乎年纪太大；吃素奉佛，似乎年纪还轻；要创作似乎才尽，要研究恨欠训练——到此时，他不写说教的文章，你还叫他干什么？”[①] 这已经曲折地流露出对批评家不仅是在才气上的藐视，而且从人格方面极尽挖苦之能事了。

① 钱锺书：《人·兽·鬼》，台湾辅新书局1987年版，第190页。

王力散文中的软幽默

——现当代幽默散文考察之四[①]

听王力在课堂上讲课，给我留下的印象是一个相当严谨的智者和有点沉闷的教授，但是《龙虫并雕斋琐语》是一本充满了幽默情趣的学者散文。在散文中出现的是一个轻松活泼、奇趣横生的王力，善于作导谬之言，长于歪理歪推之术，在悖论中引出智性的警策之语，在困境中，偏能作悲天悯人之态，在自己处于尴尬中，又能作自我调侃。

他左右逢源，涉笔成趣，忽而引经据典作歪曲解释，忽而出语机锋作游戏笔墨，这十足幽默艺术家的气质与在生活中、在课堂上得到的智者的印象形成反差。

从他征服散文这一艺术形式的过程来看，在早期，先生强大的学者的理性是处于优势地位的，但是他并不缺乏幽默感，在这以前已经翻译过莫里哀的全集，又有在法国留学多年的经历，在他进入幽默散文境界之时，法国式的幽默大抵处于潜在状态。他知道，写散文应该追求幽默感，而要把这些幽默感在写作的过程中唤醒，成为散文的生命，是需要克服心灵中那种理性过甚的倾向的。

在王先生早期（1942 年）的散文中，不难看到某些互相矛盾的现象。有时他写得相当诙谐，涉笔成趣，引述中外文献典籍，举重若轻，有时他又难免停留在历数西方诸多民俗、中国民间迷信的现象上，虽然有丰富多彩的文化趣味，但总是免不了对富于文化价值的文献、民俗过分拘泥，缺乏散文所必需的潇洒。大体说来，先生的谐趣在积累了一年之后，才在根本上获得了解放。在《瓮牖剩墨》的最后两篇，他的智性和幽默开始达到某种程度的和谐、某种自由。例如在《诅咒》中，他列举了在墙上写字（如在厕所、教室、膳堂）骂人和匿名写信骂人两种方法的不同：

> 墙上写字，被骂者未必有机会看见，匿名信则被骂者非见不可。……

---

① 原载香港《文汇报》1997 年 12 月 7 日。

墙上写字往往只骂人，不恐吓人；匿名信却多带着恐吓的性质。墙上写字往往因为时间匆促，不能畅所欲言，……至于匿名信却不同了，他可以花一整夜的工夫，……毫无顾忌，也不像写信谏劝尊长那样需要委婉，也不像报纸上写文章那样处处预防“被抽”。这样，匿名信骂起人来，应该能使陈琳点头，骆宾王逊色。[①]

不登大雅之堂的评述对象，市井小民的恶习和文学史上的散文经典（欧阳修、陈琳、骆宾王）又加上国民党统治下报刊文稿被审查官员抽去，这样严峻的政治问题居然相提并论，这就形成了不伦不类的谐趣。再加上，对于这二者相当微观的、颇为精警的分析。深刻的庄重感和游戏风格的结合，产生了不和谐的怪异，这就构成了某种超越于滑稽的智性的趣味。虽然他不像钱锺书那样以智者的深刻见长，但是这种智性的成分，无疑给他的幽默增添了理趣，减少了流于滑稽的危险。

到了《劝菜》中，先生的幽默思维得到了比较彻底的解放，他在逻辑上，开始“放肆”起来，采取了一种极化的方法，把中国人劝菜，放在两个极端的矛盾的焦点上。一方面是表示极端的客气，一方面是极端不卫生。至于在这二者之间的一切都被先生省略了。用沾满自己唾液的筷子轮番劝来劝去，先生把这叫作“津液交流”，推向极端幽默方法的运用，带来了喜剧性，但是滥用也可能导致过分强烈的生理刺激，徒有闹剧的滑稽感而失之肤浅，好在先生适可而止。接着他把矛头从生理刺激转向了精神的荒谬：“然而我并不因此而否认劝菜是一种美德。‘有杀身以成仁’，牺牲一点儿卫生戒条来成全一种美德，还不是应该的吗？”[②]一方面，把过度的生理刺激，与经典的庄严作了无类比附，产生了幽默感；另一方面，又采用了自我的调侃的形式，淡化了进攻性。有了智性的分析，避免了流于滑稽；有了自我调侃，又钝化了进攻性，避免成为讽刺，在讽刺的严峻与滑稽的油滑之间取得了平衡，这幽默感就比较经得起欣赏了。

王先生的幽默散文与钱锺书在幽默和非叙事性方面同调，但是钱锺书尖锐，对同行、同辈语多讽刺；王先生宽厚，很少对周围的人和事，尤其是他最熟悉的知识分子的心灵缺陷发表什么尖锐的批判。他的批评矛头不是近指的而是远指的，最贴近身边的批评也不过是老妈子之不好对付，不但不能很好地为主人服务，反而要主人看她们的眼色等。写这样的主题王先生常常用大量的自嘲，自我调侃钝化了进攻的锋芒，因而王先生的幽默是软性的，即使有所进攻（针砭）也是把矛头指向社会一般的现象，很少集中在某一群特定的人物身上，但是钱锺书却不止于此，他对于世道人心深刻批判，入木三分，往往在王先生适可而止的地方，穷追不舍，不惜挥洒他的大笔浓墨，大有不挖到痛处决不罢休之势。在钱

---

① 王了一：《龙虫并雕斋琐语》，中国社会科学出版社 1982 年版，第 48 页。
② 王了一：《龙虫并雕斋琐语》，中国社会科学出版社 1982 年版，第 50—53 页。

锺书的幽默感中，有一点是不可忽略的，那就是没有或者极少是自我调侃的。也正是因为这样，他的幽默总是有一种触及灵魂，甚至刺刀见红的特点。这里，我们可以看到钱先生当年的豪气、傲气，在这种豪气和傲气中，读者可以看出青年钱锺书的愤激。他的幽默是一种硬幽默，与王先生的软幽默恰成对照。

王先生善于用自我调侃来钝化幽默锋芒，他尽量避免着直接揭示文人灵魂的负面弱点。先生善于把人性的可笑变成自己的可笑甚至可怜、可悲。先生的长处显然不在社会讽刺，也不在于对文化人心灵病态的针砭。

当然，这不是说王先生在那种世道中，就没有愤激，不过他的愤激，不是外向的，大抵是内向的。就是非外向不可，他的矛头也不绝对是外向的，而是外向和内向结合的。例如，他批评当时盛行的不是通过邮局而是托朋友带信、带物者的风气，就有相当愤激的语言。用取其一点，层层推演的办法，“无限上纲”，来构成荒谬：“归根说起来，现代托人带信只有一个可怜可鄙的理由，就是要节省几个钱的邮票。那么，对国家，他是邮政的走私者，这是不忠；对朋友，他把人家当作一个义务的邮差，这是不义。不忠不义所以是可鄙。为了节省极少数的钱甘心自陷于不忠不义，所以是可怜。为了托带私信而累得朋友受了重罚（在外国确有其事），那就超过了可鄙可怜，简直是太可恶了。”[①]这种直接的批判，到了近乎诅咒的程度，似乎很有一点过分，也不尽合乎王先生的个性，但是夸张到完全不现实的程度，便成了导致荒谬的一种逻辑假定。就是在这样的假定中，王先生也把它和对自己的调侃结合起来：“我提倡一种主义，凡是托我们带信的，我们可以付之一炬……凡是托我们带衣物的，水果可以供我们在火车上解渴，腊味可以在旅馆里下饭，若遇着不喜欢吃或者不好吃的东西，可以扔在路上，自然有人来拾。”[②]这是自我丑化，但是这是假定的，不可能付诸实行的，因而是幽默的。在这本散文集中，自我调侃比比皆是，正是这种自我调侃的普遍运用，使得先生的文章字里行间充满了属于他的性灵的温和，而不是钱锺书式的锋芒。

---

① 王了一：《龙虫并雕斋琐语》，中国社会科学出版社 1982 年版，第 55—56 页。

② 王了一：《龙虫并雕斋琐语》，中国社会科学出版社 1982 年版，第 55—56 页。

王小波智性幽默中的佯谬和佯庸
——现当代幽默散文考察之五

近来内地好多比较严肃的文学报刊，纷纷发表了对王小波的评论，有的评价还相当高。就连王蒙也在《读书》上称赞他是个“明白人”。读了他的杂文自选集《我的精神家园》[①]，出乎意料的是，他不但没有我所想象的先锋、新潮色彩，而且还有一点正统：他所强调的基本立场其实很简单，也就是所谓“健全的理性”。凭着这种立场，他几乎对每一种思潮都持宁静致远的批判态度，就是海外某些学人也不例外，他对他们“教美国书，挣美国钱”，发表些对中国问题的高论，颇有点不屑。至于对内地一些新潮文人，多少也有一点瞧不上眼。当然他笔力和焦点，集中在对中国传统文化的批判上。

看他的批判，很难说他不偏激，但是他有一种黄子平所说的“片面的深刻”。他以异常犀利的笔锋，指出中国传统文化的实用主义和道德取向，常常导致了对于真正文化精神的扼杀。对于国内闹得甚嚣尘上的“人文精神”的鼓吹者的道德自豪感，他认为这种学术与道德的混淆无异于说“蔬菜是胡萝卜”。他对于中国当代文化新潮习惯于投之以挑剔的冷眼。女权主义虽然不错，但弄得过分了，就会走火入魔，甚至成为“市侩”，新儒学的偏执会变成民族自大狂，以为孔孟之道真能拯救世界是笑话。他对于中国文化界流行的一切都保持着一种距离感，以一种超然的态度嘲弄着其中的盲目性。老实说，他的这种文化立场，并不太令我振奋。有思想的人，用他自己的话来说，有健全的理性的人，或者用王蒙的话来说“明白人”，发些惊世骇俗的议论，是不足为奇的。

使我感到振奋的，不是他的睿智，而是他把他的睿智和幽默结合了起来。

在这以前，我相信南帆在他的《文明七巧板》后记中的说法，为了智性的沉思，不能不牺牲抒情和幽默。的确，幽默逻辑的“不一致”（incongruity）原则，超越了逻辑的同一

① 王小波：《我的精神家园》，文化艺术出版社 1997 年版，引文均出自该书。

律，在二重错位逻辑轨道上运行的思维，很难深化。也许因为这样，自己十分幽默的鲁迅才对幽默怀着警惕，唯恐幽默钝化了社会文化批判的思想锋芒，但是王小波的社会文化批判并未因为幽默而失去深度和力度。这是因为他把思辨和幽默，正理和歪理，结合得这样巧妙，在中国现代散文过分轻松，缺乏思想的幽默散文中，树起了一面智性的旗帜。

他的幽默和思辨的结合，大致有两种形式。

一种是以讲一个中外经典的，或者民间的故事、典故，来展开讽喻性的比附。如用一个傻大姐只会缝扣子就自豪地传授于人的故事，比附迷恋国学的盲目和自大；以一个诸葛亮在云南砍椰子树的传说，比附中国传统的消极平均主义。在比附过程中，他那歪理歪推的幽默，往往以歪导正，从歪打开始，以正着终结，使幽默的戏谑性和理性的严肃性和谐地结合起来。例如，对于诸葛亮砍椰子树的传说，他的推理是这样的："人人理应生来平等，但现在不平等了，四川不长椰子树，那里的人要靠农耕为生，云南长满了椰子树，这里的人就活得很舒服。让四川也长满椰树，这是一种达到公平的方法，但限于自然条件，很难做到。所以，必须把云南的椰树砍掉，这样才公平。假如有不平等，有两种方式可以拉平，一种是向上拉平，这是最好的，但实行起来有困难，比如有些人生来四肢健全，有些人则生有残疾，一种平等之道是把所有的人都治成正常人，这可不容易做到；另一种是向下拉平，要把所有正常人，都变成残疾人就很容易，只消用铁棍一敲，一声惨叫，这就变过来了。"

严肃的文化思想批判之所以幽默，是因为带强烈的荒谬性，但是虽然荒谬却又不失尖锐，这是因为歪理打中了本来要花许多笔墨才能说清的要害。他的批判虽然深刻却又没有钱锺书的尖刻，是因为他的幽默总是以一种佯谬的姿态出现。其悖谬的程度带着显而易见的虚拟性。正是这种虚拟性使得他的心态显得特别轻松。这种轻松使得他和钱锺书的执着中带着愤激形成了对比。

这就联系到他幽默风格的第二个因素：在"佯谬"的推理过程中表现出一种"佯庸"。明明是个明白人，常常以某种糊涂的样子出现，他以追求健全理性思维而自豪，有时免不了对于消极现象在语言上作漫画式的夸张（如讲到自己不赞成的事，就说自己"把脑袋摇掉"，想当思想权威的人其结果是自己受到权威的压抑，他把这个叫作"自己屙屎自己吃"）。有时他也用不留余地的雄辩（多多少少有点诡辩）的逻辑表示他对流行观念的蔑视，但是他并不经常剑拔弩张，他更喜欢以"佯庸"的微笑表现他的游刃有余，他在严峻的悲剧面前总是乐意采取一种超然的、悲天悯人的姿态，实际上是显示了他骨子里的精神优越感。这就构成了佯谬和佯庸的张力。在这种张力结构中，读者可以感受到冷嘲和热讽。当他提起国外愚人节刊物上的笑话时，自然地联系到20世纪60年代群众大炼钢铁、超声波的轶事。转而说道："但是这些都不是愚人节的狂想，而是我亲眼所见，有一些时期，每一天都是愚人节。"这就显出了他埋伏在佯谬中的机警。读者不但会为他的佯谬而微笑，而且为他的机智而深思。这是他的一大长处，常常在歪理歪推的过程中，突然冒出一些非常精辟的格言式的句子来，比如他说到一些君王，实际上是一些领导者，往往喜欢听好话，像花剌子模国王那样听到好消息就嘉奖使者，听到坏消息就把使者拿去喂老虎。他说："假如要反对不幸，应该反对不幸的事实，此后才能减少不幸的消息。但是这个道理有一定的复杂性，不是君王所能理解。再说，假如能和他讲理，他就不是君王。"当他从荒谬的世道中推出这样朴素的真理的时候，有意无意地表现得平和中正，这种平和中正和荒谬的世道的严酷性之间形成了反差，他的幽默就有了一种从容不迫的风格。

他的幽默领域不像林语堂、梁实秋、王了一、余光中、舒婷、梁锡华那样在日常生活的感性范围里，他谈的是思想的健全问题，有很强的理论色彩，但是他没有陷于形而上学的莫测高深。他的态度是超然的，而他的幽默却和读者缩短了距离，没有让读者在他的学问中感到自卑。这应该得力于他的幽默中的自嘲。他的自嘲与众不同之处在于：尽量自贬，自然是一种"佯贬"或者"佯庸"。他的忧深愤广之所以没有造成钱锺书式的剑拔弩张，就是因为他经常放低姿态。比如，他这样写读一些学术文章的感觉："往往要说作者以马列主义为指南，以辩证唯物主义为指导思想，为了什么等。一篇文章我往往只敢看到这里，因为我害怕看完以后不能同意作者的观点，就要冒反对马列主义的危险。诚然，我可以努力证明作者口称赞同马列主义，实际上在反对马列，但我又于心不忍。我和任何人都没有这么大的仇恨。"这里交织着佯庸（胆怯）和自诩（善良），这样的情绪复合的自嘲的好处是节制，防止把幽默的效果极度夸张，极化的夸张容易导致漫画式的浅薄。他的好处是总是不兴奋，不让自己愤激，往往有一种北京人的"悠着点儿"的从容。例如，说到反对教会烧死布鲁诺，他这样写："诸位，人家不过是主张日心说，烧死他太过分了。别人听了这样的话，必定要拉我同烧，这样我马上会改变劝说的方向，把它对准布鲁诺：得了吧，哥儿们，你这是何苦？去服个软吧。"他虽然声明这是他年轻时的态度，而且带着批判的意味，但是在他的自嘲发挥到过分时，超然的态度就令人想起北京人的"油"。幸亏，他的心灵没有沾着这种油。在《积极的结论》中，他说到自己的情感对于荒谬的世道和麻木的人心，有一定的独立性，自以为想笑就笑，想哭就哭。"假如你扣我工资，我可以不抱怨，无缘无故打我个右派，我肯定怀恨在心。别人在这方面比我强，我很佩服，但我不能自吹说达到了他的程度。我们不能欺骗上级，误导他们。这是老百姓的义务。"本来是不麻木的、理性的反应，可他却佯贬自己不如别人。而他的不驯服，本来是当年的上级所头疼的，他却说是为了不欺骗上级，显得一片傻乎乎的样子。这正是他的佯谬和他的佯庸，在骨子里却是他的睿智。这足以把精神优越感藏起来，使他和读者更为亲近。

智者的情趣和学者的幽默：梁锡华
——现当代幽默散文考察之六[①]

读梁锡华的散文，叫人不由得想起秦牧。梁先生是学者，在他的散文中古今中外的典故文献旁征博引，令人目不暇接。秦牧在 20 世纪 60 年代也曾经以资料的征引而风靡一时，在那红色风暴席卷中国大地的年代，秦牧以知识性散文独树一帜，对中国现代散文的贡献功不可没。然而，他所最熟悉的不外乎中国的历史和人文风习，再加些自然常识。历史是如此无情，今天拿秦牧和梁锡华相比，秦牧的知识结构和情感结构，就显得贫弱了。同样是学者散文，梁先生对于东方和西方人文典故、人情、风习的旁征博引，也许，其天地之广阔，为当代中国同类散文家所难以企及。秦牧的天地常常局限在中国历史和文化的范围之内，这就使他的想象和心智多少受到拘束，因而对于历史洗汰的承受力就差一些。

梁先生的优势，不仅仅在对西方古典文化的熟稔，而且在于对中国古典诗文广泛的涉猎。有时对名家有系统地征引，有时对非名家也有独到的体验，其细微之处是秦牧所不及的。在梁先生的散文世界中充满了东方文化的优雅和精致，在许多篇章中，他的思路所至，不像是散文的信笔随心，涉笔成趣，点到为止，而是系统的反复比照和分析，带着很鲜明的钻研风格，可以说，在中国现代散文中，不论是大陆的还是台湾的，梁先生的散文都可以归入最具学者风格之列。

他以学者的广博，学者的睿智，学者的深思给读者以喜悦甚至震惊。但光是这一端，只能引起读者对他学识的敬意，却很难使读者的心和他亲近。

梁先生的学识丰富，天真的读者可能会因而产生某种自卑感，这就和梁先生的心理距离扩大了，这种距离在心理的认同上本非绝对好事，但是在知识的发现上却成为一种吸引力，在一定限度之内，信息距离与吸引力成正比。有时这种距离并不完全来自知识的悬殊，

① 原载《台港文学选刊》1993 年第 7 期，引文均出自该处。

恰恰来自梁先生过人的机敏和深邃。我不知道梁先生在留学英伦和加拿大时，有没有留心过黑格尔的哲学，我也不知道他对于黑氏那种正反合一的辩证模式是否有过钻研，如果不是，则也许梁先生是受了鲁迅杂文的影响吧。在梁先生的杂文里往往能见出他反向思维的功力，常常是一个天经地义的正面命题，经梁先生之手稍作点拨，就堂而皇之地转化为一个反命题，不但并不见其悖谬，相反显得深刻。他在《未退绸缪》中看似调侃地说："宗教家有劝人光积财于天的，这有点险。请大家考虑，若不积财于地，退休后饥寒交迫，上天就快了。快起来时，连实现地上努力积财于天的宏愿也没有时间，岂非两败俱伤？"本来是"积财于天"有理，可是梁先生把条件一变，就变成了"积财于地"更有理，积财于地成了积财于天的前提。从这里，我想象，甚至可以肯定，梁先生在生活中当是很雄辩的，在好多杂文中，他的雄辩表现为从正到反，从反到正，都能层层深入。梁先生在杂文中经常用一种欲正故反，或欲反故正的方法，轻而易举地做了许多曲曲折折翻案文章。他特别善于从司空见惯的一极，分析出惊世骇俗的另一极，他从李白的怀才不遇，分析出李白的才，但不过是"逸才"，而在经国济世方面，他其实是无才，让他写写诗、舞舞剑、爬爬山、追追月亮、发发超然的议论则可，至于真正要他救苍生、拯黎元，他只能是一窍不通。梁先生从美国东岸一教授指斥香港为文化沙漠，引出香港文人据理反驳，我初以为会以斥美国东岸教授为主旨，然而梁先生善作正反转化之分析，论点在正反两极上层层转化，很少有一个论点加几个论据之平面论证，至少也将论点作两三层次之转折。在斥过美国东岸教授之狂妄以后，梁先生笔锋一转指出，香港一些教授文人"的确是精于术学而拙于学术的""名为学术界而不沾学术""夸夸其谈教学至上论"，其实是"唯教而不学""既不教也不学"。论点一经如此几个转折，狂妄的美国东岸教授的宏论又变得不无可观之处了。

梁先生的杂文正因为此而显得深邃，即使一些看来随意性很强的感想，也有警策犀利之处。

但是梁先生杂文的全部长处，并不完全在警策犀利和深邃。不同于一般社会评论专栏作家，他不仅仅是一个雄辩的论者。他并不满足于永远一本正经地皱着眉头作苦苦思索，他还是个幽默家，他偏爱带着微笑去思索人生的困惑，他不但以睿智见长，而且以他的俏皮，他的调侃，他的似是而非的牢骚引起内地学者的激赏。他的朋友黄国彬说他文中每多奇思妙想和警句，这自然是不错的，但我更有兴趣分析一下他的奇思妙想的由来。

梁先生的奇思妙想很大程度得力于作同中求异或异中求同的分析，他能毫不费力地从相近或相同的东西中悟出相反的东西（如从"学术"中看到"术学"，从"教学至上论"中看出"不教也不学"），从相反的不相干的东西中神思飞越地看到相同的，哪怕是暂时的，甚至不通的联系。他在《从旅游厕所想起》中说："旅游厕所的目的何在？除了增加见闻，我想，最破天荒的莫如唤醒群众去认真重视自身的‘出口’事业。”

这里本来应该用一个委婉语来表述人的排泄的，可是梁先生即兴用一个商业上堂堂正正的词语——“出口”来表述。从词语的本来意义上说，是相去甚远的，可是在暂时的字面上却甚相通，在表面相通中间留下了深层的矛盾和不谐，这不但表现了机智，而且表现了俏皮。

这样便有了一种趣味，一种半真半假的文字游戏，表现了大智若愚的气度。而这一点趣味，正是梁先生的散文不同于秦牧和眼下其他大部分学者之处（余光中虽有谐趣，但不作旁征博引）。正是在这一点上，梁先生的散文摆脱了书呆子气，不像有些学者写起散文来那么傻乎乎地被众多材料所拘束，死心眼到把本来极有趣的事说得索然无味。梁先生看来很重视散文的这种趣味，每逢抓到这种苗头，他都不轻易放过，这又使他的风格和余秋雨等内地学者散文迥然不同，他总是不满足于深思熟虑出奇制胜的见解。固然，当他深深思索时，他很善于抓住逻辑的每一个环节作严密的推演，然而当他追求趣味时，他又超越常理说出一些“无理而妙”的话来。他把人的排泄当“出口”，已经是超越了常规的语义了，然而他还觉得不够过瘾，继而又说：

“民以食为天”这句话太片面，应该配上“人以拉为地”才有平衡感和美感、灵感。

从根本上来讲，这说的是正理，可是采取的形式却很不正经，大有歪理歪推之慨，尤其是最后把排泄和美感、灵感直接联系在一起，就更是在不伦不类之中显出通俗幽默的趣味，但不管多通俗，梁先生似比柏杨的油腔滑调严肃一些。

从学问显示中求幽默，于旁征博引中求俏皮，从一本正经中推出歪理，梁锡华为自己的散文创造了亦庄亦谐，谐趣横生的风格，不是一般的风格，而是成熟的风格，稍稍细心的读者可以不看署名，从众多的散文和杂文中挑出梁先生的文章。

这是因为梁先生的风格不仅表现在局部的资料的引述上，而且表现在全部的思路和气质上，当他庄重时，他是深邃的，严谨的，其深沉不亚于余秋雨；可是他的幽默，他的谐趣使他与余秋雨热情有别。当他表现谐趣时，他好像与余光中的幽默风格可以混同，可当余光中幽默时，大都着眼日常生活，而梁先生则不然，他除了日常生活之外，还有志于书海徜徉之乐。梁先生几乎毫不掩饰地炫示他对历史典故、人文风习、奇闻逸事的搜罗之广，字里行间常常流露出某种古董商的陶醉和书呆子的天真，而表现得更多的是在这些书本材料中他感到了比现实中更为自由的心灵的活跃，享受着脱去人格面具之乐趣。

从《炎夏记裸》到《墙之隔》，他所引述的资料几乎可以写成论文，他让读者欣赏的自然不仅是那些已被文字固定下来的故事，而是他在欣赏那五花八门、千奇百怪的典故，名言史料乃至新闻时心灵的活跃，趣味的丰富，尤其是幽默的回味。正是这幽默的趣味，使得那些死材料获得了新生命，这正是余秋雨所缺乏的。余秋雨习惯于以智性和抒情的眼光去组织他的材料，贯穿在他散文中的是一种一本正经的正义感和热情，故有大气魄。可是梁锡华却以一种谐趣的眼光看他的资料，故贯穿于其间不仅仅是一本正经的正理，而且是某种歪曲的逻辑。正理因其正而全面深刻，歪理以其歪而谐谑。

梁先生的散文所依据的材料往往是很正经的，很严肃的，但是他从中引出的却往往是不全面的，有点歪曲的道理。例如《墙之隔》，他根据《圣经》和《左传》引出结论说，人之所以造墙是为了隐蔽自己干的坏事，从演绎的过程来看好像有根有据，振振有词，但是从根本上来说，却十分片面，强词夺理。梁先生的散文之所以幽默，就在于他运用一些经典材料时，习惯于从正经中引出怪论，然后，又把怪论当作无条件限制的大前提加以推演，把一些偶然的因果当作必然的规律加以阐发、引申，形成一种歪理歪推的逻辑。他从《诗经》的《将仲子》中的“逾墙”，引申出爱情的“战略”，接着又把孟子有关议论青春少年跳墙之情景，李白、白朴有关墙头马上的诗句和剧情，乃至苏东坡有关“墙内秋千”上佳人，“墙外行人”的诗句，以一种牵强的、片面的因果逻辑联系起来，转而又指向现代生活，发出一大篇有趣的议论：

有墙即有分隔。由于里外有别，不但人情神秘起来，爱情美丽起来，悲哀深化起来，其他万事万物，也藤蔓交缠起来。请看我们今天城市人赖以为家的高楼大厦吧，楼内墙墙相隔，各成单位，人在墙的包围或称保护之下，完全可以任意行事。墙这一边某甲可能精忠报国，墙那一边，某乙可能打劫贩毒……

这里的幽默趣味，不全在开头那几句关于墙与人情神秘、爱情美丽的正理，也不全在后来那几句关于墙这边“精忠报国”，那一边则“打劫贩毒”的两极对比的喜剧性歪理，而且在于从正理向歪理的过渡，歪理之缺乏充分根据而又振振有词。所有这一切都交织着庄重和怪异，谐谑和深思构成了梁先生散文庄谐互渗的趣味。

此外，梁先生的语言也很丰富，他常用口语称述学术概念，又用古典雅言界定日常琐事，把政治军事术语用之于爱情，而把商业性语言用之于人情，充分显示其风格的错位和语义转换生成的趣味，哪怕在发议论时，讲道理时也不枯燥，即使在攻击某种现象时也能谐趣横生。这是因为梁先生善用自我调侃来表现自己的愤怒。例如，他批评许多文学评论的语言过分西化，句子太长而且纠缠不清，他说，这样的句子“藤蔓交缠”：

读者念到一半，就近乎气绝了。但等到呼吸平顺之后，努力把句子念完，仍然不知所云，再度苦拼之后，才有希望猜出点意思。

这种幽默的好处在于把进攻变成对对方的微笑，因为这里直接表现的是自己（读者之一）的可怜相，而不是文章的可恶相。这就缓解了紧张对峙，有利于对立双方在顿悟中情感沟通。

这种自我调侃的幽默是一种软幽默，比之那种进攻性很强的硬幽默和尖酸的“干幽默”，当属幽默的上乘。《博士真腻拖》《炎夏记裸》写自己的狼狈相、可怜相，相当淋漓，与余光中的《牛蛙记》《我的四个假想敌》可谓自我调侃之上品。不过梁先生和余先生也许过分热衷于和自己开玩笑了，因而在文字上有时缺乏节制，在情绪上也缺乏内敛，不免有逞才使气之嫌。尤其是在文字上，余先生和梁先生都用写小说的细节铺展的办法，有失散文的潇洒自如，涉笔成趣之正格，偶尔露出刻意为文，有意造情之痕迹。至于在一些学者味更浓的散文中，经典故实、历史材料过分密集，也使梁先生的情绪受到一定阻塞，有时有尾大不掉、负累过重、情力难支、贯穿全文的思路和逻辑徘徊不前，甚至给人挣扎不出的感觉。

论台港和大陆散文中之进攻性幽默和软性幽默
——现当代幽默散文考察之七[①]

从20世纪50年代起中国大陆幽默散文的匮乏已经成为一个突出的历史现象。在连续三十年中，大陆散文的幽默作品几乎濒于绝迹。从外部原因观之，是由于当时文艺思潮的社会狭隘功利主义过度泛滥，从文学形式和风格的内部继承和发展规律来看，则是风靡几十年的抒情、美化的潮流淹没了一切。把每一篇散文都当成诗来写的主张为广大散文作家所接受，并且由此培养了一代读者的欣赏趣味，就不能不导致非美化、非诗化的幽默散文的衰微。[②]而在台湾和香港，幽默散文却在这段时间中蔚为大观，不但最早提倡幽默的林语堂仍然笔耕不辍，写出了晚年幽默散文的力作，而且40年代，中国幽默散文的三大家梁实秋、王了一、钱锺书的散文《雅舍小品》《龙虫并雕斋琐语》《写在人生边上》成为经典。梁锡华在80年代对这三位大家的幽默散文在当时没有受到足够的重视做出如下的评论：

> 他们的作品属于学者散文中的幽默小品，都能“融合情理、智慧和学问”。这些文章面世时，由于整个社会的文化气候欠佳，读者的欣赏力不高，所以没有受到应得的重视和赞美，然而时间总是个执法不阿的大法官，真正有价值的文学作品，特别是艺术超群的作品，无论如何不是偏见、无知和愚陋所能永久禁闭的。[③]

这种评价和五六十年代大陆出版的几部权威的现代文学史（如王瑶、刘绶松和唐搜所著或主编的）只字不提形成对比。这种学者的幽默散文遭到漠视和台湾、香港的散文家的重视、推崇、追随成为一种历史性反差。台湾、香港的幽默散文家正是把林语堂、梁实秋、王了一、钱锺书的幽默传统加以发扬光大，才在台港产生了一支庞大的幽默散文家队伍。

---

① 原载《文艺理论研究》1996年第6期。

② 关于这个问题，我在《散文中抒情和幽默的冲突》中曾专门加以阐述。

③ 梁锡华：《梁锡华选集》，香港山边社1984年版，第99页。

除了老一辈的林语堂、梁实秋等已有历史地位的幽默散文大家以外，新一代的散文家如余光中、颜元叔、王鼎钧、柏杨、梁锡华、思果、吴望尧、林今开、夏元瑜等，或则在散文中专以幽默为务，或则以幽默为自己散文特殊风格之一，作艺术之追求与探索。在台湾，散文中之幽默风格几乎可以与抒情风格抗衡，就连小说家如三毛、陈若曦也往往不能不为这种席卷文坛的风气所吸引，偶尔亦有幽默之作。连那个锋芒毕露的政论家李敖，他的批判雄辩的理性逻辑，本来是与超越理性逻辑，扭曲同一律，以偷换概念，歪理歪推取胜的幽默水火不容的，但是他仍然受了以梁实秋为代表的幽默旋风之裹挟，写了一系列幽默散文，以致大陆的漓江出版社还在一套专门赏析台湾幽默散文的丛书中列出了一本《李敖幽默散文赏析》。[①]本来李敖狂傲到似乎完全缺乏幽默感，他甚至并非佯妄而是真狂地说“五十年来和五百年内，写白话文的前三名是——李敖，李敖，李敖”[②]，可是就是这个李敖却跟在梁实秋、林语堂的幽默文章屁股后面露出了模仿的尾巴。林语堂写过《来台二十四快事》以模拟反讽之笔法仿金圣叹批西厢《拷艳》一折，一连写了三十三个“不亦快哉”[③]。梁实秋亦有《不亦快哉》一文载于《雅舍小品续集》，亦声明借金圣叹之意以讽人生百态[④]，而李敖也公然写了《不讨老婆不亦快哉》《不交女朋友不亦快哉》[⑤]，其立意乃至其反讽风格均近似模仿。这个事实的重要意义不在对李敖的讽刺，只能说明台湾、香港散文中幽默风格之兴盛与其师承 40 年代之幽默传统有关。

本来，中国的幽默散文并不自 20 世纪 40 年代起。早在五四新文学运动的第一二个十年中早已相当成熟。鲁迅虽然对林语堂提倡幽默不以为然，但是他自己的散文、小说、杂文中有很大一部分是幽默的精品。然而鲁迅的幽默和林语堂的发展方向、价值取向有不同，鲁迅的幽默是深沉的，有时带着沉痛，有时走向社会政治的批判，在他的杂文中强烈的进攻性往往使他的幽默变为尖锐的讽刺（或者硬性幽默）。而林语堂、钱锺书和 40 年代的幽默散文却更多地带有戏谑的软幽默色彩，但同时又有学者的睿智。硬幽默在钱锺书的《写在人生边上》表现得最为突出。其驱遣古今中外名人故实语录之广博，为中国现代散文之智者幽默开辟一个新的天地。

台湾及香港的幽默散文所继承的中国现代幽默散文传统主要不是那种社会批判锋芒甚强的“硬幽默”，而是以调侃性、戏谑性为特点的“软幽默”，甚至连钱锺书那种有时过分刻薄的硬幽默，在台湾、香港的幽默散文中也很少有追随者。钱先生博闻强记，善于歪理

① 雷锐等编著：《李敖幽默散文赏析》，漓江出版社 1993 年版。
② 雷锐等编著：《李敖幽默散文赏析》，漓江出版社 1993 年版。
③ 林语堂著，林太乙编：《清算月亮》，台湾联经出版事业公司 1994 年版，第 245—248 页。
④ 梁实秋：《雅舍小品》，香港雅文出版社 1984 年版，第 53—55 页。
⑤ 徐学编：《台湾幽默散文选》，百花文艺出版社 1991 年版，第 174—178 页。

歪推，自然有别具一格的智趣，但是他往往有过分藐视世人，尖酸刻薄之处，与他崇尚的英国式的俏皮，绅士的优雅的幽默，自相矛盾。

幽默之根本精义在于缓解对抗，即使有进攻性，也往往隐藏在歪理的推演和荒诞的假定之中，力求把对方的思路逼入逻辑的错位、断层之中，使之在短暂的困惑或者失落之后获得顿悟。由于是在自身的顿悟中发现了在习惯思路以外，另有一条逻辑的贯通，便得到一种喜悦与享受。故幽默本身就是软性的，而钱先生有时过分暴露了锋芒，使他的某些幽默带上冷嘲的色彩。如他在《读〈伊索寓言〉》中阐释蚂蚁和促织的故事。促织整日忙于唱歌，到了冬天没有粮食吃，便向蚂蚁借粮，遭到拒绝后饿死。钱先生引柏拉图之说，促织进化变为诗人。由此反推说："坐看着诗人穷饿。不肯借钱的人，前身无疑是蚂蚁的了。促织饿死了，本身就做了蚂蚁的粮食；同样，生前养不活自己的大作家，到了死后，偏有一大批人靠他生活，譬如开追悼会写纪念文字的亲戚和朋友。"①这至少在态度上有失幽默温厚之道，不但没有缓解对抗，反而刺激了情绪，而且也不公平，把几乎所有参加追悼会写纪念文字的亲友都一概写成不是出于情意，而是为了牟利，这样尖酸的冷嘲用之于社会黑暗的批判则可，用之于讽喻世道人心则缺乏幽默，于可笑、可怜中能看到其中之可爱可同情之精义。李敖多少受了钱锺书这方面一点影响，但又缺乏钱锺书的幽默底蕴，故他有时把钱锺书的冷嘲变成热骂。如在《杂谈女人》中，他说："女人只有两种，一种是爱光屁股的，一种是不爱光屁股的。"②这就去幽默远甚了，因为它与粗野的谩骂距离几乎消失了。但是这里多少还是与幽默沾了一点边，那就是故作蠢言的戏谑性。

有这种戏谑性，而又不带钱氏之冷嘲，更不带李氏之粗狂，正是梁实秋、林语堂雍容大度、悲天悯人的幽默之特色。此种幽默文章即使于世道人心有所讽喻，也常常以佯妄之语、戏谑之言出之。以梁实秋之《不亦快哉》中之一节为例：

> 烈日下行道上，口燥舌干，忽见路边有卖甘蔗者，急忙买得两根，一手挥舞，一手持就口边，才咬一口即入佳境，随走随嚼，旁若无人，蔗渣随嚼随吐。人生贵适意，兼可为"你丢我拣"者制造工作机会，潇洒自如，不亦快哉！③

通篇十一则都以故作蠢言之姿态，以讽喻任狗屎污道、生炉遭烟呛、晨车扰人清梦、小偷小摸等社会不良现象为主旨，事情细节的负面性质与作者"不亦快哉"的"潇洒"态度形成强烈反差，构成怪异的喜剧性。在梁实秋、林语堂文风笼罩之下，台湾散文中之幽默风格，往往有很强的戏谑性之温厚。吴望尧在《"骂人文章"十段论》之下，干脆标以副

① 钱锺书：《人·兽·鬼》，台湾辅新书局1987年版，第185页。
② 雷锐等编著：《李敖幽默散文赏析》，漓江出版社1993年版，第78页。
③ 梁实秋：《雅舍小品》，香港雅文出版社1984年版，第53页。

题曰《游戏文章》[1]。这种以“游戏”自我标榜的坦然态度和大陆五六十年代甚至70年代把散文当作诗来经营的潮流相比真是天南地北。光在取材和着眼点上观之，香港、台湾作家能在怕朋友借钱不还、怕老婆、恼电话铃声干扰、恨同道借书不还等看来是毫无诗意的琐事上展开不无扭曲的想象逻辑，作漏洞百出神乎其神的推演，在这样的艺术空间中，展示出如此诡奇的笔墨，实在是大陆作家想象的触角长时未能进入的。

自然，台湾学者散文中之幽默风格，并非完全没有正经立意的。伤时忧世，关切世道人心之作比比皆是，但是他们往往喜欢将正经文章以戏谑荒诞之语出之。柏杨对于中国的国民性的积弊无疑有许多愤激之情，有时，他可能也有点像李敖那样口出狂言，例如认为自己的杂文写得比鲁迅还好[2]，但是他和李敖不同，他不真狂，而是以佯妄语，将愤激化为幽默。聂华苓说他“嘻嘻哈哈开玩笑，其实眼泪往肚子里流，心里在呐喊”[3]是不错的。他自述在台湾没有读过多少鲁迅的杂文，看他的文风更接近于40年代智者幽默散文的传统。光看他动不动“吾友李太白”“吾友莫泊桑”“吾友梁启超”的，就知道这种笔法来自钱锺书的《魔鬼夜访钱锺书先生》中的一段反话：“做文章时，引用到古人的话，不要用引号，表示词必己出，引用今人的话，必须说，我的朋友。”[4]柏杨像吴望尧、周腓力、余光中、思果一样善写一些鸡毛蒜皮的生活琐事，从女人的牛仔裤到美国人的口头禅“对不起”“谢谢你”，其用语之滑稽，堪称台湾散文家之首，他以极大的随意性运用谐音，例如把英语癌症的读音写成“砍死儿”，把日本语中的“我”音译为“瓦特哭兮”，并且还引出没有人念“牛顿哭兮”。有时则歪曲经典把“天下兴亡，匹夫有责”，改成“衣服有责”，把“才高八斗”改成“九斗”。这些看来都是小技，不但为醉心于美化的诗人所不屑，而且为严肃的智者散文家所不为，但柏杨的散文之所以不乏幽默精品，就是因为他所继承的毕竟是40年代的学者幽默小品传统。一方面，这种幽默是一种精神的自由和逻辑的解放；另一方面，这种幽默又有智慧的渊博和深邃作基础，故柏杨能在颠而倒之，倒而颠之的逻辑中，流露出他对国民素质低落的忧愤。从这个意义上来说，他的戏谑性中有某种深沉性，软性中有硬性。他最大的长处是以极滑稽甚至不免有点轻薄之语来讲本来是相当严肃的事。比如他对中国人盲目搬用西洋文化，甚至生活习俗的批评。西洋人爱空口喝酒，故客厅往往有酒柜，而一些缺乏思考力的中国人也赶起时髦来。如果让一般幽默作家来写最多不过悲天悯人地使之小有尴尬，无伤大雅而已。这对于柏杨的尽情戏谑显然是不够过瘾的！他的戏谑性往往不满足于揶揄，常常要弄出一个虚拟的恶作剧来才罢休，他的幽默的特点是，既不怕丑，

---

① 徐学编：《台湾幽默散文选》，百花文艺出版社1991年版，第84页。
② 聂华苓：《柏杨和他的作品》，《柏杨杂文选》，香港文艺风出版社1990年版，第5、6页。
③ 聂华苓：《柏杨和他的作品》，《柏杨杂文选》，香港文艺风出版社1990年版，第5、6页。
④ 钱锺书：《人·兽·鬼》，台湾辅新书局1987年版，第155页。

又不怕恶：

酒柜大兴，不过现象之一。柏杨先生想当年阔的时候，客厅之中，就也有酒柜在焉，因为我老人家是不吃酒的，所以买了些洋文招贴的空酒瓶，里面灌上洗澡水，俨然一个伟大的西崽。来访客人，无不肃然起敬。偶尔有老朋友，硬要来一盅，我就请他来一盅，结果拉了肚子，病不瞑目。（没有灌上尿，正是我老人家忠厚之处，读者老爷不可不知。）①

这从逻辑上来说是一种导谬术，但柏杨的导谬并非为了论辩，而是为了戏谑，故其荒谬乃是非写实的，乃是假定的，虚拟的。正因为是显而易见的虚拟，这才是幽默，而不是真正的恶作剧。然而就在这虚拟的恶中，读者感到了柏杨的善良。截然相反的形式和内容之间的逻辑空白，在读者的领悟中得到沟通。

在台湾戏谑性幽默散文中，柏杨的戏谑不但是在虚拟的程度上表现得突出，而且以性质上的“不怕丑”显得惊人。为了表现他的愤激，他有时不惜故作丑行。这种风格，被柏杨无意间称为“泼皮”，是颇有一点准确性的。这不但是鲁迅的幽默所没有的，就是多少有点不怕故作蠢言丑行的林语堂也还没有达到以“泼皮”自诩的程度：

柏杨先生是个老毛驴，泼皮胆大，但就是怕人向我借书。②

接着他写一本心爱的书为朋友借去久久不还：

任凭我使出十八般武艺，包括恐吓，哀求，他瞪的眼比我还大。最后忍无可忍，终于在他卧室内人赃俱获，先把该书夺回，宣称内急，而他家的厕所是在大门口的，于是我就驾尿遁而逃。在大门口还听他诧曰：“真出了鬼，我刚才放在茶几上的朗生打火机怎么不见啦。”呜呼，打火机不见啦，不过略施小计，以施薄惩，以后如果胆敢借书不还，恐怕床头那个钻戒也会不见啦。③

柏杨的幽默之所以淋漓尽致就在于以这种不惜以自我“丑化”的虚拟笔墨来表现自己的愤激和天真。在“丑化”的喜剧性中超越了道德的恶，而升华为天真的美。正如马克·吐温的一个传说：他讨厌冗长的演说。有一次听一个教士讲述他们在非洲蛮荒之地传教艰难困苦，十分动人。当他讲到五分钟时，马克·吐温准备捐献十美元，当他讲到十分钟时，马克·吐温减少到五美元。可是那家伙讲了半小时，当那个收集捐款的袋子拿到马克·吐温面前时，他不但没有捐献，反而从中偷了两美元。柏杨的戏谑性和马克·吐温的这个传说一样，是超越了道德的实用理性的美的想象。这种超越，要求较高的审美魄力。

---

① 聂华苓编：《柏杨杂文选》，香港文艺风出版社 1990 年版，第 42—43 页。
② 聂华苓编：《柏杨杂文选》，香港文艺风出版社 1990 年版，第 42—43 页。
③ 聂华苓编：《柏杨杂文选》，香港文艺风出版社 1990 年版，第 43—44 页。

这在大陆实用理性和道德理性都比较严酷、僵化的五六十年代是不可想象的。“文革”过去以后，一批老作家如杨绛、孙犁、汪曾祺喜剧性审美价值观念比较强大，受五四幽默散文传统熏陶较深，在八九十年代初较早地写出了一批有影响的略带戏谑意味的软幽默散文，但是这种戏谑的软性是相当有限的，它往往是和某种人生况味、美好人情，甚至是某种哲理的概括互为表里的。审美的倾向大抵高于审“丑”的探索。最早凭借恢复五四散文传统，从不无模式化的杨朔、刘白羽的诗化散文的一统天下中解放出来的是杨绛的《干校六记》。其中一些审“丑”的戏谑性在当时（1981年）曾引起不小的轰动。如她在《“小趋”记情》中写到河南省落后农村的狗会吃屎：

我女儿初下乡，同炕的小娃子拉了一大泡屎在炕席上；她急得忙用手纸去擦，大娘跑来嗔她糟蹋了手纸——也糟蹋了粪。大娘“呜——噜噜噜噜”一声喊，就跑来一只狗，上炕一阵子舐吃，把炕席连娃娃的屁股都舐得干干净净，不用洗，也不用擦。[①]

这里自然有软幽默，有一点戏谑性，但更多的是写实，不过这里的写实，并不把当时农村的贫困落后，当作可悲的事，而是把它当作可笑可爱的事。那大娘的不卫生完全被她的善良真诚，她惊人的节俭所掩盖，她的坦然和纯朴使本来从实用理性来看是令人痛苦的现实，变成引人怜惜的艺术。这是散文家喜剧性审美第一次挣脱了实用价值的严酷，用超越的眼光在丑中发掘幽默之美，但是光有这样软幽默的戏谑性还不充分，原因是实用价值与喜剧性的荒诞还缺乏足够的距离。这种距离的拉开要求作者有更大的想象的魄力，在虚幻性与现实性相互对立之上创造一个张力更强的境界。杨绛女士之所以值得称赞就是因为她不满足于此，她接下去把读者带入一个更为饱和的戏谑性情境。她写的是猪和狗吃屎：

我下了乡才知道为什么猪是不洁的动物：因为猪和狗有同嗜。不过猪不如狗有礼让，只顾贪嘴，全不识趣，会把蹲着的人撞倒。狗只远远坐在一旁等待；到了时候，才摇摇尾巴，过去享受。[②]

这里描写的是猪狗之丑相，所用的关键词语均仅适用于人，例如“同嗜”“礼让”“识趣”“享受”，这就在表层语义的契合之下拉开了人畜意味的错位幅度，这种幅度较之前段扩大了，作者戏谑之美也就更强了。不过这也就是大陆戏谑性幽默散文美与丑拉开的最大距离，其极限乃是在现实性基础上所能承载的最大虚幻性。虚幻性是渗透在或隐藏在写实之中的，最多也不过是在现实性与虚幻性交错的边缘上驰骋一下笔墨而已。游戏之笔，在大陆幽默散文家那里往往有适可而止、适度而止的倾向。不论在杨绛还是汪曾祺的散文中“不怕丑”的笔墨都只是某种插曲，绝对没有柏杨这种通篇游戏，从不怕丑到不怕恶，以致

① 杨绛：《干校六记》，生活·读书·新知三联书店1981年版，第37—38页。
② 杨绛：《干校六记》，生活·读书·新知三联书店1981年版，第37—38页。

故作泼皮耍赖以自豪的风格，而且也没有林语堂《来台后二十四快事》、梁实秋《不亦快哉》、吴望尧《“骂人文章”十段论》，通篇皆悠游于美丑之间那样的文章。在这方面大陆散文家实践理性和道德理性较重，多少倾向于美善统一，偶有游戏之笔也往往不取以恶为美之途径，只有较大胆的才敢作更自由的发挥，而且不是主观发泄而常常采取客观描述的笔法。汪曾祺在《跑警报》中描述抗战期间西南联大的生活，其中有这样的插曲：

跑警报，大都要把一点值钱的东西带在身边。最方便的是金子——金戒指。有一个哲学系的研究生曾经作了这样的推理：有人带金子，必有人丢掉金子，有人丢金子，就会有人捡到金子。因此他跑警报时，特别是解除警报以后，他每次都很留心地巡视路面。他当真两次捡到过金戒指。逻辑推理有如此妙用，大概是教逻辑学的金岳霖先生所未料到的。①

这里表面上是很庄重的三段论推理，很有理性色彩，但其实是不真的歪理。按逻辑学三段论推理，必须大小前提都是周延的全称判断，即所有的人都会丢掉金子，所有的人都会拾到金子，才能得出：我是人，因而一定能拾到金子。汪曾祺明知这位哲学系研究生犯了“中项不周延”的逻辑错误，但不明言，把表面的注重理性和不真的诡辩一本正经地混淆起来，造成一种戏谑性，这种戏谑性并不涉及恶与丑，只是显出“无理而妙”的趣味。在大陆散文家中至今连这种“无理而妙”的戏谑性，诡辩之理趣仍然是不多见的，大多是与诗意结合在一起的情趣。即使有幽默的戏谑也与丑与恶远离，主要的仍然是亲情友情，越是亲密，越是俏皮，越是俏皮，越是有戏谑性之趣味。因而可以说抒情性与戏谑之结合仍然是大陆软幽默散文主流的一个特点。在当代有影响的年轻散文作家中，近年来停止写诗而专攻散文的舒婷，其文风可以说是最调皮的了。她总是用调侃的语言去揶揄她最好的朋友、最爱的长辈和亲人。她最喜欢的人物包括她的外婆、丈夫、诗友都是可笑的，又是可爱到可恨的程度的。例如她笔下的女诗人傅天琳：

关于天琳的服装原可以写成许多小幽默，但天琳自己也在写散文。算了，不抢她的生意。要臭她，照样可以另寻出许多可气可恨的事。比如她坐火车，有人拉开她的肩包的拉链，将一整叠大面额的出差费拿走。天琳赶紧尾随那人下车，一路苦苦求他：“你还一张吧，还我一张买回去的车票。”那汉子烦不过，立足旋身大声将天琳训斥一番扬长而去。天琳回来，大家不气她生性软弱又天真，反替她庆幸，说那偷儿的心好，没有拔出刀来将她杀了。②

明明是被偷的，本该理直气壮，却善良软弱地哀求，而小偷却毫不畏惧地“训斥”，不

---

① 汪曾祺：《蒲桥集》，作家出版社1992年版，第159页。

② 舒婷：《硬骨凌霄》，珠海出版社1994年版，第202页。

但没有“恶”形“恶”意，反而被说成是“心好”。这样的颠倒，充满了玩笑的，也就是戏谑的意味。小偷不可恶反而有点可爱的潇洒，诗人之“可恨”，实在是显得更加可爱。这样的戏谑显然有虚构、变异，读者很难想象小偷的“训斥”和傅天琳的“苦苦求他”究竟有多少真实，读者欣赏的是舒婷对朋友善良的调侃。这种幽默之软就在于俏皮中包含着美的抒情，也渗透着善的赞扬：隽永的微讽潜藏在真挚的爱之中。

自然，这样的风格不仅在大陆存在。而且在台湾、香港的散文中，也同样存在。不过就戏谑性而言，在台港散文中这种风格不算特别引人注目的，因为这种略带抒情意味的调侃，在幽默散文家中十分普及，林语堂早年主张的“戏而不谑”的原则①，仍然被广泛遵循着。尤其是林语堂、梁实秋，晚年的力作中，即使对于世道人心有所讽喻，有所针砭，既不采取柏杨式的愤激泼辣，佯妄耍赖，软化攻击的形式，也不采取大陆那种温情脉脉的软风格。大多幽默之软者，用自我调侃的方式加以表现。明明是批评世道人心，形诸文字的都是自我暴露。而这种暴露又不是忏悔，而是虚拟的自嘲、自我安慰。由于把矛头针对自己，讽喻的锋芒就钝化了，幽默就更软化了。在理论上，林语堂提倡的幽默，是嘲讽中有怜爱，反对刻薄挖苦，林氏功不可没，但是林语堂有些选入幽默散文选集的文章，只是讲了许多幽默的道理和典故，文章本身并未超越理性，达到逻辑错位的境界。相比之下，梁实秋很少谈幽默道理，其行文之淋漓与酣畅，实为林语堂所不及。林语堂晚年幽默力作不多，他甚至自谦说：“我是绝对不会做幽默文章的人。”②在实践中，用戏谑性自嘲，在艺术上创造完整的软幽默风格，而且影响了台湾、香港一代的幽默散文家当首推梁实秋。故台湾、香港幽默散文中之自我调侃之风甚为盛行，风气所及，连最富进攻性，时有挖苦之语的柏杨、李敖都常常有情不自禁的自嘲。如李敖在《不讨老婆不亦快哉》中，就充满了这样的排比句式：“不须挨耳光，不亦快哉！”“不须罚跪，不亦快哉！”“打麻将不怕输，输了不会拧耳朵，不亦快哉！”“不可能自己戴绿帽子，还可能给别人戴绿帽子，不亦快哉！”李敖、柏杨戏谑幽默不怕恶、不怕丑，而不至于恶俗，不至于刻薄，其软幽默没有转化为硬讽刺，其对抗性没有激化，相反，却常常轻易地温柔化了，其原因就在这种自我调侃。正因为此，台湾的幽默散文软性突出，成为一种风气，不论老一辈的还是年轻一辈的，大都能得心应手地驾驭此种风格。夏元瑜在《长人的烦恼》中，嘲弄自己身材过长，买不到合身的西装，“件件上衣的下摆正好够得到腰上，在清朝可以当马褂穿”。可又顶不住服务小姐的如簧巧舌，明知穿起来“全像外国瘪三”，却不能说不买，只好耍赖说没有带现金，

① 林语堂著，林太乙编：《清算月亮》，台湾联经出版事业公司1994年版，第1页。
② 林语堂著，林太乙编：《清算月亮》，台湾联经出版事业公司1994年版，第258页。

只有三万元的支票，刁难得她找不出现金[①]，自己才顺利脱逃。颜元叔在《足下的鞋子》，自己买不到合适的新皮鞋，反复折腾“在店中作熊式试步”，不管定做的还是现成的，穿时髦尖头皮鞋都是一种脚的苦刑。作者尽量把自己放在尴尬的地位上：在美国买了一双“价钱高，样式美的皮鞋”“只是脚塞进去，就像孙悟空遭遇了紧箍咒。我舍不得扬弃那么贵重的洋货，只得牺牲血肉双脚，努力去克服，去适应。虽然软硬兼施，无奈那美国鞋比国造鞋更冥顽不灵，时至今日，它还没有归顺我，我便把它挂在鞋架上，处以永久的绞刑”[②]。这里明明写时髦尖头皮鞋之不合理，却不着一字，尽写自身无奈与尴尬。这种把锋芒收敛，由外而内，由物而我的软性自嘲成为风气之后，各色散文家似乎在自嘲的花样翻新上展开了一场旷日持久的竞赛，陈克环为自己立了《遗嘱》[③]，周腓力干脆写了一本全是调侃自己的散文集，公然题其目为《幽自己一默》[④]。自然，在缓解锋芒方面，自我调侃，是一个有效的法门，但一旦形成潮流，大家树帜于前，追随者日众，免不了泥沙俱下，鱼龙混杂，即使柏杨那样特立独行者也难免有小题大做，大题小做，使忧时愤世之慨，被油滑轻浮之语所淹没的时候。反过来说，在滔滔滚滚的赶时髦逐渐消退之后，留下来却可能是大树。如果要把余光中在台湾和香港所写的自嘲性幽默散文当作这种风格之历史成果来看，我想是并不夸张的。其原因在于余光中极其机智，能把正理和歪理、雄辩和机智水乳交融地结合起来，而其语言，又特别丰富，不但有现代白话书面语言，而且非常自然地杂以文言，甚至骈文赋体的四六对仗句法也适当运用，有时还以政治、军事术语与生活琐事作无类比附，构成谐趣，例如把可能夺去爱女的感情的小伙子当成“假想敌”，说成“鬼鬼祟祟的地下工作者”，把女儿与男友的接近形容为“寇入深矣”[⑤]（以上均见于《我的四个假想敌》），把折磨他耳神经的牛蛙之哞声形容为“阴沟里的地雷”，把自己企图药杀牛蛙的形象称为“纳粹狱卒”，而对自己不能得逞的自我安慰比作“用民主元首容忍言论自由的精神”等，均以不伦之比构成幽默。这一切手段台港乃至大陆某些作家也许都可以企及，但余先生有时在戏谑中往往杂入非常诗化的明喻和暗喻，这种比喻，固然有从传统的中国古典诗赋中来的，但特别鲜明的创造却是他那西方现代诗化的暗喻：如“寂寞是最耐听的音乐，它是听觉的休战状态，轻柔的静谧俯下身来，抚慰受伤的耳朵”[⑥]（以上均见《牛蛙记》）。戏谑性软幽默散文最大的危险就是陷入油滑和肤浅，因为其主题往往并无重大的社会实用价值和道德理性

① 徐学编：《台湾幽默散文选》，百花文艺出版社1991年版，第20—26页。
② 徐学编：《台湾幽默散文选》，百花文艺出版社1991年版，第166页。
③ 徐学编：《台湾幽默散文选》，百花文艺出版社1991年版，第107页。
④ 徐学编：《台湾幽默散文选》，百花文艺出版社1991年版，第190页。
⑤ 余光中：《记忆像铁轨一样长》，台湾洪范书店1990年版，第41—50页。
⑥ 余光中：《记忆像铁轨一样长》，台湾洪范书店1990年版，第11—20页。

追求，但余先生过人之处，在于他的戏谑性中有心理的深度。

《牛蛙记》中之自我调侃，显然是继承了余先生的老师梁实秋《雅舍小品》中之《猫的故事》，该文写梁先生受野猫叫春之苦，乃与厨师设计用铁丝捉得野猫。见其悬吊之苦，又动了恻隐之心，遂以空罐头缚其身放去。谁知夜来猫拖着罐头在屋瓦上格格震响，变成更大的折磨。后来发现这只野猫竟在书架顶格生了四只小猫，一腔怒火方才化为喜悦，不料母猫却因为受了惊动，感到威胁，夜间将小猫叼离，不知去向[①]。梁先生本文之最高潮乃在自嘲自娱之后悲天悯物之失落。余光中的创造乃在反复遭牛蛙折磨而无可如何之过程中心理层次的深化：先是闻其声，不知其为牛蛙尚可容忍，继之以知其为牛蛙之后便觉自己耳神经上像加了“一把包了皮的钝锯子拉来拉去”，及至第二年初夏本拟“用民主元首容忍言论自由的胸襟，逆来顺受，终于不能忍受其苦，乃燥：发残忍屠戮之正心”。然而又失败了。一般自我调侃之幽默到此最难以为继，余光中的一大发现是：这受折磨的痛苦居然会因看到一个后来的朋友受到同样的折磨而减轻：

看来牛蛙之害，有了接班人了。

烦恼因分担而减轻，比起新来的受难者，我们受之已久，久而能安，简直有几分优越感。

这种阿Q式的“优越感”的发现是余光中才华的一个标志，这说明，他的戏谑不是平面的，而是有纵深层次的。这种层次越是深化，余光中作为幽默散文家的才华越能得到发挥。在《牛蛙记》中这是心理层次的第一次转化即第一次软化，即由痛苦而变为“优越感”，不过仍然是痛苦的“优越感”。本文的高潮在第二层次的转化，亦即第二次软化。在有一户邻居搬来以后，起初觉得“这一带真静”，后来丈夫注意到牛蛙的声音，便问那是什么。

“你说什么？”我反问他。

“外面那声音。”那丈夫说。

“哦，那是牛——”我说到一半，忽然顿住，因为我存（按：余妻）在看着我，眼中含着警告。她接口道：

“那是牛叫。山谷底下的村庄上，有好几头牛。”

“我就爱这种田园风光。”那太太说。

那一晚我听见的不是群蛙，而是枕间彼此咯咯的笑声。

这里的喜剧性表现在两个方面：第一，同样一种牛蛙的难听哞叫，居然在不知其为牛蛙之时，变成诗意盎然的田园风光；第二，故意说谎而导致双方在感知情绪上的巨大反差。

---

① 梁实秋：《雅舍小品》，香港雅文出版社1984年版，第86页。

这双重的喜剧性使得《牛蛙记》不但富于心理纵深层次，而且人物之间心情的错位幅度也大，这就使得其戏谑性之趣味变得丰富而隽永。余光中在《幽默的境界》中说过“真正幽默的心灵，绝不抱定一个角度去看人或看自己，他不但会幽默别人，也会幽默自己，不但嘲笑人，也会释然自嘲，泰然自贬”。“像钱默存所说的那样，欣然独笑。真是幽默感的高士往往能损己娱人，参加别人来反躬自笑。创造幽默的人竟能自备荒谬，岂不可爱？”[①]这说明余光中的自我调侃是自觉的，但似乎他的实践走到了他理论的前面。光是自暴荒谬还不能尽显其才，要自己在荒谬中向心理奥秘作层层深入的探索，才有超过历史水平的创造。

相比起来，柏杨的自我调侃就浅了一些，原因就在于缺乏自我挖掘的自觉。同样是以揶揄借书不还的现象，柏杨往往满足于愤激和表现形态上的怪异滑稽，余光中就不满足于此。柏杨的《借书不还，天打雷劈》，极尽滑稽突梯之能事，然所述皆自身之愤懑索书，甚至作泼皮状并扬言组织“借书必还大联盟”。余先生则不满足于无奈、无赖之滑稽：

> 有的人看书必借，借书必不还……有一度，发现自己的一些好书，甚至是绝版的好书，被朋友久借不还，甚至于久催不理，我愤怒得考虑写一篇文章，声讨这批雅贼，不，雅盗，因为他们的罪行是公开的。不久我就打消了这念头了，因为发现自己也未能尽免“雅盗”的作风。架上正摆着的，就有几本向朋友久借未还的书……在几十册因久借而“归化”了的书中，大部分是台大外文系的财产。它们的“侨龄”已逾十一年。据说系图书馆的管理员仍是当年那位女士，吓得我十年来不敢跨进她的辖区。[②]

这种由嘲人而自嘲，由愤怒而羞怯的层次使余光中的幽默成为有深度的幽默，而远离了肤浅的滑稽之感。

自然，台湾、香港散文由于追求戏谑性软幽默而流于滑稽者不乏其人，柏杨不过在某些方面失去控制，成为代表而已，至于夏元瑜、阿盛，甚至林语堂晚年个别作品也都未能免俗，但是台湾、香港散文所师承的毕竟是20世纪40年代学者幽默小品的传统，故其戏谑性并未达到泛滥成灾的程度，走向恶俗的倾向，只有在不登大雅的香港个别专栏文章中才偶有表现。绝大多数戏谑性软幽默风格的追求者都有相当深厚的学养。他们中的许多人都得力于中国古籍的钻研和西方文化的熏陶。余光中自然是博古通今，熔中外文学于一炉，梁锡华对中外故实的驱遣，就是秦牧也望尘莫及。他的《炎夏记裸》中所用的文献材料足够写成一篇学术论文，以至于有尾大不掉之弊[③]。正是由于这种学者的修养，使他们中的佼佼者能把智者的情趣和学者的戏谑结合起来，在那些掉书袋掉得恰到好处的地方，滑稽的

---

① 雷锐等编：《余光中幽默散文赏析》，漓江出版社1992年版，第4—5页。

② 雷锐等编：《余光中幽默散文赏析》，漓江出版社1992年版，第107—108页。

③ 关于梁锡华之幽默散文的特点，请参阅孙绍振：《智者的情趣和学者的幽默》，《台港文学选刊》1993年第7期。

俏皮之笔就有了庄重的幽默内涵。一些学者在幽默散文中故作歪论，歪到荒谬绝伦之时，却以写学术论文的姿态引出确鉴无误的中外典籍的掌故或现实的信息，并且加以似正似歪的解释，得出亦庄亦谐的结论。如夏元瑜说如果没晚清腐败的买官（捐班）制度，就可能埋没中兴名将左宗棠，因为左宗棠不善八股，到了二十一岁，连个秀才都混不上，幸亏凑了点钱，捐了个监生，才考上举人。从逻辑上来说，这是孤证，但从对考试制度的透视来说，却有见地①。柏杨在《黑朋友的危机》②中认为美国黑人的危机，已不在于被歧视，而在于过度保护。而且俨然以一个历史学家的姿态引用了中国历史上颇为冷僻的女真族盛而衰，衰而盛的历史加以论证。这样的题目和材料如果拿给以知识性见长的秦牧来写，肯定会写出悲剧的惨痛，充满抒情的意味，然而在柏杨笔下，却以喜剧性的戏谑之笔出之。他把对待自己民族的弊端比作对待痔疮的态度。中国人是“讳疾忌医”“家丑不可外扬”的，他对这作不伦不类的比喻，“一面屙血，一面双手捣住屁股号曰：‘俺可没有害痔疮呀’”，下面又引女真人的金国本极强盛，打败了汉人，后来却被蒙古人打得抱头鼠窜“检讨原因，发现原来是对女真人保护得不够所致，这是天下最驴的检讨，不检讨痔疮，只检讨裤子”。以闹剧性的不伦不类之比讲述庄重之历史经验，二者既是互相错位又如音乐中之对位庄谐互补，这就使得柏杨以及类似的台湾、香港散文家另有一种深度。那些既无余光中的心理层次的深化，又无柏杨、李敖、夏元瑜在发挥得最好的时候的睿智，不能以情趣或理趣驾驭学养者，就不能不流于戏谑性之卑格，一味在闹剧性的滑稽平面上滑行了。

自然，即使没有幽默的深度，亦并非全都失败，有时在文体上有探索性，亦不可小觑，如阿盛的《两面鼓先生小传》③，明显模拟胡适《差不多先生传》，但阿盛用古典文学之史传格式及文言，而夏元瑜常常以话本小说之语言，二者皆构成谐趣。在大陆散文中是很少有这样出格的语言探索的，这是因为大陆幽默散文恢复的历史较短，作者队伍较小，专攻者少，兼涉者多，幽默散文，尤其是戏谑性文体意识、形式感的追求尚不如台湾、香港那样蔚为风气，对于20世纪40年代学者幽默小品之艺术成就尚未引起充分注意。只有极少数修养有素的作家，才偶尔在创作中接近了当年的某种风格。如孙犁在《猫鼠的故事》中，通篇用白话，而且多为口语，可是到了结尾时忽然来了一段古文，既有笔记小说笔法，又夹有骈文句法：

> 城狐社鼠，自古并称。其实，狐之为害，远不及鼠。鼠形体小，而繁殖众，又密迩人事，投之则忌器，药之恐误伤，遂使此蕞尔细物，子孙繁衍，为害无止境。幼年

---

① 雷锐编著：《夏元瑜幽默散文赏析》，漓江出版社1993年版，第6—7页。

② 聂华苓编：《柏杨杂文选》，香港文艺风出版社1990年版，第144—145页。

③ 徐学编：《台湾幽默散文选》，百花文艺出版社1991年版，第280页。

在农村，闻父老言，捕田鼠缝闭其肛门；纵入家鼠洞内，可尽除家鼠。但做此种手术，易被咬伤手指，终于未曾实验。①

这曾给大陆散文读者以惊异之感，并以为是独创，其实在白话散文中，夹入史言段落，乃至骈体，或白话文言兼用，或纯用文言作四六言对句，或四六对句式白话模拟，是40年代学者散文的常见形式。例如王了一的《老妈子》：

因为衣食欠缺，住屋湫隘，唯恐她嫌；又因工资低微，唯恐她走。她对我们是稍忤即嗔，恨尤甚于刺骨；我们对她是来言先笑，谄有过于胁肩。人家挞婢如挞犬，体罚施于泥中；我们事仆如亲，色养行于灶下。吹求岂敢，恭顺未惶。在古人是炊黎不熟，妻可大归；在我们是煮饭夹生，仆无小谴。有时还得听她的一番“训话”，几句“格言”。主仆之分未移，主仆之情已改。从今以后，曰“妈”曰“嫂”，总是发号施令之人；称“太”称“爷”，无非低头贴耳之辈了。②

这里的人情的乖谬与文体的典雅形成怪诞之反差，游戏之随意与对仗之工整有意构成喜剧性之不谐。大陆幽默散文甚少戏谑之风格，尤缺游戏笔墨之多种表现形式，实与忽略了20世纪40年代智者幽默之文体有关，台湾、香港散文之戏谑幽默之盛则相反。

自然，台湾之戏谑性幽默也不限于追随40年代的幽默散文，自有其创造，其中之一就是把最游戏的笔墨和严肃的哲理结合起来，如林彧的一些散文，其中之一曰《保险柜里的人》：叙述一个人躲进保险柜，而保险柜的钥匙和号码只有他自己知道。文章中的“我”在百般猜测对方为什么要躲进保险柜时，竟突然发现自己正在冰冷的保险柜中。台湾散文评论家郑明娳在评论及此文时说：“在过去作家思考范围中，包括科技文明发展出来的保险柜，凡是有‘门’的东西，可以关的，就必然可以开，没有绝对开不了的门。林彧在这里却创造一个崭新的空间，一个人走进了保险柜，就变成了保险柜的一部分，所以他出不来了。同理，以为身处在外面自由空间的人，也随时可能被自己‘关’了起来。”③最深沉的哲学思辨和最荒唐的现象之间形成了一个悖论，这里的哲学性已胜过了游戏性，但它毕竟有某种游戏性，这是严肃的游戏，也正是戏谑性幽默与哲理散文的边疆。林彧散文的另一个极端则在戏谑性幽默与讽刺的边疆，林彧的《成人童话》写出了另一个荒谬的世界，人们的语言变成了这个样子：

——我的甲期爱情到期了吗？

——你的爱情签账卡带来了吧？

---

① 金梅编：《孙犁散文选集》，百花文艺出版社1993年版，第193页。

② 王了一：《龙虫并雕斋琐语》，中国社会科学出版社1982年版，第62—63页。

③ 林彧：《保险柜里的人》，见《爱草》，文津出版社1986年版；郑明娳的评论见郑明娳：《现代散文现象论》，台湾大安出版社1992年版，第62页。

——爱情可以零存整付！

这里形式上的荒谬，更突现于爱情变成了现代化的交易。

——幸福可以分期付款！

——真理换季三折跳楼大拍卖！[①]

这种在形式上独创的戏谑，可以见出台湾、香港散文在幽默散文风格上的多方探索、别出心裁的风气之一斑。从这个意义上来说，大陆的幽默散文这几年虽然大为兴盛，而且风格分化更快，但是在幽默散文中亚风格的分化则不足。戏谑性软幽默，开始引人注目，可作者很少，形式语言文体等方面都还欠丰富，但是硬幽默却很少。王朔是小说家，虽然偶然也作散文，毕竟不认真，如他对“家”下定义说：“家是你大小便最舒服的地方”[②]，还不能作为一种散文现象来研究。大陆新一代作家的传统价值亵渎狂热也许要在小说之后的许多年才能在幽默散文艺术创造的历史发展上打下烙印。

1995 年 3 月 14 日于香港

① 郑明娳：《现代散文现象论》，台湾大安出版社 1992 年版，第 63—64 页。

② 王朔：《王朔的婚姻恋爱观》，《明报》1994 年 11 月 15 日。

附录

从错综亚文体到审美、审丑和审智的系统范畴的建构

比起小说、诗歌、戏剧花样翻新的理论，现代散文理论显得十分贫困。从五四时期周作人《美文》提出“叙事与抒情”到20世纪60年代的“匕首投枪”“形散而神不散”，再到80年代又有了巴金“讲真话”和至今仍然风靡天下的“真情实感”论。从严格的意义上说，尚未形成内涵确定、具有内在丰富性的、足以衍生发展形成体系的基本范畴，故可以说，学科理论的草创阶段尚未开始。从世界散文历史观之，散文没有起码的理论不仅仅是中国的问题，而且是世界性的现象。原因在于：理论性范畴的定义属于内涵性质，其确定性须建立在确定的外延基础之上，但是散文几千年来，恰恰缺乏确定的外延，因而严格的内涵就难以得以全面概括。

这就造成了一个怪异的现象，散文一方面被认为是一种文学形式，然而与同是文学形式的诗歌和小说不同，它缺乏文学性稳定的形式规范。

这种现象如此突出，其原因在于在中国、在世界均有其深长的历史根源。

我国从先秦到晚清并不存在纯文学性散文文体。只有“文”的观念，诗言志，文载道，文是与诗相对的。文又可分为古文和骈文。骈文具有一定的文学性，同时也是官方实用文书的常用形式（如宋徽宗在金兵围城之际禅位于其子，即后来钦宗的诏书就是骈文），而古文则比较复杂。姚鼐的《古文辞类纂》中的“古文”的内涵，一是拒绝骈文，二是相对于辞赋类。有论辩类、序跋类、奏议类、书说类、赠序类、诏令类、传状类、碑志类、杂记类、箴铭类——虽然罗列了这么多，可并不很全面，至少还遗漏了史传类（如《三国志》中《诸葛亮传》中的《隆中对》），但是由此也可看出散文包含了文学性和非文学性两个方面。从某种意义上说，散文是多种亚文体的错综。其错综的特点乃是外延的不确定性。

台湾郑明娳教授认为：“在中国散文虽然不居于文学的地位而生长，但在西方，散文却

没有自己的地位。”郑教授引董崇选《西洋散文的面貌》说：“在西洋文学里，最初的三大文类是戏剧、史诗与抒情诗。可是后来文学作品的形式与内容渐渐增多，该三大古老的文类便不能涵盖众多不同的作品。为了顾及实际，现代三大文类便改为戏剧、诗歌与小说。但是戏剧、诗歌与小说也不能概括所有文学作品。比方说，有些文学成分很高的传记、自传、性格志、回忆录、日记、书信、对话录、格言录与随笔（essay）等，既不是戏剧，也不是诗歌，也不是小说。而既然这些文类的作品，通常都是用（最广义或较广义的）散文写成的，所以就有很多人把这些文类的作品合起来，笼统地称为prose（散文）。有些文学史或者文学导论的书，便是把文学分成诗歌、戏剧、小说与散文四大部分来讨论。”[①]董先生这种说法很精辟，但并不完全，西方最初的文学并不是只有戏剧、史诗和抒情诗这样的韵文，而且还有非韵文的对话体散文，如柏拉图的经典之作《苏格拉底之死》《理想国》，此外还有演讲，当时书面的传播还不发达，广场上的演讲在公众生活中很重要，产生了演说的经典之作，如苏格拉底的《在雅典五百公民法庭上的演说》。亚里士多德的《修辞学》，就是论述演说术的。全书共分三卷，第一卷开篇阐述修辞学的定义、演说的分类、说服方式和题材；第二卷着重分析听众的情感和性格以及论证方法；第三卷讨论文体风格与构思布局，涉及演说的立意取材、辞格运用、语言风格、谋篇布局、语气手势和情态等。在理论上提出了耸动听众的要素有三个方面：诉诸人格的说服手段（ethos）、诉诸情感的说服手段（pathos）和诉诸道理的说服手段（logos）。这说明，演讲作为一种相对于史诗、戏剧、抒情诗的文体，应该是一种独立的、非韵文的散文文体。它在当时不但广泛存在，而且产生了与亚里士多德的《诗学》并列的经典理论。

演说这种非韵文体裁，在古罗马产生了西塞罗那样的演说和理论经典。甚至在鲍姆嘉通的《美学》中还说道：“美学同演说学和诗学是一回事。”[②]西方的演说经典比比皆是，举其要者就有世界上最负盛名的演说家西塞罗的煽动性的《对喀提林控告的第一次讲话》，华盛顿的《向国会两院发表的就职演说》，法国大革命时期革命家丹东的《勇敢些，再勇敢些》，罗伯斯庇尔被宣判死刑时《最后的演说》，林肯的《葛底斯堡演说》，马丁·路德·金的《我有一个梦想》等，差不多一个时代的大政治家，都有其相当经典的演说。但奇怪的是，文论相当发达的欧美却并未将这种公开场合所普遍使用的文体明确归纳到散文中去，演说作为文体至今并没有得到西方百科全书的普遍认同。只有《大英百科全书》第11版（*Encyclopaedia Britannica Eleventh Edition*）把演说和书信，讽刺的、幽默的文章和

① 郑明娳：《现代散文类型论》，台湾大安出版社1987年版，第3页。

② 鲍姆嘉通：《美学》，刘小枫选编：《德语美学文选》（上卷），华东师范大学出版社2006年版，第2页。

随笔列入散文条目下，把它当作诗歌、传奇等艺术的想象的文学形式。

正是因为这种外延的不确定性，造成了在英语国家的大多数百科全书中，没有单独的散文条目，只有和prose有关的文体，例如：alliterative prose（押头韵的散文），prose poem（散文诗），nonfictional prose（非小说类/非虚构写实散文），heroic prose（史诗散文），polyphonic prose（自由韵律散文）。①这就造成了散文的尴尬，在西欧、北美的散文（prose）并不是作为一种文体而存在，更准确地说，它是一种表现方法。

这种错综多元而又不完全的文体也发生在中国。先秦诸子大量是对话体的，如《论语》和《孟子》，属于传统文论中所谓“记言”性质。而记言无非就是对话和独白，在传播媒介不发达的当时，不具实用性的自言自语（如日记）是不会被记载下来的，记载下来的往往是对于公众有相当重要意义的。

如被刘勰称为“诏、策、奏、章”之“源”的《尚书》，本最具实用性，很接近于当代政府文告，但是恰恰是这些权威公文，具有“记言”的特点，强烈地表现出起草者、演讲者的情结和个性。《盘庚》篇记载商朝的第二十位君王，为了避免水患，抑制奢侈的恶习，规划从山东曲阜（奄）迁往河南安阳（殷），遭到了安土重迁的部属的反对。盘庚告喻臣民说：“迟任有言曰：‘人惟求旧，器非求旧，惟新。’”这是对部属的拉拢，用了当时谚语，翻译成今天的话就是：东西是新的好，朋友是老的好。接着说自己继承先王的传统，不敢“动用非罚”，这就是威胁。不敢动用，就是随时都可用。至于，你们听话，我也“不掩尔善”，不会对你们的好处不在意。“听予一人之作猷”，听我的决策，我负全部责任，邦国治得好，是你们的，治得不好，我一个人受罚（邦之臧，惟汝众；邦之不臧，惟予一人有佚罚）。话说得如此好听，表面上全是软话，但是这是硬话软说，让听者尽可能舒服。可到了最后，突然来了一个转折——你们大家听着，从今以后：

各恭尔事，齐乃位，度乃口。罚及尔身，弗可悔。

你们要安分守己，把嘴巴管住，否则，受到惩罚，可不要后悔。这样硬话软说，软话

① 在《大英百科全书》（*Encyclopaedia Britannica* 2007）的Ultimate Reference Suite中没有单列PROSE条目，只有关于PROSE的分列说明，例如：alliterative prose押头韵的散文，prose poem散文诗，nonfictional prose非小说类/非虚构写实散文，heroic prose史诗散文，polyphonic prose自由韵律散文。而另一种百科全书Wikepedia中的美文（belles lettres）则说，这是来自法语的词语，意思是“beautiful” or “fine” writing。它包括了所有的文学性质的作品：小说、诗歌、戏剧或者是随笔，其性质取决于语文的运用上的审美和原创，而不是其信息和道德的内涵。在另一本百科全书（*The Nuttall Encyclopedia*），则认为这是用来描述不管形式和内容，只属于艺术领域的文学，不但包括诗歌、小说、戏剧，甚至还包括文学批评。而《大英百科全书》第11版（*Encyclopaedia Britannica Eleventh Edition*）更加强调的是诗歌、传奇等艺术的想象的文学形式而不包括那种比较呆板的亦步亦趋的文学批评，但包括了演说、书信，讽刺的、幽默的文章随笔集子。essays，在《牛津词典》第2版（*The Oxford English Dictionary 2nd Edition*）中，指的是比较小型的文学作品。

硬说，软硬兼施，把拉拢、劝导、利诱和威胁结合得如此水乳交融，其表达之含而不露，其用语之绵里藏针，其当时的神态活灵活现。这样的文章，虽然在韩愈时代读起来，就“佶屈聱牙”了，但是只要充分还原出当时的语境，不难看出这篇演讲词用的全是当时的口语。怀柔结合霸道，干净利落，实在是出色的情理交融的文学性的散文。这样的政府公文中透露出来的个性化的情志，就是用亚里士多德的演讲动人三要素——诉诸人格的说服手段（ethos）、诉诸情感的说服手段（pathos）和诉诸道理的说服手段（logos）来衡量，都具有抒情审美的性质。

传统散文除了“记言”的，还有“记事”的，如以《左传》为代表的史传散文。固然章学诚的“六经皆史”的学说，把神圣化了的经典还原为历史有重大价值，但是，袁枚的“六经皆文”（“六经者亦圣人之文章耳”①）似乎更警策。而钱锺书则无异于提出了“六经皆诗”的命题：“与其曰：古诗即史，毋宁曰：古史即诗。”②这就是说，从文体功能来说是历史的纪实，然而，从作者情志的表现来说，却无不具有审美价值。钱锺书以《左传》为例，还指出“史蕴诗心、文心”，特别指出记事性质的历史散文其实隐含着作者的想象和情志，与小说戏剧相近之处不可忽略：

> 史家追叙真人实事，每须遥体人情，悬想事势，设身局中，潜心腔内，忖之度之，以揣以摩，庶几入情合理。盖与小说、院本之臆造人物、虚构境地，不尽同而可相通。③

中国古代史家虽然标榜“左史记言，右史记事”的“实录”精神，但是事实上，记言，并非亲历，且大多并无文献根据，其为“代言”“拟言”④者比比皆是。就是在这种“代言”“拟言”中，情志渗入史笔中，造成历史性与文学性互渗，审美情感与理性（如在《史记·项羽本纪》后面的“赞”中对项羽的分析和批判）交融是必然的。

中国传统的文，并不仅仅有对话、演说、史传，此外还有智性的，甚至是理性的。如《文心雕龙》提出的“说”“论”和“表”等，皆为亚文体，各有其不同规范。刘勰认为“说”出于先秦的游说之士，作为文体的根本特点乃是“喻巧而理至”“飞文敏以济词”⑤。强调的是言说的智慧、机敏，特别是比喻的巧妙。“说”不像“论”那样特别强调全面和严密，但是有机智、敏锐、出奇制胜的优长。现实的需求，促使“说”超越了现场的口舌之机敏，而成为一种文体。

“说”，虽然智性很强，但是，以巧喻（类比推理）为基础，从严格的理论讲是片面，

① 袁枚：《答惠定宇书》，《小仓山房诗文集》（第三册），上海古籍出版社1988年版，第1529页。
② 钱锺书：《谈艺录》，中华书局1984年版，第38页。
③ 钱锺书：《管锥编》，中华书局1979年版，第166页。
④ 钱锺书：《管锥编》，中华书局1979年版，第166页。
⑤ 刘勰著，范文澜注：《文心雕龙注》（上），人民文学出版社1958年版，第329页。

然其动人不仅在于智性，而且也在情感性/审美性，不过具有小品性质，而“论”则是比较严格的理性文章，为非文学性质，所论皆经国之大业，以全面（如正面、反面）为上，具有“大品”性质，其经典性的作品如贾谊的《过秦论》、苏辙的《六国论》。而“表”虽为政治应用文，奉呈皇帝的文书，却可以抒情。故诸葛亮的前《出师表》结尾，作为出征的统帅居然能“临表涕零，不知所言”。错综到如此程度，可能为中国散文亚文体所特有，各具特殊规律，忽略了其间不容发的区别，就很难深入有效地解读。

大量先秦文章的审美性质还处在胚芽形态，这就是说，它并不纯粹，文学的审美超越性和文告的实用理性错综交织。有时其实用理性还占着优势。早期文化的文史哲不分家的特殊性，决定了散文具有“杂种”性质。审美价值与实用理性是如此错综，连袁枚、钱锺书这样的大家都未能彻底洞察。袁枚所言“六经皆文”和钱锺书所言“六经皆诗”都有强调审美性质、抹杀实用理性的嫌疑，只有从当代审美情感与实用理性分家的高度，以高度的理论自觉，才能分析出这种低级形态中审美的非纯粹性，但是把握低级形态并不是学术最终的目的，以之阐明高级形态才是最高的目标。充分理解了低级形态的“杂种”基因，才能洞察中国散文史中情感与智性（理性）犬牙交错的复杂性，也才能理解在数千年的中国散文史上，纯粹审美抒情散文为什么屈指可数。

中国散文从娘胎里带来的“文体不纯”传统，在五四新文学运动发轫期，在西方随笔散文的冲击下，曾经面临着某种可能的历史转机。早期《新青年》的随感录，与西方的随笔（essay）有某种接近，但是西方的随笔以智性思绪为主，其审美价值尚未从文化价值中分化、独立出来。这引起了周作人的犹豫，结果是他在 1921 年的《美文》（按：这是法语 belles letters 的译文）中选择了晚明小品的“性灵”，确立了“叙事与抒情”的纯文学/审美方向。在当时反桐城派的载封建之道，张扬个性，造成散文大解放、大繁荣，有历史的功绩，但是，也造成了把散文局限于审美抒情的弊端。以致直到今日，连鲁迅的杂文算不算散文，还有争议。更有论者对“散文同时可能是——杂文、小品文、报告文学、特写、随笔、书评、文论、时事评论、回忆录、演讲词、日记、游记、随感式文学评论等”感到愤怒，表示要把散文理论“推倒重来”①。某教授甚至天真地提出要“净化散文”文体。这显然既是受了周作人“叙事与抒情”的狭隘散文观念的遮蔽，又是受了林非的“真情实感”论的误导，以为散文只能审美抒情，实在是画地为牢。

其实，真正科学的态度，不是把主观的狭隘的观念强加于历史，而是遵循历史的丰富、复杂、错综的过程，从中找出总体的和个案的深邃奥秘。西方理论对于散文这一生活中可能是最普遍、最广泛，又是最为复杂多样、最为丰富多彩的文体没有做出起码的归纳，甚

① 周伦佑：《散文观念：推倒或重建》，《红岩》2008 年第 3 期。

至对他们最为重视的随笔，都没有提出基本理论范畴，他们的理论空白，本该是我们的用武的广阔天地，但是我们却因为缺乏理论原创的自觉，以幼稚的直觉对散文提出“真情实感”这样坐井观天的鲁莽概括，更加幼稚的是，某些教科书将之分为平列的“叙事”“抒情”“议论”“说明”四体。其实这样的划分十分荒谬，违反了形式逻辑划分不得交叉的规范，哪里有一篇文章叙事而不抒情的，或者抒情而禁绝叙事、议论或者间或说明的？四者在实际文章中往往错综交融。此种划分居然被尊为不言而喻的不刊之论，岂不是国人的悲哀。

所有这一切都在说明，国人必须自觉，我们面临的任务是对散文作原创性的理论建构。我们面对的现象比之小说、诗歌要复杂错综得多，西方文论和中国文论并没有在这方面建构起基本统一的范式，但是中国散文，尤其是中国现当代散文，在没有总体理论的情况下，以一种摸着石头过河的精神展示了在历史发展过程中，提示石头之间的纵向、横向的逻辑脉络，而我们理论家，或者视繁多的历史坐标而不顾，或者摸着一块石头就沾沾自喜，而忘记了过河的任务。有志于散文理论建构者，须要清醒意识到，此任务之艰难在于：第一，必须具备比之前人更加宏大的气魄和宏观的视野，熔古今中外于一炉，在错综复杂的外延中，以空前的魄力作第一手、前无古人的原创性概括，确立基本范畴，作为逻辑起点，并赋予这个逻辑范畴以内在的丰富性，在矛盾中衍生新范畴、亚范畴，构成自洽的范畴系统。第二，在方法上，摒弃以静态的眼光对散文史作孤立的直观的定义，以动态的历时的视野，将逻辑范畴与散文的历史发展结合起来，揭示二者共生互动的历史流程：前一个流程蕴含着矛盾和不足，导致后一个流程的产生，弥补了前一个流程的缺陷，又产生了新的矛盾和不足，从而导致新的流程。如此以至无穷。正是基于这样的观念和方法，将现代文学性散文归纳为“审美”“审丑”“审智”三大范畴。审美范畴以感情的美化为主，美化的极端造成滥情，走向反面，造成矫情，乃有审丑和亚审丑之幽默散文。然而亚审丑的幽默，所遵循的并不是理性逻辑，而是非理性的二重错位逻辑①，故其思想深度受到限制，此等矛盾导致既非抒情审美，亦非亚审丑幽默的“审智”的产生。这样的划分，既是逻辑的，又是历史的发展，在某种意义上达到了逻辑和历史的统一。

2014年12月—2015年1月16日

① 参阅孙绍振：《论幽默逻辑》，原载《文艺理论研究》1998年第5期，转载《新华文摘》1999年第1期。《论幽默逻辑的二重错位律》，原载《文学评论》1996年第5期。